EDIÇÕES BESTBOLSO

40 contos escolhidos

Jornalista, contista, cronista, romancista, poeta e teatrólogo, Joaquim Maria Machado de Assis (1839-1908) é um dos grandes nomes da literatura brasileira. O autor nasceu no Rio de Janeiro e, mesmo sem ter completado o ensino fundamental, publicou seu primeiro poema aos 16 anos, na revista *Marmota Fluminense*. Trabalhou como tipógrafo aprendiz na Tipografia Nacional, foi revisor do *Correio Mercantil* e redator do *Diário do Rio de Janeiro*. O primeiro livro publicado por Machado de Assis foi o ensaio satírico *Queda que as mulheres têm para os tolos*, em 1861. Seu primeiro livro de poesias, *Crisálidas*, saiu em 1864. Em 1867, foi nomeado ajudante do diretor de publicação do *Diário Oficial*, cargo que exerceu até 1874. A obra de Machado de Assis abrange praticamente todos os gêneros literários. Na poesia, iniciou com o romantismo de *Crisálidas*, passando pelo indianismo em *Americanas* (1875), e o parnasianismo em *Ocidentais* (1901). Obras como a coletânea *Contos fluminenses* (1870) e os romances *Ressurreição* (1872), *A mão e a luva* (1874), *Helena* (1876) e *Iaiá Garcia* (1878) são pertencentes ao seu período considerado romântico. Na década de 1880, a produção literária do autor sofreu uma grande mudança, inaugurando a fase das obras-primas com os romances *Memórias póstumas de Brás Cubas* (1881), *Quincas Borba* (1891) e *Dom Casmurro* (1899). Em 1896, dirigiu a primeira sessão preparatória da fundação da Academia Brasileira de Letras. Fundador da Cadeira nº 23, Machado ocupou por mais de dez anos a presidência da Academia, que passou a ser chamada também de Casa de Machado de Assis.

EDIÇÕES BESTBOLSO

40 contos escolhidos

Jornalista, contista, cronista, romancista, poeta e teatrólogo, Joaquim Maria Machado de Assis (1839-1908) é um dos grandes nomes da literatura brasileira. O autor nasceu no Rio de Janeiro e, mesmo sem ter completado o ensino fundamental, publicou seu primeiro poema aos 15 anos na revista *Marmota Fluminense*. Trabalhou como tipógrafo aprendiz na Tipografia Nacional, foi revisor do *Correio Mercantil* e redator do *Diário do Rio de Janeiro*. O primeiro livro publicado por Machado de Assis foi o ensaio satírico *Queda que as mulheres têm para os tolos*, em 1861. Seu primeiro livro de poesias, *Crisálidas*, saiu em 1864. Em 1867, foi nomeado ajudante do diretor de publicação do *Diário Oficial*, cargo que exerceu até 1874. A obra de Machado de Assis abrange praticamente todos os gêneros literários. Na poesia, iniciou com o romantismo de *Crisálidas*, passando pelo indianismo em *Americanas* (1875), e o parnasianismo em *Ocidentais* (1901). Obras como a coletânea *Contos fluminenses* (1870) e os romances *Ressurreição* (1872), *A mão e a luva* (1874), *Helena* (1876) e *Iaiá Garcia* (1878) são pertencentes ao seu período considerado romântico. Na década de 1880, a produção literária do autor sofreu uma grande mudança, inaugurando a fase das obras-primas com os romances *Memórias póstumas de Brás Cubas* (1881), *Quincas Borba* (1891) e *Dom Casmurro* (1899). Em 1896, dirigiu a primeira sessão preparatória da fundação da Academia Brasileira de Letras. Fundador da Cadeira nº 23, Machado ocupou por mais de dez anos a presidência da Academia, que passou a ser chamada também de Casa de Machado de Assis.

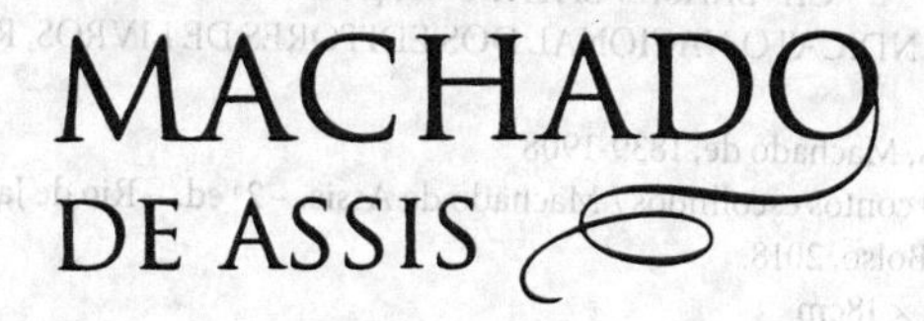

40 contos escolhidos

Seleção de
MÁRIO FEIJÓ

2ª edição

EDIÇÕES
BestBolso
RIO DE JANEIRO – 2018

CIP-BRASIL. CATALOGAÇÃO-NA-FONTE
SINDICATO NACIONAL DOS EDITORES DE LIVROS, RJ

A866c
2ª ed.

Assis, Machado de, 1839-1908
40 contos escolhidos / Machado de Assis. – 2ª ed. – Rio de Janeiro: BestBolso, 2018.
12 × 18cm

ISBN 978-85-7799-337-6

1. Conto brasileiro. I. Título. II. Série.

11-5448

CDD: 869.93
CDU: 821.134.3(81)-3

40 contos escolhidos, de autoria de Machado de Assis.
Título número 273 das Edições BestBolso.
Segunda edição impressa em março de 2018.
Texto revisado conforme o Acordo Ortográfico da Língua Portuguesa.

www.edicoesbestbolso.com.br

Nota do editor: Os contos que compõem esta antologia foram transcritos da coleção *Contos de Machado de Assis*, publicada pela Editora Record em 2008, com exceção de "Conto de escola" e "Suje-se gordo!", reproduzidos de suas edições originais.

Design de capa: Carolina Vaz

Rua Argentina 171 – 20921-380 – Rio de Janeiro, RJ – Tel.: (21) 2585-2000.

Impresso no Brasil

ISBN 978-85-7799-337-6

Sumário

Nota sobre esta antologia de bolso

Esta antologia de Machado de Assis, exclusiva da BestBolso, reúne os melhores contos do autor, em diferentes fases de sua trajetória literária. O leitor encontrará as obras-primas consagradas e sempre adotadas nos programas escolares, bem como diversas narrativas menos conhecidas, em que a ironia machadiana mergulha nas sutilezas da natureza humana. De rapazes com mais de uma namorada a senhoras que se recusam a envelhecer, das mentiras quase inocentes às pequenas trapaças do cotidiano, Machado aborda namoros, casamentos, casos, dívidas, jogos de interesse, nostalgias da juventude; situações que mudam com a sociedade mas que, em essência, permanecem sempre as mesmas. O comportamento humano é o que importa, ontem e hoje. A seleção foi feita valorizando contos com apelo tanto para jovens como para leitores experientes. Uma biblioteca machadiana de bolso.

Mário Feijó
Escritor e professor

1
A carteira*

...De repente, Honório olhou para o chão e viu uma carteira. Abaixar-se, apanhá-la e guardá-la foi obra de alguns instantes. Ninguém o viu, salvo um homem que estava à porta de uma loja, e que, sem o conhecer, lhe disse rindo:

– Olhe, se não dá por ela; perdia-a de uma vez.

– É verdade – concordou Honório envergonhado.

Para avaliar a oportunidade desta carteira, é preciso saber que Honório tem de pagar amanhã uma dívida, quatrocentos e tantos mil-réis, e a carteira trazia o bojo recheado. A dívida não parece grande para um homem da posição de Honório, que advoga; mas todas as quantias são grandes ou pequenas, segundo as circunstâncias, e as dele não podiam ser piores. Gastos de família excessivos, a princípio por servir a parentes, e depois por agradar à mulher, que vivia aborrecida da solidão; baile daqui, jantar dali, chapéus, leques, tanta coisa mais que não havia remédio senão ir descontando o futuro. Endividou-se. Começou pelas contas de lojas e armazéns; passou aos empréstimos, duzentos a um, trezentos a outro, quinhentos a outro, e tudo a crescer, e os bailes a darem-se, e os jantares a comerem-se, um turbilhão perpétuo, uma voragem.

– Tu agora vais bem, não? – dizia-lhe ultimamente o Gustavo C..., advogado e familiar da casa.

– Agora vou – mentiu o Honório.

A verdade é que ia mal. Poucas causas, de pequena monta, e constituintes remissos; por desgraça perdera ultimamente um processo, em que fundara grandes esperanças. Não só recebeu pouco, mas até parece que lhe tirou alguma coisa à reputação jurídica; em todo caso, andavam mofinas nos jornais.

*Publicado no periódico *A Estação* (15/3/1884).

D. Amélia não sabia nada; ele não contava nada à mulher, bons ou maus negócios. Não contava nada a ninguém. Fingia-se tão alegre como se nadasse em um mar de prosperidades. Quando o Gustavo, que ia todas as noites à casa dele, dizia uma ou duas pilhérias, ele respondia com três e quatro; e depois ia ouvir os trechos de música alemã, que D. Amélia tocava muito bem ao piano, e que o Gustavo escutava com indizível prazer, ou jogavam cartas, ou simplesmente falavam de política.

Um dia, a mulher foi achá-lo dando muitos beijos à filha, criança de quatro anos, e viu-lhe os olhos molhados; ficou espantada, e perguntou-lhe o que era.

– Nada, nada.

Compreende-se que era o medo do futuro e o horror da miséria. Mas as esperanças voltavam com facilidade. A ideia de que os dias melhores tinham de vir dava-lhe conforto para a luta. Estava com trinta e quatro anos; era o princípio da carreira: todos os princípios são difíceis. E toca a trabalhar, a esperar, a gastar, pedir fiado ou emprestado, para pagar mal, e a más horas.

A dívida urgente de hoje são uns malditos quatrocentos e tantos mil-réis de carros. Nunca demorou tanto a conta, nem ela cresceu tanto, como agora; e, a rigor, o credor não lhe punha a faca aos peitos; mas disse-lhe hoje uma palavra azeda, com um gesto mal, e Honório quer pagar-lhe hoje mesmo. Eram cinco horas da tarde. Tinha-se lembrado de ir a um agiota, mas voltou sem ousar pedir nada. Ao enfiar pela Rua da Assembleia é que viu a carteira no chão, apanhou-a, meteu no bolso, e foi andando.

Durante os primeiros minutos, Honório não pensou nada; foi andando, andando, andando, até o Largo da Carioca. No Largo parou alguns instantes, enfiou depois pela Rua da Carioca, mas voltou logo, e entrou na Rua Uruguaiana. Sem saber como, achou-se daí a pouco no Largo de S. Francisco de Paula; e ainda, sem saber como, entrou em um Café. Pediu alguma coisa e encostou-se à parede, olhando para fora. Tinha medo de abrir a carteira; podia não achar nada, apenas papéis sem valor para ele. Ao mesmo tempo, e esta era a causa principal das reflexões, a consciência perguntava-lhe se podia utilizar-se do dinheiro que achasse. Não lhe perguntava com o ar de quem não sabe, mas antes com uma expressão irônica e de censura. Podia lançar mão do dinheiro, e ir pagar com ele a dívida? Eis o ponto. A consciência acabou por lhe dizer que não podia, que devia levar a carteira à polícia, ou anunciá-la; mas tão depressa acabava de lhe dizer isto, vinham os apuros da ocasião, e puxavam por ele, e convidavam-no a ir pagar a cocheira. Chegavam mesmo a dizer-lhe que, se fosse ele que a tivesse perdido, ninguém iria entregar-lha; insinuação que lhe deu ânimo.

Tudo isso antes de abrir a carteira. Tirou-a do bolso, finalmente, mas com medo, quase às escondidas; abriu-a, e ficou trêmulo. Tinha dinheiro, muito dinheiro; não contou, mas viu duas notas de duzentos mil-réis, algumas de cinquenta e vinte; calculou uns setecentos mil-réis ou mais; quando menos, seiscentos. Era a dívida paga; eram menos algumas despesas urgentes. Honório teve tentações de fechar os olhos, correr à cocheira, pagar, e, depois de paga a dívida, adeus; reconciliar-se-ia consigo. Fechou a carteira, e com medo de a perder, tornou a guardá-la.

Mas daí a pouco tirou-a outra vez, e abriu-a, com vontade de contar o dinheiro. Contar para quê? Era dele? Afinal venceu-se e contou: eram setecentos e trinta mil-réis. Honório teve um calafrio. Ninguém viu, ninguém soube; podia ser um lance da fortuna, a sua boa sorte, um anjo... Honório teve pena de não crer nos anjos... Mas por que não havia de crer neles? E voltava ao dinheiro, olhava, passava-o pelas mãos; depois, resolvia o contrário, não usar do achado, restituí-lo. Restituí-lo a quem? Tratou de ver se havia na carteira algum sinal.

"Se houver um nome, uma indicação qualquer, não posso utilizar-me do dinheiro", pensou ele.

Esquadrinhou os bolsos da carteira. Achou cartas, que não abriu, bilhetinhos dobrados, que não leu, e por fim um cartão de visita; leu o nome; era do Gustavo. Mas então, a carteira?... Examinou-a por fora, e pareceu-lhe efetivamente do amigo. Voltou ao interior; achou mais dois cartões, mais três, mais cinco. Não havia duvidar; era dele.

A descoberta entristeceu-o. Não podia ficar com o dinheiro sem praticar um ato ilícito, e, naquele caso, doloroso ao seu coração porque era em dano de um amigo. Todo o castelo levantado esboroou-se como se fosse de cartas. Bebeu a última gota de café, sem reparar que estava frio. Saiu, e só então reparou que era quase noite. Caminhou para casa. Parece que a necessidade ainda lhe deu uns dois empurrões, mas ele resistiu.

"Paciência", disse ele consigo, "verei amanhã o que posso fazer."

Chegando a casa, já ali achou o Gustavo, um pouco preocupado, e a própria D. Amélia o parecia também. Entrou rindo, e perguntou ao amigo se lhe faltava alguma coisa.

– Nada.

– Nada?

– Por quê?

– Mete a mão no bolso; não te falta nada?

– Falta-me a carteira – disse o Gustavo sem meter a mão no bolso. – Sabes se alguém a achou?

– Achei-a eu – disse Honório entregando-lha.

Gustavo pegou dela precipitadamente, e olhou desconfiado para o amigo. Esse olhar foi para Honório como um golpe de estilete; depois de tanta luta com a necessidade, era um triste prêmio. Sorriu amargamente; e, como o outro lhe perguntasse onde a achara, deu-lhe as explicações precisas.

– Mas conheceste-a?

– Não; achei os teus bilhetes de visita.

Honório deu duas voltas, e foi mudar de *toilette* para o jantar. Então Gustavo sacou novamente a carteira, abriu-a, foi a um dos bolsos, tirou um dos bilhetinhos, que o outro não quis abrir nem ler, e estendeu-o a D. Amélia, que, ansiosa e trêmula, rasgou-o em trinta mil pedaços; era um bilhetinho de amor.

2
Uns braços*

Inácio estremeceu, ouvindo os gritos do solicitador, recebeu o prato que este lhe apresentava e tratou de comer, debaixo de uma trovoada de nomes, malandro, cabeça de vento, estúpido, maluco.

– Onde anda que nunca ouve o que lhe digo? Hei de contar tudo a seu pai, para que lhe sacuda a preguiça do corpo com uma boa vara de marmelo, ou um pau; sim, ainda pode apanhar, não pense que não. Estúpido! maluco!

"Olhe que lá fora é isto mesmo que você vê aqui – continuou, voltando-se para D. Severina, senhora que vivia com ele maritalmente, há anos. – Confunde-me os papéis todos, erra as casas, vai a um escrivão em vez de ir a outro, troca os advogados: é o diabo! É o tal sono pesado e contínuo. De manhã é o que se vê; primeiro que acorde é preciso quebrar-lhe os ossos... Deixe; amanhã hei de acordá-lo a pau de vassoura!

D. Severina tocou-lhe no pé, como pedindo que acabasse. Borges espeitorou ainda alguns impropérios, e ficou em paz com Deus e os homens.

Não digo que ficou em paz com os meninos, porque o nosso Inácio não era propriamente menino. Tinha quinze anos feitos e bem-feitos. Cabeça inculta, mas bela, olhos de rapaz que sonha, que adivinha, que indaga, que quer saber e não acaba de saber nada. Tudo isso posto sobre um corpo não destituído de graça, ainda que malvestido. O pai é barbeiro na Cidade Nova, e pô-lo de agente, escrevente, ou que quer que era, do solicitador Borges, com esperança de vê-lo no foro, porque lhe parecia que os procuradores de causas ganhavam muito. Passava-se isto na Rua da Lapa, em 1870.

Durante alguns minutos não se ouviu mais que o tinir dos talheres e o ruído da mastigação. Borges abarrotava-se de alface e vaca; inter-

---

*Publicado no periódico *Gazeta de Notícias* (5/11/1885). Reunido pelo autor no livro *Várias histórias* (1896).

rompia-se para virgular a oração com um golpe de vinho e continuava logo calado.

Inácio ia comendo devagarinho, não ousando levantar os olhos do prato, nem para colocá-los onde eles estavam no momento em que o terrível Borges o descompôs. Verdade é que seria agora muito arriscado. Nunca ele pôs os olhos nos braços de D. Severina que se não esquecesse de si e de tudo.

Também a culpa era antes de D. Severina em trazê-los assim nus, constantemente. Usava mangas curtas em todos os vestidos de casa, meio palmo abaixo do ombro; dali em diante ficavam-lhe os braços à mostra. Na verdade, eram belos e cheios, em harmonia com a dona, que era antes grossa que fina, e não perdiam a cor nem a maciez por viverem ao ar; mas é justo explicar que ela os não trazia assim por faceira, senão porque já gastara todos os vestidos de mangas compridas. De pé, era muito vistosa; andando, tinha meneios engraçados; ele, entretanto, quase que só a via à mesa, onde, além dos braços, mal poderia mirar-lhe o busto. Não se pode dizer que era bonita; mas também não era feia. Nenhum adorno; o próprio penteado consta de mui pouco; alisou os cabelos, apanhou-os, atou-os e fixou-os no alto da cabeça com o pente de tartaruga que a mãe lhe deixou. Ao pescoço, um lenço escuro; nas orelhas, nada. Tudo isso com vinte e sete anos floridos e sólidos.

Acabaram de jantar. Borges, vindo o café, tirou quatro charutos da algibeira, comparou-os, apertou-os entre os dedos, escolheu um e guardou os restantes. Aceso o charuto, fincou os cotovelos na mesa e falou a D. Severina de trinta mil coisas que não interessavam nada ao nosso Inácio; mas enquanto falava, não o descompunha e ele podia devanear à larga.

Inácio demorou o café o mais que pôde. Entre um e outro gole alisava a toalha, arrancava dos dedos pedacinhos de pele imaginários ou passava os olhos pelos quadros da sala de jantar, que eram dois, um S. Pedro e um S. João, registros trazidos de festas encaixilhados em casa. Vá que disfarçasse com S. João, cuja cabeça moça alegra as imaginações católicas; mas com o austero S. Pedro era demais. A única defesa do moço Inácio é que ele não via nem um nem outro; passava os olhos por ali como por nada. Via só os braços de D. Severina – ou porque sorrateiramente olhasse para eles, ou porque andasse com eles impressos na memória.

– Homem, você não acaba mais? – Bradou de repente o solicitador.

Não havia remédio; Inácio bebeu a última gota, já fria, e retirou-se, como de costume, para o seu quarto, nos fundos da casa. Entretanto, fez um gesto de zanga e desespero e foi depois encostar-se a uma das duas janelas que davam para o mar. Cinco minutos depois, a vista das águas próximas e das montanhas ao longe restituía-lhe o sentimento confuso, vago, inquieto, que lhe doía e fazia bem, alguma coisa que deve sentir a planta, quando abotoa a primeira flor. Tinha vontade de ir embora e de ficar. Havia cinco semanas que ali morava, e a vida era sempre a mesma, sair de manhã com o Borges, andar por audiências e cartórios, correndo, levando papéis ao selo, ao distribuidor, aos escrivães, aos oficiais de justiça. Voltava à tarde, jantava e recolhia-se ao quarto, até a hora da ceia; ceava e ia dormir. Borges não lhe dava intimidade na família, que se compunha apenas de D. Severina, nem Inácio a via mais de três vezes por dia, durante as refeições. Cinco semanas de solidão, de trabalho sem gosto, longe da mãe e das irmãs; cinco semanas de silêncio, porque ele só falava uma ou outra vez na rua; em casa, nada.

"Deixe estar" pensou ele um dia, "fujo daqui e não volto mais."

Não foi; sentiu-se agarrado e acorrentado pelos braços de D. Severina. Nunca vira outros tão bonitos e tão frescos. A educação que tivera não lhe permitia encará-los logo abertamente, parece até que a princípio afastava os olhos, vexado. Encarou-os pouco a pouco, ao ver que eles não tinham outras mangas, e assim os foi descobrindo, mirando e amando. No fim de três semanas eram eles, moralmente falando, as suas tendas de repouso. Aguentava toda a trabalheira de fora, toda a melancolia da solidão e do silêncio, toda a grosseria do patrão, pela única paga de ver, três vezes por dia, o famoso par de braços.

Naquele dia, enquanto a noite ia caindo e Inácio estirava-se na rede (não tinha ali outra cama), D. Severina, na sala da frente, recapitulava o episódio do jantar e, pela primeira vez, desconfiou alguma coisa. Rejeitou a ideia logo, uma criança! Mas há ideias que são da família das moscas teimosas: por mais que a gente as sacuda, elas tornam e pousam. Criança? Tinha quinze anos; e ela advertiu que entre o nariz e a boca do rapaz havia um princípio de rascunho de buço. Que admira que começasse a amar? E não era ela bonita? Esta outra ideia não foi rejeitada, antes afagada e beijada. E recordou então os modos dele, os esquecimentos, as distrações, e mais um incidente, e mais outro, tudo eram sintomas, e concluiu que sim.

– Que é que você tem? – disse-lhe o solicitador, estirado no canapé, ao cabo de alguns minutos de pausa.

– Não tenho nada.

– Nada? Parece que cá em casa anda tudo dormindo! Deixem estar, que eu sei de um bom remédio para tirar o sono aos dorminhocos...

E foi por ali, no mesmo tom zangado, fuzilando ameaças, mas realmente incapaz de as cumprir, pois era antes grosseiro que mau. D. Severina interrompia-o que não, que era engano, não estava dormindo, estava pensando na comadre Fortunata. Não a visitavam desde o Natal: por que não iriam lá uma daquelas noites? Borges redarguia que andava cansado, trabalhava como um negro, não estava para visitas de parola; e descompôs a comadre, descompôs o compadre, descompôs o afilhado, que não ia ao colégio, com dez anos! Ele, Borges, com dez anos, já sabia ler, escrever e contar, não muito bem, é certo, mas sabia. Dez anos! Havia de ter um bonito fim: vadio, e o côvado e meio nas costas. A tarimba é que viria ensiná-lo.

D. Severina apaziguava-o com desculpas, a pobreza da comadre, o caiporismo do compadre, e fazia-lhe carinhos, a medo, que eles podiam irritá-lo mais. A noite caíra de todo; ela ouviu o *tlic* do lampião do gás da rua, que acabavam de acender, e viu o clarão dele nas janelas da casa fronteira. Borges, cansado do dia, pois era realmente um trabalhador de primeira ordem, foi fechando os olhos e pegando no sono, e deixou-a só na sala, às escuras, consigo e com a descoberta que acabava de fazer.

Tudo parecia dizer à dama que era verdade; mas essa verdade, desfeita a impressão do assombro, trouxe-lhe uma complicação moral que ela só conheceu pelos efeitos, não achando meio de discernir o que era. Não podia entender-se nem equilibrar-se, chegou a pensar em dizer tudo ao solicitador, e ele que mandasse embora o fedelho. Mas que era tudo? Aqui estacou: realmente, não havia mais que suposição, coincidência e possivelmente ilusão. Não, não, ilusão não era. E logo recolhia os indícios vagos, as atitudes do mocinho, o acanhamento, as distrações, para rejeitar a ideia de estar enganada. Daí a pouco (capciosa natureza!), refletindo que seria mau acusá-lo sem fundamento, admitiu que se iludisse, para o único fim de observá-lo melhor e averiguar bem a realidade das coisas.

Já nessa noite, D. Severina mirava por baixo dos olhos os gestos de Inácio; não chegou a achar nada, porque o tempo do chá era curto e o rapazinho não tirou os olhos da xícara. No dia seguinte pôde observar melhor, e nos outros otimamente. Percebeu que sim, que era amada e temida, amor adolescente e virgem, retido pelos liames sociais e por um sentimento de inferioridade que o impedia de reconhecer-se a si mesmo. D. Severina compreendeu que não havia recear nenhum desacato, e concluiu que o melhor era não dizer nada ao solicitador; poupava-lhe um desgosto, e outro à pobre criança. Já se persuadia bem que ele era criança, e assentou de o tratar tão secamente como até ali, ou ainda mais. E assim fez; Inácio começou a sentir que ela fugia com os olhos, ou falava áspero, quase tanto como o próprio Borges. De outras vezes, é verdade que o tom da voz saía brando e até meigo, muito meigo; assim como o olhar geralmente esquivo, tanto errava por outras partes, que, para descansar, vinha pousar na cabeça dele; mas tudo isso era curto.

– Vou-me embora – repetia ele na rua como nos primeiros dias.

Chegava a casa e não se ia embora. Os braços de D. Severina fechavam-lhe um parênteses no meio do longo e fastidioso período da vida que levava, e essa oração intercalada trazia uma ideia original e profunda, inventada pelo céu unicamente para ele. Deixava-se estar e ia andando. Afinal, porém, teve de sair, e para nunca mais; eis aqui como e por quê.

D. Severina tratava-o desde alguns dias com benignidade. A rudeza da voz parecia acabada, e havia mais do que brandura, havia desvelo e carinho. Um dia recomendava-lhe que não apanhasse ar, outro que não bebesse água fria depois do café quente, conselhos, lembranças, cuidados de amiga e mãe, que lhe lançavam na alma ainda maior inquietação e confusão. Inácio chegou ao extremo de confiança de rir um dia à mesa, coisa que jamais fizera; e o solicitador não o tratou mal dessa vez, porque era ele que contava um caso engraçado, e ninguém pune a outro pelo aplauso que recebe. Foi então que D. Severina viu que a boca do mocinho, graciosa estando calada, não o era menos quando ria.

A agitação de Inácio ia crescendo, sem que ele pudesse acalmar-se nem entender-se. Não estava bem em parte nenhuma. Acordava de noite, pensando em D. Severina. Na rua, trocava de esquinas, errava as portas, muito mais que dantes, e não via mulher, ao longe ou ao perto, que lha não trouxesse à memória. Ao entrar no corredor da casa, voltando do trabalho, sentia sempre algum alvoroço, às vezes grande, quando dava com ela no topo da escada, olhando através das grades de pau da cancela, como tendo acudido a ver quem era.

Um domingo – nunca ele esqueceu esse domingo –, estava só no quarto, à janela, virado para o mar, que lhe falava a mesma linguagem obscura e nova de D. Severina. Divertia-se em olhar para as gaivotas, que faziam grandes giros no ar, ou pairavam em cima d'água, ou avoaçavam somente. O dia estava lindíssimo. Não era só um domingo cristão; era um imenso domingo universal.

Inácio passava-os todos ali no quarto ou à janela, ou relendo um dos três folhetos que trouxera consigo, contos de outros tempos, comprados a tostão, debaixo do passadiço do Largo do Paço. Eram duas horas da tarde. Estava cansado, dormira mal a noite, depois de haver andado muito na véspera; estirou-se na rede, pegou em um dos folhetos, a *Princesa Magalona*, e começou a ler. Nunca pôde entender por que é que todas as heroínas dessas velhas histórias tinham a mesma cara e talhe de D. Severina, mas a verdade é que os tinham. Ao cabo de meia hora, deixou cair o folheto e pôs os olhos na parede, donde, cinco minutos depois, viu sair a dama dos seus cuidados. O natural era que se espantasse; mas não se espantou. Embora com as pálpebras cerradas viu-a desprender-se de todo, parar, sorrir e andar para a rede. Era ela mesma; eram os seus mesmos braços.

É certo, porém, que D. Severina, tanto não podia sair da parede, dado que houvesse ali porta ou rasgão, que estava justamente na sala da frente ouvindo os passos do solicitador que descia as escadas. Ouviu-o descer; foi à janela vê-lo sair e só se recolheu quando ele se perdeu ao longe, no caminho da Rua das Mangueiras. Então entrou e foi sentar-se no canapé. Parecia fora do natural, inquieta, quase maluca; levantando-se, foi pegar na jarra que estava em cima do aparador e deixou-a no mesmo lugar; depois caminhou até a porta, deteve-se e voltou, ao que parece, sem plano. Sentou-se outra vez cinco ou dez minutos. De repente, lembrou-se que Inácio comera pouco ao almoço e tinha o ar abatido, e advertiu que podia estar doente; podia ser até que estivesse muito mal.

Saiu da sala, atravessou rasgadamente o corredor e foi até o quarto do mocinho, cuja porta achou escancarada. D. Severina parou, espiou, deu com ele na rede, dormindo, com o braço para fora e o folheto caído no chão. A cabeça inclinava-se um pouco do lado da porta, deixando ver os olhos fechados, os cabelos revoltos e um grande ar de riso e de beatitude.

D. Severina sentiu bater-lhe o coração com veemência e recuou. Sonhara de noite com ele; pode ser que ele estivesse sonhando com ela. Desde madrugada que a figura do mocinho andava-lhe diante dos olhos como uma tentação diabólica. Recuou ainda, depois voltou, olhou dois, três, cinco minutos, ou mais. Parece que o sono dava à adolescência de Inácio uma expressão mais acentuada, quase feminina, quase pueril. Uma criança! Disse ela a si mesma, naquela língua sem palavras que todos trazemos conosco. E esta ideia abateu-lhe o alvoroço do sangue e dissipou-lhe em parte a turvação dos sentidos.

– Uma criança!

E mirou-o lentamente, fartou-se de vê-lo, com a cabeça inclinada, o braço caído; mas, ao mesmo tempo que o achava criança, achava-o bonito, muito mais bonito que acordado, e uma dessas ideias corrigia ou corrompia a outra. De repente estremeceu e recuou assustada: ouvira um ruído ao pé, na saleta do engomado; foi ver, era um gato que deitara uma tigela ao chão. Voltando devagarinho a espiá-lo, viu que dormia profundamente. Tinha o sono duro a criança! O rumor que a abalara tanto não o fez sequer mudar de posição. E ela continuou a vê-lo dormir – dormir e talvez sonhar.

Que não possamos ver os sonhos uns dos outros! D. Severina ter-se-ia visto a si mesma na imaginação do rapaz; ter-se-ia visto diante da rede, risonha e parada; depois inclinar-se, pegar-lhe nas mãos, levá-las ao peito, cruzando ali os braços, os famosos braços. Inácio, namorado deles, ainda assim ouvia as palavras dela, que eram lindas, cálidas, principalmente novas – ou, pelo menos, pertenciam a algum idioma que ele não conhecia, posto que o entendesse. Duas, três e quatro vezes a figura esvaía-se, para tornar logo, vindo do mar ou de outra parte, entre gaivotas, ou atravessando o corredor com toda a graça robusta de que era capaz. E tornando, inclinava-se, pegava-lhe outra vez das mãos e cruzava ao peito os braços, até que, inclinando-se, ainda mais, muito mais, abrochou os lábios e deixou-lhe um beijo na boca.

Aqui o sonho coincidiu com a realidade, e as mesmas bocas uniram-se na imaginação e fora dela. A diferença é que a visão não recuou, e a pessoa real tão depressa cumprira o gesto, como fugiu até a porta, vexada e medrosa. Dali passou à sala da frente, aturdida do que fizera, sem olhar fixamente para nada. Afiava o ouvido, ia até o fim do corredor, a ver se escutava algum rumor que lhe dissesse que ele acordara, e só depois de muito tempo é que o medo foi passando. Na verdade, a criança tinha o sono duro; nada lhe abria os olhos, nem os fracassos contíguos, nem os beijos de verdade. Mas, se o medo foi passando, o vexame ficou e cresceu. D. Severina não acabava de crer que fizesse aquilo; parece que embrulhara os seus desejos na ideia de que era uma criança namorada que ali estava sem consciência nem imputação; e, meia mãe, meia amiga, inclinara-se e beijara-o. Fosse como fosse, estava confusa, irritada, aborrecida, mal consigo e mal com ele. O medo de que ele podia estar fingindo que dormia apontou-lhe na alma e deu-lhe um calafrio.

Mas a verdade é que dormiu ainda muito, e só acordou para jantar. Sentou-se à mesa lépido. Conquanto achasse D. Severina calada e severa e o solicitador tão ríspido como nos outros dias, nem a rispidez de um, nem a severidade da outra podiam dissipar-lhe a visão graciosa que ainda trazia consigo, ou amortecer-lhe a sensação do beijo. Não reparou que D. Severina tinha um xale que lhe cobria os braços; reparou depois, na segunda-feira, e na terça-feira, também, e até sábado, que foi o dia em que Borges mandou dizer ao pai que não podia ficar com ele; e não o fez zangado, porque o tratou relativamente bem e ainda lhe disse à saída:

– Quando precisar de mim para alguma coisa, procure-me.

– Sim, senhor. A Sra. D. Severina...

– Está lá para o quarto, com muita dor de cabeça. Venha amanhã ou depois despedir-se dela.

Inácio saiu sem entender nada. Não entendia a despedida, nem a completa mudança de D. Severina, em relação a ele, nem o xale, nem nada. Estava tão bem! Falava-lhe com tanta amizade! Como é que, de repente... Tanto pensou que acabou supondo de sua parte algum olhar indiscreto, alguma distração que a ofendera, não era outra coisa; e daqui a cara fechada e o xale que cobria os braços tão bonitos... Não importa; levava consigo o sabor do sonho. E através dos anos, por meio de outros amores, mais efetivos e longos, nenhuma sensação achou nunca igual à daquele domingo, na Rua da Lapa, quando ele tinha quinze anos. Ele mesmo exclama às vezes, sem saber que se engana:

– E foi um sonho! Um simples sonho!

3
O relógio de ouro*

Agora contarei a história do relógio de ouro. Era um grande cronômetro, inteiramente novo, preso a uma elegante cadeia. Luís Negreiros tinha muita razão em ficar boquiaberto quando viu o relógio em casa, um relógio que não era dele, nem podia ser de sua mulher. Seria ilusão dos seus olhos? Não era; o relógio ali estava sobre uma mesa da alcova, a olhar para ele, talvez tão espantado, como ele, do lugar e da situação.

Clarinha não estava na alcova quando Luís Negreiros ali entrou. Deixou-se ficar na sala, a folhear um romance, sem corresponder muito nem pouco ao ósculo com que o marido a cumprimentou logo à entrada. Era uma bonita moça esta Clarinha, ainda que um tanto pálida, ou por isso mesmo. Era pequena e delgada; de longe parecia uma criança; de perto, quem lhe examinasse os olhos, veria bem que era mulher como poucas. Estava molemente reclinada no sofá, com o livro aberto, e os olhos no livro, os olhos apenas, porque o pensamento, não tenho certeza se estava no livro, se em outra parte. Em todo o caso parecia alheia ao marido e ao relógio.

Luís Negreiros lançou mão do relógio com uma expressão que eu não me atrevo a descrever. Nem o relógio, nem a corrente eram dele; também não eram das pessoas suas conhecidas. Tratava-se de uma charada. Luís Negreiros gostava de charadas, e passava por ser decifrador intrépido; mas gostava de charadas nas folhinhas ou nos jornais. Charadas palpáveis e cronométricas, e sobretudo sem conceito, não as apreciava Luís Negreiros.

Por este motivo, e outros que são óbvios, compreenderá o leitor que o esposo de Clarinha se atirasse sobre uma cadeira, puxasse raivosamente os cabelos, batesse com o pé no chão, e lançasse o relógio e a corrente para cima da mesa. Terminada esta primeira manifestação de furor,

*Publicado no periódico *Jornal das Famílias* (abril, maio de 1873). Reunido pelo autor no livro *Histórias da meia-noite* (1873).

Luís Negreiros pegou de novo os fatais objetos, e de novo os examinou. Ficou na mesma. Cruzou os braços durante algum tempo e refletiu sobre o caso, interrogou todas as suas recordações, e concluiu no fim de tudo que, sem uma explicação de Clarinha qualquer procedimento fora baldado ou precipitado.

Foi ter com ela.

Clarinha acabava justamente de ler uma página e voltava a folha com ar indiferente e tranquilo de quem não pensa em decifrar charadas de cronômetro. Luís Negreiros encarou-a; seus olhos pareciam dois reluzentes punhais.

– Que tens? – perguntou a moça com a voz doce e meiga que toda a gente concordava em lhe achar.

Luís Negreiros não respondeu à interrogação da mulher; olhou algum tempo para ela; depois deu duas voltas na sala, passando a mão pelos cabelos, por modo que a moça de novo lhe perguntou:

– Que tens?

Luís Negreiros parou defronte dela.

– Que é isto? – disse ele, tirando do bolso o fatal relógio e apresentando-lho diante dos olhos. – Que é isto? – repetiu ele com voz de trovão.

Clarinha mordeu os beiços e não respondeu. Luís Negreiros esteve algum tempo com o relógio na mão e os olhos na mulher, a qual tinha os seus olhos no livro. O silêncio era profundo. Luís Negreiros foi o primeiro que o rompeu, atirando estrepitosamente o relógio ao chão, e dizendo em seguida à esposa:

– Vamos, de quem é aquele relógio?

Clarinha ergueu lentamente os olhos para ele, abaixou-os depois, e murmurou:

– Não sei.

Luís Negreiros fez um gesto como de quem queria esganá-la; conteve-se. A mulher levantou-se, apanhou o relógio e pô-lo sobre uma mesa pequena. Não se pôde sofrer Luís Negreiros. Caminhou para ela, e, segurando-lhe nos pulsos com força, lhe disse:

– Não me responderás, demônio? Não me explicarás esse enigma?

Clarinha fez um gesto de dor, e Luís Negreiros imediatamente lhe soltou os pulsos que estavam arrochados. Noutras circunstâncias é provável que Luís Negreiros lhe caísse aos pés e pedisse perdão de a haver machucado. Naquela nem se lembrou disso; deixou-a no meio da sala e entrou a passear de novo, sempre agitado, parando de quando em quando, como se meditasse algum desfecho trágico.

Clarinha saiu da sala.

Pouco depois veio um escravo dizer que o jantar estava na mesa.

– Onde está a senhora?

– Não sei, não senhor.

Luís Negreiros foi procurar a mulher; achou-a numa saleta de costura, sentada numa cadeira baixa, com a cabeça nas mãos a soluçar. Ao ruído que ele fez na ocasião de fechar a porta atrás de si, Clarinha levantou a cabeça, e Luís Negreiros pôde ver-lhe as faces úmidas de lágrimas. Esta situação foi ainda pior para ele que a da sala. Luís Negreiros não podia ver chorar uma mulher, sobretudo a dele. Ia enxugar-lhe as lágrimas com um beijo, mas reprimiu o gesto, e caminhou frio para ela; puxou uma cadeira e sentou-se em frente de Clarinha.

– Estou tranquilo, como vês – disse ele – responde-me ao que te perguntei com a franqueza que sempre usaste comigo. Eu não te acuso nem suspeito nada de ti. Quisera simplesmente saber como foi parar ali aquele relógio. Foi teu pai que o esqueceu cá?

– Não.

– Mas então...

– Oh! Não me perguntes nada! – exclamou Clarinha – Ignoro como esse relógio se acha ali... Não sei de quem é... deixa-me.

– É demais! – urrou Luís Negreiros, levantando-se e atirando a cadeira ao chão.

Clarinha estremeceu, e deixou-se ficar aonde estava. A situação tornava-se cada vez mais grave; Luís Negreiros passeava cada vez mais agitado, revolvendo os olhos nas órbitas, e parecendo prestes a atirar-se sobre a infeliz esposa. Esta, com os cotovelos no regaço e a cabeça nas mãos, tinha os olhos encravados na parede. Correu assim cerca de um quarto de hora. Luís Negreiros ia de novo interrogar a esposa, quando ouviu a voz do sogro, que subia as escadas gritando:

– Ó seu Luís! Ó seu malandrim!

– Aí vem teu pai! – disse Luís Negreiros – Logo me pagarás.

Saiu da sala de costura e foi receber o sogro, que já estava no meio da sala, fazendo viravoltas com o chapéu de sol, com grande risco das jarras e do candelabro.

– Vocês estavam dormindo? – perguntou o Sr. Meireles tirando o chapéu e limpando a testa com um grande lenço encarnado.

– Não, senhor, estávamos conversando...

– Conversando?... – repetiu Meireles.

E acrescentou consigo:

– Estavam de arrufos... é o que há de ser.

– Vamos justamente jantar – disse Luís Negreiros. – Janta conosco?

– Não vim cá para outra coisa – acudiu Meireles –, janto hoje e amanhã também. Não me convidaste, mas é o mesmo.

– Não o convidei?...

– Sim, não fazes anos amanhã?

– Ah! É verdade...

Não havia razão aparente para que, depois destas palavras ditas com um tom lúgubre, Luís Negreiros repetisse, mas desta vez com um tom descomunalmente alegre:

– Ah! É verdade!...

Meireles, que já ia pôr o chapéu num cabide do corredor, voltou-se para o genro, em cujo rosto leu a mais franca, súbita e inexplicável alegria.

– Está maluco! – disse baixinho Meireles.

– Vamos jantar – bradou o genro, indo logo para dentro, enquanto Meireles, seguindo pelo corredor, ia ter à sala de jantar.

Luís Negreiros foi ter com a mulher na sala de costura, e achou-a de pé, compondo os cabelos diante de um espelho:

– Obrigado – disse.

A moça olhou para ele admirada.

– Obrigado – repetiu Luís Negreiros –, obrigado e perdoa-me.

Dizendo isto, procurou Luís Negreiros abraçá-la; mas a moça, com um gesto nobre, repeliu o afago do marido e foi para a sala de jantar.

– Tem razão! – murmurou Luís Negreiros.

Daí a pouco achavam-se todos três à mesa do jantar, e foi servida a sopa, que Meireles achou, como era natural, de gelo. Ia já fazer um discurso a respeito da incúria dos criados, quando Luís Negreiros confessou que toda a culpa era dele, porque o jantar estava há muito na mesa. A declaração apenas mudou o assunto do discurso, que versou então sobre a terrível coisa que era um jantar requentado – *qui ne valut jamais rien.*

Meireles era um homem alegre, pilhérico, talvez frívolo demais para a idade, mas em todo o caso interessante pessoa. Luís Negreiros gostava muito dele, e via correspondida essa afeição de parente e de amigo, tanto mais sincera quanto que Meireles só tarde e de má vontade lhe dera a filha. Durou o namoro cerca de quatro anos, gastando o pai de Clarinha mais de dois em meditar e resolver o assunto do casamento. Afinal deu a sua decisão, levado antes das lágrimas da filha que dos predicados do genro, dizia ele.

A causa da longa hesitação eram os costumes poucos austeros de Luís Negreiros, não os que ele tinha durante o namoro, mas os que tivera antes e os que poderia vir a ter depois. Meireles confessava ingenuamente que fora marido pouco exemplar, e achava que por isso mesmo devia dar à filha melhor esposo do que ele. Luís Negreiros desmentiu as apreensões do sogro; o leão impetuoso dos outros dias tornou-se um pacato cordeiro. A amizade nasceu franca entre o sogro e o genro, e Clarinha passou a ser uma das mais invejadas moças da cidade.

E era tanto maior o mérito de Luís Negreiros quanto que não lhe faltavam tentações. O diabo metia-se às vezes na pele de um amigo e ia convidá-lo a uma recordação dos antigos tempos. Mas Luís Negreiros dizia que se recolhera a bom porto e não queria arriscar-se outra vez às tormentas do alto mar.

Clarinha amava ternamente o marido e era a mais dócil e afável criatura que por aqueles tempos respirava o ar fluminense. Nunca entre ambos se dera o menor arrufo; a limpidez do céu conjugal era sempre a mesma e parecia vir a ser duradoura. Que mau destino lhe soprou ali a primeira nuvem?

Durante o jantar Clarinha não disse palavra – ou poucas dissera, ainda assim as mais breves e em tom seco.

"Estão de arrufo, não há dúvida", pensou Meireles ao ver a pertinaz mudez da filha. "Ou a arrufada é só ela, porque ele parece-me lépido."

Luís Negreiros efetivamente desfazia-se todo em agrados, mimos e cortesias com a mulher, que nem sequer olhava em cheio para ele. O marido já dava o sogro a todos os diabos, desejoso de ficar a sós com a esposa, para a explicação última, que reconciliaria os ânimos. Clarinha parecia não desejá-lo; comeu pouco e duas ou três vezes soltou-se-lhe do peito um suspiro.

Já se vê que o jantar, por maiores que fossem os esforços, não podia ser como nos outros dias. Meireles sobretudo achava-se acanhado. Não era que receasse algum grande acontecimento em casa; sua ideia é que sem arrufos não se aprecia a felicidade, como sem tempestade não se aprecia o bom tempo. Contudo, a tristeza da filha sempre lhe punha água na fervura.

Quando veio o café, Meireles propôs que fossem todos três ao teatro; Luís Negreiros aceitou a ideia com entusiasmo. Clarinha recusou secamente.

– Não te entendo hoje, Clarinha – disse o pai com um modo impaciente. – Teu marido está alegre e tu pareces-me abatida e preocupada. Que tens?

Clarinha não respondeu; Luís Negreiros, sem saber o que havia de dizer, tomou a resolução de fazer bolinhas de miolo de pão. Meireles levantou os ombros.

– Vocês lá se entendem – disse ele. – Se amanhã, apesar de ser o dia que é, vocês tiverem do mesmo modo, prometo-lhes que nem a sombra me verão.

– Oh! Há de vir – ia dizendo Luís Negreiros, mas foi interrompido pela mulher que desatou a chorar.

O jantar acabou assim triste e aborrecido. Meireles pediu ao genro que lhe explicasse o que aquilo era, e este prometeu que lhe diria tudo em ocasião oportuna.

Pouco depois saía o pai de Clarinha protestando de novo que, se no dia seguinte os achasse do mesmo modo, nunca mais voltaria a casa deles, e que se havia coisa pior que um jantar frio ou requentado, era um jantar mal digerido. Este axioma valia o de Boileau, mas ninguém lhe prestou atenção.

Clarinha fora para o quarto; o marido, apenas se despediu do sogro, foi ter com ela. Achou-a sentada na cama, com a cabeça sobre uma almofada, e soluçando. Luís Negreiros ajoelhou-se diante dela e pegou-lhe numa das mãos.

– Clarinha – disse ele –, perdoa-me tudo. Já tenho a explicação do relógio; se teu pai não me fala em vir jantar amanhã, eu não era capaz de adivinhar que o relógio era um presente de anos que tu me fazias.

Não me atrevo a descrever o soberbo gesto de indignação com que a moça se pôs de pé quando ouviu estas palavras do marido. Luís Negreiros olhou para ela sem compreender nada. A moça não disse uma nem duas; saiu do quarto e deixou o infeliz consorte mais admirado que nunca.

"Mas que enigma é este?" perguntava a si mesmo Luís Negreiros. "Se não era um mimo de anos, que explicação pode ter o tal relógio?"

A situação era a mesma que antes do jantar. Luís Negreiros assentou de descobrir tudo naquela noite. Achou, entretanto, que era conveniente refletir maduramente no caso e assentar numa resolução que fosse decisiva. Com este propósito recolheu-se ao seu gabinete, e ali recordou tudo o que se havia passado desde que chegara a casa. Pesou friamente todas as razões, todos os incidentes, e buscou reproduzir na memória a expressão do rosto da moça, em toda aquela tarde. O gesto de indignação e a repulsa quando *ele* a foi abraçar na sala de costura, eram a favor dela; mas o movimento com que mordera os lábios no momento em que ele lhe apresentou o relógio, as lágrimas que lhe rebentaram à mesa, e mais que tudo o silêncio que ela conservava a respeito da procedência do fatal objeto, tudo isso falava contra a moça.

Luís Negreiros, depois de muito cogitar, inclinou-se à mais triste e deplorável das hipóteses. Uma ideia má começou a enterrar-se-lhe no espírito, à maneira de verruma, e tão fundo penetrou, que se apoderou dele em poucos instantes. Luís Negreiros era homem assomado quando a ocasião o pedia. Proferiu duas ou três ameaças, saiu do gabinete e foi ter com a mulher.

Clarinha recolhera-se de novo ao quarto. A porta estava apenas cerrada. Eram nove horas da noite. Uma pequena lamparina alumiava escassamente o aposento. A moça estava outra vez assentada na cama, mas já não chorava; tinha os olhos fitos no chão. Nem os levantou quando sentiu entrar o marido.

Houve um momento de silêncio.

Luís Negreiros foi o primeiro que falou.

– Clarinha – disse ele –, este momento é solene. Responde-me ao que te pergunto desde esta tarde?

A moça não respondeu.

– Reflete bem, Clarinha – continuou o marido. – Podes arriscar a tua vida.

A moça levantou os ombros.

Uma nuvem passou pelos olhos de Luís Negreiros. O infeliz marido lançou as mãos ao colo da esposa e rugiu:

– Responde, demônio, ou morres!

Clarinha soltou um grito.

– Espera! – disse ela.

Luís Negreiros recuou.

– Mata-me – disse ela –, mas lê isto primeiro. Quando esta carta foi ao teu escritório já te não achou lá: foi o que o portador me disse.

Luís Negreiros recebeu a carta, chegou-se à lamparina e leu estupefato estas linhas:

> Meu nhonhô. Sei que amanhã fazes anos; mando-te esta lembrança. – Tua Iaiá.

Assim acabou a história do relógio de ouro.

4
Três tesouros perdidos*

Uma tarde, eram quatro horas, o Sr. X... voltava à sua casa para jantar. O apetite que levava não o fez reparar em um cabriolé que estava parado à sua porta. Entrou, subiu a escada, penetra na sala e... dá com os olhos em um homem que passeava a largos passos como agitado por uma interna aflição.

Cumprimentou-o polidamente; mas o homem lançou-se sobre ele e com uma voz alterada, diz-lhe:

– Senhor, eu sou F..., marido da Senhora Dona E...

– Estimo muito conhecê-lo – responde o Sr. X... – mas não tenho a honra de conhecer a senhora Dona E...

– Não a conhece! Não a conhece!... Quer juntar a zombaria à infâmia?

– Senhor!...

E o Sr. X... deu um passo para ele.

– Alto lá!

O Sr. F..., tirando do bolso uma pistola, continuou:

– Ou o senhor há de deixar esta corte, ou vai morrer como um cão!

– Mas, senhor – disse o Sr. X..., a quem a eloquência do Sr. F... tinha produzido um certo efeito – que motivo tem o senhor?...

– Que motivo! É boa! Pois não é um motivo andar o senhor fazendo a corte à minha mulher?

– A corte à sua mulher! Não compreendo!

– Não compreende! Oh! Não me faça perder a estribeira.

– Creio que se engana...

– Enganar-me! É boa!... mas eu o vi... sair duas vezes de minha casa...

– Sua casa!

– No Andaraí... por uma porta secreta... Vamos! Ou...

– Mas, senhor, há de ser outro, que se pareça comigo...

---

*Publicado no periódico *A Marmota* (05-01-1858).

– Não; não; é o senhor mesmo... como escapar-me este ar de tolo que ressalta de toda a sua cara? Vamos, ou deixar a cidade, ou morrer.. Escolha!

Era um dilema. O Sr. X... compreendeu que estava metido entre um cavalo e uma pistola. Pois toda a sua paixão era ir a Minas, escolheu o cavalo.

Surgiu, porém, uma objeção.

– Mas, senhor – disse ele –, os meus recursos...

– Os seus recursos! Ah! tudo previ... descanse... eu sou um marido previdente.

E tirando da algibeira da casaca uma linda carteira de couro da Rússia, diz-lhe:

– Aqui tem dois contos de réis para os gastos da viagem; vamos, parta! Parta imediatamente. Para onde vai?

– Para Minas.

– Oh! A Pátria do Tiradentes! Deus o leve a salvamento... Perdoo-lhe, mas não volte a esta corte... Boa viagem!

Dizendo isto, o Sr. F... desceu precipitadamente a escada e entrou no cabriolé, que desapareceu em uma nuvem de poeira.

O Sr. X... ficou por alguns instantes pensativo. Não podia acreditar nos seus olhos e ouvidos; pensava sonhar. Um engano trazia-lhe dois contos de réis, e a realização de um dos seus mais caros sonhos. Jantou tranquilamente, e daí a uma hora partia para a terra de Gonzaga, deixando em sua casa apenas um moleque encarregado de instruir, pelo espaço de oito dias, aos seus amigos sobre o seu destino.

No dia seguinte, pelas onze horas da manhã, voltava o Sr. F... para a sua chácara de Andaraí, pois tinha passado a noite fora.

Entrou, penetrou na sala, e indo deixar o chapéu sobre uma mesa, viu ali o seguinte bilhete:

> Meu caro esposo! Parto no paquete em companhia do teu amigo P... Vou para a Europa. Desculpa a má companhia, pois melhor não podia ser. – Tua E...

Desesperado, fora de si, o Sr. F... lança-se a um jornal que perto estava: o paquete tinha partido às oito horas.

"Era P... que eu acreditava meu amigo... Ah! Maldição! Ao menos não percamos os dois contos!" Tornou a meter-se no cabriolé e dirigiu-se à casa do Sr. X..., subiu; apareceu o moleque.

– Teu senhor?

– Partiu para Minas.

O Sr. F... desmaiou.

Quando deu acordo de si estava louco... louco varrido!

Hoje, quando alguém o visita, diz ele com um tom lastimoso:

– Perdi três tesouros a um tempo: uma mulher sem igual, um amigo a toda prova, e uma linda carteira cheia de encantadoras notas... que bem podiam aquecer-me as algibeiras!...

Neste último ponto, o doido tem razão, e parece ser um doido com juízo.

5
A chinela turca*

Vede o bacharel Duarte. Acaba de compor o mais teso e correto laço de gravata que apareceu naquele ano de 1850, e anunciam-lhe a visita do major Lopo Alves. Notai que é de noite, e passa de nove horas. Duarte estremeceu e tinha duas razões para isso. A primeira era ser o major, em qualquer ocasião, um dos mais enfadonhos sujeitos de tempo. A segunda é que ele preparava-se justamente para ir ver, em um baile, os mais finos cabelos louros e os mais pensativos olhos azuis que este nosso clima, tão avaro deles, produzira. Datava de uma semana aquele namoro. Seu coração, deixando-se prender entre duas valsas, confiou aos olhos, que eram castanhos, uma declaração em regra, que eles pontualmente transmitiram à moça, dez minutos antes da ceia, recebendo favorável resposta logo depois do chocolate. Três dias depois, estava a caminho a primeira carta, e pelo jeito que levavam as coisas não era de admirar que, antes do fim do ano, estivessem ambos a caminho da igreja. Nestas circunstâncias, a chegada de Lopo Alves era uma verdadeira calamidade. Velho amigo da família, companheiro de seu finado pai no exército, tinha jus o major a todos os respeitos. Impossível despedi-lo ou tratá-lo com frieza. Havia felizmente uma circunstância atenuante; o major era aparentado com Cecília, a moça dos olhos azuis; em caso de necessidade, era um voto seguro.

Duarte enfiou um chambre e dirigiu-se para a sala, onde Lopo Alves, com um rolo debaixo do braço e os olhos fitos no ar, parecia totalmente alheio à chegada do bacharel.

– Que bom vento o trouxe a Catumbi a semelhante hora? – perguntou Duarte, dando à voz uma expressão de prazer, aconselhada não menos pelo interesse que pelo bom-tom.

---

*Publicado no periódico *A Época* (14-11-1875). Reunido pelo autor no livro *Papéis avulsos* (1882).

– Não sei se o vento que me trouxe é bom ou mau, respondeu o major sorrindo por baixo do espesso bigode grisalho; sei que foi um vento rijo. Vai sair?

– Vou ao Rio Comprido.

– Já sei; vai à casa da viúva Meneses. Minha mulher e as pequenas já lá devem estar: eu irei mais tarde, se puder. Creio que é cedo, não?

Lopo Alves tirou o relógio e viu que eram nove horas e meia. Passou a mão pelo bigode, levantou-se, deu alguns passos na sala, tornou a sentar-se e disse:

– Dou-lhe uma notícia, que certamente não espera. Saiba que fiz... fiz um drama.

– Um drama! – exclamou o bacharel.

– Que quer? Desde criança padeci destes achaques literários. O serviço militar não foi remédio que me curasse, foi um paliativo. A doença regressou com a força dos primeiros tempos. Já agora não há remédio senão deixá-la, e ir simplesmente ajudando a natureza.

Duarte recordou-se de que efetivamente o major falava noutro tempo de alguns discursos inaugurais, duas ou três nênias e boa soma de artigos que escrevera acerca das campanhas do Rio da Prata. Havia porém muitos anos que Lopo Alves deixara em paz os generais platinos e os defuntos; nada fazia supor que a moléstia volvesse, sobretudo caracterizada por um drama. Esta circunstância explicá-la-ia o bacharel, se soubesse que Lopo Alves, algumas semanas antes, assistira à representação de uma peça do gênero ultrarromântico, obra que lhe agradou muito e lhe sugeriu a ideia de afrontar as luzes do tablado. Não entrou o major nestas minuciosidades necessárias, e o bacharel ficou sem conhecer o motivo da explosão dramática do militar. Nem o soube, nem curou disso. Encareceu muito as faculdades mentais do major, manifestou calorosamente a ambição que nutria de o ver sair triunfante naquela estreia, prometeu que o recomendaria a alguns amigos que tinha no *Correio Mercantil*, e só estacou e empalideceu quando viu o major, trêmulo de bem-aventurança, abrir o rolo que trazia consigo.

– Agradeço-lhe as suas boas intenções, disse Lopo Alves, e aceito o obséquio que me promete; antes dele, porém, desejo outro. Sei que é inteligente e lido; há de me dizer francamente o que pensa deste trabalho. Não lhe peço elogios, exijo franqueza e franqueza rude. Se achar que não é bom, diga-o sem rebuço.

Duarte procurou desviar aquele cálix de amargura; mas era difícil pedi-lo, e impossível alcançá-lo. Consultou melancolicamente o relógio, que marcava nove horas e cinquenta e cinco minutos, enquanto o major folheava paternalmente as cento e oitenta folhas do manuscrito.

– Isto vai depressa, disse Lopo Alves; eu sei o que são rapazes e o que são bailes. Descanse que ainda hoje dançará duas ou três valsas com *ela*, se a tem, ou com elas. Não acha melhor irmos para o seu gabinete?

Era indiferente, para o bacharel, o lugar do suplício; acedeu ao desejo do hóspede. Este, com a liberdade que lhe davam as relações, disse ao moleque que não deixasse entrar ninguém. O algoz não queria testemunhas. A porta do gabinete fechou-se; Lopo Alves tomou lugar ao pé da mesa, tendo em frente o bacharel, que mergulhou o corpo e o desespero numa vasta poltrona de marroquim, a não dizer palavra para ir mais depressa ao termo.

O drama dividia-se em sete quadros. Esta indicação produziu um calafrio no ouvinte. Nada havia de novo naquelas cento e oitenta páginas, senão a letra do autor. O mais eram os lances, os caracteres, as *ficelles* e até o estilo dos mais acabados tipos do romantismo desgrenhado. Lopo Alves cuidava pôr por obra uma invenção, quando não fazia mais do que alinhavar as suas reminiscências. Noutra ocasião, a obra seria um bom passatempo. Havia logo no primeiro quadro, espécie de prólogo, uma criança roubada à família, um envenenamento, dois embuçados, a ponta de um punhal e quantidade de adjetivos não menos afiados que o punhal. No segundo quadro dava-se conta da morte de um dos embuçados, que devia ressuscitar no terceiro, para ser preso no quinto, e matar o tirano no sétimo. Além da morte aparente do embuçado, havia no segundo quadro o rapto da menina, já então moça de dezessete anos, um monólogo que parecia durar igual prazo, e o roubo de um testamento.

Eram quase onze horas quando acabou a leitura deste segundo quadro. Duarte mal podia conter a cólera; era já impossível ir ao Rio Comprido. Não é fora de propósito conjecturar que, se o major expirasse naquele momento, Duarte agradecia a morte como um benefício da Providência. Os sentimentos do bacharel não faziam crer tamanha ferocidade; mas a leitura de um mau livro é capaz de produzir fenômenos ainda mais espantosos. Acresce que, enquanto aos olhos carnais do bacharel aparecia em toda a sua espessura a grenha de Lopo Alves, fulgiam-lhe ao espírito os fios de ouro que ornavam a formosa cabeça de Cecília; via-a com os olhos azuis, a tez branca e rosada, e gesto delicado e gracioso, dominando todas as demais damas que deviam estar no salão da viúva Meneses. Via aquilo, e ouvia mentalmente a música, a palestra, o soar dos passos, e o ruge-ruge das sedas; enquanto a voz rouquenha e sensaborona de Lopo Alves ia desfiando os quadros e os diálogos, com a impassibilidade de uma grande convicção.

Voava o tempo, e o ouvinte já não sabia a conta dos quadros. Meia-noite soara desde muito; o baile estava perdido. De repente, viu Duarte que o major enrolava outra vez o manuscrito, erguia-se, empertigava-se, cravava nele uns olhos odientos e maus, e saía arrebatadamente do gabinete. Duarte quis chamá-lo, mas o pasmo tolhera-lhe a voz e os movimentos. Quando pôde dominar-se, ouviu o bater do tacão rijo e colérico do dramaturgo na pedra da calçada. Foi à janela; nada viu nem ouviu; autor e drama tinham desaparecido.

– Por que não fez ele isso há mais tempo? – disse o rapaz suspirando.

O suspiro mal teve tempo de abrir as asas e sair pela janela fora, em demanda do Rio Comprido, quando o moleque do bacharel veio anunciar-lhe a visita de um homem baixo e gordo.

– A esta hora! – exclamou Duarte.

– A esta hora – repetiu o homem baixo e gordo, entrando na sala. – A esta ou a qualquer hora, pode a polícia entrar na casa do cidadão, uma vez que se trata de um delito grave.

– Um delito!

– Creio que me conhece...

– Não tenho essa honra.

– Sou empregado na polícia.

– Mas que tenho eu com o senhor? De que delito se trata?

– Pouca coisa: um furto. O senhor é acusado de ter subtraído uma chinela turca. Aparentemente não vale nada ou vale pouco a tal chinela. Mas há chinela e chinela. Tudo depende das circunstâncias.

O homem disse isto com um riso sarcástico, e cravando no bacharel uns olhos de inquisidor. Duarte não sabia sequer da existência do objeto roubado. Concluiu que havia equívoco de nome, e não se zangou com a injúria irrogada à sua pessoa, e de algum modo à sua classe, atribuindo-se-lhe a ratonice. Isto mesmo disse ao empregado da polícia, acrescentando que não era motivo, em todo caso, para incomodá-lo a semelhante hora.

– Há de perdoar-me – disse o representante da autoridade. – A chinela de que se trata vale algumas dezenas de contos de réis; é ornada de finíssimos diamantes, que a tornam singularmente preciosa. Não é turca só pela forma, mas também pela origem. A dona, que é uma de nossas patrícias mais viageiras, esteve, há cerca de três anos, no Egito, onde a comprou a um judeu. A história, que este aluno de Moisés referiu acerca daquele produto da indústria muçulmana, é verdadeiramente miraculosa, e, no meu sentir, perfeitamente mentirosa. Mas não vem ao caso dizê-la. O que importa saber é que ela foi roubada e que a polícia tem denúncia contra o senhor.

Neste ponto do discurso, chegara-se o homem à janela; Duarte suspeitou que fosse um doido ou um ladrão. Não teve tempo de examinar a suspeita, porque, dentro de alguns segundos, viu entrar cinco homens armados, que lhe lançaram as mãos e o levaram, escada abaixo, sem embargo dos gritos que soltava e dos movimentos desesperados que fazia. Na rua havia um carro, onde o meteram à força. Já lá estava o homem baixo e gordo, e mais um sujeito alto e magro, que o receberam e fizeram sentar no fundo do carro. Ouviu-se estalar o chicote do cocheiro e o carro partiu à desfilada.

– Ah! Ah! – disse o homem gordo. – Com que então pensava que podia impunemente furtar chinelas turcas, namorar moças louras, casar talvez com elas... e rir ainda por cima do gênero humano.

Ouvindo aquela alusão à dama dos seus pensamentos, Duarte teve um calafrio. Tratava-se, ao que parecia, de algum desforço de rival suplantado. Ou a alusão seria casual e estranha à aventura? Duarte perdeu-se num cipoal de conjecturas, enquanto o carro ia sempre andando a todo galope. No fim de algum tempo, arriscou uma observação.

– Quaisquer que sejam os meus crimes, suponho que a polícia...

– Nós não somos da polícia – interrompeu friamente o homem magro.

– Ah!

– Este cavalheiro e eu fazemos um par. Ele, o senhor e eu fazemos um terno. Ora, terno não é melhor que par; não é, não pode ser. Um casal é o ideal. Provavelmente não me entendeu?

– Não, senhor.

– Há de entender logo mais.

Duarte resignou-se à espera, enfronhou-se no silêncio, derreou o corpo, e deixou correr o carro e a aventura. Obra de cinco minutos depois estacavam os cavalos.

– Chegamos – disse o homem gordo.

Dizendo isto, tirou um lenço da algibeira e ofereceu-o ao bacharel para que tapasse os olhos. Duarte recusou, mas o homem magro observou-lhe que era mais prudente obedecer que resistir. Não resistiu o bacharel; atou o lenço e apeou-se. Ouviu, daí a pouco, ranger uma porta; duas pessoas – provavelmente as mesmas que o acompanharam no carro – seguraram-lhe as mãos e o conduziram por uma infinidade de corredores e escadas. Andando, ouvia o bacharel algumas vozes desconhecidas, palavras soltas, frases truncadas. Afinal pararam; disseram-lhe que se sentasse e destapasse os olhos. Duarte obedeceu; mas ao desvendar-se, não viu ninguém mais.

Era uma sala vasta, assaz iluminada, trastejada com elegância e opulência. Era talvez sobreposse a variedade dos adornos; contudo, a pessoa que os escolhera devia ter gosto apurado. Os bronzes, charões, tapetes, espelhos – a cópia infinita de objetos que enchiam a sala, era tudo da melhor fábrica. A vista daquilo restituiu a serenidade de ânimo ao bacharel; não era provável que ali morassem ladrões.

Reclinou-se o moço indolentemente na otomana... Na otomana! Esta circunstância trouxe à memória do rapaz o princípio da aventura e o roubo da chinela. Alguns minutos de reflexão bastaram para ver que a tal chinela era já agora mais que problemática. Cavando mais fundo no terreno das conjecturas, pareceu-lhe achar uma explicação nova e definitiva. A chinela vinha a ser pura metáfora; tratava-se do coração de Cecília, que ele roubara, delito de que o queria punir o já imaginado rival. A isto deviam ligar-se naturalmente as palavras misteriosas do homem magro: o par é melhor que o terno; um casal é o ideal.

"Há de ser isto", concluiu Duarte; "mas quem será esse pretendente derrotado?"

Neste momento abriu-se uma porta do fundo da sala e negrejou a batina de um padre alvo e calvo. Duarte levantou-se, como por efeito de uma mola. O padre atravessou lentamente a sala, ao passar por ele deitou-lhe a bênção, e foi sair por outra porta rasgada na parede fronteira. O bacharel ficou sem movimento, a olhar para a porta, a olhar sem ver, estúpido de todos os sentidos. O inesperado daquela aparição baralhou totalmente as ideias anteriores a respeito da aventura. Não teve tempo, entretanto, de cogitar alguma nova explicação, porque a primeira porta foi de novo aberta e entrou por ela outra figura, desta vez o homem magro, que foi direito a ele e o convidou a segui-lo. Duarte não opôs resistência. Saíram por uma terceira porta, e, atravessados alguns corredores mais ou menos alumiados, foram dar a outra sala, que só o era por duas velas postas em castiçais de prata. Os castiçais estavam sobre uma mesa larga. Na cabeceira desta havia um homem velho que representava ter cinquenta e cinco anos; era uma figura atlética, farta de cabelos na cabeça e na cara.

– Conhece-me? – perguntou o velho, logo que Duarte entrou na sala.

– Não, senhor.

– Nem é preciso. O que vamos fazer exclui absolutamente a necessidade de qualquer apresentação. Saberá em primeiro lugar que o roubo da chinela foi um simples pretexto...

– Oh! Decerto! – interrompeu Duarte.

– Um simples pretexto – continuou o velho – para trazê-lo a esta nossa casa. A chinela não foi roubada; nunca saiu das mãos da dona. João Rufino, vá buscar a chinela.

O homem magro saiu, e o velho declarou ao bacharel que a famosa chinela não tinha nenhum diamante, nem fora comprada a nenhum judeu do Egito; era, porém, turca, segundo se lhe disse, e um milagre de pequenez. Duarte ouviu as explicações, e, reunindo todas as forças, perguntou resolutamente:

– Mas, senhor, não me dirá de uma vez o que querem de mim e o que estou fazendo nesta casa?

– Vai sabê-lo – respondeu tranquilamente o velho.

A porta abriu-se e apareceu o homem magro com a chinela na mão. Duarte, convidado a aproximar-se da luz, teve ocasião de verificar que a pequenez era realmente miraculosa. A chinela era de marroquim finíssimo; no assento do pé, estufado e forrado de seda cor azul, rutilavam duas letras bordadas a ouro.

– Chinela de criança, não lhe parece? – disse o velho.

– Suponho que sim.

– Pois supõe mal; é chinela de moça.

– Será; nada tenho com isso.

– Perdão! Tem muito, porque vai casar com a dona.

– Casar! – exclamou Duarte.

– Nada menos. João Rufino, vá buscar a dona da chinela.

Saiu o homem magro, e voltou logo depois. Assomando à porta, levantou o reposteiro e deu entrada a uma mulher, que caminhou para o centro da sala. Não era mulher, era uma sílfide, uma visão de poeta, uma criatura divina. Era loura; tinha os olhos azuis, como os de Cecília, extáticos, uns olhos que buscavam o céu ou pareciam viver dele. Os cabelos, desleixadamente penteados, faziam-lhe em volta da cabeça, um como resplendor de santa; santa somente, não mártir, porque o sorriso que lhe desabrochava os lábios, era um sorriso de bem-aventurança, como raras vezes há de ter tido a terra. Um vestido branco, de finíssima cambraia, envolvia-lhe castamente o corpo, cujas formas aliás desenhava, pouco para os olhos, mas muito para a imaginação.

Um rapaz, como o bacharel, não perde o sentimento da elegância, ainda em lances daqueles. Duarte, ao ver a moça, compôs o chambre, apalpou a gravata e fez uma cerimoniosa cortesia, a que ela correspondeu com tamanha gentileza e graça, que a aventura começou a parecer muito menos aterradora.

– Meu caro doutor, esta é a noiva.

A moça abaixou os olhos; Duarte respondeu que não tinha vontade de casar.

– Três coisas vai o senhor fazer agora mesmo – continuou impassivelmente o velho – a primeira é casar; a segunda, escrever o seu testamento; a terceira, engolir certa droga do Levante...

– Veneno! – interrompeu Duarte.

– Vulgarmente é esse o nome; eu dou-lhe outro: passaporte do céu.

Duarte estava pálido e frio. Quis falar, não pôde; um gemido, sequer, não lhe saiu do peito. Rolaria ao chão, se não houvesse ali perto uma cadeira em que se deixou cair.

– O senhor – continuou o velho – tem uma fortunazinha de cento e cinquenta contos. Esta pérola será a sua herdeira universal. João Rufino, vá buscar o padre.

O padre entrou, o mesmo padre calvo que abençoara o bacharel pouco antes; entrou e foi direto ao moço, engrolando sonolentamente um trecho de Neemias ou qualquer outro profeta menor; travou-lhe da mão e disse:

– Levante-se!

– Não! Não quero! Não me casarei!

– E isto? – disse da mesa o velho, apontando-lhe uma pistola.

– Mas então é um assassinato?

– É; a diferença está no gênero de morte: ou violenta com isto, ou suave com a droga. Escolha!

Duarte suava e tremia. Quis levantar-se e não pôde. Os joelhos batiam um contra o outro. O padre chegou-se-lhe ao ouvido, e disse baixinho:

– Quer fugir?

– Oh! Sim! – exclamou, não com os lábios, que podia ser ouvido, mas com os olhos em que pôs toda a vida que lhe restava.

– Vê aquela janela? Está aberta; embaixo fica um jardim. Atire-se dali sem medo.

– Oh! Padre! – disse baixinho o bacharel.

– Não sou padre, sou tenente do exército. Não diga nada.

A janela estava apenas cerrada; via-se pela fresta uma nesga do céu, já meio claro. Duarte não hesitou, coligiu todas as forças, deu um pulo do lugar onde estava e atirou-se a Deus misericórdia por ali abaixo. Não era grande altura, a queda foi pequena; ergueu-se o moço rapidamente, mas o homem gordo, que estava no jardim, tomou-lhe o passo.

– Que é isso? – perguntou ele rindo.

Duarte não respondeu, fechou os punhos, bateu com eles violentamente nos peitos do homem e deitou a correr pelo jardim fora. O homem não caiu; sentiu apenas um grande abalo; e, uma vez passada a impressão, seguiu no encalço do fugitivo. Começou então uma carreira vertiginosa. Duarte ia saltando cercas e muros, calcando canteiros, esbarrando árvores, que uma ou outra vez se lhe erguiam na frente. Escorria-lhe o suor em bica, alteava-se-lhe o peito, as forças iam a perder-se pouco a pouco; tinha uma das mãos ferida, a camisa salpicada do orvalho das folhas, duas vezes esteve a ponto de ser apanhado, o chambre pegara-se-lhe em uma cerca de espinhos. Enfim, cansado, ferido, ofegante, caiu nos degraus de pedra de uma casa, que havia no meio do último jardim que atravessara.

Olhou para trás; não viu ninguém; o perseguidor não o acompanhara até ali. Podia vir, entretanto; Duarte ergueu-se a custo, subiu os quatro degraus que lhe faltavam, e entrou na casa, cuja porta, aberta, dava para uma sala pequena e baixa.

Um homem que ali estava, lendo um número do *Jornal do Commercio*, pareceu não o ter visto entrar. Duarte caiu numa cadeira. Fitou os olhos no homem. Era o major Lopo Alves. O major, empunhando a folha, cujas dimensões iam-se tornando extremamente exíguas, exclamou repentinamente:

– Anjo do céu, estás vingado! Fim do último quadro.

Duarte olhou para ele, para a mesa, para as paredes, esfregou os olhos, respirou à larga.

– Então! Que tal lhe pareceu?

– Ah! Excelente! – respondeu o bacharel, levantando-se.

– Paixões fortes, não?

– Fortíssimas. Que horas são?

– Deram duas agora mesmo.

Duarte acompanhou o major até a porta, respirou ainda uma vez, apalpou-se, foi até a janela. Ignora-se o que pensou durante os primeiros minutos; mas, ao cabo de um quarto de hora, eis o que ele dizia consigo: "Ninfa, doce amiga, fantasia inquieta e fértil, tu me salvaste de uma ruim peça com um sonho original, substituíste-me o tédio por um pesadelo: foi um bom negócio. Um bom negócio e uma grave lição: provaste-me ainda uma vez que o melhor drama está no espectador e não no palco."

6
Noite de almirante*

Deolindo Venta-Grande (era uma alcunha de bordo) saiu do arsenal de marinha e enfiou pela Rua de Bragança. Batiam três horas da tarde. Era a fina flor dos marujos e, de mais, levava um grande ar de felicidade nos olhos. A corveta dele voltou de uma longa viagem de instrução, e Deolindo veio à terra tão depressa alcançou licença. Os companheiros disseram-lhe rindo:

– Ah! Venta-Grande! Que noite de almirante vai você passar! Ceia, viola e os braços de Genoveva. Colozinho de Genoveva...

Deolindo sorriu. Era assim mesmo, uma noite de almirante, como eles dizem, uma dessas grandes noites de almirante que o esperava em terra. Começara a paixão três meses antes de sair a corveta. Chamava-se Genoveva, caboclinha de vinte anos, esperta, olho negro e atrevido. Encontraram-se em casa de terceiro e ficaram morrendo um pelo outro, a tal ponto que estivera prestes a dar uma cabeçada, ele deixaria o serviço e ela o acompanharia para a vila mais recôndita do interior.

A velha Inácia, que morava com ela, dissuadiu-os disso; Deolindo não teve remédio senão seguir em viagem de instrução. Eram oito ou dez meses de ausência. Como fiança recíproca, entenderam dever fazer um juramento de fidelidade.

– Juro por Deus que está no céu. E você?

– Eu também.

– Diz direito.

– Juro por Deus que está no céu; a luz me falte na hora da morte.

Estava celebrado o contrato. Não havia descrer da sinceridade de ambos; ela corava doidamente, ele mordia o beiço para dissimular. Afinal separam-se. Genoveva foi ver sair a corveta e voltou para casa com um

---

*Publicado no periódico *Gazeta de Notícias* (10/2/1884). Reunido pelo autor no livro *Histórias sem data* (1884).

tal aperto no coração que parecia que "lhe ia dar uma coisa". Não lhe deu nada, felizmente; os dias foram passando, as semanas, os meses, dez meses, ao cabo dos quais, a corveta tornou e Deolindo com ela.

Lá vai ele agora, pela Rua de Bragança, Prainha e Saúde, até ao princípio da Gamboa, onde mora Genoveva. A casa é uma rotulazinha escura, portal rachado do sol, passando o Cemitério dos Ingleses; lá deve estar Genoveva, debruçada à janela, esperando por ele. Deolindo prepara uma palavra que lhe diga. Já formulou esta: "Jurei e cumpri", mas procura outra melhor. Ao mesmo tempo lembra as mulheres que viu por esse mundo de Cristo, italianas, marselhesas ou turcas, muitas delas bonitas, ou que lhe pareciam tais. Concorda que nem todas seriam para os beiços dele, mas algumas eram, e nem por isso fez caso de nenhuma. Só pensava em Genoveva. A mesma casinha dela, tão pequenina, e a mobília de pé quebrado, tudo velho e pouco, isso mesmo lhe lembrava diante dos palácios de outras terras. Foi à custa de muita economia que comprou em Trieste um par de brincos, que leva agora no bolso com algumas bugigangas. E ela que lhe guardaria? Pode ser que um lenço marcado com o nome dele e uma âncora na ponta, porque ela sabia marcar muito bem. Nisto chegou à Gamboa, passou o cemitério e deu com a casa fechada. Bateu, falou-lhe uma voz conhecida, a da velha Inácia, que veio abrir-lhe a porta com grandes exclamações de prazer. Deolindo, impaciente, perguntou por Genoveva.

– Não me fale nessa maluca – arremeteu a velha. – Estou bem satisfeita com o conselho que lhe dei. Olhe lá se fugisse. Estava agora como o lindo amor.

– Mas que foi? Que foi?

A velha disse-lhe que descansasse, que não era nada, uma dessas coisas que aparecem na vida; não valia a pena zangar-se. Genoveva andava com a cabeça virada...

– Mas virada por quê?

– Está com um mascate, José Diogo. Conheceu José Diogo, mascate de fazendas? Está com ele. Não imagina a paixão que eles têm um pelo outro. Ela então anda maluca. Foi o motivo da nossa briga. José Diogo não me saía da porta; eram conversas e mais conversas, até que eu um dia disse que não queria a minha casa difamada. Ah! Meu pai do céu! Foi um dia de juízo. Genoveva investiu para mim com uns olhos deste tamanho, dizendo que nunca difamou ninguém e não precisava de esmolas. Que esmolas, Genoveva? O que digo é que não quero esses cochichos à porta, desde as ave-marias... Dois dias depois estava mudada e brigada comigo.

– Onde mora ela?

– Na Praia Formosa, antes de chegar à pedreira, uma rótula pintada de novo.

Deolindo não quis ouvir mais nada. A velha Inácia, um tanto arrependida, ainda lhe deu avisos de prudência, mas ele não os escutou e foi andando. Deixo de notar o que pensou em todo o caminho; não pensou nada. As ideias marinhavam-lhe no cérebro, como em hora de temporal, no meio de uma confusão de ventos e apitos. Entre elas rutilou a faca de bordo, ensanguentada e vingadora. Tinha passado a Gamboa, o Saco do Alferes, entrara na Praia Formosa. Não sabia o número de casa, mas era perto da pedreira, pintada de novo, e com auxílio da vizinhança poderia achá-la. Não contou com o acaso que pegou de Genoveva e fê-la sentar à janela, cosendo, no momento em que Deolindo ia passando. Ele conheceu-a e parou; ela, vendo o vulto de um homem, levantou os olhos e deu com o marujo.

– Que é isso? – exclamou espantada. – Quando chegou? Entre, seu Deolindo.

E, levantando-se, abriu a rótula e fê-lo entrar. Qualquer outro homem ficaria alvoroçado de esperanças, tão francas eram as maneiras da rapariga; podia ser que a velha se enganasse ou mentisse; podia ser mesmo que a cantiga do mascate estivesse acabada. Tudo isso lhe passou pela cabeça, sem a forma precisa do raciocínio ou da reflexão, mas em tumulto e rápido. Genoveva deixou a porta aberta, fê-lo sentar-se, pediu-lhe notícias da viagem e achou-o mais gordo; nenhuma comoção nem intimidade. Deolindo perdeu a última esperança. Em falta de faca, bastavam-lhe as mãos para estrangular Genoveva, que era um pedacinho de gente, e durante os primeiros minutos não pensou em outra coisa.

– Sei tudo – disse ele.

– Quem lhe contou?

Deolindo levantou os ombros.

– Fosse quem fosse – tornou ela –, disseram-lhe que eu gostava muito de um moço?

– Disseram.

– Disseram a verdade.

Deolindo chegou a ter um ímpeto; ela fê-lo parar só com a ação dos olhos. Em seguida disse que, se lhe abrira a porta, é porque contava que era um homem de juízo. Contou-lhe então tudo, as saudades que curtira, as propostas do mascate, as suas recusas, até que um dia, sem saber como, amanhecera gostando dele.

– Pode crer que pensei muito e muito em você. Sinhá Inácia que lhe diga se não chorei muito... Mas o coração mudou... Mudou... Conto-lhe tudo isto, como se estivesse diante do padre – concluiu sorrindo.

Não sorria de escárnio. A expressão das palavras é que era uma mescla de candura e cinismo, de insolência e simplicidade, que desisto de definir melhor. Creio até que insolência e cinismo são mal aplicados. Genoveva não se defendia de um erro ou de um perjúrio; não se defendia de nada; faltava-lhe o padrão moral das ações. O que dizia, em resumo, é que era melhor não ter mudado, dava-se bem com a afeição do Deolindo, a prova é que quis fugir com ele; mas, uma vez que o mascate venceu o marujo, a razão era do mascate, e cumpria declará-lo. Que vos parece? O pobre marujo citava o juramento de despedida, como uma obrigação eterna, diante da qual consentira em não fugir e embarcar: "Juro por Deus que está no céu; a luz me falte na hora da morte." Se embarcou, foi porque ela lhe jurou isso. Com essas palavras é que andou, viajou, esperou e tornou; foram elas que lhe deram a força de viver. Juro por Deus que está no céu: a luz me falte na hora da morte...

– Pois, sim, Deolindo, era verdade. Quando jurei, era verdade. Tanto era verdade que eu queria fugir com você para o sertão. Só Deus sabe se era verdade! Mas vieram outras coisas... Veio este moço e eu comecei a gostar dele...

– Mas a gente jura é para isso mesmo; é para não gostar de mais ninguém...

– Deixa disso, Deolindo. Então você só se lembrou de mim? Deixa de partes...

– A que horas volta José Diogo?

– Não volta hoje.

– Não?

– Não volta; está lá para os lados de Guaratiba com a caixa; deve voltar sexta-feira ou sábado... E por que é que você quer saber? Que mal lhe fez ele?

Pode ser que qualquer outra mulher tivesse igual palavra; poucas lhe dariam uma expressão tão cândida, não de propósito, mas involuntariamente. Vede que estamos aqui muito próximos da natureza. Que mal lhe fez ele? Que mal lhe fez esta pedra que caiu de cima? Qualquer mestre de física lhe explicaria a queda das pedras. Deolindo declarou, com um gesto de desespero, que queria matá-lo. Genoveva olhou para ele com desprezo, sorriu de leve e deu um muxoxo; e, como ele lhe falasse de ingratidão e perjúrio, não pôde disfarçar o pasmo. Que perjúrio? Que ingratidão? Já lhe tinha dito e repetia que quando jurou era verdade. Nossa Senhora, que ali estava, em cima da cômoda, sabia se era verdade ou não. Era assim que lhe pagava o que padeceu? E ele que tanto enchia a boca de fidelidade, tinha-se lembrado dela por onde andou?

A resposta dele foi meter a mão no bolso e tirar o pacote que lhe trazia. Ela abriu-o, aventou as bugigangas, uma por uma, e por fim deu com os brincos. Não eram nem poderiam ser ricos; eram mesmo de mau gosto, mas faziam uma vista de todos os diabos. Genoveva pegou deles, contente, deslumbrada, mirou-os por um lado e outro, perto e longe dos olhos, e afinal enfiou-os nas orelhas; depois foi ao espelho de pataca, suspenso na parede, entre a janela e a rótula, para ver o efeito que lhe faziam. Recuou, aproximou-se, voltou a cabeça da direita para a esquerda e da esquerda para a direita.

– Sim, senhor, muito bonitos – disse ela, fazendo uma grande mesura de agradecimento. – Onde é que comprou?

Creio que ele não respondeu nada, não teria tempo para isso, porque ela disparou mais duas ou três perguntas, uma atrás da outra, tão confusa estava de receber um mimo a troco de um esquecimento. Confusão de cinco ou quatro minutos; pode ser que dois. Não tardou que tirasse os brincos, e os contemplasse e pusesse na caixinha em cima da mesa redonda que estava no meio da sala. Ele pela sua parte começou a crer que, assim como a perdeu, estando ausente, assim o outro, ausente, podia também perdê-la; e, provavelmente, ela não lhe jurara nada.

– Brincando, brincando, é noite – disse Genoveva.

Com efeito, a noite ia caindo rapidamente. Já não podiam ver o hospital dos Lázaros e mal distinguiam a ilha dos Melões; as mesmas lanchas e canoas, postas em seco, defronte da casa, confundiam-se com a terra e o lodo da praia. Genoveva acendeu uma vela. Depois foi sentar-se na soleira da porta e pediu-lhe que contasse alguma coisa das terras por onde andara. Deolindo recusou a princípio; disse que se ia embora, levantou-se e deu alguns passos na sala. Mas o demônio da esperança mordia e babujava o coração do pobre-diabo, e ele voltou a sentar-se, para dizer duas ou três anedotas de bordo. Genoveva escutava com atenção. Interrompidos por uma mulher da vizinhança, que ali veio,

Genoveva fê-la sentar-se também para ouvir "as bonitas histórias que o Sr. Deolindo estava contando". Não houve outra apresentação. A grande dama que prolonga a vigília para concluir a leitura de um livro ou de um capítulo, não vive mais intimamente a vida dos personagens do que a antiga amante do marujo vivia as cenas que ele ia contando, tão livremente interessada e presa, como se entre ambos não houvesse mais que uma narração de episódios. Que importa à grande dama o autor do livro? Que importava a esta rapariga o contador dos episódios?

A esperança, entretanto, começava a desampará-lo e ele levantou-se definitivamente para sair. Genoveva não quis deixá-lo sair antes que a amiga visse os brincos, e foi mostrar-lhos com grandes encarecimentos. A outra ficou encantada, elogiou-os muito, perguntou se os comprara em França e pediu a Genoveva que os pusesse.

– Realmente, são muitos bonitos.

Quero crer que o próprio marujo concordou com essa opinião. Gostou de os ver, achou que pareciam feitos para ela e, durante alguns segundos, saboreou o prazer exclusivo e superfino de haver dado um bom presente; mas foram só alguns segundos.

Como ele se despedisse, Genoveva acompanhou-o até a porta para lhe agradecer ainda uma vez o mimo, e provavelmente dizer-lhe algumas coisas meigas e inúteis. A amiga, que deixara ficar na sala, apenas lhe ouviu esta palavra: "Deixa disso, Deolindo"; e esta outra do marinheiro: "Você verá." Não pôde ouvir o resto, que não passou de um sussurro.

Deolindo seguiu, praia fora, cabisbaixo e lento, não já o rapaz impetuoso da tarde, mas com um ar velho e triste, ou, para usar outra metáfora de marujo, como um homem "que vai do meio caminho para terra". Genoveva entrou logo depois, alegre e barulhenta. Contou à outra a anedota dos seus amores marítimos, gabou muito o gênio do Deolindo e os seus bonitos modos; a amiga declarou achá-lo grandemente simpático.

– Muito bom rapaz – insistiu Genoveva. – Sabe o que ele me disse agora?

– Que foi?

– Que vai matar-se.

– Jesus!

– Qual o quê! Não se mata, não. Deolindo é assim mesmo; diz as coisas, mas não faz. Você verá que não se mata. Coitado, são ciúmes. Mas os brincos são muito engraçados.

– Eu aqui ainda não vi destes.

– Nem eu – concordou Genoveva, examinando-os à luz. Depois guardou-os e convidou a outra a coser. – Vamos coser um bocadinho, quero acabar o meu corpinho azul...

A verdade é que o marinheiro não se matou. No dia seguinte, alguns dos companheiros bateram-lhe no ombro, cumprimentando-o pela noite de almirante, e pediram-lhe notícias de Genoveva, se estava mais bonita, se chorara muito na ausência, etc. Ele respondia a tudo com um sorriso satisfeito e discreto, um sorriso de pessoa que viveu uma grande noite. Parece que teve vergonha da realidade e preferiu mentir.

7
Questões de maridos*

— O subjetivo... O subjetivo... Tudo através do subjetivo – costumava dizer o velho professor Morais Pancada.

Era um sestro. Outro sestro era sacar de uma gaveta dois maços de cartas para demonstrar a proposição. Cada maço pertencia a uma de duas sobrinhas, já falecidas. A destinatária das cartas era a tia delas, mulher do professor, senhora de sessenta e tantos anos, e asmática. Esta circunstância da asma é perfeitamente ociosa para o nosso caso; mas isto mesmo lhes mostrará que o caso é verídico.

Luísa e Marcelina eram os nomes das sobrinhas. O pai delas, irmão do professor, morrera pouco depois da mãe, que as deixou crianças; de maneira que a tia é quem as criou, educou e casou. A primeira casou com dezoito anos, e a segunda com dezenove, mas casaram no mesmo dia. Uma e outra eram bonitas, ambas pobres.

– Coisa extraordinária! – disse o professor à mulher um dia.

– Que é?

– Recebi duas cartas, uma do Candinho, outra do Soares, pedindo... pedindo o quê?

– Diga.

– Pedindo a Luísa...

– Os dois?

– E a Marcelina.

– Ah!

Este *ah!*, traduzido literalmente, queria dizer: *já desconfiava isso mesmo.* O extraordinário para o velho professor era que o pedido de ambos fosse feito na mesma ocasião. Mostrou ele as cartas à mulher, que as leu, e aprovou a escolha. Candinho pedia a Luísa; Soares, a Marcelina. Eram ambos moços, e pareciam gostar muito delas.

---

*Publicado no periódico *A Estação* (15-07-1883).

As sobrinhas, quando o tio lhes comunicou o pedido, já estavam com os olhos baixos; não simularam espanto, porque elas mesmas é que tinham dado autorização aos namorados. Não é preciso dizer que ambas declararam aceitar os noivos; nem que o professor, à noite, escovou toda a sua retórica para responder conveniente aos dois candidatos.

Outra coisa que não digo – mas é por não saber absolutamente –, é o que se passou entre as duas irmãs, uma vez recolhidas naquela noite. Por alguns leves cochichos, pode crer-se que ambas se davam por bem-aventuradas, propunham planos de vida, falavam deles, e, às vezes não diziam nada, deixando-se estar com as mãos presas e os olhos no chão. É que realmente gostavam dos noivos, e eles delas, e o casamento vinha coroar as suas ambições.

Casaram-se. O professor visitou-as no fim de oito dias, e achou-as felizes. Felizes, ou mais ou menos, se passaram os primeiros meses. Um dia, o professor teve de ir viver em Nova Friburgo, e as sobrinhas ficaram na corte, onde os maridos eram empregados. No fim de algumas semanas de estada em Nova Friburgo, eis a carta que a mulher do professor recebeu de Luísa:

Titia,

Estimo que a senhora tenha passado bem, em companhia do titio, e que dos incômodos vá melhor. Nós vamos bem. Candinho agora anda com muito trabalho, e não pode deixar a corte nem um dia. Logo que ele esteja mais desembaraçado iremos vê-los.

Eu continuo feliz; Candinho é um anjo, um anjo do céu. Fomos domingo ao teatro da Fênix, e ri-me muito com a peça. Muito engraçada! Quando descerem, se a peça ainda estiver em cena, hão de vê-la também.

Até breve, escreva-me, lembranças a titio, minhas e do Candinho.

LUÍSA

Marcelina não escreveu logo, mas dez ou doze dias depois. A carta dizia assim:

Titia,

Não lhe escrevi há mais tempo, por andar com atrapalhações de casa; e aproveito esta abertazinha para lhe pedir que me mande notícias suas, e de titio. Eu não sei se poderei ir lá; se puder, creia que irei correndo. Não repare nas poucas linhas, estou muito aborrecida. Até breve.

MARCELINA

– Vejam – comentava o professor – vejam a diferença das duas cartas. A de Marcelina com esta expressão: *estou muito aborrecida*; e nenhuma palavra do Soares. Minha mulher não reparou na diferença, mas eu notei-a, e disse-lha, ela entendeu aludir a isso na resposta, e perguntou-lhe como é que uma moça, casada de meses, podia ter aborrecimentos. A resposta foi esta:

Titia,

Recebi a sua carta, e estimo que não tenha alteração na saúde nem o titio. Nós vamos bem e por aqui não há novidade. Pergunta-me por que é que uma moça, casada de fresco, pode ter aborrecimentos? Quem lhe disse que eu tinha aborrecimentos? Escrevi que estava aborrecida, é verdade; mas então a gente não pode um momento ou outro deixar de estar alegre?

É verdade que esses momentos meus são compridos, muito compridos. Agora mesmo, se lhe dissesse o que se passa em mim, ficaria admirada. Mas, enfim, Deus é grande...

MARCELINA

– Naturalmente, a minha velha ficou desconfiada. Havia alguma coisa, algum mistério, maus-tratos, ciúmes, qualquer coisa. Escreveu-lhe pedindo que dissesse tudo, em particular, que a carta dela não seria mostrada a ninguém. Marcelina, animada pela promessa, escreveu o seguinte:

Titia,

Gastei todo o dia a pensar na sua carta, sem saber se obedecesse ou não; mas, enfim, resolvi obedecer, não só porque a senhora é boa e gosta de mim, como porque preciso de desabafar.

É verdade, titia, padeço muito, muito; não imagina. Meu marido é um friarrão, não me ama, parece até que lhe causo aborrecimento.

Nos primeiros oito dias ainda as coisas foram bem: era a novidade do casamento. Mas logo depois comecei a sentir que ele não correspondia ao meu sonho de marido. Não era um homem terno, dedicado, firme, vivendo de mim e para mim. Ao contrário, parece outro, inteiramente outro, caprichoso, intolerante, gelado, pirracento, e não ficarei admirada se me disserem que ele ama a outra. Tudo é possível, por minha desgraça... É isto que queria ouvir? Pois aí tem. Digo-lhe em segredo; não conte a ninguém, e creia na sua desgraçada sobrinha do coração.

MARCELINA

– Ao mesmo tempo que esta carta chegava às mãos da minha velha – continuou o professor – recebia ela esta outra de Luísa:

Titia,

Há muitos dias que ando com vontade de escrever-lhe; mas ora uma coisa, ora outra, e não tenho podido. Hoje há de ser sem falta, embora a carta saia pequena.

Já lhe disse que continuo a ter uma vida feliz? Não imagina; muito feliz. Candinho até me chama doida quando vê a minha alegria; mas eu respondo que ele pode dizer o que quiser, e continuo a ser feliz, contanto que ele o seja também, e pode crer que ambos o somos. Ah! Titia! Em boa hora nos casamos! E Deus pague a titia e ao titio que aprovaram tudo. Quando descem? Eu, pelo verão, quero ver se vou lá visitá-los. Escreva-me.

LUÍSA

E o professor, empunhando as cartas lidas, continuou a comentá-las, dizendo que a mulher não deixou de advertir na diferença dos destinos. Casadas ao mesmo tempo, por escolha própria, não acharam a mesma estrela, e ao passo que uma estava tão feliz, a outra parecia tão desgraçada.

– Consultou-me se devia indagar mais alguma coisa de Marcelina, e até se conviria descer por causa dela; respondi-lhe que não, que esperássemos; podiam ser arrufos de pequena monta. Passaram-se três semanas sem cartas. Um dia a minha velha recebeu duas, uma de Luísa, outra de Marcelina; correu primeiro à de Marcelina.

Titia,

Ouvi dizer que tinham passado mal estes últimos dias. Será verdade? Se for verdade ou não, mande-me dizer. Nós vamos bem, ou como Deus é servido. Não repare na tinta apagada; é de minhas lágrimas.

MARCELINA

A outra carta era longa; mas eis aqui o trecho final. Depois de contar um espetáculo no Teatro Lírico, Luísa dizia assim:

...Em suma, titia, foi uma noite cheia, principalmente por estar ao lado do meu querido Candinho, que é cada vez mais angélico. Não imagina, não imagina. Diga-me: o titio foi assim também quando era moço? Agora, depois de velho, sei que é do mesmo gênero. Adeus, e até breve, para irmos ao teatro juntas.

LUÍSA

– As cartas continuaram a subir, sem alteração de nota, que era a mesma para ambas. Uma feliz, outra desgraçada. Nós afinal já estávamos acostumados com a situação. De certo tempo em diante, houve mesmo de parte de Marcelina uma ou outra diminuição de queixas; não que ela se desse por feliz ou satisfeita com a sorte; mas resignava-se, às vezes, e não insistia muito. As crises amiudavam-se, e as queixas tornavam ao que eram.

O professor leu ainda muitas cartas das duas irmãs. Todas confirmaram as primeiras; as duas últimas eram, principalmente, características. Sendo longas, não é possível transcrevê-las; mas vai o trecho principal. O de Luísa era este:

...O meu Candinho continua a fazer-me feliz, muito feliz. Nunca houve marido igual na terra, titia; não houve, nem haverá; digo isto porque é a verdade pura.

O de Marcelina era este:

...Paciência; o que me consola é que meu filho ou filha, se viver, será a minha consolação: nada mais...

– E então? – perguntaram as pessoas que escutavam o professor.

– Então, quê?... O subjetivo... O subjetivo...

– Explique-se.

– Está explicado, ou adivinhado, pelo menos. Comparados os dois maridos, o melhor, o mais terno, o mais fiel, era justamente o de Marcelina; o de Luísa era apenas um bandoleiro agradável, às vezes seco. Mas, um e outro, ao passarem pelo espírito das mulheres, mudavam de todo. Luísa, pouco exigente, achava o Candinho um arcanjo; Marcelina, coração insaciável, não achava no marido a soma de ternura adequada à sua natureza... O subjetivo... o subjetivo...

8

Casa, não casa*

I.

Se alguma das minhas leitoras morasse na Rua de S. Pedro da cidade nova, há coisa de quinze anos, e estivesse à janela na noite de 16 de março, entre uma e duas horas, teria ocasião de presenciar um caso extraordinário.

Morava ali, entre a Rua Formosa e a Rua das Flores, uma moça de vinte e dois anos, bonita como todas as heroínas de romances e contos, a qual moça na sobredita noite de 16 de março, entre uma e duas horas, levantou-se da cama e a passo lento foi até a sala com uma luz na mão.

Não estando as janelas fechadas, a leitora, caso morasse defronte, veria a nossa heroína pousar a vela sobre um aparador, abrir um álbum, tirar um retrato, que não saberia se era de homem ou de mulher, mas que eu lhe afirmo ser de mulher.

Tirado o retrato do álbum, pegou a moça na vela, desceu a escada, abriu a porta da rua e saiu. A leitora ficaria naturalmente assombrada com tudo isto; mas que não diria quando a visse seguir pela rua acima, voltar a das Flores, ir até a do Conde, e parar à porta de uma casa?

Justamente à janela dessa casa estava um homem, rapaz ainda, vinte e sete anos, olhando para as estrelas e fumando um charuto.

A moça parou.

O moço espantou-se do caso, e vendo que ela parecia querer entrar, desceu a escada, com uma vela acesa e abriu a porta.

A moça entrou.

– Isabel! – exclamou o rapaz deixando cair a vela no chão.

Ficaram às escuras no corredor. Felizmente trazia o moço fósforos na algibeira, acendeu outra vez a vela e fitou os olhos na recém-chegada.

---

*Publicado no periódico *Jornal das Famílias* (dezembro de 1875 e janeiro de 1876).

Isabel (tal era o seu verdadeiro nome) estendeu o retrato ao rapaz, sem dizer palavra, com os olhos fitos no ar.

O rapaz não pegou logo no retrato.

– Isabel! – exclamou ele outra vez mas já com a voz sumida.

A moça deixou cair o retrato no chão, voltou as costas e saiu. O dono da casa ainda mais aterrado ficou.

– Que é isto? – dizia ele – Estará louca?

Pôs a vela sobre um degrau da escada, saiu à rua, fechou a porta e seguiu lentamente atrás de Isabel, que foi pelo mesmo caminho até entrar em casa.

O mancebo respirou quando viu Isabel entrar na casa; mas ficou ali alguns instantes, a olhar para a porta, sem nada compreender e ansioso por que chegasse o dia. Todavia era forçoso voltar para a Rua do Conde; lançou um último olhar às janelas da casa e retirou-se.

Ao entrar em casa apanhou o retrato.

– Luísa! – disse ele.

Esfregou os olhos como se duvidasse do que via, e ficou parado na escada a olhar largos minutos para o retrato.

Era preciso subir.

Subiu.

– Que quererá isto dizer? – disse ele já em voz alta como se falasse a alguém. – Que audácia foi essa de Isabel? Como é que uma moça, filha de família, sai assim de noite para... mas estarei eu sonhando?

Examinou o retrato, e viu que tinha nas costas as seguintes linhas:

À minha querida amiga Isabel, como lembrança de eterna amizade.

LUÍSA

Júlio (era o nome do rapaz) não pôde descobrir nada por mais que parafusasse, e parafusou muito tempo, já deitado no sofá da sala, já encostado à janela.

E na verdade quem seria capaz de descobrir o mistério daquela visita a semelhante hora? Tudo parecia antes uma cena de drama ou romance tétrico, do que um ato natural da vida.

O retrato... O retrato tinha certa explicação. Júlio andava quinze dias antes a trocar cartas com o original, a formosa Luísa, moradora no Rocio Pequeno, hoje Praça Onze de Junho.

Todavia, por mais agradável que lhe fosse receber o retrato de Luísa, como admitir a maneira por que lho levaram, e a pessoa, e a hora, e as circunstâncias?

– Sonho ou estou doido! – concluiu Júlio depois de longo tempo

E chegando à janela, acendeu outro charuto

Nova surpresa o esperava

Vejamos qual foi ela

II.

Não havia fumado ainda uma terça parte do charuto, quando viu dobrar a esquina um vulto de mulher, caminhando lentamente, e parar à porta da casa dele.

– Outra vez! – exclamou Júlio. Quis descer logo; mas as pernas começaram a tremer-lhe. Júlio não era tipo de extrema valentia; creio até que se lhe chamarmos medroso não estaremos longe da verdade.

O vulto, entretanto, estava à porta; era forçoso tirá-lo dali, a fim de evitar um escândalo.

"Desta vez", pensou ele pegando na vela, "hei de interrogá-la; não a deixo sair sem me dizer o que há. Infeliz. Parece-me que está doida!"

Desceu; abriu a porta.

– Luísa! – exclamou.

A moça estendeu-lhe um retrato; Júlio pegou nele com ânsia e murmurou consigo: "Isabel!"

Era efetivamente o retrato da primeira moça que a segunda lhe trazia. Não será preciso dizer ou repetir que Júlio namorava também a Isabel, e a leitora compreende facilmente que tendo ambas descoberto o segredo uma da outra, ambas foram mostrar ao namorado que estavam cientes da sua duplicidade.

Mas por que motivo tais coisas se davam assim revestidas de circunstâncias singulares e tenebrosas?

Não era mais natural mandarem-lhe os retratos dentro de uma sobrecarta?

Tais eram as reflexões que Júlio fazia, com o retrato numa das mãos e a vela na outra, enquanto já de volta entrava em casa.

Não será preciso dizer que o nosso Júlio não dormiu o resto da noite. Chegou a ir à cama e a fechar os olhos; tinha o corpo moído e necessidade de sono; mas a imaginação velava, e a madrugada veio achá-lo acordado e aflito.

No dia seguinte foi visitar Isabel; achou-a triste; falou-lhe; mas quando quis dizer-lhe alguma coisa do sucesso, a moça afastou-se dele, talvez porque adivinhasse o que ia ele dizer-lhe, talvez, porque já estivesse aborrecida de o ouvir.

Júlio foi a casa de Luísa, achou-a no mesmo estado, as mesmas circunstâncias se deram.

"É claro que descobriram o segredo uma da outra", dizia ele consigo. "Não há remédio senão desfazer a má impressão de ambas. Mas como se me não querem ouvir? Ao mesmo tempo desejava explicação do ato atrevido que ontem praticaram, salvo se foi sonho meu, o que é bem possível. Ou então estarei doido..."

Antes de ir adiante, e não será longe porque a história é pequena, convém dizer que este Júlio não tinha paixão real por nenhuma das duas moças. Começou o namoro com Isabel por ocasião de uma ceia de Natal, e travou relações com a família que o recebera muito bem. Isabel correspondeu um pouco ao namoro de Júlio, sem todavia lhe dar grandes esperanças porque então andava também à corda de um oficial do exército que teve de embarcar para o Sul. Só depois que ele embarcou foi que Isabel de todo se voltou para Júlio.

Ora, o nosso Júlio já então lançara as suas baterias contra a outra fortaleza, a formosa Luísa, amiga de Isabel, e que desde princípio aceitou o namoro com ambas as mãos.

Nem por isso rejeitou a corda que lhe dava Isabel; manteve-se entre as duas sem saber qual delas devia preferir. O coração não tinha a este respeito opinião assentada. Júlio não amava, repito; era incapaz de amar... Seu fim era casar com uma moça bonita; ambas o eram, restava-lhe saber qual delas lhe convinha mais.

As duas moças, como vimos pelos retratos, eram amigas, mas falavam-se de longe em longe, sem que nessas poucas vezes houvessem comunicado os segredos atuais do seu coração. Ocorreria isso agora e seria essa a explicação da cena dos retratos? Júlio pensou efetivamente que elas haviam enfim comunicado o seu namoro com ele; mas custava-lhe a crer que tão atrevidas fossem ambas, que saíssem da casa naquela singular noite. À proporção que o tempo se passava, Júlio inclinava-se a crer que o fato não passasse de uma ilusão sua

Júlio escreveu uma carta a cada uma das duas moças, quase do mesmo teor, pedindo a explicação da frieza que ambas ultimamente lhe mostravam. Cada uma das cartas terminava perguntando "se era tão cruelmente que se devia pagar um amor único e delirante".

Não teve resposta imediatamente como esperava, mas dois dias depois, não do mesmo teor, mas o mesmo sentido.

Ambas lhe diziam que pusesse a mão na consciência.

"Não há dúvida", pensou ele consigo, "estou pilhado. Como sairei eu desta situação?"

Júlio resolveu atacar verbalmente as duas fortalezas.

– Isto de cartas não é bom recurso para mim – disse ele –, encaremos o inimigo; é mais seguro.

Escolheu Isabel em primeiro lugar. Haviam já passado seis ou sete dias depois da cena noturna. Júlio preparou-se mentalmente com todas as armas necessárias ao ataque e à defesa e dirigiu-se para casa de Isabel, que era, como sabemos, na Rua de S. Pedro.

Foi-lhe difícil achar-se a sós com a moça; porque a moça que das outras vezes era a primeira a buscar ocasião de lhe falar, agora esquivava-se a isso. O rapaz entretanto era teimoso; tanto fez que pôde pilhá-la numa janela, e ali *ex abrupto* disparou-lhe esta pergunta:

– Não me dará a explicação dos seus modos de hoje e da carta com que respondeu à minha última?

Isabel calou-se.

Júlio repetiu a pergunta, mas já com um tom que exigia resposta imediata. Isabel Fez um gesto de aborrecimento e disse:

– Respondo o que lhe disse na carta; ponha a mão na consciência.

– Mas que fiz eu então?

Isabel sorriu-se com um ar de lástima.

– O que fez? – perguntou ela.

– Sim, o que fiz?

– Deveras, ignora?

– Quer que lhe jure?

– Queria ver isto...

– Isabel, essas palavras!...

– São dum coração ofendido – interrompeu a moça com amargura. – O senhor ama a outra.

– Eu?...

Aqui desisto de descrever o gesto de espanto de Júlio; a pena nunca o poderia fazer, nem talvez o pincel. Era o agente mais natural, mais aparentemente espontâneo que ainda se viu neste mundo, a tal ponto que a moça vacilou, e atenuou as suas primeiras palavras com estas:

– Pelo menos, parece...

– Mas como?

– Vi-o olhar com certo ar para a Luísa, quando outro dia ela aqui esteve...

– Nego.

– Nega? Pois bem; mas negará também que, vendo o retrato dela, no meu álbum, me disse: É tão bonita esta moça!

– Pode ser que o dissesse; creio até que o disse... há coisa de oito dias; mas que prova isso?

– Não sei se prova muito, mas em todo o caso foi bastante para fazer doer a um coração amante.

– Acredito – observou Júlio –, seria porém bastante para o audacioso passo que deu?

– Que passo? – perguntou Isabel abrindo muito os olhos.

Júlio ia explicar as suas palavras, quando um primo de Isabel se aproximou do grupo e a conversa ficou interrompida.

Não foi porém sem algum resultado o pouco tempo em que falaram, porque ao despedir-se Júlio no fim da noite, Isabel apertou-lhe a mão com certa força, indício certo de que as pazes estavam feitas.

– Agora a outra – disse ele saindo da casa de Isabel.

III.

Luísa estava ainda como Isabel, fria e reservada para com ele. Parece, entretanto, que suspirava por lhe falar, foi ela a primeira que procurou uma ocasião de ficar a sós com ele.

– Já estará menos cruel comigo? – perguntou Júlio.

– Oh! não.

– Mas que lhe fiz eu?

– Pensa então que eu sou cega? – perguntou-lhe Luísa com olhos indignados – pensa que eu não vejo as coisas?

Mas que coisas?

O senhor anda de namoro com a Isabel.

Oh! Que ideia!

– Original, não é?

– Originalíssima! Como descobriu semelhante coisa? Conheço aquela moça há muito tempo, temos intimidade, mas não a namoro nem tal ideia tive, nunca na minha vida.

– É por isso que lhe deita uns olhos tão ternos?...

Júlio levantou os ombros com um ar tão desdenhoso que a moça acreditou logo nele. Não deixou de lhe dizer, como a outra lhe dissera:

– Mas para que olhou outro dia com tanta admiração para o retrato dela, dizendo até com um suspiro: Que moça gentil!

– É verdade isso, menos o suspiro – respondeu Júlio – mas onde está o mal em achar uma moça bonita, se nenhuma me parece mais bonita que você, e sobretudo nenhuma é capaz de me prender como você?

Júlio disse ainda muito mais por este teor velho e gasto, mas de efeito certo; a moça estendeu-lhe a mão dizendo:

– Então era engano meu?

– Oh! Meu anjo! Engano profundo!

– Está perdoado... com uma condição.

– Qual?

– É que não há de cair em outra.

– Mas se eu não caí nesta!

– Jure sempre.

– Pois juro... com uma condição.

– Diga.

– Por que razão não tendo plena certeza de que eu amava a outra (e se a tivesse não me falava mais decerto), por que razão, pergunto eu, foi você naquela noite...

– O chá está na mesa; vamos tomar chá! – disse a mãe de Luísa aproximando-se do grupo.

Era forçoso obedecer; e nessa noite não houve mais ocasião de explicar o caso.

Nem por isso Júlio saiu menos contente da casa de Luísa.

"Estão ambas vencidas e convencidas", disse ele consigo; "agora é preciso escolher e acabar com isto."

Aqui é que estava a dificuldade. Já sabemos que ambas eram igualmente belas, e Júlio não procurava outra condição. Não era fácil escolher entre duas criaturas igualmente dispostas para ele.

Nenhuma delas tinha dinheiro, condição que podia fazer pender a balança posto que Júlio fosse indiferente nesse ponto. Tanto Luísa como

Isabel eram filhas de funcionários públicos que apenas lhes deixavam um escasso montepio. Sem uma forte razão que fizesse pender a balança, era difícil a escolha naquela situação.

Alguma leitora dirá que por isso mesmo que eram de igual condição e que ele não as amava de coração, era fácil a escolha. Bastava-lhe fechar os olhos e agarrar a primeira que lhe ficasse à mão.

Erro manifesto.

Júlio podia e era capaz de fazer isso. Mas no mesmo instante que escolhesse Isabel ficava com pena de não ter escolhido Luísa, e vice-versa, donde se vê que a situação era para ele intrincada.

Mais de uma vez levantou-se ele da cama com a resolução assentada:

– Vou pedir a mão da Luísa.

A resolução durava-lhe só até o almoço. Acabado o almoço, ia ver (pela última vez) Isabel e logo afrouxava com pena de a perder.

“Há de ser esta!”, pensava ele.

E logo lembrava-se de Luísa e não escolhia nem uma nem outra.

Tal era a situação do nosso Júlio, quando se deu a cena que passo a referir no capítulo seguinte.

IV.

Três dias depois da conversa de Júlio com Luísa, foi esta passar o dia em casa de Isabel, acompanhada de sua mãe.

A mãe de Luísa era de opinião que a filha era o seu retrato vivo, coisa que ninguém acreditava por mais que ela o repetisse. A mãe de Isabel não ousava ir tão longe mas afirmava que, no tempo de sua mocidade, fora ela muito parecida com Isabel. Esta opinião era recebida com incredulidade pelos rapazes e com resistência pelos velhos. Até o major Soares, que fora o primeiro namorado da mãe de Isabel, insinuava que essa opinião devia ser recebida com extrema reserva.

Oxalá porém fossem as duas moças como suas mães eram, dois corações de pomba, que amavam estremecidamente as filhas, e que eram com justiça dois tipos de austeridade conjugal.

As duas velhas entregaram-se às suas conversas e considerações sobre arranjos de casa ou assuntos de pessoas conhecidas, enquanto as duas moças tratavam de modas, músicas, e um pouco de amores.

– Então o teu tenente não volta do Sul? – disse Luísa.

– Eu sei! Parece que não.

– Tens saudades dele?

– E terá ele saudades de mim?

– Isso é verdade. Todos esses homens são assim – disse Luísa com convicção –, muita festa quando se acham presentes, mas ausentes são temíveis... valem tanto como o nome que se escreve na areia: vem a água e lambe tudo.

– Bravo, Luísa! Estás poeta! – exclamou Isabel. – Já falas em areias do mar!

– Pois olha, não namoro nenhum poeta nem homem do mar.

– Quem sabe?

– Sei eu.

– É então?...

– Um rapaz que tu conheces!

– Já sei, é o Avelar.

– Deus nos acuda! – exclamou Luísa. – Um homem vesgo.

– O Rocha?

– O Rocha anda todo caído pela Josefina.

– Sim?

– É uma lástima.

– Nasceram um para o outro.

– Sim, ela é uma moleirona como ele.

As duas moças gastaram assim algum tempo a tasquinhar na pele de pessoas que nós não conhecemos nem precisamos disso, até que voltaram ao assunto capital da conversa.

– Já vejo que não pode adivinhar quem é o meu namorado – disse Luísa.

– Nem você o meu – observou Isabel.

– Bravo! Então o tenente...

– O tenente está pagando. É muito natural que as rio-grandenses o tenham encantado. Pois aguente-se...

Enquanto Isabel dizia estas palavras, Luísa ia folheando o álbum de retratos que estava sobre a mesa. Chegando à folha onde sempre vira o seu retrato, a moça estremeceu. Isabel notou-lhe o movimento.

– Que é? – disse ela.

– Nada – respondeu Luísa fechando o álbum. – Tiraste o meu retrato daqui?

– Ah! – exclamou Isabel –, isso é uma história singular. O retrato foi passar às mãos de terceira pessoa, a qual afirma que fui eu que lho levei alta noite... Ainda não pude descobrir esse mistério...

Luísa já ouviu de pé estas palavras. Seus olhos, muito abertos, fitaram-se no rosto da amiga.

– Que é? – disse esta.

– Sabes bem o que estás dizendo?

– Eu?

– Mas isso foi o que me aconteceu também com o teu retrato... Naturalmente era zombaria comigo e contigo... Essa pessoa...

– Foi o Júlio Simões, o meu namorado...

Aqui devia eu pôr uma linha de pontos para significar o que se não pode pintar, o espanto das duas amigas, as diferentes expressões que tomou a fisionomia de cada uma delas. Não tardaram as explicações; as duas rivais reconheceram que o seu namorado comum era pouco mais ou menos um patife, e que o dever de honra e de coração era tomar dele uma vingança.

– A prova de que ele nos enganava uma à outra – observava Isabel –, é que os nossos retratos apareceram lá e foi ele naturalmente quem os tirou.

– Sim – respondeu Luísa –, mas é certo que eu sonhei alguma coisa que combina com a cena que ele alega.

– Também eu...

– Sim? Eu sonhei que me haviam falado do namoro dele com você, e que, tirando o retrato do álbum, fora levá-lo à casa dele.

– Não é possível! – exclamou Isabel. – O meu sonho foi quase assim, ao menos no final. Não me disseram que ele tinha namoro com você; mas eu mesma vi e então fui levar o retrato...

O espanto aqui foi ainda maior que da primeira vez. Nem estavam só espantadas as duas amigas; estavam aterradas. Embalde procuravam explicar a identidade do sonho, e mais que tudo a coincidência dele com a presença dos retratos em casa de Júlio e a narração que este fizera da noturna aventura.

Estavam assim nesta duvidosa e assustadora situação, quando as mães vieram em auxílio delas. As duas moças, estando à janela, ouviram-lhes dizer:

– Pois é verdade, minha rica Sra. Anastácia, estou no mesmo caso da senhora. Creio que minha filha é sonâmbula, como a sua.

– Tenho uma pena com isto!

– E eu então!

– Talvez, casando-as...

– Sim, pode ser que banhos de igreja...

Informadas assim as duas moças da explicação do caso, ficaram um tanto abaladas; mas a ideia de Júlio e suas travessuras tomou logo o lugar que lhe competia na conversa das duas rivais.

– Que pelintra! – exclamavam as duas moças. – Que velhaco! que pérfido!

O coro de maldições foi ainda mais longe. Mas tudo acaba neste mundo, principalmente um coro de maldições; o jantar interrompeu aquele; as duas moças foram de braço dado para a mesa e afogaram as suas mágoas num prato de sopa.

V.

Júlio, sabendo da visita, não se atreveu a ir encontrar as duas moças juntas. No pé em que as coisas se achavam era impossível evitar que descobrissem tudo, pensava ele.

No dia seguinte porém foi de tarde à casa de Isabel, que o recebeu com muita alegria e ternura.

"Bom!" pensou o namorado, "nada contaram uma à outra."

– Engana-se – disse Isabel, adivinhando pela alegria do rosto dele qual era a reflexão que fazia. – Pensa naturalmente que Luísa nada me disse? Disse-me tudo, e eu nada lhe ocultei...

– Mas...

– Não me queixo do senhor – continuou Isabel com indignação –; queixo-me dela que devia ter percebido e percebeu o que entre nós havia, e apesar disso aceitou a sua corte.

– Aceitou, não; posso dizer que fui compelido.

– Sim?

– Agora posso falar-lhe com franqueza; a sua amiga Luísa é uma namoradeira desenfreada. Eu sou rapaz; a vaidade, a ideia de passatempo, tudo isso me arrastou, não a namorá-la, porque eu era incapaz de esquecer a minha formosa Isabel; mas a perder algum tempo...

– Ingrato!

– Oh! Não! Nunca, minha boa Isabel!

Aqui começou uma renovação de protestos da parte do namorado, que declarou amar mais que nunca a filha de D. Anastácia.

Para ele a coisa estava resolvida. Depois da explicação dada e dos termos em que falara da outra, a escolha natural era Isabel.

Sua ideia foi não procurar mais a outra. Não o pôde fazer à vista de um bilhete que no fim de três dias recebeu da moça. Pedia-lhe ela que fosse lá instantaneamente. Júlio foi. Luísa recebeu-o com um sorriso triste. Quando puderam falar a sós:

– Quero saber da sua boca o meu destino – disse ela. – Estarei definitivamente condenada?

– Condenada?

– Sejamos francos – continuou a moça. – Eu e a Isabel falamos no senhor; vim a saber que também a namorava. A sua consciência lhe dirá que praticou um ato indigno. Mas enfim, pode resgatá-lo com um ato de franqueza. A qual de nós escolhe, a mim ou a ela?

A pergunta era de atrapalhar o pobre Júlio, nada menos que por duas grandes razões: a primeira era ter de responder em face; a segunda era ter de responder em face de uma moça bonita. Hesitou alguns largos minutos. Luísa insistiu; mas ele não se atrevia a romper o silêncio.

– Bem – disse ela – já sei que me despreza.

– Eu!

– Não importa; adeus.

Ia voltar as costas; Júlio segurou-lhe na mão.

– Oh! Não! Pois não vê que este meu silêncio é de comoção e de confusão. Confunde-me realmente que descobrisse uma coisa em que eu pouca culpa tive. Namorei-a por passatempo; não foi Isabel nunca uma rival sua no meu coração. Demais, ela não lhe contou tudo; naturalmente escondeu a parte em que a culpa lhe cabia. E a culpa é também sua...

– Minha?

– Sem dúvida. Pois não vê que ela tem interesse em separar-nos?... Se lhe referir, por exemplo, o que se está passando agora entre nós fique certa de que ela há de inventar alguma coisa para de todo separar-nos, contando depois com a sua beleza para cativar o meu coração, como se a beleza de uma Isabel pudesse fazer esquecer a beleza de uma Luísa.

Júlio ficou satisfeito com este pequeno discurso, assaz astuto para enganar a moça. Esta depois de algum tempo de silêncio, estendeu-lhe a mão:

– Jura-me o que está dizendo?

– Juro.

– Então será meu?

– Unicamente seu.

Assim celebrou Júlio os dois tratados de paz, ficando na mesma situação em que se achava anteriormente. Já sabemos que a sua fatal indecisão era a causa única da crise em que os acontecimentos o puseram. Era forçoso decidir alguma coisa; e a ocasião ofereceu-se-lhe propícia.

Perdeu-a, entretanto; e dado que quisesse casar, e queria, nunca estivera mais longe do casamento.

VI.

Cerca de seis semanas foram assim correndo sem resultado algum prático.

Um dia, achando-se em conversa com um primo de Isabel, perguntou-lhe se teria gosto em vê-lo na família.

– Muito – respondeu Fernando (era assim o nome do primo).

Júlio não deu explicação da pergunta. Instado respondeu:

– Fiz-lhe a pergunta por uma razão que saberá mais tarde.

– Quererá talvez casar com alguma das manas?...

– Não posso dizer nada por ora.

– Olha aqui, Teixeira – disse Fernando, a um terceiro rapaz, primo de Luísa, e que nessa ocasião se achava em casa de D. Anastácia.

– Que é? – perguntou Júlio assustado.

– Nada – respondeu Fernando –, vou comunicar ao Teixeira a notícia que o senhor me deu.

– Mas eu...

– É nosso amigo, posso ser franco. Teixeira, sabe o que me disse o Júlio?

– Que foi?

– Disse-me que vai ser meu parente.

– Casando com alguma irmã tua.

– Não sei; mas disse isso. Não te parece motivo de congratulação?

– Sem dúvida – concordou Teixeira – é um perfeito cavalheiro.

– São obséquios – interveio Júlio – e se eu alguma vez alcançasse a fortuna de entrar...

Júlio interrompeu-se; lembrou-se que Teixeira podia ir contar tudo à prima Luísa, e fosse inibido de escolher entre ela e Isabel. Os dois quiseram saber o resto; mas Júlio preferiu convidá-los a jogar o solo, e não houve meio de arrancar-lhe palavra.

A situação porém devia acabar.

Era impossível continuar a vacilar entre as duas moças, que ambas lhe queriam muito, e a quem ele queria com perfeita igualdade não sabendo qual delas escolhesse.

"Sejamos homem", disse Júlio consigo. "Vejamos: qual delas devo ir pedir? A Isabel. Mas a Luísa é tão bonita! Será a Luísa. Mas é tão formosa a Isabel! Que diabo! Por que razão não há de uma delas ter um olho furado? ou uma perna torta!"

E depois de algum tempo:

"Vamos, Sr. Júlio, dou-lhe três dias para escolher. Não seja tolo. Decida com isto por uma vez."

E enfim:

"Verdade é que uma delas há de odiar-me. Mas paciência! Fui eu mesmo que me meti nesta embrulhada; e o ódio de uma moça não pode doer muito. Avante!

No fim de dois dias ainda ele não tinha escolhido; recebeu porém uma carta de Fernando concebida nestes termos:

Meu caro Júlio,

Participo-lhe que brevemente casarei com a prima Isabel; desde já o convido para a festa; se soubesse como estou contente! Venha cá para conversarmos.

FERNANDO

Não é preciso dizer que Júlio foi às nuvens. O passo de Isabel simplificava muito a situação dele; todavia, não queria ser assim despedido como um tolo. Exprimiu a sua cólera por meio de alguns murros na mesa; Isabel, por isso mesmo que já não a podia possuir, parecia-lhe agora mais bonita que Luísa.

– Luísa! Pois será Luísa! – exclamou ele. – Essa sempre me pareceu muito mais sincera que a outra. Até chorou, creio eu, no dia da reconciliação.

Saiu nessa mesma tarde para ir visitar Luísa; no dia seguinte iria pedi-la. Em casa dela foi recebido como sempre. Teixeira foi o primeiro a dar-lhe um abraço.

– Sabe – disse o primo de Luísa apontando para a moça –, sabe que vai ser a minha noiva?

Não me atrevo a dizer o que se passou na alma de Júlio; basta dizer que jurou não casar, e que morreu há pouco casado e com cinco filhos.

9
O Sainete*

Um dos problemas que mais preocupavam a Rua do Ouvidor, entre as da Quitanda e Gonçalves Dias, das duas às quatro horas da tarde, era a profunda e súbita melancolia do Dr. Maciel. O Dr. Maciel tinha apenas vinte e cinco anos, idade em que geralmente se compreende melhor o *Cântico dos Cânticos* do que as *Lamentações de Jeremias*. Sua índole mesma era mais propensa ao riso dos frívolos do que ao pesadume dos filósofos. Pode-se afirmar que ele preferia um dueto da *Grã-Duquesa* a um teorema geométrico, e os domingos do Prado Fluminense aos domingos da Escola da Glória. Donde vinha pois a melancolia que tanto preocupava a Rua do Ouvidor?

Pode o leitor coçar o nariz, à procura da explicação; a leitora não precisa desse recurso para adivinhar que o Dr. Maciel ama, que uma "seta do deus alado" o feriu mesmo no centro do coração. O que a leitora não pode adivinhar, sem que eu lho diga, é que o jovem médico ama a viúva Seixas, cuja maravilhosa beleza levava após si os olhos dos mais consumados pintalegretes. O Dr. Maciel gostava de a ver como todos os outros; amou-a desde certa noite e certo baile, em que ela, andando a passeio, pelo seu braço, perguntou-lhe de repente com a mais deliciosa languidez do mundo:

– Doutor, por que razão não quer honrar a minha casa? Estou visível todas as quintas-feiras para a turbamulta; os sábados pertencem aos amigos. Vá lá aos sábados.

Maciel prometeu que iria no primeiro sábado, e foi. Pulava-lhe o coração ao subir as escadas. A viúva estava só.

– Venho cedo – disse ele, logo depois dos primeiros cumprimentos.

– Vem tarde demais para a minha natural ansiedade – respondeu ela sorrindo.

---

*Publicado no periódico *A Época* (01-12-1875)

O que se passou na alma de Maciel excede a todas as conjeturas. Num só minuto pôde ele ver juntas todas as maravilhas da terra e do céu – todas concentradas naquela elegante e suntuosa sala cuja dona, a Calipso daquele Telêmaco, tinha cravado nele um par de olhos, não negros, não azuis, não castanhos, mas dessa rara cor, que os homens atribuem à mais duradoura felicidade do coração, à esperança. Eram verdes, de um verde igual ao das folhas novas, e de uma expressão ora indolente, ora vivaz – arma de dois gumes – que ela sabia manejar como poucas.

E não obstante aquele introito, o Dr. Maciel andava triste, abatido, desconsolado. A razão era que a viúva, depois de tão amáveis preliminares, não cuidou mais das condições em que seria celebrado um tratado conjugal. No fim de cinco ou seis sábados, cujas horas eram polidamente bocejadas *a duo*, a viúva adoeceu semanalmente naquele dia, e o jovem médico teve de contentar-se com a turbamulta das quintas-feiras.

A quinta-feira em que nos achamos é de Endoenças. Não era dia próprio de recepção. Contudo, Maciel dirigiu-se a Botafogo, a fim de pôr em execução um projeto, que ele ingenuamente supunha ser fruto do mais profundo maquiavelismo, mas que eu, na minha fidelidade de historiador, devo confessar que não passava de verdadeira infantilidade. Notara ele os sentimentos religiosos da viúva; imaginou que, indo fazer-lhe naquele dia a declaração verbal do seu amor, por meio de invocações pias, alcançaria facilmente o prêmio de seus trabalhos.

A viúva achava-se no toucador. Acabara de vestir-se; e de pé, calçando as luvas, em frente do espelho, sorria para si mesma, como satisfeita da *toilette*. Não ia passear, como se poderia supor; ia visitar as igrejas. Queria alcançar por sedução a misericórdia divina.

Era boa devota aquela senhora de vinte e seis anos, que frequentava as festas religiosas, comia peixe durante toda a quaresma, acreditava alguma coisa em Deus, pouco no diabo e nada no inferno. Não acreditando no inferno, não tinha onde meter o diabo; venceu a dificuldade agasalhando-o no coração. O demo assim alojado fora algum tempo o nosso melancólico Maciel. A religião da viúva era mais elegante que outra coisa. Quando ela se confessava era sempre com algum padre moço; em compensação só se tratava com médico velho. Nunca escondeu do médico o mais íntimo defluxo, nem revelou ao padre o mais insignificante pecado.

– O Dr. Maciel? – disse ela lendo o cartão que a criada lhe entregou. – Não o posso receber; vou sair. Espera – continuou depois de relancear os olhos para o espelho – manda-o entrar para aqui.

A ordem foi cumprida; alguns minutos depois fazia Maciel a sua entrada no toucador da viúva.

– Recebo-o no santuário – disse ela sorrindo logo que ele assomou à porta –; prova de que o senhor pertence ao número dos verdadeiros fiéis.

– Oh! Não é da minha fidelidade que eu duvido; é...

– E recebo-o de pé! Vou sair; vou visitar as igrejas.

– Sei; conheço os seus sentimentos de verdadeira religião – disse Maciel com a voz a tremer-lhe –; vim até com receio de não a encontrar. Mas vim; era preciso que viesse; neste dia, sobretudo.

A viúva recolheu a abazinha de um sorriso que indiscretamente ia traindo o seu pensamento, e perguntou friamente ao médico que horas eram.

– Quase oito. Sua luva está calçada; falta só abotoá-la. É o tempo necessário para lhe dizer, neste dia tão solene, que eu sinto...

– Está abotoada. Quase oito, não? Não há tempo de sobra; é preciso ir a sete igrejas. Quer fazer o favor de acompanhar-me até o carro?

Maciel tinha espírito em quantidade suficiente para não perdê-lo todo com a paixão. Calou-se; e respondeu à viúva com um gesto de assentimento. Saíram do toucador e desceram, ambos silenciosos. No trajeto planeou Maciel dizer-lhe uma só palavra. Mas que contivesse todo o seu coração. Era difícil; o lacaio, que abrira a portinhola do *coupé*, ali estava como um emissário do seu mau destino.

– Quer que o leve até a cidade? – perguntou a viúva.

– Obrigado – respondeu Maciel.

O lacaio fechou a portinhola e correu a tomar o seu lugar; foi nesse rápido instante que o médico, inclinando o rosto, disse à viúva:

– Eulália...

Os cavalos começaram a andar; o resto da frase perdeu-se para a viúva e para nós.

Eulália sorriu da familiaridade e perdoou-lhe. Reclinou-se molemente nos coxins do veículo e começou um monólogo que só acabou à porta de S. Francisco de Paula.

"Pobre rapaz!", dizia ela consigo, "vê-se que morre por mim. Não desgostei dele a princípio... Mas tenho eu culpa de que seja um maricas? Agora sobretudo, com aquele ar de moleza e abatimento, é... não é nada... é uma alma de cera. Parece que vinha disposto a ser mais atrevido; mas a alma faltou-lhe com a voz, e ficou apenas com as boas intenções. Eulália!

Não foi mau este começo. Para um coração daqueles... Mas qual! *C'est le genre ennuyeux*!"

Esta é a glosa mais resumida que posso dar do monólogo da viúva. O *coupé* estacionou na Praça da Constituição; Eulália, seguida do lacaio, encaminhou-se para a igreja de S. Francisco de Paula. Ali, depositou a imagem de Maciel nas escadas, e atravessou o adro toda entregue ao dever religioso e aos cuidados de seu magnífico vestido preto.

A visita foi curta; era preciso ir a sete igrejas, fazendo a pé todo o trajeto de uma para outra. A viúva saiu sem preocupar-se mais com o jovem médico, e dirigindo-se para a igreja da Cruz.

Na Cruz achamos uma personagem nova, ou antes duas, o Desembargador Araújo e sua sobrinha D. Fernanda Valadares, viúva de um deputado deste nome, que falecera um ano antes, não se sabe se da hepatite que os médicos lhe acharam, se de um discurso que proferiu na discussão do orçamento. As duas viúvas eram amigas; seguiram juntas na visitação das igrejas. Fernanda não tinha tantas acomodações com o céu, como a viúva Seixas; mas a sua piedade estava sujeita, como todas as coisas, às vicissitudes do coração. Em visita do que, logo que saíram da última igreja, disse ela à amiga que no dia seguinte iria vê-la e pedir-lhe uma informação.

– Posso dar já – respondeu Eulália. – Vá embora, desembargador; eu levo Fernanda no meu carro.

No carro, disse Fernanda:

– Preciso de uma informação importante. Sabes que estou um pouco apaixonada?

– Sim?

– É verdade. Eu disse um pouco, mas devia dizer muito. O Dr. Maciel...

– O Dr. Maciel? – interrompeu vivamente Eulália.

– Que pensas dele?

A viúva Seixas levantou os ombros e riu com um ar de tamanha piedade, que a amiga corou.

– Não te parece bonito? – perguntou Fernanda.

– Não é feio.

– O que mais me seduz nele é o seu ar triste, um certo abatimento que me faz crer que padece. Sabes de alguma coisa a seu respeito?

– Eu?

– Ele dá-se muito contigo; tenho-o visto lá em tua casa. Sabes se haverá alguma paixão...

– Pode ser.

– Oh! Conta-me tudo!

Eulália não contou nada; disse que nada sabia.

Concordou, entretanto, que o jovem médico talvez andasse namorado, porque realmente não parecia gozar de boa saúde. O amor, disse ela, era uma espécie de pletora, o casamento, uma sangria sacramental. Fernanda precisava sangrar-se do mesmo modo que Maciel.

– Sobretudo nada de remédios caseiros – concluiu ela – nada de olhares e suspiros, que são paliativos destinados menos a minorar que a entreter a doença. O melhor boticário é o padre.

Fernanda tirou a conversa deste terreno farmacêutico e cirúrgico para subi-la às regiões do eterno azul. Sua voz era doce e comovida: o coração pulsava-lhe com força; e Eulália, ao ouvir os méritos que a amiga achava em Maciel, não pôde reprimir esta observação:

– Não há nada como ver as coisas com amor. Quem suporia nunca o Maciel que me estás pintando? Na minha opinião não passa de um bom rapaz; e ainda assim... Mas um bom rapaz é alguma coisa neste mundo?

– Pode ser que eu me engane, Eulália – replicou a viúva do deputado –, mas creio que há ali uma alma nobre, elevada e pura. Suponhamos que não. Que importa? O coração empresta as qualidades que deseja.

A viúva Seixas não teve tempo de examinar a teoria de Fernanda. O carro chegara à Rua de Santo Amaro, onde esta morava. Despediram-se; Eulália seguiu para Botafogo.

– Parece que ama deveras – pensou Eulália logo que ficou só. – Coitada! Um moleirão!

Eram nove horas da noite quando a viúva Seixas entrou em casa. Duas criadas – camareiras – foram com ela para o toucador, onde a bela viúva se despiu; dali passou ao banho; enfiou depois um roupão e dirigiu-se para o quarto de dormir. Levaram-lhe uma taça de chocolate, que ela saboreou lentamente, tranquilamente, voluptuosamente; saboreou-a e saboreou-se também a si própria, contemplando, da poltrona em que estava, a sua bela imagem no espelho fronteiro. Esgotada a taça, recebeu de uma criada o seu livro de orações, e foi dali a um oratório, diante do qual com devoção se ajoelhou e rezou. Voltando ao quarto, despiu-se, meteu-se no leito, e pede-me que lhe cerre as cortinas; feito o que, murmurou alegremente:

– Ora o Maciel!

E dormiu.

A noite foi muito menos tranquila para o nosso apaixonado Maciel, que, logo depois das palavras proferidas à portinhola do carro, ficara furioso contra si mesmo. Tinha razão em parte; a familiaridade do tratamento dado à viúva precisava de mais detida explicação. Não era, porém, a razão que lhe fazia ver claro; nele exerciam maior ação os nervos que o cérebro.

Nem sempre "depois de uma noite procelosa, traz a manhã serena claridade". A do dia seguinte foi tétrica. Maciel gastou-a toda na loja do Bernardo, a fumar em ambos os sentidos – o natural e o figurado –, a olhar sem ver as damas que passavam, estranho à palavra dos amigos, aos boatos políticos, às anedotas de ocasião.

– Fechei a porta para sempre! – dizia ele com amargura.

Pelas quatro horas da tarde, apareceu-lhe um alívio, debaixo da forma de um colega seu, que lhe propôs ir clinicar em Carangola, de onde recebera cartas muito animadoras. Maciel aceitou com ambas as mãos o oferecimento. Carangola nunca entrara no itinerário de suas ambições; é até possível que naquele momento ele não pudesse dizer a situação exata da localidade. Mas aceitou Carangola, como aceitaria a coroa de Inglaterra ou as pérolas todas de Ceilão.

– Há muito tempo – disse ele ao colega – que eu sentia necessidade de ir viver em Carangola. Carangola exerceu sempre em mim uma atração irresistível. Não podes imaginar como eu, já na Academia, me sentia arrastado para Carangola. Quando partimos?

– Não sei: dentro de três semanas, talvez.

Maciel achou que era muito, e propôs o prazo máximo de oito dias. Não foi aceito; não teve remédio senão curvar-se às três semanas prováveis. Quando ficou só, respirou.

– Bem! – disse ele – Irei esquecer e ser esquecido.

No sábado houve duas aleluias, uma na Cristandade, outra em casa de Maciel, aonde chegou uma cartinha perfumada da viúva Seixas contendo estas simples palavras: "Creio que hoje não terei a enxaqueca do costume; espero que venha tomar uma xícara de chá comigo." A leitura desta carta produziu na alma do jovem médico uma *Gloria in excelsis Deo.* Era o seu perdão; era talvez mais do que isso. Maciel releu meia dúzia de vezes aquelas poucas linhas; nem é fora de propósito crer que chegou a beijá-las.

Ora, é de saber que na véspera, sexta-feira, às onze horas da manhã, recebera Eulália uma carta de Fernanda, e que às duas horas foi a própria Fernanda à casa de Eulália. A carta e a pessoa tratavam do mesmo assunto com a expansão natural em situações daquelas. Tem-se visto muita vez guardar um segredo do coração; mas é raríssimo que, uma vez revelado, deixe de o ser até a sociedade. Fernanda escreveu e disse tudo o que sentia; sua linguagem, apaixonada e viva, era uma torrente de afeto, tão volumosa que chegou talvez a alagar, – a molhar pelo menos – o coração de Eulália. Esta ouviu-a a princípio com interesse, depois com indiferença, afinal com irritação.

– Mas que queres tu que te faça? – perguntou no fim de uma hora de confidência.

– Nada – respondeu Fernanda. – Uma só coisa: que me animes.

– Ou te auxilie?

Fernanda respondeu com um aperto de mão tão significativo, que a viúva Seixas compreendeu facialmente a impressão que lhe causara. No sábado enviou a carta acima transcrita. Maciel recebeu-a como vimos, e à noite, à hora habitual, estava à porta de Eulália. A viúva não estava só. Havia umas quatro senhoras e uns três cavalheiros, visitas habituais das quintas-feiras.

Maciel entrou na sala um pouco acanhado e comovido. Que expressão leria no rosto de Eulália? Não tardou a sabê-lo; a viúva recebeu-o com o seu melhor sorriso – o menos faceiro e intencional, o mais espontâneo e sincero, um sorriso que Maciel, se fosse poeta, compararia a um íris de bonança, rimado com esperança ou bem-aventurança. A noite correu deliciosa; um pouco de música, muita conversa, muito espírito, um chá familiar, alguns olhares animadores, e um aperto de mão significativo no fim. Com estes elementos era difícil não ter os melhores sonhos do mundo. Teve-os Maciel, e o domingo da Ressurreição também o foi para ele.

Na seguinte semana viram-se três vezes. Eulália parecia mudada; a solicitude e a graça com que lhe falava estavam longe da tal ou qual frieza e indiferença dos últimos tempos. Este novo aspecto da moça produziu os seus naturais efeitos. Sentiu-se outro o jovem médico; reanimou-se, colheu confiança, fez-se homem.

A terceira vez que a viu nessa semana foi em uma *soirée*. Acabaram de valsar e dirigiram-se para o terraço da casa, donde se via um magnífico panorama, capaz de fazer poeta o mais soez espírito do mundo. Ali foi declaração, inteira, cabal, expressiva do que sentia o namorado; ouviu-lha Eulália com os olhos embebidos nele, visivelmente encantada com a palavra de Maciel.

– Poderei crer no que me diz? – perguntou ela.

A resposta do jovem médico foi apertar-lhe muito a mão, e cravar nela uns olhos mais eloquentes que duas catilinárias. A situação estava definida, a aliança feita. Bem o percebeu Fernanda, quando os viu regressar à sala. Seu rosto cobriu-se de um véu de tristeza; dez minutos depois e o desembargador interrompia a partida de *whist* para acompanhar a sobrinha a Santo Amaro.

A leitora espera decerto ver casados os dois namorados e espaçada a viagem a Carangola até o fim do século. Quinze dias depois da declaração iniciou Maciel os passos necessários ao consórcio. Não tem número os corações que estalaram de inveja ao saber da preferência da viúva Seixas. Esta pela sua parte sentia-se mais orgulhosa do que se desposasse o primeiro dos heróis da terra.

Donde veio este entusiasmo e que varinha mágica operou tamanha mudança no coração de Eulália? Leitora curiosa, a resposta está no título. Maciel pareceu insosso, enquanto lhe faltou o sainete de outra paixão. A viúva descobriu-lhe os méritos com os olhos de Fernanda; e bastou vê-lo preferido para que ela o preferisse. *Se me miras, me miram*, era a divisa de um célebre relógio do sol. Maciel podia invertê-la: *se me miram, me miras*; e mostraria conhecer o coração humano – o feminino, pelo menos.

10
Missa do galo*

Nunca pude entender a conversação que tive com uma senhora, há muitos anos, contava eu dezessete, ela trinta. Era noite de Natal. Havendo ajustado com um vizinho irmos à missa do galo, preferi não dormir; combinei que eu iria acordá-lo à meia-noite.

A casa em que eu estava hospedado era a do escrivão Meneses, que fora casado, em primeiras núpcias, com uma de minhas primas. A segunda mulher, Conceição, e a mãe desta acolheram-me bem, quando vim de Mangaratiba para o Rio de Janeiro, meses antes, a estudar preparatórios. Vivia tranquilo, naquela casa assobradada da Rua do Senado, com os meus livros, poucas relações, alguns passeios. A família era pequena, o escrivão, a mulher, a sogra e duas escravas. Costumes velhos. Às dez horas da noite toda a gente estava nos quartos; às dez e meia a casa dormia. Nunca tinha ido ao teatro, e mais de uma vez, ouvindo dizer ao Meneses que ia ao teatro, pedi-lhe que me levasse consigo. Nessas ocasiões, a sogra fazia uma careta, e as escravas riam à socapa; ele não respondia, vestia-se, saía e só tornava na manhã seguinte. Mais tarde é que eu soube que o teatro era um eufemismo em ação. Meneses trazia amores com uma senhora, separada do marido, e dormia fora de casa uma vez por semana. Conceição padecera, a princípio, com a existência da comborça; mas, afinal, resignara-se, acostumara-se, e acabou achando que era muito direito.

Boa Conceição! Chamavam-lhe "a santa", e fazia jus ao título, tão facilmente suportava os esquecimentos do marido. Em verdade, era um temperamento moderado, sem extremos, nem grandes lágrimas, nem grandes risos. No capítulo de que trato, dava para maometana; aceitaria um harém, com as aparências salvas. Deus me perdoe, se a julgo mal.

---

*Publicado no periódico *A Semana* (12/5/1894). Reunido pelo autor no livro *Páginas recolhidas* (1900).

Tudo nela era atenuado e passivo. O próprio rosto era mediano, nem bonito nem feio. Era o que chamamos uma pessoa simpática. Não dizia mal de ninguém, perdoava tudo. Não sabia odiar; pode ser até que não soubesse amar.

Naquela noite de Natal foi o escrivão ao teatro. Era pelos anos de 1861 ou 1862. Eu já devia estar em Mangaratiba, em férias; mas fiquei até o Natal para ver "a missa do galo na Corte". A família recolheu-se à hora do costume; eu meti-me na sala da frente, vestido e pronto. Dali passaria ao corredor da entrada e sairia sem acordar ninguém. Tinha três chaves a porta; uma estava com o escrivão, eu levaria outra, a terceira ficava em casa.

– Mas, Sr. Nogueira, que fará você todo esse tempo? – perguntou-me a mãe de Conceição.

– Leio, D. Inácia.

Tinha comigo um romance, os *Três Mosqueteiros*, velha tradução creio do *Jornal do Commercio*. Sentei-me à mesa que havia no centro da sala, e à luz de um candeeiro de querosene, enquanto a casa dormia, trepei ainda uma vez ao cavalo magro de D'Artagnan e fui-me às aventuras. Dentro em pouco estava completamente ébrio de Dumas. Os minutos voavam, ao contrário do que costumam fazer, quando são de espera; ouvi bater onze horas, mas quase sem dar por elas, um acaso. Entretanto, um pequeno rumor que ouvi dentro veio acordar-me da leitura. Eram uns passos no corredor que ia da sala de visitas à de jantar; levantei a cabeça; logo depois vi assomar à porta da sala o vulto de Conceição.

– Ainda não foi? – perguntou ela.

– Não fui; parece que ainda não é meia-noite.

– Que paciência!

Conceição entrou na sala, arrastando as chinelinhas da alcova. Vestia um roupão branco, mal apanhado na cintura. Sendo magra, tinha um ar de visão romântica, não disparatada com o meu livro de aventuras. Fechei o livro; ela foi sentar-se na cadeira que ficava defronte de mim, perto do canapé. Como eu lhe perguntasse se a havia acordado, sem querer, fazendo barulho, respondeu com presteza:

– Não! Qual! Acordei por acordar.

Fitei-a um pouco e duvidei da afirmativa. Os olhos não eram de pessoa que acabasse de dormir; pareciam não ter ainda pegado no sono. Essa observação, porém, que valeria alguma coisa em outro espírito, depressa a botei fora, sem advertir que talvez não dormisse justamente por minha causa, e mentisse para me não afligir ou aborrecer. Já disse que ela era boa, muito boa.

– Mas a hora já há de estar próxima – disse eu.

– Que paciência a sua de esperar acordado, enquanto o vizinho dorme! E esperar sozinho! Não tem medo de almas do outro mundo? Eu cuidei que se assustasse quando me viu.

– Quando ouvi os passos estranhei; mas a senhora apareceu logo.

– Que é que estava lendo? Não diga, já sei, é o romance dos *Mosqueteiros*.

– Justamente: é muito bonito.

– Gosta de romances?

– Gosto.

– Já leu a *Moreninha*?

– Do Dr. Macedo? Tenho lá em Mangaratiba.

– Eu gosto muito de romances, mas leio pouco, por falta de tempo. Que romances é que você tem lido?

Comecei a dizer-lhe os nomes de alguns. Conceição ouvia-me com a cabeça reclinada no espaldar, enfiando os olhos por entre as pálpebras meio cerradas, sem os tirar de mim. De vez em quando passava a língua pelos beiços, para umedecê-los. Quando acabei de falar, não me disse nada; ficamos assim alguns segundos. Em seguida, vi-a endireitar a cabeça, cruzar os dedos e sobre eles pousar o queixo, tendo os cotovelos nos braços da cadeira, tudo sem desviar de mim os grandes olhos espertos.

"Talvez esteja aborrecida", pensei eu.

E logo alto:

– D. Conceição, creio que vão sendo horas, e eu...

– Não, não, ainda é cedo. Vi agora mesmo o relógio; são onze e meia. Tem tempo. Você, perdendo a noite, é capaz de não dormir de dia?

– Já tenho feito isso.

– Eu, não; perdendo uma noite, no outro dia estou que não posso, e, meia hora que seja, hei de passar pelo sono. Mas também estou ficando velha.

– Que velha o quê, D. Conceição?

Tal foi o calor da minha palavra que a fez sorrir. De costume tinha os gestos demorados e as atitudes tranquilas; agora, porém, ergueu-se rapidamente, passou para o outro lado da sala e deu alguns passos, entre a janela da rua e a porta do gabinete do marido. Assim, com o desalinho honesto que trazia, dava-me uma impressão singular. Magra embora, tinha não sei que balanço no andar, como quem lhe custa levar o corpo; essa feição nunca me pareceu tão distinta como naquela noite. Parava algumas vezes, examinando um trecho de cortina ou consertando a posição de algum objeto no aparador; afinal deteve-se, ante mim, com a mesa de permeio. Estreito era o círculo das suas ideias; tornou ao espanto de me ver esperar acordado; eu repeti-lhe o que ela sabia, isto é, que nunca ouvira missa do galo na Corte, e não queria perdê-la.

– É a mesma missa da roça; todas as missas se parecem.

– Acredito; mas aqui há de haver mais luxo e mais gente também. Olhe, a semana santa na Corte é mais bonita que na roça S. João não digo, nem Santo Antônio...

Pouco a pouco, tinha-se inclinado; fincara os cotovelos no mármore da mesa e metera o rosto entre as mãos espalmadas. Não estando abotoadas, as mangas caíram naturalmente, e eu vi-lhe metade dos braços, muito claros, e menos magros do que se poderiam supor. A vista não era nova para mim, posto também não fosse comum; naquele momento, porém, a impressão que tive foi grande. As veias eram tão azuis, que apesar da pouca claridade, podia contá-las do meu lugar. A presença de Conceição espertara-me ainda mais que o livro. Continuei a dizer o que pensava das festas da roça e da cidade, e de outras coisas que me iam vindo à boca. Falava emendando os assuntos, sem saber por quê, variando deles ou tornando aos primeiros, e rindo para fazê-la sorrir e ver-lhe os dentes que luziam de brancos, todos iguaizinhos. Os olhos dela não eram bem negros, mas escuros; o nariz, seco e longo, um tantinho curvo, dava-lhe ao rosto um ar interrogativo. Quando eu alteava um pouco a voz, ela reprimia-me:

– Mais baixo! Mamãe pode acordar.

E não saía daquela posição, que me enchia de gosto, tão perto ficavam as nossas caras. Realmente, não era preciso falar alto para ser ouvido: cochichávamos os dois, eu mais que ela, porque falava mais; ela, às vezes, ficava séria, muito séria, com a testa um pouco franzida. Afinal, cansou; trocou de atitude e de lugar. Deu volta à mesa e veio sentar-se do meu lado, no canapé. Voltei-me e pude ver, a furto, o bico das chinelas; mas foi só o tempo que ela gastou em sentar-se, o roupão era comprido e cobriu-as logo. Recordo-me que eram pretas. Conceição disse baixinho:

– Mamãe está longe, mas tem o sono muito *leve*; se acordasse agora, coitada, tão cedo não pegava no sono.

– Eu também sou assim.

– O quê? – perguntou ela inclinando o corpo para ouvir melhor.

Fui sentar-me na cadeira que ficava ao lado do canapé e repeti a palavra. Riu-se da coincidência; também ela tinha o sono leve; éramos três sonos leves.

– Há ocasiões em que sou como mamãe: acordando, custa-me dormir outra vez, rolo na cama, à toa, levanto-me, acendo vela, passeio, torno a deitar-me, e nada.

– Foi o que lhe aconteceu hoje.

– Não, não – atalhou ela.

Não entendi a negativa; ela pode ser que também não a entendesse. Pegou das pontas do cinto e bateu com elas sobre os joelhos, isto é, o joelho direito, porque acabava de cruzar as pernas. Depois referiu uma história de sonhos, e afirmou-me que só tivera um pesadelo, em criança. Quis saber se eu os tinha. A conversa reatou-se assim lentamente, longamente, sem que eu desse pela hora nem pela missa. Quando eu acabava uma narração ou uma explicação, ela inventava outra pergunta ou outra matéria, e eu pegava novamente na palavra. De quando em quando, reprimia-me:

– Mais baixo, mais baixo...

Havia também umas pausas. Duas outras vezes, pareceu-me que a via dormir; mas os olhos, cerrados por um instante, abriam-se logo sem sono nem fadiga, como se ela os houvesse fechado para ver melhor. Uma dessas vezes creio que deu por mim embebido na sua pessoa, e lembra-me que os tornou a fechar, não sei se apressada ou vagarosamente. Há impressões dessa noite, que me aparecem truncadas ou confusas. Contradigo-me, atrapalho-me. Uma das que ainda tenho frescas é que, em certa ocasião, ela, que era apenas simpática, ficou linda, ficou lindíssima. Estava de pé, os braços cruzados; eu, em respeito a ela, quis levantar-me; não consentiu, pôs uma das mãos no meu ombro, e obrigou-me a estar sentado. Cuidei que ia dizer alguma coisa; mas estremeceu, como se tivesse um arrepio de frio, voltou as costas e foi sentar-se na cadeira, onde me achara lendo. Dali relanceou a vista pelo espelho, que ficava por cima do canapé, falou de duas gravuras que pendiam da parede.

– Estes quadros estão ficando velhos. Já pedi a Chiquinho para comprar outros.

Chiquinho era o marido. Os quadros falavam do principal negócio deste homem. Um representava "Cleópatra"; não me recordo o assunto do outro, mas eram mulheres. Vulgares ambos; naquele tempo não me pareciam feios.

– São bonitos – disse eu.

– Bonitos são; mas estão manchados. E depois francamente, eu preferia duas imagens, duas santas. Estas são mais próprias para sala de rapaz ou de barbeiro.

– De barbeiro? A senhora nunca foi a casa de barbeiro.

– Mas imagino que os fregueses, enquanto esperam, falam de moças e namoros, e naturalmente o dono da casa alegra a vista deles com figuras bonitas. Em casa de família é que não acho próprio. É o que eu penso; mas eu penso muita coisa assim esquisita. Seja o que for, não gosto dos quadros. Eu tenho uma Nossa Senhora da Conceição, minha madrinha, muito bonita; mas é de escultura, não se pode pôr na parede, nem eu quero. Está no meu oratório.

A ideia do oratório trouxe-me a da missa, lembrou-me que podia ser tarde e quis dizê-lo. Penso que cheguei a abrir a boca, mas logo a fechei para ouvir o que ela contava, com doçura, com graça, com tal moleza que trazia preguiça à minha alma e fazia esquecer a missa e a igreja. Falava das suas devoções de menina e moça. Em seguida referia umas anedotas de baile, uns casos de passeio, reminiscências de Paquetá, tudo de mistura, quase sem interrupção. Quando cansou do passado, falou do presente, dos negócios da casa, das canseiras de família, que lhe diziam ser muitas, antes de casar, mas não eram nada. Não me contou, mas eu sabia que casara aos vinte e sete anos.

Já agora não trocava de lugar, como a princípio, e quase não saíra da mesma atitude. Não tinha os grandes olhos compridos, e entrou a olhar à toa para as paredes.

– Precisamos mudar o papel da sala – disse daí a pouco, como se falasse consigo.

Concordei, para dizer alguma coisa, para sair da espécie de sono magnético, ou o que quer que era que me tolhia a língua e os sentidos. Queria e não queria acabar a conversação; fazia esforço para arredar os olhos dela, e arredava-os por um sentimento de respeito; mas a ideia de parecer que era aborrecimento, quando não era, levava-me os olhos outra vez para Conceição. A conversa ia morrendo. Na rua, o silêncio era completo.

Chegamos a ficar por algum tempo – não posso dizer quanto – inteiramente calados. O rumor único e escasso, era um roer de camundongo no gabinete, que me acordou daquela espécie de sonolência; quis falar dele, mas não achei modo. Conceição parecia estar devaneando. Subitamente, ouvi uma pancada na janela, do lado de fora, e uma voz que bradava: "Missa do galo! Missa do galo!"

– Aí está o companheiro – disse ela levantando-se. – Tem graça; você é que ficou de ir acordá-lo, ele é que vem acordar você. Vá, que hão de ser horas; adeus.

– Já serão horas? – perguntei.

– Naturalmente.

– Missa do galo! Repetiram de fora, batendo.

– Vá, vá, não se faça esperar. A culpa foi minha. Adeus; até amanhã.

E com o mesmo balanço do corpo, Conceição enfiou pelo corredor dentro, pisando mansinho. Saí à rua e achei o vizinho que esperava. Guiamos dali para a Igreja. Durante a missa, a figura de Conceição interpôs-se mais de uma vez, entre mim e o padre; fique isto à conta dos meus dezessete anos. Na manhã seguinte, ao almoço falei da missa do galo e da gente que estava na igreja sem excitar a curiosidade de Conceição. Durante o dia, achei-a como sempre, natural, benigna, sem nada que fizesse lembrar a conversação da véspera. Pelo ano-bom fui para Mangaratiba. Quando tornei ao Rio de Janeiro em março, o escrivão tinha morrido de apoplexia. Conceição morava no Engenho Novo, mas nem a visitei nem a encontrei. Ouvi mais tarde que casara com o escrevente juramentado do marido.

11
Conto de escola*

A escola era na Rua do Costa, um sobradinho de grade de pau. O ano era de 1840. Naquele dia – uma segunda-feira, do mês de maio – deixei-me estar alguns instantes na Rua da Princesa a ver onde iria brincar a manhã. Hesitava entre o morro de S. Diogo e o Campo de Sant'Ana, que não era então esse parque atual, construção de *gentleman*, mas um espaço rústico, mais ou menos infinito, alastrado de lavadeiras, capim e burros soltos. Morro ou campo? Tal era o problema. De repente disse comigo que o melhor era a escola. E guiei para a escola. Aqui vai a razão.

Na semana anterior tinha feito dois suetos, e, descoberto o caso, recebi o pagamento das mãos de meu pai, que me deu uma sova de vara de marmeleiro. As sovas de meu pai doíam por muito tempo. Era um velho empregado do Arsenal de Guerra, ríspido e intolerante. Sonhava para mim uma grande posição comercial, e tinha ânsia de me ver com os elementos mercantis, ler, escrever e contar, para me meter de caixeiro. Citava-me nomes de capitalistas que tinham começado ao balcão. Ora, foi a lembrança do último castigo que me levou naquela manhã para o colégio. Não era um menino de virtudes.

Subi a escada com cautela, para não ser ouvido do mestre, e cheguei a tempo; ele entrou na sala três ou quatro minutos depois. Entrou com o andar manso do costume, em chinelas de cordovão, com a jaqueta de brim lavada e desbotada, calça branca e tesa e grande colarinho caído. Chamava-se Policarpo e tinha perto de cinquenta anos ou mais. Uma vez sentado, extraiu da jaqueta a boceta de rapé e o lenço vermelho, pô-los na gaveta; depois relanceou os olhos pela sala. Os meninos, que se conservaram de pé durante a entrada dele, tornaram a sentar-se. Tudo estava em ordem; começaram os trabalhos.

– *Seu* Pilar, eu preciso falar com você – disse-me baixinho o filho do mestre.

---

*Publicado no periódico *Gazeta de Notícias* (1884). Reunido pelo autor no livro *Várias Histórias* (1896).

Chamava-se Raimundo este pequeno, e era mole, aplicado, inteligência tarda. Raimundo gastava duas horas em reter aquilo que a outros levava apenas trinta ou cinquenta minutos; vencia com o tempo o que não podia fazer logo com o cérebro. Reunia a isso um grande medo ao pai. Era uma criança fina, pálida, cara doente; raramente estava alegre. Entrava na escola depois do pai e retirava-se antes. O mestre era mais severo com ele do que conosco.

– O que é que você quer?

– Logo – respondeu ele com voz trêmula.

Começou a lição de escrita. Custa-me dizer que eu era dos mais adiantados da escola; mas era. Não digo também que era dos mais inteligentes, por um escrúpulo fácil de entender e de excelente efeito no estilo, mas não tenho outra convicção. Note-se que não era pálido nem mofino: tinha boas cores e músculos de ferro. Na lição de escrita, por exemplo, acabava sempre antes de todos, mas deixava-me estar a recortar narizes no papel ou na tábua, ocupação sem nobreza nem espiritualidade, mas em todo caso ingênua. Naquele dia foi a mesma coisa; tão depressa acabei, como entrei a reproduzir o nariz do mestre, dando-lhe cinco ou seis atitudes diferentes, das quais recordo a interrogativa, a admirativa, a dubitativa e a cogitativa. Não lhes punha esses nomes, pobre estudante de primeiras letras que era; mas, instintivamente, dava-lhes essas expressões. Os outros foram acabando; não tive remédio senão acabar também, entregar a escrita, e voltar pra o meu lugar.

Com franqueza, estava arrependido de ter vindo. Agora que ficava preso, ardia por andar lá fora, e recapitulava o campo e o morro, pensava nos outros meninos vadios, o Chico Telha, o Américo, o Carlos das Escadinhas, a fina flor do bairro e do gênero humano. Para cúmulo de desespero, vi através das vidraças da escola, no claro azul do céu, por cima do morro do Livramento, um papagaio de papel, alto e largo, preso de uma corda imensa, que bojava no ar, uma coisa soberba. E eu na escola, sentado, pernas unidas, com o livro de leitura e a gramática nos joelhos.

– Fui um bobo em vir – disse eu ao Raimundo.

– Não diga isso – murmurou ele.

Olhei para ele; estava mais pálido. Então lembrou-me outra vez que queria pedir-me alguma coisa, e perguntei-lhe o que era. Raimundo estremeceu de novo, e, rápido, disse-me que esperasse um pouco; era uma coisa particular.

– *Seu* Pilar... – murmurou ele daí a alguns minutos.

– Que é?

– Você...

– Você quê?

Ele deitou os olhos ao pai, e depois a alguns outros meninos. Um destes, o Curvelo, olhava para ele, desconfiado, e o Raimundo, notando-me essa circunstância, pediu alguns minutos mais de espera. Confesso que começava a arder de curiosidade. Olhei para o Curvelo e vi que parecia atento; podia ser uma simples curiosidade vaga, natural indiscrição; mas podia ser também alguma coisa entre eles. Esse Curvelo era um pouco levado do diabo. Tinha onze anos, era mais velho que nós.

Que me quereria o Raimundo? Continuei inquieto, remexendo-me muito, falando-lhe baixo, com instância, que me dissesse o que era, que ninguém cuidava dele nem de mim. Ou então, de tarde...

– De tarde, não – interrompeu-me ele – não pode ser de tarde.

– Então agora...

– Papai está olhando.

Na verdade, o mestre fitava-nos. Como era mais severo para o filho, buscava-o muitas vezes com os olhos, para trazê-lo mais aperreado. Mas nós também éramos finos; metemos o nariz no livro, e continuamos a ler. Afinal cansou e tomou as folhas do dia, três ou quatro, que ele lia devagar, mastigando as ideias e as paixões. Não esqueçam que estávamos então no fim da Regência, e que era grande a agitação pública. Policarpo tinha decerto algum partido, mas nunca pude averiguar esse ponto. O pior que ele podia ter, para nós, era a palmatória. E essa lá estava, pendurada do portal da janela, à direita, com os seus cinco olhos do diabo. Era só levantar a mão, despendurá-la e brandi-la, com a força do costume, que não era pouca. E daí, pode ser que alguma vez as paixões políticas dominassem nele a ponto de poupar-nos uma ou outra correção. Naquele dia, ao menos, pareceu-me que lia as folhas com muito interesse; levantava os olhos de quando em quando, ou tomava uma pitada, mas tornava logo aos jornais, e lia a valer.

No fim de algum tempo – dez ou doze minutos – Raimundo meteu a mão no bolso das calças e olhou para mim.

– Sabe o que tenho aqui?

– Não.

– Uma pratinha que mamãe me deu.

– Hoje?

– Não, no outro dia, quando fiz anos...

– Pratinha de verdade?

– De verdade.

Tirou-a vagarosamente, e mostrou-me de longe. Era uma moeda do tempo do rei, cuido que doze vinténs ou dois tostões, não me lembra; mas era uma moeda, e tão moeda que me fez pular o sangue no coração. Raimundo devolveu em mim o olhar pálido; depois perguntou-me se a queria para mim. Respondi-lhe que estava caçoando, mas ele jurou que não.

– Mas então fica sem ela?

– Mamãe depois me arranja outra. Ela tem muitas que vovô lhe deixou, uma caixinha; algumas são de ouro. Você quer esta?

Minha resposta foi estender-lhe a mão disfarçadamente, depois de olhar para a mesa do mestre. Raimundo recuou a mão dele e deu à boca um gesto amarelo, que queria sorrir. Em seguida propôs-me um negócio, uma troca de serviços; ele me daria a moeda, eu lhe explicaria um ponto da lição de sintaxe. Não conseguira reter nada do livro, e estava com medo do pai. E concluía a proposta esfregando a pratinha nos joelhos...

Tive uma sensação esquisita. Não é que eu possuísse da virtude uma ideia antes própria de homem; não é também que não fosse fácil em empregar uma ou outra mentira de criança. Sabíamos ambos enganar ao mestre. A novidade estava nos termos da proposta, na troca de lição e dinheiro, compra franca, positiva, toma lá, dá cá; tal foi a causa da sensação. Fiquei a olhar para ele, à toa, sem poder dizer nada.

Compreende-se que o ponto da lição era difícil, e que o Raimundo, não o tendo aprendido, recorria a um meio que lhe pareceu útil para escapar ao castigo do pai. Se me tem pedido a coisa por favor, alcançá-la-ia do mesmo modo, como de outras vezes; mas parece que era a lembrança das outras vezes, o medo de achar a minha vontade frouxa ou cansada, e não aprender como queria – e pode ser mesmo que em alguma ocasião lhe tivesse ensinado mal –, parece que tal foi a causa da proposta. O pobre-diabo contava com o favor – mas queria assegurar-lhe a eficácia, e daí recorreu à moeda que a mãe lhe dera e que ele guardava como relíquia ou brinquedo; pegou dela e veio esfregá-la nos joelhos, à minha vista, como uma tentação... Realmente, era bonita, fina, branca, muito branca; e para mim, que só trazia cobre no bolso, quando trazia alguma coisa, um cobre feio, grosso, azinhavrado...

Não queria recebê-la, e custava-me recusá-la. Olhei para o mestre, que continuava a ler, com tal interesse, que lhe pingava o rapé do nariz.

– Ande, tome – dizia-me baixinho o filho. E a pratinha fuzilava-lhe entre os dedos, como se fora diamante... Em verdade, se o mestre não visse nada, que mal havia? E ele não podia ver nada, estava agarrado aos jornais lendo com fogo, com indignação...

– Tome, tome...

Relanceei os olhos pela sala, e dei com os do Curvelo em nós; disse ao Raimundo que esperasse. Pareceu-me que o outro nos observava, então dissimulei; mas daí a pouco, deitei-lhe outra vez o olho, e – tanto se ilude a vontade! – não lhe vi mais nada. Então cobrei ânimo.

– Dê cá...

Raimundo deu-me a pratinha, sorrateiramente; eu meti-a na algibeira das calças, com um alvoroço que não posso definir. Cá estava ela comigo, pegadinha à perna. Restava prestar o serviço, ensinar a lição, e não me demorei em fazê-lo, nem o fiz mal, ao menos conscientemente; passava-lhe a explicação em um retalho de papel que ele recebeu com cautela e cheio de atenção. Sentia-se que despendia um esforço cinco ou seis vezes maior para aprender um nada; mas contanto que ele escapasse ao castigo, tudo iria bem.

De repente, olhei para o Curvelo e estremeci; tinha os olhos em nós, com um riso que me pareceu mau. Disfarcei; mas daí a pouco, voltando-me outra vez para ele, achei-o do mesmo modo, com o mesmo ar, acrescendo que entrava a remexer-se no banco, impaciente. Sorri para ele e ele não sorriu; ao contrário, franziu a testa, o que lhe deu um aspecto ameaçador. O coração bateu-me muito.

– Precisamos muito cuidado – disse eu ao Raimundo.

– Diga-me isto só – murmurou ele.

Fiz-lhe sinal que se calasse; mas ele instava, e a moeda, cá no bolso, lembrava-me o contrato feito. Ensinei-lhe o que era, disfarçando muito; depois, tornei a olhar para o Curvelo, que me pareceu ainda mais inquieto e o riso, dantes mau, estava agora pior. Não é preciso dizer que também eu ficara em brasas, ansioso que a aula acabasse; mas nem o relógio andava como das outras vezes, nem o mestre fazia caso da escola; este lia os jornais, artigo por artigo, pontuando-os com exclamações, com gestos de ombros, com uma ou duas pancadinhas na mesa. E lá fora, no céu azul, por cima do morro, o mesmo eterno papagaio, guinando a um lado e outro, como se me chamasse a ir ter com ele. Imaginei-me ali, com os livros e a pedra embaixo da mangueira, e a pratinha no bolso das calças, que eu não daria a ninguém, nem que me serrassem; guardá-la-ia em casa, dizendo a mamãe que a tinha achado na rua. Para que não fugisse, ia-a apalpando, roçando-lhe os dedos pelo cunho, quase lendo pelo tato a inscrição, com uma grande vontade de espiá-la.

– Oh! *Seu* Pilar! – bradou o mestre com voz de trovão.

Estremeci como se acordasse de um sonho, e levantei-me às pressas. Dei com o mestre, olhando para mim, cara fechada, jornais dispersos, e ao pé da mesa, em pé, o Curvelo. Pareceu-me adivinhar tudo.

– Venha cá! – bradou o mestre.

Fui e parei diante dele. Ele enterrou-me pela consciência dentro um par de olhos pontudos; depois chamou o filho. Toda a escola tinha parado; ninguém mais lia, ninguém fazia um só movimento. Eu, conquanto não tirasse os olhos do mestre, sentia no ar a curiosidade e o pavor de todos.

– Então o senhor recebe dinheiro para ensinar as lições aos outros? – disse-me o Policarpo.

– Eu...

– Dê cá a moeda que este seu colega lhe deu! – clamou.

Não obedeci logo, mas não pude negar nada. Continuei a tremer muito. Policarpo bradou de novo que lhe desse a moeda, e eu não resisti mais, meti a mão no bolso, vagarosamente, saquei-a e entreguei-lha. Ele examinou-a de um e outro lado, bufando de raiva; depois estendeu o braço e atirou-a à rua. E então disse-nos uma porção de coisas duras, que tanto o filho como eu acabávamos de praticar uma ação feia, indigna, baixa, uma vilania, e para emenda e exemplo íamos ser castigados. Aqui pegou da palmatória.

– Perdão, *seu* mestre... – solucei eu.

– Não há perdão! Dê cá a mão! Dê cá! Vamos! Sem-vergonha! Dê cá a mão!

– Mas, *seu* mestre...

– Olhe que é pior!

Estendi-lhe a mão direita, depois a esquerda, e fui recebendo os bolos uns por cima dos outros, até completar doze, que me deixaram as palmas vermelhas e inchadas. Chegou a vez do filho, e foi a mesma coisa; não lhe poupou nada, dois, quatro, oito, doze bolos. Acabou, pregou-nos outro sermão. Chamou-nos sem-vergonhas, desaforados, e jurou que se repetíssemos o negócio, apanharíamos tal castigo que nos havia de lembrar para todo o sempre. E exclamava: Porcalhões! tratantes! Faltos de brio!

Eu por mim, tinha a cara no chão. Não ousava fitar ninguém, sentia todos os olhos em nós. Recolhi-me ao banco, soluçando, fustigado pelos impropérios do mestre. Na sala arquejava o terror; posso dizer que naquele dia ninguém faria igual negócio. Creio que o próprio Curvelo enfiara de medo. Não olhei logo para ele, cá dentro de mim jurava quebrar-lhe a cara, na rua, logo que saíssemos, tão certo como três e dois serem cinco.

Daí a algum tempo olhei para ele; ele também olhava para mim, mas desviou a cara, e penso que empalideceu. Compôs-se e entrou a ler em voz alta; estava com medo. Começou a variar de atitude, agitando-se à toa, coçando os joelhos, o nariz. Pode ser até que se arrependesse de nos ter denunciado; e na verdade, por que denunciar-nos? Em que é que lhe tirávamos alguma coisa?

"Tu me pagas! Tão duro como osso!", dizia eu comigo.

Veio a hora de sair, e saímos; ele foi adiante, apressado, e eu não queria brigar ali mesmo, na Rua do Costa, perto do colégio; havia de ser na Rua Larga de S. Joaquim. Quando, porém, cheguei à esquina, já o não via; provavelmente escondera-se em algum corredor ou loja; entrei numa botica, espiei em outras casas, perguntei por ele a algumas pessoas, ninguém me deu notícia. De tarde faltou à escola.

Em casa não contei nada, é claro; mas para explicar as mãos inchadas, menti a minha mãe, disse-lhe que não tinha sabido a lição. Dormi nessa noite, mandando ao diabo os dois meninos, tanto o da denúncia como o da moeda. E sonhei com a moeda; sonhei que, ao tornar à escola, no dia seguinte, dera com ela na rua, e a apanhara, sem medo nem escrúpulos...

De manhã, acordei cedo. A ideia de ir procurar a moeda fez-me vestir depressa. O dia estava esplêndido, um dia de maio, sol magnífico, ar brando, sem contar as calças novas que minha mãe me deu, por sinal que eram amarelas. Tudo isso, e a pratinha... Saí de casa, como se fosse trepar ao trono de Jerusalém. Piquei o passo para que ninguém chegasse antes de mim à escola; ainda assim não andei tão depressa que amarrotasse as calças. Não, que elas eram bonitas! Mirava-as, fugia aos encontros, ao lixo da rua...

Na rua encontrei uma companhia do batalhão de fuzileiros, tambor à frente, rufando. Não podia ouvir isto quieto. Os soldados vinham batendo o pé rápido, igual, direita, esquerda, ao som do rufo; vinham, passaram por mim, e foram andando. Eu senti uma comichão nos pés, e tive ímpeto de ir atrás deles. Já lhes disse: o dia estava lindo, e depois o tambor...

Olhei para um e outro lado; afinal, não sei como foi, entrei a marchar também ao som do rufo, creio que cantarolando alguma coisa: *Rato na casaca*... Não fui à escola, acompanhei os fuzileiros, depois enfiei pela Saúde, e acabei a manhã na Praia da Gamboa. Voltei para casa com as calças enxovalhadas, sem pratinha no bolso nem ressentimento na alma. E contudo a pratinha era bonita e foram eles, Raimundo e Curvelo, que me deram o primeiro conhecimento, um da corrupção, outro da delação; mas o diabo do tambor...

12

O caso da vara*

Damião fugiu do seminário às onze horas da manhã de uma sexta-feira de agosto. Não sei bem o ano; foi antes de 1850. Passados alguns minutos parou vexado; não contava com o efeito que produzia nos olhos da outra gente aquele seminarista que ia espantado, medroso, fugitivo. Desconhecia as ruas, andava e desandava; finalmente parou. Para onde iria? Para casa, não; lá estava o pai que o devolveria ao seminário, depois de um bom castigo. Não assentara no ponto de refúgio, porque a saída estava determinada para mais tarde; uma circunstância fortuita a apressou. Para onde iria? Lembrou-se do padrinho, João Carneiro, mas o padrinho era um moleirão sem vontade, que por si só não faria coisa útil. Foi ele que o levou ao seminário e o apresentou ao reitor:

– Trago-lhe o grande homem que há de ser – disse ele ao reitor.

– Venha – acudiu este –, venha o grande homem, contanto que seja também humilde e bom. A verdadeira grandeza é chã. Moço...

Tal foi a entrada. Pouco tempo depois fugiu o rapaz ao seminário. Aqui vemos agora na rua, espantado, incerto, sem atinar com refúgio nem conselho; percorreu de memória as casas de parentes e amigos, sem se fixar em nenhuma. De repente, exclamou:

– Vou pegar-me com Sinhá Rita! Ela manda chamar meu padrinho, diz-lhe que quer que eu saia do seminário... Talvez assim...

Sinhá Rita era uma viúva, querida de João Carneiro; Damião tinha umas ideias vagas dessa situação e tratou de a aproveitar. Onde morava? Estava tão atordoado, que só daí a alguns minutos é que lhe acudiu a casa; era no Largo do Capim.

– Santo Nome de Jesus! Que é isto! – bradou Sinhá Rita, sentando-se na marquesa, onde estava reclinada.

---

*Publicado no periódico *Gazeta de Notícias* (01-02-1891). Reunido pelo autor no livro *Páginas recolhidas* (1900).

Damião acabava de entrar espavorido; no momento de chegar à casa, vira passar um padre, e deu um empurrão à porta, que por fortuna não estava fechada a chave nem ferrolho. Depois de entrar, espiou pela rótula, a ver o padre. Este não deu por ele e ia andando.

– Mas que é isto, Sr. Damião? – bradou novamente a dona da casa, que só agora o conhecera. – Que vem fazer aqui?

Damião, trêmulo, mal podendo falar, disse que não tivesse medo, não era nada; ia explicar tudo.

– Descanse, e explique-se.

– Já lhe digo; não pratiquei nenhum crime, isso juro; mas espere.

Sinhá Rita olhava para ele espantada, e todas as crias, de casa, e de fora, que estavam sentadas em volta da sala, diante das suas almofadas de renda, todas fizeram parar os bilros e as mãos. Sinhá Rita vivia principalmente de ensinar a fazer renda, crivo e bordado. Enquanto o rapaz tomava fôlego, ordenou às pequenas que trabalhassem, e esperou. Afinal, Damião contou tudo, o desgosto que lhe dava o seminário; estava certo de que não podia ser bom padre; falou com paixão, pediu-lhe que o salvasse.

– Como assim? Não posso nada.

– Pode, querendo.

– Não – replicou ela abanando a cabeça; não me meto em negócios de sua família, que mal conheço; e então seu pai, que dizem que é zangado!

Damião viu-se perdido. Ajoelhou-se-lhe aos pés, beijou-lhe as mãos, desesperado.

– Pode muito, Sinhá Rita; peço-lhe pelo amor de Deus, pelo que a senhora tiver de mais sagrado, por alma de seu marido, salve-me da morte, porque eu mato-me, se voltar para aquela casa.

Sinhá Rita, lisonjeada com as súplicas do moço, tentou chamá-lo a outros sentimentos. A vida de padre era santa e bonita, disse-lhe ela; o tempo lhe mostraria que era melhor vencer as repugnâncias e um dia... Não, nada, nunca, redarguia Damião, abanando a cabeça e beijando-lhe as mãos; e repetia que era a sua morte. Sinhá Rita hesitou ainda muito tempo; afinal perguntou-lhe por que não ia ter com o padrinho.

– Meu padrinho? Esse é ainda pior que papai; não me atende, duvido que atenda a ninguém...

– Não atende? – interrompeu Sinhá Rita ferida em seus brios. – Ora, eu lhe mostro se atende ou não...

Chamou um moleque e bradou-lhe que fosse à casa do Sr. João Carneiro chamá-lo, já e já; e se não estivesse em casa, perguntasse onde podia ser encontrado, e corresse a dizer-lhe que precisava muito de lhe falar imediatamente.

– Anda, moleque.

Damião suspirou alto e triste. Ela, para mascarar a autoridade com que dera aquelas ordens, explicou ao moço que o Sr. João Carneiro fora amigo do marido e arranjara-lhe algumas crias para ensinar. Depois, como ele continuasse triste, encostado a um portal, puxou-lhe o nariz, rindo:

– Ande lá, seu padreco, descanse que tudo se há de arranjar.

Sinhá Rita tinha quarenta anos na certidão de batismo, e vinte e sete nos olhos. Era apessoada, viva, patusca, amiga de rir; mas, quando convinha, brava como o diabo. Quis alegrar o rapaz, e, apesar da situação, não lhe custou muito. Dentro de pouco, ambos eles riam, ela contava-lhe anedotas, e pedia-lhe outras, que ele referia com singular graça. Uma destas, estúrdia, obrigada a trejeitos, fez rir a uma das crias de Sinhá Rita, que esquecera o trabalho, para mirar e escutar o moço. Sinhá Rita pegou de uma vara que estava ao pé da marquesa, e ameaçou-a:

– Lucrécia, olha a vara!

A pequena abaixou a cabeça, aparando o golpe, mas o golpe não veio. Era uma advertência; se à noitinha a tarefa não estivesse pronta, Lucrécia receberia o castigo do costume. Damião olhou para a pequena; era uma negrinha, magricela, um frangalho de nada, com uma cicatriz na testa e uma queimadura na mão esquerda. Contava onze anos. Damião reparou que tossia, mas para dentro, surdamente, a fim de não interromper a conversação. Teve pena da negrinha, e resolveu apadrinhá-la, se não acabasse a tarefa. Sinhá Rita não lhe negaria o perdão... Demais, ela rira por achar-lhe graça; a culpa era sua, se há culpa em ter chiste.

Nisto, chegou João Carneiro. Empalideceu quando viu ali o afilhado, e olhou para Sinhá Rita, que não gastou tempo com preâmbulos. Disse-lhe que era preciso tirar o moço do seminário, que ele não tinha vocação para a vida eclesiástica, e antes um padre de menos que um padre ruim. Cá fora também se podia amar e servir a Nosso Senhor. João Carneiro, assombrado, não achou que replicar durante os primeiros minutos; afinal, abriu a boca e repreendeu o afilhado por ter vindo incomodar "pessoas estranhas", e em seguida afirmou que o castigaria.

– Qual castigar, qual nada! – interrompeu Sinhá Rita. – Castigar por quê? Vá, vá falar a seu compadre.

– Não afianço nada, não creio que seja possível...

– Há de ser possível, afianço eu. Se o senhor quiser, continuou ela com certo tom insinuativo, tudo se há de arranjar. Peça-lhe muito, que ele cede. Ande, senhor João Carneiro, seu afilhado não volta para o seminário; digo-lhe que não volta...

– Mas, minha senhora...

– Vá, vá.

João Carneiro não se animava a sair, nem podia ficar. Estava entre um puxar de forças opostas. Não lhe importava, em suma, que o rapaz acabasse clérigo, advogado ou médico, ou outra qualquer coisa, vadio que fosse, mas o pior é que lhe cometiam uma luta ingente com os sentimentos mais íntimos do compadre, sem certeza do resultado; e, se este fosse negativo, outra luta com Sinhá Rita, cuja última palavra era ameaçadora: "Digo-lhe que ele não volta." Tinha de haver por força um escândalo. João Carneiro estava com a pupila desvairada, a pálpebra trêmula, o peito ofegante. Os olhares que deitava a Sinhá Rita eram de súplica, mesclados de um tênue raio de censura. Por que lhe não pedia outra coisa? Por que lhe não ordenava que fosse a pé, debaixo de chuva, à Tijuca, ou Jacarepaguá? Mas logo persuadir ao compadre que mudasse a carreira do filho... Conhecia o velho; era capaz de lhe quebrar uma jarra na cara. Ah! Se o rapaz caísse ali, de repente, apoplético, morto! Era uma solução – cruel, é certo, mas definitiva.

– Então? – insistiu Sinhá Rita.

Ele fez-lhe um gesto de mão que esperasse. Coçava a barba, procurando um recurso. Deus do céu! Um decreto do papa dissolvendo a igreja, ou, pelo menos, extinguindo os seminários, faria acabar tudo em bem. João Carneiro voltaria para casa e ia jogar os *três-setes*. Imaginai que o barbeiro de Napoleão era encarregado de comandar a batalha de Austerlitz... Mas a Igreja continuava, os seminários continuavam, o afilhado continuava, cosido à parede, olhos baixos, esperando, sem solução apoplética.

– Vá, vá – disse Sinhá Rita dando-lhe o chapéu e a bengala.

Não teve remédio. O barbeiro meteu a navalha no estojo, travou da espada e saiu à campanha. Damião respirou; exteriormente deixou-se estar na mesma, olhos fincados no chão, acabrunhado. Sinhá Rita puxou-lhe desta vez o queixo.

– Ande jantar, deixe-se de melancolias.

– A senhora crê que ele alcance alguma coisa?

– Há de alcançar tudo – redarguiu Sinhá Rita cheia de si. – Ande, que a sopa está esfriando.

Apesar do gênio galhofeiro de Sinhá Rita, e do seu próprio espírito leve, Damião esteve menos alegre ao jantar que na primeira parte do dia. Não fiava do caráter mole do padrinho. Contudo, jantou bem; e, para o fim, voltou às pilhérias da manhã. À sobremesa, ouviu um rumor de gente na sala, e perguntou se o vinham prender.

– Hão de ser as moças.

Levantaram-se e passaram à sala. As moças eram cinco vizinhas que iam todas as tardes tomar café com Sinhá Rita, e ali ficavam até o cair da noite.

As discípulas, findo o jantar delas, tornaram às almofadas do trabalho. Sinhá Rita presidia a todo esse mulherio de casa e de fora. O sussurro dos bilros e o palavrear das moças eram ecos tão mundanos, tão alheios à teologia e ao latim, que o rapaz deixou-se ir por eles e esqueceu o resto. Durante os primeiros minutos, ainda houve da parte das vizinhas certo acanhamento; mas passou depressa. Uma delas cantou uma modinha, ao som da guitarra, tangida por Sinhá Rita, e a tarde foi passando depressa. Antes do fim, Sinhá Rita pediu a Damião que contasse certa anedota que lhe agradara muito. Era a tal que fizera rir Lucrécia.

– Ande, senhor Damião, não se faça de rogado, que as moças querem ir embora. Vocês vão gostar muito.

Damião não teve remédio senão obedecer. Malgrado o anúncio e a expectação, que serviam a diminuir o chiste e o efeito, a anedota acabou entre risadas das moças. Damião, contente de si, não esqueceu Lucrécia e olhou para ela, a ver se rira também. Viu-a com a cabeça metida na almofada para acabar a tarefa. Não ria; ou teria rido para dentro, como tossia.

Saíram as vizinhas, e a tarde caiu de todo. A alma de Damião foi-se fazendo tenebrosa, antes da noite. Que estaria acontecendo? De instante a instante, ia espiar pela rótula, e voltava cada vez mais desanimado. Nem sombra do padrinho. Com certeza, o pai fê-lo calar, mandou chamar dois negros, foi à polícia pedir um pedestre, e aí vinha pegá-lo à força e levá-lo ao seminário. Damião perguntou a Sinhá Rita se a casa não teria saída pelos fundos; correu ao quintal, e calculou que podia saltar o muro. Quis ainda saber se haveria modo de fugir para a Rua da Vala, ou se era melhor falar a algum vizinho que fizesse o favor de o receber. O pior era a batina; se Sinhá Rita lhe pudesse arranjar um rodaque, uma sobrecasaca velha... Sinhá Rita dispunha justamente de um rodaque, lembrança ou esquecimento de João Carneiro.

– Tenho um rodaque do meu defunto – disse ela, rindo –; mas para que está com esses sustos? Tudo se há de arranjar, descanse.

Afinal, à boca da noite, apareceu um escravo do padrinho, com uma carta para Sinhá Rita. O negócio ainda não estava composto; o pai ficou furioso e quis quebrar tudo; bradou que não, senhor, que o peralta havia de ir para o seminário, ou então metia-o no Aljube ou na presiganga. João Carneiro lutou muito para conseguir que o compadre não resolvesse logo, que dormisse a noite, e meditasse bem se era conveniente dar à religião um sujeito tão rebelde e vicioso. Explicava na carta que falou assim para melhor ganhar a causa. Não a tinha por ganha; mas no dia seguinte lá iria ver o homem, e teimar de novo. Concluía dizendo que o moço fosse para a casa dele.

Damião acabou de ler a carta e olhou para Sinhá Rita. Não tenho outra tábua de salvação, pensou ele. Sinhá Rita mandou vir um tinteiro de chifre, e na meia folha da própria carta escreveu esta resposta: "Joãozinho, ou você salva o moço, ou nunca mais nos vemos." Fechou a carta com obreia, e deu-a ao escravo, para que a levasse depressa. Voltou a reanimar o seminarista, que estava outra vez no capuz da humildade e da consternação. Disse-lhe que sossegasse, que aquele negócio era agora dela.

– Hão de ver para quanto presto! Não, que eu não sou de brincadeiras!

Era a hora de recolher os trabalhos. Sinhá Rita examinou-os; todas as discípulas tinham concluído a tarefa. Só Lucrécia estava ainda à almofada, meneando os bilros, já sem ver; Sinhá Rita chegou-se a ela, viu que a tarefa não estava acabada, ficou furiosa, e agarrou-a por uma orelha.

– Ah! Malandra!

– Nhanhã, nhanhã! Pelo amor de Deus! Por Nossa Senhora que está no céu.

– Malandra! Nossa Senhora não protege vadias!

Lucrecia fez um esforço, soltou-se das mãos da senhora, e fugiu para dentro; a senhora foi atrás e agarrou-a.

– Anda cá!

– Minha senhora, me perdoe! – tossia a negrinha.

– Não perdoo, não. Onde está a vara?

E tornaram ambas à sala, uma presa pela orelha, debatendo-se, chorando e pedindo; a outra dizendo que não, que a havia de castigar.

– Onde está a vara?

A vara estava à cabeceira da marquesa, do outro lado da sala. Sinhá Rita, não querendo soltar a pequena, bradou ao seminarista:

– Sr. Damião, dê-me aquela vara, faz favor?

Damião ficou frio... Cruel instante! Uma nuvem passou-lhe pelos olhos. Sim, tinha jurado apadrinhar a pequena, que, por causa dele, atrasara o trabalho...

– Dê-me a vara, Sr. Damião!

Damião chegou a caminhar na direção da marquesa. A negrinha pediu-lhe então por tudo o que houvesse mais sagrado, pela mãe, pelo pai, por Nosso Senhor...

– Me acuda, meu sinhô moço!

Sinhá Rita, com a cara em fogo e os olhos esbugalhados, instada pela vara, sem largar a negrinha, agora presa de um acesso de tosse. Damião sentiu-se compungido; mas ele precisava tanto sair do seminário! Chegou à marquesa, pegou na vara e entregou-a a Sinhá Rita.

13
Uma senhora*

Nunca encontro esta senhora que me não lembre a profecia de uma lagartixa ao poeta Heine, subindo os Apeninos: "Dia virá em que as pedras serão plantas; as plantas, animais; os animais, homens e os homens, deuses." E dá-me vontade de dizer-lhe: – A senhora, D. Camila, amou tanto a mocidade e a beleza, que atrasou o seu relógio, a fim de ver se podia fixar esses dois minutos de cristal. Não se desconsole, D. Camila. No dia da lagartixa, a senhora será Hebe, deusa da juventude; a senhora nos dará a beber o néctar da perenidade com as suas mãos eternamente moças.

A primeira vez que a vi, tinha ela trinta e seis anos, posto só parecesse trinta e dois, e não passasse da casa dos vinte e nove. Casa é um modo de dizer. Não há castelo mais vasto do que a vivenda destes bons amigos, nem tratamento mais obsequioso do que o que eles sabem dar às suas hóspedes. Cada vez que D. Camila queria ir-se embora, eles pediam-lhe muito que ficasse, e ela ficava. Vinham então novos folguedos, cavalhadas, música, dança, uma sucessão de coisas belas, inventadas com o único fim de impedir que esta senhora seguisse o seu caminho.

– Mamãe, mamãe – dizia-lhe a filha crescendo – vamos embora, não podemos ficar aqui toda a vida.

D. Camila olhava para ela mortificada, depois sorria, dava-lhe um beijo e mandava-a brincar com as outras crianças. Que outras crianças? Ernestina estava então entre quatorze e quinze anos, era muito espigada, muito quieta, com uns modos naturais de senhora. Provavelmente não se divertiria com as meninas de oito e nove anos; não importa, uma vez que deixasse a mãe tranquila, podia alegrar-se ou enfadar-se. Mas, ai triste! Há um limite para tudo, mesmo para os vinte e nove anos. D. Camila resolveu, enfim, despedir-se desses dignos anfitriões, e fê-lo ralada de

*Publicado no periódico *Gazeta de Notícias* (27-11-1883). Reunido pelo autor no livro *Histórias sem data* (1884).

saudades. Eles ainda instaram por uns cinco ou seis meses de quebra; a bela dama respondeu-lhes que era impossível e, trepando no alazão do tempo, foi alojar-se na casa dos trinta.

Ela era, porém, daquela casta de mulheres que riem do sol e dos almanaques. Cor de leite, fresca, inalterável, deixava às outras o trabalho de envelhecer. Só queria o de existir. Cabelo negro, olhos castanhos e cálidos. Tinha as espáduas e o colo feitos de encomenda para os vestidos decotados, e assim também os braços, que eu não digo que eram os da Vênus de Milo, para evitar uma vulgaridade, mas provavelmente não eram outros. D. Camila sabia disto; sabia que era bonita, não só porque lho dizia o olhar sorrateiro das outras damas, como por um certo instinto que a beleza possui, como o talento e o gênio. Resta dizer que era casada, que o marido era ruivo, e que os dois amavam-se como noivos; finalmente, que era honesta. Não o era, note-se bem, por temperamento, mas por princípio, por amor ao marido, e creio que um pouco por orgulho.

Nenhum defeito, pois, exceto o de retardar os anos; mas é isso um defeito? Há, não me lembra em que página da Escritura, naturalmente nos Profetas, uma comparação dos dias com as águas de um rio que não voltam mais. D. Camila queria fazer uma represa para seu uso. No tumulto desta marcha contínua entre o nascimento e a morte, ela apegava-se à ilusão da estabilidade. Só se lhe podia exigir que não fosse ridícula, e não o era. Dir-me-á o leitor que a beleza vive de si mesma, e que a preocupação do calendário mostra que esta senhora vivia principalmente com os olhos na opinião. É verdade; mas como quer que vivam as mulheres do nosso tempo?

D. Camila entrou na casa dos trinta e não lhe custou passar adiante. Evidentemente o terror era uma superstição. Duas ou três amigas íntimas, nutridas de aritmética, continuavam a dizer que ela perdera a conta dos anos. Não advertiam que a natureza era cúmplice no erro, e que aos quarenta anos (verdadeiros), D. Camila trazia um ar de trinta e poucos. Restava um recurso: espiar-lhe o primeiro cabelo branco, um fiozinho de nada, mas branco. Em vão espiavam; o demônio do cabelo parecia cada vez mais negro.

Nisto enganavam-se. O fio branco estava ali; era a filha de D. Camila que entrava nos dezenove anos, e, por mal de pecados, bonita. D. Camila prolongou, quanto pôde, os vestidos adolescentes da filha, conservou-a no colégio até tarde, fez tudo para proclamá-la criança. A natureza, porém, que não é só imoral, mas também ilógica, enquanto sofreava os anos de uma, afrouxava a rédea aos da outra, e Ernestina, moça feita, entrou radiante no primeiro baile. Foi uma revelação. D. Camila adorava a filha; saboreou-lhe a glória a tragos demorados. No fundo do copo achou a gota amarga e fez uma careta. Chegou a pensar na abdicação; mas um grande pródigo de frases feitas disse-lhe que ela parecia a irmã mais velha da filha, e o projeto desfez-se. Foi dessa noite em diante que D. Camila entrou a dizer a todos que casara muito criança.

Um dia, poucos meses depois, apontou no horizonte o primeiro namorado. D. Camila pensara vagamente nessa calamidade, sem encará-la, sem aparelhar-se para a defesa. Quando menos esperava, achou um pretendente à porta. Interrogou a filha; descobriu-lhe um alvoroço indefinível, a inclinação dos vinte anos, e ficou prostrada. Casá-la era o menos; mas, se os seres são como as águas da Escritura, que não voltam mais, é porque atrás deles vêm outros, como atrás das águas outras águas; e, para definir essas ondas sucessivas é que os homens inventaram este nome de netos. D. Camila viu iminente o primeiro neto, e determinou adiá-lo. Está claro que não formulou a resolução, como não formulara a ideia do perigo. A alma estende-se a si mesma; uma sensação vale um raciocínio. As que ela teve foram rápidas, obscuras, no mais íntimo do seu ser, donde não as extraiu para não ser obrigada a encará-las.

– Mas que é que você acha de mau no Ribeiro? – perguntou-lhe o marido, uma noite, à janela.

D. Camila levantou os ombros.

– Acho-lhe o nariz torto – disse.

– Mau! Você está nervosa; falemos de outra coisa – respondeu o marido. E, depois de olhar uns dois minutos para a rua, cantarolando na garganta, tornou ao Ribeiro, que achava um genro aceitável, e se lhe pedisse Ernestina, entendia que deviam ceder-lha. Era inteligente e educado. Era também o herdeiro provável de uma tia de Cantagalo. E depois tinha um coração de ouro. Contavam-se dele coisas muito bonitas. Na academia, por exemplo... D. Camila ouviu o resto, batendo com a ponta do pé no chão e rufando com os dedos a sonata da impaciência; mas, quando o marido lhe disse que o Ribeiro esperava um despacho do ministro de estrangeiros, um lugar para os Estados Unidos, não pôde ter-se e cortou-lhe a palavra:

– O quê? Separar-me de minha filha? Não, senhor.

Em que dose entrara neste grito o amor materno e o sentimento pessoal, é um problema difícil de resolver, principalmente agora, longe dos acontecimentos e das pessoas. Suponhamos que em partes iguais. A verdade é que o marido não soube que inventar para defender o ministro de estrangeiros, as necessidades diplomáticas, a fatalidade do matrimônio, e, não achando que inventar, foi dormir. Dois dias depois veio a nomeação. No terceiro dia, a moça declarou ao namorado que não a pedisse ao pai, porque não queria separar-se da família. Era o mesmo que dizer: prefiro a família ao senhor. É verdade que tinha a voz trêmula e sumida, e um ar de profunda consternação; mas o Ribeiro viu tão somente a rejeição, e embarcou. Assim acabou a primeira aventura.

D. Camila padeceu com o desgosto da filha; mas consolou-se depressa. Não faltam noivos, refletiu ela. Para consolar a filha, levou-a a passear a toda parte. Eram ambas bonitas, e Ernestina tinha a frescura dos anos; mas a beleza da mãe era mais perfeita, e apesar dos anos, superava a da filha. Não vamos ao ponto de crer que o sentimento da superioridade é que animava D. Camila a prolongar e repetir os passeios. Não: o amor materno, só por si, explica tudo. Mas concedamos que animasse um pouco. Que mal há nisso? Que mal há em que um bravo coronel defenda nobremente a pátria, e as suas dragonas? Nem por isso acaba o amor da pátria e o amor das mães.

Meses depois despontou a orelha de um segundo namorado. Desta vez era um viúvo, advogado, vinte e sete anos. Ernestina não sentiu por ele a mesma emoção que o outro lhe dera; limitou-se a aceitá-lo. D. Camila farejou depressa a nova candidatura. Não podia alegar nada contra ele; tinha o nariz reto como a consciência, e profunda aversão à vida diplomática. Mas haveria outros defeitos, devia haver outros. D. Camila buscou-os com alma; indagou de suas relações, hábitos, passado. Conseguiu achar umas coisinhas miúdas, tão somente a unha da imperfeição humana, alternativas de humor, ausência de graças intelectuais, e, finalmente, um grande excesso de amor-próprio. Foi neste ponto que a bela dama o apanhou. Começou a levantar vagarosamente a muralha do silêncio; lançou primeiro a camada das pausas, mais ou menos longas, depois as frases curtas, depois os monossílabos, as distrações, as absorções, os olhares complacentes, os ouvidos resignados, os bocejos fingidos por trás da ventarola. Ele não entendeu logo; mas, quando reparou que os enfados da mãe coincidiam com as ausências da filha, achou que era ali de mais e retirou-se. Se fosse homem de luta, tinha saltado a muralha; mas era orgulhoso e fraco. D. Camila deu graças aos deuses.

Houve um trimestre de respiro. Depois apareceram alguns namoricos de uma noite, insetos efêmeros, que não deixaram história. D. Camila compreendeu que eles tinham de multiplicar-se, até vir algum decisivo que a obrigasse a ceder; mas ao menos, dizia ela a si mesma, queria um genro que trouxesse à filha a mesma felicidade que o marido lhe deu. E, uma, vez, ou para robustecer este decreto da vontade, ou por outro motivo, repetiu o conceito em voz alta, embora só ela pudesse ouvi-lo. Tu, psicólogo sutil, podes imaginar que ela queria convencer-se a si mesma; eu prefiro contar o que lhe aconteceu em 186...

Era de manhã. D. Camila estava ao espelho, a janela aberta, a chácara verde e sonora de cigarras e passarinhos. Ela sentia em si a harmonia que a ligava às coisas externas. Só a beleza intelectual é independente e superior. A beleza física é irmã da paisagem. D. Camila saboreava essa fraternidade íntima, secreta, um sentimento de identidade, uma recordação da vida anterior no mesmo útero divino. Nenhuma lembrança desagradável, nenhuma ocorrência vinha turvar essa expansão misteriosa. Ao contrário, tudo parecia embebê-la de eternidade, e os quarenta e dois anos em que ia não lhe pesavam mais do que outras tantas folhas de rosa. Olhava para fora, olhava para o espelho. De repente, como se lhe surdisse uma cobra, recuou aterrada. Tinha visto, sobre a fonte esquerda, um cabelinho branco. Ainda cuidou que fosse do marido; mas reconheceu depressa que não, que era dela mesma, um telegrama da velhice, que aí vinha a marchas forçadas. O primeiro sentimento foi de prostração. D. Camila sentiu faltar-lhe tudo, tudo, viu-se encanecida e acabada no fim de uma semana.

– Mamãe, mamãe – bradou Ernestina entrando na saleta. – Está aqui o camarote que papai mandou.

D. Camila teve um sobressalto de pudor, e instintivamente voltou para a filha o lado que não tinha o fio branco. Nunca a achou tão graciosa e lépida. Fitou-a com saudade. Fitou-a também com inveja, e, para abafar este sentimento mau, pegou no bilhete de camarote. Era para aquela mesma noite. Uma ideia expele outra; D. Camila anteviu-se no meio das luzes e das gentes, e depressa levantou o coração. Ficando só, tornou a olhar para o espelho, e corajosamente arrancou o cabelinho branco, e deitou-o à chácara. *Out, damned spot*! *Out*! Mais feliz do que a outra lady

Macbeth, viu assim desaparecer a nódoa no ar, porque no ânimo dela, a velhice era um remorso, e a fealdade um crime. Sai, maldita mancha! Sai!

Mas, se os remorsos voltam, por que não hão de voltar os cabelos brancos? Um mês depois, D. Camila descobriu outro, insinuado na bela e farta madeixa negra, e amputou-o sem piedade. Cinco ou seis semanas depois, outro. Este terceiro coincidiu com um terceiro candidato à mão da filha, e ambos acharam D. Camila numa hora de prostração. A beleza, que lhe suprira a mocidade, parecia-lhe prestes a ir também, como uma pomba sai em busca da outra. Os dias precipitavam-se. Crianças que ela vira ao colo, ou de carrinho empuxado pelas amas, dançavam agora nos bailes. Os que eram homens fumavam; as mulheres cantavam ao piano. Algumas destas apresentavam-lhe os seus *babies*, gorduchos, uma segunda geração que mamava, à espera de ir bailar também, cantar ou fumar, apresentar outros *babies* a outras pessoas, e assim por diante.

D. Camila apenas tergiversou um pouco, acabou cedendo. Que remédio, senão aceitar um genro? Mas, como um velho costume não se perde de um dia para outro, D. Camila viu paralelamente, naquela festa do coração, um cenário e grande cenário. Preparou-se galhardamente, e o efeito correspondeu ao esforço. Na igreja, no meio de outras damas; na sala, sentada no sofá (o estofo que forrava este móvel, assim como o papel da parede foram sempre escuros para fazer sobressair a tez de D. Camila), vestida a capricho, sem o requinte da extrema juventude, mas também sem a rigidez matronal, um meio-termo apenas, destinado a pôr em relevo as suas graças outoniças, risonha, e feliz, enfim, a recente sogra colheu os melhores sufrágios. Era certo que ainda lhe pendia dos ombros um retalho de púrpura.

Púrpura supõe dinastia. Dinastia exige netos. Restava que o Senhor abençoasse a união, e ele abençoou-a, no ano seguinte. D. Camila acostumara-se à ideia; mas era tão penoso abdicar, que ela aguardava o neto com amor e repugnância. Esse importuno embrião, curioso da vida e pretensioso, era necessário na terra? Evidentemente, não; mas apareceu um dia, com as flores de setembro. Durante a crise, D. Camila só teve de pensar na filha; depois da crise, pensou na filha e no neto. Só dias depois é que pôde pensar em si mesma. Enfim, avó. Não havia que duvidar; era avó. Nem as feições, que eram ainda concertadas, nem os cabelos, que eram pretos (salvo meia dúzia de fios escondidos) podiam por si sós denunciar a realidade, mas a realidade existia; ela era, enfim avó.

Quis recolher-se; e para ter o neto mais perto de si, chamou a filha para casa. Mas a casa não era um mosteiro, e as ruas e os jornais com os seus mil rumores acordavam nela os ecos de outro tempo. D. Camila rasgou o ato de abdicação e tornou ao tumulto.

Um dia, encontrei-a ao lado de uma preta, que levava ao colo uma criança de cinco a seis meses. D. Camila segurava na mão o chapelinho de sol aberto para cobrir a criança. Encontrei-a oito dias depois, com a mesma criança, a mesma preta e o mesmo chapéu de sol. Vinte dias depois, e trinta dias mais tarde, tornei a vê-la, entrando para o bonde, com a preta e a criança.

– Você já deu de mamar? – dizia ela à preta. – Olhe o sol. Não vá cair. Não aperte muito o menino. Acordou? Não mexa com ele. Cubra a carinha etc. etc.

Era o neto. Ela, porém, ia tão apertadinha, tão cuidadosa da criança, tão a miúdo, tão sem outra senhora, que antes parecia mãe do que avó; e muita gente pensava que era mãe. Que tal fosse a intenção de D. Camila não o juro eu ("Não jurarás", Mat., V, 34). Tão somente digo que nenhuma outra mãe seria mais desvelada do que D. Camila com o neto; atribuírem-lhe um simples filho era a coisa mais verossímil do mundo.

14

D. Paula*

Não era possível chegar mais a ponto. D. Paula entrou na sala, exatamente quando a sobrinha enxugava os olhos cansados de chorar. Compreende-se o assombro da tia. Entender-se-á também o da sobrinha, em se sabendo que D. Paula vive no alto da Tijuca, donde raras vezes desce; a última foi pelo Natal passado, e estamos em maio de 1882. Desceu ontem, à tarde, e foi para casa da irmã, Rua do Lavradio. Hoje, tão depressa almoçou, vestiu-se e correu a visitar a sobrinha. A primeira escrava que a viu, quis ir avisar a senhora, mas D. Paula ordenou-lhe que não, e foi pé ante pé, muito devagar, para impedir o rumor das saias, abriu a porta da sala de visitas, e entrou.

– Que é isto? – exclamou.

Venancinha atirou-se-lhe aos braços, as lágrimas vieram-lhe de novo. A tia beijou-a muito, abraçou-a, disse-lhe palavras de conforto, e pediu, e quis que lhe contasse o que era, se alguma doença, ou...

– Antes fosse uma doença! Antes fosse a morte! – interrompeu a moça.

– Não digas tolices; mas que foi? Anda, que foi?

Venancinha enxugou os olhos e começou a falar. Não pôde ir além de cinco ou seis palavras; as lágrimas tornaram, tão abundantes e impetuosas, que D. Paula achou de bom aviso deixá-las correr primeiro. Entretanto, foi tirando a capa de rendas pretas que a envolvia, e descalçando as luvas. Era uma bonita velha, elegante, dona de um par de olhos grandes, que deviam ter sido infinitos. Enquanto a sobrinha chorava, ela foi cerrar cautelosamente a porta da sala, e voltou ao canapé. No fim de alguns minutos, Venancinha cessou de chorar, e confiou à tia o que era.

*Publicado no periódico *Gazeta de Notícias* (12/10/1884). Reunido pelo autor no livro *Várias histórias* (1896).

Era nada menos que uma briga com o marido, tão violenta, que chegaram a falar de separação. A causa eram ciúmes. Desde muito que o marido embirrava com um sujeito; mas na véspera à noite, em casa do C..., vendo-a dançar com ele duas vezes e conversar alguns minutos, concluiu que eram namorados. Voltou amuado para casa; de manhã, acabado o almoço, a cólera estourou, e ele disse-lhe coisas duras e amargas, que ela repeliu com outras.

– Onde está teu marido? – perguntou a tia.

– Saiu; parece que foi para o escritório.

D. Paula perguntou-lhe se o escritório era ainda o mesmo, e disse-lhe que descansasse, que não era nada, dali a duas horas tudo estaria acabado. Calçava as luvas rapidamente.

– Titia vai lá?

– Vou... Pois então? Vou. Teu marido é bom, são arrufos. Vou lá; espera por mim, que as escravas não te vejam.

Tudo isso era dito com volubilidade, confiança e doçura. Calçadas as luvas, pôs o mantelete, e a sobrinha ajudou-a, falando também, jurando que, apesar de tudo, adorava o Conrado. Conrado era o marido, advogado desde 1874. D. Paula saiu, levando muitos beijos da moça. Na verdade, não podia chegar mais a ponto. De caminho, parece que ela encarou o incidente, não digo desconfiada, mas curiosa, um pouco inquieta da realidade positiva; em todo caso ia resoluta a reconstruir a paz doméstica.

Chegou, não achou o sobrinho no escritório, mas ele veio logo, e, passado o primeiro espanto, não foi preciso que D. Paula lhe dissesse o objeto da visita; Conrado adivinhou tudo. Confessou que fora excessivo em algumas coisas, e, por outro lado, não atribuía à mulher nenhuma índole perversa ou viciosa. Só isso; no mais, era uma cabeça de vento, muito amiga de cortesias, de olhos ternos, de palavrinhas doces, e a leviandade também é uma das portas do vício. Em relação à pessoa de quem se tratava, não tinha dúvida de que eram namorados. Venancinha contara só o fato da véspera; não referiu outros, quatro ou cinco, o penúltimo no teatro, onde chegou a haver tal ou qual escândalo. Não estava disposto a cobrir com a sua responsabilidade os desazos da mulher. Que namorasse, mas por conta própria.

D. Paula ouviu tudo, calada; depois falou também. Concordava que a sobrinha fosse leviana; era próprio da idade. Moça bonita não sai à rua sem atrair os olhos, e é natural que a admiração dos outros a lisonjeie. Também é natural que o que ela fizer de lisonjeada pareça aos outros e ao marido um princípio de namoro: a fatuidade de uns e o ciúme do outro explicam tudo. Pela parte dela, acabava de ver a moça chorar lágrimas sinceras; deixou-a consternada, falando de morrer, abatida com o que ele lhe dissera. E se ele próprio só lhe atribuía leviandade, por que não proceder com cautela e doçura, por meio de conselho e de observação, poupando-lhe as ocasiões, apontando-lhe o mal que fazem à reputação de uma senhora as aparências de acordo, de simpatia, de boa vontade para os homens?

Não gastou menos de vinte minutos a boa senhora em dizer essas coisas mansas, com tão boa sombra, que o sobrinho sentiu apaziguar-se-lhe o coração. Resistia, é verdade; duas ou três vezes, para não resvalar na indulgência, declarou à tia que entre eles tudo estava acabado. E, para animar-se, evocava mentalmente as razões que tinha contra a mulher. A tia, porém, abaixava a cabeça para deixar passar a onda, e surgia outra vez com os seus grandes olhos sagazes e teimosos. Conrado ia cedendo aos poucos e mal. Foi então que D. Paula propôs um meio-termo.

– Você perdoa-lhe, fazem as pazes, e ela vai estar comigo, na Tijuca, um ou dois meses; uma espécie de desterro. Eu, durante este tempo, encarrego-me de lhe pôr ordem no espírito. Valeu?

Conrado aceitou. D. Paula, tão depressa obteve a palavra, despediu-se para levar a boa nova à outra, Conrado acompanhou-a até a escada. Apertaram as mãos; D. Paula não soltou a dele sem lhe repetir os conselhos de brandura e prudência; depois, fez esta reflexão natural:

– E vão ver que o homem de quem se trata nem merece um minuto dos nossos cuidados...

– É um tal Vasco Maria Portela...

D. Paula empalideceu. Que Vasco Maria Portela? Um velho, antigo diplomata que... Não, esse estava na Europa desde alguns anos, aposentado, e acabava de receber um título de barão. Era um filho dele, chegado de pouco, um pelintra... D. Paula apertou-lhe a mão, e desceu rapidamente. No corredor, sem ter necessidade de ajustar a capa, fê-lo durante alguns minutos, com a mão trêmula e um pouco de alvoroço na fisionomia. Chegou mesmo a olhar para o chão, refletindo. Saiu, foi ter com a sobrinha, levando a reconciliação e a cláusula. Venancinha aceitou tudo.

Dois dias depois foram para a Tijuca. Venancinha ia menos alegre do que prometera; provavelmente era o exílio, ou pode ser também que algumas saudades. Em todo caso, o nome de Vasco subiu a Tijuca, se não em ambas as cabeças, ao menos na da tia, onde era uma espécie de eco, um som remoto e brando, alguma coisa que parecia vir do tempo da Stoltz e do ministério Paraná. Cantora e ministério, coisas frágeis, não o eram menos que a ventura de ser moça, e onde iam essas três eternidades? Jaziam nas ruínas de trinta anos. Era tudo o que D. Paula tinha em si e diante de si.

Já se entende que o outro Vasco, o antigo, também foi moço e amou. Amaram-se, fartaram-se um do outro, à sombra do casamento, durante alguns anos, e, como o vento que passa não guarda a palestra dos homens, não há meio de escrever aqui o que então se disse da aventura. A aventura acabou; foi uma sucessão de horas doces e amargas, de delícias, de lágrimas, de cóleras, de arroubos, drogas várias com que encheram a esta senhora a taça das paixões. D. Paula esgotou-a inteira e emborcou-a depois para não mais beber. A saciedade trouxe-lhe a abstinência, e com o tempo foi esta última fase que fez a opinião. Morreu-lhe o marido e foram vindo os anos. D. Paula era agora uma pessoa austera e pia, cheia de prestígio e consideração.

A sobrinha é que lhe levou o pensamento ao passado. Foi a presença de uma situação análoga, de mistura com o nome e o sangue do mesmo homem, que lhe acordou algumas velhas lembranças. Não esqueçam que elas estavam na Tijuca, que iam viver juntas algumas semanas, e que uma obedecia à outra; era tentar e desafiar a memória.

– Mas nós deveras não voltamos à cidade tão cedo? – perguntou Venancinha rindo, no outro dia de manhã.

– Já estás aborrecida?

– Não, não, isso nunca, mas pergunto...

D. Paula, rindo também, fez com o dedo um gesto negativo; depois, perguntou-lhe se tinha saudades cá de baixo. Venancinha respondeu que nenhumas; e para dar mais força à resposta, acompanhou-a de um descair dos cantos da boca, a modo de indiferença e desdém. Era pôr demais na carta. D. Paula tinha o bom costume de não ler às carreiras, como quem vai salvar o pai da forca, mas devagar, enfiando os olhos entre as sílabas e entre as letras, para ver tudo, e achou que o gesto da sobrinha era excessivo.

“Eles amam-se!”, pensou ela.

A descoberta avivou o espírito do passado. D. Paula forcejou por sacudir fora essas memórias importunas; elas, porém, voltavam, ou de manso ou de assalto, como raparigas que eram, cantando, rindo, fazendo o diabo. D. Paula tornou aos seus bailes de outro tempo, às suas eternas valsas que faziam pasmar a toda a gente, às mazurcas, que ela metia à cara da sobrinha como sendo a mais graciosa coisa do mundo, e aos teatros, e às cartas, e vagamente, aos beijos; mas tudo isso – e esta é a situação – tudo isso era como as frias crônicas, esqueleto da história, sem a alma da história. Passava-se tudo na cabeça. D. Paula tentava emparelhar o coração com o cérebro, a ver se sentia alguma coisa além da pura repetição mental, mas, por mais que evocasse as comoções extintas, não lhe voltava nenhuma. Coisas truncadas!

Se ela conseguisse espiar para dentro do coração da sobrinha, pode ser que achasse ali a sua imagem, e então... Desde que esta ideia penetrou no espírito de D. Paula, complicou-lhe um pouco a obra de reparação e cura. Era sincera, tratava da alma da outra, queria vê-la restituída ao marido. Na constância do pecado é que se pode desejar que outros pequem também, para descer de companhia ao purgatório; mas aqui o pecado já não existia. D. Paula mostrava à sobrinha a superioridade do marido, as suas virtudes e assim também as paixões, que podiam dar um mau desfecho ao casamento, pior que trágico, o repúdio.

Conrado, na primeira visita que lhes fez, nove dias depois, confirmou a advertência da tia; entrou frio e saiu frio. Venancinha ficou aterrada. Esperava que os nove dias de separação tivessem abrandado o marido, e, em verdade, assim era; mas ele mascarou-se à entrada e conteve-se para não capitular. E isto foi mais salutar que tudo o mais. O terror de perder o marido foi o principal elemento de restauração. O próprio desterro não pôde tanto.

Vai senão quando, *dois* dias depois daquela visita, estando ambas ao portão da chácara, prestes a sair para o passeio do costume, viram vir um cavaleiro. Venancinha fixou a vista, deu um pequeno grito, e correu a esconder-se atrás do muro. D. Paula compreendeu e ficou. Quis ver o cavaleiro de mais perto; viu-o dali a dois ou três minutos, um galhardo rapaz, elegante, com as suas finas botas lustrosas, muito bem-posto no selim; tinha a mesma cara do outro Vasco, era o filho; o mesmo jeito da cabeça, um pouco à direita, os mesmos ombros largos, os mesmos olhos redondos e profundos.

Nessa mesma noite, Venancinha contou-lhe tudo, depois da primeira palavra que ela lhe arrancou. Tinham-se visto nas corridas, uma vez, logo que ele chegou da Europa. Quinze dias depois, foi-lhe apresentado em um baile, e pareceu-lhe tão bem, com um ar tão parisiense, que ela falou dele, na manhã seguinte, ao marido. Conrado franziu o sobrolho, e foi este gesto que lhe deu uma ideia que até então não tinha. Começou a vê-lo com prazer; daí a pouco com certa ansiedade. Ele falava-lhe respeitosamente, dizia-lhe coisas *amigas*, que ela era a mais bonita moça do Rio, e a mais elegante, que já em Paris ouvira elogiá-la muito, por algumas senhoras da família Alvarenga. Tinha graça em criticar os outros, e sabia dizer também umas palavras sentidas, como ninguém. Não falava de amor, mas perseguia-a com os olhos, e ela, por mais que afastasse os seus, não podia afastá-los de todo. Começou a pensar nele, amiudadamente, com interesse, e quando se encontravam batia-lhe muito o coração; pode ser que ele lhe visse então, no rosto, a impressão que fazia.

D. Paula, inclinada para ela, ouvia essa narração, que aí fica apenas resumida e coordenada. Tinha toda a vida nos olhos; a boca meio aberta, parecia beber as palavras da sobrinha, ansiosamente, como um cordial. E pedia-lhe mais, que lhe contasse tudo, tudo. Venancinha criou confiança. O ar da tia era tão jovem, a exortação tão meiga e cheia de um perdão antecipado, que ela achou ali uma confidente e amiga, não obstante algumas frases severas que lhe ouviu, mescladas às outras, por um motivo de inconsciente hipocrisia. Não digo cálculo; D. Paula enganava-se a si mesma. Podemos compará-la a um general inválido, que forceja por achar um pouco do antigo ardor na audiência de outras campanhas.

– Já vês que teu marido tinha razão – dizia ela –; foste imprudente, muito imprudente...

Venancinha achou que sim, mas jurou que estava tudo acabado.

– Receio que não. Chegaste a amá-lo deveras?

– Titia.

– Tu ainda gostas dele!

– Juro que não. Não gosto; mas confesso... sim... confesso que gostei... Perdoe-me tudo; não diga nada a Conrado; estou arrependida... Repito que a princípio um pouco fascinada... Mas que quer a senhora?

– Ele declarou-te alguma coisa?

– Declarou; foi no teatro, uma noite, no Teatro Lírico, à saída. Tinha costume de ir buscar-me ao camarote e conduzir-me até o carro; e foi à saída... duas palavras...

D. Paula não perguntou, por pudor, as próprias palavras do namorado, mas imaginou as circunstâncias, o corredor, os pares que saíam, as luzes, a multidão, o rumor das vozes, e teve o poder de representar, com o quadro, um pouco das sensações dela; e pediu-lhas com interesse, astutamente.

– Não sei o que senti, acudiu a moça cuja comoção crescente ia desatando a língua; não me lembro dos primeiros cinco minutos. Creio que fiquei séria; em todo o caso, não lhe disse nada. Pareceu-me que toda gente olhava para nós, que teriam ouvido, e quando alguém me cumprimentava sorrindo, dava-me ideia de estar caçoando. Desci as escadas não sei como, entrei no carro sem saber o que fazia; ao apertar-lhe a mão, afrouxei bem os dedos. Juro-lhe que não queria ter ouvido nada. Conrado disse-me que tinha sono, e encostou-se ao fundo do carro; foi melhor assim, porque eu não sei que diria, se tivéssemos de ir conversando. Encostei-me também, mas por pouco tempo; não podia estar na mesma posição. Olhava para fora através dos vidros, e via só o clarão dos lampiões, de quando em quando, e afinal nem isso mesmo; via os corredores do teatro, as escadas, as pessoas todas, e ele ao pé de mim, cochichando as palavras, duas palavras só, e não posso dizer o que pensei em todo esse tempo; tinha as ideias baralhadas, confusas, uma revolução em mim...

– Mas, em casa?

– Em casa, despindo-me, é que pude refletir um pouco, mas muito pouco. Dormi tarde, e mal. De manhã, tinha a cabeça aturdida. Não posso dizer que estava alegre nem triste, lembro-me que pensava muito nele, e para arredá-lo prometi a mim mesma revelar tudo ao Conrado; mas o pensamento voltava outra vez. De quando em quando, parecia-me escutar a voz dele, e estremecia. Cheguei a lembrar-me que, à despedida, lhe dera os dedos frouxos, e sentia, não sei como diga, uma espécie de arrependimento, um medo de o ter ofendido... e depois vinha o desejo de o ver outra vez... Perdoe-me, titia; a senhora é que quer que lhe conte tudo.

A resposta de D. Paula foi apertar-lhe muito a mão e fazer um gesto de cabeça. Afinal achava alguma coisa de outro tempo, ao contato daquelas sensações ingenuamente narradas. Tinha os olhos ora meio cerrados, na sonolência da recordação –, ora aguçados de curiosidade e calor, e ouvia tudo, dia por dia, encontro por encontro, a própria cena do teatro, que a sobrinha a princípio lhe ocultara. E vinha tudo o mais, horas de ânsia, de saudade, de medo, de esperança, desalentos, dissimulações, ímpetos, de toda a agitação de uma criatura em tais circunstâncias, nada dispensava a curiosidade insaciável da tia. Não era um livro, não era sequer um capítulo de adultério, mas um prólogo – interessante e violento.

Venancinha acabou. A tia não lhe disse nada, deixou-se estar metida em si mesma; depois acordou, pegou-lhe na mão e puxou-a. Não lhe falou logo; fitou primeiro, e de perto, toda essa mocidade inquieta e palpitante, a boca fresca, os olhos ainda infinitos, e só voltou a si quando a sobrinha lhe pediu outra vez perdão. D. Paula disse-lhe tudo o que a ternura e a austeridade da mãe lhe poderia dizer, falou-lhe de castidade, de amor ao marido, de respeito público; foi tão eloquente que Venancinha não pode conter-se, e chorou.

Veio o chá, mas não há chá possível depois de certas confidências. Venancinha recolheu-se logo, e, como a luz era agora maior, saiu da sala com os olhos baixos, para que o criado lhe não visse a comoção. D. Paula ficou diante da mesa e do criado. Gastou vinte minutos, ou pouco menos, em beber uma xícara de chá e roer um biscoito, e apenas ficou só, foi encostar-se à janela, que dava para a chácara.

Ventava um pouco, as folhas moviam-se sussurrando, e, conquanto não fossem as mesmas do outro tempo, ainda assim perguntavam-lhe: "Paula, você lembra-se do outro tempo?" Que esta é a particularidade das folhas, as gerações que passam contam às que chegam as coisas que viram, e é assim que todas sabem tudo e perguntam por tudo. Você lembra-se do outro tempo?

Lembrar, lembrava; mas aquela sensação de há pouco, reflexo apenas, tinha agora cessado. Em vão repetia as palavras da sobrinha, farejando o ar agreste da noite: era só na cabeça que achava algum vestígio, reminiscências, coisas truncadas. O coração empacara de novo; o sangue ia outra vez com a andadura do costume. Faltava-lhe o contato moral da outra. E continuava, apesar de tudo, diante da noite, que era igual às outras noites de então, e nada tinha que se parecesse com as do tempo da Stoltz e do marquês de Paraná; mas continuava, e lá dentro as pretas espalhavam o sono contando anedotas, e diziam, uma ou outra vez, impacientes:

– Sinhá velha hoje deita tarde como diabo!

15
Frei Simão*

I.

Frei Simão era um frade da ordem dos Beneditinos. Tinha, quando morreu, cinquenta anos em aparência, mas na realidade trinta e oito. A causa desta velhice prematura derivada da que o levou ao claustro na idade de trinta anos, e, tanto quanto se pode saber por uns fragmentos de Memórias que ele deixou, a causa era justa.

Era frei Simão de caráter taciturno e desconfiado. Passava dias inteiros na sua cela, donde apenas saía na hora do refeitório e dos ofícios divinos. Não contava amizade alguma no convento, porque não era possível entreter com ele os preliminares que fundam e consolidam as afeições.

Em um convento, onde a comunhão das almas deve ser mais pronta e mais profunda, frei Simão parecia fugir à regra geral. Um dos noviços pôs-lhe alcunha de *urso*, que lhe ficou, mas só entre os noviços, bem entendido. Os frades professos, esses, apesar do desgosto que o gênio solitário de frei Simão lhes inspirava, sentiam por ele certo respeito e veneração.

Um dia anuncia-se que frei Simão adoecera gravemente. Chamaram-se os socorros e prestou-se ao enfermo todos os cuidados necessários. A moléstia era mortal; depois de cinco dias frei Simão expirou.

Durante estes cinco dias de moléstia, a cela de frei Simão esteve cheia de frades. Frei Simão não disse uma palavra durante esses cinco dias; só no último, quando se aproximava o minuto fatal, sentou-se no leito, fez chamar para mais perto o abade, e disse-lhe ao ouvido com voz sufocada e em tom estranho:

– Morro odiando a humanidade!

---

*Publicado no periódico *Jornal das Famílias* (jun. de 1864). Reunido pelo autor no livro *Contos fluminenses* (1869).

O abade recuou até a parede ao ouvir estas palavras, e no tom em que foram ditas. Quanto a frei Simão, caiu sobre o travesseiro e passou à eternidade.

Depois de feitas ao irmão finado as honras que se lhe deviam, a comunidade perguntou ao seu chefe que palavras ouvira tão sinistras que o assustaram. O abade referiu-as, persignando-se. Mas os frades não viram nessas palavras senão um segredo do passado, sem dúvida importante, mas não tal que pudesse lançar o terror no espírito do abade. Este explicou-lhes a ideia que tivera quando ouviu as palavras de frei Simão, no tom em que foram ditas, e acompanhadas do olhar com que o fulminou: acreditara que frei Simão estivesse doido; mais ainda, que tivesse entrado já doido para a ordem. Os hábitos da solidão e taciturnidade a que se votara o frade pareciam sintomas de uma alienação mental de caráter brando e pacífico; mas durante oito anos parecia impossível aos frades que frei Simão não tivesse um dia revelado de modo positivo a sua loucura; objetaram isso ao abade; mas este persistia na sua crença.

Entretanto procedeu-se ao inventário dos objetos que pertenciam ao finado, e entre eles achou-se um rolo de papéis convenientemente enlaçados, com este rótulo: *Memórias que há de escrever frei Simão de Santa Águeda, frade beneditino.*

Este rolo de papéis foi um grande achado para a comunidade curiosa. Iam finalmente penetrar alguma coisa no véu misterioso que envolvia o passado de frei Simão, e talvez confirmar as suspeitas do abade. O rolo foi aberto e lido para todos.

Eram, pela maior parte, fragmentos incompletos, apontamentos truncados e notas insuficientes; mas de tudo junto pôde-se colher que realmente frei Simão estivera louco durante certo tempo.

O autor desta narrativa despreza aquela parte das Memórias que não tiver absolutamente importância; mas procura aproveitar a que for menos inútil ou menos obscura.

II.

As notas de frei Simão nada dizem do lugar do seu nascimento nem do nome de seus pais. O que se pôde saber dos seus princípios é que, tendo concluído os estudos preparatórios, não pôde seguir a carreira das letras, como desejava, e foi obrigado a entrar como guarda-livros na casa comercial de seu pai.

Morava então em casa de seu pai uma prima de Simão, órfã de pai e mãe, que haviam por morte deixado ao pai de Simão o cuidado de a educarem e manterem. Parece que os cabedais deste deram para isto. Quanto ao pai da prima órfã, tendo sido rico, perdera tudo ao jogo e nos azares do comércio, ficando reduzido à última miséria.

A órfã chamava-se Helena; era bela, meiga e extremamente boa. Simão, que se educara com ela, e juntamente vivia debaixo do mesmo teto, não pôde resistir às elevadas qualidades e à beleza de sua prima. Amaram-se. Em seus sonhos de futuro contavam ambos o casamento, coisa que parece mais natural do mundo para corações amantes.

Não tardou muito que os pais de Simão descobrissem o amor dos dois. Ora é preciso dizer, apesar de não haver declaração formal disto nos apontamentos do frade, é preciso dizer que os referidos pais eram de um egoísmo descomunal. Davam de boa vontade o pão da subsistência a Helena; mas lá casar o filho com a pobre órfã é que não podiam consentir. Tinham posto a mira em uma herdeira rica, e dispunham de si para si que o rapaz se casaria com ela.

Uma tarde, como estivesse o rapaz a adiantar a escrituração do livro-mestre, entrou no escritório o pai com ar grave e risonho ao mesmo tempo, e disse ao filho que largasse o trabalho e o ouvisse. O rapaz obedeceu. O pai falou assim:

– Vais partir para a província de... Preciso mandar umas cartas ao meu correspondente Amaral, e como sejam elas de grande importância, não quero confiá-las ao nosso desleixado correio. Queres ir no vapor ou preferes o nosso brigue?

Esta pergunta era feita com grande tino.

Obrigado a responder-lhe, o velho comerciante não dera lugar a que seu filho apresentasse objeções.

O rapaz enfiou, abaixou os olhos e respondeu:

– Vou onde meu pai quiser.

O pai agradeceu mentalmente a submissão do filho, que lhe poupava o dinheiro da passagem no vapor, e foi muito contente dar parte à mulher de que o rapaz não fizera objeção alguma.

Nessa noite os dois amantes tiveram ocasião de encontrar-se sós na sala de jantar.

Simão contou a Helena o que se passara. Choraram ambos algumas lágrimas furtivas, e ficaram na esperança de que a viagem fosse de um mês, quando muito.

À mesa do chá, o pai de Simão conversou sobre a viagem do rapaz, que devia ser de poucos dias. Isto reanimou as esperanças dos dois amantes. O resto da noite passou-se em conselhos da parte do velho ao filho sobre a maneira de portar-se na casa do correspondente. Às dez horas, como de costume, todos se recolheram aos aposentos.

Os dias passaram-se depressa. Finalmente raiou aquele em que devia partir o brigue. Helena saiu de seu quarto com os olhos vermelhos de chorar. Interrogada bruscamente pela tia, disse que era uma inflamação adquirida pelo muito que lera na noite anterior. A tia prescreveu-lhe abstenção da leitura e banhos de água de malvas.

Quanto ao tio, tendo chamado Simão, entregou-lhe uma carta para o correspondente e abraçou-o. A mala e um criado estavam prontos. A despedida foi triste. Os dois pais sempre choraram alguma coisa, a rapariga muito.

Quanto a Simão, levava os olhos secos e ardentes. Era refratário às lágrimas, por isso mesmo padecia mais.

O brigue partiu. Simão, enquanto pôde ver terra, não se retirou de cima; quando finalmente se fecharam de todo as *paredes do cárcere que anda*, na frase pitoresca de Ribeyrolles, Simão desceu ao seu camarote, triste e com o coração apertado. Havia como um pressentimento que lhe dizia interiormente ser impossível tornar a ver sua prima. Parecia que ia para um degredo.

Chegando ao lugar do seu destino, procurou Simão o correspondente de seu pai e entregou-lhe a carta. O Sr. Amaral leu a carta, fitou o rapaz, e, depois de algum silêncio, disse-lhe, volvendo a carta:

– Bem, agora é preciso esperar que eu cumpra esta ordem de seu pai. Entretanto venha morar para minha casa.

– Quando poderei voltar? – perguntou Simão.

– Em poucos dias, salvo se as coisas se complicarem.

Este *salvo*, posto na boca de Amaral como incidente, era a oração principal. A carta do pai de Simão versava assim:

Meu caro Amaral,

Motivos ponderosos me obrigam a mandar meu filho desta cidade. Retenha-o por lá como puder. O pretexto da viagem é ter eu necessidade de ultimar alguns negócios com você, o que dirá ao pequeno, fazendo-lhe sempre crer que a demora é pouca ou nenhuma. Você, que teve na sua adolescência a triste ideia de engendrar romances, vá inventando circunstâncias e ocorrências imprevistas, de modo que o rapaz não me torne cá antes de segunda ordem. Sou, como sempre, etc.

III.

Passaram-se dias e dias, e nada de chegar o momento de voltar à casa paterna. O ex-romancista era na verdade fértil, e não se cansava de inventar pretextos que deixavam convencido o rapaz.

Entretanto, como o espírito dos amantes não é menos engenhoso que o dos romancistas, Simão e Helena acharam meio de se escreverem, e deste modo podiam consolar-se da ausência, com presença das letras e do papel. Bem diz Heloísa que a arte de escrever foi inventada por alguma amante separada do seu amante. Nestas cartas juravam-se os dois sua eterna fidelidade.

No fim de dois meses de espera baldada e de ativa correspondência, a tia de Helena surpreendeu uma carta de Simão. Era a vigésima, creio eu. Houve grande temporal em casa. O tio, que estava no escritório, saiu precipitadamente e tomou conhecimento do negócio. O resultado foi proscrever de casa tinta, penas e papel, e instituir vigilância rigorosa sobre a infeliz rapariga.

Começaram pois a escassear as cartas ao pobre deportado. Inquiriu a causa disto em cartas choradas e compridas; mas como o rigor fiscal da casa de seu pai adquiria proporções descomunais, acontecia que todas as cartas de Simão iam parar às mãos do velho, que, depois de apreciar o estilo amoroso de seu filho, fazia queimar as ardentes epístolas.

Passaram-se dias e meses. Carta de Helena, nenhuma. O correspondente ia esgotando a veia inventadora, e já não sabia como reter finalmente o rapaz.

Chega uma carta a Simão. Era letra do pai. Só diferenciava das outras que recebia do velho em ser esta mais longa, muito mais longa. O rapaz abriu a carta, e leu trêmulo e pálido. Contava nesta carta o honrado comerciante que a Helena, a boa rapariga que ele destinava a ser sua filha casando-se com Simão, a boa Helena tinha morrido. O velho copiara algum dos últimos necrológicos que vira nos jornais, e ajuntara algumas consolações de casa. A última consolação foi dizer-lhe que embarcasse e fosse ter com ele.

O período final da carta dizia:

Assim como assim, não se realizam os meus negócios; não te pude casar com Helena, visto que Deus a levou. Mas volta, filho, vem; poderás consolar-te casando com outra, a filha do conselheiro... Está moça feita e é um bom partido. Não te desalentes; lembra-te de mim.

O pai de Simão não conhecia bem o amor do filho, nem era grande águia para avaliá-lo, ainda que o conhecesse. Dores tais não se consolam com uma carta nem com um casamento. Era melhor mandá-lo chamar, e depois preparar-lhe a notícia; mas dada assim friamente em uma carta, era expor o rapaz a uma morte certa.

Ficou Simão vivo em corpo e morto moralmente, tão morto que por sua própria ideia foi dali procurar uma sepultura. Era melhor dar aqui alguns dos papéis escritos por Simão relativamente ao que sofreu depois da carta; mas há muitas falhas, e eu não quero corrigir a exposição ingênua e sincera do frade.

A sepultura que Simão escolheu foi um convento. Respondeu ao pai que agradecia a filha do conselheiro, mas que daquele dia em diante pertencia ao serviço de Deus.

O pai ficou maravilhado. Nunca suspeitou que o filho pudesse vir a ter semelhante resolução. Escreveu às pressas para ver se o desviava da ideia; mas não pôde conseguir.

Quanto ao correspondente, para quem tudo se embrulhava cada vez mais, deixou o rapaz seguir para o claustro, disposto a não figurar em um negócio do qual nada realmente sabia.

IV.

Frei Simão de Santa Águeda foi obrigado a ir à província natal em missão religiosa, tempos depois dos fatos que acabo de narrar.

Preparou-se e embarcou.

A missão não era na capital, mas no interior. Entrando na capital, pareceu-lhe dever ir visitar seus pais. Estavam mudados física e moralmente. Era com certeza a dor e o remorso de terem precipitado seu filho à resolução que tomou. Tinham vendido a casa comercial e viviam de suas rendas.

Receberam o filho com alvoroço e verdadeiro amor. Depois das lágrimas e das consolações, vieram ao fim da viagem de Simão.

– A que vens tu, meu filho?

– Venho cumprir uma missão do sacerdócio que abracei. Venho pregar, para que o rebanho do Senhor não se arrede nunca do bom caminho.

– Aqui na capital?

– Não, no interior. Começo pela vila de...

Os dois velhos estremeceram; mas Simão nada viu. No dia seguinte partiu Simão, não sem algumas instâncias de seus pais para que ficasse. Notaram eles que seu filho nem de leve tocara em Helena. Também eles não quiseram magoá-lo falando em tal assunto.

Daí a dias, na vila de que falara frei Simão, era um alvoroço para ouvir as prédicas do missionário.

A velha igreja do lugar estava atopetada de povo.

À hora anunciada, frei Simão subiu ao púlpito e começou o discurso religioso. Metade do povo saiu aborrecido no meio do sermão. A razão era simples. Avezado à pintura viva dos caldeirões de Pedro Botelho e outros pedacinhos de ouro da maioria dos pregadores, o povo não podia ouvir com prazer a linguagem simples, branda, persuasiva, a que serviam de modelo as conferências do fundador da nossa religião.

O pregador estava a terminar, quando entrou apressadamente na igreja um par, marido e mulher; ele, honrado lavrador, meio remediado com o sítio que possuía e a boa vontade de trabalhar; ela, senhora estimada por suas virtudes, mas de uma melancolia invencível.

Depois de tomarem água-benta, colocaram-se ambos em lugar donde pudessem ver facilmente o pregador.

Ouviu-se então um grito, e todos correram para a recém-chegada, que acabava de desmaiar. Frei Simão teve de parar o seu discurso, enquanto se punha termo ao incidente. Mas, por uma aberta que a turba deixava, pôde ele ver o rosto da desmaiada.

Era Helena.

No manuscrito do frade há uma série de reticências dispostas em oito linhas. Ele próprio não sabe o que se passou. Mas o que se passou foi que, mal conhecera Helena, continuou o frade o discurso. Era então outra coisa: era um discurso sem nexo, sem assunto, um verdadeiro delírio. A consternação foi geral.

V.

O delírio de frei Simão durou alguns dias. Graças aos cuidados, pôde melhorar, e pareceu a todos que estava bom, menos ao médico, que queria continuar a cura. Mas o frade disse positivamente que se retirava ao convento, e não houve forças humanas que o detivessem.

O leitor compreende naturalmente que o casamento de Helena fora obrigado pelos tios.

A pobre senhora não resistiu à comoção. Dois meses depois morreu, deixando inconsolável o marido, que a amava com veras.

Frei Simão, recolhido ao convento, tornou-se mais solitário e taciturno. Restava-lhe ainda um pouco da alienação.

Já conhecemos o acontecimento de sua morte e a impressão que ela causara ao abade.

A cela de frei Simão de Santa Águeda esteve muito tempo religiosamente fechada. Só se abriu, algum tempo depois, para dar entrada a um velho secular, que por esmola alcançou do abade acabar os seus dias na convivência dos médicos da alma. Era o pai de Simão. A mãe tinha morrido.

Foi crença, nos últimos anos de vida deste velho, que ele não estava menos doido que frei Simão de Santa Águeda.

16
Singular ocorrência*

— Há ocorrências bem singulares. Está vendo aquela dama que vai entrando na igreja da Cruz? Parou agora no adro para dar uma esmola.

– De preto?

– Justamente; lá vai entrando; entrou.

– Não ponha mais na carta. Esse olhar está dizendo que a dama é uma sua recordação de outro tempo, e não há de ser de muito tempo, a julgar pelo corpo: é moça de truz.

– Deve ter quarenta e seis anos.

– Ah! conservada. Vamos lá; deixe de olhar para o chão, e conte-me tudo. Está viúva, naturalmente?

– Não.

– Bem; o marido ainda vive. É velho?

– Não é casada.

– Solteira?

– Assim, assim. Deve chamar-se hoje D. Maria de tal. Em 1860 florescia com o nome familiar de Marocas. Não era costureira, nem proprietária, nem mestra de meninas; vá excluindo as profissões e lá chegará. Morava na Rua do Sacramento. Já então era esbelta, e, seguramente, mais linda do que hoje; modos sérios, linguagem limpa. Na rua, com o vestido afogado, escorrido, sem espamento, arrastava a muitos, ainda assim.

– Por exemplo, ao senhor.

– Não, mas ao Andrade, um amigo meu, de vinte e seis anos, meio advogado, meio político, nascido nas Alagoas, e casado na Bahia, donde viera em 1859. Era bonita a mulher dele, afetuosa, meiga e resignada; quando os conheci, tinham uma filhinha de dois anos.

– Apesar disso, a Marocas...?

---

*Publicado no periódico *Gazeta de Notícias* (30/5/1883). Reunido pelo autor no livro *Histórias sem data* (1884).

– É verdade, dominou-o. Olhe, se não tem pressa, conto-lhe uma coisa interessante.

– Diga.

– A primeira vez que ele a encontrou, foi à porta da loja Paula Brito, no Rocio. Estava ali, viu a distância uma mulher bonita, e esperou, já alvoroçado, porque ele tinha em alto grau a paixão das mulheres. Marocas vinha andando, parando e olhando como quem procura alguma casa. Defronte da loja deteve-se um instante; depois, envergonhada e a medo, estendeu um pedacinho de papel ao Andrade, e perguntou-lhe onde ficava o número ali escrito. Andrade disse-lhe que do outro lado do Rocio, e ensinou-lhe a altura provável da casa. Ela cortejou com muita graça; ele ficou sem saber o que pensasse da pergunta.

– Como eu estou.

– Nada mais simples: Marocas não sabia ler. Ele não chegou a suspeitá-lo. Viu-a atravessar o Rocio, que ainda não tinha estátua nem jardim, e ir à casa que buscava, ainda assim perguntando em outras. De noite foi ao Ginásio; dava-se a *Dama das Camélias*; Marocas estava lá, e, no último ato, chorou como uma criança. Não lhe digo nada; no fim de quinze dias amavam-se loucamente. Marocas despediu todos os seus namorados, e creio que não perdeu pouco; tinha alguns capitalistas bem bons. Ficou só, sozinha, vivendo para o Andrade, não querendo outra afeição, não cogitando de nenhum outro interesse.

– Como a Dama das Camélias.

– Justo. Andrade ensinou-lhe a ler. "Estou mestre-escola", disse-me ele um dia; e foi então que me contou a anedota do Rocio. Marocas aprendeu depressa. Compreende-se; o vexame de não saber, o desejo de conhecer os romances em que ele lhe falava, e finalmente o gosto de obedecer a um desejo dele, de lhe ser agradável... Não me encobriu nada; contou-me tudo com um riso de gratidão nos olhos, que o senhor não imagina. Eu tinha a confiança de ambos. Jantávamos às vezes os três juntos; e... não sei por que negá-lo – algumas vezes os quatro. Não cuide que eram jantares de gente pândega; alegres, mas honestos. Marocas gostava da linguagem afogada, como os vestidos. Pouco a pouco estabeleceu-se intimidade entre nós; ela interrogava-me acerca da vida do Andrade, da mulher, da filha, dos hábitos dele, se gostava deveras dela, ou se era um capricho, se tivera outros, se era capaz de a esquecer, uma chuva de perguntas, e um receio de o perder, que mostravam a força e a sinceridade da afeição... Um dia, uma festa de S. João, o Andrade acompanhou a família à Gávea, onde ia assistir a um jantar e um baile; dois dias de ausência. Eu fui com eles. Marocas, ao despedir-se, recordou a comédia que ouvira algumas semanas antes no Ginásio – *Janto com minha mãe* – e disse-me que, não tendo família para passar a festa de S. João, ia fazer como a Sofia Arnoult da comédia, ia jantar com um retrato; mas não seria o da mãe, porque não tinha, e sim do Andrade. Este dito ia-lhe rendendo um beijo; o Andrade chegou a inclinar-se; ela, porém, vendo que eu estava ali, afastou-o delicadamente com a mão.

– Gosto desse gesto.

– Ele não gostou menos. Pegou-lhe na cabeça com ambas as mãos, e, paternalmente, pingou-lhe o beijo na testa. Seguimos para a Gávea. De caminho disse-me a respeito da Marocas as maiores finezas, contou-me as últimas frioleiras de ambos, falou-me do projeto a que tinha de comprar-lhe uma casa em algum arrabalde, logo que pudesse dispor de dinheiro; e, de passagem, elogiou a modéstia da moça, que não queria receber dele mais do que o estritamente necessário. Há mais do que isso, disse-lhe eu; e contei-lhe uma coisa que sabia, isto é, que cerca de três semanas antes, a Marocas empenhara algumas joias para pagar uma conta da costureira. Esta notícia abalou-o muito; não juro, mas creio que ficou com os olhos molhados. Em todo o caso, depois de cogitar algum tempo, disse-me que definitivamente ia arranjar-lhe uma casa e pô-la ao abrigo da miséria. Na Gávea ainda falamos da Marocas, até que as festas acabaram, e nós voltamos. O Andrade deixou a família em casa, na Lapa, e foi ao escritório aviar alguns papéis urgentes. Pouco depois do meio-dia apareceu-lhe um tal Leandro, ex-agente de certo advogado a pedir-lhe, como de costume, dois ou três mil-réis. Era um sujeito reles e vadio. Vivia a explorar os amigos do antigo patrão. Andrade deu-lhe três mil-réis, e, como o visse excepcionalmente risonho, perguntou-lhe se tinha visto passarinho verde. O Leandro piscou os olhos e lambeu os beiços: o Andrade, que dava o cavaco por anedotas eróticas, perguntou-lhe se eram amores. Ele mastigou um pouco, e confessou que sim.

– Olhe; lá vem ela saindo; não é ela?

– Ela mesma; afastemo-nos da esquina.

– Realmente, deve ter sido muito bonita. Tem um ar de duquesa.

– Não olhou para cá; não olha nunca para os lados. Vai subir pela Rua do Ouvidor...

– Sim, senhor. Compreendo o Andrade.

– Vamos ao caso. O Leandro confessou que tivera na véspera uma fortuna rara, ou antes única, uma coisa que ele nunca esperara achar, nem merecia mesmo, porque se conhecia e não passava de um pobre-diabo. Mas enfim, os pobres também são filhos de Deus. Foi o caso que, na véspera, perto das dez horas da noite, encontrara no Rocio uma dama vestida com simplicidade, vistosa de corpo, e muito embrulhada num xale grande. A dama vinha atrás dele, e mais depressa; ao passar rentezinha com ele, fitou muito os olhos, e foi andando devagar, como quem espera. O pobre-diabo imaginou que era engano de pessoa; confessou ao Andrade que, apesar da roupa simples, viu logo que não era coisa para os seus beiços. Foi andando; a mulher, parada, fitou-o outra vez, mas com tal instância, que ele chegou atrever-se um pouco; ela atreveu-se o resto... Ah! um anjo! E que casa, que sala rica! Coisa papa-fina. E depois o desinteresse... "Olhe, acrescentou ele, para V. Sª é que era um bom arranjo." Andrade abanou a cabeça; não lhe cheirava o comborço. Mas o Leandro teimou; era na Rua do Sacramento, número tantos...

– Não me diga isso!

– Imagine como não ficou o Andrade. Ele mesmo não soube o que fez nem o que disse durante os primeiros minutos, nem o que pensou nem o que sentiu. Afinal teve forças para perguntar se era verdade o que estava contando; mas o outro advertiu que não tinha nenhuma necessidade de inventar semelhante coisa; vendo, porém, o alvoroço do Andrade, pediu-lhe segredo, dizendo que ele, pela sua parte, era discreto. Parece que ia sair; Andrade deteve-o e propôs-lhe um negócio; propôs-lhe ganhar vinte mil-réis. – "Pronto!" – "Dou-lhe vinte mil-réis, se você for comigo à casa dessa moça e disser em presença dela que é ela mesma."

– Oh!

– Não defendo o Andrade; a coisa não era bonita; mas a paixão, nesse caso, cega os melhores homens. Andrade era digno, generoso, sincero; mas o golpe fora tão profundo, e ele amava-a tanto que não recuou diante de uma tal vingança.

– O outro aceitou?

– Hesitou um pouco, estou que por medo, não por dignidade; mas vinte mil-réis... Pôs uma condição: não metê-lo em barulhos... Marocas estava na sala, quando o Andrade entrou. Caminhou para a porta na intenção de o abraçar; mas o Andrade advertiu-a, com o gesto, que trazia alguém. Depois, fitando-a muito, fez entrar o Leandro; Marocas empalideceu. "É esta senhora?", perguntou ele. "Sim, senhor", murmurou o

Leandro com voz sumida, porque há ações ainda mais ignóbeis do que o próprio homem que as comete. Andrade abriu a carteira com grande afetação, tirou uma nota de vinte mil-réis e deu-lha; e, com a mesma afetação, ordenou-lhe que se retirasse. O Leandro saiu. A cena que se seguiu, foi breve, mas dramática. Não a soube inteiramente, porque o próprio Andrade é que me contou tudo, e, naturalmente, estava tão atordoado, que muita coisa lhe escapou. Ela não confessou nada; mas estava fora de si, e, quando ele, depois de lhe dizer as coisas mais duras do mundo, atirou-se para a porta, ela rojou-se-lhe aos pés, agarrou-lhe as mãos, lacrimosa, desesperada, ameaçando matar-se; e ficou atirada ao chão, no patamar da escada; ele desceu vertiginosamente e saiu.

– Na verdade, um sujeito reles, apanhado na rua; provavelmente eram hábitos dela?

– Não.

– Não?

– Ouça o resto. De noite seriam oito horas, o Andrade veio à minha casa, e esperou por mim. Já me tinha procurado três vezes. Fiquei estupefato; mas como duvidar, se ele tivera a precaução de levar a prova até a evidência? Não lhe conto o que ouvi, os planos de vingança, as exclamações, os nomes que lhe chamou, todo o estilo e todo o repertório dessas crises. Meu conselho foi que a deixasse; que, afinal, vivesse para a mulher e a filha, a mulher tão boa, tão meiga... Ele concordava, mas tornava ao furor. Do furor passou à dúvida; chegou a imaginar que a Marocas, com fim de o experimentar, inventara o artifício e pagara ao Leandro para vir dizer-lhe aquilo; e a prova é que o Leandro, não querendo ele saber quem era, teimou e lhe disse a casa e o número. E agarrado a esta inverossimilhança, tentava fugir à realidade; mas a realidade vinha – a palidez de Marocas, a alegria sincera do Leandro, tudo o que lhe dizia que a aventura era certa. Creio até que ele arrependia-se de ter ido tão longe. Quanto a mim, cogitava na aventura, sem atinar com a explicação. Tão modesta! Maneiras tão acanhadas!

– Há uma frase de teatro que pode explicar a aventura, uma frase de Augier, creio eu: “a nostalgia da lama”.

– Acho que não; mas vá ouvindo. Às dez horas apareceu-nos em casa uma criada de Marocas, uma preta forra, muito amiga da ama. Andava aflita em procura do Andrade, porque a Marocas, depois de chorar muito, trancada no quarto, saiu de casa sem jantar, e não voltara mais. Contive o Andrade, cujo primeiro gesto foi para sair logo. A preta pedia-nos por tudo que fôssemos descobrir a ama. "Não é costume dela sair?", perguntou o Andrade com sarcasmo. Mas a preta disse que não era costume. "Está ouvindo?", bradou ele para mim. Era a esperança que de novo empolgara o coração do pobre-diabo. "E ontem?...", disse eu. A preta respondeu que na véspera sim; mas não lhe perguntei mais nada, tive compaixão do Andrade, cuja aflição crescia, e cujo pundonor ia cedendo diante do perigo. Saímos em busca da Marocas; fomos a todas as casas em que era possível encontrá-la; fomos à polícia; mas a noite passou-se sem outro resultado. De manhã voltamos à polícia. O chefe ou um dos delegados, não me lembra, era amigo do Andrade, que lhe contou da aventura a parte conveniente; aliás a ligação do Andrade e da Marocas era conhecida de todos os seus amigos. Pesquisou-se tudo; nenhum desastre se dera durante a noite; as barcas da Praia Grande não viram cair ao mar nenhum passageiro; as casas de armas não venderam nenhuma; as boticas nenhum veneno. A polícia pôs em campo todos os seus recursos, e nada. Não lhe digo o estado de aflição em que o pobre Andrade viveu durante essas longas horas, porque todo o dia se passou em pesquisas inúteis. Não era só a dor de a perder; era também o remorso, a dúvida, ao menos, da consciência, em presença de um possível desastre, que parecia justificar a moça. Ele perguntava-me, a cada passo, se não era natural fazer o que fez, no delírio da indignação, se eu não faria a mesma coisa. Mas depois tornava a afirmar a aventura, e provava-me que era verdadeira, com o mesmo ardor com que na véspera tentara provar que era falsa; o que ele queria era acomodar a realidade ao sentimento da ocasião.

– Mas, enfim, descobriram a Marocas?

– Estávamos comendo alguma coisa, em um hotel, eram perto de oito horas, quando recebemos notícia de um vestígio: um cocheiro que levara na véspera uma senhora para o Jardim Botânico, onde ela entrou em uma hospedaria, e ficou. Nem acabamos o jantar; fomos no mesmo carro ao Jardim Botânico. O dono da hospedaria confirmou a versão; acrescentando que a pessoa se recolhera a um quarto, não comera nada desde que chegou na véspera; apenas pediu uma xícara de café; parecia profundamente abatida. Encaminhamo-nos para o quarto; o dono da hospedaria bateu à porta; ela respondeu com voz fraca, e abriu. O Andrade nem me deu tempo de preparar nada; empurrou-me, e caíram nos braços um do outro. Marocas chorou muito e perdeu os sentidos.

– Tudo se explicou?

– Coisa nenhuma. Nenhum deles tornou ao assunto; livres de um naufrágio, não quiseram saber nada da tempestade que os meteu a pique. A reconciliação fez-se depressa. O Andrade comprou-lhe, meses depois, uma casinha em Catumbi; a Marocas deu-lhe um filho, que morreu de *dois* anos. Quando ele seguiu para o Norte, em comissão de governo, a afeição era ainda a mesma, posto que os primeiros ardores não tivessem já a mesma intensidade. Não obstante, ela quis ir também; fui eu que a obriguei a ficar. O Andrade contava tornar ao fim de pouco tempo, mas, como lhe disse, morreu na província. A Marocas sentiu profundamente a morte, pôs luto, e considerou-se viúva; sei que nos três primeiros anos, ouvia sempre uma missa no dia do aniversário. Há dez anos perdi-a de vista. Que lhe parece tudo isto?

– Realmente, há ocorrências bem singulares, se o senhor não abusou da minha ingenuidade de rapaz para imaginar um romance...

– Não inventei nada; é a realidade pura.

– Pois, senhor, é curioso. No meio de uma paixão tão ardente, tão sincera... Eu ainda estou na minha; acho que foi a nostalgia da lama.

– Não: nunca a Marocas descera até aos Leandros.

– Então por que desceria naquela noite?

– Era um homem que ela supunha separado, por um abismo, de todas as suas relações pessoais; daí a confiança. Mas o acaso, que é um deus e um diabo ao mesmo tempo... Enfim, coisas!

17
Cantiga de esponsais*

Imagine a leitora que está em 1813, na igreja do Carmo, ouvindo uma daquelas boas festas antigas, que eram todo o recreio público e toda a arte musical. Sabem o que é uma missa cantada; podem imaginar o que seria uma missa cantada daqueles anos remotos. Não lhe chamo a atenção para os padres e os sacristães, nem para o sermão, nem para os olhos das moças cariocas, que já eram bonitos nesse tempo, nem para as mantilhas das senhoras graves, os calções, as cabeleiras, as sanefas, as luzes, os incensos, nada. Não falo sequer da orquestra, que é excelente; limito-me a mostrar-lhe uma cabeça branca, a cabeça desse velho que rege a orquestra, com alma e devoção.

Chama-se Romão Pires; terá sessenta anos, não menos, nasceu no Valongo, ou por esses lados. É bom músico e bom homem; todos os músicos gostam dele. Mestre Romão é o nome familiar; e dizer familiar e público era a mesma coisa em tal matéria e naquele tempo. "Quem rege a missa é mestre Romão" – equivalia a esta outra forma de anúncio, anos depois: "Entra em cena o ator Caetano"; – ou então: "O ator Martinho cantará uma de suas melhores árias." Era o tempero certo, o chamariz delicado e popular. Mestre Romão rege a festa! Quem não conhecia mestre Romão, com o seu ar circunspecto, olhos no chão, riso triste, e passo demorado? Tudo isso desaparecia à frente da orquestra; então a vida derramava-se por todo o corpo e todos os gestos do mestre; o olhar acendia-se, o riso iluminava-se: era outro. Não que a missa fosse dele; esta, por exemplo, que ele rege agora no Carmo é de José Maurício; mas ele rege-a com o mesmo amor que empregaria, se a missa fosse sua.

Acabou a festa; é como se acabasse um clarão intenso, e deixasse o rosto apenas alumiado da luz ordinária. Ei-lo que desce do coro, apoiado

---

*Publicado no periódico *A Estação* (15/5/1883). Reunido pelo autor no livro *Histórias sem data* (1884).

na bengala; vai à sacristia beijar a mão aos padres e aceita um lugar à mesa do jantar. Tudo isso indiferente e calado. Jantou, saiu, caminhou para a Rua da Mãe dos Homens, onde reside, com um preto velho, pai José, que é a sua verdadeira mãe, e que neste momento conversa com uma vizinha.

– Mestre Romão lá vem, pai José – disse a vizinha.

– Eh! Eh! Adeus, sinhá, até logo.

Pai José deu um salto, entrou em casa, e esperou o senhor, que daí a pouco entrava com o mesmo ar de costume. A casa não era rica naturalmente; nem alegre. Não tinha o menor vestígio de mulher, velha ou moça, nem passarinhos que cantassem, nem flores, nem cores vivas ou jucundas. Casa sombria e nua. O mais alegre era um cravo, onde o mestre Romão tocava algumas vezes, estudando. Sobre uma cadeira, ao pé, alguns papéis de música; nenhuma dele...

Ah! se mestre Romão pudesse seria um grande compositor. Parece que há duas sortes de vocação, as que têm língua e as que não têm. As primeiras realizam-se; as últimas representam uma luta constante e estéril entre o impulso interior e a ausência de um modo de comunicação com os homens. Romão era destas. Tinha a vocação íntima da música; trazia dentro de si muitas óperas e missas, um mundo de harmonias novas e originais, que não alcançava exprimir e pôr no papel. Esta era a causa única da tristeza de mestre Romão. Naturalmente o vulgo não atinava com ela; uns diziam isto, outros aquilo: doença, falta de dinheiro, algum desgosto antigo; mas a verdade é esta: a causa da melancolia de mestre Romão era não poder compor, não possuir o meio de traduzir o que sentia. Não é que não rabiscasse muito papel e não interrogasse o cravo, durante horas; mas tudo lhe saía informe, sem ideia nem harmonia. Nos últimos tempos tinha até vergonha da vizinhança, e não tentava mais nada.

E, entretanto, se pudesse, acabaria ao menos uma certa peça, um canto esponsalício, começado três dias depois de casado, em 1779. A mulher, que tinha então vinte e um anos, e morreu com vinte e três, não era muito bonita, nem pouco, mas extremamente simpática, e amava-o tanto como ele a ela. Três dias depois de casado, mestre Romão sentiu em si alguma coisa parecida com inspiração. Ideou então o canto esponsaiício, e quis compô-lo; mas a inspiração não pôde sair. Como um pássaro que acaba de ser preso, e forceja por transpor as paredes da gaiola, abaixo, acima, impaciente, aterrado, assim batia a inspiração do nosso músico, encerrada nele sem poder sair, sem achar uma porta, nada. Algumas notas chegaram a ligar-se; ele escreveu-as; obra de uma folha de papel, não mais. Teimou no dia seguinte, dez dias depois, vinte vezes durante o tempo de casado. Quando a mulher morreu, ele releu essas primeiras notas conjugais, e ficou ainda mais triste, por não ter podido fixar no papel a sensação da felicidade extinta.

– Pai José – disse ele ao entrar –, sinto-me hoje adoentado.

– Sinhô comeu alguma coisa que fez mal...

– Não; já de manhã não estava bom. Vai à botica...

O boticário mandou alguma coisa, que ele tomou à noite; no dia seguinte mestre Romão não se sentia melhor. É preciso dizer que ele padecia do coração: moléstia grave e crônica. Pai José ficou aterrado, quando viu que o incômodo não cedera ao remédio, nem ao repouso, e quis chamar o médico.

– Para quê? – disse o mestre. – Isto passa.

O dia não acabou pior; e a noite suportou-a ele bem, não assim o preto, que mal pôde dormir duas horas. A vizinhança, apenas soube do incômodo, não quis outro motivo de palestra; os que entretinham relações com o mestre foram visitá-lo. E diziam-lhe que não era nada, que eram macacoas do tempo; um acrescentava graciosamente que era manha, para fugir aos capotes que o boticário lhe dava no gamão – outro que eram amores. Mestre Romão sorria, mas consigo mesmo dizia que era o final.

– Está acabado – pensava ele.

Um dia de manhã, cinco depois da festa, o médico achou-o realmente mal; e foi isso o que ele lhe viu na fisionomia por trás das palavras enganadoras:

– Isto não é nada; é preciso não pensar em músicas...

Em músicas! Justamente esta palavra do médico deu ao mestre um pensamento. Logo que ficou só, com o escravo, abriu a gaveta onde guardava desde 1779 o canto esponsalício começado. Releu essas notas arrancadas a custo e não concluídas. E então teve uma ideia singular: rematar a obra agora, fosse como fosse; qualquer coisa servia, uma vez que deixasse um pouco de alma na terra.

– Quem sabe? Em 1880, talvez se toque isto, e se conte que um mestre Romão...

O princípio do canto rematava em um certo *lá*; este *lá*, que lhe caía bem no lugar, era a nota derradeiramente escrita. Mestre Romão ordenou que lhe levassem o cravo para a sala do fundo, que dava para o quintal: era-lhe preciso ar. Pela janela viu na janela dos fundos de outra casa dois casadinhos de oito dias, debruçados, com os braços por cima dos ombros, e duas mãos presas. Mestre Romão sorriu com tristeza.

– Aqueles chegam – disse ele – eu saio. Comporei ao menos este canto que eles poderão tocar...

Sentou-se ao cravo; reproduziu as notas e chegou ao *lá*...

– *Lá, lá, lá*...

Nada, não passava adiante. E contudo, ele sabia música como gente.

Lá, dó... lá, mi... lá, si, dó, ré... ré... ré...

Impossível! nenhuma inspiração. Não exigia uma peça profundamente original, mas enfim alguma coisa, que não fosse de outro e se ligasse ao pensamento começado. Voltava ao princípio, repetia as notas, buscava reaver um retalho da sensação extinta, lembrava-se da mulher, dos primeiros tempos. Para completar a ilusão, deitava os olhos pela janela para o lado dos casadinhos. Estes continuavam ali, com as mãos presas e os braços passados nos ombros um do outro; a diferença é que se miravam agora, em vez de olhar para baixo.

Mestre Romão, ofegante da moléstia e de impaciência, tornava ao cravo; mas a vista do casal não lhe suprira a inspiração, e as notas seguintes não soavam.

– *Lá... lá... lá...*

Desesperado, deixou o cravo, pegou do papel escrito e rasgou-o. Nesse momento, a moça embebida no olhar do marido, começou a cantarolar à toa, inconscientemente, uma coisa nunca antes cantada nem sabida, na qual coisa um certo *lá* trazia após si uma linda frase musical, justamente a que mestre Romão procurara durante anos sem achar nunca. O mestre ouviu-a com tristeza, abanou a cabeça, e à noite expirou.

18
A igreja do diabo*

I. De uma ideia mirífica

Conta um velho manuscrito beneditino que o Diabo, em certo dia, teve a ideia de fundar uma igreja. Embora os seus lucros fossem contínuos e grandes, sentia-se humilhado com o papel avulso que exercia desde séculos, sem organização, sem regras, sem cânones, sem ritual, sem nada. Vivia, por assim dizer, dos remanescentes divinos, dos descuidos e obséquios humanos. Nada fixo, nada regular. Por que não teria ele a sua igreja? Uma igreja do Diabo era o meio eficaz de combater as outras religiões, e destruí-las de uma vez.

– Vá, pois, uma igreja – concluiu ele. – Escritura contra escritura, breviário contra breviário. Terei a minha missa, com vinho e pão à farta, as minhas prédicas, bulas, novenas e todo o demais aparelho eclesiástico. O meu credo será o núcleo universal dos espíritos, a minha igreja uma tenda de Abraão. E depois, enquanto as outras religiões se combatem e se dividem, a minha igreja será única; não acharei diante de mim, nem Maomé, nem Lutero. Há muitos modos de afirmar; há só um de negar tudo.

Dizendo isto, o Diabo sacudiu a cabeça e estendeu os braços, com um gesto magnífico e varonil. Em seguida, lembrou-se de ir ter com Deus para comunicar-lhe a ideia, e desafiá-lo; levantou os olhos, acesos de ódio, ásperos de vingança, e disse consigo: "Vamos, é tempo". E rápido, batendo as asas, com tal estrondo que abalou todas as províncias do abismo, arrancou da sombra para o infinito azul.

---

*Publicado pelo autor no periódico *Gazeta de Notícias* (17-02-1883). Reunido pelo autor no livro *Histórias sem data* (1884).

II. Entre Deus e o Diabo

Deus recolhia um ancião, quando o Diabo chegou ao céu. Os serafins que engrinaldavam o recém-chegado, detiveram-se logo, e o Diabo deixou-se estar à entrada com os olhos no Senhor.

– Que me queres tu? – perguntou este.

– Não venho pelo vosso servo Fausto – respondeu o Diabo rindo –, mas por todos os Faustos do século e dos séculos.

– Explica-te.

– Senhor, a explicação é fácil; permiti que vos diga: recolhei primeiro esse bom velho; dai-lhe o melhor lugar, mandai que as afinadas cítaras e alaúdes o recebam com os mais divinos coros...

– Sabes o que ele fez? – perguntou o Senhor, com os olhos cheios de doçura.

– Não, mas provavelmente é dos últimos que virão ter convosco. Não tarda muito que o céu fique semelhante a uma casa vazia, por causa do preço, que é alto. Vou edificar uma hospedaria barata; em duas palavras, vou fundar uma igreja. Estou cansado da minha desorganização, do meu reinado casual e adventício. É tempo de obter a vitória final e completa. E então vim dizer-vos isto, com lealdade, para que não me acuseis de dissimulação... Boa ideia, não vos parece?

– Vieste dizê-la, não legitimá-la, advertiu o Senhor.

– Tendes razão, acudiu o Diabo; mas o amor-próprio gosta de ouvir o aplauso dos mestres. Verdade é que neste caso seria o aplauso de um mestre vencido, e uma tal exigência... Senhor, desço à terra; vou lançar a minha pedra fundamental.

– Vai.

– Quereis que venha anunciar-vos o remate da obra?

– Não é preciso; basta que me digas desde já por que motivo, cansado há tanto da tua desorganização, só agora pensaste em fundar uma igreja?

O Diabo sorriu com certo ar de escárnio e triunfo. Tinha alguma ideia cruel no espírito, algum reparo picante no alforje de memória, qualquer coisa que, nesse breve instante da eternidade, o fazia crer superior ao próprio Deus. Mas recolheu o riso, e disse:

– Só agora concluí uma observação, começada desde alguns séculos, e é que as virtudes, filhas do céu, são em grande número comparáveis a rainhas, cujo manto de veludo rematasse em franjas de algodão. Ora, eu proponho-me a puxá-las por essa franja, e trazê-las todas para minha igreja; atrás delas virão as de seda pura...

– Velho retórico! – murmurou o Senhor.

– Olhai bem. Muitos corpos que ajoelham aos vossos pés, nos templos do mundo, trazem as anquinhas da sala e da rua, os rostos tingem-se do mesmo pó, os lenços cheiram aos mesmos cheiros, as pupilas centelham de curiosidade e devoção entre o livro santo e o bigode do pecado. Vede o ardor – a indiferença, ao menos – com que esse cavalheiro põe em letras públicas os benefícios que liberalmente espalha – ou sejam roupas ou botas, ou moedas, ou quaisquer dessas matérias necessárias à vida... Mas não quero parecer que me detenho em coisas miúdas; não falo, por exemplo, da placidez com que este juiz de irmandade, nas procissões, carrega piedosamente ao peito o vosso amor e uma comenda... Vou a negócios mais altos...

Nisto os serafins agitaram as asas pesadas de fastio e sono. Miguel e Gabriel fitaram no Senhor um olhar de súplica. Deus interrompeu o Diabo.

– Tu és vulgar, que é o pior que pode acontecer a um espírito da tua espécie – replicou-lhe o Senhor. – Tudo o que dizes ou digas está dito e redito pelos moralistas do mundo. É assunto gasto; e se não tens força, nem originalidade para renovar um assunto gasto, melhor é que te cales e te retires. Olha; todas as minhas legiões mostram no rosto os sinais vivos do tédio que lhes dás. Esse mesmo ancião parece enjoado; e sabes tu o que ele fez?

– Já vos disse que não.

– Depois de uma vida honesta, teve uma morte sublime. Colhido em um naufrágio, ia salvar-se numa tábua; mas viu um casal de noivos, na flor da vida, que se debatiam já com a morte; deu-lhes a tábua de salvação e mergulhou na eternidade. Nenhum público: a água e o céu por cima. Onde achas aí a franja de algodão?

– Senhor, eu sou, como sabeis, o espírito que nega.

– Negas esta morte?

– Nego tudo. A misantropia pode tomar aspecto de caridade; deixar a vida aos outros, para um misantropo, é realmente aborrecê-los...

– Retórico e sutil! – exclamou o Senhor. – Vai, vai, funda a tua igreja; chama todas as virtudes, recolhe todas as franjas, convoca todos os homens... Mas, vai! vai!

Debalde o Diabo tentou proferir alguma coisa mais. Deus impusera-lhe silêncio; os serafins, a um sinal divino, encheram o céu com as harmonias de seus cânticos. O Diabo sentiu, de repente, que se achava no ar; dobrou as asas, e, como um raio, caiu na terra.

III. A boa nova aos homens

Uma vez na terra, o Diabo não perdeu um minuto. Deu-se pressa em enfiar a cogula beneditina, como hábito de boa fama, e entrou a espalhar uma doutrina nova e extraordinária, com uma voz que reboava nas entranhas do século. Ele prometia aos seus discípulos e fiéis as delícias da terra, todas as glórias, os deleites mais íntimos. Confessava que era o Diabo; mas confessava-o para retificar a noção que os homens tinham dele e desmentir as histórias que a seu respeito contavam as velhas beatas.

– Sim, sou o Diabo, repetia ele; não o Diabo das noites sulfúreas, dos contos soníferos, terror das crianças, mas o Diabo verdadeiro e único, o próprio gênio da natureza, a que se deu aquele nome para arredá-lo do coração dos homens. Vede-me gentil e airoso. Sou o vosso verdadeiro pai. Vamos lá: tomai daquele nome, inventado para meu desdouro, fazei dele um troféu e um lábaro, e eu vos darei tudo, tudo, tudo, tudo, tudo, tudo...

Era assim que falava, a princípio, para excitar o entusiasmo, espertar os indiferentes, congregar, em suma, as multidões ao pé de si. E elas vieram; e logo que vieram, o Diabo passou a definir a doutrina. A doutrina era a que podia ser na boca de um espírito de negação. Isso quanto à substância, porque, acerca da forma, era umas vezes sutil, outras cínica e deslavada.

Clamava ele que as virtudes aceitas deviam ser substituídas por outras, que eram as naturais e legítimas. A soberba, a luxúria, a preguiça foram reabilitadas, e assim também a avareza, que declarou não ser mais do que a mãe da economia, com a diferença que a mãe era robusta, e a filha uma esgalgada. A ira tinha a melhor defesa na existência de Homero; sem o furor de Aquiles, não haveria a *Ilíada*: "Musa, canta a cólera de Aquiles, filho de Peleu..." O mesmo disse da gula, que produziu as melhores páginas de Rabelais, e muitos bons versos de "Hissope"; virtude tão superior, que ninguém se lembra das batalhas de Luculo, mas das suas ceias; foi a gula que realmente o fez imortal. Mas, ainda pondo de lado essas razões de ordem literária ou histórica, para só mostrar o valor intrínseco daquela virtude, quem negaria que era muito melhor sentir na boca e no ventre os bons manjares, em grande cópia, do que os maus bocados, ou a saliva do jejum? Pela sua parte o Diabo prometia substituir a vinha do Senhor, expressão metafórica, pela vinha do Diabo, locução direta e verdadeira, pois não faltaria nunca aos seus com o fruto das mais belas cepas do mundo. Quanto à inveja, pregou friamente que era a virtude principal, origem de prosperidades infinitas; virtude preciosa, que chegava a suprir todas as outras, e ao próprio talento.

As turbas corriam atrás dele entusiasmadas. O Diabo incutia-lhes, a grandes golpes de eloquência, toda a nova ordem de coisas, trocando a noção delas, fazendo amar as perversas e detestar as sãs.

Nada mais curioso, por exemplo, do que a definição que ele dava da fraude. Chamava-lhe o braço esquerdo do homem; o braço direito era a força; e concluía: Muitos homens são canhotos, eis tudo. Ora, ele não exigia que todos fossem canhotos; não era exclusivista. Que uns fossem canhotos, outros destros; aceitava a todos, menos os que não fossem nada. A demonstração, porém, mais rigorosa e profunda, foi a da venalidade. Um casuísta do tempo chegou a confessar que era um monumento de lógica. A venalidade, disse o Diabo, era o exercício de um direito superior a todos os direitos. Se tu podes vender a tua casa, o teu boi, o teu sapato, o teu chapéu, coisas que são tuas por uma razão jurídica e legal, mas que, em todo caso, estão fora de ti, como é que não podes vender a tua opinião, o teu voto, a tua palavra, a tua fé, coisas que são mais do que tuas, porque são a tua própria consciência, isto é, tu mesmo? Negá-lo é cair no absurdo e no contraditório. Pois não há mulheres que vendem os cabelos? Não pode um homem vender uma parte do seu sangue para transfundi-lo a outro homem anêmico? E o sangue e os cabelos, partes físicas, terão um privilégio que se nega ao caráter, à porção moral do homem? Demonstrando assim o princípio, o Diabo não se demorou em expor as vantagens de ordem temporal ou pecuniária; depois, mostrou ainda que, à vista do preconceito social, conviria dissimular o exercício de um direito tão legítimo, o que era exercer ao mesmo tempo a venalidade e a hipocrisia, isto é, merecer duplicadamente.

E descia, e subia, examinava tudo, retificava tudo. Está claro que combateu o perdão das injúrias e outras máximas de brandura e cordialidade. Não proibiu formalmente a calúnia gratuita, mas induziu a exercê-la mediante retribuição, ou pecuniária, ou de outra espécie; nos casos, porém, em que ela fosse uma expansão imperiosa da força imaginativa, e nada mais, proibia receber nenhum salário, pois equivalia a fazer pagar a transpiração. Todas as formas de respeito foram condenadas por ele, como elementos possíveis de um certo decoro social e pessoal; salva, todavia, a única exceção do interesse. Mas essa mesma exceção foi logo eliminada, pela consideração de que o interesse, convertendo o respeito em simples adulação, era este o sentimento aplicado e não aquele.

Para rematar a obra, entendeu o Diabo que lhe cumpria cortar por toda a solidariedade humana. Com efeito, o amor do próximo era um obstáculo grave à nova instituição. Ele mostrou que essa regra era uma simples invenção de parasitas e negociantes insolváveis; não se devia dar ao próximo senão indiferença; em alguns casos, ódio ou desprezo. Chegou mesmo à demonstração de que a noção de próximo era errada, e citava esta frase de um padre de Nápoles, aquele fino e letrado Galiani, que escrevia a uma das marquesas do antigo regime: "Leve a breca o próximo! Não há próximo!" A única hipótese em que ele permitia amar ao próximo era quando se tratasse de amar as damas alheias, porque essa espécie de amor tinha a particularidade de não ser outra coisa mais do que o amor do indivíduo a si mesmo. E como alguns discípulos achassem que uma tal explicação, por metafísica, escapava à compreensão das turbas, o Diabo recorreu a um apólogo: Cem pessoas tomam ações de um banco, para as operações comuns; mas cada acionista não cuida realmente senão nos seus dividendos: é o que acontece aos adúlteros. Este apólogo foi incluído no livro da sabedoria.

IV. Franjas e franjas

A previsão do Diabo verificou-se. Todas as virtudes cuja capa de veludo acabava em franja de algodão, uma vez puxadas pela franja, deitavam a capa às urtigas e vinham alistar-se na igreja nova. Atrás foram chegando as outras, e o tempo abençoou a instituição. A igreja fundara-se; a doutrina propagava-se; não havia uma região do globo que não a conhecesse, uma língua que não a traduzisse, uma raça que não a amasse. O Diabo alçou brados de triunfo.

Um dia, porém, longos anos depois notou o Diabo que muitos dos seus fiéis, às escondidas, praticavam as antigas virtudes. Não as praticavam todas, nem integralmente, mas algumas, por partes, e, como digo, às ocultas. Certos glutões recolhiam-se a comer frugalmente três ou quatro vezes por ano, justamente em dias de preceito católico; muitos avaros davam esmolas, à noite, ou nas ruas mal povoadas; vários dilapidadores do erário restituíam-lhe pequenas quantias; os fraudulentos falavam, uma ou outra vez, com o coração nas mãos, mas com o mesmo rosto dissimulado, para fazer crer que estavam embaçando os outros.

A descoberta assombrou o Diabo. Meteu-se a conhecer mais diretamente o mal, e viu que lavrava muito. Alguns casos eram até incompreensíveis, como o de um droguista do Levante, que envenenara longamente uma geração inteira, e, com o produto das drogas, socorria os filhos das vítimas. No Cairo achou um perfeito ladrão de camelos, que tapava a cara para ir às mesquitas. O Diabo deu com ele à entrada de uma, lançou-lhe em rosto o procedimento; ele negou, dizendo que ia ali roubar o camelo de um *drogman*; roubou-o, com efeito, à vista do Diabo e foi dá-lo de presente a um muezim, que rezou por ele a Alá. O manuscrito beneditino cita muitas outras descobertas extraordinárias, entre elas esta, que desorientou completamente o Diabo. Um dos seus melhores apóstolos era um calabrês, varão de cinquenta anos, insigne falsificador de documentos, que possuía uma bela casa na campanha romana, telas, estátuas, biblioteca etc. Era a fraude em pessoa; chegava a meter-se na cama para não confessar que estava são. Pois esse homem, não só não furtava ao jogo, como ainda dava gratificações aos criados. Tendo angariado a amizade de um cônego, ia todas as semanas confessar-se com ele, numa capela solitária; e, conquanto não lhe desvendasse nenhuma das suas ações secretas, benzia-se duas vezes, ao ajoelhar-se, e ao levantar-se. O Diabo mal pôde crer tamanha aleivosia. Mas não havia que duvidar; o caso era verdadeiro.

Não se deteve um instante. O pasmo não lhe deu tempo de refletir, comparar e concluir do espetáculo presente alguma coisa análoga ao passado. Voou de novo ao céu, trêmulo de raiva, ansioso de conhecer a causa secreta de tão singular fenômeno. Deus ouviu-o com infinita complacência; não o interrompeu, não o repreendeu, não triunfou, sequer, daquela agonia satânica. Pôs os olhos nele, e disse-lhe:

– Que queres tu, meu pobre Diabo? As capas de algodão têm agora franjas de seda, como as de veludo tiveram franjas de algodão. Que queres tu? É a eterna contradição humana.

19
O alienista*

I. De como Itaguaí ganhou uma casa de Orates

As crônicas da vila de Itaguaí dizem que em tempos remotos vivera ali um certo médico, o Dr. Simão Bacamarte, filho da nobreza da terra e o maior dos médicos do Brasil, de Portugal e das Espanhas. Estudara em Coimbra e Pádua. Aos trinta e quatro anos regressou ao Brasil, não podendo el-rei alcançar dele que ficasse em Coimbra, regendo a universidade, ou em Lisboa, expedindo os negócios da monarquia.

– A ciência – disse ele a Sua Majestade – é o meu emprego único; Itaguaí é o meu universo.

Dito isto, meteu-se em Itaguaí, e entregou-se de corpo e alma ao estudo da ciência, alternando as curas com as leituras, e demonstrando os teoremas com cataplasmas. Aos quarenta anos casou com D. Evarista da Costa e Mascarenhas, senhora de vinte e cinco anos, viúva de um juiz de fora, e não bonita nem simpática. Um dos tios dele, caçador de pacas perante o Eterno, e não menos franco, admirou-se de semelhante escolha e disse-lho. Simão Bacamarte explicou-lhe que D. Evarista reunia condições fisiológicas e anatômicas de primeira ordem, digeria com facilidade, dormia regularmente, tinha bom pulso, e excelente vista; estava assim apta para dar-lhe filhos robustos, sãos e inteligentes. Se além dessas prendas – únicas dignas de preocupação de um sábio –, D. Evarista era mal composta de feições, longe de lastimá-lo, agradecia-o a Deus, porquanto não corria o risco de preterir os interesses da ciência na contemplação exclusiva, miúda e vulgar da consorte.

*Publicado no periódico *A Estação* (15 e 31 de outubro, 15 e 30 de novembro, 15 e 31 de dezembro de 1881; 15 e 31 de janeiro, 15 e 28 de fevereiro e 15 de março de 1882). Reunido pelo autor no livro *Papéis avulsos* (1882).

D. Evarista mentiu às esperanças de Dr. Bacamarte, não lhe deu filhos robustos nem mofinos. A índole natural da ciência é a longanimidade; o nosso médico esperou três anos, depois quatro, depois cinco. Ao cabo desse tempo fez um estudo profundo da matéria, releu todos os escritores árabes e outros, que trouxera para Itaguaí, enviou consultas às universidades italianas e alemãs, e acabou por aconselhar à mulher um regime alimentício especial. A ilustre dama, nutrida exclusivamente com a bela carne de porco de Itaguaí, não atendeu às admoestações do esposo; e à sua resistência – explicável, mas inqualificável – devemos a total extinção da dinastia dos Bacamartes.

Mas a ciência tem o inefável dom de curar todas as mágoas; o nosso médico mergulhou inteiramente no estudo e na prática da medicina. Foi então que um dos recantos desta lhe chamou especialmente a atenção – o recanto psíquico, o exame da patologia cerebral. Não havia na colônia, e ainda no reino, uma só autoridade em semelhante matéria, mal explorada, ou quase inexplorada. Simão Bacamarte compreendeu que a ciência lusitana, e particularmente a brasileira, podia cobrir-se de "louros imarcescíveis" – expressão usada por ele mesmo, mas em um arroubo de intimidade doméstica; exteriormente era modesto, segundo convém aos sabedores.

– A saúde da alma – bradou ele – é a ocupação mais digna do médico.

– Do verdadeiro médico – emendou Crispim Soares, boticário da vila e um dos seus amigos e comensais.

A vereança de Itaguaí, entre outros pecados de que é arguida pelos cronistas, tinha o de não fazer caso dos dementes. Assim é que cada louco furioso era trancado em uma alcova, na própria casa, e, não curado, mas descurado, até que a morte o vinha defraudar do benefício da vida; os mansos andavam à solta pela rua. Simão Bacamarte entendeu desde logo reformar tão ruim costume; pediu licença à câmara para agasalhar e tratar no edifício que ia construir todos os loucos de Itaguaí e das demais vilas e cidades, mediante um estipêndio, que a câmara lhe daria quando a família do enfermo o não pudesse fazer. A proposta excitou a curiosidade de toda a vila, e encontrou grande resistência, tão certo é que dificilmente se desarraigam hábitos absurdos, ou ainda maus. A ideia de meter os loucos na mesma casa, vivendo em comum, pareceu em si mesma um sintoma de demência, e não faltou quem o insinuasse à própria mulher do médico.

– Olhe, D. Evarista – disse-lhe o padre Lopes, vigário do lugar – veja se seu marido dá um passeio ao Rio de Janeiro. Isto de estudar sempre, sempre, não é bom, vira o juízo.

D. Evarista ficou aterrada, foi ter com o marido, disse-lhe "que estava com desejos", um principalmente, o de vir ao Rio de Janeiro e comer tudo o que ele lhe parecesse adequado a certo fim. Mas aquele grande homem, com a rara sagacidade que o distinguia, penetrou a intenção da esposa e redarguiu-lhe sorrindo que não tivesse medo. Dali foi à câmara, onde os vereadores debatiam a proposta, e defendeu-a com tanta eloquência, que a maioria resolveu autorizá-la ao que pedira, votando ao mesmo tempo um imposto destinado a subsidiar o tratamento, alojamento e mantimento dos doidos pobres. A matéria do imposto não foi fácil achá-la; tudo estava tributado em Itaguaí. Depois de longos estudos, assentou-se em permitir o uso de dois penachos nos cavalos dos enterros. Quem quisesse emplumar os cavalos de um coche mortuário pagaria dois tostões à câmara, repetindo-se tantas vezes esta quantia quantas fossem as horas decorridas entre a do falecimento e a da última bênção na sepultura. O escrivão perdeu-se nos cálculos aritméticos do rendimento possível da nova taxa; e um dos vereadores, que não acreditava na empresa do médico, pediu que se relevasse o escrivão de um trabalho inútil.

– Os cálculos não são precisos – disse ele – porque o Dr. Bacamarte não arranja nada. Quem é que viu agora meter todos os doidos dentro da mesma casa?

Enganava-se o digno magistrado; o médico arranjou tudo. Uma vez empossado da licença começou logo a construir a casa. Era na Rua Nova, a mais bela rua de Itaguaí naquele tempo, tinha cinquenta janelas por lado, um pátio no centro, e numerosos cubículos para os hóspedes. Como fosse grande arabista, achou no Corão que Maomé declara veneráveis os doidos, pela consideração de que Alá lhes tira o juízo para que não pequem. A ideia pareceu-lhe bonita e profunda, e ele a fez gravar no frontispício da casa; mas, como tinha medo ao vigário, e por tabela ao bispo, atribuiu o pensamento a Benedito VIII, merecendo com esta fraude, aliás pia, que o padre Lopes lhe contasse, ao almoço, a vida daquele pontífice eminente.

A Casa Verde foi o nome dado ao asilo, por alusão à cor das janelas, que pela primeira vez apareciam verdes em Itaguaí. Inaugurou-se com imensa pompa; de todas as vilas e povoações próximas, e até remotas, e da própria cidade do Rio de Janeiro, correu gente para assistir às cerimônias, que duraram sete dias. Muitos dementes já estavam recolhidos; e os parentes tiveram ocasião de ver o carinho paternal e a caridade cristã com que eles iam ser tratados. D. Evarista, contentíssima com a glória do marido, vestira-se luxuosamente, cobriu-se de joias, flores e sedas. Ela foi uma verdadeira rainha naqueles dias memoráveis; ninguém deixou de ir visitá-la duas e três vezes, apesar dos costumes caseiros e recatados do século, e não só a cortejavam como a louvavam; porquanto – e este fato é um documento altamente honroso para a sociedade do tempo –, porquanto viam nela a feliz esposa de um alto espírito, de um varão ilustre, e, se lhe tinham inveja, era a santa e nobre inveja dos admiradores.

Ao cabo de sete dias expiraram as festas públicas; Itaguaí tinha finalmente uma casa de Orates.

II. Torrente de loucos

Três dias depois, numa expansão íntima com o boticário Crispim Soares, desvendou o alienista o mistério do seu coração.

– A caridade, Sr. Soares, entra decerto no meu procedimento, mas entra como tempero, como o sal das coisas, que é assim que interpreto o dito de S. Paulo aos Coríntios: "Se eu conhecer quanto se pode saber, e não tiver caridade, não sou nada." O principal nesta minha obra da Casa Verde é estudar profundamente a loucura, os seus diversos graus, classificar-lhe os casos, descobrir enfim a causa do fenômeno e o remédio universal. Este é o mistério do meu coração. Creio que com isto presto um bom serviço à humanidade.

– Um excelente serviço – corrigiu o boticário.

– Sem este asilo – continuou o alienista – pouco poderia fazer; ele dá-me, porém, muito maior campo aos meus estudos.

– Muito maior – acrescentou o outro.

E tinham razão. De todas as vilas e arraiais vizinhos afluíam loucos à Casa Verde. Eram furiosos, eram mansos, eram monomaníacos, era toda a família dos deserdados do espírito. Ao cabo de quatro meses, a Casa Verde era uma povoação. Não bastaram os primeiros cubículos; mandou-se anexar uma galeria de mais trinta e sete. O padre Lopes confessou que não imaginara a existência de tantos doidos no mundo, e menos ainda o inexplicável de alguns casos. Um, por exemplo, um rapaz bronco e vilão, que todos os dias, depois do almoço, fazia regularmente um discurso acadêmico, ornado de tropos, de antíteses, de apóstrofes, com seus recamos de grego e latim, e suas borlas de Cícero, Apuleio e Tertuliano. O vigário não queria acabar de crer. Quê! Um rapaz que ele vira, três meses antes, jogando peteca na rua!

– Não digo que não – respondia-lhe o alienista –; mas a verdade é o que Vossa Reverendíssima está vendo. Isto é todos os dias.

– Quanto a mim – tornou o vigário – só se pode explicar pela confusão das línguas na torre de Babel, segundo nos conta a Escritura; provavelmente, confundidas antigamente as línguas, é fácil trocá-las agora, desde que a razão não trabalhe...

– Essa pode ser, com efeito, a explicação divina do fenômeno – concordou o alienista, depois de refletir um instante – mas não é impossível que haja também alguma razão humana, e puramente científica, e disso trato...

– Vá que seja, e fico ansioso. Realmente!

Os loucos por amor eram três ou quatro, mas só dois espantavam pelo curioso do delírio. O primeiro, um Falcão, rapaz de vinte e cinco anos, supunha-se estrela-d'alva, abria os braços e alargava as pernas, para dar-lhes certa feição de raios, e ficava assim horas esquecidas a perguntar se o sol já tinha saído para ele recolher-se. O outro andava sempre, sempre, sempre, à roda das salas ou do pátio, ao longo dos corredores à procura do fim do mundo. Era um desgraçado, a quem a mulher deixou por seguir um peralvilho. Mal descobrira a fuga, armou-se de uma garrucha, e saiu-lhes no encalço; achou-os duas horas depois, ao pé de uma lagoa, matou-os a ambos com os maiores requintes de crueldade. O ciúme satisfez-se, mas o vingado estava louco. E então começou aquela ânsia de ir ao fim do mundo à cata dos fugitivos.

A mania das grandezas tinha exemplares notáveis. O mais notável era um pobre-diabo, filho de um algibebe, que narrava às paredes (porque não olhava nunca para nenhuma pessoa) toda a sua genealogia, que era esta:

– Deus engendrou um ovo, o ovo engendrou a espada, a espada engendrou Davi, Davi engendrou a púrpura, a púrpura engendrou o duque, o duque engendrou o marquês, o marquês engendrou o conde, que sou eu.

Dava uma pancada na testa, um estalo com os dedos, e repetia cinco, seis vezes seguidas:

– Deus engendrou um ovo, o ovo, etc.

Outro da mesma espécie era um escrivão, que se vendia por mordomo do rei; outro era um boiadeiro de Minas, cuja mania era distribuir boiadas a toda a gente, dava trezentas cabeças a um, seiscentas a outro, mil e duzentas a outro, e não acabava mais. Não falo dos casos de monomania religiosa; apenas citarei um sujeito que, chamando-se João de Deus, dizia agora ser o deus João, e prometia o reino dos céus a quem o adorasse e as penas do inferno aos outros; e depois desse, o licenciado Garcia, que não dizia nada, porque imaginava que no dia em que chegasse a proferir uma só palavra, todas as estrelas se despegariam do céu e abrasariam a terra; tal era o poder que recebera de Deus. Assim o escrevia ele no papel que o alienista lhe mandava dar, menos por caridade do que por interesse científico.

Que, na verdade, a paciência do alienista era ainda mais extraordinária do que todas as manias hospedadas na Casa Verde; nada menos que assombrosa. Simão Bacamarte começou por organizar um pessoal de administração; e, aceitando essa ideia ao boticário Crispim Soares, aceitou-lhe também dois sobrinhos, a quem incumbiu da execução de um regimento que lhes deu, aprovado pela câmara, da distribuição da comida e da roupa, e assim também da escrita etc. Era o melhor que podia fazer, para somente cuidar do seu ofício. – A Casa Verde, disse ele ao vigário, é agora uma espécie de mundo, em que há o governo temporal e o governo *espiritual*. E o padre Lopes ria deste pio trocado – e acrescentava, com o único fim de dizer também uma chalaça:

– Deixe estar, deixe estar, que hei de mandá-lo denunciar ao papa.

Uma vez desonerado da administração, o alienista procedeu a uma vasta classificação dos seus enfermos. Dividiu-os primeiramente em duas classes principais: os furiosos e os mansos; daí passou às subclasses, monomanias, delírios, alucinações diversas. Isto feito, começou um estudo aturado e contínuo; analisava os hábitos de cada louco, as horas de acesso, as aversões, as simpatias, as palavras, os gestos, as tendências; inquiria da vida dos enfermos, profissão, costumes, circunstâncias da revelação mórbida, acidentes da infância e da mocidade, doenças de outra espécie, antecedentes na família, uma devassa, enfim, como não faria o mais atilado corregedor. E cada dia notava uma observação nova, uma descoberta interessante, um fenômeno extraordinário. Ao mesmo tempo estudava o melhor regime, as substâncias medicamentosas, os meios curativos e os meios paliativos, não só os que vinham nos seus amados árabes, como os que ele mesmo descobria, à força da sagacidade e paciência. Ora, todo esse trabalho levara-lhe o melhor e o mais do tempo. Mal dormia e mal comia; e, ainda comendo, era como se trabalhasse, porque ora interrogava um texto antigo, ora ruminava uma questão, e ia muitas vezes de um cabo a outro do jantar sem dizer uma só palavra a D. Evarista.

III. Deus sabe o que faz!

A ilustre dama, no fim de dois meses, achou-se a mais desgraçada das mulheres; caiu em profunda melancolia, ficou amarela, magra, comia pouco e suspirava a cada canto. Não ousava fazer-lhe nenhuma queixa ou reproche, porque respeitava nele o seu marido e senhor, mas padecia calada, e definhava a olhos vistos. Um dia, ao jantar, como lhe perguntasse o marido o que é que tinha, respondeu tristemente que nada; depois atreveu-se um pouco, e foi ao ponto de dizer que se considerava tão viúva como dantes. E acrescentou:

– Quem diria nunca que meia dúzia de lunáticos...

Não acabou a frase; ou antes, acabou-a levantando os olhos ao teto – os olhos, que eram a sua feição mais insinuante, negros, grandes, lavados de uma luz úmida, como os da aurora. Quanto ao gesto, era o mesmo que empregara no dia em que Simão Bacamarte a pediu em casamento. Não dizem as crônicas se D. Evarista brandiu aquela arma com o perverso intuito de degolar de uma vez a ciência, ou, pelo menos, decepar-lhe as mãos; mas a conjetura é verossímil. Em todo caso, o alienista não lhe atribuiu outra intenção. E não se irritou o grande homem, não ficou sequer consternado. O metal de seus olhos não deixou de ser o mesmo metal, duro, liso, eterno, nem a menor prega veio quebrar a superfície da fronte quieta como a água de Botafogo. Talvez um sorriso lhe descerrou os lábios, por entre os quais filtrou esta palavra macia como o óleo do *Cântico*:

– Consinto que vás dar um passeio ao Rio de Janeiro.

D. Evarista sentiu faltar-lhe o chão debaixo dos pés. Nunca dos nuncas vira o Rio de Janeiro, que posto não fosse sequer uma pálida sombra do que hoje é, todavia era alguma coisa mais do que Itaguaí. Ver o Rio de Janeiro, para ela, equivalia ao sonho do hebreu cativo. Agora, principalmente, que o marido assentara de vez naquela povoação interior, agora é que ela perdera as últimas esperanças de respirar os ares da nossa boa cidade; e justamente agora é que ele a convidava a realizar os seus desejos de menina e moça. D. Evarista não pôde dissimular o gosto de semelhante proposta. Simão Bacamarte pegou-lhe na mão e sorriu – um sorriso tanto ou quanto filosófico, além de conjugal, em que parecia traduzir-se este pensamento: "Não há remédio certo para as dores da alma; esta senhora definha, porque lhe parece que a não amo; dou-lhe o Rio de Janeiro, e consola-se." E porque era homem estudioso tomou nota da observação.

Mas um dardo atravessou o coração de D. Evarista. Conteve-se, entretanto; limitou-se a dizer ao marido, que, se ele não ia, ela não iria também, porque não havia de meter-se sozinha pelas estradas.

– Irá com sua tia – redarguiu o alienista.

Note-se que D. Evarista tinha pensado nisso mesmo; mas não quisera pedi-lo nem insinuá-lo, em primeiro lugar porque seria impor grandes despesas ao marido, em segundo lugar porque era melhor, mais metódico e racional que a proposta viesse dele.

– Oh! Mas o dinheiro que será preciso gastar! – suspirou D. Evarista sem convicção.

– Que importa? Temos ganhado muito – disse o marido. – Ainda ontem o escriturário prestou-me contas. Queres ver?

E levou-a aos livros. D. Evarista ficou deslumbrada. Era uma via-láctea de algarismos. E depois levou-a às arcas, onde estava o dinheiro. Deus! Eram montes de ouro, eram mil cruzados sobre mil cruzados, dobrões sobre dobrões; era a opulência. Enquanto ela comia o ouro com os seus olhos negros, o alienista fitava-a, e dizia-lhe ao ouvido com a mais pérfida das alusões:

– Quem diria que meia dúzia de lunáticos...

D. Evarista compreendeu, sorriu e respondeu com muita resignação:

– Deus sabe o que faz!

Três meses depois efetuava-se a jornada. D. Evarista, a tia, a mulher do boticário, um sobrinho deste, um padre que o alienista conhecera em Lisboa e que de aventura achava-se em Itaguaí, cinco ou seis pajens, quatro mucamas, tal foi a comitiva que a população viu dali sair em certa manhã do mês de maio. As despedidas foram tristes para todos, menos para o alienista. Conquanto as lágrimas de D. Evarista fossem abundantes e sinceras, não chegaram a abalá-lo. Homem de ciência, e só de ciência, nada o consternava fora da ciência; e se alguma coisa o preocupava naquela ocasião, se ele deixava correr pela multidão um olhar inquieto e policial, não era outra coisa mais do que a ideia de que algum demente podia achar-se ali misturado com a gente de juízo.

– Adeus! – soluçaram enfim as damas e o boticário.

E partiu a comitiva. Crispim Soares, ao tornar a casa, trazia os olhos entre as duas orelhas da besta ruana em que vinha montado; Simão Bacamarte alongava os seus pelo horizonte adiante, deixando ao cavalo a responsabilidade do regresso. Imagem vivaz do gênio e do vulgo! Um fita o presente, com todas as suas lágrimas e saudades, outro devassa o futuro com todas as suas auroras.

IV. Uma teoria nova

Ao passo que D. Evarista, em lágrimas, vinha buscando o Rio de Janeiro, Simão Bacamarte estudava por todos os lados uma certa ideia arrojada e nova, própria a alargar as bases da psicologia. Todo o tempo que lhe sobrava dos cuidados da Casa Verde, era pouco para andar na rua, ou de casa em casa, conversando as gentes, sobre trinta mil assuntos, e virgulando as falas de um olhar que metia medo aos mais heroicos.

Um dia de manhã – eram passadas três semanas –, estando Crispim Soares ocupado em temperar um medicamento, vieram dizer-lhe que o alienista o mandava chamar.

– Trata-se de negócio importante, segundo ele me disse – acrescentou o portador.

Crispim empalideceu. Que negócio importante podia ser, se não alguma triste notícia da comitiva, e especialmente da mulher? Porque este tópico deve ficar claramente definido, visto insistirem nele os cronistas: Crispim amava a mulher, e, desde trinta anos, nunca estiveram separados um só dia. Assim se explicam os monólogos que ele fazia agora, e que os fâmulos lhe ouviam muita vez: "Anda, bem-feito, quem te mandou consentir na viagem de Cesária? Bajulador, torpe bajulador! Só para adular ao Dr. Bacamarte. Pois agora aguenta-te; anda, aguenta-te, alma de lacaio, fracalhão, vil, miserável. Dizes *amen* a tudo, não é? Aí tens o lucro, biltre!" E muitos outros nomes feios, que um homem não deve dizer aos outros, quanto mais a si mesmo. Daqui a imaginar o efeito do recado é um nada. Tão depressa ele o recebeu como abriu mão das drogas e voou à Casa Verde.

Simão Bacamarte recebeu-o com a alegria própria de um sábio, uma alegria abotoada de circunspeção até o pescoço.

– Estou muito contente – disse ele.

– Notícias do nosso povo? – perguntou o boticário com a voz trêmula.

O alienista fez um gesto magnífico, e respondeu:

– Trata-se de coisa mais alta, trata-se de uma experiência científica. Digo experiência, porque não me atrevo a assegurar desde já a minha ideia; nem a ciência é outra coisa, Sr. Soares, senão uma investigação constante. Trata-se, pois, de uma experiência, mas uma experiência que vai mudar a face da terra. A loucura, objeto dos meus estudos, era até agora uma ilha perdida no oceano da razão; começo a suspeitar que é um continente.

Disse isto, e calou-se, para ruminar o pasmo do boticário. Depois explicou compridamente a sua ideia. No conceito dele a insânia abrangia uma vasta superfície de cérebros; e desenvolveu isto com grande cópia de raciocínios, de textos, de exemplos. Os exemplos achou-os na história e em Itaguaí; mas, como um raro espírito que era, reconheceu o perigo de citar todos os casos de Itaguaí, e refugiou-se na história. Assim, apontou com especialidade alguns personagens célebres, Sócrates, que tinha um demônio familiar, Pascal, que via um abismo à esquerda, Maomé, Caracala, Domiciano, Calígula etc., uma enfiada de casos e pessoas, em que de mistura vinham entidades odiosas, e entidades ridículas. E porque o boticário se admirasse de uma tal promiscuidade, o alienista disse-lhe que era tudo a mesma coisa, e até acrescentou sentenciosamente:

– A ferocidade, Sr. Soares, é o grotesco a sério.

– Gracioso, muito gracioso! – exclamou Crispim Soares levantando as mãos ao céu.

Quanto à ideia de ampliar o território da loucura, achou-a o boticário extravagante; mas a modéstia, principal adorno de seu espírito, não lhe sofreu confessar outra coisa além de um nobre entusiasmo; declarou-a sublime e verdadeira, e acrescentou que era "caso de matraca". Esta expressão não tem equivalente no estilo moderno. Naquele tempo, Itaguaí, que como as demais vilas, arraiais e povoações da colônia, não dispunha de imprensa, tinha dois modos de divulgar uma notícia: ou por meio de cartazes manuscritos e pregados na porta da câmara e da matriz; ou por meio de matraca. Eis em que consistia este segundo uso. Contratava-se um homem, por um ou mais dias, para andar as ruas do povoado, com uma matraca na mão. De quando em quando tocava a matraca, reunia-se gente, e ele anunciava o que lhe incumbiam – um remédio para sezões, umas terras lavradias, um soneto, um donativo eclesiástico, a melhor tesoura da vila, o mais belo discurso do ano etc. O sistema tinha inconvenientes para a paz pública; mas era conservado pela grande energia de divulgação que possuía. Por exemplo, um dos vereadores – aquele justamente que mais se opusera à criação da Casa Verde – desfrutava a reputação de perfeito educador de cobras e macacos, e aliás nunca domesticara um só desses bichos; mas tinha o cuidado de fazer trabalhar a matraca todos os meses. E dizem as crônicas que algumas pessoas afirmavam ter visto cascavéis dançando no peito do vereador; afirmação perfeitamente falsa, mas só devida à absoluta confiança no sistema. Verdade, verdade; nem todas as instituições do antigo regime mereciam o desprezo do nosso século.

– Há melhor do que anunciar a minha ideia, é praticá-la respondeu o alienista à insinuação do boticário.

E o boticário, não divergindo sensivelmente deste modo de ver, disse-lhe que sim, que era melhor começar pela execução.

– Sempre haverá tempo de a dar à matraca – concluiu ele.

Simão Bacamarte refletiu ainda um instante, e disse:

– Supondo o espírito humano uma vasta concha, o meu fim, Sr. Soares, é ver se posso extrair a pérola, que é a razão; por outros termos, demarquemos definitivamente os limites da razão e da loucura. A razão é o perfeito equilíbrio de todas as faculdades; fora daí insânia, insânia, e só insânia.

O vigário Lopes, a quem ele confiou a nova teoria, declarou lisamente que não chegava a entendê-la, que era uma obra absurda, e, se não era absurda, era de tal modo colossal que não merecia princípio de execução.

– Com a definição atual, que é a de todos os tempos – acrescentou – a loucura e a razão estão perfeitamente delimitadas. Sabe-se onde uma acaba e onde a outra começa. Para que transpor a cerca?

Sobre o lábio fino e discreto do alienista roçou a vaga sombra de uma intenção de riso, em que o desdém vinha casado à comiseração; mas nenhuma palavra saiu de suas egrégias entranhas. A ciência contentou-se em estender a mão à teologia – com tal segurança, que a teologia não soube enfim se devia crer em si ou na outra. Itaguaí e o universo ficavam à beira de uma revolução.

V. O terror

Quatro dias depois, a população de Itaguaí ouviu consternada a notícia de que um certo Costa fora recolhido à Casa Verde.

– Impossível!

– Qual impossível! Foi recolhido hoje de manhã.

– Mas, na verdade, ele não merecia... ainda em cima! Depois de tanto que ele fez...

Costa era um dos cidadãos mais estimados de Itaguaí. Herdara quatrocentos mil cruzados em boa moeda de el-rei Dom João V, dinheiro cuja renda bastava, segundo lhe declarou o tio no testamento, para viver "até o fim do mundo". Tão depressa recolheu a herança, como entrou a dividi-la em empréstimos, sem usura, mil cruzados a um, dois mil a outro, trezentos a este, oitocentos àquele, a tal ponto que, no fim de cinco anos, estava sem nada. Se a miséria viesse de chofre, o pasmo de Itaguaí seria enorme; mas veio devagar; ele foi passando da opulência à abastança, da abastança à mediania, da mediania à pobreza, da pobreza à miséria, gradualmente. Ao cabo daqueles cinco anos, pessoas que levavam o chapéu ao chão, logo que ele assomava no fim da rua, agora batiam-lhe no ombro, com intimidade, davam-lhe piparotes no nariz, diziam-lhe pulhas. E o Costa sempre lhano, risonho. Nem se lhe dava de ver que os menos corteses eram justamente os que tinham ainda a dívida em aberto; ao contrário, parece que os agasalhava com maior prazer; e mais sublime resignação. Um dia, como um desses incuráveis devedores lhe atirasse uma chalaça grossa, e ele se risse dela, observou um desafeiçoado, com certa perfídia: "Você suporta esse sujeito para ver se ele lhe paga." Costa não se deteve um minuto, foi ao devedor e perdoou-lhe a dívida. "Não admira, retorquiu o outro; o Costa abriu mão de uma estrela, que está no céu." Costa era perspicaz, entendeu que ele negava todo o merecimento ao ato, atribuindo-lhe a intenção de rejeitar o que não vinham meter-lhe na algibeira. Era também pundonoroso e inventivo; duas horas depois achou um meio de provar que lhe não cabia um tal labéu: pegou de algumas dobras, e mandou-as de empréstimo ao devedor.

– Agora espero que... – pensou ele sem concluir a frase.

Esse último rasgo do Costa persuadiu a crédulos e incrédulos; ninguém mais pôs em dúvida os sentimentos cavalheirescos daquele digno cidadão. As necessidades mais acanhadas saíram à rua, vieram bater-lhe à porta, com os seus chinelos velhos, com as suas capas remendadas. Um verme, entretanto, roía a alma do Costa: era o conceito do desafeto. Mas isso mesmo acabou; três meses depois veio este pedir-lhe uns cento e vinte cruzados com promessa de restituir-lhos daí a dois dias; era o resíduo da grande herança, mas era também uma nobre desforra: Costa emprestou o dinheiro logo, logo, e sem juros. Infelizmente não teve tempo de ser pago; cinco meses depois era recolhido à Casa Verde.

Imagina-se a consternação de Itaguaí, quando soube do caso. Não se falou em outra coisa, dizia-se que o Costa ensandecera, ao almoço, outros que de madrugada; e contavam-se os acessos, que eram furiosos, sombrios, terríveis – ou mansos, e até engraçados, conforme as versões. Muita gente correu à Casa Verde, e achou o pobre Costa, tranquilo, um pouco espantado, falando com muita clareza, e perguntando por que motivo o tinham levado para ali. Alguns foram ter com o alienista. Bacamarte aprovava esses sentimentos de estima e compaixão, mas acrescentava que a ciência era a ciência, e que ele não podia deixar na rua um mentecapto. A última pessoa que intercedeu por ele (porque depois do que vou contar ninguém mais se atreveu a procurar o terrível médico) foi uma pobre senhora, prima do Costa. O alienista disse-lhe confidencialmente que este digno homem não estava no perfeito equilíbrio das faculdades mentais, à vista do modo como dissipara os cabedais que...

– Isso, não! Isso, não! – interrompeu a boa senhora com energia. – Se ele gastou tão depressa o que recebeu, a culpa não é dele.

– Não?

– Não, senhor. Eu lhe digo como o negócio se passou. O defunto meu tio não era mau homem; mas quando estava furioso era capaz de nem tirar o chapéu ao Santíssimo. Ora, um dia, pouco tempo antes de morrer, descobriu que um escravo lhe roubara um boi; imagine como ficou. A cara era um pimentão; todo ele tremia, a boca escumava; lembra-me como se fosse hoje. Então um homem feio, cabeludo, em mangas de camisa, chegou-se a ele e pediu água. Meu tio (Deus lhe fale n'alma!) respondeu que fosse beber ao rio ou ao inferno. O homem olhou para ele, abriu a mão em ar de ameaça, e rogou-lhe esta praga: "Todo o seu dinheiro não há de durar mais de sete anos e um dia, tão certo como isto ser o *sino salamão*!" E mostrou o *sino salamão* impresso no braço. Foi isto, meu senhor; foi esta praga daquele maldito.

Bacamarte espetara na pobre senhora um par de olhos agudos como punhais. Quando ela acabou, estendeu-lhe a mão polidamente, como se o fizesse à própria esposa do vice-rei e convidou-a a ir falar ao primo. A mísera acreditou; ele levou-a à Casa Verde e encerrou-a na galeria dos alucinados.

A notícia desta aleivosia do ilustre Bacamarte lançou o terror à alma da população. Ninguém queira acabar de crer que, sem motivo, sem inimizade, o alienista trancasse na Casa Verde uma senhora perfeitamente ajuizada, que não tinha outro crime senão o de interceder por um infeliz.

Comentava-se o caso nas esquinas, nos barbeiros; edificou-se um romance, umas finezas namoradas que o alienista outrora dirigira à prima do Costa, a indignação do Costa e o desprezo da prima. E daí a vingança. Era claro. Mas a austeridade do alienista, a vida de estudos que ele levava, pareciam desmentir uma tal hipótese. Histórias! Tudo isso era naturalmente a capa do velhaco. E um dos mais crédulos chegou a murmurar que sabia de outras coisas, não as dizia, por não ter certeza plena, mas sabia, quase que podia jurar.

– Você, que é íntimo dele, não nos podia dizer o que há, o que houve, que motivo...

Crispim Soares derretia-se todo. Esse interrogar da gente inquieta e curiosa, dos amigos atônitos, era para ele uma consagração pública. Não havia duvidar; toda a povoação sabia enfim que o privado do alienista era ele, Crispim, o boticário, o colaborador do grande homem e das grandes coisas; daí a corrida à botica. Tudo isso dizia o carão jucundo e o riso discreto do boticário, o riso e o silêncio, porque ele não respondia nada; um, dois, três monossílabos, quando muito, soltos, secos, encapados no fiel sorriso, constante e miúdo, cheio de mistérios científicos, que ele não podia, sem desdouro nem perigo, desvendar a nenhuma pessoa humana.

"Há coisa", pensavam os mais desconfiados.

Um desses limitou-se a pensá-lo, deu de ombros e foi embora. Tinha negócios pessoais. Acabava de construir uma casa suntuosa. Só a casa bastava para deter e chamar toda a gente; mas havia mais – a mobília, que ele mandara vir da Hungria e da Holanda, segundo contava, e que se podia ver do lado de fora, porque as janelas viviam abertas – e o jardim, que era uma obra-prima de arte e de gosto. Esse homem, que enriquecera do fabrico de albardas, tinha tido sempre o sonho de uma casa magnífica, jardim pomposo, mobília rara. Não deixou o negócio das albardas, mas repousava dele na contemplação da casa nova, a primeira de Itaguaí, mais grandiosa do que a Casa Verde, mais nobre do que a da câmara. Entre a gente ilustre da povoação havia choro e ranger de dentes, quando se pensava ou se falava ou se louvava a casa do albardeiro – um simples albardeiro, Deus do céu!

– Lá está ele embasbacado – diziam os transeuntes, de manhã.

De manhã, com efeito, era costume do Mateus estatelar-se, no meio do jardim, com os olhos na casa, namorado, durante uma longa hora, até que vinham chamá-lo para almoçar. Os vizinhos, embora o cumprimentassem com certo respeito, riam-se por trás dele, que era um gosto.

Um desses chegou a dizer que o Mateus seria muito mais econômico, e estaria riquíssimo, se fabricasse as albardas para si mesmo; epigrama ininteligível, mas que fazia rir às bandeiras despregadas.

– Agora lá está o Mateus a ser contemplado – diziam à tarde.

A razão deste outro dito era que, de tarde, quando as famílias saíam a passeio (jantavam cedo) usava o Mateus postar-se à janela, bem no centro, vistoso, sobre um fundo escuro, trajado de branco, atitude senhoril, e assim ficava duas e três horas até que anoitecia de todo. Pode crer-se que a intenção do Mateus era ser admirado e invejado, posto que ele não a confessasse a nenhuma pessoa, nem ao boticário, nem ao padre Lopes, seus grandes amigos. E entretanto não foi outra a alegação do boticário, quando o alienista lhe disse que o albardeiro talvez padecesse do amor das pedras, mania que ele Bacamarte descobrira e estudava desde algum tempo. Aquilo de contemplar a casa...

– Não, senhor – acudiu vivamente Crispim Soares.

– Não?

– Há de perdoar-me; mas talvez não saiba que ele de manhã examina a obra, não a admira; de tarde, são os outros que o admiram a ela e à obra. – E contou o uso do albardeiro, todas as tardes, desde cedo até o cair da noite.

Uma volúpia científica alumiou os olhos de Simão Bacamarte. Ou ele não conhecia todos os costumes do albardeiro, ou nada mais quis, interrogando o Crispim, do que confirmar alguma notícia incerta ou suspeita vaga. A explicação satisfê-lo; mas como tinhas as alegrias próprias de um sábio, concentradas, nada viu c boticário que fizesse suspeitar uma intenção sinistra. Ao contrário, era de tarde, e o alienista pediu-lhe o braço para irem a passeio. Deus! Era a primeira vez que Simão Bacamarte dava ao seu privado tamanha honra; Crispim ficou trêmulo, atarantado, disse que sim, que estava pronto. Chegaram duas ou três pessoas de fora, Crispim mandou-as mentalmente a todos os diabos; não só atrasavam o passeio, como podia acontecer que Bacamarte elegesse alguma delas, para acompanhá-lo, e o dispensasse a ele. Que impaciência! Que aflição! Enfim, saíram. O alienista guiou para os lados da casa do albardeiro, viu-o à janela, passou cinco, seis vezes por diante, devagar, parando, examinando as atitudes, a expressão do rosto. O pobre Mateus, apenas notou que era objeto da curiosidade ou admiração do primeiro vulto de Itaguaí, redobrou de expressão, deu outro relevo às atitudes... Triste! Triste, não fez mais do que condenar-se; no dia seguinte, foi recolhido à Casa Verde.

– A Casa Verde é um cárcere privado – disse um médico sem clínica.

Nunca uma opinião pegou e grassou tão rapidamente. Cárcere privado: eis o que se repetia de norte a sul e de leste a oeste de Itaguaí – a medo, é verdade, porque durante a semana que se seguiu à captura do pobre Mateus, vinte e tantas pessoas, duas ou três de consideração, foram recolhidas à Casa Verde. O alienista dizia que só eram admitidos casos patológicos, mas pouca gente lhe dava crédito. Sucediam-se as versões populares. Vingança, cobiça de dinheiro, castigo de Deus, monomania do próprio médico, plano secreto do Rio de Janeiro com o fim de destruir em Itaguaí qualquer gérmen de prosperidade que viesse a brotar, arvorecer, florir, com desdouro e míngua daquela cidade, mil outras explicações, que não explicavam nada, tal era o produto diário da imaginação pública.

Nisto chegou do Rio de Janeiro a esposa do alienista, a tia, a mulher do Crispim Soares, e toda a mais comitiva – ou quase toda – que algumas semanas antes partira de Itaguaí. O alienista foi recebê-la, com o boticário, o padre Lopes, os vereadores, e vários outros magistrados. O momento em que D. Evarista pôs os olhos na pessoa do marido é considerado pelos cronistas do tempo como um dos mais sublimes da história moral dos homens, e isto pelo contraste das duas naturezas, ambas extremas, ambas egrégias. D. Evarista soltou um grito, balbuciou uma palavra e atirou-se ao consorte, de um gesto que não se pode melhor definir do que comparando-o a uma mistura de onça e rola. Não assim o ilustre bacamarte; frio como um diagnóstico, sem desengonçar por um instante a rigidez científica, estendeu os braços à dona, que caiu neles, e desmaiou. Curto incidente; ao cabo de dois minutos, D. Evarista recebia os cumprimentos dos amigos, e o préstito punha-se em marcha.

D. Evarista era a esperança de Itaguaí; contava-se com ela para minorar o flagelo da Casa Verde. Daí as aclamações públicas, a imensa gente que atulhava as ruas, as flâmulas, as flores e damascos às janelas. Com o braço apoiado no do padre Lopes – porque o eminente Bacamarte confiara a mulher ao vigário, e acompanhava-os a passo meditativo –, D. Evarista voltava a cabeça a um lado e outro, curiosa, inquieta, petulante. O vigário indagava do Rio de Janeiro, que ele não vira desde o vice-reinado anterior; e D. Evarista respondia, entusiasmada que era a coisa mais bela que podia haver no mundo. O Passeio Público estava acabado, um paraíso, onde ela fora muitas vezes, e a Rua das Belas Noites, o chafariz das Marrecas... Ah! o chafariz das Marrecas! Eram mesmo marrecas – feitas de metal e despejando água pela boca fora. Uma coisa galantíssima. O vigário dizia que sim, que o Rio de Janeiro devia estar agora muito mais bonito. Se já o era noutro tempo! Não admira, maior do que Itaguaí e de mais a mais sede do governo... Mas não se pode dizer que Itaguaí fosse feio; tinha belas casas, a casa do Mateus, a Casa Verde...

– A propósito de Casa Verde – disse o padre Lopes escorregando habilmente para o assunto da ocasião – a senhora vem achá-la muito cheia de gente.

– Sim?

– É verdade. Lá está o Mateus...

– O albardeiro?

– O albardeiro; está o Costa, a prima do Costa, e Fulano, e Sicrano e...

– Tudo isso doido?

– Ou quase doido – obtemperou o padre.

– Mas então?

O vigário derreou os cantos da boca, à maneira de quem não sabe nada, ou não quer dizer tudo; resposta vaga, que se não pode repetir a outra pessoa, por falta de texto. D. Evarista achou realmente extraordinário que toda aquela gente ensandecesse; um ou outro, vá; mas todos? Entretanto, custava-lhe duvidar; o marido era um sábio, não recolheria ninguém à Casa Verde sem prova evidente de loucura.

– Sem dúvida... sem dúvida... – ia pontuando o vigário.

Três horas depois, cerca de cinquenta convivas sentavam-se em volta da mesa de Simão Bacamarte; era o jantar das boas-vindas. D. Evarista foi o assunto obrigado dos brindes, discursos, versos de toda a casta, metáforas, amplificações, apólogos. Ela era a esposa do novo Hipócrates, a musa da ciência, anjo, divina, aurora, caridade, vida, consolação; trazia nos olhos duas estrelas, segundo a versão modesta de Crispim Soares, e dois sóis, no conceito de um vereador. O alienista ouvia essas coisas um tanto enfastiado, mas sem visível impaciência. Quando muito, dizia ao ouvido da mulher, que a retórica permitia tais arrojos sem significação. D. Evarista fazia esforços para aderir a esta opinião do marido; mas, ainda descontando três quartas partes das louvaminhas, ficava muito com que enfunar-lhe a alma. Um dos oradores, por exemplo, Martim Brito, rapaz de vinte e cinco anos, pintalegrete acabado, curtido de namoros e aventuras, declamou um discurso em que o nascimento de D. Evarista era explicado pelo mais singular dos reptos. "Deus", disse ele, "depois de dar ao universo o homem e a mulher, esse diamante e essa pérola da coroa divina (e o orador arrastava triunfalmente esta frase de uma ponta a outra da mesa), Deus quis vencer a Deus, e criou D. Evarista."

D. Evarista baixou os olhos com exemplar modéstia. Duas senhoras, achando a cortesanice excessiva e audaciosa, interrogaram os olhos do dono da casa; e, na verdade, o gesto do alienista pareceu-lhes nublado de suspeitas, de ameaças, e, provavelmente, de sangue. O atrevimento foi grande, pensaram as duas damas. E uma e outra pediam a Deus que removesse qualquer episódio trágico – ou que o adiasse, ao menos, para o dia seguinte. Sim, que o adiasse. Uma delas, a mais piedosa, chegou a admitir, consigo mesma, que D. Evarista não merecia nenhuma desconfiança, tão longe estava de ser atraente ou bonita. Uma simples água-morna. Verdade é que, se todos os gostos fossem iguais, o que seria do amarelo? E esta ideia fê-la tremer outra vez, embora menos; menos, porque o alienista sorria agora para o Martim Brito, e, levantados todos, foi ter com ele e falou-lhe do discurso. Não lhe negou que era um improviso brilhante, cheio de rasgos magníficos. Seria dele mesmo a ideia relativa ao nascimento de D. Evarista, ou tê-la-ia encontrado em algum autor que...? Não, senhor; era dele mesmo; achou-a naquela ocasião e parecera-lhe adequada a um arroubo oratório. De resto, suas ideias eram antes arrojadas do que ternas ou jocosas. Dava para o épico. Uma vez, por exemplo, compôs uma ode à queda do marquês de Pombal, em que dizia que esse ministro era o "dragão aspérrimo do Nada", esmagado pelas "garras vingadoras do todo"; e assim outras, mais ou menos fora do comum; gostava das ideias sublimes e raras, das imagens grandes e nobres...

– Pobre moço! – pensou o alienista. E continuou consigo: – Trata-se de um caso de lesão cerebral; fenômeno sem gravidade, mas digno de estudo...

D. Evarista ficou estupefata quando soube, três dias depois, que o Martim Brito fora alojado na Casa Verde. Um moço que tinha ideias tão bonitas! As duas senhoras atribuíram o ato a ciúmes do alienista. Não podia ser outra coisa; realmente a declaração do moço fora audaciosa demais.

Ciúmes? Mas como explicar que, logo em seguida, fossem recolhidos José Borges do Couto Leme, pessoa estimável, o Chico das Cambraias, folgazão emérito, o escrivão Fabrício e ainda outros? O terror acentuou-se. Não se sabia já quem estava são, nem quem estava doido. As mulheres, quando os maridos saíam, mandavam acender uma lamparina a Nossa Senhora; e nem todos os maridos eram valorosos, alguns não andavam fora sem um ou dois capangas. Positivamente o terror. Quem podia, emigrava. Um desses fugitivos, chegou a ser preso a duzentos passos da vila. Era um rapaz de trinta anos, amável, conversado, polido, tão polido que não cumprimentava alguém sem levar o chapéu ao chão; na rua, acontecia-lhe correr uma distância de dez a vinte braças para ir apertar a mão a um homem grave, a uma senhora, às vezes a um menino, como acontecera ao filho do juiz de fora. Tinha a vocação das cortesias. De resto, devia as boas relações da sociedade, não só aos dotes pessoais, que eram raros, como à nobre tenacidade com que nunca desanimava diante de uma, duas, quatro, seis recusas, caras feias, etc. O que acontecia era que, uma vez entrado numa casa, não a deixava mais, nem os da casa o deixavam a ele, tão gracioso era o Gil Bernardes. Pois o Gil Bernardes, apesar de se saber estimado, teve medo quando lhe disseram um dia que o alienista o trazia de olho; na madrugada seguinte fugiu da vila, mas foi logo apanhado e conduzido à Casa Verde.

– Devemos acabar com isto!

– Não pode continuar!

– Abaixo a tirania!

– Déspota! Violento! Golias!

Não eram gritos na rua, eram suspiros em casa, mas não tardava a hora dos gritos. O terror crescia; avizinhava-se a rebelião. A ideia de uma petição ao governo, para que Simão Bacamarte fosse capturado e deportado, andou por algumas cabeças, antes que o barbeiro Porfírio a expendesse na loja com grandes gestos de indignação. Note-se – e essa é uma das laudas mais puras desta sombria história –, note-se que o Porfírio, desde que a Casa Verde começara a povoar-se tão extraordinariamente, viu crescerem-lhe os lucros pela aplicação assídua de sanguessugas que dali lhe pediam; mas o interesse particular, dizia ele, deve ceder ao interesse público. E acrescentava: – é preciso derrubar o tirano! Note-se mais que ele soltou esse grito justamente no dia em que Simão Bacamarte fizera recolher à Casa Verde um homem que trazia com ele uma demanda, o Coelho.

– Não me dirão em que é que o Coelho é doido? – bradou o Porfírio.

E ninguém lhe respondia; todos repetiam que era um homem perfeitamente ajuizado. A mesma demanda que ele trazia com o barbeiro, acerca de uns chãos da vila, era filha da obscuridade de um alvará e não da cobiça ou ódio. Um excelente caráter o Coelho. Os únicos desafeiçoados que tinha eram alguns sujeitos que, dizendo-se taciturnos, ou alegando andar com pressa, mal o viam de longe dobravam as esquinas, entravam nas lojas, etc. Na verdade, ele amava a boa palestra, a palestra comprida, gostada a sorvos largos, e assim é que nunca estava só, preferindo os que sabiam dizer duas palavras, mas não desdenhando os outros. O padre Lopes, que cultivava o Dante, e era inimigo do Coelho, nunca o via desligar-se de uma pessoa que não declamasse e emendasse este trecho:

La bocca sollevò dal fiero pasto
Quel seccatore...

mas uns sabiam do ódio do padre, e outros pensavam que isto era uma oração em latim.

VI. A rebelião

Cerca de trinta pessoas ligaram-se ao barbeiro, redigiram e levaram uma representação à câmara. A câmara recusou aceitá-la, declarando que a Casa Verde era uma instituição pública, e que a ciência não podia ser emendada por votação administrativa, menos ainda por movimentos de rua.

– Voltai ao trabalho – concluiu o presidente –, é o conselho que vos damos.

A irritação dos agitadores foi enorme. O barbeiro declarou que iam dali levantar a bandeira da rebelião, e destruir a Casa Verde; que Itaguaí não podia continuar a servir de cadáver aos estudos e experiências de um déspota; que muitas pessoas estimáveis, algumas distintas, outras humildes mas dignas de apreço, jaziam nos cubículos da Casa Verde; que o despotismo científico do alienista complicava-se do espírito da ganância, visto que os loucos, ou supostos tais, não eram tratados de graça; as famílias, e em falta delas a câmara, pagavam ao alienista...

– É falso – interrompeu o presidente.

– Falso?

– Há cerca de duas semanas recebemos um ofício do ilustre médico, em que nos declara que, tratando de fazer experiências de alto valor psicológico, desiste do estipêndio votado pela câmara, bem como nada receberá das famílias dos enfermos

A notícia deste ato tão nobre, tão puro, suspendeu um pouco a alma dos rebeldes. Seguramente o alienista podia estar em erro, mas nenhum interesse alheio à ciência o instigava; e para demonstrar o erro era preciso alguma coisa mais do que arruaças e clamores. Isto disse o presidente, com aplauso de toda a câmara. O barbeiro, depois de alguns instantes de concentração, declarou que estava investido de um mandato público, e não restituiria a paz a Itaguaí antes de ver por terra a Casa Verde – "essa Bastilha da razão humana", expressão que ouvira a um poeta local, e que ele repetiu com muita ênfase. Disse, e a um sinal todos saíram com ele.

Imagine-se a situação dos vereadores; urgia obstar ao ajuntamento, à rebelião, à luta, ao sangue. Para acrescentar ao mal, um dos vereadores que apoiara o presidente, ouvindo agora a denominação dada pelo barbeiro à Casa Verde – "Bastilha da razão humana" –, achou-a tão elegante, que mudou de parecer. Disse que entendia de bom aviso decretar alguma medida que reduzisse a Casa Verde; e porque o presidente, indignado, manifestasse em termos enérgicos o seu pasmo, o vereador fez esta reflexão:

– Nada tenho que ver com a ciência; mas se tantos homens em quem supomos juízos são reclusos por dementes, quem nos afirma que o alienado não é o alienista?

Sebastião Freitas, o vereador dissidente, tinha o dom da palavra e falou ainda por algum tempo com prudência, mas com firmeza. Os colegas estavam atônitos; o presidente pediu-lhe que, ao menos, desse o exemplo da ordem e do respeito à lei, não aventasse as suas ideias na rua, para não dar corpo e alma à rebelião, que era por ora um turbilhão de átomos dispersos. Esta figura corrigiu um pouco o efeito da outra: Sebastião Freitas prometeu suspender qualquer ação, reservando-se o direito de pedir pelos meios legais a redução da Casa Verde. E repetia consigo, namorado:

– Bastilha da razão humana!

Entretanto, a arruaça crescia. Já não eram trinta, mas trezentas pessoas que acompanhavam o barbeiro, cuja alcunha familiar dever ser mencionada, porque ela deu nome à revolta; chamavam-lhe o Canjica – e o movimento ficou célebre com o nome de revolta dos Canjicas. A ação podia ser restrita – visto que muita gente, ou por medo, ou por hábitos de educação, não descia à rua –; mas o sentimento era unânime, ou quase unânime, e os trezentos que caminhavam para a Casa Verde – dada a diferença de Paris a Itaguaí – podiam ser comparados aos que tomaram a Bastilha.

D. Evarista teve notícia da rebelião antes que ela chegasse; veio dar-lha uma de suas crias. Ela provava nessa ocasião um vestido de seda – um dos trinta e sete que trouxera do Rio de Janeiro – e não quis crer.

– Há de ser alguma patuscada – dizia ela mudando a posição de um alfinete. – Benedita, vê se a barra está boa.

– Está, sinhá – respondia a mucama de cócoras no chão –, está boa. Sinhá vira um bocadinho. Assim. Está muito boa.

– Não é patuscada, não, senhora; eles estão gritando: "Morra o Dr. Bacamarte! O tirano!" – dizia o moleque assustado.

– Cala a boca, tolo! Benedita, olha aí do lado esquerdo; não parece que a costura está um pouco enviesada? A risca azul não segue até abaixo; está muito feio assim; é preciso descoser parar ficar igualzinho e...

– Morra o Dr. Bacamarte! Morra o tirano! – uivaram fora trezentas vozes. Era a rebelião que desembocava na Rua Nova.

D. Evarista ficou sem pinga de sangue. No primeiro instante não deu um passo, não fez um gesto; o terror petrificou-a. A mucama correu instintivamente para a porta do fundo. Quanto ao moleque, a quem D. Evarista não dera crédito, teve um instante de triunfo, um certo movimento súbito, imperceptível, entranhado, de satisfação moral, ao ver que a realidade vinha jurar por ele.

– Morra o alienista! – bradavam as vozes mais perto.

D. Evarista, se não resistia facilmente às comoções de prazer, sabia entestar com os momentos de perigo. Não desmaiou; correu à sala interior onde o marido estudava. Quando ela ali entrou, precipitada, o ilustre médico escrutava um texto de Averróis; os olhos dele, empanados pela cogitação, subiam do livro ao teto e baixavam do teto ao livro, cegos para a realidade exterior, videntes para os profundos trabalhos mentais. D. Evarista chamou pelo marido duas vezes, sem que ele lhe desse atenção; à terceira, ouviu e perguntou-lhe o que tinha, se estava doente.

– Você não ouve estes gritos? – perguntou a digna esposa em lágrimas.

O alienista atendeu então; os gritos aproximavam-se, terríveis, ameaçadores; ele compreendeu tudo. Levantou-se da cadeira de espaldar em que estava sentado, fechou o livro, e, a passo firme e tranquilo, foi depositá-lo na estante. Como a introdução do volume desconcertasse um pouco a linha dos dois tomos contíguos, Simão Bacamarte cuidou de corrigir esse defeito mínimo, e, aliás, interessante. Depois disse à mulher que se recolhesse, que não fizesse nada.

– Não, não – implorava a digna senhora –, quero morrer ao lado de você...

Simão Bacamarte teimou que não, que não era caso de morte; e ainda que o fosse, intimava-lhe em nome da vida que ficasse. A infeliz dama curvou a cabeça, obediente e chorosa.

– Abaixo a Casa Verde! – bradavam os Canjicas.

O alienista caminhou para a varanda da frente, e chegou ali no momento em que a rebelião também chegava e parava, defronte, com as suas trezentas cabeças rutilantes de civismo e sombrias de desespero. – Morra! morra! – bradaram de todos os lados, apenas o vulto do alienista assomou na varanda. Simão Bacamarte fez um sinal pedindo para falar; os revoltosos cobriram-lhe a voz com brados de indignação. Então, o barbeiro, agitando o chapéu, a fim de impor silêncio à turba, conseguiu aquietar os amigos, e declarou ao alienista que podia falar, mas acrescentou que não abusasse da paciência do povo como fizera até então.

– Direi pouco, ou até não direi nada, se for preciso. Desejo saber primeiro o que pedis.

– Não pedimos nada – replicou fremente o barbeiro –; ordenamos que a Casa Verde seja demolida, ou pelo menos despojada dos infelizes que lá estão.

– Não entendo

– Entendeis bem, tirano; queremos dar liberdade às vítimas do vosso ódio, capricho, ganância...

O alienista sorriu, mas o sorriso desse grande homem não era coisa visível aos olhos da multidão; era uma contração leve de dois ou três músculos, nada mais. Sorriu e respondeu:

– Meus senhores, a ciência é coisa séria, e merece ser tratada com seriedade. Não dou razão dos meus atos de alienista a ninguém, salvo aos mestres e a Deus. Se quereis emendar a administração da Casa Verde, estou pronto a ouvir-vos; mas se exigis que me negue a mim mesmo, não ganhareis nada. Poderia convidar alguns de vós, em comissão dos outros, a vir ver comigo os loucos reclusos; mas não o faço, porque seria dar-vos razão do meu sistema, o que não farei a leigos, nem a rebeldes.

Disse isto o alienista, e a multidão ficou atônita; era claro que não esperava tanta energia e menos ainda tamanha serenidade. Mas o assombro cresceu de ponto quando o alienista, cortejando a multidão com muita gravidade, deu-lhe as costas e retirou-se lentamente para dentro. O barbeiro tornou logo a si, e, agitando o chapéu, convidou os amigos à demolição da Casa Verde; poucas vozes e frouxas lhe responderam. Foi nesse momento decisivo que o barbeiro sentiu despontar em si a ambição do governo; pareceu-lhe então que, demolindo a Casa Verde, e derrocando a influência do alienista, chegaria a apoderar-se da câmara, dominar as demais autoridades e constituir-se senhor de Itaguaí. Desde alguns anos que ele forcejava por ver o seu nome incluído nos pelouros para o sorteio dos vereadores, mas era recusado por não ter nenhuma posição compatível com tão grande cargo. A ocasião era agora ou nunca. Demais, fora tão longe na arruaça que a derrota seria a prisão, ou talvez a forca, ou o degredo. Infelizmente, a resposta do alienista diminuíra o furor dos sequazes. O barbeiro, logo que o percebeu, sentiu um impulso de indignação, e quis bradar-lhe: "Canalhas! covardes!", mas conteve-se, e rompeu deste modo:

– Meus amigos, lutemos até o fim! A salvação de Itaguaí está nas vossas mãos dignas e heroicas. Destruamos o cárcere de vossos filhos e pais, de vossas mães e irmãs, de vossos parentes e amigos, e de vós mesmos. Ou morrereis a pão e água, talvez a chicote, na masmorra daquele indigno.

A multidão agitou-se, murmurou, bradou, ameaçou, congregou-se toda em derredor do barbeiro. Era a revolta que tornava a si da ligeira síncope, e ameaçava arrasar a Casa Verde.

– Vamos! – bradou Porfírio agitando o chapéu.

– Vamos! – repetiram todos.

Deteve-os um incidente: era um corpo de dragões que, a marche-marche, entrava na Rua Nova.

VI. O inesperado

Chegados os dragões em frente aos Canjicas, houve um instante de estupefação; os Canjicas não queriam crer que a força pública fosse mandada contra eles; mas o barbeiro compreendeu tudo e esperou. Os dragões pararam, o capitão intimou à multidão que se dispersasse; mas, conquanto uma parte dela estivesse inclinada a isso, a outra parte apoiou fortemente o barbeiro, cuja resposta consistiu nestes termos alevantados:

– Não nos dispersaremos. Se quereis os nossos cadáveres, podeis tomá-los; mas só os cadáveres; não levareis a nossa honra, o nosso crédito, os nossos direitos, e com eles a salvação de Itaguaí.

Nada mais imprudente do que essa resposta do barbeiro; e nada mais natural. Era a vertigem das grandes crises. Talvez fosse também um excesso de confiança na abstenção das armas por parte dos dragões; confiança que o capitão dissipou logo, mandando carregar sobre os Canjicas. O momento foi indescritível. A multidão urrou furiosa; alguns, trepando às janelas das casas, ou correndo pela rua fora, conseguiram escapar; mas a maioria ficou, bufando de cólera, indignada, animada pela exortação do barbeiro. A derrota dos Canjicas estava iminente, quando um terço dos dragões – qualquer que fosse o motivo, as crônicas não o declaram – passou subitamente para o lado da rebelião. Este inesperado reforço deu alma aos Canjicas, ao mesmo tempo que lançou desânimo às fileiras da legalidade. Os soldados fiéis não tiveram coragem de atacar os seus próprios camaradas, e, um a um, foram passando para eles, de modo que, ao cabo de alguns minutos, o aspecto das coisas era totalmente outro. O capitão estava de um lado, com alguma gente, contra uma massa compacta que o ameaçava de morte. Não teve remédio, declarou-se vencido e entregou a espada ao barbeiro.

A revolução triunfante não perdeu um só minuto; recolheu os feridos às casas próximas, e guiou para a câmara. Povo e tropa fraternizavam, davam vivas a el-rei, ao vice-rei, a Itaguaí, ao "ilustre Porfírio". Este ia na frente, empunhando tão destramente a espada, como se ela fosse apenas uma navalha um pouco mais comprida. A vitória cingia-lhe a fronte de um nimbo misterioso. A dignidade de governo começava a enrijar-lhe os quadris.

Os vereadores, às janelas, vendo a multidão e a tropa, cuidaram que a tropa capturara a multidão, e sem mais exame, entraram e votaram uma petição ao vice-rei para que se mandasse dar um mês de soldo aos dragões, "cujo denodo salvou Itaguaí do abismo a que o tinha lançado uma cáfila de rebeldes". Esta frase foi proposta por Sebastião Freitas, o vereador dissidente cuja defesa dos Canjicas tanto escandalizara os colegas. Mas bem depressa a ilusão se desfez. Os vivas ao barbeiro, os morras aos vereadores e ao alienista vieram dar-lhes notícia da triste realidade. O presidente não desanimou:

– Qualquer que seja a nossa sorte – disse ele –, lembremo-nos que estamos ao serviço de Sua Majestade e do povo.

– Sebastião Freitas insinuou que melhor se poderia servir à coroa e à vila saindo pelos fundos e indo conferenciar com o juiz de fora, mas toda a câmara rejeitou esse alvitre.

Daí a nada o barbeiro, acompanhado de alguns de seus tenentes, entrava na sala da vereança, e intimava à câmara a sua queda. A câmara não resistiu, entregou-se, e foi dali para a cadeia. Então os amigos do barbeiro propuseram-lhe que assumisse o governo da vila, em nome de Sua Majestade. Porfírio aceitou o encargo, embora não desconhecesse (acrescentou) os espinhos que trazia; disse mais que não podia dispensar o concurso dos amigos presentes; ao que eles prontamente anuíram. O barbeiro veio à janela, e comunicou ao povo essas resoluções, que o povo ratificou, aclamando o barbeiro. Este tomou a denominação de "Protetor da vila em nome de Sua Majestade e do povo". Expediram-se logo várias ordens importantes, comunicações oficiais do novo governo, uma exposição minuciosa ao vice-rei, com muitos protestos de obediência às ordens de Sua Majestade; finalmente, uma proclamação ao povo, curta, mas enérgica:

> Itaguaienses!
>
> Uma câmara corrupta e violenta conspirava contra os interesses de Sua Majestade e do povo. A opinião pública tinha-a condenado; um punhado de cidadãos, fortemente apoiados pelos bravos dragões de Sua Majestade, acaba de a dissolver ignominiosamente, e por unânime consenso da vila, foi-me confiado o mando supremo, até que Sua Majestade se sirva ordenar o que parecer melhor ao seu real serviço. Itaguaienses! não vos peço senão que me rodeeis de confiança, que me auxilieis em restaurar a paz e a fazenda pública, tão desbaratada pela câmara que ora findou às vossas mãos. Contai *com o meu sacrifício, e ficai certos de que a coroa será por nós.*
>
> O Protetor da vila em nome de Sua Majestade e do povo.
>
> PORFÍRIO CAETANO DAS NEVES

Toda a gente advertiu no absoluto silêncio desta proclamação acerca da Casa Verde; e, segundo uns, não podia haver mais vivo indício dos projetos tenebrosos do barbeiro. O perigo era tanto maior quanto que, no meio mesmo desses graves sucessos, o alienista metera na Casa Verde umas sete ou oito pessoas, entre elas duas senhoras, sendo um dos homens aparentado com o Protetor. Não era um repto, um ato intencional; mas todos o interpretaram dessa maneira, e a vila respirou com a esperança de que o alienista dentro de vinte e quatro horas estaria a ferros, e destruído o terrível cárcere.

O dia acabou alegremente. Enquanto o arauto da matraca ia recitando de esquina em esquina a proclamação, o povo espalhava-se nas ruas e jurava morrer em defesa do ilustre Porfírio. Poucos gritos contra a Casa Verde, prova de confiança na ação do governo. O barbeiro fez expedir um ato declarando feriado aquele dia, e entabulou negociações com o vigário para a celebração de um *Te-Deum*, tão convincente era aos olhos dele a conjunção do poder temporal com o espiritual; mas o padre Lopes recusou abertamente o seu concurso.

– Em todo o caso, Vossa Reverendíssima não se alistará entre os inimigos do governo? – disse-lhe o barbeiro, dando à fisionomia um aspecto tenebroso.

Ao que o padre Lopes respondeu, sem responder:

– Como alistar-me, se o novo governo não tem inimigos?

O barbeiro sorriu; era a pura verdade. Salvo o capitão, os vereadores e os principais da vila, toda a gente o aclamava. Os mesmos principais, se o não aclamavam, não tinham saído contra ele. Nenhum dos almotacés deixou de vir receber as suas ordens. No geral, as famílias abençoavam o nome daquele que ia enfim libertar Itaguaí da Casa Verde e do terrível Simão Bacamarte.

VII. As angústias do boticário

Vinte e quatro horas depois dos sucessos narrados no capítulo anterior, o barbeiro saiu do palácio do governo – foi a denominação dada à casa da câmara – com dois ajudantes de ordens, e dirigiu-se à residência de Simão Bacamarte. Não ignorava ele que era mais decoroso ao governo mandá-lo chamar; o receio, porém, de que o alienista não obedecesse, obrigou-o a parecer tolerante e moderado.

Não descrevo o terror do boticário ao ouvir dizer que o barbeiro ia à casa do alienista. "Vai prendê-lo", pensou ele. E redobraram-lhe as angústias. Com efeito, a tortura moral do boticário naqueles dias de revolução excede a toda a descrição possível. Nunca um homem se achou em mais apertado lance: privança do alienista chamava-o ao lado deste, a vitória do barbeiro atraía-o ao barbeiro. Já a simples notícia de sublevação tinha-lhe sacudido fortemente a alma, porque ele sabia a unanimidade do ódio ao alienista; mas a vitória final foi também o golpe final. A esposa, senhora máscula, amiga particular de D. Evarista, dizia que o lugar dele era ao lado de Simão Bacamarte; ao passo que o coração lhe bradava que não, que a causa do alienista estava perdida, e que ninguém, por ato próprio, se amarra a um cadáver. "Fê-lo Catão, é verdade, *sed victa Catoni*", pensava ele, relembrando algumas palestras habituais do padre Lopes; "mas Catão não se atou a uma causa vencida, ele era a própria causa vencida, a causa da república; o seu ato, portanto, foi de egoísta, de um miserável egoísta; minha situação é outra". Insistindo, porém, a mulher, não achou Crispim Soares outra saída em tal crise senão adoecer; declarou-se doente e meteu-se na cama.

– Lá vai o Porfírio à casa do Dr. Bacamarte – disse-lhe a mulher no dia seguinte à cabeceira da cama –; vai acompanhado de gente.

– Vai prendê-lo – pensou o boticário.

Uma ideia traz outra; o boticário imaginou que, uma vez preso o alienista, viriam também buscá-lo a ele, na qualidade de cúmplice. Esta ideia foi o melhor dos vesicatórios. Crispim Soares ergueu-se, disse que estava bom, que ia sair; e apesar de todos os esforços e protestos da consorte, vestiu-se e saiu. Os velhos cronistas são unânimes em dizer que a certeza de que o marido ia colocar-se nobremente ao lado do alienista consolou grandemente a esposa do boticário; e notam, com muita perspicácia, o imenso poder moral de uma ilusão; porquanto, o boticário caminhou resolutamente ao palácio do governo, não à casa do alienista. Ali chegando, mostrou-se admirado de não ver o barbeiro, a quem ia apresentar os seus protestos de adesão, não o tendo feito desde a véspera por enfermo. E tossia com algum custo. Os altos funcionários que lhe ouviam esta declaração, sabedores da intimidade do boticário com o alienista, compreenderam toda a importância da adesão nova, e trataram a Crispim Soares com apurado carinho; afirmaram-lhe que o barbeiro não tardava; Sua Senhoria tinha ido à Casa Verde, a negócio importante, mas não tardava. Deram-lhe cadeira, refrescos, elogios; disseram-lhe que a causa do ilustre Porfírio era a de todos os patriotas; ao que o boticário ia repetindo que sim, que nunca pensara noutra coisa, que isso mesmo mandaria declarar a Sua Majestade.

IX. Dois lindos casos

Não se demorou o alienista em receber o barbeiro; declarou-lhe que não tinha meios de resistir, e portanto estava prestes a obedecer. Só uma coisa pedia, é que o não constrangesse a assistir pessoalmente à destruição da Casa Verde.

– Engana-se, Vossa Senhoria – disse o barbeiro depois de alguma pausa –, engana-se em atribuir ao governo intenções vandálicas. Com razão ou sem ela, a opinião crê que a maior parte dos doidos ali metidos estão em seu perfeito juízo, mas o governo reconhece que a questão é puramente científica, e não cogita em resolver com posturas as questões científicas. Demais, a Casa Verde é uma instituição pública; tal a aceitamos das mãos da câmara dissolvida. Há, entretanto, por força que há de haver, um alvitre intermédio que restitua o sossego ao espírito público.

O alienista mal podia dissimular o assombro; confessou que esperava outra coisa, o arrasamento do hospício, a prisão dele, o desterro, tudo, menos...

– O pasmo de Vossa Senhoria – atalhou gravemente o barbeiro –, vem de não atender à grave responsabilidade do governo. O povo, tomado de uma cega piedade, que lhe dá em tal caso legítima indignação, pode exigir do governo certa ordem de atos; mas este, com a responsabilidade que lhe incumbe, não os deve praticar, ao menos integralmente, e tal é a nossa situação. A generosa revolução que ontem derrubou uma câmara vilipendiada e corrupta, pediu em altos brados o arrasamento da Casa Verde; mas pode entrar no ânimo do governo eliminar a loucura? Não. E se o governo não a pode eliminar, está ao menos apto para discriminá-la, reconhecê-la? Também não; é matéria de ciência. Logo, em assunto tão melindroso, o governo não pode, não deve, não quer dispensar o concurso de Vossa Senhoria. O que lhe pede é que de certa maneira demos alguma satisfação ao povo. Unamo-nos, e o povo saberá obedecer. Um dos alvitres aceitáveis, se Vossa Senhoria não indicar outro, seria fazer retirar da Casa Verde aqueles enfermos que estiverem quase curados e bem assim os maníacos de pouca monta, etc. Desse modo, sem grande perigo, mostraremos alguma tolerância e benignidade.

– Quantos mortos e feridos houve ontem no conflito? – perguntou Simão Bacamarte depois de uns três minutos.

O barbeiro ficou espantado da pergunta, mas respondeu logo que onze mortos e vinte e cinco feridos.

– Onze mortos e vinte e cinco feridos! – repetiu duas ou três vezes o alienista.

E em seguida declarou que o alvitre lhe não parecia bom, mas que ele ia catar algum outro, e dentro de poucos dias lhe daria respostas. E fez-lhe várias perguntas acerca dos sucessos da véspera, ataque, defesa, adesão dos dragões, resistência da câmara, etc., ao que o barbeiro ia respondendo com grande abundância, insistindo principalmente no descrédito em que a câmara caíra. O barbeiro confessou que o novo governo não tinha ainda por si a confiança dos principais da vila, mas o alienista podia fazer muito nesse ponto. O governo, concluiu o barbeiro, folgaria se pudesse contar não já com a simpatia, senão com a benevolência do mais alto espírito de Itaguaí, e seguramente do reino. Mas nada disso alterava a nobre e austera fisionomia daquele grande homem, que ouvia calado, sem desvanecimento nem modéstia, mas impassível como um deus de pedra.

– Onze mortos e vinte e cinco feridos – repetiu o alienista depois de acompanhar o barbeiro até a porta. – Eis aí dois lindos casos de doença cerebral. Os sintomas de duplicidade e descaramento desse barbeiro são positivos. Quanto à toleima dos que o aclamaram não é preciso outra prova além dos onze mortos e vinte e cinco feridos. Dois lindos casos!

– Viva o ilustre Porfírio! – bradaram umas trinta pessoas que aguardavam o barbeiro à porta.

O alienista espiou pela janela, e ainda ouviu este resto de pequena fala do barbeiro às trinta pessoas que o aclamavam:

– ...porque eu velo, podeis estar certos disso, eu velo pela execução das vontades do povo. Confiai em mim; e tudo se fará pela melhor maneira. Só vos recomendo ordem. A ordem, meus amigos, é a base do governo...

– Viva o ilustre Porfírio! – bradaram as trinta vozes, agitando seus chapéus.

– Dois lindos casos! – murmurou o alienista.

X. A restauração

Dentro de cinco dias, o alienista meteu na Casa Verde cerca de cinquenta aclamadores do novo governo. O povo indignou-se. O governo, atarantado, não sabia reagir. João Pina, outro barbeiro, dizia abertamente nas ruas, que o Porfírio estava "vendido ao ouro de Simão Bacamarte", frase que congregou em torno de João Pina a gente mais resoluta da vila. Porfírio, vendo o antigo rival da navalha à testa da insurreição, compreendeu que a sua perda era irremediável, se não desse um grande golpe; expediu dois decretos, um abolindo a Casa Verde, outro desterrando o alienista. João Pina mostrou claramente, com grandes frases, que o ato de Porfírio era um simples aparato, um engodo, em que o povo não devia crer. Duas horas depois caía Porfírio ignominiosamente e João Pina assumia a difícil tarefa do governo. Como achasse nas gavetas as minutas da proclamação, da exposição ao vice-rei e de outros atos inaugurais do governo anterior, deu-se pressa em os fazer copiar e expedir; acrescentam os cronistas, e aliás subentende-se, que ele lhes mudou os nomes, e onde outro barbeiro falara de uma câmara corrupta, falou este de "um intruso eivado das más doutrinas francesas e contrário aos sacrossantos interesses de Sua Majestade", etc.

Nisto entrou na vila uma força mandada pelo vice-rei, e restabeleceu a ordem. O alienista exigiu desde logo a entrega do barbeiro Porfírio, e bem assim a de uns cinquenta e tantos indivíduos, que declarou mentecaptos; e não só lhe deram esses, como afiançaram entregar-lhe mais dezenove sequazes do barbeiro, que convalesciam das feridas apanhadas na primeira rebelião.

Este ponto da crise de Itaguaí marca também o grau máximo da influência de Simão Bacamarte. Tudo quanto quis, deu-se-lhe; e uma das mais vivas provas do poder do ilustre médico achamo-la na prontidão com que os vereadores, restituídos a seus lugares, consentiram em que Sebastião Freitas também fosse recolhido ao hospício. O alienista, sabendo da extraordinária inconsistência das opiniões desse vereador, entendeu que era um caso patológico, e pediu-o. A mesma coisa aconteceu ao boticário. O alienista, desde que lhe falaram da momentânea adesão de Crispim Soares à rebelião dos Canjicas, comparou-a à aprovação que sempre recebera dele, ainda na véspera, e mandou capturá-lo. Crispim Soares não negou o fato, mas explicou-o dizendo que cedera a um movimento de terror, ao ver a rebelião triunfante, e deu como prova a ausência de nenhum outro ato seu, acrescentando que voltara logo à cama, doente. Simão Bacamarte não o contrariou; disse, porém, aos circunstantes que o terror também é pai da loucura, e que o caso de Crispim Soares lhe parecia dos mais caracterizados.

Mas a prova mais evidente da influência de Simão Bacamarte foi a docilidade com que a câmara lhe entregou o próprio presidente. Este digno magistrado tinha declarado, em plena sessão, que não se contentava, para lavá-lo da afronta dos Canjicas, com menos de trinta almudes de sangue; palavra que chegou aos ouvidos do alienista por boca do secretário da câmara, entusiasmado de tamanha energia. Simão Bacamarte começou por meter o secretário na Casa Verde, e foi dali à câmara, à qual declarou que o presidente estava padecendo da "demência dos touros", um gênero que ele pretendia estudar, com grande vantagem para os povos. A câmara a princípio hesitou, mas acabou cedendo.

Daí em diante foi uma coleta desenfreada. Um homem não podia dar nascença ou curso à mais simples mentira do mundo, ainda daquelas que aproveitam ao inventor ou divulgador, que não fosse logo metido na Casa Verde. Tudo era loucura. Os cultores de enigmas, os fabricantes de charadas, de anagramas, os maldizentes, os curiosos da vida alheia, os que põem todo o seu cuidado na tafularia, um ou outro almotacé enfunado, ninguém escapava aos emissários do alienista. Ele respeitava as namoradas e não poupava as namoradeiras, dizendo que as primeiras cediam a um impulso natural e as segundas a um vício. Se um homem era avaro ou pródigo, ia do mesmo modo para a Casa Verde; daí a alegação de que não havia regra para a completa sanidade mental. Alguns cronistas creem que Simão Bacamarte nem sempre procedia com lisura, e citam em abono da afirmação (que não sei se pode ser aceita) o fato de ter alcançado da câmara uma postura autorizando o uso de um anel de prata no dedo polegar da mão esquerda, a toda a pessoa que, sem outra prova documental ou tradicional, declarasse ter nas veias duas ou três onças de sangue godo. Dizem esses cronistas que o fim secreto da insinuação à câmara foi enriquecer um ourives, amigo e compadre dele; mas, conquanto seja certo que o ourives viu prosperar o negócio depois da nova ordenação municipal, não o é menos que essa postura deu à Casa Verde uma multidão de inquilinos; pelo que, não se pode definir, sem temeridade, o verdadeiro fim do ilustre médico. Quanto à razão determinativa da captura e aposentação na Casa Verde de todos quantos usaram do anel, é um dos pontos mais obscuros da história de Itaguaí; a opinião mais verossímil é que eles foram recolhidos por andarem a gesticular, à toa, nas ruas, em casa, na igreja. Ninguém ignora que os doidos gesticulam muito. Em todo caso, é uma simples conjectura; de positivo nada há.

– Onde é que este homem vai parar? – diziam os principais da terra. Ah! Se nós tivéssemos apoiado os Canjicas...

Um dia de manhã – dia em que a Câmara devia dar um grande baile –, a vila inteira ficou abalada com a notícia de que a própria esposa do alienista fora metida na Casa Verde. Ninguém acreditou; devia ser invenção de algum gaiato. E não era: era verdade pura. D. Evarista fora recolhida às duas horas da noite. O padre Lopes correu ao alienista e interrogou-o discretamente acerca do fato.

– Já há algum tempo que eu desconfiava – disse gravemente o marido. – A modéstia com que ela vivera em ambos os matrimônios não podia conciliar-se com o furor das sedas, veludos, rendas e pedras preciosas que manifestou logo que voltou do Rio de Janeiro. Desde então comecei a observá-la. Suas conversas eram todas sobre esses objetos; se eu lhe falava das antigas cortes, inquiria logo da forma dos vestidos das damas; se uma senhora a visitava, na minha ausência, antes de me dizer o objeto da visita, descrevia-me o trajo, aprovando umas coisas e censurando outras. Um dia, creio que Vossa Reverendíssima há de lembrar-se, propôs-se a fazer anualmente um vestido para a imagem de Nossa Senhora da matriz. Tudo isso eram sintomas graves; esta noite, porém, declarou-se a total demência. Tinha escolhido, preparado, enfeitado o vestuário que levaria ao baile da câmara municipal; só hesitava entre um colar de granada e outro de safira. Anteontem perguntou-me qual deles levaria; respondi-lhe que um ou outro lhe ficava bem. Ontem repetiu a pergunta, ao almoço; pouco depois de jantar fui achá-la calada e pensativa. – Que tem? – perguntei-lhe. – Queria levar o colar de granada, mas acho o de safira tão bonito! – Pois leve o de safira. – Ah! Mas onde fica o de granada? – Enfim, passou a tarde sem novidade. Ceamos, e deitamo-nos. Alta noite, seria hora e meia, acordo e não a vejo; levanto-me, vou ao quarto de vestir, acho-a diante dos dois colares, ensaiando-os ao espelho, ora um, ora outro. Era evidente a demência: recolhi-a logo.

O padre Lopes não se satisfez com a resposta, mas não objetou nada. O alienista, porém, percebeu e explicou-lhe que o caso de D. Evarista era de "mania sumptuária", não incurável, e em todo caso digno de estudo.

– Conto pô-la boa dentro de seis semanas – concluiu ele.

A abnegação do ilustre médico deu-lhe grande realce. Conjecturas, invenções, desconfianças, tudo caiu por terra desde que ele não duvidou recolher à Casa Verde a própria mulher, a quem amava com todas as forças da alma. Ninguém mais tinha o direito de resistir-lhe, menos ainda o de atribuir-lhe intuitos alheios à ciência.

Era um grande homem austero, Hipócrates forrado de Catão.

XI. O assombro de Itaguaí

E agora prepare-se o leitor para o mesmo assombro em que ficou a vila ao saber que um dia os loucos da Casa Verde iam todos ser postos na rua.

– Todos?

– Todos.

– É impossível; alguns sim, mas todos...

– Todos. Assim o disse ele no ofício que mandou hoje de manhã à câmara.

De fato o alienista oficiara à câmara expondo: – 1º, que verificara das estatísticas da vila e da Casa Verde, que quatro quintos da população estavam aposentados naquele estabelecimento; 2º, que esta deslocação da população levara-o a examinar os fundamentos da sua teoria das moléstias cerebrais, teoria que excluía do domínio da razão todos os casos em que o equilíbrio das faculdades não fosse perfeito e absoluto; 3º, que desse exame e do fato estatístico resultara para ele a convicção de que a verdadeira doutrina não era aquela, mas a oposta, e portanto que se devia admitir como normal e exemplar o desequilíbrio das faculdades, e como hipóteses patológicas todos os casos em que aquele equilíbrio fosse ininterrupto; 4º, que, à vista disso, declarava à câmara que ia dar liberdade aos reclusos da Casa Verde e agasalhar nela as pessoas que se achassem nas condições agora expostas; 5º, que, tratando de descobrir a verdade científica, não se pouparia a esforços de toda a natureza, esperando da câmara igual dedicação; 6º, que restituía à câmara e aos particulares a soma do estipêndio recebido para alojamento dos supostos loucos, descontada a parte efetivamente gasta com a alimentação, roupa, etc.; o que a câmara mandaria verificar nos livros e arcas da Casa Verde.

O assombro de Itaguaí foi grande; não foi menor a alegria dos parentes e amigos dos reclusos. Jantares, danças, luminárias, músicas, tudo houve para celebrar tão fausto acontecimento. Não descrevo as festas por não interessarem ao nosso propósito; mas foram esplêndidas, tocantes e prolongadas.

E vão assim as coisas humanas! No meio de regozijo produzido pelo ofício de Simão Bacamarte, ninguém advertia na frase final do §4º, uma frase cheia de experiências futuras.

XII. O FINAL DO §4º

Apagaram-se as luminárias, reconstituíram-se as famílias, tudo parecia reposto nos antigos eixos. Reinava a ordem, a câmara exercia outra vez o governo, sem nenhuma pressão externa; o próprio presidente e o vereador Freitas tornaram aos seus lugares. O barbeiro Porfírio, ensinado pelos acontecimentos, tendo "provado tudo", como o poeta disse de Napoleão, e mais alguma coisa, porque Napoleão não provou a Casa Verde, o barbeiro achou preferível a glória obscura da navalha e da tesoura às calamidades brilhantes do poder; foi, é certo, processado; mas a população da vila implorou a clemência de Sua Majestade; daí o perdão. João Pina foi absolvido, atendendo-se a que ele derrocara um rebelde. Os cronistas pensam que deste fato é que nasceu o nosso adágio: ladrão que furta a ladrão, tem cem anos de perdão; adágio imoral, é verdade, mas grandemente útil.

Não só findaram as queixas contra o alienista, mas até nenhum ressentimento ficou dos atos que ele praticara; acrescendo que os reclusos da Casa Verde, desde que ele os declarara plenamente ajuizados, sentiram-se tomados de profundo reconhecimento e férvido entusiasmo. Muitos entenderam que o alienista merecia uma especial manifestação e deram-lhe um baile, ao qual se seguiram outros bailes e jantares. Dizem as crônicas que D. Evarista a princípio tivera ideia de separar-se do consorte, mas a dor de perder a companhia de tão grande homem venceu qualquer ressentimento de amor-próprio, e o casal veio a ser ainda mais feliz do que antes.

Não menos íntima ficou a amizade do alienista e do boticário. Este concluiu do ofício de Simão Bacamarte que a prudência é a primeira das virtudes em tempos de revolução, e apreciou muito a magnanimidade do alienista que, ao dar-lhe a liberdade, estendeu-lhe a mão de amigo velho.

– É um grande homem – disse ele à mulher, referindo aquela circunstância.

Não é preciso falar do albardeiro, do Costa, do Coelho, do Martim Brito e outros, especialmente nomeados neste escrito; basta dizer que puderam exercer livremente os seus hábitos anteriores. O próprio Martim Brito, recluso por um discurso em que louvara enfaticamente D. Evarista, fez agora outro em honra do insigne médico – "cujo altíssimo gênio, elevando as asas muito acima do sol, deixou abaixo de si todos os demais espíritos da terra".

– Agradeço as suas palavras – retorquiu-lhe o alienista – e ainda não me arrependo de o haver restituído à liberdade.

Entretanto, a câmara, que respondera ao ofício de Simão Bacamarte, com a ressalva de que oportunamente estatuiria em relação ao final do §4º, tratou enfim de legislar sobre ele. Foi adotada, sem debate, uma postura, autorizando o alienista a agasalhar na Casa Verde as pessoas que se achassem no gozo do perfeito equilíbrio das faculdades mentais. E porque a experiência da câmara tivesse sido dolorosa, estabeleceu ela a cláusula de que a autorização era provisória, limitada a um ano, para o fim de ser experimentada a nova teoria psicológica, podendo a câmara, antes mesmo daquele prazo mandar fechar a Casa Verde, se a isso fosse aconselhada por motivos de ordem pública. O vereador Freitas propôs também a declaração de que em nenhum caso fossem os vereadores recolhidos ao asilo dos alienados: cláusula que foi aceita, votada e incluída na postura apesar das reclamações do vereador Galvão. O argumento principal deste magistrado é que a câmara, legislando sobre uma experiência científica, não podia excluir as pessoas de seus membros das consequências da lei; a exceção era odiosa e ridícula. Mal proferira estas duras palavras, romperam os vereadores em altos brados contra a audácia e insensatez do colega; este, porém, ouviu-os e limitou-se a dizer que votava contra a exceção.

– A vereança – concluiu ele – não nos dá nenhum poder especial nem nos elimina do espírito humano.

Simão Bacamarte aceitou a postura com todas as restrições. Quanto à exclusão dos vereadores, declarou que teria profundo sentimento se fosse compelido a recolhê-los à Casa Verde; a cláusula porém, era a melhor prova de que eles não padeciam do perfeito equilíbrio das faculdades mentais. Não acontecia o mesmo ao vereador Galvão, cujo acerto na objeção feita, e cuja moderação na resposta dada às invectivas dos colegas mostravam da parte dele um cérebro bem-organizado; pelo que rogava à câmara que lho entregasse. A câmara, sentindo-se ainda agravada pelo proceder do vereador Galvão, estimou o pedido do alienista, e votou unanimemente a entrega.

Compreende-se que, pela teoria nova, não bastava um fato ou um dito para recolher alguém à Casa Verde; era preciso um longo exame, um vasto inquérito do passado e do presente. O padre Lopes, por exemplo, só foi capturado trinta dias depois da postura, a mulher do boticário quarenta dias. A reclusão desta senhora encheu o consorte de indignação.

Crispim Soares saiu de casa espumando de cólera e declarando às pessoas a quem encontrava que ia arrancar as orelhas ao tirano. Um sujeito, adversário do alienista, ouvindo na rua essa notícia, esqueceu os motivos da dissidência, e correu à casa de Simão Bacamarte a participar-lhe o perigo que corria. Simão Bacamarte mostrou-se grato ao procedimento do adversário, e poucos minutos lhe bastaram para conhecer a retidão dos seus sentimentos, a boa-fé, o respeito humano, a generosidade; apertou-lhe muito as mãos, e recolheu-o à Casa Verde.

– Um caso destes é raro – disse ele à mulher pasmada. – Agora esperemos o nosso Crispim.

Crispim Soares entrou. A dor vencera a raiva, o boticário não arrancou as orelhas ao alienista. Este consolou o seu privado, assegurando-lhe que não era caso perdido; talvez a mulher tivesse alguma lesão cerebral; ia examiná-la com muita atenção; mas antes disso não podia deixá-la na rua. E, parecendo-lhe vantajoso reuni-los, porque a astúcia e velhacaria do marido poderiam de certo modo curar a beleza moral que ele descobrira na esposa, disse Simão Bacamarte:

– O senhor trabalhará durante o dia na botica, mas almoçará e jantará com sua mulher, e cá passará as noites, e os domingos e dias santos.

A proposta colocou o pobre boticário na situação de asno de Buridan. Queria viver com a mulher, mas temia voltar à Casa Verde; e nessa luta esteve algum tempo, até que D. Evarista o tirou da dificuldade, prometendo que se incumbiria de ver a amiga e transmitir os recados de um para outro. Crispim Soares beijou-lhe as mãos agradecido. Este último rasgo de egoísmo pusilânime pareceu sublime ao alienista.

Ao cabo de cinco meses estavam alojadas umas dezoitos pessoas; mas Simão Bacamarte não afrouxava; ia de rua em rua, de casa em casa, espreitando, interrogando, estudando; e quando colhia um enfermo, levava-o com a mesma alegria com que outrora os arrebanhava às dúzias. Essa mesma desproporção confirmava a teoria nova; achara-se enfim a verdadeira patologia cerebral. Um dia, conseguiu meter na Casa Verde o juiz de fora; mas procedia com tanto escrúpulo, que o não fez senão depois de estudar minuciosamente todos os seus atos, e interrogar os principais da vila. Mas de uma vez esteve prestes a recolher pessoas perfeitamente desequilibradas; foi o que se deu com um advogado, em quem reconheceu um tal conjunto de qualidades morais e mentais, que era perigoso deixá-lo na rua. Mandou prendê-lo; mas o agente, desconfiado, pediu-lhe para fazer uma experiência; foi ter com um compadre, demandado por um testamento falso, e deu-lhe de conselho que tomasse por advogado o Salustiano; era o nome da pessoa em questão.

– Então, parece-lhe...?

– Sem dúvida: vá, confesse tudo, a verdade inteira, seja qual for, e confie-lhe a causa.

O homem foi ter com o advogado, confessou ter falsificado o testamento, e acabou pedindo que lhe tomasse a causa. Não se negou o advogado, estudou os papéis, arrazoou longamente, e provou a todas as luzes que o testamento era mais que verdadeiro. A inocência do réu foi solenemente proclamada pelo juiz, e a herança passou-lhe às mãos. O distinto jurisconsulto deveu a esta experiência a liberdade. Mas nada escapa a um espírito original e penetrante. Simão Bacamarte, que desde algum tempo notava o zelo, a sagacidade, a paciência, a moderação daquele agente, reconheceu a habilidade e o tino com que ele levara a cabo uma experiência tão melindrosa e complicada, e determinou recolhê-lo imediatamente à Casa Verde: deu-lhe, todavia, um dos melhores cubículos.

Os alienados foram alojados por classes. Fez-se uma galeria de modestos, isto é, os loucos em quem predominava esta perfeição moral; outra de tolerantes, outra de verídicos, outra de símplices, outra de leais, outra de magnânimos, outra de sagazes, outra de sinceros, etc. Naturalmente, as famílias e os amigos dos reclusos bradavam contra a teoria; e alguns tentaram compelir a câmara a cassar a licença. A câmara, porém, não esquecera a linguagem do vereador Galvão, e se cassasse a licença, vê-lo-ia na rua, e restituído ao lugar; pelo que, recusou. Simão Bacamarte oficiou aos vereadores, não agradecendo, mas felicitando-os por esse ato de vingança pessoal.

Desenganados da legalidade, alguns principais da vila recorreram secretamente ao barbeiro Porfírio e afiançaram-lhe todo o apoio de gente, dinheiro e influência na corte, se ele se pusesse à testa de outro movimento contra a câmara e o alienista. O barbeiro respondeu-lhe que não; que a ambição o levara da primeira vez a transgredir as leis, mas que ele se emendara, reconhecendo o erro próprio e a pouca consistência da opinião dos seus mesmos sequazes; que a câmara entendera autorizar a nova experiência do alienista, por um ano: cumpria, ou esperar o fim do prazo, ou requerer ao vice-rei, caso a mesma câmara rejeitasse o pedido. Jamais aconselharia o emprego de um recurso que ele viu falhar em suas mãos, e isso a troco de mortes e ferimentos que seriam o seu eterno remorso.

– O que é que está me dizendo? – perguntou o alienista quando um agente secreto lhe contou a conversação do barbeiro com os principais da vila.

Dois dias depois o barbeiro era recolhido à Casa Verde. – Preso por ter cão, preso por não ter cão! – exclamou o infeliz.

Chegou o fim do prazo, a câmara autorizou um prazo suplementar de seis meses para ensaio dos meios terapêuticos. O desfecho deste episódio da crônica itaguaiense é de tal ordem, e tão inesperado, que merecia nada menos de dez capítulos de exposição; mas contento-me com um, que será o remate da narrativa, e um dos mais belos exemplos de convicção científica e abnegação humana.

XIII. Plus ultra!

Era a vez da terapêutica. Simão Bacamarte, ativo e sagaz em descobrir enfermos, excedeu-se ainda na diligência e penetração com que principiou a tratá-los. Neste ponto todos os cronistas estão de pleno acordo: o ilustre alienista fez curas pasmosas, que excitaram a mais viva admiração em Itaguaí.

Com efeito, era difícil imaginar mais racional sistema terapêutico. Estando os loucos divididos por classes, segundo a perfeição moral que em cada um deles excedia às outras, Simão Bacamarte cuidou de atacar de frente a qualidade predominante. Suponhamos um modesto. Ele aplicava a medicação que pudesse incutir-lhe o sentimento oposto; e não ia logo às doses máximas – graduava-as, conforme o estado, a idade, o temperamento, a posição social do enfermo. Às vezes bastava uma casaca, uma fita, uma cabeleira, uma bengala para restituir a razão ao alienado; em outros casos a moléstia era mais rebelde; recorria então aos anéis de brilhantes, às distinções honoríficas, etc. Houve um doente, poeta, que resistiu a tudo. Simão Bacamarte começava a desesperar da cura, quando teve ideia de mandar correr matraca, para o fim de o apregoar como um rival de Garção e de Píndaro.

– Foi um santo remédio – contava a mãe do infeliz a uma comadre –; foi um santo remédio.

Outro doente, também modesto, opôs a mesma rebeldia à medicação; mas, não sendo escritor (mal sabia assinar o nome), não se lhe podia aplicar o remédio da matraca. Simão Bacamarte lembrou-se de pedir para ele o lugar de secretário da Academia dos Encobertos estabelecida em Itaguaí. Os lugares de presidente e secretários eram de nomeação régia, por especial graça do finado rei Dom João V, e implicavam o tratamento de Excelência e o uso de uma placa de ouro no chapéu. O governo de Lisboa recusou o diploma; mas representando o alienista que o não pedia como prêmio honorífico ou distinção legítima, e somente como um meio terapêutico para um caso difícil, o governo cedeu excepcionalmente à súplica; e ainda assim não o fez sem extraordinário esforço do ministro de marinha e ultramar, que vinha a ser primo do alienado. Foi outro santo remédio.

– Realmente, é admirável! – dizia-se nas ruas, ao ver a expressão sadia e enfunada dos dois ex-dementes.

Tal era o sistema. Imagina-se o resto. Cada beleza moral ou mental era atacada no ponto em que a perfeição parecia mais sólida; e o efeito era certo. Nem sempre era certo. Casos houve em que a qualidade predominante resistia a tudo; então, o alienista atacava outra parte, aplicando à terapêutica o método da estratégia militar, que toma uma fortaleza por um ponto, se por outro o não pode conseguir.

No fim de cinco meses e meio estava vazia a Casa Verde; todos curados! O vereador Galvão, tão cruelmente afligido de moderação e equidade, teve a felicidade de perder um tio; digo felicidade, porque o tio deixou um testamento ambíguo, e ele obteve uma boa interpretação, corrompendo os juízes, e embaçando os outros herdeiros. A sinceridade do alienista manifestou-se neste lance; confessou ingenuamente que não teve parte na cura: foi a simples *vis medicatrix* da natureza. Não aconteceu o mesmo com o padre Lopes. Sabendo o alienista que ele ignorava perfeitamente o hebraico e o grego, incumbiu-o de fazer uma análise crítica da versão dos Setenta; o padre aceitou a incumbência, e em boa hora o fez; ao cabo de dois meses possuía um livro e a liberdade. Quanto à senhora do boticário, não ficou muito tempo na célula que lhe coube, e onde aliás lhe não faltaram carinhos.

– Por que é que o Crispim não vem visitar-me? – dizia ela todos os dias.

Respondiam-lhe ora uma coisa, ora outra; afinal disseram-lhe a verdade inteira. A digna matrona não pôde conter a indignação e a vergonha. Nas explosões da cólera escaparam-lhe expressões soltas e vagas, como estas:

– Tratante!... velhaco!... ingrato!... Um patife que tem feito casas à custa de unguentos falsificados e podres... Ah! tratante!...

Simão Bacamarte advertiu que, ainda quando não fosse verdadeira a acusação contida nestas palavras, bastavam elas para mostrar que a excelente senhora estava enfim restituída ao perfeito desequilíbrio das faculdades; e prontamente lhe deu alta.

Agora, se imaginais que o alienista ficou radiante ao ver sair o último hóspede da Casa Verde, mostrais com isso que ainda não conheceis o nosso homem. *Plus Ultra*! Era a sua divisa. Não lhe bastava ter descoberto a teoria verdadeira da loucura; não o contentava ter estabelecido em Itaguaí o reinado da razão. *Plus ultra*! Não ficou alegre, ficou preocupado, cogitativo; alguma coisa lhe dizia que a teoria nova tinha, em si mesma, outra e novíssima teoria.

– Vejamos – pensava ele –; vejamos se chego enfim à última verdade.

Dizia isto, passeando ao longo da vasta sala, onde fulgurava a mais rica biblioteca dos domínios ultramarinos de Sua Majestade. Um amplo chambre de damasco, preso à cintura por um cordão de seda, com borlas de ouro (presente de uma Universidade) envolvia o corpo majestoso e austero do ilustre alienista. A cabeleira cobria-lhe uma extensa e nobre calva adquirida nas cogitações quotidianas da ciência. Os pés, não delgados e femininos, não graúdos e mariolas, mas proporcionados ao vulto, eram resguardados por um par de sapatos cujas fivelas não passavam de simples e modesto latão. Vede a diferença: só se lhe notava luxo naquilo que era de origem científica; o que propriamente vinha dele trazia a cor da moderação e da singeleza, virtudes tão ajustadas à pessoa de um sábio.

Era assim que ele ia, o grande alienista, de um cabo a outro da vasta biblioteca, metido em si mesmo, estranho a todas as coisas que não fosse o tenebroso problema da patologia cerebral. Súbito, parou. Em pé, diante de uma janela, com o cotovelo esquerdo apoiado na mão direita, aberta, e o queixo na mão esquerda, fechada, perguntou ele a si:

– Mas deveras estariam eles doidos, e foram curados por mim; ou o que pareceu cura, não foi mais do que a descoberta do perfeito desequilíbrio do cérebro?

E cavando por aí abaixo, eis o resultado a que chegou: os cérebros bem-organizados que ele acabava de curar eram tão desequilibrados como os outros. Sim, dizia ele consigo, eu não posso ter a pretensão de haver-lhes incutido um sentimento ou uma faculdade nova; uma e outra coisa existiam no estado latente, mas existiam.

Chegado a esta conclusão, o ilustre alienista teve duas sensações contrárias, uma de gozo, outra de abatimento. A de gozo foi por ver que, ao cabo de longas e pacientes investigações, constantes trabalhos, luta ingente com o povo, podia afirmar esta verdade: não havia loucos em Itaguaí; Itaguaí não possuía um só mentecapto. Mas tão depressa esta ideia lhe refrescara a alma, outra apareceu que neutralizou o primeiro efeito; foi a ideia da dúvida. Pois quê! Itaguaí não possuiria um único cérebro concertado? Esta conclusão tão absoluta, não seria por isso mesmo errônea, e não vinha, portanto, destruir o largo e majestoso edifício da nova doutrina psicológica?

A aflição do egrégio Simão Bacamarte é definida pelos cronistas itaguaienses como uma das mais medonhas tempestades morais que têm desabado sobre o homem. Mas as tempestades só aterram os fracos; os fortes enrijam-se contra elas e fitam o trovão. Vinte minutos depois alumiou-se a fisionomia do alienista de uma suave claridade.

– Sim, há de ser isso – pensou ele.

Isso é isto. Simão Bacamarte achou em si os característicos do perfeito equilíbrio mental e moral; pareceu-lhe que possuía a sagacidade, a paciência, a perseverança, a tolerância, a veracidade, o vigor moral, a lealdade, todas as qualidades enfim que podem formar um acabado mentecapto. Duvidou logo, é certo, e chegou mesmo a concluir que era ilusão; mas, sendo homem prudente, resolveu convocar um conselho de amigos, a quem interrogou com franqueza. A opinião foi afirmativa.

– Nenhum defeito?

– Nenhum – disse em coro a assembleia.

– Nenhum vício?

– Nada.

– Tudo perfeito?

– Tudo.

– Não, impossível – bradou o alienista. – Digo que não sinto em mim esta superioridade que acabo de ver definir com tanta magnificência. A simpatia é que vos faz falar. Estudo-me e nada acho que justifique os excessos da vossa bondade.

A assembleia insistiu; o alienista resistiu; finalmente o padre Lopes explicou tudo com este conceito digno de um observador:

– Sabe a razão por que não vê as suas elevadas qualidades, que aliás todos nós admiramos? É porque tem ainda uma qualidade que realça as outras: a modéstia.

Era decisivo, Simão Bacamarte curvou a cabeça juntamente alegre e triste, e ainda mais alegre do que triste. Ato contínuo, recolheu-se à Casa

Verde. Em vão a mulher e os amigos lhe disseram que ficasse, que estava perfeitamente são e equilibrado: nem rogos nem sugestões nem lágrimas o detiveram um só instante.

– A questão é científica – dizia ele –; trata-se de uma doutrina nova, cujo primeiro exemplo sou eu. Reúno em mim mesmo a teoria e a prática.

– Simão! Simão! Meu amor! – dizia-lhe a esposa com o rosto lavado em lágrimas.

Mas o ilustre médico, com os olhos acesos da convicção científica, trancou os ouvidos à saudade da mulher, e brandamente a repeliu. Fechada a porta da Casa Verde, entregou-se ao estudo e à cura de si mesmo. Dizem os cronistas que ele morreu dali a dezessete meses, no mesmo estado em que entrou, sem ter podido alcançar nada. Alguns chegam ao ponto de conjecturar que nunca houve outro louco, além dele, em Itaguaí; mas esta opinião, fundada em um boato que correu desde que o alienista expirou, não tem outra prova, senão o boato, e boato duvidoso, pois é atribuído ao padre Lopes, que com tanto fogo realçara as qualidades do grande homem. Seja como for, efetuou-se o enterro com muita pompa e rara solenidade.

20
Na arca – Três capítulos inéditos do Gênesis*

I.

1. Então Noé disse a seus filhos Jafé, Sem e Cam: "Vamos sair da arca, segundo a vontade do Senhor, nós, e nossas mulheres, e todos os animais. A arca tem de parar no cabeço de uma montanha; desceremos a ela.

2. "Porque o Senhor cumpriu a sua promessa, quando me disse: Resolvi dar cabo de toda a carne; o mal domina a terra, quero fazer perecer os homens. Faze uma arca de madeira; entra nela tu, tua mulher e teus filhos.

3. "E as mulheres de teus filhos, e um casal de todos os animais.

4. "Agora, pois, se cumpriu a promessa do Senhor, e todos os homens pereceram, e fecharam-se as cataratas do céu; tornaremos a descer à terra, e a viver no seio da paz e da concórdia."

5. Isto disse Noé, e os filhos de Noé muito se alegraram de ouvir as palavras de seu pai; e Noé os deixou sós, retirando-se a uma das câmaras da arca.

6. Então Jafé levantou a voz e disse: "Aprazível vida vai ser a nossa. A figueira nos dará o fruto, a ovelha a lã, a vaca o leite, o sol a claridade e a noite a tenda.

7. "Porquanto seremos únicos na terra, e toda a terra será nossa, e ninguém perturbará a paz de uma família, poupada do castigo que feriu a todos os homens.

8. "Para todo o sempre." Então Sem, ouvindo falar o irmão, disse: "Tenho uma ideia." Ao que Jafé e Cam responderam: "Vejamos a tua ideia, Sem."

9. E Sem falou a voz de seu coração, dizendo: "Meu pai tem a sua família; cada um de nós tem a sua família; a terra é de sobra; podíamos

*Publicado no periódico *O Cruzeiro* (14-05-1878). Reunido pelo autor no livro *Papéis avulsos* (1882).

viver em tendas separadas. Cada um de nós fará o que lhe parecer melhor: e plantará, caçará, ou lavrará a madeira, ou fiará o linho."

10. E respondeu Jafé: "Acho bem lembrada a ideia de Sem; podemos viver em tendas separadas. A arca vai descer ao cabeço de uma montanha; meu pai e Cam descerão para o lado do nascente; eu e Sem para o lado do poente. Sem ocupará duzentos côvados de terra, eu outros duzentos."

11. Mas dizendo Sem: "Acho pouco duzentos côvados", retorquiu Jafé: "Pois sejam quinhentos cada um. Entre a minha terra e a tua haverá um rio, que as divida no meio, para se não confundir a propriedade. Eu fico na margem esquerda e tu na margem direita;

12. "E a minha terra se chamará a terra de Jafé, e a tua se chamará a terra de Sem; e iremos às tendas um do outro, e partiremos o pão da alegria e da concórdia."

13. E tendo Sem aprovado a divisão, perguntou a Jafé: "Mas o rio? A quem pertencerá a água do rio, a corrente?

14. "Porque nós possuímos as margens, e não estatuímos nada a respeito da corrente." E respondeu Jafé, que podiam pescar de um e outro lado; mas, divergindo o irmão, propôs dividir o rio em duas partes, fincando um pau no meio. Jafé, porém, disse que a corrente levaria o pau.

15. E tendo Jafé respondido assim, acudiu o irmão: "Pois que te não serve o pau, fico eu com o rio, e as duas margens; e para que não haja conflito, podes levantar um muro, dez ou doze côvados, para lá da tua margem antiga.

16. "E se com isto perdes alguma coisa, nem é grande a diferença, nem deixa de ser acertado, para que nunca jamais se turbe a concórdia entre nós, segundo é a vontade do Senhor."

17. Jafé porém replicou: "Vai bugiar! Com que direito me tiras a margem, que é minha, e me roubas um pedaço de terra? Porventura é melhor do que eu,

18. "Ou mais belo, ou mais querido de meu pai? Que direito tens de violar assim tão escandalosamente a propriedade alheia?

19. "Pois agora te digo que o rio ficará do meu lado, com ambas as margens, e que se te atreveres a entrar na minha terra, matar-te-ei como Caim matou a seu irmão."

20. Ouvindo isto, Cam atemorizou-se muito e começou a aquietar os dois irmãos.

21. Os quais tinham os olhos do tamanho de figos e cor de brasa, e olhavam-se cheios de cólera e desprezo.

22. A arca, porém, boiava sobre as águas do abismo.

II.

1. Ora, Jafé, tendo curtido a cólera, começou a espumar pela boca, e Cam falou-lhe palavras de brandura,

2. Dizendo: "Vejamos um meio de conciliar tudo; vou chamar tua mulher e a mulher de Sem."

3. Um e outro, porém, recusaram dizendo que o caso era de direito e não de persuasão.

4. E Sem propôs a Jafé que compensasse os dez côvados perdidos, medindo outros tantos nos fundos da terra dele. Mas Jafé respondeu:

5. "Por que não me mandas logo para os confins do mundo? Já te não contentas com quinhentos côvados; queres quinhentos e dez, e eu que fique com quatrocentos e noventa.

6. "Tu não tens sentimentos morais? Não sabes o que é justiça? Não vês que me esbulhas descaradamente? E não percebes que eu saberei defender o que é meu, ainda com risco de vida?

7. "E que, se é preciso correr sangue, o sangue há de correr já e já,

8. "Para te castigar a soberba e lavar a tua iniquidade?"

9. Então Sem avançou para Jafé; mas Cam interpôs-se, pondo uma das mãos no peito de cada um.

10. Enquanto o lobo e o cordeiro, que durante os dias do dilúvio, tinham vivido na mais doce concórdia, ouvindo o rumor das vozes, vieram espreitar a briga dos dois irmãos, e começaram a vigiar-se um ao outro.

11. E disse Cam: "Ora, pois, tenho uma ideia maravilhosa, que há de acomodar tudo;

12. "A qual me é inspirada pelo amor que tenho a meus irmãos. Sacrificarei pois a terra que me couber ao lado de meu pai, e ficarei com o rio e as duas margens, dando-me vós uns vinte côvados cada um."

13. E Sem e Jafé riram com desprezo e sarcasmo, dizendo: "Vai plantar tâmaras! Guarda a tua ideia para os dias da velhice." E puxaram as orelhas e o nariz de Cam; e Jafé, metendo dois dedos na boca, imitou o silvo da serpente, em ar de surriada.

14. Ora, Cam, envergonhado e irritado, espalmou a mão dizendo: "Deixa estar!" e foi dali ter com o pai e as mulheres dos dois irmãos.

15. Jafé porém disse a Sem: "Agora que estamos sós, vamos decidir este grave caso, ou seja de língua ou de punho. Ou tu me cedes as duas margens, ou eu te quebro uma costela."

16. Dizendo isto, Jafé ameaçou a Sem com os punnos fechados, enquanto Sem, derreando o corpo, disse com voz irada: "Não te cedo nada, gatuno!"

17. Ao que Jafé retorquiu irado: "Gatuno és tu!".

18. Isto dito, avançaram um para o outro e atracaram-se. Jafé tinha o braço rijo e adestrado; Sem era forte na resistência. Então Jafé, segurando o irmão pela cinta, apertou-o fortemente, bradando: "De quem é o rio?"

19. E respondendo Sem: "É meu!" Jafé fez um gesto para derrubá-lo; mas Sem, que era forte, sacudiu o corpo e atirou o irmão para longe; Jafé, porém, espumando de cólera, tornou a apertar o irmão, e os dois lutaram braço a braço.

20. Suando e bufando como touros.

21. Na luta, caíram e rolaram, esmurrando-se um ao outro; o sangue saía dos narizes, dos beiços, das faces; ora vencia Jafé,

22. Ora vencia Sem; porque a raiva animava-os igualmente, e eles lutavam com as mãos, os pés, os dentes e as unhas; e a arca estremecia como se de novo se houvessem aberto as cataratas do céu.

23. Então as vozes e brados chegaram aos ouvidos de Noé, ao mesmo tempo que seu filho Cam, que lhe apareceu clamando: "Meu pai, meu pai, se de Caim se tomará vingança sete vezes, e de Lamech setenta vezes sete, o que será de Jafé e Sem?"

24. E pedindo Noé que explicasse o dito, Cam referiu a discórdia dos dois irmãos, e a ira que os animava, e disse: "Correi a aquietá-los." Noé disse: "Vamos."

25. A arca, porém, boiava sobre as águas do abismo.

III.

1. Eis aqui chegou Noé ao lugar onde lutavam os dois filhos,

2. Achou-os ainda agarrados um ao outro, e Sem debaixo do joelho de Jafé, que com o punho cerrado lhe batia na cara, a qual estava roxa e sangrenta.

3. Entretanto, Sem, alçando as mãos, conseguiu apertar o pescoço do irmão, e este começou a bradar: "Larga-me, larga-me!"

4. Ouvindo os brados, às mulheres de Jafé e Sem acudiram também ao lugar da luta, e, vendo-os assim, entraram a soluçar e a dizer: "O que será de nós? A maldição caiu sobre nós e nossos maridos."

5. Noé, porém, lhes disse: "Calai-vos, mulheres de meus filhos, eu verei de que se trata, e ordenarei o que for justo." E caminhando para os dois combatentes,

6. Bradou: "Cessai a briga. Eu, Noé, vosso pai, o ordeno e mando." E ouvindo os dois irmãos o pai, detiveram-se subitamente, e ficaram longo tempo atalhados e mudos, não se levantando nenhum deles.

7. Noé continuou: "Erguei-vos, homens indignos da salvação e merecedores do castigo que feriu os outros homens."

8. Jafé e Sem ergueram-se. Ambos tinham feridos o rosto, o pescoço e as mãos, e as roupas salpicadas de sangue, porque tinham lutado com unhas e dentes, instigados de ódio mortal.

9. O chão também estava alagado de sangue, e as sandálias de um e outro, e os cabelos de um e outro,

10. Como se o pecado os quisera marcar com o selo da iniquidade.

11. As duas mulheres, porém, chegaram-se a eles, chorando e acariciando-os, e via-se-lhes a dor do coração. Jafé e Sem não atendiam a nada, e estavam com os olhos no chão, medrosos de encarar seu pai.

12. O qual disse: "Ora, pois, quero saber o motivo da briga."

13. Esta palavra acendeu o ódio no coração de ambos. Jafé, porém, foi o primeiro que falou e disse:

14. "Sem invadiu a minha terra, a terra que eu havia escolhido para levantar a minha tenda, quando as águas houverem desaparecido e a arca descer, segundo a promessa do Senhor;

15. "E eu, que não tolero o esbulho, disse a meu irmão: 'Não te contentas com quinhentos côvados e queres mais dez?' E ele me respondeu: 'Quero mais dez e as duas margens do rio que há de dividir a minha terra da tua terra.'"

16. Noé, ouvindo o filho, tinha os olhos em Sem; e acabando Jafé, perguntou ao irmão: "Que respondes?"

17. E Sem disse: "Jafé mente, porque eu só lhe tomei os dez côvados de terra, depois que ele recusou dividir o rio em duas partes; e propondo-lhe ficar com as duas margens, ainda consenti que ele medisse outros dez côvados nos fundos das terras dele,

18. "Para compensar o que perdia; mas a iniquidade de Caim falou nele, e ele me feriu a cabeça, a cara e as mãos."

19. E Jafé interrompeu-o dizendo: "Porventura não me feriste também? Não estou ensanguentado como tu? Olha a minha cara e o meu pescoço; olha as minhas faces, que rasgaste com as tuas unhas de tigre."

20. Indo Noé falar, notou que os dois filhos de novo pareciam desafiar-se com os olhos. Então disse: "Ouvi!" Mas os dois irmãos, cegos de raiva, outra vez se engalfinharam, bradando: "De quem é o rio?" "O rio é meu."

21. E só a muito custo puderam Noé, Cam e as mulheres de Sem e Jafé, conter os dois combatentes, cujo sangue entrou a jorrar em grande cópia.

22. Noé, porém, alçando a voz, bradou: "Maldito seja o que me não obedecer. Ele será maldito, não sete vezes, não setenta vezes sete, mas setecentas vezes setenta.

23. "Ora, pois, vos digo que, antes de descer a arca, não quero nenhum ajuste a respeito do lugar em que levantareis as tendas."

24. Depois ficou meditabundo.

25. E alçando os olhos ao céu, porque a portinhola do teto estava levantada, bradou com tristeza:

26. "Eles ainda não possuem a terra e já estão brigando por causa dos limites. O que será quando vierem a Turquia e a Rússia?"

27. E nenhum dos filhos de Noé pôde entender esta palavra de seu pai.

28. A arca, porém, continuava a boiar sobre as águas do abismo.

21
Pai contra mãe*

A escravidão levou consigo ofícios e aparelhos, como terá sucedido a outras instituições sociais. Não cito alguns aparelhos senão por se ligarem a certo ofício. Um deles era o ferro ao pescoço, outro o ferro ao pé; havia também a máscara de folhas de flandres. A máscara fazia perder o vício da embriaguez aos escravos, por lhes tapar a boca. Tinha só três buracos, dois para ver, um para respirar, e era fechada atrás da cabeça por um cadeado. Com o vício de beber, perdiam a tentação de furtar, porque geralmente era dos vinténs do senhor que eles tiravam com que matar a sede, e aí ficavam dois pecados extintos, e a sobriedade e a honestidade certas. Era grotesca tal máscara, mas a ordem social e humana nem sempre se alcança sem o grotesco, e alguma vez o cruel. Os funileiros as tinham penduradas, à venda, na porta das lojas. Mas não cuidemos de máscaras.

O ferro ao pescoço era aplicado aos escravos fujões. Imaginai uma coleira grossa, com a haste grossa também, à direita ou à esquerda, até ao alto da cabeça e fechada atrás com chave. Pesava, naturalmente, mas era menos castigo que sinal. Escravo que fugia assim, onde quer que andasse, mostrava um reincidente, e com pouco era pegado.

Há meio século, os escravos fugiam com frequência. Eram muitos, e nem todos gostavam da escravidão. Sucedia ocasionalmente apanharem pancada, e nem todos gostavam de apanhar pancada. Grande parte era apenas repreendida; havia alguém de casa que servia de padrinho, e o mesmo dono não era mau; além disso, o sentimento da propriedade moderava a ação, porque dinheiro também dói. A fuga repetia-se, entretanto. Casos houve, ainda que raros, em que o escravo de contrabando, apenas comprado no Valongo, deitava a correr, sem conhecer as ruas da cidade. Dos que seguiam para casa, não raro, apenas ladinos, pediam ao senhor que lhes marcasse aluguel, e iam ganhá-lo fora, quitandando.

---

*Publicado no livro *Relíquias de casa velha* (1906).

Quem perdia um escravo por fuga dava algum dinheiro a quem lho levasse. Punha anúncios nas folhas públicas, com os sinais do fugido, o nome, a roupa, o defeito físico, se o tinha, o bairro por onde andava e a quantia de gratificação. Quando não vinha a quantia, vinha promessa: "gratificar-se-á generosamente", ou "receberá uma boa gratificação". Muita vez o anúncio trazia em cima ou ao lado uma vinheta, figura de preto, descalço, correndo, vara ao ombro, e na ponta uma trouxa. Protestava-se com todo o rigor da lei contra quem o açoitasse.

Ora, pegar escravos fugidios era um ofício do tempo. Não seria nobre, mas por ser instrumento da força com que se mantêm a lei e a propriedade, trazia esta outra nobreza implícita das ações reivindicadoras. Ninguém se metia em tal ofício por desfastio ou estudo; a pobreza, a necessidade de uma achega, a inaptidão para outros trabalhos, o acaso, e alguma vez o gosto de servir também, ainda que por outra via, davam o impulso ao homem que se sentia bastante rijo para pôr ordem à desordem.

Cândido Neves – em família, Candinho – é a pessoa a quem se liga a história de uma fuga, cedeu à pobreza, quando adquiriu o ofício de pegar escravos fugidos. Tinha um defeito grave esse homem, não aguentava emprego nem ofício, carecia de estabilidade; é o que ele chamava caiporismo. Começou por querer aprender tipografia, mas viu cedo que era preciso algum tempo para compor bem, e ainda assim talvez não ganhasse o bastante; foi o que ele disse a si mesmo. O comércio chamou-lhe a atenção, era carreira boa. Com algum esforço entrou de caixeiro para um armarinho. A obrigação, porém, de atender e servir a todos feria-o na corda do orgulho, e ao cabo de cinco ou seis semanas estava na rua por sua vontade. Fiel de cartório, contínuo de uma repartição anexa ao Ministério do Império, carteiro e outros empregos foram deixados pouco depois de obtidos.

Quando veio a paixão da moça Clara, não tinha ele mais que dívidas, ainda que poucas, porque morava com um primo, entalhador de ofício. Depois de várias tentativas para obter emprego, resolveu adotar o ofício do primo, de que aliás já tomara algumas lições. Não lhe custou apanhar outras, mas, querendo aprender depressa, aprendeu mal. Não fazia obras finas nem complicadas, apenas garras para sofás e relevos comuns para cadeiras. Queria ter em que trabalhar quando casasse, e o casamento não se demorou muito.

Contava trinta anos, Clara vinte e dois. Ela era órfã, morava com uma tia, Mônica, e cosia com ela. Não cosia tanto que não namorasse o seu pouco, mas os namorados apenas queriam matar o tempo; não tinham outro empenho. Passavam às tardes, olhavam muito para ela, ela para eles, até que a noite a fazia recolher para a costura. O que ela notava é que nenhum deles lhe deixava saudades nem lhe acendia desejos. Talvez nem soubesse o nome de muitos. Queria casar, naturalmente. Era, como lhe dizia a tia, um pescar de caniço, a ver se o peixe pegava, mas o peixe passava de longe; algum que parasse, era só para andar à roda da isca, mirá-la, cheirá-la, deixá-la e ir a outras.

O amor traz sobrescritos. Quando a moça viu Cândido Neves, sentiu que era este o possível marido, o marido verdadeiro e único. O encontro deu-se em um baile; tal foi – para lembrar o primeiro ofício do namorado – tal foi a página inicial daquele livro, que tinha de sair mal composto e pior brochado. O casamento fez-se onze meses depois, e foi a mais bela festa das relações dos noivos. Amigas de Clara, menos por amizade que por inveja, tentaram arredá-la do passo que ia dar. Não negavam a gentileza do noivo, nem o amor que lhe tinha, nem ainda algumas virtudes; diziam que era dado em demasia a patuscadas.

– Pois ainda bem – replicava a noiva –; ao menos, não caso com defunto.

– Não, defunto não; mas é que...

Não diziam o que era. Tia Mônica, depois do casamento, na casa pobre onde eles se foram abrigar, falou-lhes uma vez nos filhos possíveis. Eles queriam um, um só, embora viesse agravar a necessidade.

– Vocês, se tiverem um filho, morrem de fome – disse a tia à sobrinha.

– Nossa Senhora nos dará de comer – acudiu Clara.

Tia Mônica devia ter-lhes feito a advertência, ou ameaça, quando ele lhe foi pedir a mão da moça; mas também ela era amiga de patuscadas, e o casamento seria uma festa, como foi.

A alegria era comum aos três. O casal ria a propósito de tudo. Os mesmos nomes eram objeto de trocados, Clara. Neves, Cândido; não davam que comer, mas davam que rir, e o riso digeria-se sem esforço. Ela cosia agora mais, ele saía a empreitadas de uma coisa e outra; não tinha emprego certo.

Nem por isso abriam mão do filho. O filho é que, não sabendo daquele desejo específico, deixava-se estar escondido na eternidade. Um dia, porém, deu sinal de si a criança; varão ou fêmea, era o fruto abençoado que viria trazer ao casal a suspirada ventura. Tia Mônica ficou desorientada, Cândido e Clara riram dos seus sustos.

– Deus nos há de ajudar, titia – insistia a futura mãe.

A notícia correu de vizinha a vizinha. Não houve mais que espreitar a aurora do dia grande. A esposa trabalhava agora com mais vontade, e assim era preciso, uma vez que, além das costuras pagas, tinha de ir fazendo com retalhos o enxoval da criança. À força de pensar nela, vivia já com ela, media-lhe fraldas, cosia-lhe camisas. A porção era escassa, os intervalos longos. Tia Mônica ajudava, é certo, ainda que de má vontade.

– Vocês verão a triste vida – suspirava ela.

– Mas as outras crianças não nascem também? – perguntou Clara.

– Nascem, se acham sempre alguma coisa certa que comer, ainda que pouco...

– Certa como?

– Certa, um emprego, um ofício, uma ocupação, mas em que é que o pai dessa infeliz criatura que aí vem gasta o tempo?

Cândido Neves, logo que soube daquela advertência, foi ter com a tia, não áspero, mas muito menos manso que de costume, e lhe perguntou se já algum dia deixara de comer.

– A senhora ainda não jejuou senão pela semana santa, e isso mesmo quando não quer jantar comigo. Nunca deixamos de ter o nosso bacalhau...

– Bem sei, mas somos três.

– Seremos quatro.

– Não é a mesma coisa.

– Que quer então que eu faça, além do que faço?

– Alguma coisa mais certa. Veja o marceneiro da esquina, o homem do armarinho, o tipógrafo que casou sábado, todos têm um emprego certo... Não fique zangado; não digo que você seja vadio, mas a ocupação que escolheu é vaga. Você passa semanas sem vintém.

– Sim, mas lá vem uma noite que compensa tudo, até de sobra. Deus não me abandona, e preto fugido sabe que comigo não brinca; quase nenhum resiste, muitos entregam-se logo.

Tinha glória nisto, falava da esperança como de capital seguro. Daí a pouco ria, e fazia rir à tia, que era naturalmente alegre, e previa uma patuscada no batizado.

Cândido Neves perdera já o ofício de entalhador, como abrira mão de outros muitos, melhores ou piores. Pegar escravos fugidos trouxe-lhe um encanto novo. Não obrigava a estar longas horas sentado. Só exigia força, olho vivo, paciência, coragem e um pedaço de corda. Cândido Neves lia os anúncios, copiava-os, metia-os no bolso e saía às pesquisas. Tinha boa memória. Fixados os sinais e os costumes de um escravo fugido, gastava pouco tempo em achá-lo, segurá-lo, amarrá-lo e levá-lo. A força era muita, a agilidade também. Mais de uma vez, a uma esquina, conversando de coisas remotas, via passar um escravo como os outros, e descobria logo que ia fugido, quem era, o nome, o dono, a casa deste e a gratificação; interrompia a conversa e ia atrás do vicioso. Não o apanhava logo, espreitava lugar azado, e de um salto tinha a gratificação nas mãos. Nem sempre saía sem sangue, as unhas e os dentes do outro trabalhavam, mas geralmente ele os vencia sem o menor arranhão.

Um dia os lucros entraram a escassear. Os escravos fugidos não vinham já, como dantes, meter-se nas mãos de Cândido Neves. Havia mãos novas e hábeis. Como o negócio crescesse, mais de um desempregado pegou em si e numa corda, foi aos jornais, copiou anúncios e deitou-se à caçada. No próprio bairro havia mais de um competidor. Quer dizer que as dívidas de Cândido Neves começaram de subir, sem aqueles pagamentos prontos ou quase prontos dos primeiro tempos. A vida fez-se difícil e dura. Comia-se fiado e mal; comia-se tarde. O senhoria mandava pelos aluguéis.

Clara não tinha sequer tempo de remendar a roupa ao marido, tanta era a necessidade de coser para fora. Tia Mônica ajudava a sobrinha, naturalmente. Quando ele chegava à tarde, via-se-lhe pela cara que não trazia vintém. Jantava e saía outra vez, à cata de algum fugido. Já lhe sucedia, ainda que raro, enganar-se de pessoa, e pegar em escravo fiel que ia a serviço de seu senhor; tal era a cegueira da necessidade. Certa vez capturou um preto livre; desfez-se em desculpas, mas recebeu grande soma de murros que lhe deram os parentes do homem.

– É o que lhe faltava! – exclamou a tia Mônica, ao vê-lo entrar, e depois de ouvir narrar o equívoco e suas consequências. – Deixe-se disso, Candinho; procure outra vida, outro emprego.

Cândido quisera efetivamente fazer outra coisa, não pela razão do conselho, mas por simples gosto de trocar de ofício; seria um modo de mudar de pele ou de pessoa. O pior é que não achava à mão negócio que aprendesse depressa.

A natureza ia andando, o feto crescia, até fazer-se pesado à mãe, antes de nascer. Chegou o oitavo mês, mês de angústias e necessidades, menos ainda que o nono, cuja narração dispenso também. Melhor é dizer somente os seus efeitos. Não podiam ser mais amargos.

– Não, tia Mônica! – bradou Candinho, recusando um conselho que me custa escrever, quanto mais ao pai ouvi-lo. – Isso nunca!

Foi na última semana do derradeiro mês que a tia Mônica deu ao casal o conselho de levar a criança que nascesse à Roda dos enjeitados. Em verdade, não podia haver palavra mais dura de tolerar a dois jovens pais que espreitavam a criança, para beijá-la, guardá-la, vê-la rir, crescer, engordar, pular... Enjeitar quê? Enjeitar como? Candinho arregalou os olhos para a tia, e acabou dando um murro na mesa de jantar. A mesa, que era velha e desconjuntada, esteve quase a se desfazer inteiramente. Clara interveio:

– Titia não fala por mal, Candinho.

– Por mal? – replicou tia Mônica. – Por mal ou por bem, seja o que for, digo que é o melhor que vocês podem fazer. Vocês devem tudo; a carne e o feijão vão faltando. Se não aparecer algum dinheiro, como é que a família há de aumentar? E depois, há tempo. Mais tarde, quando o senhor tiver a vida mais segura, os filhos que vierem serão recebidos com o mesmo cuidado que este ou maior. Este será bem-criado, sem lhe faltar nada. Pois então a Roda é alguma praia ou monturo? Lá não se mata ninguém, ninguém morre à toa, enquanto que aqui é certo morrer, se viver à míngua. Enfim...

Tia Mônica terminou a frase com um gesto de ombros, deu as costas e foi meter-se na alcova. Tinha já insinuado aquela solução, mas era a primeira vez que o fazia com tal franqueza e calor – crueldade, se preferes. Clara estendeu a mão ao marido, como a amparar-lhe o ânimo; Cândido Neves fez uma careta, e chamou maluca à tia, em voz baixa. A ternura dos dois foi interrompida por alguém que batia à porta da rua.

– Quem é? – perguntou o marido.

– Sou eu.

Era o dono da casa, credor de três meses de aluguel, que vinha em pessoa ameaçar o inquilino. Este quis que ele entrasse.

– Não é preciso...

– Faça favor.

O credor entrou e recusou sentar-se; deitou os olhos à mobília para ver se daria algo à penhora; achou que pouco. Vinha receber os aluguéis vencidos, não podia esperar mais; se dentro de cinco dias não fosse pago, pô-lo-ia na rua. Não havia trabalhado para regalo dos outros. Ao vê-lo, ninguém diria que era proprietário; mas a palavra supria o que faltava ao gesto, e o pobre Cândido Neves preferiu calar a retorquir. Fez uma inclinação de promessa e súplica ao mesmo tempo. O dono da casa não cedeu mais.

– Cinco dias ou rua! – repetiu, metendo a mão no ferrolho da porta e saindo.

Candinho saiu por outro lado. Nesses lances não chegava nunca ao desespero, contava com algum empréstimo, não sabia como nem onde, mas contava. Demais, recorreu aos anúncios. Achou vários, alguns já velhos, mas em vão os buscava desde muito. Gastou algumas horas sem proveito, e tornou para casa. Ao fim de quatro dias, não achou recursos; lançou mão de empenhos, foi a pessoas amigas do proprietário, não alcançando mais que a ordem de mudança.

A situação era aguda. Não achavam casa, nem contavam com pessoa que lhes emprestasse alguma; era ir para a rua. Não contavam com a tia. Tia Mônica teve arte de alcançar aposento para os três em casa de uma senhora velha e rica, que lhe prometeu emprestar os quartos baixos da casa, ao fundo da cocheira, para os lados de um pátio. Teve ainda a arte de não dizer nada aos dois, para que Cândido Neves, no desespero da crise, começasse por enjeitar o filho e acabasse alcançando algum meio seguro e regular de obter dinheiro; emendar a vida, em suma. Ouvia as queixas de Clara, sem as repetir, é certo, mas sem as consolar. No dia em que fossem obrigados a deixar a casa, fá-los-ia espantar com a notícia do obséquio e iriam dormir melhor do que cuidassem.

Assim sucedeu. Postos fora da casa, passaram ao aposento de favor, e dois dias depois nasceu a criança. A alegria do pai foi enorme, e a tristeza também. Tia Mônica insistiu em dar a criança à Roda. "Se você não a quer levar, deixe isso comigo; eu vou à Rua dos Barbonos." Cândido Neves pediu que não, que esperasse, que ele mesmo a levaria. Notai que era um menino, e que ambos os pais desejavam justamente este sexo. Mal lhe deram algum leite; mas, como chovesse à noite, assentou o pai levá-lo à Roda na noite seguinte.

Naquela reviu todas as suas notas de escravos fugidos. As gratificações pela maior parte eram promessas; algumas traziam a soma escrita e escassa. Uma, porém, subia a cem mil-réis. Tratava-se de uma mulata; vinham indicações de gesto e de vestido. Cândido Neves andara a pesquisá-la sem melhor fortuna, e abrira mão do negócio; imaginou que algum amante da escrava a houvesse recolhido. Agora, porém, a vista nova da quantia e a necessidade dela animaram Cândido Neves a fazer um grande esforço derradeiro. Saiu de manhã a ver e indagar pela Rua e

Largo da Carioca, Rua do Parto e da Ajuda, onde ela parecia andar, segundo o anúncio. Não a achou; apenas um farmacêutico da Rua da Ajuda se lembrava de ter vendido uma onça de qualquer droga, três dias antes, à pessoa que tinha os sinais indicados. Cândido Neves parecia falar como dono da escrava, e agradeceu cortesmente a notícia. Não foi mais feliz com outros fugidos de gratificação incerta ou barata.

Voltou para a triste casa que lhe haviam emprestado. Tia Mônica arranjara de si mesma a dieta para a recente mãe, e tinha já o menino para ser levado à Roda. O pai, não obstante o acordo feito, mal pôde esconder a dor do espetáculo. Não quis comer o que tia Mônica lhe guardara; não tinha fome, disse, e era verdade. Cogitou mil modos de ficar com o filho; nenhum prestava. Não podia esquecer o próprio albergue em que vivia. Consultou a mulher, que se mostrou resignada. Tia Mônica pintara-lhe a criação do menino; seria maior a miséria, podendo suceder que o filho achasse a morte sem recurso. Cândido Neves foi obrigado a cumprir a promessa; pediu à mulher que desse ao filho o resto do leite que ele beberia da mãe. Assim se fez; o pequeno adormeceu, o pai pegou dele, e saiu na direção da Rua dos Barbonos.

Que pensasse mais de uma vez em voltar para casa com ele, é certo; não menos certo é que o agasalhava muito, que o beijava, que lhe cobria o rosto para preservá-lo do sereno. Ao entrar na Rua da Guarda Velha, Cândido Neves começou a afrouxar o passo.

– Hei de entregá-lo o mais tarde que puder – murmurou ele.

Mas não sendo a rua infinita ou sequer longa, viria a acabá-la; foi então que lhe ocorreu entrar por um dos becos que ligavam aquela à Rua da Ajuda. Chegou ao fim do beco e, indo a dobrar à direita, na direção do Largo da Ajuda, viu do lado oposto um vulto de mulher: era a mulata fugida. Não dou aqui a comoção de Cândido Neves por não podê-lo fazer com a intensidade real. Um adjetivo basta; digamos enorme. Descendo a mulher, desceu ele também; a poucos passos estava a farmácia onde obtivera a informação, que referi acima. Entrou, achou o farmacêutico, pediu-lhe a fineza de guardar a criança por um instante; viria buscá-la sem falta.

– Mas...

Cândido Neves não lhe deu tempo de dizer nada; saiu rápido, atravessou a rua, até ao ponto em que pudesse pegar a mulher sem dar alarma. No extremo da rua, quando ela ia a descer a de S. José, Cândido Neves aproximou-se dela. Era a mesma, era a mulata fujona.

– Arminda! – bradou, conforme a nomeava o anúncio.

Arminda voltou-se sem cuidar malícia. Foi só quando ele, tendo tirado o pedaço de corda da algibeira, pegou dos braços da escrava, que ela compreendeu e quis fugir. Era já impossível. Cândido Neves, com as mãos robustas, atava-lhe os pulsos e dizia que andasse. A escrava quis gritar, parece que chegou a soltar alguma voz mais alta que de costume, mas entendeu logo que ninguém viria libertá-la, ao contrário. Pediu então que a soltasse pelo amor de Deus.

– Estou grávida, meu senhor! – exclamou. – Se Vossa Senhoria tem algum filho, peço-lhe por amor dele que me solte; eu serei sua escrava, vou servi-lo pelo tempo que quiser. Me solte, meu senhor moço!

– Siga! – repetiu Cândido Neves.

– Me solte!

– Não quero demoras; siga!

Houve aqui luta, porque a escrava, gemendo, arrastava-se a si e ao filho. Quem passava ou estava à porta de uma loja, compreendia o que era e naturalmente não acudia. Arminda ia alegando que o senhor era muito mau, e provavelmente a castigaria com açoites – coisa que, no estado em que ela estava, seria pior de sentir. Com certeza, ele lhe mandaria dar açoites.

– Você é que tem culpa. Quem lhe manda fazer filhos e fugir depois? – perguntou Cândido Neves.

Não estava em maré de riso, por causa do filho que lá ficara na farmácia, à espera dele. Também é certo que não costumava dizer grandes coisas. Foi arrastando a escrava pela Rua dos Ourives, em direção à da Alfândega, onde residia o senhor. Na esquina desta a luta cresceu; a escrava pôs os pés à parede, recuou com grande esforço, inutilmente. O que alcançou foi, apesar de ser a casa próxima, gastar mais tempo em lá chegar do que devera. Chegou, enfim, arrastada, desesperada, arquejando. Ainda ali ajoelhou-se, mas em vão. O senhor estava em casa, acudiu ao chamado e ao rumor.

– Aqui está a fujona – disse Cândido Neves.

– É ela mesma.

– Meu senhor!

– Anda, entra...

Arminda caiu no corredor. Ali mesmo o senhor da escrava abriu a carteira e tirou os cem mil-réis de gratificação. Cândido Neves guardou as duas notas de cinquenta mil-réis, enquanto o senhor novamente dizia à escrava que entrasse. No chão, onde jazia, levada do medo e da dor, e após algum tempo de luta, a escrava abortou.

O fruto de algum tempo entrou sem vida neste mundo, entre os gemidos da mãe e os gestos de desespero do dono. Cândido Neves viu todo esse espetáculo. Não sabia que horas eram. Qualquer que fossem, urgia correr à Rua da Ajuda, e foi o que ele fez sem querer conhecer as consequências do desastre.

Quando lá chegou, viu o farmacêutico sozinho, sem o filho que lhe entregara. Quis esganá-lo. Felizmente, o farmacêutico explicou tudo a tempo: o menino estava lá dentro com a família, e ambos entraram. O pai recebeu o filho com a mesma fúria com que pegara a escrava fujona de há pouco, fúria diversa, naturalmente, fúria de amor. Agradeceu depressa e mal, e saiu às carreiras, não para a Roda dos enjeitados, mas para a casa de empréstimo, com o filho e os cem mil-réis de gratificação. Tia Mônica, ouvida a explicação, perdoou a volta do pequeno, uma vez que trazia os cem mil-réis. Disse, é verdade, algumas palavras duras contra a escrava, por causa do aborto, além da fuga. Cândido Neves, beijando o filho, entre lágrimas verdadeiras, abençoava a fuga e não se lhe dava do aborto.

– Nem todas as crianças vingam – bateu-lhe o coração.

22
Jogo do bicho*

Camilo – ou Camilinho, como lhe chamavam alguns por amizade – ocupava em um dos arsenais do Rio de Janeiro (Marinha ou Guerra) um emprego de escrita. Ganhava duzentos mil-réis por mês, sujeitos ao desconto de taxa e montepio. Era solteiro, mas um dia, pelas férias, foi passar a noite de Natal com um amigo no subúrbio do Rocha; lá viu uma criaturinha modesta, vestido azul, olhos pedintes. Três meses depois estavam casados.

Nenhum tinha nada; ele, apenas o emprego, ela, as mãos e as pernas para cuidar da casa toda, que era pequena, e ajudar a preta velha que a criou e a acompanhou sem ordenado. Foi esta preta que os fez casar mais depressa. Não que lhes desse tal conselho; a rigor, parecia-lhe melhor que ela ficasse com a tia viúva, sem obrigações, nem filhos. Mas ninguém lhe pediu opinião. Como, porém, dissesse um dia que, se sua filha de criação casasse, iria servi-la de graça, esta frase foi contada a Camilo, e Camilo resolveu casar dois meses depois. Se pensasse um pouco, talvez não casasse logo; a preta era velha, eles eram moços, etc. A ideia de que a preta os servia de graça, entrou por uma verba eterna no orçamento.

Germana, a preta, cumpriu a palavra dada.

– Um caco de gente sempre pode fazer uma panela de comida – disse ela.

Um ano depois o casal tinha um filho, e a alegria que trouxe compensou os ônus que traria. Joaninha, a esposa, dispensou ama, tanto era o leite, e tamanha a robustez, sem contar a falta de dinheiro; também é certo que nem pensaram nisto.

Tudo eram alegrias para o jovem empregado, tudo esperanças. Ia haver uma reforma no arsenal, e ele seria promovido. Enquanto não vinha a reforma, houve uma vaga por morte, e ele acompanhou o enterro do

*Publicado no periódico *Almanaque Brasileiro Garnier* (1904).

colega, quase a rir. Em casa não se conteve e riu. Expôs à mulher tudo o que se ia dar, os nomes dos promovidos, dois, um tal Botelho, protegido pelo general... e ele. A promoção veio e apanhou Botelho e outro. Camilo chorou desesperadamente, deu murros na cama, na mesa e em si.

– Tem paciência – dizia-lhe Joaninha.

– Que paciência? Há cinco anos que marco passo...

Interrompeu-se. Aquela palavra, da técnica militar, aplicada por um empregado do arsenal, foi como água na fervura; consolou-o. Camilo gostou de si mesmo. Chegou a repeti-la aos companheiros íntimos. Daí a tempos, falando-se outra vez em reforma, Camilo foi ter com o ministro e disse:

– Veja V. Ex.ª que há mais de cinco anos vivo *marcando passo.*

O grifo é para exprimir a acentuação que ele deu ao final da frase. Pareceu-lhe que fazia boa impressão ao ministro, conquanto todas as classes usassem da mesma figura, funcionários, comerciantes, magistrados, industriais, etc., etc.

Não houve reforma; Camilo acomodou-se e foi vivendo. Já então tinha algumas dívidas, descontava os ordenados, buscava trabalhos particulares, às escondidas. Como eram moços e se amavam, o mau tempo trazia ideia de um céu perpetuamente azul.

Apesar desta explicação, houve uma semana em que a alegria de Camilo foi extraordinária. Ides ver. Que a posteridade me ouça. Camilo, pela primeira vez, jogou no bicho. Jogar no bicho não é um eufemismo como matar o bicho. O jogador escolhe um número, que convencionalmente representa um bicho, e se tal número acerta de ser o final da sorte grande, todos os que arriscaram nele os seus vinténs ganham, e todos os que fiaram dos outros perdem. Começou a vinténs e dizem que está em contos de réis; mas, vamos ao nosso caso.

Pela primeira vez Camilo jogou no bicho, escolheu o macaco, e, entrando com cinco tostões, ganhou não sei quantas vezes mais. Achou nisto tal despropósito que não quis crer, mas afinal foi obrigado a crer, ver e receber o dinheiro. Naturalmente tornou ao macaco, duas, três, quatro vezes, mas o animal, meio-homem, falhou às esperanças do primeiro dia. Camilo recorreu a outros bichos, sem melhor fortuna, e o lucro inteiro tornou à gaveta do bicheiro. Entendeu que era melhor descansar algum tempo; mas não há descanso eterno, nem ainda o das sepulturas. Um dia lá vem a mão do arqueólogo a pesquisar os ossos e as idades.

Camilo tinha fé. A fé abala as montanhas. Tentou o gato, depois o cão, depois o avestruz; não havendo jogado neles, podia ser que... Não pôde ser; a fortuna igualou os três animais em não lhes fazer dar nada. Não queria ir pelos *palpites* dos jornais, como faziam alguns amigos. Camilo perguntava como é que meia dúzia de pessoas, escrevendo notícias, podiam adivinhar os números da sorte grande. De uma feita, para provar o erro, concordou em aceitar um *palpite*, comprou no gato, e ganhou.

– Então? – perguntaram-lhe os amigos.

– Nem sempre se há de perder – disse este.

– Acaba-se ganhando sempre – acudiu um –; a questão é tenacidade, não afrouxar nunca.

Apesar disso, Camilo deixou-se ir com os seus cálculos. Quando muito, cedia a certas indicações que pareciam vir do céu, como um dito de criança de rua: "Mamãe, por que é que a senhora não joga hoje na cobra?" Ia-se à cobra e perdia; perdendo, explicava a si mesmo o fato com os melhores raciocínios deste mundo, e a razão fortalecia a fé.

Em vez de reforma da repartição veio um aumento de vencimentos, cerca de sessenta mil-réis mensais. Camilo resolveu batizar o filho, e escolheu para padrinho nada menos que o próprio sujeito que lhe vendia os bichos, o banqueiro certo. Não havia entre eles relações de família; parece até que o homem era um solteirão sem parentes. O convite era tão inopinado, que quase o fez rir, mas viu a sinceridade do moço, e achou tão honrosa a escolha que aceitou com prazer.

– Não é negócio de casaca?

– Qual, casaca! Coisa modesta.

– Nem carro?

– Carro...

– Para que carro?

– Sim, basta ir a pé. A igreja é perto, na outra rua.

– Pois a pé.

Qualquer pessoa atilada descobriu já que a ideia de Camilo é que o batizado fosse de carro. Também descobriu, à vista da hesitação e do modo, que entrava naquela ideia e de deixar que o carro fosse pago pelo padrinho; não pagando o padrinho, não pagaria ninguém. Fez-se o batizado, o padrinho deixou uma lembrança ao afilhado, e prometeu, rindo, que lhe daria um prêmio na águia.

Esta graçola explica a escolha do pai. Era desconfiança dele que o bicheiro entrava na boa fortuna dos bichos, e quis ligar-se-lhe por um laço espiritual. Não jogou logo na águia "para não espantar", disse consigo, mas não esqueceu a promessa, e um dia, com ar de riso, lembrou ao bicheiro:

– Compadre, quando for a águia, diga.

– A águia?

Camilo recordou-lhe o dito; o bicheiro soltou uma gargalhada.

– Não, compadre; eu não posso adivinhar. Aquilo foi pura brincadeira. Oxalá que eu lhe pudesse dar um prêmio. A águia dá; não é comum, mas dá.

– Mas por que é que eu ainda não acertei com ela?

– Isso não sei; eu não posso dar conselhos, mas quero crer que você, compadre, não tem paciência no mesmo bicho, não joga com certa constância. Troca muito. É por isso que poucas vezes tem acertado. Diga-me cá: quantas vezes tem acertado?

– De cor, não posso dizer, mas trago tudo muito bem escrito no meu caderno.

– Pois veja, e há de descobrir que todo o seu mal está em não teimar algum tempo no mesmo bicho. Olhe, um preto, que há três meses joga na borboleta ganhou hoje e levou uma bolada...

Camilo escrevia efetivamente a despesa e a receita, mas não as comparava para não conhecer a diferença. Não queria saber do déficit. Posto que metódico, tinha o instinto de fechar os olhos à verdade, para não a ver e aborrecer. Entretanto, a sugestão do compadre era aceitável; talvez a inquietação, a impaciência, a falta de fixidez nos mesmos bichos fosse a causa de não tirar nunca nada.

Ao chegar à casa achou a mulher dividida entre a cozinha e a costura. Germana adoecera e ela fazia o jantar, ao mesmo tempo que acabava o vestido de uma freguesa. Cosia para fora, a fim de ajudar as despesas da casa e comprar algum vestido para si. O marido não ocultou o desgosto da situação. Correu a ver a preta; já a achou melhor da febre com o quinino que a mulher tinha em casa e lhe dera "por sua imaginação"; e a preta acrescentou sorrindo:

– Imaginação de nhã Joaninha é boa.

Jantou triste, por ver a mulher tão carregada de trabalho, mas a alegria dela era tal, apesar de tudo, que o fez alegre também. Depois do café, foi ao caderno que trazia fechado na gaveta e fez os seus cálculos. Somou as vezes e os bichos, tantas na cobra, tantas no galo, tantas no cão e no resto, uma fauna inteira, mas tão sem persistência, que era fácil desacertar. Não queria somar a despesa e a receita para não receber de cara um grande golpe, e fechou o caderno. Afinal não pôde, e somou lentamente, com cuidado para não errar; tinha gasto setecentos e sete mil-réis, e tinha ganho oitenta e quatro mil-réis, um déficit de seiscentos e vinte e três mil-réis. Ficou assombrado.

– Não é possível!

Contou outra vez, ainda mais lento, e chegou a uma diferença de cinco mil-réis para menos. Teve esperanças e novamente somou as quantias gastas, e achou o primitivo déficit de seiscentos e vinte e três mil-réis. Trancou o caderno na gaveta; Joaninha, que o vira jantar alegre, estranhou a mudança e perguntou o que é que tinha.

– Nada.

– Você tem alguma coisa; foi alguma lembrança...

– Não foi nada.

Como a mulher teimasse em saber, engendrou uma mentira – uma turra com o chefe da seção, coisa de nada.

– Mas você estava alegre...

– Prova de que não vale nada. Agora lembrou-me... e estava pensando no caso, mas não é nada. Vamos à bisca.

A bisca era o espetáculo deles, a Ópera, a Rua do Ouvidor, Petrópolis, Tijuca, tudo o que podia exprimir um recreio, um passeio, um repouso. A alegria da esposa voltou ao que era. Quanto ao marido, se não ficou tão expansivo como de costume, achou algum prazer e muita esperança nos números das cartas. Jogou a bisca fazendo cálculos, conforme a primeira carta que saísse, depois a segunda, depois a terceira; esperou a última; adotou outras combinações, a ver os bichos que correspondiam a elas, e viu muito deles, mas principalmente o macaco e a cobra; firmou-se nestes.

– O meu plano está feito, saiu pensando no dia seguinte, vou até aos setecentos mil-réis. Se não tirar quantia grossa que anime, não compro mais.

Firmou-se na cobra, por causa da astúcia, e caminhou para a casa do compadre. Confessou-lhe que aceitara o seu conselho, e começava a teimar na cobra.

– A cobra é boa – disse o compadre.

Camilo jogou uma semana inteira na cobra, sem tirar nada. Ao sétimo dia, lembrou-se de fixar mentalmente uma preferência, e escolheu a cobra-coral, perdeu; no dia seguinte, chamou-lhe cascavel, perdeu também; veio à surucucu, à jiboia, à jararaca, e nenhuma variedade saiu da mesma tristíssima fortuna. Mudou de rumo. Mudaria sem razão, apesar da promessa feita; mas o que propriamente o determinou a isto foi o encontro de um carro que ia matando um pobre menino. Correu gente, correu polícia, o menino foi levado à farmácia, o cocheiro ao posto da guarda. Camilo só reparou bem no número do carro, cuja terminação correspondia ao carneiro; adotou o carneiro. O carneiro não foi mais feliz que a cobra.

Não obstante, Camilo apoderou-se daquele processo de adotar um bicho, e jogar nele até estafá-lo: era ir pelos números adventícios. Por exemplo, entrava por uma rua com os olhos no chão, dava quarenta, sessenta, oitenta passos, erguia repentinamente os olhos e fitava a primeira casa à direita ou à esquerda, tomava o número e ia dali ao bicho correspondente. Tinha já gasto o processo de números escritos e postos dentro do chapéu, o de um bilhete do Tesouro – coisa rara – e cem outras formas, que se repetiam ou se completavam. Em todo caso, ia descambando na impaciência e variava muito. Um dia resolveu fixar-se no leão; o compadre, quando reconheceu que efetivamente não saía do rei dos animais, deu graças a Deus.

– Ora, graças a Deus que o vejo capaz de dar o grande bote. O leão tem andado esquivo, é provável que derrube tudo, mais hoje, mais amanhã.

– Esquivo? Mas então não quererá dizer...?

– Ao contrário.

Dizer quê? Ao contrário, quê? Palavras escuras, mas para quem tem fé e lida com números, nada mais claro. Camilo elevou ainda mais a soma da aposta. Faltava pouco para os setecentos mil-réis; ou vencia ou morria.

A jovem consorte mantinha a alegria da casa, por mais dura que fosse a vida, grossos os trabalhos, crescentes as dívidas e os empréstimos, e até não raras as fomes. Não lhe cabia culpa, mas tinha paciência. Ele, em chegando aos setecentos mil-réis, trancaria a porta. O leão não queira dar. Camilo pensou em trocá-lo por outro bicho, mas o compadre afligia-se tanto com essa frouxidão, que ele acabaria entre os braços da realeza. Faltava já pouco; enfim, pouquíssimo.

– Hoje respiro – disse Camilo à esposa. – Aqui está a nota última.

Cerca das duas horas, estando à mesa da repartição, a copiar um grave documento, Camilo ia calculando os números e descrendo da sorte. O documento tinha algarismos; ele errou-os muita vez, por causa do atropelo em que uns e outros lhe andavam no cérebro. A troca era fácil; os seus vinham mais vezes ao papel que os do documento original. E o pior é que ele não dava por isso, escrevia o leão em vez de transcrever a soma exata das toneladas de pólvora...

De repente, entra na sala um contínuo, chega-se-lhe ao ouvido, e diz que o leão dera. Camilo deixou cair a pena, e a tinta inutilizou a cópia quase acabada. Se a ocasião fosse outra, era caso de dar um murro no papel e quebrar a pena, mas a ocasião era esta, e o papel e a pena escaparam às violências mais justas deste mundo; o leão dera. Mas, como a dúvida não morre:

– Quem é que disse que o leão deu? – perguntou Camilo baixinho.

– O moço que me vendeu na cobra.

– Então foi a cobra que deu.

– Não, senhor; ele é que se enganou e veio trazer a notícia pensando que eu tinha comprado no leão, mas foi na cobra.

– Você está certo?

– Certíssimo.

Camilo quis deitar a correr, mas o papel borrado de tinta acenou-lhe que não. Foi ao chefe, contou-lhe o desastre e pediu para fazer a cópia no dia seguinte; viria mais cedo, ou levaria o original para casa...

– Que está dizendo? A cópia há de ficar pronta hoje.

– Mas são quase três horas.

– Prorrogo o expediente.

Camilo teve vontade de prorrogar o chefe até ao mar, se lhe era lícito dar tal uso ao verbo e ao regulamento. Voltou à mesa, pegou de uma folha de papel e começou a escrever o requerimento de demissão. O leão dera; podia mandar embora aquele inferno. Tudo isto em segundos rápidos, apenas um minuto e meio. Não tendo remédio, entrou a recopiar o documento, e antes das quatro horas estava acabado. A letra saiu tremida, desigual, raivosa, agora melancólica, pouco a pouco alegre, à medida que o leão dizia ao ouvido do amanuense, adoçando a voz: Eu dei! eu dei!

– Ora, chegue-se, dê cá um abraço – disse-lhe o compadre, quando ele ali apareceu. – Afinal a sorte começa a protegê-lo.

– Quanto?

– Cento e cinco mil-réis.

Camilo pegou em si e nos cento e cinco mil-réis, e só na rua advertiu que não agradecera ao compadre; parou, hesitou, continuou. Cento e cinco mil-réis! Tinha ânsia de levar à mulher aquela notícia; mas, assim... só...?

– Sim, é preciso festejar esse acontecimento. Um dia não são dias. Devo agradecer ao céu a fortuna que me deu. Um pratinho melhor à mesa...

Viu perto uma confeitaria; entrou por ela e espraiou os olhos, sem escolher nada. O confeiteiro veio ajudá-lo, e, notando a incerteza de Camilo entre mesa e sobremesa, resolveu vender-lhe ambas as coisas. Começou por um pastelão, "um rico pastelão, que enchia os olhos, antes de encher a boca e o estomago". A sobremesa foi "um rico pudim", em que havia escrito, com letras de massa branca este viva eterno: "Viva a esperança!" A alegria de Camilo foi tanta e tão estrepitosa que o homem não teve remédio senão oferecer-lhe vinho também, uma ou duas garrafas. Duas.

– Isto não vai sem Porto; eu lhe mando tudo por um menino. Não é longe?

Camilo aceitou e pagou. Entendeu-se com o menino acerca da casa e do que faria. Que lhe não batesse à porta; chegasse e esperasse por ele; podia ser que ainda não estivesse em casa; se estivesse, viria à janela, de quando em quando. Pagou dezesseis mil-réis e saiu.

Estava tão contente com o jantar que levava e o espanto da mulher, nem se lembrou de presentear Joaninha com alguma joia. Esta ideia só o assaltou no bonde, andando; desceu e voltou a pé, a buscar um mimo de ouro, um broche que fosse, com uma pedra preciosa. Achou um broche nestas condições, tão modesto no preço, cinquenta mil-réis – que ficou admirado; mas comprou-o assim mesmo, e voou para casa.

Ao chegar, estava à porta o menino, com cara de o haver já descomposto e mandado ao diabo. Tirou-lhe os embrulhos e ofereceu-lhe uma gorjeta.

– Não, senhor, o patrão não quer.

– Pois não diga ao patrão; pegue lá dez tostões; servem para comprar na cobra, compre na cobra.

Isto de lhe indicar o bicho que não dera, em vez do leão, que dera, não foi cálculo nem perversidade; foi talvez confusão. O menino recebeu os dez tostões, ele entrou para casa com os embrulhos e a alma nas mãos e trinta e oito mil-réis na algibeira.

23
Três consequências*

D. Mariana Vaz está no derradeiro mês do primeiro ano de viúva. São 15 de dezembro de 1880, e o marido faleceu no dia 2 de janeiro, de madrugada, depois de uma bela festa do Ano-Bom, em que tudo dançou na fazenda, até os escravos. Não me peçam grandes notícias do finado Vaz; ou, se insistem por elas, ponham os olhos na viúva. A tristeza do primeiro dia é a de hoje. O luto é o mesmo. Nunca mais a alegria sorriu sequer na casa que vira a felicidade e a desgraça de D. Mariana.

Vinte e cinco anos, realmente, e vinte e cinco anos bonitos, não deviam andar de preto, mas cor-de-rosa ou azul, verde ou granada. Preto é que não. E, todavia, é a cor dos vestidos da jovem Mariana, uma cor tão pouco ajustada aos olhos dela, não porque estes também não sejam pretos, mas por serem moralmente azuis. Não sei se me fiz entender. Olhos lindos, rasgados, eloquentes; mas, por agora quietos e mudos. Não menos eloquente, e não menos calado é o rosto da pessoa.

Está a findar o ano da viuvez. Poucos dias faltam. Mais de um cavalheiro pretende a mão dela. Recentemente, chegou formado o filho de um fazendeiro importante da localidade; e é crença geral que ele restituirá ao mundo a bela viúva. O juiz municipal, que reúne à mocidade a viuvez, propõe-se a uma troca de consolações. Há um médico e um tenente-coronel indigitados como possíveis candidatos. Tudo vão trabalho! D. Mariana deixa-os andar, e continua fiel à memória do morto. Nenhum deles possui a força capaz de o fazer esquecer; não, esquecer seria impossível; ponhamos substituir.

Mas, como ia dizendo, estava-se no derradeiro mês do primeiro ano. Era tempo de aliviar o luto. D. Mariana cuidou seriamente em mandar arranjar alguns vestidos escuros, apropriados à situação. Tinha uma

*Publicado no periódico *A Estação* (31-07-1883).

amiga na corte, e determinou-se a escrever-lhe, remetendo-lhe as medidas. Foi aqui que interveio a tia dela, protetora do juiz municipal:

– Mariana, você por que não manda vir vestidos claros?

– Claros? Mas, titia, não vê que uma viúva...

– Viúva, sim; mas você não vai ficar viúva toda a vida.

– Como não?

A tia foi às do cabo:

– Mariana, você há de casar um dia; por que não escolhe já um bom marido? Sei de um, que é o melhor de todos, um homem honesto, sério, o Dr. Costa...

Mariana interrompeu-a; pediu-lhe que, pelo amor de Deus, não lhe tocasse em tal assunto. Moralmente, estava casada. O casamento dela subsistia. Nunca seria infiel ao "seu Fernando". A tia levantou os ombros; depois lembrou-lhe que fora casada duas vezes.

– Oh! Titia! São modos de ver.

A tia voltou à carga, nesse dia à noite, e no outro. O juiz municipal recebeu uma carta dela, dizendo que aparecesse para ver se tentava alguma coisa. Ele foi. Era, na verdade, um rapaz sério, muito simpático, e distinto. Mariana, vendo o plano concertado entre os dois, resolveu vir em pessoa à corte. A tia tentou dissuadi-la, mas perdeu tempo e latim. Mariana, além de fiel à memória do marido, era obstinada; não podia suportar a ideia de lhe imporem coisa nenhuma. A tia, não podendo dissuadi-la, acompanhou-a.

Na corte tinha algumas amigas e parentas. Elas acolheram a jovem viúva com muitas atenções, deram-lhe agasalho, carinhos, conselhos. Uma prima levou-a a uma das melhores modistas. D. Mariana disse-lhe o que queria: sortir-se de vestidos escuros, apropriados ao estado de viúva. Escolheu vinte, sendo dois inteiramente pretos, doze escuros e simples para uso de casa, e seis mais enfeitados. Escolheu também chapéus noutra casa. Mandou fazer os chapéus, e esperou as encomendas para seguir com elas.

Enquanto esperava, como a temperatura ainda permitia ficar na corte, Mariana andou de um lado para outro, vendo uma infinidade de coisas que não via desde os dezessete anos. Achou a corte animadíssima. A prima quis levá-la ao teatro, e só o conseguiu depois de muita teima; Mariana gostou muito.

Ia frequentes vezes à Rua do Ouvidor, já porque lhe era necessário provar os vestidos, já porque queria despedir-se por alguns anos de tanta coisa bonita. São as suas próprias palavras. Na Rua do Ouvidor, onde a sua beleza era notada, correu logo que era uma viúva recente e rica. Cerca de vinte corações palpitaram logo, com a veemência própria do caso. Mas, que poderiam eles alcançar, eles da rua, se os da própria roda da prima não alcançavam nada? Com efeito, dois amigos do marido desta, rapazes da moda, fizeram a sua roda à viúva, sem maior proveito. Na opinião da prima, se fosse um só talvez domasse a fera; mas eram dois, e fizeram-na fugir.

Mariana chegou a ir a Petrópolis. Gostou muito; era a primeira vez que lá ia; e desceu cortada de saudades. A corte consolou-a; Botafogo, Laranjeiras, Rua do Ouvidor, movimento de bondes, gás, damas e rapazes, cruzando-se, carros de toda a sorte, tudo isto lhe parecia cheio de vida e movimento.

Mas os vestidos fizeram-se, e os chapéus enfeitaram-se. O calor começou a apertar muito; era necessário seguir para a fazenda. Mariana pegou dos chapéus e dos vestidos, meteu-se com a tia na estrada de ferro e seguiu. Parou um dia na vila, onde o juiz municipal a cumprimentou, e caminhou para casa.

Em casa, depois de descansada, e antes de dormir teve saudades da corte. Dormiu tarde e mal. A vida agitada da corte perpassava no espírito da moça como um espetáculo mágico. Ela via as damas que desciam ou subiam a Rua do Ouvidor, as lojas, os rapazes, os bondes, os carros; via as lindas chácaras dos arredores, onde a natureza se casava à civilização, lembrava-se da sala de jantar da prima, ao rés do chão, dando para o jardim, com dois rapazes à mesa – os tais dois que a requestaram à toa. E ficava triste, custava-lhe fechar os olhos.

Dois dias depois, apareceu na fazenda o juiz municipal, a visitá-la. D. Mariana recebeu-o o com muito carinho. Tinha no corpo o primeiro dos vestidos de luto aliviado. Era escuro, muito escuro, com fitas pretas e tristes; mas ficava-lhe tão bem! Desenhava-lhe o corpo com tanta graça, que aumentava a graça dos olhos e da boca.

Entretanto, o juiz municipal não lhe disse nada, nem com a boca nem com os olhos. Conversaram da corte, dos esplendores da vida, dos teatros, etc.; depois, por iniciativa dele, falaram do café e dos escravos. Mariana notou que ele não tinha as finezas dos dois rapazes da casa da prima, nem mesmo o tom elegante dos outros da Rua do Ouvidor; mas achou-lhe, em troca, muita distinção e gravidade.

Dois dias depois, o juiz despediu-se; ela instou para que ele ficasse. Tinha-lhe notado no colete alguma coisa análoga aos coletes da Rua do Ouvidor. Ele ficou mais dois dias; e tornaram a falar, não só do café, como de outros assuntos menos pesados.

Afinal, seguiu o juiz municipal, não sem prometer que voltaria três dias depois, aniversário natalício da tia de Mariana. Nunca ali se festejara tal dia; mas a fazendeira não achou outro meio de examinar bem se as gravatas do juiz municipal eram semelhantes às da Rua do Ouvidor. Pareceu-lhe que sim; e durante os três dias de ausência não pensou em outra coisa. O jovem magistrado, ou de propósito, ou casualmente, fez-se esperar; chegou tarde; Mariana, ansiosa, não pôde conter a alegria, quando ele transpôs a porteira.

– Bom! – disse consigo a tia. – Está caída.

E caída ficou. Casaram-se três meses depois. A tia, experiente e filósofa, acreditou e fez crer que, se Mariana não tem vindo em pessoa comprar os vestidos, ainda agora estaria viúva; a Rua do Ouvidor e os teatros restituíram-lhe a ideia matrimonial. Parece que era assim mesmo, porque o jovem casal pouco tempo depois vendeu a fazenda e veio para cá. Outra consequência da vinda à corte: a tia ficou com os vestidos. Que diabo fazia Mariana com tanto vestido escuro? Deu-os à boa velha. Terceira e última consequência: um pecurrucho.

Tudo por ter vindo ao atrito da felicidade alheia.

24
Galeria póstuma*

I.

Não, não se descreve a consternação que produziu em todo o Engenho Velho, e particularmente no coração dos amigos, a morte de Joaquim Fidélis. Nada mais inesperado. Era robusto, tinha saúde de ferro, e ainda na véspera fora a um baile, onde todos o viram conversado e alegre. Chegou a dançar, a pedido de uma senhora sexagenária, viúva de um amigo dele, que lhe tomou do braço, e lhe disse:

– Venha cá, venha cá, vamos mostrar a estes criançolas como é que os velhos são capazes de desbancar tudo.

Joaquim Fidélis protestou sorrindo; mas obedeceu e dançou. Eram duas horas quando saiu, embrulhando os seus sessenta anos numa capa grossa – estávamos em junho de 1879 –, metendo a calva na carapuça, acendendo um charuto, e entrando lepidamente no carro.

No carro é possível que cochilasse; mas, em casa, malgrado a hora e o grande peso das pálpebras, ainda foi à secretária, abriu uma gaveta, tirou um de muitos folhetos manuscritos – e escreveu durante três ou quatro minutos umas dez ou onze linhas. As últimas palavras eram estas: "Em suma, baile chinfrim; uma velha gaiteira obrigou-me a dançar uma quadrilha; à porta um crioulo pediu-me as festas. Chinfrim!" Guardou o folheto, despiu-se, meteu-se na cama, dormiu e morreu.

Sim, a notícia consternou a todo o bairro. Tão amado que ele era, com os modos bonitos que tinha, sabendo conversar com toda a gente, instruído com os instruídos, ignorante com os ignorantes, rapaz com os rapazes, e até moça com as moças. E depois, muito serviçal, pronto a escrever cartas, a falar a amigos, a concertar brigas, a emprestar dinheiro. Em casa

---

*Publicado no periódico *Gazeta de Notícias* (02-08-1883). Reunido pelo autor no livro *Histórias sem data* (1884).

dele reuniam-se à noite alguns íntimos da vizinhança, e às vezes de outros bairros; jogavam o voltarete ou whist, falavam de política. Joaquim Fidélis tinha sido deputado até a dissolução da câmara pelo marquês de Olinda, em 1863. Não conseguindo ser reeleito, abandonou a vida pública. Era conservador, nome que a muito custo admitiu, por lhe parecer galicismo político. Saquarema é o que ele gostava de ser chamado. Mas abriu mão de tudo; parece até que nos últimos tempos desligou-se do próprio partido, e afinal da mesma opinião. Há razões para crer que, de certa data em diante, foi um profundo cético, e nada mais.

Era rico e letrado. Formara-se em direito no ano de 1842. Agora não fazia nada e lia muito. Não tinha mulheres em casa. Viúvo desde a primeira invasão da febre amarela, recusou contrair segundas núpcias, com grande mágoa de três ou quatro damas, que nutriram essa esperança durante algum tempo. Uma delas chegou a prorrogar perfidamente os seus belos cachos de 1845 até meados do segundo neto; outra, mais moça e também viúva, pensou retê-lo com algumas concessões, tão generosas quão irreparáveis. "Minha querida Leocádia, dizia ele nas ocasiões em que ela insinuava a solução conjugal, por que não continuaremos assim mesmo? O mistério é o encanto da vida." Morava com um sobrinho, o Benjamim, filho de uma irmã, órfão desde tenra idade. Joaquim Fidélis deu-lhe educação e fê-lo estudar, até obter diploma de bacharel em ciências jurídicas, no ano de 1877.

Benjamim ficou atordoado. Não podia acabar de crer na morte do tio. Correu ao quarto, achou o cadáver na cama, frio, olhos abertos, e um leve arregaço irônico ao canto esquerdo da boca. Chorou muito e muito. Não perdia um simples parente, mas um pai, um pai terno, dedicado, um coração único. Benjamim enxugou, enfim, as lágrimas; e, porque lhe fizesse mal ver os olhos abertos do morto, e principalmente o lábio arregaçado, consertou-lhe ambas as coisas. A morte recebeu assim a expressão trágica; mas a originalidade da máscara perdeu-se.

– Não me digam isto! – bradava daí a pouco um dos vizinhos, Diogo Vilares, ao receber notícia do caso.

Diogo Vilares era um dos cinco principais familiares de Joaquim Fidélis. Devia-lhe o emprego que exercia desde 1857. Veio ele; vieram os outros quatro, logo depois, um a um, estupefatos, incrédulos. Primeiro chegou o Elias Xavier, que alcançara por intermédio do finado, segundo se dizia, uma comenda; depois entrou o João Brás, deputado que foi, no regime das suplências, eleito com o influxo do Joaquim Fidélis. Vieram, enfim, o Fragoso e o Galdino, que lhe não deviam diplomas, comendas nem empregos, mas outros favores. Ao Galdino adiantou ele alguns poucos capitais, e ao Fragoso arranjou-lhe um bom casamento... E morto! Morto para todo sempre! De redor da cama, fitavam o rosto sereno e recordavam a última festa, a do outro domingo, tão íntima, tão expansiva! E, mais perto ainda, a noite da antevéspera, em que o voltarete do costume foi até as onze horas.

– Amanhã não venham – disse-lhes o Joaquim Fidélis –; vou ao baile do Carvalhinho.

– E depois?...

– Depois de amanhã, cá estou.

E, à saída, deu-lhes ainda um maço de excelentes charutos, segundo fazia às vezes, com um acréscimo de doces secos para os pequenos, e duas ou três pilhérias finas... Tudo esvaído! tudo disperso! tudo acabado!

Ao enterro acudiram muitas pessoas gradas, dois senadores, um ex-ministro, titulares, capitalistas, advogados, comerciantes, médicos; mas as argolas do caixão foram seguras pelos cinco familiares e o Benjamim. Nenhum deles quis ceder a ninguém esse último obséquio, considerando que era um dever cordial e intransferível. O adeus do cemitério foi proferido pelo João Brás, um adeus tocante, com algum excesso de estilo para um caso tão urgente, mas, enfim, desculpável. Deitada a pá de terra, cada um se foi arredando da cova, menos os seis, que assistiram ao trabalho posterior e indiferente dos coveiros. Não arredaram pé antes de ver cheia a cova até acima, e depositadas sobre ela as coroas fúnebres.

II.

A missa do sétimo dia reuniu-os na igreja. Acabada a missa, os cinco amigos acompanharam à casa o sobrinho do morto. Benjamim convidou-os a almoçar.

– Espero que os amigos do tio Joaquim serão também meus amigos – disse ele.

Entraram, almoçaram. Ao almoço falaram do morto; cada um contou uma anedota, um dito; eram unânimes no louvor e nas saudades. No fim do almoço, como tivessem pedido uma lembrança do finado, passaram ao gabinete, e escolheram à vontade, este uma caneta velha, aquele uma caixa de óculos, um folheto, um retalho qualquer íntimo. Benjamim sentia-se consolado. Comunicou-lhes que pretendia conservar o gabinete tal qual estava. Nem a secretária abrira ainda. Abriu-a então, e, com eles, inventariou o conteúdo de algumas gavetas. Cartas, papéis soltos, programas de concertos, menus de grandes jantares, tudo ali estava de mistura e confusão. Entre outras coisas acharam alguns cadernos manuscritos, numerados e datados.

– Um diário! – disse Benjamim.

Com efeito, era um diário das impressões do finado, espécie de memórias secretas, confidências do homem a si mesmo. Grande foi a comoção dos amigos; lê-lo era ainda conversá-lo. Tão reto caráter! tão discreto espírito! Benjamim começou a leitura; mas a voz embargou-se-lhe depressa, e João Brás continuou-a.

O interesse do escrito adormeceu a dor do óbito. Era um livro digno do prelo. Muita observação política e social, muita reflexão filosófica, anedotas de homens públicos, do Feijó, do Vasconcelos, outras puramente galantes, nomes de senhoras, o da Leocádia, entre outros; um repertório de fatos e comentários. Cada um admirava o talento do finado, as graças do estilo, o interesse da matéria. Uns opinavam pela impressão tipográfica; Benjamim dizia que sim, com a condição de excluir alguma coisa, ou inconveniente ou demasiado particular. E continuavam a ler, saltando pedaços e páginas, até que bateu meio-dia. Levantaram-se todos; Diogo Vilares ia já chegar à repartição fora de horas; João Brás e Elias tinham onde estar juntos. Galdino seguia para a loja. O Fragoso precisava mudar a roupa preta, e acompanhar a mulher à Rua do Ouvidor. Concordaram em nova reunião para prosseguir a leitura. Certas particularidades tinham-lhes dado uma comichão de escândalo, e as comichões coçam-se: é o que eles queriam fazer, lendo.

– Até amanhã – disseram.

– Até amanhã.

Uma vez só, Benjamim continuou a ler o manuscrito. Entre outras coisas, admirou o retrato da viúva Leocádia, obra-prima de paciência e semelhança, embora a data coincidisse com a dos amores. Era prova de uma rara isenção de espírito. De resto, o finado era exímio nos retratos. Desde 1873 ou 1874, os cadernos vinham cheios deles, uns de vivos, outros de mortos, alguns de homens públicos, Paula Sousa, Aureliano, Olinda, etc. Eram curtos e substanciais, às vezes três ou quatro rasgos firmes, com tal fidelidade e perfeição, que a figura parecia fotografada. Benjamim ia lendo; de repente deu com o Diogo Vilares. E leu estas poucas linhas:

"Diogo Vilares – Tenho-me referido muitas vezes a este amigo, e fá-lo-ei algumas outras mais, se ele me não matar de tédio, coisa em que o reputo profissional. Pediu-me há anos que lhe arranjasse um emprego, e arranjei-lho. Não me avisou da moeda em que me pagaria. Que singular gratidão! Chegou ao excesso de compor um soneto e publicá-lo. Falava-me do obséquio a cada passo, dava-me grandes nomes; enfim, acabou. Mais tarde relacionamo-nos intimamente. Conheci-o então ainda melhor. *C'est le genre ennuyeux*. Não é mau parceiro de voltarete. Dizem-me que não deve nada a ninguém. Bom pai de família. Estúpido e crédulo. Com intervalo de quatro dias, já lhe ouvi dizer de um ministério que era excelente e detestável: diferença dos interlocutores. Ri muito e mal. Toda a gente, quando o vê pela primeira vez, começa por supô-lo um varão grave; no segundo dia dá-lhe piparotes. A razão é a figura, ou, mais particularmente, as bochechas, que lhe emprestam um certo ar superior."

A primeira sensação do Benjamim foi a do perigo evitado. Se o Diogo Vilares estivesse ali? Releu o retrato e mal podia crer; mas não havia negá-lo, era o próprio nome do Diogo Vilares, era a mesma letra do tio. E não era o único dos familiares; folheou o manuscrito e deu com o Elias:

"Elias Xavier – Este Elias é um espírito subalterno, destinado a servir alguém, e a servir com desvanecimento, como os cocheiros de casa elegante. Vulgarmente trata as minhas visitas íntimas com alguma arrogância e desdém: política de lacaio ambicioso. Desde as primeiras semanas, compreendi que ele queria fazer-se meu privado; e não menos compreendi que, no dia que realmente o fosse, punha os outros no meio da rua. Há ocasiões em que me chama a um vão da janela para falar-me secretamente do sol e da chuva. O fim claro é incutir nos outros a suspeita de que há entre nós coisas particulares, e alcança isso mesmo, porque todos lhe rasgam muitas cortesias. É inteligente, risonho e fino. Conversa muito bem. Não conheço compreensão mais rápida. Não é poltrão nem maldizente. Só fala mal de alguém, por interesse; faltando-lhe interesse, cala-se; e a maledicência legítima é gratuita. Dedicado e insinuante. Não tem ideias, é verdade; mas há esta grande diferença entre ele e o Diogo Vilares: o Diogo repete pronta e boçalmente as que ouve, ao passo que o Elias sabe fazê-las suas e plantá-las oportunamente na conversação. Um caso de 1865 caracteriza bem a astúcia deste homem. Tendo dado alguns libertos para a guerra do Paraguai, ia receber uma comenda. Não precisava de mim; mas veio pedir a minha intercessão, duas ou três vezes, com um ar consternado e súplice. Falei ao ministro, que me disse: 'O Elias já sabe que o decreto está lavrado; falta só a assinatura do Imperador.' Compreendi então que era um estratagema para poder confessar-me essa obrigação. Bom parceiro de voltarete; um pouco brigão, mas entendido."

– Ora o tio Joaquim! – exclamou Benjamim levantando-se. E depois de alguns instantes, reflexionou consigo: – Estou lendo um coração, livro inédito. Conhecia a edição pública, revista e expurgada. Este é o texto primitivo e interior, a lição exata e autêntica. Mas quem imaginaria nunca... Ora o tio Joaquim!

E, tornando a sentar-se, releu também o retrato do Elias, com vagar, meditando as feições. Posto lhe faltasse observação, para avaliar a verdade do escrito, achou que em muitas partes, ao menos, o retrato era semelhante. Cotejava essas notas iconográficas, tão cruas, tão secas, com as maneiras cordiais e graciosas do tio, e sentia-se tomado de um certo terror e mal-estar. Ele, por exemplo, que teria dito dele o finado? Com esta ideia, folheou ainda o manuscrito, passou por alto algumas damas, alguns homens públicos, deu com o Fragoso – um esboço curto e curtíssimo –, logo depois o Galdino, e quatro páginas adiante o João Brás. Justamente o primeiro levara dele uma caneta, pouco antes, talvez a mesma com que o finado o retratara. Curto era o esboço, e dizia assim:

"Fragoso – Honesto, maneiras açucaradas e bonito. Não me custou casá-lo; vive muito bem com a mulher. Sei que me tem uma extraordinária adoração – quase tanta como a si mesmo. Conversação vulgar, polida e chocha."

"Galdino Madeira – O melhor coração do mundo e um caráter sem mácula; mas as qualidades do espírito destroem as outras. Emprestei-lhe algum dinheiro, por motivo da família, e porque me não fazia falta. Há no cérebro dele um certo furo, por onde o espírito escorrega e cai no vácuo. Não reflete três minutos seguidos. Vive principalmente de imagens, de frases translatas. Os 'dentes da calúnia' e outras expressões, surradas como colchões de hospedaria, são os seus encantos. Mortifica-se facilmente no jogo, e, uma vez mortificado, faz timbre em perder, e em mostrar que é de propósito. Não despede os maus caixeiros. Se não tivesse guarda-livros, é duvidoso que somasse os quebrados. Um subdelegado, meu amigo, que lhe deveu algum dinheiro, durante dois anos, dizia-me com muita graça que o Galdino quando o via na rua, em vez de lhe pedir a dívida, pedia-lhe notícias do ministério."

"João Brás – Nem tolo nem bronco. Muito atencioso, embora sem maneiras. Não pode ver passar um carro de ministro; fica pálido e vira os olhos. Creio que é ambicioso; mas na idade em que está, sem carreira, a ambição vai-se-lhe convertendo em inveja. Durante os dois anos em que serviu de deputado, desempenhou honradamente o cargo: trabalhou muito, e fez alguns discursos bons, não brilhantes, mas sólidos, cheios de fatos e refletidos. A prova de que lhe ficou um resíduo de ambição é o ardor com que anda à cata de alguns cargos honoríficos ou proeminentes; há alguns meses consentiu em ser juiz de uma irmandade de S. José, e segundo me dizem, desempenha o cargo com um zelo exemplar. Creio que é ateu, mas não afirmo. Ri pouco e discretamente. A vida é pura e severa, mas o caráter tem uma ou duas cordas fraudulentas, a que só faltou a mão do artista; nas coisas mínimas, mente com facilidade."

Benjamim, estupefato, deu enfim consigo mesmo – "Este meu sobrinho, dizia o manuscrito, tem vinte e quatro anos de idade, um projeto de reforma judiciária, muito cabelo, e ama-me. Eu não o amo menos. Discreto, leal e bom – bom até a credulidade. Tão firme nas afeições como versátil nos pareceres. Superficial, amigo de novidades, amando no direito o vocabulário e as fórmulas."

Quis reler, e não pôde; essas poucas linhas davam-lhe a sensação de um espelho. Levantou-se, foi à janela, mirou a chácara e tornou dentro para contemplar outra vez as suas feições. Contemplou-as; eram poucas, falhas, mas não pareciam caluniosas. Se ali estivesse um público, é provável que a mortificação do rapaz fosse menor, porque a necessidade de dissipar a impressão moral dos outros dar-lhe-ia a força necessária para reagir contra o escrito; mas, a sós, consigo, teve de suportá-lo sem contraste. Então considerou se o tio não teria composto essas páginas nas horas de mau humor; comparou-as a outras em que a frase era menos áspera, mas não cogitou se ali a brandura vinha ou não de molde.

Para confirmar a conjetura, recordou as maneiras usuais do finado, as horas de intimidade e riso, a sós com ele, ou de palestra com os demais familiares. Evocou a figura do tio, com o olhar espirituoso e meigo, e a pilhéria grave; em lugar dessa, tão cândida e simpática, a que lhe apareceu foi a do tio morto, estendido na cama, com os olhos abertos, o lábio arregaçado. Sacudiu-a do espírito, mas a imagem ficou. Não podendo rejeitá-la, Benjamim tentou mentalmente fechar-lhe os olhos e consertar-lhe a boca; mas tão depressa o fazia, como a pálpebra tornava a levantar-se, e a ironia arregaçava o beiço. Já não era o homem, era o autor do manuscrito.

Benjamim jantou mal e dormiu mal. No dia seguinte, à tarde, apresentaram-se os cinco familiares para ouvir a leitura. Chegaram sôfregos, ansiosos; fizeram-lhe muitas perguntas; pediram-lhe com instância para ver o manuscrito. Mas Benjamim tergiversava, dizia isto e aquilo, inventava pretextos; por mal de pecados, apareceu-lhe na sala, por trás deles, a eterna boca do defunto, e esta circunstância fê-lo ainda mais acanhado. Chegou a mostrar-se frio, para ficar só, e ver se com eles desaparecia a visão. Assim se passaram trinta a quarenta minutos. Os cinco olharam enfim uns para os outros, e deliberaram sair; despediram-se cerimoniosamente, e foram conversando, para suas casas:

– Que diferença do tio! Que abismo! A herança enfunou-o! Deixá-lo! Ah! Joaquim Fidélis! Ah! Joaquim Fidélis!

25
Luís Soares*

I.

Trocar o dia pela noite, dizia Luís Soares, é restaurar o império da natureza corrigindo a obra da sociedade. O calor do sol está dizendo aos homens que vão descansar e dormir, ao passo que a frescura relativa da noite é a verdadeira estação em que se deve viver. Livre em todas as minhas ações, não quero sujeitar-me à lei absurda que a sociedade me impõe: velarei de noite, dormirei de dia.

Contrariamente a vários ministérios, Soares cumpria este programa com um escrúpulo digno de uma grande consciência. A aurora para ele era o crepúsculo, o crepúsculo era a aurora. Dormia doze horas consecutivas durante o dia, quer dizer das seis da manhã às seis da tarde. Almoçava às sete e jantava às duas da madrugada. Não ceava. A sua ceia limitava-se a uma xícara de chocolate que o criado lhe dava às cinco horas da manhã quando ele entrava para casa. Soares engolia o chocolate, fumava dois charutos, fazia alguns trocadilhos com o criado, lia uma página de algum romance e deitava-se.

Não lia jornais. Achava que um jornal era a coisa mais inútil deste mundo, depois da câmara dos deputados, das obras dos poetas, e das missas. Não quer isto dizer que Soares fosse ateu em religião, política e poesia. Não. Soares era apenas indiferente. Olhava para todas as grandes coisas com a mesma cara com que via uma mulher feia. Podia vir a ser um grande perverso; até então era apenas uma grande inutilidade.

Graças a uma boa fortuna que lhe deixara o pai, Soares podia gozar a vida que levava, esquivando-se a todo o gênero de trabalho e entregue somente aos instintos da sua natureza e aos caprichos do seu coração.

---

*Publicado no periódico *Jornal das Famílias* (janeiro de 1869). Reunido pelo autor no livro *Contos fluminenses* (1869)

Coração é talvez demais. Era duvidoso que Soares o tivesse. Ele mesmo o dizia. Quando alguma dama lhe pedia que ele a amasse, Soares respondia:

– Minha rica pequena, eu nasci com a grande vantagem de não ter coisa nenhuma dentro do peito nem dentro da cabeça. Isso que chamam juízo e sentimento são para mim verdadeiros mistérios. Não os compreendo porque os não sinto.

Soares acrescentava que a fortuna suplantara a natureza deitando-lhe no berço em que nasceu uma boa soma de contos de réis. Mas esquecia que a fortuna, apesar de generosa, é exigente, e quer da parte dos seus afilhados algum esforço próprio. A fortuna não é Danaide. Quando vê que um tonel esgota a água que se lhe põe dentro vai levar os seus cântaros a outra parte. Soares não pensava nisto. Cuidava que os seus bens eram renascentes como as cabeças da hidra antiga. Gastava às mãos largas; e os contos de réis, tão dificilmente acumulados por seu pai, escapavam-se-lhe das mãos como pássaros sequiosos por gozarem do ar livre.

Achou-se, portanto, pobre quando menos o esperava. Um dia de manhã, quer dizer às ave-marias, os olhos de Soares viram escritas as palavras fatídicas do festim babilônico. Era uma carta que o criado lhe entregara dizendo que o banqueiro de Soares a havia deixado à meia-noite. O criado falava como o amo vivia: ao meio-dia chamava meia-noite.

– Já te disse – respondeu Soares – que eu só recebo cartas dos meus amigos, ou então...

– De alguma rapariga, bem sei. É por isso que lhe não tenho dado as cartas que o banqueiro tem trazido há um mês. Hoje, porém, o homem disse que era indispensável que lhe eu desse esta.

Soares sentou-se na cama, e perguntou ao criado meio alegre e meio zangado:

– Então tu és criado dele ou meu?

– Meu amo, o banqueiro disse que se trata de um grande perigo.

– Que perigo?

– Não sei.

– Deixa ver a carta.

O criado entregou-lhe a carta.

Soares abriu-a e leu-a duas vezes. Dizia a carta que o rapaz não possuía mais que seis contos de réis. Para Soares seis contos de réis eram menos que seis vinténs.

Pela primeira vez na sua vida Soares sentiu uma grande comoção. A ideia de não ter dinheiro nunca lhe havia acudido ao espírito; não imaginava que um dia se achasse na posição de qualquer outro homem que precisava de trabalhar.

Almoçou sem vontade e saiu. Foi ao Alcazar. Os amigos acharam-no triste; perguntaram-lhe se era alguma mágoa de amor. Soares respondeu que estava doente. As Laís da localidade acharam que era de bom gosto ficarem tristes também. A consternação foi geral.

Um dos seus amigos, José Pires, propôs um passeio a Botafogo para distrair as melancolias de Soares. O rapaz aceitou. Mas o passeio a Botafogo era tão comum que não podia distraí-lo. Lembraram-se de ir ao Corcovado, ideia que foi aceita e executada imediatamente.

Mas que há que possa distrair um rapaz nas condições de Soares? A viagem ao Corcovado apenas lhe produziu uma grande fadiga, aliás útil, porque, na volta, dormiu o rapaz a sono solto.

Quando acordou mandou dizer ao Pires que viesse falar-lhe imediatamente. Daí a uma hora parava um carro à porta: era o Pires que chegava, mas acompanhado de uma rapariga morena que respondia ao nome de Vitória. Entraram os dois pela sala de Soares com a franqueza e o estrépito naturais entre pessoas de família.

– Não está doente? – perguntou Vitória ao dono da casa.

– Não – respondeu este –; mas por que veio você?

– É boa! – disse José Pires –; veio porque é a minha xícara inseparável... Querias falar-me em particular?

– Queria.

– Pois falemos aí em qualquer canto; Vitória fica na sala vendo os álbuns.

– Nada – interrompeu a moça –; nesse caso vou-me embora. É melhor; só imponho uma condição: é que ambos hão de ir depois lá para casa; temos ceiata.

– Valeu! – disse Pires.

Vitória saiu; os dois rapazes ficaram sós.

Pires era o tipo do bisbilhoteiro e leviano. Em lhe cheirando novidade preparava-se para instruir-se de tudo. Lisonjeava-o a confiança de Soares, e adivinhava que o rapaz ia comunicar-lhe alguma coisa importante. Para isso assumiu um ar condigno com a situação. Sentou-se comodamente em uma cadeira de braços; pôs o castão da bengala na boca e começou o ataque com estas palavras:

– Estamos sós; que me queres?

Soares confiou-lhe tudo; leu-lhe a carta do banqueiro; mostrou-lhe em toda a nudez a sua miséria. Disse-lhe que naquela situação não via solução possível, e confessou ingenuamente que a ideia do suicídio o havia alimentado durante longas horas.

– Um suicídio! – exclamou Pires. – Estás doido.

– Doido! – respondeu Soares. – Entretanto não vejo outra saída neste beco. Demais, é apenas meio suicídio, porque a pobreza já é meia morte.

– Convenho que a pobreza não é coisa agradável, e até acho...

Pires interrompeu-se; uma ideia súbita atravessara-lhe o espírito: a ideia de que Soares acabasse a conferência por pedir-lhe dinheiro. Pires tinha um preceito na sua vida: era não emprestar dinheiro aos amigos. Não se empresta sangue, dizia ele.

Soares não reparou na frase cortada do amigo, e disse:

– Viver pobre depois de ter sido rico... é impossível.

– Nesse caso que me queres tu? – perguntou Pires, a quem pareceu que era bom atacar o touro de frente.

– Um conselho.

– Inútil conselho, pois que já tens uma ideia fixa.

– Talvez. Entretanto confesso que não se deixa a vida com facilidade, e má ou boa, sempre custa morrer. Por outro lado, ostentar a minha miséria diante das pessoas que me viram rico é uma humilhação que eu não aceito. Que farias tu no meu lugar?

– Homem – respondeu Pires – há muitos meios...

– Venha um.

– Primeiro meio. Vai para Nova York e procura uma fortuna.

– Não me convém; nesse caso fico no Rio de Janeiro.

– Segundo meio. Arranja um casamento rico.

– É bom de dizer. Onde está esse casamento?

– Procura. Não tens uma prima que gosta de ti?

– Creio que já não gosta; e demais não é rica; tem apenas trinta contos; despesa de um ano.

– É um bom princípio de vida.

– Nada; outro meio.

– Terceiro meio, e o melhor. Vai à casa de teu tio, angaria-lhe a estima, dize que estás arrependido da vida passada, aceita um emprego, enfim vê se te constituis seu herdeiro universal.

Soares não respondeu; a ideia pareceu-lhe boa.

– Aposto que te agrada o terceiro meio? – perguntou Pires rindo.

– Não é mau. Aceito; e bem sei que é difícil e demorado; mas eu não tenho muitos à escolha.

– Ainda bem – disse Pires levantando-se. – Agora o que se quer é algum juízo. Há de custar-te o sacrifício, mas lembra-te que é o meio único de teres dentro de pouco tempo uma fortuna. Teu tio é um homem achacado de moléstias; qualquer dia bate a bota. Aproveita o tempo. E agora vamos à ceia da Vitória.

– Não vou – disse Soares –; quero acostumar-me desde já a viver vida nova.

– Bem; adeus.

– Olha; confiei-te isto a ti só; guarda-me segredo.

– Sou um túmulo – respondeu Pires descendo a escada.

Mas no dia seguinte já os rapazes e raparigas sabiam que Soares ia fazer-se anacoreta... por não ter dinheiro nenhum. O próprio Soares reconheceu isto no rosto dos amigos. Todos pareciam dizer-lhe: É pena! que pândego vamos nós perder!

Pires nunca mais o visitou.

II.

O tio de Soares chamava-se o major Luís da Cunha Vilela, e era com efeito um homem já velho e adoentado. Contudo não se podia dizer que morreria cedo. O major Vilela observava um rigoroso regime que lhe ia entretendo a vida. Tinha uns bons sessenta anos. Era um velho alegre e severo ao mesmo tempo. Gostava de rir, mas era implacável com os maus costumes. Constitucional por necessidade, era no fundo de sua alma absolutista. Chorava pela sociedade antiga; criticava constantemente a nova. Enfim foi o último homem que abandonou a cabeleira de rabicho.

Vivia o major Vilela em Catumbi, acompanhado de sua sobrinha Adelaide, e mais uma velha parenta. A sua vida era patriarcal. Importando-se pouco ou nada com o que ia por fora, o major entregava-se todo ao cuidado de sua casa, aonde poucos amigos e algumas famílias da vizinhança o iam ver, e passar as noites com ele. O major conservava sempre a mesma alegria, ainda nas ocasiões em que o reumatismo o prostrava. Os reumáticos dificilmente acreditarão nisto; mas eu posso afirmar que era verdade.

Foi num dia de manhã, felizmente um dia em que o major não sentia o menor achaque, e ria e brincava com as duas parentas, que Soares apareceu em Catumbi à porta do tio.

Quando o major recebeu o cartão com o nome do sobrinho, supôs que era alguma caçoada. Podia contar com todos em casa, menos o sobrinho. Faziam já dois anos que o não via, e entre a última e a penúltima vez tinha mediado ano e meio. Mas o moleque disse-lhe tão seriamente que o nhonhô Luís estava na sala de espera, que o velho acabou por acreditar.

– Que te parece, Adelaide?

A moça não respondeu.

O velho foi à sala de visitas.

Soares tinha pensado no meio de aparecer ao tio. Ajoelhar-se era dramático demais; cair-lhe nos braços exigia certo impulso íntimo que ele não tinha; além de que, Soares vexava-se de ter ou fingir uma comoção. Lembrou-se de começar uma conversação alheia ao fim que o levava lá, e acabar por confessar-se disposto a arrepiar carreira. Mas este meio tinha o inconveniente de fazer preceder a reconciliação por um sermão, que o rapaz dispensava. Ainda não se resolvera a aceitar um dos muitos meios que lhe vieram à ideia, quando o major apareceu à porta da sala.

O major parou à porta sem dizer palavra e lançou sobre o sobrinho um olhar severo e interrogador.

Soares hesitou um instante; mas como a situação podia prolongar-se sem benefício seu, o rapaz seguiu um movimento natural: foi ao tio e estendeu-lhe a mão.

– Meu tio – disse ele – não precisa dizer mais nada; o seu olhar diz-me tudo. Fui pecador e arrependo-me. Aqui estou.

O major estendeu-lhe a mão, que o rapaz beijou com o respeito de que era suscetível.

Depois encaminhou-se para uma cadeira e sentou-se; o rapaz ficou de pé.

– Se o teu arrependimento é sincero, abro-te a minha porta e o meu coração. Se não é sincero podes ir embora; há muito tempo que não frequento a casa da ópera: não gosto de comediantes.

Soares protestou que era sincero. Disse que fora dissipado e doido, mas que aos trinta anos era justo ter juízo. Reconhecia agora que o tio sempre tivera razão. Supôs ao princípio que eram simples rabugices de velho, e mais nada; mas não era natural esta leviandade num rapaz educado no vício? Felizmente corrigia-se a tempo. O que ele agora queria era entrar em bom viver, e começava por aceitar um emprego público que o obrigasse a trabalhar e fazer-se sério. Tratava-se de ganhar uma posição.

Ouvindo o discurso de que fiz o extrato acima, o major procurava adivinhar o fundo do pensamento de Soares. Seria ele sincero? O velho concluiu que o sobrinho falava com a alma nas mãos. A sua ilusão chegou ao ponto de ver-lhe uma lágrima nos olhos, lágrima que não apareceu, nem mesmo fingida.

Quando Soares acabou, o major estendeu-lhe a mão e apertou a que o rapaz lhe estendeu também.

– Creio, Luís. Ainda bem que te arrependeste a tempo. Isso que vivias não era vida nem morte; a vida é mais digna e a morte mais tranquila do que a existência que malbarataste. Entras agora em casa como um filho pródigo. Terás o melhor lugar à mesa. Esta família é a mesma família.

O major continuou por este tom; Soares ouviu a pé quedo o discurso do tio. Dizia consigo que era a amostra da pena que ia sofrer, e um grande desconto dos seus pecados.

O major acabou levando o rapaz para dentro, onde os esperava o almoço.

Na sala de jantar estavam Adelaide e a velha parenta. A Sra. Antônia de Moura Vilela recebeu Soares com grandes exclamações que envergonharam sinceramente o rapaz. Quanto a Adelaide, apenas o cumprimentou sem olhar para ele; Soares retribuiu o cumprimento.

O major reparou na frieza; mas parece que sabia alguma coisa, porque apenas deu uma risadinha amarela, coisa que lhe era peculiar.

Sentaram-se à mesa, e o almoço correu entre as pilhérias do major, as recriminações da Sra. Antônia, as explicações do rapaz e o silêncio de Adelaide. Quando o almoço acabou, o major disse ao sobrinho que fumasse, concessão enorme que o rapaz a custo aceitou. As duas senhoras saíram; ficaram os dois à mesa.

– Estás então disposto a trabalhar?

– Estou, meu tio.

– Bem; vou ver se te arranjo um emprego. Que emprego preferes?

– O que quiser, meu tio, contanto que eu trabalhe.

– Bem. Levarás amanhã uma carta minha a um dos ministros. Deus queira que possas obter o emprego sem dificuldade. Quero ver-te trabalhador e sério; quero ver-te homem. As dissipações não produzem nada, a não ser dívidas e desgostos... Tens dívidas?

– Nenhuma – respondeu Soares.

Soares mentia. Tinha uma dívida de alfaiate, relativamente pequena; queria pagá-la sem que o tio soubesse.

No dia seguinte o major escreveu a carta prometida, que o sobrinho levou ao ministro; e tão feliz foi, que daí a um mês estava empregado em uma secretaria com um bom ordenado.

Cumpre fazer justiça ao rapaz. O sacrifício que fez de transformar os seus hábitos da vida foi enorme, e a julgá-lo pelos seus antecedentes, ninguém o julgara capaz de tal. Mas o desejo de perpetuar uma vida de dissipação pode explicar a mudança e o sacrifício. Aquilo na existência de Soares não passava de um parêntesis mais ou menos extenso. Almejava por fechá-lo e continuar o período como havia começado, isto é, vivendo com Aspásia e pagodeando com Alcibíades.

O tio não desconfiava de nada; mas temia que o rapaz fosse novamente tentado à fuga, ou porque o seduzisse a lembrança das dissipações antigas, ou porque o aborrecesse a monotonia e a fadiga do trabalho. Com o fim de impedir o desastre, lembrou-se de inspirar-lhe ambição política. Pensava o major que a política seria um remédio decisivo para aquele doente, como se não fosse conhecido que os louros de Lovelace e os de Turgot andam muita vez na mesma cabeça.

Soares não desanimou o major. Disse que era natural acabar a sua existência na política, e chegou a dizer que algumas vezes sonhara com uma cadeira no parlamento.

– Pois eu verei se te posso arranjar isto – respondeu o tio. – O que é preciso é que estudes a ciência da política, a história do nosso parlamento e do nosso governo; e principalmente é preciso que continues a ser o que és hoje: um rapaz sério.

Se bem o dizia o major, melhor o fazia Soares, que desde então meteu-se com os livros e lia com afinco as discussões das câmaras.

Soares não morava com o tio, mas passava lá todo o tempo que lhe sobrava do trabalho, e voltava para casa depois do chá, que era patriarcal, e bem diferente das ceiatas do antigo tempo.

Não afirmo que entre as duas fases da existência de Luís Soares não houvesse algum elo de união, e que o emigrante das terras de Gnido não fizesse de quando em quando excursão à pátria. Em todo o caso essas excursões eram tão secretas que ninguém sabia delas, nem talvez os habitantes das referidas terras, com exceção dos poucos escolhidos para receberem o expatriado. O caso era singular, porque naquele país não se reconhece o cidadão naturalizado estrangeiro, ao contrário da Inglaterra, que não dá aos súditos da rainha o direito de escolherem outra pátria.

Soares encontrava-se de quando em quando com Pires. O confidente do convertido manifestava a sua amizade antiga oferecendo-lhe um charuto de Havana e contando-lhe algumas boas fortunas havidas nas campanhas do amor, em que o alarve supunha ser consumado general.

Havia já cinco meses que o sobrinho do major Vilela se achava empregado, e ainda os chefes da repartição não tinham tido um só motivo de queixa contra ele. A dedicação era digna de melhor causa. Exteriormente via-se em Luís Soares um monge; raspando-se um pouco achava-se o diabo.

Ora, o diabo viu de longe uma conquista...

III.

A prima Adelaide tinha vinte e quatro anos, e a sua beleza, no pleno desenvolvimento da sua mocidade, tinha em si o condão de fazer morrer de amores. Era alta e bem-proporcionada; tinha uma cabeça modelada pelo tipo antigo; a testa era espaçosa e alta, os olhos rasgados e negros, o nariz levemente aquilino. Quem a contemplava durante alguns momentos sentia que ela tinha todas as energias, a das paixões e a da vontade.

Há de lembrar-se o leitor do frio cumprimento trocado entre Adelaide e seu primo; também se há de lembrar que Soares disse ao amigo Pires ter sido amado por sua prima. Ligam-se estas duas coisas. A frieza de Adelaide resultava de uma lembrança que era dolorosa para a moça; Adelaide amara o primo, não com um simples amor de primos, que em geral resulta da convivência e não de uma súbita atração. Amara-o com todo o vigor e calor de sua alma; mas já então o rapaz iniciava os seus passos em outras regiões e ficou indiferente aos afetos da moça. Um amigo que sabia do segredo perguntou-lhe um dia por que razão não se casava com Adelaide, ao que o rapaz respondeu friamente:

– Quem tem a minha fortuna não se casa; mas se se casa é sempre com quem tenha mais. Os bens de Adelaide são a quinta parte dos meus; para ela é negócio da China; para mim é um mau negócio.

O amigo que ouvira esta resposta não deixou de dar uma prova da sua afeição ao rapaz indo contar tudo à moça. O golpe foi tremendo, não tanto pela certeza que lhe dava de não ser amada, como pela circunstância de nem ao menos ficar-lhe o direito de estima. A confissão de Soares era um corpo de delito. O confidente oficioso esperava talvez colher os despojos da derrota; mas Adelaide, tão depressa ouviu a delação como desprezou o delator.

O incidente não passou disto.

Quando Soares voltou à casa do tio, a moça achou-se em dolorosa situação; era obrigada a conviver com um homem ao qual nem podia dar apreço. Pela sua parte, o rapaz também se achava acanhado, não porque lhe doessem as palavras que dissera um dia, mas por causa do tio, que ignorava tudo. Não ignorava; o moço é que o supunha. O major soube da paixão de Adelaide e soube também da repulsa que tivera no coração do rapaz. Talvez não soubesse das palavras textuais repetidas à moça pelo amigo de Soares; mas se não conhecia o texto, conhecia o espírito; sabia que, pelo motivo de ser amado, o rapaz entrara a aborrecer a prima, e que esta, vendo-se repelida, entrara a aborrecer o rapaz. O major supôs até durante algum tempo que a ausência de Soares tinha por motivo a presença da moça em casa.

Adelaide era filha de um irmão do major, homem muito rico e igualmente excêntrico, que morrera havia dez anos deixando a moça entregue aos cuidados do irmão. Como o pai de Adelaide fizera muitas viagens, parece que gastou nelas a maior parte da sua fortuna. Quando morreu apenas coube a Adelaide, filha única, cerca de trinta contos, que o tio conservou intactos para serem o dote da pupila.

Soares houve-se como pôde na singular situação em que se achava. Não conversava com a prima; apenas trocava com ela as palavras estritamente necessárias para não chamar a atenção do tio. A moça fazia o mesmo.

Mas quem pode ter mão ao coração? A prima de Luís Soares sentiu que pouco a pouco lhe ia renascendo o antigo afeto. Procurou combatê-lo sinceramente; mas não se impede o crescimento de uma planta senão arrancando-lhe as raízes. As raízes existiam ainda. Apesar dos esforços da moça o amor veio pouco a pouco invadindo o lugar do ódio, e se até então o suplício era grande, agora era enorme. Travara-se uma luta entre o orgulho e o amor. A moça sofreu consigo; não articulou uma palavra.

Luís Soares reparava que quando os seus dedos tocavam os da prima, esta experimentava uma grande emoção: corava e empalidecia. Era um grande navegador aquele rapaz nos mares do amor: conhecia-lhe a calma e a tempestade. Convenceu-se de que a prima o amava outra vez. A descoberta não o alegrou; pelo contrário, foi-lhe motivo de grande irritação. Receava que o tio, descobrindo o sentimento da sobrinha, propusesse o casamento ao rapaz; e recusá-lo não seria comprometer no futuro a esperada herança? A herança sem o casamento era o ideal do moço. Darme asas, pensava ele, atando-me os pés, é o mesmo que condenar-me à prisão. É o destino do papagaio doméstico; não aspiro a tê-lo.

Realizaram-se as previsões do rapaz. O major descobriu a causa da tristeza da moça e resolveu pôr termo àquela situação propondo ao sobrinho o casamento.

Soares não podia recusar abertamente sem comprometer o edifício da sua fortuna.

– Este casamento – disse-lhe o tio – é complemento da minha felicidade. De um só lance reúno duas pessoas que tanto estimo, e morro tranquilo sem levar nenhum pesar para outro mundo. Estou que aceitarás.

– Aceito, meu tio; mas observo que o casamento assenta no amor, e eu não amo minha prima.

– Bem; hás de amá-la; casa-te primeiro...

– Não desejo expô-la a uma desilusão.

– Qual desilusão! – disse o major sorrindo. – Gosto de ouvir-te falar essa linguagem poética, mas casamento não é poesia. É verdade que é bom que duas pessoas antes de se casarem se tenham já alguma estima mútua. Isso creio que tens. Lá fogos ardentes, meu rico sobrinho, são coisas que ficam bem em verso, e mesmo em prosa; mas na vida, que não é prosa nem verso, o casamento apenas exige certa conformidade de gênio de educação e de estima.

– Meu tio sabe que eu não me recuso a uma ordem sua.

– Ordem, não! Não te ordeno, proponho. Dizes que não amas tua prima; pois bem, faze por isso, e daqui a algum tempo casem-se que me darão gosto. O que eu quero é que seja cedo, porque não estou longe de dar à casca.

O rapaz disse que sim. Adiou a dificuldade não podendo resolvê-la. O major ficou satisfeito com o arranjo e consolou a sobrinha com a promessa de que podia casar-se um dia com o primo. Era a primeira vez que o velho tocava em semelhante assunto, e Adelaide não dissimulou o seu espanto, espanto que lisonjeou profundamente a perspicácia do major.

– Ah! Tu pensas – disse ele – que eu por ser velho já perdi os olhos do coração? Vejo tudo, Adelaide; vejo aquilo mesmo que se quer esconder.

A moça não pôde reter algumas lágrimas, e como o velho a consolasse dando-lhe esperanças, ela respondeu abanando a cabeça:

– Esperanças, nenhuma!

– Descansa em mim! – disse o major.

Conquanto a dedicação do tio fosse toda espontânea e filha do amor que votava à sobrinha, esta compreendeu que semelhante intervenção podia fazer supor ao primo que ela esmolava os afetos do seu coração.

Aqui falou o orgulho da mulher, que preferia o sofrimento à humilhação. Quando ela expôs estas objeções ao tio, o major sorriu-se afavelmente e procurou acalmar a susceptibilidade da moça.

Passaram-se alguns dias sem mais incidente; o rapaz estava no gozo da dilação que lhe dera o tio. Adelaide readquiriu o seu ar frio e indiferente. Soares compreendia o motivo, e àquela manifestação do orgulho respondia com um sorriso. Duas vezes notou Adelaide essa expressão de desdém da parte do primo. Que mais precisava para reconhecer que o rapaz sentia por ela a mesma indiferença de outro tempo? Acrescia que sempre que os dois se encontravam sós, Soares era o primeiro que se afastava dela. Era o mesmo homem.

– Não me ama, não me amará nunca! – dizia a moça consigo.

IV.

Um dia de manhã o major Vilela recebeu a seguinte carta:

"Meu valente major. Cheguei da Bahia hoje mesmo, e lá irei de tarde para ver-te e abraçar-te. Prepara um jantar. Creio que me não hás de receber como qualquer indivíduo. Não esqueças o vatapá. Teu amigo, Anselmo."

– Bravo! – disse o major. – Temos cá o Anselmo; prima Antônia, mande fazer um bom vatapá.

O Anselmo que chegara da Bahia chamava-se Anselmo Barroso de Vasconcelos. Era um fazendeiro rico, e veterano da independência. Com os seus setenta e oito anos ainda se mostrava rijo e capaz de grandes feitos. Tinha sido íntimo amigo do pai de Adelaide, que o apresentou ao major, vindo a ficar amigo deste depois que o outro morrera. Anselmo acompanhou o amigo até os seus últimos instantes; e chorou a perda como se fora seu próprio irmão. As lágrimas cimentaram a amizade entre ele e o major.

De tarde apareceu Anselmo galhofeiro e vivo como se começasse para ele uma nova mocidade. Abraçou a todos; deu um beijo em Adelaide, a quem felicitou pelo desenvolvimento das suas graças.

– Não se ria de mim – disse-lhe ele – eu fui o maior amigo de seu pai. Pobre amigo! Morreu nos meus braços.

Soares, que sofria com a monotonia da vida que levava em casa do tio, alegrou-se com a presença do galhofeiro ancião, que era um verdadeiro fogo de artifício. Anselmo é que pareceu não simpatizar com o sobrinho do major. Quando o major ouviu isto, disse:

– Sinto muito, porque Soares é um rapaz sério.

– Creio que é sério demais. Rapaz que não ri...

Não sei que incidente interrompeu a frase do fazendeiro.

Depois do jantar Anselmo disse ao major:

– Quantos são amanhã?

– Quinze.

– De que mês?

– É boa! De dezembro.

– Bem; amanhã 15 de dezembro preciso ter uma conferência contigo e os teus parentes. Se o vapor se demora um dia em caminho pregava-me uma boa peça.

No dia seguinte verificou-se a conferência pedida por Anselmo. Estavam presentes o major, Soares, Adelaide e D. Antônia, únicos parentes do finado.

– Fazem hoje dez anos que faleceu o pai desta menina – disse Anselmo apontando para Adelaide. – Como sabem, o Dr. Bento Varela foi o meu melhor amigo, e eu tenho consciência de haver correspondido à sua afeição até aos últimos instantes. Sabem que ele era um gênio excêntrico; toda a sua vida foi uma grande originalidade. Ideava vinte projetos, qual mais grandioso, qual mais impossível, sem chegar ao cabo de nenhum, porque o seu espírito criador tão depressa compunha uma coisa como entrava a planear outra.

– É verdade – interrompeu o major.

– O Bento morreu nos meus braços, e como derradeira prova da sua amizade confiou-me um papel com a declaração de que eu só o abrisse em presença dos seus parentes dez anos depois de sua morte. No caso de eu morrer os meus herdeiros assumiriam essa obrigação; em falta deles, o major, a Sra. D. Adelaide, enfim qualquer pessoa que por laço de sangue estivesse ligada a ele. Enfim, se ninguém houvesse na classe mencionada, ficava incumbido um tabelião. Tudo isto havia eu declarado em testamento, que vou reformar. O papel a que me refiro, tenho aqui no bolso.

Houve um movimento de curiosidade.

Anselmo tirou do bolso uma carta fechada com lacre preto.

– É este – disse ele. – Está intacto. Não conheço o texto; mas posso mais ou menos saber o que está dentro por circunstâncias que vou referir.

Redobrou a atenção geral.

– Antes de morrer – continuou Anselmo –, o meu querido amigo entregou-me uma parte da sua fortuna, quero dizer a maior parte, porque a menina recebeu apenas trinta contos. Eu recebi dele trezentos contos, que guardei até hoje intactos, e que devo restituir segundo as indicações desta carta.

A um movimento de espanto em todos seguiu-se um movimento de ansiedade. Qual seria a vontade misteriosa do pai de Adelaide? D. Antônia lembrou-se que em rapariga fora namorada do defunto, e por um momento lisonjeou-se com a ideia de que o velho maníaco se houvesse lembrado dela às portas da morte.

– Nisto reconheço eu o mano Bento – disse o major tomando uma pitada –; era o homem dos mistérios, das surpresas e das ideias extravagantes, seja dito sem agravo aos seus pecados, se é que os teve...

Anselmo tinha aberto a carta. Todos prestaram ouvidos. O veterano leu o seguinte:

> Meu bom e estimadíssimo Anselmo. Quero que me prestes o último favor. Tens contigo a maior parte da minha fortuna, e eu diria a melhor se tivesse de aludir à minha querida filha Adelaide. Guarda esses trezentos contos até daqui a dez anos, e ao terminar o prazo, lê esta carta diante dos meus parentes.
>
> "Se nessa época a minha filha Adelaide for viva e casada entrega-lhe a fortuna. Se não estiver casada, entrega-lha também, mas com uma condição: é que se case com o sobrinho Luís Soares, filho de minha irmã Luísa; quero-lhe muito, e apesar de ser rico, desejo que entre na posse da fortuna com minha filha. No caso em que esta se recuse a esta condição, fica tu com a fortuna toda."

Quando Anselmo acabou de ler esta carta seguiu-se um silêncio de surpresa geral, de que partilhava o próprio veterano, alheio até então ao conteúdo da carta.

Soares tinha os olhos em Adelaide; esta tinha-os no chão.

Como o silêncio se prolongasse, Anselmo resolveu rompê-lo.

– Ignorava, como todos – disse ele –, o que esta carta contém; felizmente chega ela a tempo de se realizar a última vontade do meu finado amigo.

– Sem dúvida nenhuma – disse o major.

Ouvindo isto, a moça levantou insensivelmente os olhos para o primo, e os dela encontraram-se com os dele. Os dele transbordavam de contentamento e ternura; a moça fitou-os durante alguns instantes. Um sorriso, já não zombeteiro, passou pelos lábios do rapaz. A moça sorriu com tamanho desdém às zumbaias de um cortesão.

Anselmo levantou-se.

– Agora que estão cientes disto – disse ele aos dois primos –, espero que resolvam, e como o resultado não pode ser duvidoso, desde já os felicito. Entretanto, hão de dar-me licença, que tenho de ir a outras partes.

Com a saída de Anselmo dispersara-se a reunião. Adelaide foi para o seu quarto com a velha parenta. O tio e o sobrinho ficaram na sala.

– Luís – disse o primeiro –, és o homem mais feliz do mundo.

– Parece-lhe, meu tio? – disse o moço procurando disfarçar a sua alegria.

– És. Tens uma moça que te ama loucamente. De repente cai-lhe nas mãos uma fortuna inesperada; e essa fortuna só pode havê-la com a condição de se casar contigo. Até os mortos trabalham a teu favor.

– Afirmo-lhe, meu tio, que a fortuna não pesa nada nestes casos, e se eu assentar em casar com a prima será por outro motivo.

– Bem sei que a riqueza não é essencial; não é. Mas enfim vale alguma coisa. É melhor ter trezentos contos que trinta: sempre é mais uma cifra. Contudo não te aconselho que te cases com ela se não tiveres alguma afeição. Nota que eu não me refiro a essas paixões de que me falaste. Casar mal, apesar da riqueza, é sempre casar mal.

– Estou convencido disto, meu tio. Por isso ainda não dei a minha resposta, nem dou por ora. Se eu vier a afeiçoar-me à prima estou pronto a entrar na posse dessa inesperada riqueza.

Como o leitor terá adivinhado, a resolução do casamento estava assentada no espírito de Soares. Em vez de esperar a morte do tio, parecia-lhe melhor entrar desde logo na posse de um excelente pecúlio, o que se lhe afigurava tanto mais fácil, quanto que era a voz do túmulo que o impunha.

Soares contava também com a profunda veneração de Adelaide por seu pai. Isto, ligado ao amor que a rapariga sentia por ele, devia produzir o desejado efeito.

Nessa noite o rapaz dormiu pouco. Sonhou com o Oriente. Pintou-lhe a imaginação um harém recendente das melhores essências da Arábia, forrado o chão com tapetes da Pérsia; sobre moles divãs ostentavam-se as mais perfeitas belezas do mundo. Uma circassiana dançava no meio do salão ao som de um pandeiro de marfim. Mas um furioso eunuco, precipitando-se na sala com o iatagã desembainhado, enterrou-o todo no peito de Soares, que acordou com o pesadelo, e não pôde mais conciliar o sono.

Levantou-se mais cedo e foi passear até chegar a hora do almoço e da repartição.

V.

O plano de Luís Soares estava feito.

Tratava-se de abater as armas pouco a pouco, simulando-se vencido diante da influência de Adelaide. A circunstância da riqueza tornava necessária toda a discrição. A transição devia ser lenta. Cumpria ser diplomata.

Os leitores terão visto que, apesar de certa argúcia da parte de Soares, não tinha ele a perfeita compreensão das coisas, e por outro lado o seu caráter era indeciso e vário.

Hesitara em casar com Adelaide quando o tio lhe falou nisso, quando era certa que viria a obter mais tarde a fortuna do major. Dizia então que não tinha vocação de papagaio. A situação agora era a mesma; aceitava uma fortuna mediante uma prisão. É verdade que se esta resolução era contrária à primeira, podia ter por causa o cansaço que lhe ia produzindo a vida que levava. Além de que, desta vez, a riqueza não se fazia esperar: era entregue logo depois do consórcio.

– Trezentos contos – pensava o rapaz –, é quanto basta para eu ser mais do que fui. O que não hão de dizer os outros!

Antevendo uma felicidade que era certa para ele, Soares começou o assédio da praça, aliás praça rendida.

Já o rapaz procurava os olhos da prima, já os encontrava, já lhes pedia aquilo que recusara até então, o amor da moça. Quando, à mesa, as suas mãos se encontravam, Soares tinha o cuidado de demorar o contato, e se a moça retirava a sua mão, o rapaz nem por isso desanimava. Quando se encontrava a sós com ela, não fugia como outrora, antes lhe dirigia alguma palavra, a que Adelaide respondia com fria polidez.

– Quer vender o peixe caro – pensava Soares.

Uma vez atreveu-se a mais. Adelaide tocava piano quando ele entrou sem que ela o visse. Quando a moça acabou, Soares estava por trás dela.

– Que lindo! – disse o rapaz –; deixe-me beijar-lhe essas mãos inspiradas.

A moça olhou séria para ele, pegou no lenço que pusera sobre o piano, e saiu sem dizer palavra.

Esta cena mostrou a Soares toda a dificuldade da empresa; mas o rapaz confiava em si, não porque se reconhecesse capaz de grandes energias, mas por espécie de esperança na sua boa estrela.

– É difícil subir a corrente – disse ele –, mas sobe-se. Não se fazem Alexandres na conquista de praças desarmadas.

Contudo as desilusões iam-se sucedendo, e o rapaz, se o não alentasse a ideia da riqueza, teria abatido as armas.

Um dia lembrou-se de escrever-lhe uma carta. Lembrou-se de que era difícil expor-lhe de viva voz tudo quanto sentia; mas que uma carta, por muito ódio que ela lhe tivesse, sempre seria lida.

Adelaide devolveu a carta pelo moleque da casa que lha havia entregue. A segunda carta teve a mesma sorte. Quando mandou a terceira, o moleque não a quis receber.

Luís Soares teve um instante de desengano. Indiferente à moça, já começava a odiá-la; se casasse com ela era provável que a tratasse como inimigo mortal.

A situação tornava-se ridícula para ele; ou antes, já o era há muito, mas Soares só então o compreendeu. Para escapar ao ridículo, resolveu dar um golpe final, mas grande. Aproveitou a primeira ocasião que pôde, e fez uma declaração positiva à moça, cheia de súplicas, de suspiros, talvez de lágrimas. Confessou os seus erros; reconheceu que não a havia compreendido; mas arrependera-se e confessava tudo. A influência dela acabara por abatê-lo.

– Abatê-lo! – disse ela. – Não compreendo. A que influência alude?

– Bem sabe; à influência da sua beleza, do seu amor... Não suponha que lhe estou mentindo. Sinto-me hoje tão apaixonado que era capaz de cometer um crime!

– Um crime?

– Não é crime o suicídio? De que me serviria a vida sem o seu amor? Vamos, fale!

A moça olhou para ele durante alguns instantes sem dizer palavra.

O rapaz ajoelhou-se.

– Ou seja a morte, ou seja a felicidade – disse ele –, quero recebê-la de joelhos.

Adelaide sorriu e soltou lentamente estas palavras:

– Trezentos contos! É muito dinheiro para comprar um miserável.

E deu-lhe as costas.

Soares ficou petrificado. Durante alguns minutos conservou-se na mesma posição, com os olhos fitos na moça que se afastava lentamente. O rapaz dobrava-se ao peso da humilhação. Não previra tão cruel desforra da parte de Adelaide. Nem uma palavra de ódio, nem um indício de raiva; apenas um calmo desdém, um desprezo tranquilo e soberano. Soares sofrera muito quando perdeu a fortuna; mas agora que o seu orgulho foi humilhado, a sua dor foi infinitamente maior.

Pobre rapaz!

A moça foi para dentro. Parece que contava com aquela cena; porque entrando em casa, foi logo procurar o tio, e declarou-lhe que, apesar do quanto venerava a memória do pai, não podia obedecer-lhe, e desistia do casamento.

– Mas não o amas tu? – perguntou-lhe o major.

– Amei-o.

– Amas a outro?

– Não.

– Então explica-te.

Adelaide expôs francamente o procedimento de Soares desde que ali entrara, a mudança que fizera, a sua ambição, a cena do jardim. O major ouviu atentamente a moça, procurou desculpar o sobrinho, mas no fundo ele acreditava que Soares era um mau caráter.

Este, depois que pôde refrear a sua cólera, entrou em casa e foi despedir-se do tio até o dia seguinte.

Pretextou que tinha um negócio urgente.

VI.

Adelaide contou miudamente ao amigo de seu pai os sucessos que a obrigavam a não preencher a condição da carta póstuma confiada a Anselmo. Em consequência desta recusa, a fortuna devia ficar com Anselmo; a moça contentava-se com o que tinha.

Não se deu Anselmo por vencido, e antes de aceitar a recusa foi ver se sondava o espírito de Luís Soares.

Quando o sobrinho do major viu entrar por casa o fazendeiro, suspeitou que alguma coisa houvesse a respeito do casamento. Anselmo era perspicaz; de modo que, apesar da aparência de vítima com que Soares lhe aparecera, compreendeu ele que Adelaide tinha razão.

Assim pois tudo estava acabado. Anselmo dispôs-se a partir para a Bahia, e assim o declarou à família do major.

Nas vésperas de partir achavam-se todos juntos na sala de visitas, quando Anselmo soltou estas palavras:

– Major, está ficando melhor e forte; eu creio que uma viagem à Europa lhe fará bem. Esta moça também gostará de ver a Europa, e creio que a Sra. D. Antônia, apesar da idade, lá quererá ir. Pela minha parte sacrifico a Bahia e vou também. Aprovam o conselho?

– Homem – disse o major –, é preciso pensar...

– Qual pensar! Se pensarem não embarcarão. Que diz a menina?

– Eu obedeço ao tio – respondeu Adelaide.

– Além de que – disse Anselmo –, agora que D. Adelaide está de posse de uma grande fortuna, há de querer apreciar o que lia de bonito nos países estrangeiros a fim de poder melhor avaliar o que há no nosso...

– Sim – disse o major –; mas você fala de grande fortuna...

– Trezentos contos.

– São seus.

– Meus! Então sou algum ratoneiro? Que me importa a mim a fantasia de um generoso amigo? O dinheiro é desta menina, sua legítima herdeira, e não meu, que aliás tenho bastante.

– Isto é bonito, Anselmo!

– Mas o que não seria se não fosse isto?

A viagem à Europa ficou assentada.

Luís Soares ouviu a conversa toda sem dizer palavra; mas a ideia de que talvez pudesse ir com o tio sorriu-lhe ao espírito. No dia seguinte teve um desengano cruel. Disse-lhe o major que, antes de partir, o deixaria recomendado ao ministro.

Soares procurou ainda ver se alcançava seguir com a família. Era simples cobiça na fortuna do tio, desejo de ver novas terras, ou impulso de vingança contra a prima? Era tudo isso, talvez.

À última hora foi-se a derradeira esperança. A família partiu sem ele.

Abandonado, pobre, tendo por única perspectiva o trabalho diário, sem esperanças no futuro, e além do mais, humilhado e ferido em seu amor-próprio, Soares tomou a triste resolução dos cobardes.

Um dia de noite o criado ouviu no quarto dele um tiro; correu, achou um cadáver.

Pires soube na rua da notícia, e correu à casa de Vitória, que encontrou no toucador.

– Sabes de uma coisa? – perguntou ele.

– Não. Que é?

– O Soares matou-se.

– Quando?

– Neste momento.

– Coitado! É sério?

– É sério. Vais sair?

– Vou ao Alcazar.

– Canta-se hoje Barbe-Bleue, não é?

– É.

– Pois eu também vou.

E entrou a cantarolar a canção de Barbe-Bleue.

Luís Soares não teve outra oração fúnebre dos seus amigos mais íntimos.

26
A senhora do Galvão*

Começaram a rosnar dos amores deste advogado com a viúva do brigadeiro, quando eles não tinham ainda passado dos primeiros obséquios. Assim vai o mundo. Assim se fazem algumas reputações más, e, o que parece absurdo, algumas boas. Com efeito, há vidas que só têm prólogo; mas toda a gente fala do grande livro que se lhe segue, e o autor morre com as folhas em branco. No presente caso, as folhas escreveram-se, formando todas um grosso volume de trezentas páginas compactas, sem contar as notas. Estas foram postas no fim, não para esclarecer, mas para recordar os capítulos passados; tal é o método nesses livros de colaboração. Mas a verdade é que eles apenas combinavam no plano, quando a mulher do advogado recebeu este bilhete anônimo:

> Não é possível que a senhora se deixe embair mais tempo, tão escandalosamente, por uma de suas amigas, que se consola da viuvez, seduzindo os maridos alheios, quando bastava conservar os cachos...

Que cachos? Maria Olímpia não perguntou que cachos eram; eram da viúva do brigadeiro, que os trazia por gosto, e não por moda. Creio que isto se passou em 1853. Maria Olímpia leu e releu o bilhete; examinou a letra, que lhe pareceu de mulher e disfarçada, e percorreu mentalmente a primeira linha das suas amigas, a ver se descobria a autora. Não descobriu nada, dobrou o papel e fitou o tapete do chão, caindo-lhe os olhos justamente no ponto do desenho em que dois pombinhos ensinavam um ao outro a maneira de fazer de dois bicos um bico. Há dessas ironias do acaso, que dão vontade de destruir o universo. Afinal meteu

*Publicado no periódico *Gazeta de Notícias* (14-05-1884). Reunido pelo autor no livro *Histórias sem data* (1884).

o bilhete no bolso do vestido, e encarou a mucama, que esperava por ela, e que lhe perguntou:

– Nhanhã não quer mais ver o xale?

Maria Olímpia pegou no xale que a mucama lhe dava e foi pô-lo aos ombros, defronte do espelho. Achou que lhe ficava bem, muito melhor que à viúva. Cotejou as suas graças com as da outra. Nem os olhos nem a boca eram comparáveis; a viúva tinha os ombros estreitinhos, a cabeça grande, e o andar feio. Era alta; mas que tinha ser alta? E os trinta e cinco anos de idade, mais nove que ela? Enquanto fazia essas reflexões, ia compondo, pregando e despregando o xale.

– Este parece melhor que o outro – aventurou a mucama.

– Não sei... – disse a senhora, chegando-se mais para a janela, com os dois nas mãos.

– Bota o outro, nhanhã.

A nhanhã obedeceu. Experimentou cinco xales dos dez que ali estavam, em caixas, vindos de uma loja da Rua da Ajuda. Concluiu que os dois primeiros eram os melhores; mas aqui surgiu uma complicação – mínima, realmente, mas tão sutil e profunda na solução, que não vacilo em recomendá-la aos nossos pensadores de 1906. A questão era saber qual dos dois xales escolheria, uma vez que o marido, recente advogado, pedia-lhe que fosse econômica. Contemplava-os alternadamente, e ora preferia um, ora outro. De repente, lembrou-lhe a aleivosia do marido, a necessidade de mortificá-lo, castigá-lo, mostrar-lhe que não era peteca de ninguém, nem maltrapilha; e, de raiva, comprou ambos os xales.

Ao bater das quatros horas (era a hora do marido) nada de marido. Nem às quatro, nem às quatro e meia. Maria Olímpia imaginava uma porção de coisas aborrecidas, ia à janela, tornava a entrar, temia um desastre ou doença repentina; pensou também que fosse uma sessão do júri. Cinco horas, e nada. Os cachos da viúva também negrejavam diante dela, entre a doença e o júri, com uns tons de azul-ferrete, que era provavelmente a cor do diabo. Realmente era para exaurir a paciência de uma moça de vinte e seis anos. Vinte e seis anos; não tinha mais. Era filha de um deputado do tempo da Regência, que a deixou menina; e foi uma tia que a educou com muita distinção. A tia não a levou muito cedo a bailes e espetáculos. Era religiosa, conduziu-a primeiro à igreja. Maria Olímpia tinha a vocação da vida exterior, e, nas procissões e missas cantadas, gostava principalmente do rumor, da pompa; a devoção era sincera, tíbia e distraída. A primeira coisa que ela via na tribuna das igrejas era a si mesma. Tinha um gosto particular em olhar de cima para baixo, fitar a multidão das mulheres ajoelhadas ou sentadas, e os rapazes, que, por baixo do coro ou nas portas laterais, temperavam com atitudes namoradas as cerimônias latinas. Não entendia os sermões; o resto, porém, orquestra, canto, flores, luzes, sanefas, ouros, gentes, tudo exercia nela um singular feitiço. Magra devoção que escasseou ainda mais com o primeiro espetáculo e o primeiro baile. Não alcançou a Candiani, mas ouviu a Ida Edelvira, dançou à larga, e ganhou fama de elegante.

Eram cinco horas e meia, quando o Galvão chegou. Maria Olímpia, que então passeava na sala, tão depressa lhe ouviu os pés, fez o que faria qualquer outra senhora na mesma situação: pegou de um jornal de modas, e sentou-se, lendo, com um grande ar de pouco caso. Galvão entrou ofegante, risonho, cheio de carinhos, perguntando-lhe se estava zangada, e jurando que tinha um motivo para a demora, um motivo que ela havia de agradecer, se soubesse...

– Não é preciso – interrompeu ela friamente.

Levantou-se; foram jantar. Falaram pouco; ela menos que ele, mas em todo o caso, sem parecer magoada. Pode ser que entrasse a duvidar da carta anônima; pode ser também que os dois xales lhe pesassem na consciência. No fim do jantar, Galvão explicou a demora: tinha ido, a pé, ao teatro Provisório, comprar um camarote para essa noite: davam os Lombardos. De lá, na volta, foi encomendar um carro...

– Os Lombardos? – interrompeu Maria Olímpia.

– Sim; canta o Laboceta, canta a Jacobson; há bailado. Você nunca ouviu os Lombardos?

– Nunca.

– E aí está por que me demorei. Que é que você merecia agora? Merecia que eu lhe cortasse a ponta desse narizinho arrebitado...

Como ele acompanhasse o dito com um gesto, ela recuou a cabeça; depois acabou de tomar o café. Tenhamos pena da alma desta moça. Os primeiros acordes dos Lombardos ecoavam nela, enquanto a carta anônima lhe trazia uma nota lúgubre, espécie de réquiem. E por que é que a carta não seria uma calúnia? Naturalmente não era outra coisa: alguma invenção de inimigas, ou para afligi-la, ou para fazê-los brigar. Era isto mesmo. Entretanto, uma vez que estava avisada, não os perderia de vista. Aqui acudiu-lhe uma ideia: consultou o marido se mandaria convidar a viúva.

– Não – respondeu ele –; o carro só tem dois lugares, e eu não hei de ir na boleia.

Maria Olímpia sorriu de contente, e levantou-se. Há muito tempo que tinha vontade de ouvir os Lombardos. Vamos aos Lombardos! Trá, lá, lá, lá... Meia hora depois foi vestir-se. Galvão, quando a viu pronta daí a pouco, ficou encantado. Minha mulher é linda, pensou ele; e fez um gesto para estreitá-la ao peito; mas a mulher recuou, pedindo-lhe que não a amarrotasse. E, como ele, por umas veleidades de camareiro, pretendeu concertar-lhe a pluma do cabelo, ela disse-lhe enfastiada:

– Deixa, Eduardo! Já veio o carro?

Entraram no carro e seguiram para o teatro. Quem é que estava no camarote contíguo ao deles? Justamente a viúva e a mãe. Esta coincidência, filha do acaso, podia fazer crer algum ajuste prévio. Maria Olímpia chegou a suspeitá-lo; mas a sensação da entrada não lhe deu tempo de examinar a suspeita. Toda a sala voltara-se para vê-la, e ela bebeu, a tragos demorados, o leite da admiração pública. Demais, o marido teve a inspiração maquiavélica de lhe dizer ao ouvido: "Antes a mandasses convidar; ficava-nos devendo o favor." Qualquer suspeita cairia diante desta palavra. Contudo, ela cuidou de os não perder de vista – e renovou a resolução de cinco em cinco minutos, durante meia hora, até que, não podendo fixar a atenção, deixou-a andar. Lá vai ela, inquieta, vai direito ao clarão das luzes, ao esplendor dos vestuários, um pouco à ópera, como pedindo a todas as coisas alguma sensação deleitosa em que se espreguice uma alma fria e pessoal. E volta depois à própria dona, ao seu leque, às suas luvas, aos adornos do vestido, realmente magníficos. Nos intervalos, conversando com a viúva, Maria Olímpia tinha a voz e os gestos do costume, sem cálculo, sem esforço, sem sentimento, esquecida da carta. Justamente nos intervalos é que o marido, com uma discrição rara entre os filhos dos homens, ia para os corredores ou para o saguão pedir notícias do ministério.

Juntas saíram do camarote, no fim, e atravessaram os corredores. A modéstia com que a viúva trajava podia realçar a magnificência da amiga. As feições, porém, não eram o que esta afirmou, quando ensaiava os xales de manhã. Não, senhor; eram engraçadas, e tinham um certo pico original. Os ombros proporcionais e bonitos. Não contava trinta e cinco anos, mas trinta e um; nasceu em 1822, na véspera da independência, tanto que o pai, por brincadeira, entrou a chamá-la Ipiranga, e ficou-lhe esta alcunha entre as amigas. Demais, lá estava em Santa Rita o assentamento de batismo.

Uma semana depois, recebeu Maria Olímpia outra carta anônima. Era mais longa e explícita. Vieram outras, uma por semana, durante três meses. Maria Olímpia leu as primeiras com algum aborrecimento; as seguintes foram calejando a sensibilidade. Não havia dúvida que o marido demorava-se fora, muitas vezes, ao contrário do que fazia antes, ou saía à noite e regressava tarde; mas, segundo dizia, gastava o tempo no Wallerstein ou no Bernardo, em palestras políticas. E isto era verdade, uma verdade de cinco a dez minutos, o tempo necessário para recolher alguma anedota ou novidade, que pudesse repetir em casa, à laia de documento. Dali seguia para o Largo de S. Francisco, e metia-se no ônibus.

Tudo era verdade. E, contudo, ela continuava a não crer nas cartas. Ultimamente, não se dava mais ao trabalho de as refutar consigo; lia-as uma só vez, e rasgava-as. Com o tempo foram surgindo alguns indícios menos vagos, pouco a pouco, ao modo do aparecimento da terra aos navegantes; mas este Colombo teimava em não crer na América. Negava o que via; não podendo negá-lo, interpretava-o; depois recordava algum caso de alucinação, uma anedota de aparências ilusórias, e nesse travesseiro cômodo e mole punha a cabeça e dormia. Já então, prosperando-lhe o escritório, dava o Galvão partidas e jantares, iam a bailes, teatros, corridas de cavalos. Maria Olímpia vivia alegre, radiante; começava a ser um dos nomes da moda. E andava muita vez com a viúva, a despeito das cartas, a tal ponto que uma destas lhe dizia: "Parece que é melhor não escrever mais, uma vez que a senhora se regala numa comborçaria de mau gosto." Que era comborçaria? Maria Olímpia quis perguntá-lo ao marido, mas esqueceu o termo, e não pensou mais nisso.

Entretanto, constou ao marido que a mulher recebia cartas pelo correio. Cartas de quem? Esta notícia foi um golpe duro e inesperado. Galvão examinou de memória as pessoas que lhe frequentavam a casa, as que podiam encontrá-la em teatros ou bailes, e achou muitas figuras verossímeis. Em verdade, não lhe faltavam adoradores.

– Cartas de quem? – repetia ele mordendo o beiço e franzindo a testa.

Durante sete dias passou uma vida inquieta e aborrecida, espiando a mulher e gastando em casa grande parte do tempo. No oitavo dia, veio uma carta.

– Para mim? – disse ele vivamente.

– Não; é para mim – respondeu Maria Olímpia, lendo o sobrescrito –; parece letra de Mariana ou de Lulu Fontoura...

Não queria lê-la; mas o marido disse que a lesse; podia ser alguma notícia grave. Maria Olímpia leu a carta e dobrou-a, sorrindo; ia guardá-la, quando o marido desejou ver o que era.

– Você sorriu – disse ele gracejando –; há de ser algum epigrama comigo.

– Qual! É um negócio de moldes.

– Mas deixa ver.

– Para quê, Eduardo?

– Que tem? Você, que não quer mostrar, por algum motivo há de ser. Dê cá.

Já não sorria; tinha a voz trêmula. Ela ainda recusou a carta, uma, duas, três vezes. Teve mesmo ideia de rasgá-la, mas era pior, e não conseguiria fazê-la até o fim. Realmente, era uma situação original. Quando ela viu que não tinha remédio, determinou ceder. Que melhor ocasião para ler no rosto dele a expressão da verdade? A carta era das mais explícitas; falava da viúva em termos crus. Maria Olímpia entregou-lha.

– Não queria mostrar esta – disse-lhe ela primeiro –, como não mostrei outras que tenho recebido e botado fora; são tolices, intrigas, que andam fazendo para... Leia, leia a carta.

Galvão abriu a carta e deitou-lhe os olhos ávidos. Ela enterrou a cabeça na cintura, para ver de perto a franja do vestido. Não o viu empalidecer. Quando ele, depois de alguns minutos, proferiu duas ou três palavras, tinha já a fisionomia composta e um esboço de sorriso. Mas a mulher, que o não adivinhava, respondeu ainda de cabeça baixa; só a levantou daí a três ou quatro minutos, e não para fitá-lo de uma vez, mas aos pedaços, como se temesse descobrir-lhe nos olhos a confirmação do anônimo. Vendo-lhe, ao contrário, um sorriso, achou que era o da inocência, falou de outra coisa.

Redobraram as cautelas do marido; parece também que ele não pôde esquivar-se a um tal ou qual sentimento de admiração para com a mulher. Pela sua parte, a viúva, tendo notícia das cartas, sentiu-se envergonhada; mas reagiu depressa, e requintou de maneiras afetuosas com a amiga.

Na segunda ou terceira semana de agosto, Galvão fez-se sócio do Cassino Fluminense. Era um dos sonhos da mulher. A seis de setembro fazia anos a viúva, como sabemos. Na véspera, foi Maria Olímpia (com a tia que chegara de fora) comprar-lhe um mimo: era uso entre elas. Comprou-lhe um anel. Viu na mesma casa uma joia engraçada, uma meia lua de diamantes para o cabelo, emblema de Diana, que lhe iria muito bem sobre a testa. De Maomé que fosse; todo o emblema de diamantes é cristão. Maria Olímpia pensou naturalmente na primeira noite do Cassino; e a tia, vendo-lhe o desejo, quis comprar a joia, mas era tarde, estava vendida.

Veio a noite do baile. Maria Olímpia subiu comovida as escadas do Cassino. Pessoas que a conheceram naquele tempo, dizem que o que ela achava na vida exterior, era a sensação de uma grande carícia pública, a distância; era a sua maneira de ser amada. Entrando no Cassino, ia recolher nova cópia de admirações, e não se enganou, porque elas vieram, e de fina casta.

Foi pelas dez horas e meia que a viúva ali apareceu. Estava realmente bela, trajada a primor, tendo na cabeça a meia lua de diamantes. Ficava-lhe bem o diabo da joia, com as duas pontas para cima, emergindo do cabelo negro. Toda a gente admirou sempre a viúva naquele salão. Tinha muitas amigas, mais ou menos íntimas, não poucos adoradores, e possuía um gênero de espírito que espertava com as grandes luzes. Certo secretário de legação não cessava de a recomendar aos diplomatas novos: "*Causez avec Mme. Tavares; c'est adorable*!" Assim era nas outras noites; assim foi nesta.

– Hoje quase não tenho tido tempo de estar com você – disse ela a Maria Olímpia, perto de meia-noite.

– Naturalmente – disse a outra abrindo e fechando o leque; e, depois de umedecer os lábios, como para chamar a eles todo o veneno que tinha no coração: – Ipiranga, você está hoje uma viúva deliciosa... Vem seduzir mais algum marido?

A viúva empalideceu, e não pôde dizer nada. Maria Olímpia acrescentou, com os olhos, alguma coisa que a humilhasse bem, que lhe respingasse lama no triunfo. Já no resto da noite falaram pouco; três dias depois romperam para nunca mais.

27
O machete*

Inácio Ramos contava apenas dez anos quando manifestou decidida vocação musical. Seu pai, músico da imperial capela, ensinou-lhe os primeiros rudimentos da sua arte, de envolta com os da gramática de que pouco sabia. Era um pobre artista cujo único mérito estava na voz de tenor e na arte com que executava a música sacra. Inácio, conseguintemente, aprendeu melhor a música do que a língua, e aos quinze anos sabia mais dos bemóis que dos verbos. Ainda assim sabia quanto bastava para ler a história da música e dos grandes mestres. A leitura seduziu-o ainda mais; atirou-se o rapaz com todas as forças da alma à arte do seu coração, e ficou dentro de pouco tempo um rabequista de primeira categoria.

A rabeca foi o primeiro instrumento escolhido por ele, como o que melhor podia corresponder às sensações de sua alma. Não o satisfazia, entretanto, e ele sonhava alguma coisa melhor. Um dia veio ao Rio de Janeiro um velho alemão, que arrebatou o público tocando violoncelo. Inácio foi ouvi-lo. Seu entusiasmo foi imenso; não somente a alma do artista comunicava com a sua como lhe dera a chave do segredo que ele procurava.

Inácio nascera para o violoncelo.

Daquele dia em diante, o violoncelo foi o sonho do artista fluminense. Aproveitando a passagem do artista germânico, Inácio recebeu dele algumas lições, que mais tarde aproveitou quando, mediante economias de longo tempo, conseguiu possuir o sonhado instrumento.

Já a esse tempo seu pai era morto. Restava-lhe sua mãe, boa e santa senhora, cuja alma parecia superior à condição em que nascera, tão elevada tinha a concepção do belo. Inácio contava vinte anos, uma figura artística, uns olhos cheios de vida e de futuro. Vivia de algumas lições que dava e de alguns meios que lhe advinham das circunstâncias, tocando

*Publicado no periódico *Jornal das Famílias* (fevereiro e março de 1878)

ora num teatro, ora num salão, ora numa igreja. Restavam-lhe algumas horas, que ele empregava ao estudo do violoncelo.

Havia no violoncelo uma poesia austera e pura, uma feição melancólica e severa que casavam com a alma de Inácio Ramos. A rabeca, que ele ainda amava como o primeiro veículo de seus sentimentos de artista, não lhe inspirava mais o entusiasmo antigo. Passara a ser um simples meio de vida; não a tocava com a alma, mas com as mãos; não era a sua arte, mas o seu ofício. O violoncelo sim; para esse guardava Inácio as melhores das suas aspirações íntimas, os sentimentos mais puros, a imaginação, o fervor, o entusiasmo. Tocava a rabeca para os outros, o violoncelo para si, quando muito para sua velha mãe.

Moravam ambos em lugar afastado, em um dos recantos da cidade, alheios à sociedade que os cercava e que os não entendia. Nas horas de lazer, tratava Inácio do querido instrumento e fazia vibrar todas as cordas do coração, derramando as suas harmonias interiores, e fazendo chorar a boa velha de melancolia e gosto, que ambos estes sentimentos lhe inspirava a música do filho. Os serões caseiros quando Inácio não tinha de cumprir nenhuma obrigação fora de casa, eram assim passados; sós os dois, com o instrumento e o céu de permeio.

A boa velha adoeceu e morreu. Inácio sentiu o vácuo que lhe ficava na vida. Quando o caixão, levado por meia dúzia de artistas seus colegas, saiu da casa, Inácio viu ir ali dentro todo o passado, e presente, e não sabia se também todo o futuro. Acreditou que o fosse. A noite do enterro foi pouca para o repouso que o corpo lhe pedia depois do profundo abalo; a seguinte porém foi a data da sua primeira composição musical. Escreveu para o violoncelo uma elegia que não seria sublime como perfeição de arte, mas que o era sem dúvida como inspiração pessoal. Compô-la para si; durante dois anos ninguém a ouviu nem sequer soube dela.

A primeira vez que ele troou aquele suspiro fúnebre foi oito dias depois de casado, um dia em que se achava a sós com a mulher, na mesma casa em que morrera sua mãe, na mesma sala em que ambos costumavam passar algumas horas da noite. Era a primeira vez que a mulher o ouvia tocar violoncelo. Ele quis que a lembrança da mãe se casasse àquela revelação que ele fazia à esposa do seu coração: vinculava de algum modo o passado ao presente.

– Toca um pouco de violoncelo – tinha-lhe dito a mulher duas vezes depois do consórcio –; tua mãe me dizia que tocavas tão bem!

– Bem, não sei – respondia Inácio –; mas tenho satisfação em tocá-lo

– Pois sim, desejo ouvir-te!

– Por hora, não, deixa-me contemplar-te primeiro.

Ao cabo de oito dias, Inácio satisfez o desejo de Carlotinha. Era de tarde – uma tarde fria e deliciosa. O artista travou do instrumento, empunhou o arco e as cordas gemeram ao impulso da mão inspirada. Não via a mulher, nem o lugar, nem o instrumento sequer: via a imagem da mãe e embebia-se todo em um mundo de harmonias celestiais. A execução durou vinte minutos. Quando a última nota expirou nas cordas do violoncelo, o braço do artista tombou, não de fadiga, mas porque todo o corpo cedia ao abalo moral que a recordação e a obra lhe produziam.

– Oh! Lindo! Lindo! – exclamou Carlotinha levantando-se e indo ter com o marido.

Inácio estremeceu e olhou pasmado para a mulher. Aquela exclamação de entusiasmo destoara-lhe, em primeiro lugar porque o trecho que acabava de executar não era lindo, como ela dizia, mas severo e melancólico e depois porque, em vez de um aplauso ruidoso, ele preferia ver outro mais consentâneo com a natureza da obra – duas lágrimas que fossem; duas, mas exprimidas do coração, como as que naquele momento lhe sulcavam o rosto.

Seu primeiro movimento foi de despeito – despeito de artista, que nele dominava tudo. Pegou silencioso no instrumento e foi pô-lo a um canto. A moça viu-lhe então as lágrimas; comoveu-se e estendeu-lhe os braços.

Inácio apertou-a ao coração.

Carlotinha sentou-se então, com ele, ao pé da janela, donde viam surdir no céu azul as primeiras estrelas. Era uma mocinha de dezessete anos, parecendo dezenove, mais baixa que alta, rosto amorenado, olhos negros e travessos. Aqueles olhos, expressão fiel da alma de Carlota, contrastavam com o olhar brando e velado do marido. Os movimentos da moça eram vivos e rápidos, a voz argentina, a palavra fácil e corrente, toda ela uma índole, mundana e jovial. Inácio gostava de ouvi-la e vê-la; amava-a muito, e, além disso, como que precisava às vezes daquela expressão de vida exterior para entregar-se todo às especulações do seu espírito.

Carlota era filha de um negociante de pequena escala, homem que trabalhou a vida toda como um mouro para morrer pobre, porque a pouca fazenda que deixou, mal pôde chegar para satisfazer alguns empenhos. Toda a riqueza da filha era a beleza, que a tinha, ainda que sem poesia nem ideal. Inácio, conhecera-a ainda em vida do pai, quando ela ia com este visitar sua velha mãe; mas só a amou deveras, depois que ela ficou órfã e quando a alma lhe pediu um afeto para suprir o que a morte lhe levara.

A moça aceitou com prazer a mão que Inácio lhe oferecia. Casaram-se a aprazimento dos parentes da moça e das pessoas que os conheciam a ambos. O vácuo fora preenchido.

Apesar do episódio acima narrado, os dias, as semanas e os meses correram tecidos de ouro para o esposo artista. Carlotinha era naturalmente faceira e amiga de brilhar; mas contentava-se com pouco, e não se mostrava exigente nem extravagante. As posses de Inácio Ramos eram poucas; ainda assim ele sabia dirigir a vida de modo que nem o necessário lhe faltava nem deixava de satisfazer algum dos desejos mais modestos da moça. A sociedade deles não era certamente dispendiosa nem vivia de ostentação; mas qualquer que seja o centro social há nele exigências a que não podem chegar todas as bolsas. Carlotinha vivera de festas e passatempos; a vida conjugal exigia dela hábitos menos frívolos, e ela soube curvar-se à lei que de coração aceitara.

Demais, que há aí que verdadeiramente resista ao amor? Os dois amavam-se; por maior que fosse o contraste entre a índole de um e outro, ligava-os e irmanava-os o afeto verdadeiro que os aproximara. O primeiro milagre do amor fora a aceitação por parte da moça do famoso violoncelo. Carlotinha não experimentava decerto as sensações que o violoncelo produzia no marido, e estava longe daquela paixão silenciosa e profunda que vinculava Inácio Ramos ao instrumento; mas acostumara-se a ouvi-lo, apreciava-o, e chegara a entendê-lo alguma vez.

A esposa concebeu. No dia em que o marido ouviu esta notícia sentiu um abalo profundo; seu amor cresceu de intensidade.

– Quando o nosso filho nascer – disse ele –, eu comporei o meu segundo canto.

– O terceiro será quando eu morrer, não? – perguntou a moça com um leve tom de despeito.

– Oh! Não digas isso!

Inácio Ramos compreendeu a censura da mulher; recolheu-se durante algumas horas, e trouxe uma composição nova, a segunda que lhe saía da alma, dedicada à esposa. A música entusiasmou Carlotinha, antes por vaidade satisfeita do que porque verdadeiramente a penetrasse. Carlotinha abraçou o marido com todas as forças de que podia dispor, e um beijo foi o prêmio da inspiração. A felicidade de Inácio não podia ser maior; ele tinha tido o que ambicionava: vida de arte, paz e ventura doméstica, e enfim esperanças de paternidade.

– Se for menino – dizia ele à mulher –, aprenderá violoncelo; se for menina, aprenderá harpa. São os únicos instrumentos capazes de traduzir as impressões mais sublimes do espírito.

Nasceu um menino. Esta nova criatura deu uma feição nova ao lar doméstico. A felicidade do artista era imensa; sentiu-se com mais força para o trabalho, e ao mesmo tempo como que se lhe apurou a inspiração.

A prometida composição ao nascimento do filho foi realizada e executada, não já entre ele e a mulher, mas em presença de algumas pessoas de amizade. Inácio Ramos recusou a princípio fazê-lo; mas a mulher alcançou dele que repartisse com estranhos aquela nova produção de um talento. Inácio sabia que a sociedade não chegaria talvez a compreendê-lo como ele desejava ser compreendido; todavia cedeu. Se acertara aos seus receios não o soube ele, porque dessa vez, como das outras, não viu ninguém; viu-se e ouviu-se a si próprio, sendo cada nota um eco das harmonias santas e elevadas que a paternidade acordara nele.

A vida correria assim monotonamente bela, e não valeria a pena escrevê-la, a não ser um incidente, ocorrido naquela mesma ocasião.

A casa em que eles moravam era baixa, ainda que assaz larga e airosa. Dois transeuntes, atraídos pelos sons do violoncelo, aproximaram-se das janelas entrefechadas, e ouviram do lado de fora cerca de metade da composição. Um deles, entusiasmado com a composição e a execução, rompeu em aplausos ruidosos quando Inácio acabou, abriu violentamente as portas da janela e curvou-se para dentro gritando.

– Bravo, artista divino!

A exclamação inesperada chamou a atenção dos que estavam na sala; voltaram-se todos os olhos e viram duas figuras de homem, um tranquilo, outro alvoroçado de prazer. A porta foi aberta aos dois estranhos. O mais entusiasmado deles correu a abraçar o artista.

– Oh! Alma de anjo! – exclamava ele. – Como é que um artista destes está aqui escondido dos olhos do mundo?

O outro personagem fez igualmente cumprimentos de louvor ao mestre do violoncelo; mas, como ficou dito, seus aplausos eram menos entusiásticos; e não era difícil achar a explicação da frieza na vulgaridade de expressão do rosto.

Estes dois personagens assim entrados na sala eram dois amigos que o acaso ali conduzira. Eram ambos estudantes de direito, em férias; o entusiasta, todo arte e literatura, tinha a alma cheia de música alemã e poesia romântica, e era nada menos que um exemplar daquela falange acadêmica fervorosa e moça animada de todas as paixões, sonhos, delírios e efusões da geração moderna; o companheiro era apenas um espírito medíocre, avesso a todas essas coisas, não menos que ao direito que aliás forcejava por meter na cabeça.

Aquele chamava-se Amaral, este Barbosa.

Amaral pediu a Inácio Ramos para lá voltar mais vezes. Voltou; o artista de coração gastava o tempo a ouvir o de profissão fazer falar as cordas do instrumento. Eram cinco pessoas; eles, Barbosa, Carlotinha, e a criança, o futuro violoncelista. Um dia, menos de uma semana depois, Amaral descobriu a Inácio que o seu companheiro era músico.

– Também! – exclamou o artista.

– É verdade; mas um pouco menos sublime do que o senhor – acrescentou ele sorrindo.

– Que instrumento toca?

– Adivinhe.

– Talvez piano...

– Não.

– Flauta?

– Qual!

– É instrumento de cordas?

– É.

– Não sendo rabeca... – disse Inácio olhando como a esperar uma confirmação.

– Não é rabeca; é machete.

Inácio sorriu; e estas últimas palavras chegaram aos ouvidos de Barbosa, que confirmou a notícia do amigo.

– Deixe estar – disse este baixo a Inácio –, que eu o hei de fazer tocar um dia. É outro gênero...

– Quando queira.

Era efetivamente outro gênero, como o leitor facilmente compreenderá. Ali postos os quatro, numa noite da seguinte semana, sentou-se Barbosa no centro da sala, afinou o machete e pôs em execução toda a sua perícia. A perícia era, na verdade, grande; o instrumento é que era pequeno. O que ele tocou não era Weber nem Mozart; era uma cantiga do tempo e da rua, obra de ocasião. Barbosa tocou-a, não dizer com alma, mas com nervos. Todo ele acompanhava a gradação e variações das notas; inclinava-se sobre o instrumento, retesava o corpo, pendia a cabeça ora a um lado, ora a outro, alçava a perna, sorria, derretia os olhos ou fechava-os nos lugares que lhe pareciam patéticos. Ouvi-lo tocar era o menos; vê-lo era o mais. Quem somente o ouvisse não poderia compreendê-lo.

Foi um sucesso – um sucesso de outro gênero, mas perigoso, porque, tão depressa Barbosa ouviu os cumprimentos de Carlotinha e Inácio, começou segunda execução, e iria a terceira, se Amaral não interviesse, dizendo:

– Agora o violoncelo.

O machete de Barbosa não ficou escondido entre as quatro paredes da sala de Inácio Ramos; dentro em pouco era conhecida a forma dele no bairro em que morava o artista, e toda a sociedade deste ansiava por ouvi-lo.

Carlotinha foi a denunciadora; ela achara infinita graça e vida naquela outra música, e não cessava de o elogiar em toda a parte. As famílias do lugar tinham ainda saudades de um célebre machete que ali tocara anos antes o atual subdelegado, cujas funções elevadas não lhe permitiram cultivar a arte. Ouvir o machete de Barbosa era reviver uma página do passado.

– Pois eu farei com que o ouçam – dizia a moça.

Não foi difícil.

Houve dali a pouco reunião em casa de uma família da vizinhança. Barbosa acedeu ao convite que lhe foi feito e lá foi com o seu instrumento. Amaral acompanhou-o.

– Não te lastimes, meu divino artista – dizia ele a Inácio; – e ajuda-me no sucesso do machete.

Riam-se os dois, e mais do que eles se ria Barbosa, riso de triunfo e satisfação porque o sucesso não podia ser mais completo.

– Magnífico!

– Bravo!

– Soberbo!

– Bravíssimo!

O machete foi o herói da noite. Carlota repetia às pessoas que a cercavam:

– Não lhes dizia eu? É um portento.

– Realmente, dizia um crítico do lugar, assim nem o Fagundes...

Fagundes era o subdelegado.

Pode-se dizer que Inácio e Amaral foram os únicos alheios ao entusiasmo do machete. Conversam eles, ao pé de uma janela, dos grandes mestres e das grandes obras da arte.

– Você por que não dá um concerto? – perguntou Amaral ao artista.

– Oh! Não.

– Por quê?

– Tenho medo...

– Ora, medo!

– Medo de não agradar...

– Há de agradar por força!

– Além disso, o violoncelo está tão ligado aos sucessos mais íntimos da minha vida, que eu o considero antes como a minha arte doméstica...

Amaral combatia estas objeções de Inácio Ramos; e este fazia-se cada vez mais forte nelas. A conversa foi prolongada, repetiu-se daí a dois dias, até que no fim de uma semana, Inácio deixou-se vencer.

– Você verá – dizia-lhe o estudante –, e verá como todo o público vai ficar delirante.

Assentou-se que o concerto seria dali a dois meses. Inácio tocaria uma das peças já compostas por ele, e duas de dois mestres que escolheu dentre as muitas.

Barbosa não foi dos menos entusiastas da ideia do concerto. Ele parecia tomar agora mais interesse nos sucessos do artista, ouvia com prazer, ao menos aparente, os serões de violoncelo, que eram duas vezes por semana. Carlotinha propôs que os serões fossem três; mas Inácio nada concedeu além dos dois. Aquelas noites eram passadas somente em família; e o machete acabava muita vez o que o violoncelo começava. Era uma condescendência para com a dona da casa e o artista! – o artista do machete.

Um dia Amaral olhou Inácio preocupado e triste. Não quis perguntar-lhe nada; mas como a preocupação continuasse nos dias subsequentes, não se pôde ter e interrogou-o. Inácio respondeu-lhe com evasivas.

– Não – dizia o estudante –; você tem alguma coisa que o incomoda certamente.

– Coisa nenhuma!

E depois de um instante de silêncio:

– O que tenho é que estou arrependido do violoncelo; se eu tivesse estudado o machete!

Amaral ouviu admirado estas palavras; depois sorriu e abanou a cabeça. Seu entusiasmo recebera um grande abalo. A que vinha aquele ciúme por causa do efeito diferente que os dois instrumentos tinham produzido? Que rivalidade era aquela entre a arte e o passatempo?

– Não podias ser perfeito – dizia Amaral consigo – tinhas por força um ponto fraco; infelizmente para ti o ponto é ridículo.

Daí em diante os serões foram menos amiudados. A preocupação de Inácio Ramos continuava; Amaral sentia que o seu entusiasmo ia cada vez a menos, o entusiasmo em relação ao homem, porque bastava ouvi-lo tocar para acordarem-se-lhe as primeiras impressões.

A melancolia de Inácio era cada vez maior. Sua mulher só reparou nela quando absolutamente se lhe meteu pelos olhos.

– Que tens? – perguntou-lhe Carlotinha.

– Nada – respondia Inácio.

– Aposto que está pensando em alguma composição nova – disse Barbosa que dessas ocasiões estava presente.

– Talvez – respondeu Inácio –; penso em fazer uma coisa inteiramente nova; um concerto para violoncelo e machete.

– Por que não? – disse Barbosa com simplicidade. – Faça isso, e veremos o efeito que há de ser delicioso.

– Eu creio que sim – murmurou Inácio.

Não houve concerto no teatro, como se havia assentado; porque Inácio Ramos de todo se recusou. Acabaram-se as férias e os dois estudantes voltaram para S. Paulo.

– Virei vê-lo daqui a pouco – disse Amaral. – Virei até cá somente para ouvi-lo.

Efetivamente vieram os dois, sendo a viagem anunciada por carta de ambos.

Inácio deu a notícia à mulher, que a recebeu com alegria.

– Vêm ficar muitos dias? – disse ela.

– Parece que somente três.

– Três!

– É pouco – disse Inácio –; mas nas férias que vêm, desejo aprender o machete.

Carlotinha sorriu, mas de um sorriso acanhado, que o marido viu e guardou consigo.

Os dois estudantes foram recebidos como se fossem de casa. Inácio e Carlotinha desfaziam-se em obséquios. Na noite do mesmo dia, houve serão musical; só violoncelo, a instâncias de Amaral, que dizia:

– Não profanemos a arte!

Três dias vinham eles demorar-se, mas não se retiraram no fim deles.

– Vamos daqui a dois dias.

– O melhor é completar a semana – observou Carlotinha.

– Pode ser.

No fim de uma semana, Amaral despediu-se e voltou a S. Paulo; Barbosa não voltou; ficara doente. A doença durou somente dois dias, no fim dos quais ele foi visitar o violoncelista.

– Vai agora? – perguntou este.

– Não – disse o acadêmico –; recebi uma carta que me obriga a ficar algum tempo.

Carlotinha ouvira alegre a notícia; o rosto de Inácio não tinha nenhuma expressão.

Inácio não quis prosseguir nos serões musicais, apesar de lho pedir algumas vezes Barbosa, e não quis porque, dizia ele, não queria ficar mal com Amaral, do mesmo modo que não quereria ficar mal com Barbosa, se fosse este o ausente.

– Nada impede, porém – concluiu o artista –, que ouçamos o seu machete.

Que tempo duraram aqueles serões de machete? Não chegou tal notícia ao conhecimento do escritor destas linhas. O que ele sabe apenas é que o machete deve ser instrumento triste, porque a melancolia de Inácio tornou-se cada vez mais profunda. Seus companheiros nunca o tinham visto imensamente alegre; contudo a diferença entre o que tinha sido e era agora entrava pelos olhos dentro. A mudança manifestava-se até no trajar, que era desleixado, ao contrário do que sempre fora antes. Inácio tinha grandes silêncios, durante os quais era inútil falar-lhe, porque ele a nada respondia, ou respondia sem compreender.

– O violoncelo há de levá-lo ao hospício – dizia um vizinho compadecido e filósofo.

Nas férias seguintes, Amaral foi visitar o seu amigo Inácio, logo no dia seguinte àquele em que desembarcou. Chegou alvoroçado à casa dele; uma preta veio abri-la.

– Onde está ele? Onde está ele? – perguntou alegre e em altas vozes o estudante.

A preta desatou a chorar.

Amaral interrogou-a, mas não obtendo resposta, ou obtendo-a intercortada de soluços, correu para o interior da casa com a familiaridade do amigo e a liberdade que lhe dava a ocasião.

Na sala do concerto, que era nos fundos, olhou ele Inácio Ramos, de pé, com o violoncelo nas mãos preparando-se para tocar. Ao pé dele brincava um menino de alguns meses.

Amaral parou sem compreender nada. Inácio não o viu entrar; empunhara o arco e tocou – tocou como nunca – uma elegia plangente, que o estudante ouviu com lágrimas nos olhos. A criança, dominada ao que parece pela música, olhava quieta para o instrumento. Durou a cena cerca de vinte minutos.

Quando a música acabou, Amaral correu a Inácio.

– Oh! Meu divino artista! – exclamou ele.

Inácio apertou-o nos braços; mas logo o deixou e foi sentar-se numa cadeira com os olhos no chão. Amaral nada compreendia; sentia porém que algum abalo moral se dera nele.

– Que tens? – disse.

– Nada – respondeu Inácio.

E ergueu-se e tocou de novo o violoncelo. Não acabou porém; no meio de uma arcada, interrompeu a música, e disse a Amaral.

– É bonito, não?

– Sublime! – respondeu o outro.

– Não; machete é melhor.

E deixou o violoncelo, e correu a abraçar o filho.

– Sim, meu filho – exclamava ele –, hás de aprender machete; machete é muito melhor.

– Mas que há? – articulou o estudante.

– Oh! Nada – disse Inácio –, ela foi-se embora, foi-se com o machete. Não quis o violoncelo, que é grave demais. Tem razão; machete é melhor.

A alma do marido chorava, mas os olhos estavam secos. Uma hora depois enlouqueceu.

28
Aurora sem dia*

Naquele tempo contava Luís Tinoco vinte e um anos. Era um rapaz de estatura meã, olhos vivos, cabelos em desordem, língua inesgotável e paixões impetuosas. Exercia um modesto emprego no foro, donde tirava o parco sustento, e morava com o padrinho cujos meios de subsistência consistiam no ordenado da sua aposentadoria. Tinoco estimava o velho Anastácio e este tinha ao afilhado igual afeição.

Luís Tinoco possuía a convicção de que estava fadado para grandes destinos, e foi esse durante muito tempo o maior obstáculo da sua existência. No tempo em que o Dr. Lemos o conheceu começava arder-lhe a chama poética. Não se sabe como começou aquilo. Naturalmente os louros alheios entraram a tirar-lhe o sono. O certo é que um dia de manhã acordou Luís Tinoco escritor e poeta; a inspiração, flor abotoada ainda na véspera, amanheceu pomposa e viçosa. O rapaz atirou-se ao papel com ardor e perseverança, e entre as seis horas e as nove, quando o foram chamar para almoçar, tinha produzido um soneto, cujo principal defeito era ter cinco versos com sílabas de mais e outros cinco com sílabas de menos. Tinoco levou a produção ao Correio Mercantil, que a publicou entre os pedidos.

Maldormida, entremeada de sonhos interruptos, de sobressaltos e ânsias, foi a noite que precedeu a publicação. A aurora raiou enfim, e Luís Tinoco, apesar de pouco madrugador, levantou-se com o sol e foi ler o soneto impresso. Nenhuma mãe contemplou o filho recém-nascido com mais amor do que o rapaz leu e releu a produção poética, aliás decorada desde a véspera. Afigurou-se-lhe que todos os leitores do Correio Mercantil estavam fazendo o mesmo; e que cada um admirava a recente revelação literária, indagando de quem seria esse nome até então desconhecido.

---

*Publicado no periódico *Jornal das Famílias* (1873). Reunido pelo autor no livro *Histórias da meia-noite* (1873).

Não dormiu sobre os louros imaginários. Daí a dois dias, nova composição, e desta vez saiu uma longa ode sentimental em que o poeta se queixava à lua do desprezo em que o deixara a amada, e já entrevia no futuro a morte melancólica de Gilbert. Não podendo fazer despesas, alcançou, por intermédio de um amigo, que a poesia fosse impressa de graça, motivo este que retardou a publicação por alguns dias. Luís Tinoco tragou a custo a demora, e não sei se chegou a suspeitar de inveja os redatores do Correio Mercantil. A poesia saiu enfim; e tal contentamento produziu no poeta que foi logo fazer ao padrinho a grande revelação.

– Leu hoje o *Correio Mercantil*, meu padrinho? – perguntou ele.

– Homem, tu sabes que eu só lia os jornais no tempo em que era empregado efetivo. Desde que me aposentei não li mais os periódicos...

– Pois é pena! – disse Tinoco com ar frio – queria que me dissesse o que pensa de uns versos que lá vêm.

– E de mais a mais versos! Os jornais já não falam de política? No meu tempo não falavam de outra coisa.

– Falam de política e publicam versos, porque ambas as coisas têm entrada na imprensa. Quer ler os versos?

– Dá cá.

– Aqui estão.

O poeta puxou da algibeira o Correio Mercantil, e o velho Anastácio entrou a ler para si a obra do afilhado. Com os olhos pregados no padrinho, Luís Tinoco parecia querer adivinhar as impressões que produziam nele os seus elevados conceitos, metrificados com todas as liberdades possíveis e impossíveis do consoante. Anastácio acabou de ler os versos e fez com a boca um gesto de enfado.

– Isto não tem graça – disse ele ao afilhado estupefato –; que diabo tem a lua com a indiferença dessa moça, e a que vem aqui a morte deste estrangeiro?

Luís Tinoco teve vontade de descompor o padrinho, mas limitou-se a atirar os cabelos para trás e a dizer com supremo desdém:

– São coisas de poesia que nem todos entendem; esses versos sem graça, são meus.

– Teus? – perguntou Anastácio no cúmulo do espanto.

– Sim, senhor.

– Pois tu fazes versos?

– Assim dizem.

– Mas quem te ensinou a fazer versos?

– Isto não se aprende; traz-se do berço.

Anastácio leu outra vez os versos, e só então reparou na assinatura do afilhado. Não havia que duvidar: o rapaz dera em poeta. Para o velho aposentado era isto uma grande desgraça. Esse, ligava à ideia de poeta a ideia de mendicidade. Tinham-lhe pintado Camões e Bocage, que eram os nomes literários que ele conhecia, como dois improvisadores de esquina, espeitorando sonetos em troca de algumas moedas, dormindo nos adros das igrejas e comendo nas cachoeiras das casas grandes. Quando soube que o seu querido Luís estava atacado da terrível moléstia, Anastácio ficou triste, e foi nessa ocasião que se encontrou com o Dr. Lemos e lhe deu notícia da gravíssima situação do afilhado.

– Dou-lhe parte de que o Luís está poeta.

– Sim? – perguntou-lhe o Dr. Lemos. – E que tal lhe saiu o poeta?

– Não me importa se saiu mau ou bom. O que sei é que é a maior desgraça que lhe podia acontecer, porque isto de poesia não dá nada de si. Tenho medo que deixe o emprego, e fique aí pelas esquinas a falar à lua, cercado de moleques.

O Dr. Lemos tranquilizou o homem dizendo-lhe que os poetas não eram esses vadios que ele imaginava; mostrou-lhe que a poesia não era obstáculo para andar com os outros, para ser deputado, ministro ou diplomata.

– No entanto – disse o Dr. Lemos –, desejarei falar ao Luís; quero ver o que ele tem feito, porque como eu também fui outrora um pouco versejador, posso já saber se o rapaz dá de si.

Luís Tinoco foi ter com ele; levou-lhe o soneto e a ode impressos, e mais algumas produções não publicadas. Estas orçavam pela ode ou pelo soneto. Imagens safadas, expressões comuns, frouxo alento e nenhuma arte; apesar de tudo isso, havia de quando em quando algum lampejo que indicava da parte do neófito propensão para o mister; podia ser o cabo de algum tempo um excelente trovador de salas.

O Dr. Lemos disse-lhe com franqueza que a poesia era uma arte difícil e que pedia longo estudo; mas que, a querer cultivá-la a todo o transe, devia ouvir alguns conselhos necessários.

– Sim – respondeu ele –, pode lembrar alguma coisa; eu não me nego a aceitar-lhe o que me parecer bom, tanto mais que eu fiz estes versos muito à pressa e não tive ocasião de os emendar.

– Não me parecem bons estes versos – disse o Dr. Lemos – poderia rasgá-los e estudar antes algum tempo.

Não é possível descrever o gesto de soberbo desdém com que Luís Tinoco arrancou os versos ao doutor e lhe disse:

– Os seus conselhos valem tanto como a opinião de meu padrinho. Poesia não se aprende; traz-se do berço. Eu não dou atenção a invejosos. Se os versos não fossem bons, o Mercantil não os publicava.

E saiu.

Daí em diante foi impossível ter-lhe mão. Tinoco entrou a escrever como quem se despedia da vida. Os jornais andavam cheios de produções suas, umas tristes, outras alegres, não daquela tristeza nem daquela alegria que vem diretamente do coração, mas de uma tristeza que fazia sorrir, e de uma alegria que fazia bocejar. Luís Tinoco confessava singelamente ao mundo que fora invadido do ceticismo byroniano, que tragara até às fezes a taça do infortúnio, e que para ele a vida tinha escrita na porta a inscrição dantesca. A inscrição era citada com as próprias palavras do poeta, sem que aliás Luís Tinoco o tivesse lido nunca. Ele respigava nas alheias produções uma coleção de alusões e nomes literários, com que fazia as despesas de sua erudição, e não lhe era preciso, por exemplo, ter lido Shakespeare para falar do *to be or not to be*, do balcão de Julieta e das torturas de Otelo. Tinha a respeito de biografias ilustres noções extremamente singulares. Uma vez, agastando-se com a sua amada – pessoa que ainda não existia –, aconteceu-lhe dizer que o clima fluminense podia produzir monstros daquela espécie, do mesmo modo que o sol italiano dourara os cabelos da menina Aspásia. Lera casualmente alguns dos salmos do padre Caldas, e achou-os soporíferos; falava mais benevolamente da Morte de Lindoia, nome que ele dava ao poema de J. Basílio da Gama, de que só conhecia quatro versos.

Ao cabo de cinco meses tinha Luís Tinoco produzido uma quantia razoável de versos, e podia, mediante muitos claros e páginas em branco, dar um volume de cento e oitenta páginas. A ideia de imprimir um livro sorriu-lhe; daí a pouco era raro passar por uma loja sem ver no mostrador um prospecto assim concebido:

GOIVOS E CAMÉLIAS

POR

Luís Tinoco

Um volume de 200 páginas..2$000rs.

O Dr. Lemos encontrou-o algumas vezes na rua. Andava com o ar inspirado de todos os poetas novéis que se supõem apóstolos e mártires. Cabeça alta, olhos vagos, cabelos grandes e caídos; algumas vezes abotoava o paletó e punha a mão ao peito por ter visto assim um retrato de Guizot; outras vezes andava com as mãos para trás.

O Dr. Lemos falou-lhe a terceira vez que o viu assim, porque das duas primeiras o rapaz esquivou-se por modo que não pôde deter-lhe o passo. Fez-lhe alguns elogios às suas produções. Expandiu-se-lhe o rosto:

– Obrigado – disse ele –; esses elogios são o melhor prêmio das minhas fadigas. O povo não está preparado para a poesia: as pessoas inteligentes, como o doutor, podem julgar do merecimento dos outros. Leu a minha Flor pálida?

– Uns versos publicados no domingo?

– Sim.

– Li; são galantíssimos.

– E sentimentais. Fiz aquela poesia em meia hora, e não emendei nada. Acontece-me isso muita vez. Que lhe parecem aqueles esdrúxulos?

– Acho-os esdrúxulos.

– São excelentes. Agora vou levar algumas estrofes que compus ontem. Intitulam-se "À beira de um túmulo".

– Ah!

– Já assinou o meu livro?

– Ainda não.

– Nem assine. Quero dar-lhe um volume. Sai brevemente. Estou recolhendo as assinaturas. *Goivos e Camélias*; que lhe parece o título?

– Magnífico.

– Achei-o de repente. Lembraram-me outros, mas eram comuns. *Goivos e Camélias*, parece que é um título distinto e original; é o mesmo que se dissesse: tristezas e alegrias.

– Justamente.

Durante esse tempo, ia o poeta tirando do bolso uma aluvião de papéis. Procurava as estrofes de que falara. O Dr. Lemos quis esquivar-se, mas o homem era implacável; segurou-lhe no braço. Ameaçado de ouvir ler os versos na rua, o doutor convidou o poeta a ir jantar com ele.

Foram a um hotel próximo.

– Ah! Meu amigo – dizia ele em caminho –, não imagina quantos invejosos andam a denegrir o meu nome. O meu talento tem sido o alvo de mil ataques; mas eu já estava disposto a isto. Não me espanto. A enxerga de Camões é um exemplo e uma consolação. Prometeu, atado ao Cáucaso, é o emblema do gênio. A posteridade é a vingança dos que sofrem os desdéns do seu tempo.

No hotel procurou o Dr. Lemos um lugar mais afastado, onde não chamassem muito a atenção das outras pessoas.

– Aqui estão as estrofes – disse Luís Tinoco conseguindo arrancar de um maço de papéis a poesia anunciada.

– Não lhe parece melhor lê-las à sobremesa?

– Como quiser – respondeu ele –; tem razão, porque eu também estou com fome.

Luís Tinoco era todo prosa à mesa do jantar; comeu desencadernadamente.

– Não repare – dizia ele de quando em quando –; isto é o animal que se está alimentando. O espírito aqui não tem culpa nenhuma.

À sobremesa, estando na sala apenas uns cinco fregueses, desdobrou Luís Tinoco o fatal papel e leu as anunciadas estrofes, com uma melopeia afetada e perfeitamente ridícula. Os versos falavam de tudo, da morte e da vida, das flores e dos vermes, dos amores e dos ódios; havia mais de oito ciprestes, cerca de vinte lágrimas, e mais túmulos do que um verdadeiro cemitério.

Os cinco fregueses jantantes voltaram a cabeça quando Luís Tinoco começou a recitar os versos; depois começaram a sorrir e a murmurar alguma coisa que os dois não puderam ouvir. Quando o poeta acabou, um dos circunstantes, assaz grosseiro, soltou uma gargalhada. Luís Tinoco voltou-se enfurecido, mas o Dr. Lemos conteve-o dizendo:

– Não é conosco.

– É, meu amigo – disse ele resignado –; mas que lhe havemos de fazer? Quem entende a poesia para a respeitar em toda a parte?

Deixemos este lugar, disse o Dr. Lemos; aqui não compreendem o que é um poeta.

– Vamos!

O Dr. Lemos pagou a conta e saiu atrás de Luís Tinoco, que deitou ao rideiro um olhar de desafio.

Luís Tinoco acompanhou-o até a casa. Recitou-lhe em caminho alguns versos que sabia de cor. Quando ele se entregava à poesia, não à alheia, que o não preocupava muito, mas à própria, podia-se dizer que tudo mais se lhe apagava da memória; bastava-lhe a contemplação de si mesmo. O Dr. Lemos ia ouvindo calado com a resignação de quem suporta a chuva, que não pode impedir.

Pouco tempo depois saíram a lume os *Goivos e Camélias*, que todos os jornais prometeram analisar mais de espaço.

Dizia o poeta no prólogo da obra, que era audácia da sua parte "vir assentar-se na mesa da comunhão da poesia, mas que todo aquele que se sentia dentro de si o *j'ai quelque chose là*, de André Chenier, devia dar à pátria aquilo que a natureza lhe deu". Em seguida pedia desculpa para os seus verdes anos, e afirmava ao público que não tinha sido "embalado em berço de seda". Concluía dando a benção ao livro e chamando a atenção para a lista dos assinantes que vinha no fim.

Esta obra monumental passou despercebida no meio da indiferença geral. Apenas um folhetinista do tempo escreveu a respeito dela algumas linhas que fizeram rir a toda a gente, menos o autor, que foi agradecer ao folhetinista.

O Dr. Lemos perdeu de vista o seu poeta durante algum tempo. Digo mal; só perdeu de vista o homem, porque o poeta de quando em quando lhe aparecia metido em alguma produção literária, que o Dr. Lemos invariavelmente lia para se benzer da estéril pertinácia de Luís Tinoco. Não havia ocasião, enterro ou espetáculo solene que escapasse à inspiração do fecundo escritor. Como o número de suas ideias fosse mui limitado, podia-se dizer que ele só havia escrito um necrológio, uma elegia, uma ode ou uma congratulação. Os diferentes exemplares de cada uma destas coisas eram a mesma coisa dita por outro modo. O modo porém constituía originalidade do poeta, originalidade que ele não teve a princípio, mas que se desenvolveu muito com o tempo.

Infelizmente enquanto se entregava com ardor às lides literárias, esquecia-se o poeta das lides forenses, donde lhe vinha o pão. Anastácio queixou-se um dia desta desgraça ao Dr. Lemos, numa carta que acabava assim: "Não sei, meu amigo Sr. Lemos, aonde irá parar este rapaz. Não lhe vejo outra conclusão; hospício ou xadrez."

O Dr. Lemos mandou chamar o poeta. Elogiou-lhe as suas obras com o fim de lhe dispor o espírito a ouvir o que ia dizer. O rapaz expandiu-se.

– Ainda bem que eu ouço de quando em quando alguma voz animadora – disse ele –; não sabe o que tem sido a inveja a meu respeito. Mas que importa? Tenho confiança no futuro; o que me vinga é a posteridade.

– Tem razão, a posteridade é que vinga das maroteiras contemporâneas.

– Li há dias num papelucho que eu era um alinhavador de ninharias. Percebi a intenção. Acusava-me de não meter ombros a obra de mais largo fôlego. Vou desmentir o papelucho: estou escrevendo um poema épico!

– Ai! – disse o Dr. Lemos consigo, adivinhando alguma leitura forçada de poema.

– Podia mostrar-lhe alguma coisa – continuou Luís Tinoco –, mas prefiro que leia a obra quando estiver mais adiantada.

– Muito bem.

– Tem dez cantos, cerca de dez mil versos. Mas quer saber a minha desgraça?

– Qual é?

– Estou apaixonado...

– Realmente, é uma desgraça na sua posição.

– Que tem a minha posição?

– Creio que não é excelente. Dizem-me que se tem descuidado um pouco das suas obrigações do foro, e que brevemente lhe vão tirar o emprego.

– Fui despedido ontem.

– Já?

– É verdade. Se ouvisse o discurso com que eu respondi ao escrivão, diante de toda a gente que enchia o cartório! Vinguei-me.

– Mas... de que viverá agora? Seu padrinho não pode, creio eu, com o peso da casa.

– Deus me ajudará. Não tenho eu uma pena na mão? Não recebi do berço um tal ou qual engenho, que já tem dado alguma coisa de si? Até agora nenhum lucro tentei tirar das minhas obras; mas era só amador. Daqui em diante o caso muda de figura; é necessário ganhar o pão, ganharei o pão.

A convicção com que Luís Tinoco dizia estas palavras entristeceu o amigo do padrinho. O Dr. Lemos contemplou durante alguns segundos – com inveja, talvez – aquele sonhador incorrigível, tão desapegado da realidade da vida, acreditando não só nos seus grandes destinos, mas também na verossimilhança de fazer da sua pena uma enxada.

– Oh! Deixe estar! – continuou Luís Tinoco. – Eu hei de provar-lhes, ao senhor e a meu padrinho, que não sou tão inútil como lhes pareço. Não me falta coragem, doutor; quando me faltasse, há uma estrela...

Luís Tinoco calou-se, retorceu o bigode, e olhou melancolicamente para o céu. O Dr. Lemos também olhou para o céu, mas sem melancolia, e perguntou rindo:

– Uma estrela? Ao meio-dia é raro...

– Oh! Não falo dessas – interrompeu Luís Tinoco –; lá é que ela devia estar, ali no espaço azul, entre as outras suas irmãs, mais velhas do que ela e menos formosas...

– Uma moça!

– Uma moça, é pouco; diga a mais gentil criatura que o sol ainda alumiou, uma sílfide, a minha Beatriz, a minha Julieta, a minha Laura...

– Escusa dizê-lo; deve ser muito formosa se fez apaixonar um poeta.

– Meu amigo, o senhor é um grande homem; Laura é um anjo, e eu adoro-a...

– E ela?

– Ela ignora talvez que eu me consumo.

– Isso é mau!

– Que quer? – disse Luís Tinoco enxugando com o lenço uma lágrima imaginária. – É fado dos poetas arderem por coisas que não podem obter. É esse o pensamento de uns versos que escrevi há oito dias. Publiquei-os no Caramanchão Literário.

– Que diacho é isso?

– É a minha folha, que eu lhe mando de quinze em quinze dias... E diz que lê as minhas obras!

– As obras leio... Agora os títulos podem escapar. Vamos porém ao que importa. Ninguém lhe contesta talento nem inspiração fecunda; mas o senhor ilude-se pensando que pode viver dos versos e dos artigos literários... Note que os seus versos e os seus artigos são muito superiores ao entendimento popular, e por isso devem ter muito menos aceitação...

Este desenganar com as mãos cheias de rosas produziu salutar efeito no ânimo de Luís Tinoco; o poeta não pôde sofrear um sorriso de satisfação e bem-aventurança. O amigo do padrinho concluiu o seu discurso oferecendo-lhe um lugar de escrevente em casa de um advogado. Luís Tinoco olhou para ele algum tempo sem dizer palavra. Depois:

– Volto ao foro, não? – disse ele com a mais melancólica resignação deste mundo. – Minha inspiração deve descer outra vez a empoeirar-se nos libelos, a aturar os rábulas, a engrolar o vocabulário da chicana! E a troco de quê? A troco de uns magros mil-réis, que eu não tenho e me são necessários para viver. Isto é sociedade, doutor?

– Má sociedade, se lhe parece – respondeu o Dr. Lemos com doçura – mas não há outra à mão, e a menos de não estar disposto a reformá-la, não tem outro recurso senão tolerá-la e viver.

O poeta deu alguns passos na sala; no fim de dois minutos estendeu a mão ao amigo.

– Obrigado – disse ele –, aceito; vejo que trata de meus interesses sem desconhecer que me oferece um exílio.

– Um exílio e um ordenado – emendou o Dr. Lemos.

Daí a dias estava o poeta a copiar razões de embargos e de apelação, a lastimar-se, a maldizer da fortuna, sem adivinhar que daquele emprego devia nascer uma mudança nas suas aspirações. O Dr. Lemos não lhe falou durante cinco meses. Um dia encontraram-se na rua. Perguntou-lhe pelo poema.

– Está parado – respondeu Luís Tinoco.

– Deixa-o de mão?

– Concluí-lo-ei quando tiver tempo.

– E a folha?

– Deve saber que acabei com ela; não lha mando há muito tempo.

– É verdade, mas podia ser um esquecimento. Muito me conta! Então acabou o Caramanchão Literário?

– Deixei-o morrer no melhor período de vitalidade: tinha oitenta assinantes pagantes...

– Mas então abandona as letras?

– Não, mas... Adeus.

– Adeus.

Pareceu simples tudo aquilo; mas tendo-se ganho alguma coisa, que era empregá-lo, o Dr. Lemos deixou que o próprio poeta lhe fosse anunciar a causa do seu sono literário. Seria o namoro de Laura?

Esta Laura, preciso é que se diga, não era Laura, era simplesmente Inocência; o poeta chamava-lhe Laura nos seus versos, nome que lhe parecia mais doce, e efetivamente o era. Até que ponto existiu esse namoro, e em que proporções correspondeu a moça à chama do rapaz? A história não conservou muita informação a este respeito. O que se sabe com certeza é que um dia apareceu um rival no horizonte, tão poeta como o padrinho de Luís Tinoco, elemento muito mais conjugal do que o redator do Caramanchão Literário, e que de um só lance lhe derrubou todas as esperanças.

Não é preciso dizer ao leitor que este acontecimento enriqueceu a literatura com uma extensa e chorosa elegia, em que Luís Tinoco metrificou todas as queixas que pode ter de uma mulher um namorado traído. Esta obra tinha por epígrafe o *nessun maggior dolore* do poeta florentino.

Quando ele a acabou e emendou, releu-a em voz alta, passeando na alcova, deu o último apuro a um ou outro verso, admirou a harmonia de muitos, e singelamente confessou de si para si que era a sua melhor produção. O Caramanchão Literário ainda existia; Luís Tinoco apressou-se a levar o escrito ao prelo, não sem o ler aos seus colaboradores, cuja opinião foi idêntica à dele. Apesar da dor que o devia consumir, o poeta leu as provas com o maior desvelo e escrúpulo, assistiu à impressão dos primeiros exemplares da folha, e durante muitos dias releu os versos até cansar. Do que ele menos se lembrava era da perfídia que os inspirou.

Esta porém não era a razão do sono literário de Luís Tinoco. A razão era puramente política. O advogado, cujo escrevente ele era, tinha sido deputado e colaborava numa gazeta política. O seu escritório era um centro, onde iam ter muitos homens públicos e se conversava largamente dos partidos e do governo. Luís Tinoco ouviu a princípio essas conversas com a indiferença de um deus envolvido no manto da sua imortalidade. Mas a pouco e pouco foi adquirindo gosto ao que ouvia. Já lia os discursos parlamentares e os artigos de polêmica. Da atenção passou rapidamente ao entusiasmo, porque naquele rapaz tudo era extremo, entusiasmo ou indiferença. Um dia levantou-se com a convicção de que os seus destinos eram políticos.

– A minha carreira literária está feita – disse ele ao Dr. Lemos quando falaram nisto –; agora outro campo me chama.

– A política? Parece-lhe que é essa a sua vocação?

– Parece-me que posso fazer alguma coisa.

– Vejo que é modesto e não duvido que alguma voz interior o esteja convidando a queimar as suas asas de poeta. Mas, cuidado! Há de ter lido Macbeth... Cuidado com a voz das feiticeiras, meu amigo. Há no senhor demasiado sentimento, muita susceptibilidade, e não me parece que...

– Estou disposto a acudir à voz do destino – interrompeu impetuosamente Luís Tinoco. – A política chama-me ao seu campo; não posso, não devo, não quero cerrar-lhe os ouvidos. Não! as opressões do poder, as baionetas dos governos imorais e corrompidos, não podem desviar uma grande convicção do caminho que ela mesma escolheu. Sinto que sou chamado pela voz da verdade. Quem foge à voz da verdade? Os covardes e os ineptos. Não sou inepto nem covarde.

Tal foi a estreia oratória com que ele brindou o Dr. Lemos numa esquina onde felizmente não passava ninguém.

– Só lhe peço uma coisa – disse o ex-poeta.

– O que é?

– Recomende-me ao doutor. Quero acompanhá-lo, e ser seu protegido; é o meu desejo.

O Dr. Lemos cedeu ao desejo de Luís Tinoco. Foi ter com o advogado e recomendou-lhe o escrevente, não com muita solicitude, mas também sem excessiva frieza. Felizmente o advogado era uma espécie de S. Francisco Xavier do partido, desejoso como ninguém de aumentar o pessoal militante; recebeu a recomendação com a melhor cara do mundo, e, logo no dia seguinte, disse algumas palavras benévolas ao escrevente, que as ouviu trêmulo de comoção.

– Escreva alguma coisa – disse o advogado – e traga-me para ver se lhe achamos propensão.

Não foi preciso dizer-lhe duas vezes. Dois dias depois, levou o ex-poeta ao seu protetor um artigo extenso e difuso, mas cheio de entusiasmo e fé. O advogado achou defeitos no trabalho; apontou-lhe demasias e nebulosidades, frouxidão de argumentos, mais ornamentação que solidez; todavia prometeu publicá-lo. Ou fosse porque lhe fizesse estas observações com muito jeito e benevolência, ou porque Luís Tinoco houvesse perdido alguma coisa da antiga susceptibilidade, ou porque a promessa de publicação lhe adoçasse o amargo da censura, ou por todas estas razões juntas, o certo é que ele ouviu com exemplar modéstia e alegria as palavras do protetor.

– Há de perder os defeitos com o tempo – disse este mostrando o artigo aos amigos.

O artigo foi publicado e Luís Tinoco recebeu alguns apertos de mão. Aquela doce e indefinível alegria que ele sentira quando estampou no Correio Mercantil os seus primeiros versos, voltou a experimentá-la agora, mas alegria complicada de uma virtuosa resolução: Luís Tinoco desde aquele dia sinceramente acreditou que tinha uma missão, que a natureza e o destino o haviam mandado à terra para endireitar os tortos políticos.

Poucas pessoas se terão esquecido do período final da estreia política do ex-redator do Caramanchão Literário. Era assim:

> Releve o poder – hipócrita e sanhudo –, que eu lhe diga muito humildemente que não temo o desprezo nem o martírio. Moisés conduzindo os hebreus à terra da promissão, não teve afortuna de entrar nela: é o símbolo do escritor que leva os homens à regeneração moral e política, sem lhe transpor as portas de ouro. Que

poderia eu temer? Prometeu atado ao Cáucaso, Sócrates bebendo a cicuta, Cristo expirando na cruz, Savonarola indo ao suplício, John Brown esperneando na forca, são os grandes apóstolos da luz, o exemplo e conforto dos que amam a verdade, o remorso dos tiranos, e o terremoto do despotismo.

Luís Tinoco não parou nestas primícias. Aquela mesma fecundidade da estação literária, veio a reproduzir-se na estação política, o protetor, entretanto, disse-lhe que era conveniente escrever menos e mais assentado. O ex-poeta não repeliu a advertência, e até lucrou com ela, produzindo alguns artigos menos desgrenhados no estilo e no pensamento. A erudição política de Luís Tinoco era nenhuma; o protetor emprestou-lhe alguns livros, que o ex-poeta aceitou com infinito prazer. Os leitores compreendem facilmente que o autor dos *Goivos e Camélias* não era homem que meditasse uma página de leitura; ele ia atrás das grandes frases – sobretudo das frases sonoras –, demorava-se nelas, repetia-as, ruminava-as com verdadeira delícia. O que era reflexão, observação, análise parecia-lhe árido, e ele corria depressa por elas.

Algum tempo depois houve uma eleição primária. O publicista sentiu que havia em si um eleitor, e foi dizê-lo afoitamente ao advogado. O desejo não foi mal-aceito; trabalharam-se as coisas de modo que Luís Tinoco teve o gosto de ser incluído numa chapa e a surpresa de ficar batido. Batê-lo foi possível ao governo; abatê-lo, não. O ex-poeta, ainda quente do combate, traduziu em largos e floreados períodos o desprezo que lhe inspirava aquela vitória dos adversários. A esse artigo responderam os amigos do governo com um, que terminava assim: "Até onde quererá ir, com semelhante descomedimento de linguagem, o pimpolho do ex-deputado Z.?"

Luís Tinoco quase morreu de júbilo ao receber em cheio aquela descarga ministerial. A imprensa adversa não o havia tratado até então com a consideração que ele desejava. Uma ou outra vez, haviam discutido argumentos seus: mas faltava o melhor, faltava o ataque pessoal, que lhe parecia ser o batismo de fogo naquela espécie de campanha. O advogado, lendo o ataque, disse ao ex-poeta que a sua posição era idêntica à do primeiro Pitt quando o ministro Walpole lhe respondeu chamando-lhe moço em plena câmara dos comuns, e que era necessário repelir no mesmo tom a ofensa ministerial. Luís Tinoco ignorava até aquela data a existência de Pitt e Walpole; achou todavia muito engenhosa a comparação das duas situações, e com habilidade e cautela perguntou ao advogado se lhe podia emprestar o discurso do orador britânico "para refrescar a memória". O advogado não tinha o discurso, mas deu-lhe ideia dele, quanto bastou para que Luís Tinoco fosse escrever um longo artigo acerca do que era e não era pimpolho.

Entretanto, a luta eleitoral lhe descobrira um novo talento. Como fosse necessário arengar algumas vezes, fê-lo o pimpolho a grande aprazimento seu e no meio de palmas gerais. Luís Tinoco perguntou a si mesmo se lhe era lícito aspirar às honras da tribuna. A resposta foi afirmativa. Esta nova ambição era mais difícil de satisfazer; o ex-poeta o reconheceu, e armou-se de paciência para esperar.

Aqui há uma lacuna na vida de Luís Tinoco. Razões que a história não conservou, levaram o jovem publicista à província natal do seu amigo e protetor, dois anos depois dos acontecimentos eleitorais. Não percamos tempo em conjecturar as causas desta viagem, nem as que ali o demoraram mais do que queria. Vamos já encontrá-lo alguns meses depois, colaborando num jornal com o mesmo ardor juvenil, de que dera tanta prova na capital. Recomendado pelo advogado aos seus amigos políticos e parentes, depressa criou Luís Tinoco um círculo de companheiros, e não tardou que assentasse em ali ficar algum tempo. O padrinho já estava morto; Luís Tinoco achava-se absolutamente sem família.

A ambição do orador não estava apagada pela satisfação do publicista; pelo contrário, uma coisa avivava a outra. A ideia de possuir duas armas, brandi-las ao mesmo tempo, ameaçar e bater com ambas os adversários, tornou-se-lhe ideia crônica, presente, inextinguível. Não era a vaidade que o levava, quero dizer, uma vaidade pueril. Luís Tinoco acreditava piamente que ele era um artigo do programa da Providência, e isso o sustinha e contentava. A sinceridade que nunca teve quando versificava os seus infortúnios entre suas palestras de rapazes, teve-a quando enterrou a mais e mais na política. É claro que, se alguém lhe pusesse em dúvida o mérito político, feri-lo-ia do mesmo modo que os que lhe contestavam excelências literárias; mas não era só a vaidade que lhe ofendiam, era também, e muito mais, a fé – fé profunda e intolerante – que ele tinha de que o seu talento fazia parte da harmonia universal.

Luís Tinoco mandava ao Dr. Lemos na corte todos os seus escritos da província, e contava-lhe singelamente as suas novas esperanças. Um dia noticiou-lhe que a sua eleição para a assembleia provincial era objeto de negociações que se lhe afiguravam propícias. O correio seguinte trouxe notícia de que a candidatura de Luís Tinoco entrara na ordem dos fatos consumados.

A eleição fez-se e não deu pouco trabalho ao candidato fluminense, que à força de muita luta e muito empenho pôde ter a honra de ser incluído na lista dos vencedores. Quando lhe deram notícia da vitória, entoou a alma de Luís Tinoco um verdadeiro e solene *Te Deum Laudamus*. Um suspiro, o mais entranhado e desentranhado de quantos suspiros jamais soltaram homens, desafogou o coração do ex-poeta das dúvidas e incertezas de longas e cruéis semanas. Estava enfim eleito! Ia subir o primeiro degrau do capitólio.

A noite foi maldormida, como a da véspera da publicação do primeiro soneto, entremeada de sonhos análogos à situação. Luís Tinoco via-se já troando na assembleia provincial, entre os aplausos de uns, as imprecações de outros, a inveja de quase todos, e lendo em toda a imprensa da província os mais calorosos aplausos à sua nova e original eloquência. Vinte exórdios fez o jovem deputado para o primeiro discurso, cujo assunto seria naturalmente digno de grandes rasgos e nervosos períodos. Ela já estudava mentalmente os gestos, a atitude, todo o exterior da figura que ia honrar a sala dos representantes da província.

Muitos grandes nomes da política haviam começado no parlamento provincial. Era verossímil, era indispensável até, para que ele cumprisse o mandato imperativo do destino, que saísse dali em pouco tempo para vir transpor a porta mais ampla da representação nacional. O ex-poeta ocupava já no espírito uma das cadeiras da Cadeia Velha, e remirava-se na própria pessoa e no brilhante papel que teria de desempenhar. Via já diante de si a oposição ou o ministério estatelado no chão, com quatro ou cinco daqueles golpes que ele supunha saber dar como ninguém, e as gazetas a falarem, e o povo a ocupar-se dele, e o seu nome a repercutir em todos os ângulos do império e uma pasta a cair-lhe nas mãos, ao mesmo tempo que o bastão do comando ministerial.

Tudo isto, e muito mais imaginava o recente deputado, embrulhado nos lençóis, com a cabeça no travesseiro, e o espírito a vagar por esse mundo fora, que é a coisa pior que pode acontecer a um corpo mortificado como estava o dele naquela ocasião.

Não se demorou Luís Tinoco em escrever ao Dr. Lemos, e contar-lhe as suas esperanças e o programa que tencionava observar, desde que a fortuna lhe abria mais ampla estrada na vida pública. A carta tratava longamente do efeito provável da sua primeira oração, e terminava assim:

Qualquer que seja o posto a que eu suba; qualquer, entenda bem, ainda aquele que é o primeiro do país, abaixo do imperador (creio que irei até lá), nunca me há de esquecer que ao senhor o devo, à animação que me dispensou, à recomendação que fez de mim. Parece-me que até hoje tenho correspondido à confiança dos meus amigos; espero continuar a merecê-la.

Inauguram-se enfim os trabalhos. Tão ansioso estava Luís Tinoco de falar que logo nas primeiras sessões, a propósito de um projeto sobre a colocação de um chafariz, fez um discurso de duas horas em que demonstrou por A + B que a água era necessária ao homem. Mas a grande batalha foi dada na discussão do orçamento provincial. Luís Tinoco fez um longo discurso em que combateu o governo geral, o presidente, os adversários, a política e o despotismo. Seus gestos eram até então desconhecidos na escala da gesticulação parlamentar; na província, pelo menos, ninguém tivera nunca a satisfação de contemplar aquele sacudir de cabeça, aquele arquear de braço, aquele apontar, alçar, cair e bater com a mão direita.

O estilo também não era vulgar. Nunca se falou de receita e despesa com maior luxo de imagens e figuras. A receita foi comparada ao orvalho que as flores recolhem durante a noite; a despesa à brisa da manhã que as sacode e lhes entorna um pouco de sereno vivificante. Um bom governo é apenas brisa; o presidente atual foi declarado siroco e pampeiro. Toda a maioria protestou solenemente contra essa qualificação injuriosa, ainda que poética. Um dos secretários confessou que nunca do Rio de Janeiro lhes fora uma aura mais refrigerante.

Infelizmente os adversários não dormiam. Um deles, apenas Luís Tinoco acabou o discurso entre alguns aplausos dos seus amigos, pediu a palavra e cravou longo tempo os olhos no orador estreante. Depois sacou do bolso um maço de jornais e um folheto, concertou a garganta e disse:

– Mandaram-nos do Rio de Janeiro o nobre deputado que me precedeu nesta tribuna. Diziam que era uma ilustração fluminense, destinada a arrasar os talentos da província. Imediatamente, Sr. presidente, tratei de obter as obras do nobre deputado.

"Aqui tenho eu, Sr. presidente, o Caramanchão Literário, folha redigida pelo meu adversário, e o volume dos *Goivos e Camélias*. Tenho lá em casa mais outras obras. Abramos os *Goivos e Camélias*.

O Sr. Luís Tinoco:

– O nobre deputado está fora da ordem! (Apoiados.)

O orador:

– Continuo, Sr. Presidente, aqui tenho os *Goivos e Camélias*. Vejamos um goivo.

A Ela

Quem és tu que me atormentas
Com teus prazenteiros sorrisos?
Quem és tu que me apontas
As portas dos paraísos?

Imagem do céu és tu?
És filha da divindade?
Ou vens prender em teus cabelos
A minha liberdade?

"Vê V. Exa, Sr. presidente, que nesse tempo o nobre deputado era inimigo de todas as leis opressoras. A assembleia tem visto como ele trata as leis do metro.

Todo o resto do discurso foi assim. A minoria protestou, Luís Tinoco fez-se de todas as cores, e a sessão acabou em risada. No dia seguinte os jornais amigos de Luís Tinoco agradeceram ao adversário deste o triunfo que lhe proporcionou mostrando à província "uma antiga e brilhante face do talento do ilustre deputado". Os que indecorosamente riram dos versos foram condenados com estas poucas linhas: "Há dias um deputado governista disse que a situação era uma caravana de homens honestos e bons. É caravana, não há dúvida; vimos ontem os seus camelos."

Nem por isso, Luís Tinoco ficou mais consolado. As cartas do deputado ao Dr. Lemos começaram a escassear, até que de todo cessaram de aparecer. Decorreram assim silenciosos uns três anos, ao cabo dos quais o Dr. Lemos foi nomeado não sei para que cargo na província onde se achava Luís Tinoco. Partiu. Apenas empossado do cargo, tratou de procurar o ex-poeta, e pouco tempo gastou recebendo logo um convite dele para ir a um estabelecimento rural onde se achava.

– Há de me chamar ingrato, não? – disse Luís Tinoco, apenas viu assomar à porta de casa o Dr. Lemos. – Mas não sou; contava ir vê-lo daqui a um ano; e se lhe não escrevi... Mas que tem doutor? Está espantado?

O Dr. Lemos estava efetivamente pasmado a olhar para a figura de Luís Tinoco. Era aquele o poeta dos *Goivos e Camélias*, o eloquente deputado, o fogoso publicista? O que ele tinha diante de si era um honrado e pacato lavrador, ar e maneiras rústicas, sem o menor vestígio das atitudes melancólicas do poeta, do gesto arrebatado do tribuno – uma transformação, uma criatura muito outra e muito melhor.

Riram-se ambos, um da mudança, outro do espanto, pedindo o Dr. Lemos a Luís Tinoco lhe dissesse se era certo haver deixado a política, ou se aquilo eram apenas umas férias para renovar a alma.

– Tudo lhe explicarei, doutor, mas há de ser depois de ter examinado a minha casa e minha roça, depois de lhe apresentar minha mulher e meus filhos...

– Casado?

– Há vinte meses.

– E não me disse nada!

– Ia este ano à corte e esperava surpreendê-lo... Que duas criancinhas as minhas... lindas como dois anjos. Saem à mãe, que é a flor da província. Oxalá se pareçam também com ela nas qualidades de dona de casa; que atividade! Que economia!...

Feita a apresentação, beijadas as crianças, examinado tudo, Luís Tinoco declarou ao Dr. Lemos que definitivamente deixara a política.

– De vez?

– De vez.

– Mas que motivo? Desgostos, naturalmente.

– Não; descobri que não era fadado para grandes destinos. Um dia leram-me na assembleia alguns versos meus. Reconheci então quanto eram pífios os tais versos; e podendo vir mais tarde a olhar com a mesma lástima e igual arrependimento para as minhas obras políticas, arrepiei carreira e deixei a vida pública. Uma noite de reflexão e nada mais.

– Pois teve ânimo?...

– Tive, meu amigo, tive ânimo de pisar terreno sólido, em vez de patinhar nas ilusões dos primeiros dias. Eu era um ridículo poeta e talvez ainda mais ridículo orador. Minha vocação era esta. Com poucos anos mais estou rico. Ande agora beber o café que nos espera e feche a boca, que as moscas andam no ar.

29
O sermão do diabo*

Nem sempre respondo por papéis velhos; mas aqui está um que parece autêntico; e, se o não é, vale pelo texto, que é substancial. É um pedaço do evangelho do Diabo, justamente um sermão da montanha, à maneira de S. Mateus. Não se apavorem as almas católicas. Já Santo Agostinho dizia que "a igreja do Diabo imita a igreja de Deus". Daí a semelhança entre os dois evangelhos. Lá vai o do Diabo:

1. E vendo o Diabo a grande multidão de povo, subiu a um monte, por nome Corcovado, e, depois de se ter sentado, vieram a ele os seus discípulos.
2. E ele, abrindo a boca, ensinou dizendo as palavras seguintes.
3. "Bem-aventurados aqueles que embaçam, porque eles não serão embaçados.
4. "Bem-aventurados os afoitos, porque eles possuirão a terra.
5. "Bem-aventurados os limpos das algibeiras, porque eles andarão mais leves.
6. "Bem-aventurados os que nascem finos, porque eles morrerão grossos.
7. "Bem-aventurados sois, quando vos injuriarem e disserem todo o mal, por meu respeito.
8. "Folgai e exultai, porque o vosso galardão é copioso na terra.
9. "Vós sois o sal do *money market*. E se o sal perder a força, com que outra se há de salgar?
10. "Vós sois a luz do mundo. Não se põe uma vela acesa debaixo de um chapéu, pois assim se perdem o chapéu e a vela.

*Publicado no periódico *Gazeta de Notícias* (04-09-1892). Reunido pelo autor no livro *Páginas recolhidas* (1900).

11. "Não julgueis que vim destruir as obras imperfeitas, mas refazer as desfeitas.
12. "Não acrediteis em sociedades arrebentadas. Em verdade vos digo que todas se consertam, e se não for com remendo da mesma cor, será com remendo de outra cor.
13. "Ouvistes que foi dito aos homens: Amai-vos uns aos outros. Pois eu digo-vos: Comei-vos uns aos outros; melhor é comer que ser comido; o lombo alheio é muito mais nutritivo que o próprio.
14. "Também foi dito aos homens: Não matareis a vosso irmão, nem a vosso inimigo, para que não sejais castigados. Eu digo-vos que não é preciso matar a vosso irmão para ganhardes o reino da terra; basta arrancar-lhe a última camisa.
15. "Assim, se estiveres fazendo as tuas contas, e te lembrar que teu irmão anda meio desconfiado de ti, interrompe as contas, sai de casa, vai ao encontro de teu irmão na rua, restitui-lhe a confiança, e tira-lhe o que ele ainda levar consigo.
16. "Igualmente ouvistes que foi dito aos homens: Não jurareis falso, mas cumpri ao Senhor os teus juramentos.
17. "Eu, porém, vos digo que não jureis nunca a verdade, porque a verdade nua e crua, além de indecente, é dura de roer; mas jurai sempre e a propósito de tudo, porque os homens foram feitos para crer antes nos que juram falso, do que nos que não juram nada. Se disseres que o sol acabou, todos acenderão velas.
18. "Não façais as vossas obras diante de pessoas que possam ir contá-lo à polícia.
19. "Quando, pois, quiserdes tapar um buraco, entendei-vos com algum sujeito hábil, que faça treze de cinco e cinco.
20. "Não queirais guardar para vós tesouros na terra, onde a ferrugem e a traça os consomem, e donde os ladrões os tiram e levam.
21. "Mas remetei os vossos tesouros para algum banco de Londres, onde a ferrugem, nem a traça os consomem, nem os ladrões os roubam, e onde ireis vê-los no dia do juízo.
22. "Não vos fieis uns nos outros. Em verdade vos digo, que cada um de vós é capaz de comer o seu vizinho, e boa cara não quer dizer bom negócio.

23. "Vendei gato por lebre, e concessões ordinárias por excelentes, a fim de que a terra se não despovoe das lebres, nem as más concessões pareçam nas vossas mãos.

24. "Não queirais julgar para que não sejais julgados; não examineis os papéis do próximo para que ele não examine os vossos, e não resulte irem os dois para a cadeia, quando é melhor não ir nenhum.

25. "Não tenhais medo às assembleias de acionistas, e afagai-as de preferência às simples comissões, porque as comissões amam a vanglória e as assembleias as boas palavras.

26. "As porcentagens são as primeiras flores do capital; cortai-as logo, para que as outras flores brotem mais viçosas e lindas.

27. "Não deis conta das contas passadas, porque passadas são as contas contadas, e perpétuas as contas que se não contam.

28. "Deixai falar os acionistas prognósticos; uma vez aliviados, assinam de boa vontade.

29. "Podeis excepcionalmente amar a um homem que vos arranjou um bom negócio; mas não até o ponto de o não deixar com as cartas na mão, se jogardes juntos.

30. "Todo aquele que ouve estas minhas palavras, e as observa, será comparado ao homem sábio, que edificou sobre a rocha e resistiu aos ventos; ao contrário do homem sem consideração, que edificou sobre a areia, e fica a ver navios...

Aqui acaba o manuscrito que me foi traduzido pelo próprio Diabo, ou alguém por ele; mas eu creio que era o próprio. Alto, magro, barbícula ao queixo, ar de Mefistófeles. Fiz-lhe uma cruz com os dedos e ele sumiu-se. Apesar de tudo, não respondo pelo papel, nem pelas doutrinas, nem pelos erros de cópia.

30
Uma excursão milagrosa*

Tenho uma viagem milagrosa para contar aos leitores, ou antes uma narração para transmitir, porque o próprio viajante é quem narra as suas aventuras e as suas impressões.

Se a chamo milagrosa é porque as circunstâncias em que foi feita são tão singulares que a todos há de parecer que não podia ser senão um milagre. Todavia, apesar das estradas que o nosso viajante percorreu, dos condutores que teve e do espetáculo que viu, não se pode deixar de reconhecer que o fundo é o mais natural e possível deste mundo.

Suponho que os leitores terão lido todas as memórias de viagem, desde as viagens do Capitão Cook às regiões polares até as viagens de Gulliver, e todas as histórias extraordinárias desde as narrativas de Edgar Poe até os contos de *Mil e uma noites*. Pois tudo isso é nada à vista das excursões singulares do nosso herói, a quem só falta o estilo de Swift para ser levado à mais remota posteridade.

As histórias de viagem são as de minha predileção. Julgue-o quem não pode experimentá-lo, disse o épico português. Quem não há de ir ver as coisas com os próprios olhos da cara, diverte-se ao menos em vê-las com os da imaginação, muito mais vivos e penetrantes.

Viajar é multiplicar-se.

Mas, devo dizê-lo com toda a franqueza, quando ouço dizer a alguém que já atravessou por gosto doze, quinze vezes o Oceano, não sei que sinto em mim que me leva a adorar o referido alguém. Ver doze vezes o Oceano, roçar-lhes doze vezes a cerviz, doze vezes admirar as suas cóleras, doze vezes admirar os seus espetáculos, não é isto gozar na verdadeira extensão da palavra?

---

*Publicado no periódico *Jornal das Famílias* (abril e maio de 1866). Neste conto, Machado de Assis retomou e desenvolveu o texto de "O país das quimeras", publicado na revista *O Futuro*, em 15 de setembro de 1862.

Se em vez do Oceano me falam nas florestas e contam-me mil epi sódios de uma viagem através do templo dos cedros e dos jequitibás, ouvindo o silêncio e a sombra, respirando os faustos daqueles palácios da natureza, gozando, vivendo, apesar dos tigres, das serpes, então o gozo pode mudar de aspecto, mas é o mesmo gozo elevado, puro, grandioso.

O mesmo se dá se a viagem for através dos cadáveres das cidades antigas, dos desertos da Arábia, dos gelos do Norte. Tudo chama o espírito, e o educa, e o eleva, e o transforma.

Das viagens sedentárias só conheço duas capazes de recrear. *A Viagem à roda do meu quarto* e a *Viagem à roda do meu jardim*, de Maistre e Alphonse Karr.

Ora, com todo este gosto pelas viagens, ainda assim eu não desejaria fazer a viagem do herói desta narrativa. Viu muita coisa, é certo; e voltou de lá com a bagagem cheia dos meios de apreciar os fracos da humanidade. Mas por tantas coisas quantos trabalhos!

Arrependera-se Catão de haver ido algumas vezes por mar quando podia ir por terra. O virtuoso romano tinha razão. Os carinhos de Anfitrite são um tanto raivosos, e muitas vezes funestos. Os feitos marítimos dobram de valia por esta circunstância, que se esquivam de navegar as almas pacatas, ou para falar mais decentemente, os espíritos prudentes e seguros.

Mas para justificar o provérbio que diz "debaixo dos pés se levantam os trabalhos" a via terrestre não é absolutamente mais segura que a via marítima, e a história dos caminhos de ferro, pequena embora, conta já não poucos e tristes episódios.

Absorto nestas e noutras reflexões estava o meu amigo. Tito, poeta aos vinte anos, sem dinheiro e sem bigode, sentado à mesa carunchosa do trabalho, onde ardia silenciosamente uma vela.

Devo proceder ao retrato físico e moral do meu amigo Tito.

Tito não é nem alto, nem baixo, o que equivale a dizer que é de estatura mediana, a qual estatura é aquela que se pode chamar francamente elegante, na minha opinião. Possuindo um semblante angélico, uns olhos meigos e profundos, o nariz descendente legítimo e direto do de Alcibíades, a boca graciosa, a fronte larga como verdadeiro trono do pensamento, Tito pode servir de modelo à pintura e de objeto amado aos corações de quinze e mesmo de vinte anos.

Como as medalhas, e como todas as coisas deste mundo de compensações, Tito tem um reverso. Oh! Triste coisa que é o reverso das medalhas! Podendo ser, do colo para cima, modelo à pintura, Tito é uma lastimosa pessoa no que toca ao resto. Pés prodigiosamente tortos, pernas zaimbras, tais são os contras que a pessoa do meu amigo oferece a quem se extasia diante dos magníficos prós da cara e da cabeça. Parece que a natureza se dividira para dar a Tito o que tinha de melhor e o que tinha de pior, e pô-lo na miserável e desconsoladora condição do pavão que se enfeita e contempla radioso, mas cujo orgulho se abate e desfalece quando olha para as pernas e para os pés.

No moral Tito apresenta o mesmo aspecto duplo do físico. Não tem vícios, mas tem fraquezas de caráter que quebram, um tanto ou quanto, as virtudes que o enobrecem. É bom e tem a virtude evangélica da caridade; sabe, como o divino Mestre, partir o pão da subsistência e dar de comer ao faminto com verdadeiro júbilo de consciência e de coração. Não consta, além disso, que jamais fizesse mal ao mais impertinente bicho, ou ao mais insolente homem, duas coisas idênticas, nos curtos dias da sua vida. Pelo contrário, conta-se que a sua piedade e bons instintos o levaram uma vez a ficar quase esmagado, procurando salvar da morte uma galga que dormia na rua e sobre a qual ia quase passando um carro. A galga salva por Tito afeiçoou-se-lhe tanto que nunca mais o deixou; à hora em que o vemos absorto em pensamentos vagos está ela estendida sobre a mesa a contemplá-lo grave e sisuda.

Só há que censurar em Tito as fraquezas de caráter, e deve-se crer que elas são filhas mesmo das suas virtudes. Tito vendia outrora as produções de sua musa, não por meio de uma permuta legítima de livro e moeda, mas por um meio desonroso e nada digno de um filho de Apolo. As vendas que fazia eram absolutas, isto é, trocando por dinheiro os seus versos, o poeta perdia o direito de paternidade sobre essas produções. Só tinha um freguês, era um sujeito rico, maníaco pela fama de poeta, e que sabendo da facilidade com que Tito rimava apresentou-se um dia no modesto albergue do poeta e entabulou a negociação por estes termos:

– Meu caro, venho propor-lhe um negócio da China...

– Pode falar – respondeu Tito.

– Ouvi dizer que você fazia versos... É verdade?

Tito conteve-se a custo diante da familiaridade do tratamento, e respondeu:

– É verdade.

– Muito bem. Proponho-lhe o seguinte. Compro-lhe por bom preço todos os seus versos, não os feitos, mas os que fizer de hoje em diante, com a condição de que os hei de dar à estampa como obra da minha lavra. Não ponho outras condições ao negócio: advirto-lhe, porém, que prefiro as odes e as poesias de sentimento. Quer?

Quando o sujeito acabou de falar, Tito levantou-se, e com um gesto mandou-o sair. O sujeito pressentiu que, se não saísse logo, as coisas poderiam acabar mal. Preferiu tomar o caminho da porta, dizendo entre dentes: "Hás de procurar-me, deixa estar."

O meu poeta esqueceu no dia seguinte a aventura da véspera, mas os dias passaram-se e as necessidades urgentes apresentaram-se à porta com olhar suplicante e as mãos ameaçadoras. Ele não tinha recursos; depois de uma noite atribulada lembrou-se do sujeito, e tratou de procurá-lo; disse-lhe quem era, e que estava disposto a aceitar o negócio; o sujeito, rindo-se com um riso diabólico, fez o primeiro adiantamento, sob a condição de que o poeta lhe levaria no dia seguinte uma ode aos polacos.

Tito passou a noite a arregimentar palavras sem ideias, tal era o seu estado, e no dia seguinte levou a obra ao freguês, que a achou boa e dignou-se apertar-lhe a mão.

Tal é a face moral de Tito. A virtude de ser pagador em dia levava-o a mercar com os dons de Deus; e ainda assim vemos nós que ele resistiu, e só foi vencido quando se achou com a corda ao pescoço.

A mesa à qual Tito estava encostado era um traste velho e de lavor antigo, herdara-o de uma tia que lhe havia morrido faziam dez anos. Um tinteiro de osso, uma pena de ave, algum papel, eis os instrumentos de trabalho de Tito. Duas cadeiras e uma cama completavam a sua mobília. Já falei na vela e na galga. À hora em que Tito se engolfava em reflexões e fantasias era noite alta. A chuva caía com violência e os relâmpagos que de instante a instante rompiam o céu deixavam ver o horizonte pejado de nuvens negras e túmidas. Tito nada via, porque estava com a cabeça encostada nos braços, e estes sobre a mesa; e é provável que nada ouvisse, porque se entretinha em refletir nos perigos que oferecem os diferentes modos de viajar.

Mas qual o motivo destes pensamentos em que se engolfava o poeta? É isso que eu vou explicar à legítima curiosidade dos leitores. Tito, como todos os homens de vinte anos, poetas e não poetas, sentia-se afetado da doença do amor. Uns olhos pretos, um porte senhoril, uma visão, uma criatura celestial, qualquer coisa por este teor, havia influído por tal modo no coração de Tito, que o pusera, pode-se dizer à beira da sepultura. O amor em Tito começou por uma febre; esteve três dias de cama e foi curado (da febre e não do amor) por uma velha da vizinhança, que conhecia o segredo das plantas virtuosas, e que pôs o meu poeta de pé, com o que adquiriu mais um título à reputação de feiticeira que os seus milagrosos curativos lhe haviam granjeado.

Passado o período agudo da doença, ficou-lhe esse resto de amor, que, apesar da calma e da placidez, nada perde da sua intensidade. Tito estava ardentemente apaixonado, e desde então começou a defraudar o freguês das odes, subtraindo-lhe algumas estrofes inflamadas, que dedicava ao objeto dos seu íntimos pensamentos, tal qual como aquele Sr. d'Ofayel, dos amores leais e pudicos, com quem se pareceu, não na sensaboria dos versos, mas no infortúnio amoroso.

O amor contrariado, quando não leva a um desdém sublime da parte do coração, leva à tragédia ou à asneira. Era nesta alternativa que se debatia o espírito do meu poeta. Depois de haver gasto em vão o latim das musas, aventurou uma declaração oral à dama dos seus pensamentos. Esta ouviu-o com dureza d'alma, e quando ele acabou de falar disse-lhe que era melhor voltar à vida real e deixar musas e amores, para cuidar do alinho da própria pessoa. Não presuma o leitor que a dama de quem lhe falo tinha a vida tão desenvolta como a língua. Era, pelo contrário, um modelo da mais seráfica pureza e do mais perfeito recato de costumes: recebera a educação austera de seu pai, antigo capitão de milícias, homem de incrível boa-fé, que neste século desabusado ainda acreditava em duas coisas: nos programas políticos e nas cebolas do Egito. Desenganado de uma vez nas suas pretensões, Tito não teve força de ânimo para varrer da memória a filha do militar; e a resposta crua e desapiedada da moça estava-lhe no coração como um punhal frio e penetrante. Tentou arrancá-lo, mas a lembrança, viva sempre, como ara de Vesta, trazia-lhe as fatais palavras ao meio das horas mais alegres ou menos tristes da sua vida, como aviso de que a sua satisfação não podia durar e que a tristeza era o fundo real dos seus dias. Era assim que os egípcios mandavam pôr um sarcófago no meio de um festim, como lembrança de que a vida é transitória, e que só na sepultura existe a grande e eterna verdade.

Quando, depois de voltar a si, Tito conseguiu encadear duas ideias e tirar delas uma consequência, dois projetos se lhe apresentaram, qual mais próprio a granjear-lhe a vilta de pusilânime; um concluía pela tragédia, outro pela asneira; triste alternativa dos corações não compreendidos! O primeiro desses projetos era simplesmente deixar este mundo, o outro limitava-se a uma viagem, que o poeta faria por mar ou por terra, a fim de deixar por algum tempo a capital. Já o poeta abandonava o primeiro por achá-lo sanguinolento e definitivo; o segundo parecia-lhe melhor, mais consentâneo com a sua dignidade e sobretudo com os seus instintos de conservação. Mas qual o meio de mudar de sítio? Tomaria por terra? Tomaria por mar? Qualquer destes dois meios tinham seus inconvenientes. Estava o poeta nestas averiguações, quando ouviu que batiam à porta três pancadinhas. Quem seria? Quem poderia ir procurar o poeta àquela hora? Lembrou-se que tinha umas encomendas do homem das odes e foi abrir a porta disposto a ouvir resignado a muito plausível sarabanda que ele lhe vinha naturalmente pregar.

Aqui deixa de falar o autor para falar o protagonista. Não quero tirar o encanto natural que há de ter a narrativa do poeta reproduzindo as suas próprias impressões. O poeta foi, como disse, abrir a porta.

Diz ele:

"...Mas, oh! Pasmo! Eis que uma sílfide, uma criatura celestial, vaporosa, fantástica, trajando vestes alvas, nem bem de pano, nem bem névoas, uma coisa entre as duas espécies, pés alígeros, rosto sereno e insinuante, olhos negros e cintilantes, cachos louros do mais leve e delicado cabelo a caírem-lhe graciosos pelas espáduas nuas, divinas, como as tuas, ó Afrodite; eis que uma criatura assim invade o meu aposento, e estendendo a mão ordena-me que feche a porta e tome assento à mesa.

Eu estava assombrado. Maquinalmente voltei ao meu lugar sem tirar os olhos da visão. Esta sentou-se defronte de mim e começou a brincar com a galga, que dava mostras de não usado contentamento. Passaram-se nisto dez minutos; depois do que a singular criatura, cravando os seus olhos nos meus, perguntou-me com uma doçura de voz nunca ouvida:

– Em que pensas, poeta? Pranteias algum amor malparado? Sofres com a injustiça dos homens? Dói-te a desgraça alheia ou é a própria que te sombreia a fronte?

Esta indagação era feita de um modo tão insinuante que eu, sem inquirir o motivo da curiosidade, respondi imediatamente:

– Penso na injustiça de Deus.

– É contraditória a expressão: Deus é a justiça.

– Não é. Se fosse teria repartido irmãmente a ternura pelos corações e não consentiria que um ardesse inutilmente pelo outro. O fenômeno da simpatia devia ser sempre recíproco, de maneira que a mulher não pudesse olhar com frieza para o homem quando o homem levantasse os olhos de amor para ela.

– Não és tu quem fala, poeta. É o teu amor-próprio ferido pela má paga do teu afeto. Mas de que te servem as musas? Ainda não vieram a ti, como eternas consoladoras que são? Entra no santuário da poesia, engolfa-te no seio da inspiração, esquecerás aí a dor da chaga que o mundo te abriu.

– Coitado de mim, que tenho a poesia fria, e apagada a inspiração.

– De que precisas tu para dar vida à poesia e à inspiração?

– Preciso do que me falta... e falta-me tudo.

– Tudo? É exagerado. Tens o selo com que Deus te distinguiu dos outros homens, e isso te basta. Cismavas em deixar esta terra?

– É verdade.

– Bem; venho a propósito. Queres ir comigo?

– Para onde?

– Que importa? Queres vir?

– Quero. Assim me distrairei. Partiremos amanhã. É por mar, ou por terra?

– Nem amanhã, nem por mar, nem por terra; mas hoje e pelo ar.

Levantei-me e recuei. A visão levantou-se também.

– Tens medo? – perguntou ela.

– Medo, não, mas...

– Vamos. Faremos uma deliciosa viagem.

Era de esperar um balão para a viagem aérea a que me convidava a inesperada visita; mas os meus olhos se arregalaram prodigiosamente quando viram abrirem-se das espáduas da visão duas longas e brancas asas que ela começou a agitar e das quais caía uma poeira de ouro.

– Vamos – disse a visão.

E eu maquinalmente repeti:

– Vamos!

E ela tomou-me nos braços, subimos até o teto que se rasgou, e passamos ambos, visão e poeta. A tempestade tinha, como por encanto, cessado, estava o céu limpo, transparente, luminoso, verdadeiramente celestial, enfim. As estrelas fulgiam com a sua melhor luz, e um luar branco e poético caía sobre os telhados das casas e sobre as flores e a relva dos campos.

Subimos.

Durou a ascensão algum tempo. Eu não podia pensar; ia atordoado e subia sem saber para onde, nem a razão por quê. Sentia que o vento agitava os cabelos louros da visão, e que eles lhe batiam docemente na face, do que resultava uma exalação celeste que embriagava e adormecia. O ar estava puro e fresco. Eu, que me havia distraído algum tempo da ocupação das musas no estudo das leis físicas, contava que naquele subir contínuo breve chegaríamos a sentir os efeitos da rarefação da atmosfera. Engano meu! Subíamos sempre e muito, mas a atmosfera conservava-se sempre a mesma, e quanto mais subíamos, melhor respirávamos.

Isto passou rápido pela minha mente. Como disse, eu não pensava: ia subindo sem olhar para a terra. E para que olharia para a terra? A visão não podia conduzir-me senão ao céu.

Em breve comecei a ver os planetas fronte por fronte. Era já sobre a madrugada. Vênus, mais pálida e loura que de costume, ofuscava as estrelas com o seu clarão e com a sua beleza. Lancei um olhar de admiração para a deusa da manhã. Mas subia, subíamos sempre. Os planetas passavam à minha ilharga como se foram corcéis desenfreados. Afinal penetramos em uma região inteiramente diversa das que havíamos atravessado naquela assombrosa viagem. Eu senti expandir-se-me a alma na nova atmosfera. Seria aquilo o céu? Não ousava perguntar, e mudo esperava o termo da viagem. À proporção que penetrávamos nessa região ia-se a minha alma rompendo em júbilo; daí a algum tempo entrávamos em um planeta; começamos a fazer o trajeto a pé.

Caminhando, os objetos, até então vistos através de um nevoeiro, tomavam aspecto de coisas reais. Pude ver então que me achava em uma nova terra, a todos os respeitos estranha; o primeiro aspecto vencia ao que oferece a poética Istambul ou a poética Nápoles. Mais entrávamos, mais os objetos tomavam o aspecto da realidade. Assim chegamos à grande praça onde estavam construídos os reais paços. A habitação régia era, por assim dizer, uma reunião de todas as ordens arquitetônicas, sem excluir a chinesa, sendo de notar que esta última fazia não mediana despesa na estrutura do palácio.

Eu quis sair da ânsia em que estava por saber em que país acabava de entrar, e aventurei uma pergunta à minha companheira.

– Estamos no país das Quimeras – respondeu ela.

– No país das Quimeras?

– Das Quimeras. País para onde viaja três quartas partes do gênero humano, mas que não se acha consignado nas tábuas da ciência.

Contentei-me com a explicação. Mas refleti sobre o caso. Por que motivo iria parar ali? A que era levado? Estava nisto, quando a fada me advertiu de que éramos chegados à porta do palácio. No vestíbulo haviam uns vinte ou trinta soldados que fumavam em grossos cachimbos de escumas do mar, e que se embriagavam, como outros tantos padixás, na contemplação dos novelos de fumo azul e branco que lhes saíam da boca. À nossa entrada houve continência militar. Subimos pela grande escadaria, e fomos ter aos andares superiores.

– Vamos falar aos soberanos – disse a minha companheira.

Atravessamos muitas salas e galerias. Todas as paredes, como no poema de Dinis, eram forradas de papel prateado e lantejoulas.

Afinal penetramos na grande sala. O Gênio das bagatelas, de que fala Elpino, estava sentado em um trono de casquinha, tendo de ornamento dois pavões, um de cada lado. O próprio soberano tinha por coifa um pavão vivo, atado pelos pés, a uma espécie de solidéu, maior que o dos nossos padres, o qual por sua vez ficava firme na cabeça por meio de duas largas fitas amarelas, que vinham atar-se debaixo dos reais queixos. Coifa idêntica adornava a cabeça dos gênios da corte, que correspondem aos viscondes deste mundo, e que cercavam o trono do brilhante rei. Todos aqueles pavões, de minuto a minuto, armavam-se, apavoneavam-se, e davam os guinchos do costume.

Quando entrei na grande sala pela mão da visão, houve um murmúrio entre os fidalgos quiméricos. A visão declarou que ia apresentar um filho da terra. Seguiu-se a cerimônia da apresentação, que era uma enfiada de cortesias, passagens e outras coisas quiméricas, sem excluir a formalidade do beija-mão. Não se pense que fui eu o único a beijar a mão ao gênio soberano; todos os gênios presentes fizeram o mesmo, porque, segundo ouvi depois, não se dá naquele país o ato mais insignificante sem que esta formalidade seja preenchida. Depois da cerimônia da apresentação perguntou-me o soberano que tratamento tinha eu na terra para dar-me um cicerone correspondente.

– Eu tenho, se tanto, uma triste Mercê.

– Só isso? Pois há de ter o desprazer de ser acompanhado pelo cicerone comum. Nós temos cá a Senhoria, a Excelência, a Grandeza, e outras mais; mas quanto à Mercê, essa tendo habitado algum tempo este país, tornou-se tão pouco útil que julguei melhor despedi-la.

A este termo a Senhoria e a Excelência, duas criaturas empertigadas, que se haviam aproximado de mim, voltaram-me as costas, encolhendo os ombros e deitando-me um olhar de través com a maior expressão de desdém e pouco caso. Eu quis perguntar à minha companheira o motivo deste ato daquelas duas quiméricas pessoas; mas a visão puxou-me pelo braço, e fez-me ver com um gesto que estava desatendendo ao Gênio das bagatelas, cujos sobrolhos se contraíram, como dizem os poetas antigos que se contraíam os de Júpiter Tonante. Neste momento entrou um bando de moçoilas frescas, lépidas, bonitas e louras... Oh! mas de um louro que se não conhece entre nós, os filhos da terra! Entraram elas a correr com agilidade de andorinhas que voam; e depois de apertarem galhofeiramente a mão aos gênios de corte, foram ao gênio soberano, diante de quem fizeram umas dez ou doze mesuras.

Quem eram aquelas raparigas? Eu estava de boca aberta. Indaguei da minha guia, e soube. Eram as Utopias e as Quimeras que iam da terra, onde havia passado a noite na companhia de alguns homens e mulheres de todas as idades e condições.

As Utopias e as Quimeras foram festejadas pelo soberano, que se dignou sorrir-lhes e bater-lhes na face. Elas alegres e risonhas receberam os carinhos reais como coisa que lhes era devida; e depois de dez ou doze mesuras, repetições das anteriores, foram-se da sala, não sem abraçarem-me ou beliscarem-me, quando espantado eu olhava para elas sem saber por que me tornara objeto de tanta jovialidade. O meu espanto crescia de ponto quando ouvia a cada uma delas esta expressão muito usada nos bailes de máscaras: Eu te conheço!

Depois que saíram todos, o Gênio fez um sinal, e toda a atenção concentrou-se no soberano, a ver o que ia sair-lhe dos lábios. A expectativa foi burlada, porque o gracioso soberano apenas com um gesto indicou ao cicerone comum o mísero hóspede que daqui tinha ido. Seguiu-se a cerimônia da saída, que durou longos minutos, em virtude das mesuras, cortesias e beija-mão do estilo. Os três, eu, a fada condutora e o cicerone passamos à sala da rainha. A real senhora era uma pessoa digna de atenção a todos os respeitos; era imponente e graciosa; trajava vestido de gaza e roupa da mesma fazenda, borzeguins de cetim alvo, pedras finas de todas as espécies e cores, nos braços, no pescoço e na cabeça; na cara trazia posturas finíssimas, e com tal arte, que parecia haver sido corada pelo pincel da natureza, dos cabelos recendiam ativos cosméticos e delicados óleos.

Não pude disfarçar a impressão que me causava um todo assim. Voltei-me para a companheira de viagem e perguntei como se chamava aquela deusa.

– Não a vê? – respondeu a fada –; não vê as trezentas raparigas que trabalham em torno dela? Pois então? É a Moda, cercada de suas trezentas belas, caprichosas filhas.

A estas palavras eu lembrei-me do "Hissope". Não duvidava já de que estava no País das Quimeras; mas, raciocinei, para que Dinis falasse de algumas destas coisas é preciso que cá tivesse vindo, e voltasse como está averiguado.

Portanto, não devo recear de cá ficar morando eternamente. Descansado por este lado, passei a atentar para os trabalhos das companheiras da rainha; eram umas novas modas que se estavam arranjando para vir a este mundo substituir as antigas.

Houve apresentação com o cerimonial do estilo. Estremeci quando pousei os lábios na mão fina e macia da soberana; esta não reparou, porque tinha na mão esquerda um psyché, onde se mirava de momento a momento.

Impetramos os três licença para continuar a visita do palácio e seguimos pelas galerias e salas. Cada sala era ocupada por um grupo de pessoas, homens ou mulheres, algumas vezes mulheres e homens, que se ocupavam nos diferentes misteres de que estavam incumbidos pela lei do país, ou por ordem arbitrária do soberano. Percorria essas salas diversas com o olhar espantado, estranhando o que via, aquelas ocupações, aqueles costumes, aqueles caracteres. Em uma das salas um grupo de cem pessoas ocupava-se em adelgaçar uma massa branca, leve e balofa. Naturalmente este lugar é a ucharia, dizia comigo; estão preparando alguma iguaria singular para o almoço do rei. Indaguei do cicerone se havia acertado. O cicerone respondeu:

– Não, senhor; estes homens estão ocupados em preparar massa cerebral para um certo número de homens de todas as classes, estadistas, poetas, namorados, etc.; serve também a mulheres. Esta massa é especialmente para aqueles que no seu planeta vivem com verdadeiras disposições do nosso país, aos quais fazemos presente deste elemento constitutivo.

– É massa quimérica?

– Da melhor que se há visto até hoje.

– Pode ver-se?

O cicerone sorriu-se; chamou o chefe da sala, a quem pediu um pouco da massa. Este foi com prontidão ao depósito e tirou uma porção que entregou-me. Mal a tomei das mãos do chefe, desfez-se a massa como se fora composta de fumo. Fiquei confuso; mas o chefe bateu-me no ombro:

– Vá descansado – disse. – Nós temos à mão matéria-prima; é da nossa própria atmosfera que nos servimos e a nossa atmosfera não se enxota.

Este chefe tinha uma cara insinuante, mas, como todos os quiméricos, era sujeito a abstrações, de modo que não pude arrancar-lhe mais uma palavra, porque ele ao dizer as últimas começou a olhar para o ar e a contemplar o voo de uma mosca. Este caso atraiu os companheiros, que se chegaram a ele e mergulharam-se todos na contemplação do alado inseto.

Os três continuamos o nosso caminho.

Mais adiante era uma sala onde muitos quiméricos à roda de mesas discutiam os diferentes modos de inspirar aos diplomatas e diretores deste nosso mundo os pretextos para encher o tempo e apavorar os espíritos com futilidades e espantalhos. Esses homens tinham ares de finos e espertos. Havia ordem do soberano para não entrar naquela sala em horas de trabalho; uma guarda estava à porta. A menor distração daquele congresso seria considerada uma calamidade pública. Continuei como cicerone e fui ter a outra sala onde muitos Quiméricos, de boca aberta, escutavam as preleções de um filósofo do país.

O filósofo falava pausado e parecia embebido na música das próprias palavras. Tinha um gesto estudado, cheio de si, como de Vadius falando a Trissotin. Detive-me aí.

Dizia o filósofo.

– Meus caros filhos, o universo é um composto de maldade e invejas. Não há talento, por mais prodigioso, que não seja ferido pela seta da calúnia e do desdém dos egoístas. Como fugir a esta triste situação? De um modo único. Que cada um começando a viver deve logo compenetrar-se de que nada há acima de si, e desta convicção própria nascerá a convicção alheia. Quem há de contestar o talento a um homem que começa por senti-lo em si e diz que o tem?

Os ouvintes alçaram a voz e num coro exclamaram:

– Muito bem.

O filósofo continuou:

– Dirão que isso é vaidade; mas se bem compreendeis a nossa natureza e a natureza dos outros, deveis saber que isso que lá embaixo se chama vaidade não é entre nós outra coisa mais do que a verdadeira tensão do espírito, a consciência da nossa elevação moral.

A preleção acabou com estas palavras. O filósofo desceu do espaldar em que estava e todas as Quimeras fizeram alas para deixá-lo passar.

Continuei a minha viagem.

Andei de sala em sala, de galeria em galeria, aqui visitando um museu, ali um trabalho ou um jogo; tive tempo de ver tudo, de tudo examinar com atenção e pelo miúdo. Ao passar pela grande galeria que dava para a praça, vi que o povo, reunido embaixo das janelas, cercava uma forca. Era uma execução que ia ter lugar. Crime de morte? Não, responderam-lhe, crime de lesa-cortesia. Era um Quimérico que havia cometido o crime de não fazer a tempo e com graça uma continência; este crime é considerado naquele país como a maior audácia possível e imaginável. O povo quimérico contemplou a execução como se assistisse a um espetáculo de saltimbancos, entre aplausos e gritos de prazer.

Entretanto era a hora do almoço real.

À mesa do gênio soberano só se sentavam o rei, a rainha, dois ministros, um médico, e a encantadora fada que me havia levado àquelas alturas. A fada, antes de sentar-se à mesa, implorou do rei a mercê de admitir-me ao almoço, a resposta foi afirmativa; tomei assento. O almoço foi o mais sucinto e rápido que é possível imaginar. Durou alguns segundos, depois do que todos se levantaram e abriu-se mesa para o jogo das reais pessoas; fui assistir ao jogo; em roda da sala haviam cadeiras onde estavam sentadas as Utopias e as Quimeras; às costas dessas cadeiras empertigaram-se fidalgos quiméricos, com os seus pavões e as suas vestiduras de escarlate. Aproveitei a ocasião para saber como é que me conheciam aquelas assanhadas raparigas. Encostei-me a uma cadeira e indaguei da Utopia que se achava nesse lugar. Esta impetrou licença, e depois das formalidades do costume, retirou-se a uma das salas comigo, e aí perguntou-me:

– Pois deveras não sabes quem somos? Não nos conheces?

– Não as conheço, isto é, conheço-as agora, e isso dá-me verdadeiro pesar, porque quisera tê-las conhecido há mais tempo.

– Oh! Sempre poeta!

– É que deveras são de uma gentileza sem rival. Mas onde é que me viram?

– Em tua própria casa.

– Oh!

– Não te lembras? À noite, cansado das lutas do dia, recolhes-te ao aposento, e aí, abrindo velas ao pensamento, deixas-te ir por um mar sereno e calmo. Nessa viagem acompanham-te algumas raparigas... somos nós, as Utopias, nós, as Quimeras.

Compreendi afinal uma coisa que se me estava a dizer há tanto tempo. Sorri-me, e cravando os meus olhos nos da Utopia que tinha diante de mim, disse:

– Ah! Sois vós, é verdade. Consoladora companhia que me distrai de todas as misérias e pesares. É no seio de vós que eu enxugo as minhas lágrimas. Ainda bem. Conforta-me ver-vos a todas de face e debaixo de forma palpável.

– E queres saber – tornou a Utopia – quem nos leva a todas para a tua companhia? Olha, vê.

Voltei-me e vi a peregrina visão, minha companheira de viagem.

– Ah! É ela – respondi.

– É verdade. É a loura Fantasia, a companheira desvelada dos que pensam e dos que sentem.

A Fantasia e a Utopia entrelaçaram as mãos e olhavam para mim. Eu, como que enlevado, olhava para ambas. Durou isto alguns segundos; quis fazer algumas perguntas, mas quando ia falar reparei que as duas se haviam tornado mais delgadas e vaporosas. Articulei alguma coisa; porém vendo que elas iam ficando cada vez mais transparentes, e distinguindo-se-lhes já pouco as feições, soltei estas palavras:

– Então, que é isto? Por que se desfazem assim?

Mais e mais as sombras desapareciam, corri à sala do jogo; espetáculo idêntico me esperava; era pavoroso; todas as figuras se desfaziam como se fossem feitas de névoa. Atônito e palpitante, percorri algumas galerias e afinal saí à praça; todos os objetos estavam sofrendo a mesma transformação. Dentro de pouco eu senti que me faltava o apoio aos pés e vi que estava solto no espaço.

Nesta situação soltei um grito de dor. Fechei os olhos e deixei-me ir como se tivesse de encontrar por termo de viagem a morte. Era na verdade o mais provável. Passados alguns segundos, abri os olhos e vi que caía perpendicularmente sobre um ponto negro que me parecia do tamanho de um ovo. O corpo rasgava como raio o espaço. O ponto negro cresceu, cresceu e cresceu até fazer-se do tamanho de uma grande esfera. A minha queda tinha alguma coisa de diabólica; soltava de vez em quando um gemido; o ar batendo-me nos olhos obrigava-me a fechá-los de instante a instante.

Afinal o ponto negro que havia crescido continuava a crescer, até aparecer-me com o aspecto da Terra. – É terra! – disse comigo.

Creio que não haverá expressão humana para mostrar a alegria que sentiu a minha alma, perdida no espaço, quando reconheceu que se aproximava do planeta natal. Curta foi a alegria; pensava, e pensava bem, que naquela velocidade quando tocasse em terra seria para nunca mais se levantar. Tive um calafrio: vi a morte diante de mim e encomendei a minha alma a Deus. Assim fui, fui, ou antes vim, vim, até que – milagre dos milagres! – caí sobre a praia, de pé, firme como se não houvesse dado aquele infernal salto. A primeira impressão, quando me vi em terra, foi de satisfação; depois tratei de ver em que região do planeta me achava; podia ter caído na Sibéria ou na China; verifiquei que me achava a dois passos de casa. Apressei-me a voltar aos meus pacíficos lares.

A vela estava gasta; a galga, estendida sobre a mesa, tinha os olhos fitos na porta. Entrei e atirei-me sobre a cama, onde adormeci, refletindo no que acabava de acontecer-me."

TAL É A NARRATIVA de Tito.

Esta pasmosa viagem serviu-lhe de muito.

Desde então adquiriu um olhar de lince capaz de descobrir, à primeira vista, se um homem tem na cabeça miolos ou massa quimérica.

Não há vaidade que possa com ele. Mal a vê lembra-se logo do que presenciou no reino das Bagatelas, e desfia sem preâmbulo a história da viagem.

Daqui vem que se era pobre e infeliz, mais infeliz e mais pobre ficou depois disto.

É a sorte de todos quantos entendem dever dizer o que sabem; nem se compra por outro preço a liberdade de desmascarar a humanidade.

Declarar guerra à humanidade é declará-la a toda a gente, atendendo-se a que ninguém há que mais ou menos deixe de ter no fundo do coração esse áspide venenoso.

Isto pode servir de exemplo aos futuros viajantes e poetas, a quem acontecer a viagem milagrosa que aconteceu ao meu poeta.

Aprendam os outros no espelho deste. Vejam o que lhes aparecer à mão, mas procurem dizer o menos que possam as suas descobertas e as suas opiniões.

31
Papéis velhos*

Brotero é deputado. Entrou agora mesmo em casa, às duas horas da noite, agitado, sombrio, respondendo mal ao moleque, que lhe pergunta se quer isto ou aquilo, e ordenando-lhe, finalmente, que o deixe só. Uma vez só, despe-se, enfia um chambre e vai estirar-se no canapé do gabinete, com os olhos no teto e o charuto na boca. Não pensa tranquilamente; resmunga e estremece. Ao cabo de algum tempo senta-se; logo depois levanta-se, vai a uma janela, passeia, para no meio da sala, batendo com o pé no chão; enfim resolve ir dormir, entra no quarto, despe-se, mete-se na cama, rola inutilmente de um lado para outro, torna a vestir-se e volta para o gabinete. Mal se sentou outra vez no canapé, bateram três horas no relógio da casa. O silêncio era profundo; e, como a divergência dos relógios é o princípio fundamental da relojoaria, começaram todos os relógios da vizinhança a bater, com intervalos desiguais, uma, duas, três horas. Quando o espírito padece, a coisa mais indiferente do mundo traz uma intenção recôndita, um propósito do destino. Brotero começou a sentir esse outro gênero de mortificação. As três pancadas secas, cortando o silêncio da noite, pareciam-lhe as vozes do próprio tempo, que lhe bradava: Vai dormir. Enfim, cessaram; e ele pôde ruminar, resolver, e levantar-se, bradando:

– Não há outro alvitre, é isto mesmo.

Dito isso, foi à secretária, pegou da pena e de uma folha de papel, e escreveu esta carta ao presidente do conselho de ministros:

Excelentíssimo senhor,

Há de parecer estranho a V. Ex.a tudo o que vou dizer neste papel; mas, por mais estranho que lhe pareça; e a mim também, há situações tão extraordinárias que só comportam soluções extraordinárias. Não quero desabafar nas esquinas, na Rua do

*Publicado no periódico *Gazeta de Notícias* (14-03-1883). Reunido pelo autor no livro *Páginas recolhidas* (1900).

Ouvidor, ou nos corredores da câmara. Também não quero manifestar-me, na tribuna, amanhã ou depois, quando V. Ex.a for apresentar o programa do seu ministério; seria digno, mas seria aceitar a cumplicidade de uma ordem de coisas que inteiramente repudio. Tenho um só alvitre: renunciar à cadeira de deputado e voltar à vida íntima.

Não sei se, ainda assim, V. Ex.a me chamará despeitado. Se o fizer, creio que terá razão. Mas rogo-lhe que advirta que há duas qualidades de despeito, e o meu é da melhor.

Não pense V. Ex.a que recuo diante de certas deputações influentes, nem que me senti ferido pelas intrigas do A... e por tudo o que fez o B... para meter o C... no ministério. Tudo isso são coisas mínimas. A questão para mim é de lealdade, já não digo política, mas pessoal; a questão é com V. Ex.a. Foi V. Ex.a que me obrigou a romper com o ministério dissolvido, mais cedo do que era minha intenção, e, talvez, mais cedo do que convinha ao partido. Foi V. Ex.a que, uma vez, em casa do Z..., me disse, a uma janela, que os meus estudos de questões diplomáticas me indicavam naturalmente a pasta de estrangeiros. Há de lembrar-se que lhe respondi então ser para mim indiferente subir ao ministério, uma vez que servisse ao meu país. V. Ex.a replicou: – É muito bonito, mas os bons talentos querem-se no ministério.

Na câmara, já pela posição que fui adquirindo, já pelas distinções especiais de que era objeto, dizia-se, acreditava-se que eu seria ministro na primeira ocasião; e, ao ser chamado V. Ex.a ontem para organizar o novo gabinete, não se jurou outra coisa. As combinações variavam, mas o meu nome figurava em todas elas. É que ninguém ignorava as finezas de V. Ex.a para comigo, os bilhetes em que me louvava, os seus *reiterados convites*, etc. Confesso a V. Ex.a que acompanhei a opinião geral.

A opinião enganou-se, eu enganei-me; o ministério está organizado sem mim. Considero esta exclusão um desdouro irreparável, e determinei deixar a cadeira de deputado a algum mais capaz, e, principalmente, mais dócil. Não será difícil a V. Ex.a achá-lo entre os seus numerosos admiradores. Sou, com elevada estima e consideração,

De V. Ex.a desobrigado amigo,

Brotero

Os verdadeiros políticos dirão que esta carta é só verossímil no despeito, e inverossímil na resolução. Mas os verdadeiros políticos ignoram duas coisas, penso eu. Ignoram Boileau, que nos adverte da possível inverossimilhança da verdade, em matérias de arte, e a política, segundo a definiu um padre da nossa língua, é a arte das artes; e ignoram que um outro golpe feria a alma do Brotero naquela ocasião. Se a exclusão do ministério não bastava a explicar a renúncia da cadeira, outra perda a ajudava. Já têm notícia do desastre político; sabem que houve crise ministerial, que o conselheiro... recebeu do Imperador o encargo de organizar um gabinete, e que a diligência de um certo B... conseguiu meter nele um certo C... A pasta deste foi justamente a de estrangeiros; e o fim secreto da diligência era dar um lugar na galeria do Estado à viúva Pedroso. Esta senhora, não menos gentil que abastada, elegera dias antes para seu marido o recente ministro. Tudo isso iria menos mal, se o Brotero não cobiçasse ambas as fortunas, a pasta e a viúva; mas, cobiçá-las, cortejá-las e perdê-las, sem que ao menos uma viesse consolá-lo, da perda da outra, digam-me francamente se não era bastante a explicar a renúncia do nosso amigo?

Brotero releu a carta, dobrou-a, encapou-a, sobrescritou-a; depois atirou-a a um lado, para remetê-la no dia seguinte. O destino lançara os dados. César transpunha o Rubicon, mas em sentido inverso. Que fique Roma com os seus novos cônsules e patrícias ricas e volúveis! Ele volve à região dos obscuros; não quer gastar o aço em pelejas de aparato, sem utilidade nem grandeza. Reclinou-se na cadeira e fechou o rosto na mão. Tinha os olhos vermelhos quando se levantou; e levantou-se, porque ouviu bater quatro horas, e recomeçar a procissão relógios, a cruel e implicante monotonia das pêndulas. Uma, duas, três, quatro...

Não tinha sono; não tentou sequer meter-se na cama. Entrou a andar de um lado para outro, passeando, planeando, relembrando. De memória em memória, reconstruiu as ilusões de outro tempo, comparou-as com as sensações de hoje, e achou-se roubado. Voluptuoso até na dor, mirou afincadamente essas ilusões perdidas, como uma velha contempla as suas fotografias da mocidade. Lembrou-se de um amigo que lhe dizia que, em todas as dificuldades da vida, olhasse para o futuro. Que futuro? Ele não via nada. E foi-se achegando da secretária, onde tinha guardadas as cartas dos amigos, dos amores, dos correligionários políticos, todas as cartas. Já agora não podia conciliar o sono; ia reler esses papéis velhos. Não se releem livros antigos?

Abriu a gaveta; tirou dois ou três maços e desatou-os. Muitas das cartas estavam encardidas do tempo. Posto nem todos os signatários houvessem morrido, o aspecto geral era de cemitério; donde se pode inferir que, em certo sentido, estavam mortos e enterrados. E ele começou a relê-las, uma a uma, as de dez páginas e os simples bilhetes, mergulhando nesse mar morto de recordações apagadas, negócios pessoais ou públicos, um espetáculo, um baile, dinheiro emprestado, uma intriga, um livro novo, um discurso, uma tolice, uma confidência amorosa. Uma das cartas, assinada Vasconcelos, fê-lo estremecer:

A L...a, dizia a carta, chegou a S. Paulo, anteontem. Custou-me muito e muito obter as tuas cartas; mas alcancei-as, e daqui a uma semana estarão contigo; levo-as eu mesmo. Quanto ao que me dizes na tua de H... , estimo que tenhas perdido a tal ideia fúnebre; era um despropósito. Conversaremos à vista.

Esse simples trecho trouxe-lhe uma penca de lembranças. Brotero atirou-se a ler todas as cartas do Vasconcelos. Era um companheiro dos primeiros anos, que naquele tempo cursava a academia, e agora estava de presidente no Piauí. Uma das cartas, muito anterior àquela, dizia-lhe:

Com que então a L...a agarrou-te deveras? Não faz mal; é boa moça e sossegada. E bonita, maganão! Quanto ao que me dizes do Chico Sousa, não acho que devas ter nenhum escrúpulo; vocês não são amigos; dão-se. E depois, não há adultério. Ele devia saber que quem edifica em terreno devoluto...

Treze dias depois:

Está bom, retiro a expressão terreno devoluto; direi terreno que, por direito divino, humano e diabólico, pertence ao meu amigo Brotero. Estás satisfeito?

Outra, no fim de duas semanas:

Dou-te a minha palavra de honra que não há no que disse a menor falta de respeito aos teus sentimentos; gracejei, por supor que a tua paixão não era tão séria. O dito por não dito. Custa pouco mudar de estilo, e custa muito perder um amigo, como tu...

Quatro ou cinco cartas referiam-se às suas efusões amorosas. Nesse intervalo, o Chico Sousa farejou a aventura e deixou a L... a; e o nosso amigo narrou o lance ao Vasconcelos, contente de a possuir sozinho. O Vasconcelos felicitou-o, mas fez-lhe um reparo:

> ...Acho-te exigente e transcendente. A coisa mais natural do mundo é que essa moça, perdendo um homem a quem devia atenções e que lhe dera certo relevo, recebesse com alguma dor o golpe. Saudade, infidelidade, dizes tu. Realmente, é demais. Isso não prova senão que ela sabe ser grata aos benefícios recebidos. Quanto à ordem que lhe deste de não ficar com um só traste, uma só cadeira, um pente, nada do que foi do outro, acho que não a entendi bem. Dizes-me que o fizeste por um sentimento de dignidade; acredito. Mas não será também um pouco de ciúme retrospectivo? Creio que sim. Se a saudade é uma infidelidade, o leque é um beijo; e tu não queres beijos nem saudades em casa. São maneiras de ver...

Brotero ia assim relendo a aventura, um capítulo inteiro da vida, não muito longo, é verdade, mas cálido e vivo. As cartas abrangiam um período de dez meses; desde o sexto mês começaram os arrufos, as crises, as ameaças de separação. Ele era ciumento; ela professava o aforismo de que o ciúme significa falta de confiança; chegava mesmo a repetir esta sentença vulgar e enigmática: "Zelos, sim, ciúmes, nunca." E dava de ombros, quando o amante mostrava uma suspeita qualquer, ou lhe fazia alguma exigência. Então ele excedia-se; e aí vinham as cenas de irritação, de reproches, de ameaças, e por fim de lágrimas. Brotero às vezes deixava a casa, jurando não voltar mais; e voltava logo no dia seguinte, contrito e manso. Vasconcelos reprimia-o de longe; e, em relação às deixadas e tornadas, dizia-lhe uma vez: "Má política, Brotero; ou lê o livro até o fim, ou fecha-o de uma vez; abri-lo e fechá-lo, fechá-lo e abri-lo, é mau, porque traz sempre a necessidade de reler o capítulo anterior para ligar o sentido, e livros relidos são livros eternos." A isto respondia o Brotero que sim, que ele tinha razão, que ia emendar-se de uma vez, tanto mais que agora viviam como os anjos no céu.

Os anjos dissolveram a sociedade. Parece que o anjo L...a, exausto da perpétua antífona, ouviu cantar Dáfnis e Cloé, cá embaixo, e desceu a ver o que é que podiam dizer tão melodiosamente as duas criaturas.

Dáfnis vestia então uma casaca e uma comenda, administrava um banco, e pintava-se; o anjo repetiu-lhe a lição de Cloé; adivinha-se o resto. As cartas de Vasconcelos neste período eram de consolação e filosofia. Brotero lembrou-se de tudo o que padeceu, das imprudências que praticou, dos desvarios que lhe trouxe aquela evasão de uma mulher que realmente o tinha nas mãos. Tudo empregara para reavê-la e tudo falhara. Quis ver as cartas que lhe escreveu por esse tempo, e que o Vasconcelos, mais tarde, pôde alcançar dela em São Paulo, e foi à gaveta onde as guardara com as outras. Era um maço atado com fita preta. Brotero sorriu da fita preta; deslaçou o maço e abriu as cartas. Não saltou nada, data ou vírgula; leu tudo, explicações, imprecações, súplicas, promessas de amor e paz, uma fraseologia incoerente e humilhante. Nada faltava a essas cartas; lá estava o infinito, o abismo, o eterno. Um dos eternos, escrito na dobra do papel, não se chegava a ler, mas supunha-se. A frase era esta: "Um só minuto do teu amor, e estou pronto a padecer um suplício et..." Uma traça bifara o resto da palavra; comeu o eterno e deixou o minuto. Não se pode saber a que atribuir essa preferência, se à voracidade, se à filosofia das traças. A primeira causa é mais provável; ninguém ignora que as traças comem muito.

A última carta falava de suicídio. Brotero, ao reler esse tópico, sentiu uma coisa indefinível; chamemos-lhe o "calafrio do ridículo evitado". Realmente, se ele se houvesse eliminado, não teria o presente desgosto político e pessoal; mas o que não diriam dele nos pasmatórios da Rua do Ouvidor, nas conversações à mesa? Viria tudo à rua, viria mais alguma coisa; chamar-lhe-iam frouxo, insensato, libidinoso, e depois falariam de outro assunto, uma ópera, por exemplo.

– Uma, duas, três, quatro, cinco – principiaram a dizer os relógios.

Brotero recolheu as cartas, fechou-as uma a uma, emaçou-as, atou-as e meteu-as na gaveta. Enquanto fazia esse trabalho, e ainda alguns minutos depois, deu-se a um esforço interessante: reaver a sensação perdida. Tinha recomposto mentalmente o episódio, queria agora recompô-lo cordialmente; e o fim não era outro senão cotejar o efeito e a causa, e saber se a ideia do suicídio tinha sido um produto natural da crise. Logicamente, assim era; mas Brotero não queria julgar através do raciocínio e sim da sensação.

Imaginai um soldado a quem uma bala levasse o nariz, e que, acabada a batalha, fosse procurar no campo o desgraçado apêndice. Suponhamos que o acha entre um grupo de braços e pernas; pega dele, levanta-o entre os dedos – mira-o, examina-o, é o seu próprio... Mas é um nariz ou um cadáver de nariz? Se o dono lhe puser diante os mais finos perfumes da Arábia, receberá em si mesmo a sensação do aroma? Não: esse cadáver de nariz nunca mais lhe transmitirá nenhum cheiro bom ou mau; pode levá-lo para casa, preservá-lo, embalsamá-lo; é o mesmo. A própria ação de assoar o nariz, embora ele a veja e compreenda nos outros, nunca mais há de podê-la compreender em si, não chegará a reconhecer que efeito lhe causava o contato da ponta do nariz com o lenço. Racionalmente, sabe o que é; sensorialmente, não saberá mais nada.

– Nunca mais? – pensou o Brotero... – Nunca mais poderei...

Não podendo obter a sensação extinta, cogitou se não aconteceria o mesmo à sensação presente, isto é, se a crise política e pessoal, tão dura de roer agora, não teria algum dia tanto valor como os velhos diários, em que se houvesse dado a notícia do novo gabinete e do casamento da viúva. Brotero acreditou que sim. Já então a arraiada vinha clareando o céu. Brotero ergueu-se; pegou da carta que escrevera ao presidente do conselho e chegou-a à vela; mas recuou a tempo.

– Não – disse ele consigo. – Juntemo-la aos outros papéis velhos; inda há de ser um nariz cortado.

32
Trio em lá menor*

I. Adagio cantabile

Maria Regina acompanhou a avó até o quarto, despediu-se e recolheu-se ao seu. A mucama que a servia, apesar da familiaridade que existia entre elas, não pôde arrancar-lhe uma palavra, e saiu, meia hora depois, dizendo que nhanhã estava muito séria. Logo que ficou só, Maria Regina sentou-se ao pé da cama, com as pernas estendidas, os pés cruzados, pensando.

A verdade pede que diga que esta moça pensava amorosamente em dois homens ao mesmo tempo, um de vinte e sete anos, Maciel, outro de cinquenta, Miranda. Convenho que é abominável, mas não posso alterar a feição das coisas, não posso negar que se os dois homens estão namorados dela, ela não o está menos de ambos. Uma esquisita, em suma; ou, para falar como as suas amigas de colégio, uma desmiolada. Ninguém lhe nega coração excelente e claro espírito; mas a imaginação é que é o mal, uma imaginação adusta e cobiçosa, insaciável principalmente, avessa à realidade, sobrepondo às coisas da vida outras de si mesma; daí curiosidades irremediáveis.

A visita dos dois homens (que a namoravam de pouco) durou cerca de uma hora. Maria Regina conversou alegremente com eles, e tocou ao piano uma peça clássica, uma sonata, que fez a avó cochilar um pouco. No fim discutiram música. Miranda disse coisas pertinentes acerca da música moderna e antiga; a avó tinha a religião de Bellini e da Norma, e falou das toadas do seu tempo, agradáveis, saudosas e principalmente claras. A neta ia com as opiniões do Miranda; Maciel concordou polidamente com todos.

---

*Publicado no periódico *Gazeta de Notícias* (20/1/1886). Reunido pelo autor no livro *Várias histórias* (1896).

Ao pé da cama, Maria Regina reconstruía agora tudo isso, a visita, a conversação, a música, o debate, os modos de ser de um e de outro, as palavras do Miranda e os belos olhos do Maciel. Eram onze horas, a única luz do quarto era a lamparina, tudo convidava ao sonho e ao devaneio. Maria Regina, à força de recompor a noite, viu ali dois homens ao pé dela, ouviu-os, e conversou com eles durante uma porção de minutos, trinta ou quarenta, ao som da mesma sonata tocada por ela; lá, lá, lá...

II. Allegro ma non troppo

No dia seguinte a avó e a neta foram visitar uma amiga na Tijuca. Na volta a carruagem derribou um menino que atravessava a rua, correndo. Uma pessoa que viu isto atirou-se aos cavalos e, com perigo de si própria, conseguiu detê-los e salvar a criança, que apenas ficou ferida e desmaiada. Gente, tumulto, a mãe do pequeno acudiu em lágrimas. Maria Regina desceu do carro e acompanhou o ferido até a casa da mãe, que era ali ao pé.

Quem conhece a técnica do destino adivinha logo que a pessoa que salvou o pequeno foi um dos dois homens da outra noite; foi o Maciel. Feito o primeiro curativo, o Maciel acompanhou a moça até a carruagem e aceitou o lugar que a avó lhe ofereceu até a cidade. Estavam no Engenho Velho. Na carruagem é que Maria Regina viu que o rapaz trazia a mão ensanguentada. A avó inquiria a miúdo se o pequeno estava muito mal, se escaparia; Maciel disse-lhe que os ferimentos eram leves. Depois contou o acidente: estava parado, na calçada, esperando que passasse um tílburi, quando viu o pequeno atravessar a rua por diante dos cavalos; compreendeu o perigo, e tratou de conjurá-lo, ou diminuí-lo.

– Mas está ferido – disse a velha.

– Coisa de nada.

– Está, está – acudiu a moça –; podia ter-se curado também.

– Não é nada – teimou ele –; foi um arranhão, enxugo isto com o lenço.

Não teve tempo de tirar o lenço; Maria Regina ofereceu-lhe o seu. Maciel, comovido, pegou nele, mas hesitou em maculá-lo. Vá, vá, dizia-lhe ela; e vendo-o acanhado, tirou-lho e enxugou-lhe, ela mesma, o sangue da mão.

A mão era bonita, tão bonita como o dono; mas parece que ele estava menos preocupado com a ferida da mão que com o amarrotado dos punhos. Conversando, olhava para eles disfarçadamente e escondia-os. Maria Regina não via nada, via-o a ele, via-lhe principalmente a ação que acabava de praticar, e que lhe punha uma auréola. Compreendeu que a natureza generosa saltara por cima dos hábitos pausados e elegantes do moço, para arrancar à morte uma criança que ele nem conhecia. Falaram do assunto até a porta da casa delas; Maciel recusou, agradecendo, a carruagem que elas lhe ofereciam, e despediu-se até a noite.

– Até a noite! – repetiu Maria Regina.

Esperou-o ansiosa. Ele chegou, por volta de oito horas, trazendo uma fita preta enrolada na mão, e pediu desculpa de vir assim; mas disseram-lhe que era bom pôr alguma coisa e obedeceu.

– Mas está melhor!

– Estou bom, não foi nada.

– Venha, venha – disse-lhe a avó, do outro lado da sala. – Sente-se aqui ao pé de mim: o senhor é um herói.

Maciel ouvia sorrindo. Tinha passado o ímpeto generoso, começava a receber os dividendos do sacrifício. O maior deles era a admiração de Maria Regina, tão ingênua e tamanha, que esquecia a avó e a sala. Maciel sentara-se ao lado da velha, Maria Regina defronte de ambos. Enquanto a avó, restabelecida do susto, contava as comoções que padecera, a princípio sem saber de nada, depois imaginando que a criança teria morrido, os dois olhavam um para o outro, discretamente, e afinal esquecidamente. Maria Regina perguntava a si mesma onde acharia melhor noivo. A avó, que não era míope, achou a contemplação excessiva, e falou de outra coisa; pediu ao Maciel algumas notícias de sociedade.

III. Allegro appassionato

Maciel era homem, como ele mesmo dizia em francês, *très répandu*; sacou da algibeira uma porção de novidades miúdas e interessantes. A maior de todas foi a de estar desfeito o casamento de certa viúva.

– Não me diga isso! – exclamou a avó. – E ela?

– Parece que foi ela mesma que o desfez: o certo é que esteve anteontem no baile, dançou e conversou com muita animação. Oh! Abaixo da notícia, o que fez mais sensação em mim foi o colar que ela levava, magnífico...

– Com uma cruz de brilhantes? – perguntou a velha. – Conheço; é muito bonito.

– Não, não é esse.

Maciel conhecia o da cruz, que ela levara à casa de um Mascarenhas; não era esse. Este outro ainda há poucos dias estava na loja do Resende, uma coisa linda. E descreveu-o todo, número, disposição e facetado das pedras; concluiu dizendo que foi a joia da noite.

– Para tanto luxo era melhor casar – ponderou maliciosamente a avó.

– Concordo que a fortuna dela não dá para isso. Ora, espere! Vou amanhã, ao Resende, por curiosidade, saber o preço por que o vendeu. Não foi barato, não podia ser barato.

– Mas por que é que se desfez o casamento?

– Não pude saber; mas tenho de jantar sábado com o Venancinho Correia, e ele conta-me tudo. Sabe que ainda é parente dela? Bom rapaz; está inteiramente brigado com o barão...

A avó não sabia da briga; Maciel contou-lha de princípio a fim, com todas as suas causas e agravantes. A última gota no cálix foi um dito à mesa de jogo, uma alusão ao defeito do Venancinho, que era canhoto. Contaram-lhe isto, e ele rompeu inteiramente as relações com o barão. O bonito é que os parceiros do barão acusaram-se uns aos outros de terem ido contar as palavras deste. Maciel declarou que era regra sua não repetir o que ouvia à mesa do jogo, porque é lugar em que há certa franqueza.

Depois fez a estatística da Rua do Ouvidor, na véspera, entre uma e quatro horas da tarde. Conhecia os nomes das fazendas e todas as cores modernas. Citou as principais *toilettes* do dia. A primeira foi a de Mme. Pena Maia, baiana distinta, *très pschutt*. A segunda foi a de Mlle. Pedrosa, filha de um desembargador de São Paulo, *adorable*. E apontou mais três, comparou depois as cinco, deduziu e concluiu. Às vezes esquecia-se e falava francês; pode mesmo ser que não fosse esquecimento, mas propósito; conhecia bem a língua, exprimia-se com facilidade e formulara um dia este axioma etnológico – que há parisienses em toda a parte. De caminho, explicou um problema de voltarete.

– A senhora tem cinco trunfos de espadilha e manilha, tem rei e dama de copas...

Maria Regina ia descambando da admiração no fastio; agarrava-se aqui e ali, contemplava a figura moça do Maciel, recordava a bela ação daquele dia, mas ia sempre escorregando; o fastio não tardava a absorvê-la. Não havia remédio. Então recorreu a um singular expediente. Tratou de combinar os dois homens, o presente com o ausente, olhando para um, e escutando o outro de memória; recurso violento e doloroso, mas tão eficaz, que ela pôde contemplar por algum tempo uma criatura perfeita e única.

Nisto apareceu o outro, o próprio Miranda. Os dois homens cumprimentaram-se friamente; Maciel demorou-se ainda uns dez minutos e saiu.

Miranda ficou. Era alto e seco, fisionomia dura e gelada. Tinha o rosto cansado, os cinquenta anos confessavam-se tais, nos cabelos grisalhos, nas rugas e na pele. Só os olhos continham alguma coisa menos caduca. Eram pequenos, e escondiam-se por baixo da vasta arcada do sobrolho; mas lá, ao fundo, quando não estavam pensativos, centelhavam de mocidade. A avó perguntou-lhe, logo que Maciel saiu, se já tinha notícia do acidente do Engenho Velho, e contou-lho com grandes encarecimentos, mas o outro ouvia tudo sem admiração nem inveja.

– Não acha sublime? – perguntou ela, no fim.

– Acho que ele salvou talvez a vida a um desalmado que algum dia, sem o conhecer, pode meter-lhe uma faca na barriga.

– Oh! – protestou a avó.

– Ou mesmo conhecendo – emendou ele.

– Não seja mau – acudiu Maria Regina –; o senhor era bem capaz de fazer o mesmo, se ali estivesse.

Miranda sorriu de um modo sardônico. O riso acentuou-lhe a dureza da fisionomia. Egoísta e mau, este Miranda primava por um lado único: espiritualmente, era completo. Maria Regina achava nele o tradutor maravilhoso e fiel de uma porção de ideias que lutavam dentro dela, vagamente, sem forma ou expressão. Era engenhoso e fino e até profundo, tudo sem pedantice, e sem meter-se por matos cerrados, antes quase sempre na planície das conversações ordinárias; tão certo é que as coisas valem pelas ideias que nos sugerem. Tinham ambos os mesmos gostos artísticos; Miranda estudara direito para obedecer ao pai; a sua vocação era a música.

A avó, prevendo a sonata, aparelhou a alma para alguns cochilos. Demais, não podia admitir tal homem no coração; achava-o aborrecido e antipático. Calou-se no fim de alguns minutos. A sonata veio, no meio de uma conversação que Maria Regina achou deleitosa, e não veio senão porque ele lhe pediu que tocasse; ele ficaria de bom grado a ouvi-la.

– Vovó – disse ela –, agora há de ter paciência...

Miranda aproximou-se do piano. Ao pé das arandelas, a cabeça dele mostrava toda a fadiga dos anos, ao passo que a expressão da fisionomia era muito mais de pedra e fel. Maria Regina notou a graduação, e tocava sem olhar para ele; difícil coisa, porque, se ele falava, as palavras entravam-lhe tanto pela alma, que a moça insensivelmente levantava os olhos, e dava logo com um velho ruim. Então é que se lembrava do Maciel, dos seus anos em flor, da fisionomia franca, meiga e boa, e afinal da ação daquele dia. Comparação tão cruel para o Miranda, como fora para o Maciel o cotejo dos seus espíritos. E a moça recorreu ao mesmo expediente. Completou um pelo outro; escutava a este com o pensamento naquele; e a música ia ajudando a ficção, indecisa a princípio, mas logo viva e acabada. Assim Titânia, ouvindo namorada a cantiga do tecelão, admirava-lhe as belas formas, sem advertir que a cabeça era de burro.

IV. Menuetto

Dez, vinte, trinta dias passaram depois daquela noite, e ainda mais vinte, e depois mais trinta. Não há cronologia certa; melhor é ficar no vago. A situação era a mesma. Era a mesma insuficiência individual dos dois homens, e o mesmo complemento ideal por parte dela; daí um terceiro homem, que ela não conhecia.

Maciel e Miranda desconfiavam um do outro, detestavam-se a mais e mais, e padeciam muito, Miranda principalmente, que era paixão da última hora. Afinal acabaram aborrecendo a moça. Esta via-os ir pouco a pouco. A esperança ainda os fez relapsos, mas tudo morre, até a esperança, e eles saíram para nunca mais. As noites foram passando, passando... Maria Regina compreendeu que estava acabado.

A noite em que se persuadiu bem disto foi uma das mais belas daquele ano, clara, fresca, luminosa. Não havia lua; mas nossa amiga aborrecia a lua – não se sabe bem por quê – ou porque brilha de empréstimo, ou porque toda a gente a admira, e pode ser que por ambas as razões. Era uma das suas esquisitices. Agora outra.

Tinha lido de manhã, em uma notícia de jornal, que há estrelas duplas, que nos parecem um só astro. Em vez de ir dormir, encostou-se à janela do quarto, olhando para o céu, a ver se descobria alguma delas; baldado esforço. Não a descobrindo no céu, procurou-a em si mesma, fechou os olhos para imaginar o fenômeno; astronomia fácil e barata, mas não sem risco. O pior que ela tem é pôr os astros ao alcance da mão; por modo que, se a pessoa abre os olhos e eles continuam a fulgurar lá em cima, grande é o desconsolo e certa a blasfêmia. Foi o que sucedeu aqui. Maria Regina viu dentro de si a estrela dupla e única. Separadas, valiam bastante; juntas, davam um astro esplêndido. E ela queria o astro esplêndido. Quando abriu os olhos e viu que o firmamento ficava tão alto, concluiu que a criação era um livro falho e incorreto, e desesperou.

No muro da chácara viu então uma coisa parecida com dois olhos de gato. A princípio teve medo, mas advertiu logo que não era mais que a reprodução externa dos dois astros que ela vira em si mesma e que tinham ficado impressos na retina. A retina desta moça fazia refletir cá fora todas as suas imaginações. Refrescando o vento recolheu-se, fechou a janela e meteu-se na cama.

Não dormiu logo, por causa de duas rodelas de opala que estavam incrustadas na parede; percebendo que era ainda uma ilusão, fechou os olhos e dormiu. Sonhou que morria, que a alma dela, levada aos ares, voava na direção de uma bela estrela dupla. O astro desdobrou-se, e ela voou para uma das duas porções; não achou ali a sensação primitiva e despenhou-se para outra; igual resultado, igual regresso, e ei-la a andar de uma para outra das duas estrelas separadas. Então uma voz surgiu do abismo, com palavras que ela não entendeu.

– É a tua pena, alma curiosa de perfeição; a tua pena é oscilar por toda a eternidade entre dois astros incompletos, ao som desta velha sonata do absoluto: lá, lá, lá...

33
Ernesto de tal*

I.

Aquele moço que ali está parado na Rua Nova do Conde esquina do Campo da Aclamação, às dez horas da noite, não é nenhum ladrão, não é sequer um filósofo. Tem um ar misterioso, é verdade; de quando em quando leva a mão ao peito, bate uma palmada na coxa, ou atira fora um charuto apenas encetado. Filósofo já se vê que não era. Ratoneiro também não; se algum sujeito acerta de passar pelo mesmo lado, o vulto afasta-se cauteloso, como se tivesse medo de ser conhecido.

De dez em dez minutos, sobe a rua até o lugar em que ela faz ângulo com a Rua do Areal, torna a descer dez minutos depois, para de novo subir e descer, descer e subir, sem outro resultado mais que aumentar cinco por cento a cólera que lhe murmura no coração.

Quem o visse fazer estas subidas e descidas, bater na perna, acender e apagar charutos, e não tivesse outra explicação, suporia plausivelmente que o homem estava doido ou perto disso. Não senhor; Ernesto de tal (não estou autorizado para dizer o nome todo) anda simplesmente apaixonado por uma moça que mora naquela rua; está colérico porque ainda não conseguiu receber resposta da carta que lhe mandou nessa manhã.

Convém dizer que dois dias antes tinha havido um pequeno arrufo. Ernesto quebrara o protesto de namorado que lhe fizera, de nunca mais escrever-lhe, mandando nessa manhã uma epístola de quatro laudas incendiárias, com muitos sinais admirativos e várias liberdades de pontuação. A carta foi, mas a resposta não veio.

De cada vez que o nosso namorado operava a descida ou subida da rua, parava defronte de uma casa assombrada, onde se dançava ao som

*Publicado no periódico *Jornal das Famílias* (março, abril de 1873). Reunido pelo autor no livro *Histórias da meia-noite* (1873)

de um piano. Era ali que morava a dama dos seus pensamentos. Mas parava debalde; nem ela aparecia à janela, nem a carta lhe chegava às mãos.

Ernesto mordia então os beiços para não soltar um grito de desespero e ia desafogar os seus furores na próxima esquina.

– Mas que explicação tem isto? – dizia ele consigo mesmo –; por que razão não me atira ela o papel de cima da janela? Não tem que ver; está toda entregue à dança, talvez ao namoro, não se lembra que eu estou aqui na rua, quando podia estar lá.

Neste ponto calou-se o namorado, e em vez do gesto de desespero que devia fazer, soltou apenas um longo e magoado suspiro. A explicação deste suspiro, inverossímil num homem que está rebentando de cólera, é um tanto delicada para se dizer em letra redonda. Mas vá lá; ou não se há de contar nada, ou se há de dizer tudo.

Ernesto dava-se em casa do Sr. Vieira, tio de Rosina, que é o nome da namorada. Lá costumava ir com frequência, e lá mesmo é que se arrufou com ela dois dias antes deste sábado de outubro de 1850, em que se passa o acontecimento que estou narrando. Ora, por que razão não figura Ernesto entre os cavalheiros que estão dançando ou tomando chá? Na véspera de tarde o Sr. Vieira, encontrando-se com Ernesto, participou-lhe que dava no dia seguinte uma pequena partida para solenizar não sei que acontecimento da família.

– Resolvi isto hoje de manhã – concluiu ele –; convidei pouca gente, mas espero que a festa esteja brilhante. Ia mandar-lhe agora um convite; mas creio que me dispensa?...

– Sem dúvida – apressou-se a dizer Ernesto esfregando as mãos de contente.

– Não falte!

– Não, senhor!

– Ah! Esquecia-me avisá-lo de uma coisa – disse Vieira que já havia dado alguns passos – como vai o subdelegado, que além disso é comendador, eu desejava que todos os meus convidados aparecessem de casaca. Sacrifique-se à casaca, sim?

– Com muito gosto – respondeu o outro ficando pálido como um defunto.

Pálido, por quê? Leitor, por mais ridícula e lastimosa que te pareça esta declaração, não hesito de dizer-te que o nosso Ernesto não possuía uma só casaca nem nova nem velha. A exigência de Vieira era absurda;

mas não havia fugir-lhe: ou não ir ou ir de casaca. Cumpria sair a todo o custo desta gravíssima situação. Três alvitres se apresentaram ao espírito do atribulado moço: encomendar, por qualquer preço, uma casaca para a noite seguinte; comprá-la a crédito; pedi-la a um amigo.

Os dois primeiros alvitres foram desprezados por impraticáveis; Ernesto não tinha dinheiro nem crédito tão alto. Restava o terceiro. Fez Ernesto uma lista dos amigos e casacas prováveis, meteu-a na algibeira e saiu em busca do velocino.

A desgraça porém que o perseguia fez com que o primeiro amigo tivesse de ir no dia seguinte a um casamento e o segundo a um baile; o terceiro tinha a casaca rota, o quarto tinha casaca emprestada, o quinto não emprestava a casaca, o sexto não tinha casaca. Recorreu ainda a mais dois amigos suplementares; mas um partira na véspera para Iguaçu e o outro estava destacado na fortaleza de S. João como alferes da guarda nacional.

Imagine-se o desespero de Ernesto; mas admire-se também a requintada crueldade com que o destino tratava a este moço, que ao voltar para casa encontrou três enterros, dois dos quais com muitos carros, cujos ocupantes iam todos de casaca. Era mister curvar a cabeça à fatalidade; Ernesto não insistiu. Mas como tomara a peito reconciliar-se com Rosina, escreveu-lhe a carta de que falei acima e mandou-a levar pelo moleque da casa, dizendo-lhe que à noite lhe desse a resposta na esquina do Campo. Já sabemos que tal resposta não veio. Ernesto não compreendia a causa do silêncio; muitos arrufos tivera com a moça, mas nenhum deles resistia à primeira carta nem durara mais de quarenta e oito horas.

Desenganado enfim de que resposta viesse naquela noite, Ernesto dirigiu-se para casa com o desespero no coração. Morava na Rua da Misericórdia. Quando lá chegou estava cansado e abatido. Nem por isso dormiu logo. Despiu-se precipitadamente. Esteve a ponto de rasgar o colete, cuja fivela teimava em prender-se a um botão da calça. Atirou com as botinas sobre um aparador e quase esmigalhou uma das jarras. Deu cerca de sete ou oito murros na mesa; fumou dois charutos, descompôs o destino, a moça, a si mesmo, até que sobre a madrugada pode conciliar o sono.

Enquanto ele dorme indaguemos a causa do silêncio da namorada.

II.

Veja o leitor aquela moça que ali está, sentada num sofá, entre duas damas da mesma idade, conversando baixinho com elas, e requebrando de quando em quando os olhos. É Rosina. Os olhos de Rosina não enganam ninguém exceto os namorados. Os olhos dela são espertinhos e caçadores, e com um certo movimento que ela lhes dá, ficam ainda mais caçadores e espertinhos. É galante e graciosa; se o não fora, não se deixaria prender por ela o nosso infeliz Ernesto, que era rapaz de apurado gosto. Alta não era, mais baixinha, viva, travessa. Tinha bastante afetação nos modos e no falar; mas Ernesto, a quem um amigo notara isso mesmo, declarou que não gostava de moscas-mortas.

– Eu nem de moscas vivas – acudiu o amigo encantado por ter apanhado no ar este trocadilho.

Trocadilho de 1850.

Não veste com luxo porque o tio não é rico; mas ainda assim está garrida e elegante. Na cabeça tem por enfeite apenas dois laços de fita azul.

– Ah! Se aquelas fitas me quisessem enforcar! – dizia um gamenho de bigode preto e cabelo partido ao meio.

– Se aquelas fitas me quisessem levar ao céu! – dizia outro de suíças castanhas e orelhas pequeninas.

Desejos ambiciosos os destes dois rapazes – ambiciosos e vãos, porque ela, se alguém lhe prende a atenção, é um moço de bigode louro e nariz comprido que está agora conversando com o subdelegado. Para ele é que Rosina dirige de quando em quando os olhos, com disfarce é verdade, não tanto porém que o não percebam as duas moças que estão ao pé dela.

– Namoro ferrado! – dizia uma delas à outra fazendo um sinal de cabeça para o lado do moço de nariz comprido.

– Ora, Justina?

– Calúnias! – acudiu a outra moça.

– Cala-te, Amélia!

– Você quer enganar a gente? – insistia Justina. – Tire o cavalo da chuva! Lá está ele olhando... Parece que nem ouve o comendador. Pobre comendador! para pau de cabeleira está grosso demais.

– Olha, se você não se cala eu vou-me embora – disse Rosina fingindo-se enfadada.

– Pois vá!

– Coitado do Ernesto! – suspirou Amélia do outro lado.

– Olhe que titia pode ouvir – observou Rosina olhando de esguelha para uma velha gorda, quem, assentada ao pé do sofá, referia a uma comadre as diversas peripécias da última moléstia do marido.

– Mas por que não veio o Ernesto? – perguntou Justina.

– Mandou dizer a papai que tinha um trabalho urgente.

– Quem sabe se algum namoro também? – insinuou Justina.

– Não é capaz! – acudiu Rosina.

– Bravo! Que confiança!

– Que amor!

– Que certeza!

– Que defensora!

– Não é capaz – repetiu a moça –; o Ernesto não é capaz de namorar outra; estou certa disso... O Ernesto é um...

Engoliu o resto.

– Um quê? – perguntou Amélia.

– Um quê? – perguntou Justina.

Neste momento tocou-se uma valsa, e o rapaz do nariz comprido, a quem o subdelegado deixara para ir conversar com Vieira, aproximou-se do sofá e pediu a Rosina a honra de lhe dar aquela valsa. A moça abaixou os olhos com singular modéstia, murmurou algumas palavras que ninguém ouviu, levantou-se e foi valsar. Justina e Amélia chegaram-se então uma para a outra e comentaram o procedimento de Rosina e a sua maneira de valsar sem graça. Mas como ambas eram amigas de Rosina, não foram estas censuras feitas em tom ofensivo, mas com brandura, como os amigos devem censurar os amigos ausentes.

E não tinham muita razão as duas amigas. Rosina valsava com graça e podia pedir meças a quem soubesse aquele gênero de dança. Agora quanto ao namoro, pode ser que tivessem razão, e tinham efetivamente; a maneira por que ela olhava e falava ao rapaz do nariz comprido despertava suspeitas no espírito mais desprevenido a seu respeito.

Acabada a valsa passearam um pouco e foram depois para o vão de uma janela. Era então uma hora, e já o desgraçado Ernesto palmilhava na direção da Rua da Misericórdia.

– Eu passarei amanhã às seis horas da tarde.

– Às seis horas, não! – disse Rosina.

Era a hora em que Ernesto costumava ir lá.

– Então às cinco...

– Às cinco?... Sim, às cinco – concordou a moça.

O rapaz de nariz comprido agradeceu com um sorriso esta ratificação do seu tratado amoroso, e proferiu algumas palavras que a moça ouviu derretida e envergonhada, entre vaidosa e modesta. O que ele dizia era que Rosina não só era a flor do baile, mas também a flor da Rua do Conde, e não só a flor da Rua do Conde, mas também a flor da cidade inteira.

Isto era o que lhe dissera muitas vezes Ernesto; o rapaz do nariz comprido, entretanto, tinha uma maneira particular de elogiar uma moça. A graça, por exemplo, com que ele metia o dedo polegar da mão esquerda no bolso esquerdo do colete, brincando depois com os outros dedos como se tocasse piano, era de todo ponto inimitável; nem havia ninguém, pelo menos naquelas imediações, que tivesse mais elegância na maneira de arquear os braços, de concertar os cabelos, ou simplesmente de oferecer uma xícara de chá.

Tais foram os dotes que venceram o coração inconstante da graciosa Rosina. Só esses? A simples circunstância de não ter Ernesto a interessante vestidura que ornava o corpo e realçava as graças do seu afortunado rival, pode já dar algumas luzes ao leitor de boa-fé. Rosina ignorava sem dúvida a situação precária de Ernesto a respeito da casaca; mas sabia que ele ocupava um emprego somenos no arsenal de guerra, ao passo que o rapaz do nariz comprido tinha um bom lugar numa casa comercial.

Uma moça que professasse ideias filosóficas a respeito do amor e do casamento diria que os impulsos do coração estavam antes de tudo. Rosina não era inteiramente avessa aos impulsos do coração e à filosofia do amor; mas tinha ambição de figurar alguma coisa, morria por vestidos novos e espetáculos frequentes, gostava enfim de viver à luz pública. Tudo isso podia dar-lhe, com o tempo, o rapaz do nariz comprido, que ela antevia já na direção da casa em que trabalhava; o Ernesto porém era difícil que passasse do lugar que tinha no arsenal, e em todo o caso não subiria muito nem depressa.

Pesados os merecimentos de um e de outro, quem perdia era o mísero Ernesto.

Rosina conhecia o novo candidato desde algumas semanas; mas só naquela noite tivera de o tratar de perto, de consolidar, digamos assim, a sua situação. As relações, até então puramente telegráficas, passaram a ser verbais; e se o leitor gosta de um estilo arrebicado e gongórico, dir-lhe-ei que tantos foram os telegramas trocados durante a noite entre eles, que os

Estados vizinhos, receosos de perder uma aliança provável, chamaram às armas a milícia dos agrados, mandaram sair a armada dos requebros, assestaram a artilharia dos olhos ternos, dos lenços na boca, e das expressões suavíssimas; mas toda essa leva de broquéis nenhum resultado deu porque a formosa Rosina, ao menos naquela noite, achava-se entregue a um só pensamento.

Quando acabou o baile, e Rosina entrou na sua alcova, viu um papelinho dobrado no toucador.

– Que é isto? – disse ela.

Abriu: era a resposta à carta de Ernesto que ela se esquecera de mandar. Se alguém a tivesse lido? Não; não era natural. Dobrou a cartinha com muito cuidado, fechou-a com obreia, guardou-a numa gavetinha, dizendo consigo:

– É preciso mandá-la amanhã de manhã.

III.

– Um palerma – é o que Rosina queria dizer quando defendeu a fidelidade de Ernesto, maliciosamente atacada pelas duas amigas.

Havia apenas três meses que Ernesto namorava a sobrinha de Vieira, que se carteava com ela, que protestavam um ao outro eterna fidelidade, e nesse curto espaço de tempo tinha já descoberto cinco ou seis mouros na costa. Nessas ocasiões fervia-lhe a cólera, e era capaz de deitar tudo abaixo. Mas a boa menina, com a sua varinha mágica, trazia o rapaz a bom caminho, escrevendo-lhe duas linhas ou dizendo-lhe quatro palavras de fogo. Ernesto confessava que tinha visto mal, e que ela era excessivamente misericordiosa para com ele.

– Merecia bem que eu o não amasse mais – observava Rosina com gracioso enfado.

– Oh! Não!

– Para que há de inventar essas coisas?

– Eu não invento... disseram-me.

– Pois fez mal em acreditar.

– Fiz mal, sim... você é um anjo do céu!

Rosina perdoava-lhe a calúnia, e as coisas continuavam como dantes.

Um amigo a quem Ernesto confiava todas as suas alegrias e mágoas, a quem tomava por conselheiro e que era seu companheiro de casa, muitas vezes lhe dizia:

– Olha, Ernesto, eu creio que estás perdendo teu trabalho.
– Como assim?
– Ela não gosta de ti.
– Impossível!
– Tu és apenas um passatempo.
– Enganas-te; ama-me.
– Mas ama também a outros muitos.
– Jorge!
– Em suma...
– Nem mais uma palavra!
– É uma namoradeira – concluía o amigo tranquilamente.

Ouvindo este peremptório juízo do amigo, Ernesto despedia um olhar longo e profundo, capaz de paralisar todos os movimentos conhecidos da mecânica; como porém o rosto do amigo não revelasse a menor impressão de temor ou arrependimento, Ernesto recolhia o olhar – mais cordato neste ponto que o senador D. Manuel, a quem o visconde de Jequitinhonha dizia um dia no senado que recolhesse um riso, e continuava a rir – e tudo acabava em boa e santa paz.

Tal era a confiança de Ernesto na flor da Rua do Conde. Se ela lhe dissesse um dia que tinha na algibeira do vestido uma das torres da Candelária, não é certo, mas é muito provável que Ernesto lhe aceitasse a notícia.

Desta vez porém o arrufo era sério. Ernesto vira positivamente a moça receber uma cartinha, às furtadelas, da mão de uma espécie de primo que frequentava a casa de Vieira. Seus olhos faiscaram de raiva quando viram alvejar a misteriosa epístola nas mãos da moça. Fez um gesto de ameaça ao rapaz, lançou um olhar de desprezo à moça, e saiu. Depois escreveu a carta de que temos notícia, e foi esperar a resposta na esquina da rua. Que resposta, se ele vira o gesto de Rosina? Leitor ingênuo, ele queria uma resposta que lhe demonstrasse não ter visto coisa alguma, uma resposta que o fizesse olhar para si mesmo com desprezo e nojo. Não achava possível semelhante explicação; mas no fundo d'alma era isso o que ele queria.

A resposta veio no dia seguinte. O rapaz que morava com ele foi acordá-lo às oito horas da manhã, para lhe entregar uma cartinha de Rosina.

Ernesto deu um salto na cama, assentou-se, abriu a epístola, e leu-a rapidamente. Um ar de celeste bem-aventurança revelou ao companheiro de Ernesto o conteúdo da carta.

– Tudo está sanado – disse Ernesto fechando a carta e descendo da cama –; ela explicou tudo; eu tinha visto mal.

– Ah! – disse Jorge olhando com lástima para o amigo. – Então que diz ela?

Ernesto não respondeu imediatamente; abriu a carta outra vez, leu-a para si, tornou a fechá-la, olhou para o teto, para as chinelas, para o companheiro, e só depois desta série de gestos indicativos da profunda abstração do seu espírito, é que respondeu a Jorge, dizendo:

– Ela explica tudo; a carta que eu pensei ser de amores, era um bilhete do primo pedindo algum dinheiro ao tio. Diz que eu sou muito mau em obrigá-la a falar nestas fraquezas de família, e conclui jurando que me ama como nunca seria capaz de amar ninguém. Lê.

Jorge recebeu a carta e leu, enquanto Ernesto passeava de um para outro lado, gesticulando e monossilabando consigo mesmo, como se redigisse mentalmente um ato de contrição.

– Então? Que tal? – disse ele quando Jorge lhe entregou a carta.

– Tens razão, tudo se explica – respondeu Jorge.

Ernesto foi nessa mesma tarde à Rua do Conde. Ela recebeu-o com um sorriso logo de longe. Na primeira ocasião que tiveram, tudo ficou explicado, declarando-se Ernesto compungido por haver suspeitado de Rosina, e levando a moça a sua generosidade ao ponto de lhe ceder um beijo, ao lusco-fusco, antes que a criada viesse acender as velas de *spermaceti* dos aparadores.

Agora tem a palavra o leitor para interpelar-me a respeito das intenções desta moça, que preferindo a posição do rapaz do nariz comprido, ainda se carteava com Ernesto, e lhe dava todas as demonstrações de uma preferência que não existia.

As intenções de Rosina, leitor curioso, eram perfeitamente conjugais. Queria casar, e casar o melhor que pudesse. Para este fim aceitava a homenagem de todos os seus pretendentes, escolhendo lá consigo o que melhor correspondesse aos seus desejos, mas ainda assim sem desanimar os outros, porque o melhor deles podia falhar, e havia para ela uma coisa pior que casar mal, que era não casar absolutamente.

Este era o programa da moça. Junte a isso que era naturalmente loureira, que gostava de trazer ao pé de si uma chusma de pretendentes, muitos dos quais é preciso saber que não pretendiam casar, e namoravam por passatempo, o que revelava da parte desses cavalheiros uma incurável vadiação de espírito.

Quem não tem cão, caça com o gato, diz o provérbio. Ernesto era pois, moral e conjugalmente falando, o gato possível de Rosina, uma espécie de *pis-aller* – como dizem os franceses – que convinha ter à mão.

IV.

O moço do nariz comprido não pertencia ao número dos namorados de arribação; seus intentos eram estritamente conjugais. Tinha vinte e seis anos, era laborioso, benquisto, econômico, singelo e sincero, um verdadeiro filho de Minas. Podia fazer a felicidade de uma moça.

A moça, pela sua parte, soubera insinuar-se tanto no espírito dele, que por pouco lhe fez perder o emprego. Um dia, chegando-se o patrão à escrivaninha em que ele trabalhava, viu um papelinho debaixo do tinteiro, e leu a palavra amor, duas ou três vezes repetida. Uma que fosse bastava para fazê-lo subir às nuvens. O Sr. Gomes Arruda contraiu as sobrancelhas, concentrou as ideias, e improvisou uma alocução extensa e ameaçadora, em que o mísero guarda-livros só percebeu a expressão olho da rua.

Olho da rua é uma expressão grave. O guarda-livros meditou nela, reconheceu a justiça do patrão, e tratou de emendar-se dos descuidos, não do amor. O amor ia-se enraizando nele cada vez mais; era a primeira paixão séria que o rapaz sentia, acrescendo que ele acertara logo de dar com uma mestra no ofício.

– Isto assim não pode continuar – pensava o rapaz do nariz comprido, coçando o queixo e caminhando uma noite para casa – o melhor é casar-me logo de uma vez. Com o que me dão lá em casa e o produto de alguma escrita por fora, creio que poderei ocorrer às despesas; o resto pertence a Deus.

Não tardou que Ernesto desconfiasse das intenções do rapaz do nariz comprido. Uma vez chegou a surpreender um olhar da moça e do rival. Enfadou-se, e na primeira ocasião que teve interpelou a namorada a respeito daquela circunstância equívoca.

– Confesse! – dizia ele.

– Oh! Meu Deus! – exclamou a moça. – Você de tudo desconfia. Olhei para ele, sim, é verdade, mas olhei por sua causa.

– Por minha causa? – perguntou Ernesto com um tom gelado de ironia.

– Sim, examinava-lhe a gravata, que é muito bonita, para dar uma a você no dia do ano-bom. Agora que me obrigou a descobrir tudo, veja se me lembra outro mimo, porque esse já não serve.

Ernesto caiu em si; recordou que efetivamente havia no olhar da moça tal ou qual intenção dadival, se me permitem este adjetivo obsoleto; toda a sua cólera converteu-se num sorriso amável e contrito, e o arrufo não foi adiante.

Dias depois, era um domingo, estando ele e ela na sala, e um filho de Vieira à janela, foram os dois namorados interrompidos pelo pequeno que descera, gritando:

– Aí vem ele, aí vem ele!

– Ele quem? – disse Ernesto sentindo esmigalhar-se-lhe o coração.

Chegou à janela: era o rival.

Apareceu a tempo a tia de Rosina; uma tempestade iminente já pairava na fronte afogueada de Ernesto.

Pouco depois entrou na sala o rapaz de nariz comprido, que, ao ver Ernesto, pareceu sorrir maliciosamente. Ernesto encordoou. Seus olhares, se fossem punhais, teriam cometido dois assassinatos naquele instante. Conteve-se, porém, para melhor observar os dois. Rosina não parecia prestar ao outro atenção de caráter especial; tratava-o com polidez apenas. Isto aquietou um pouco o ânimo revolto do Ernesto, que ao cabo de uma hora estava restituído à sua usual bem-aventurança.

Não reparou porém os olhares desconfiados que o rapaz do nariz comprido lhe lançava de quando em quando. O sorriso malicioso desaparecera dos lábios do guarda-livros. A suspeita entrara-lhe no espírito ao ver a maneira indiferente, ou quase, com que o tratava Rosina, posto tratasse de igual modo ao outro pretendente.

– Será seriamente um rival? – pensava o rapaz do nariz comprido.

Na primeira ocasião em que pôde trocar duas palavras com a namorada, sem testemunhas, o que foi logo no dia seguinte, manifestou a desconfiança que lhe escurecera o espírito até aqui tão cor-de-rosa. Rosina soltou uma risada – uma dessas risadas que levam a convicção ao fundo d'alma, a tal ponto que o rapaz do nariz comprido julgou de sua dignidade não insistir na absurda suspeita.

– Já lhe disse: ele bem vontade tem de que eu o namore, mas perde o tempo: eu só tenho uma cara e um coração.

– Oh! Rosina, tu és um anjo!

– Quem dera!

– Um anjo, sim – insistiu o rapaz de nariz comprido –; e creio que posso chamar-te brevemente minha esposa.

Os olhos da moça faiscaram de contentamento.

– Sim – continuou o namorado – daqui a dois meses estaremos casados...

– Ah!

– Se todavia...

Rosina empalideceu.

– Todavia? – repetiu ela.

– Se todavia, o Sr. Vieira consentir...

– Por que não? – disse a moça tranquilizando-se do susto que tivera –; ele deseja a minha felicidade; e o casamento contigo é a minha felicidade maior. Ainda quando porém se oponha aos impulsos do meu coração, basta que eu queira para que os nossos desejos se realizem. Mas descansa; meu tio não porá obstáculos.

O rapaz de nariz comprido ficou ainda a olhar para a moça alguns minutos sem dizer palavra; admirava duas coisas: a força d'alma de Rosina e o amor que ela lhe dedicava. Quem rompeu o silêncio foi ela.

– Mas então daqui a dois meses?

– Só se a sorte me for adversa.

– E poderá sê-lo?

– Quem sabe? – respondeu o rapaz de nariz comprido com um suspiro de dúvida.

Logo depois desta perspectiva de felicidade, a concha em que se pesavam as esperanças de Ernesto começou a subir um pouco. Ele via que Rosina efetivamente parecia ir diminuindo as cartas, e nas poucas que já então recebia dela, a paixão era menos intensa, a frase estudada, acanhada e fria. Quando estavam juntos havia menos intimidade expansiva; a presença dele parecia constrangê-la. Ernesto entrou seriamente a crer que a batalha estava perdida.

Infelizmente a tática deste namorado era perguntar à própria moça se eram fundadas as suspeitas dele, ao que ela respondia vivamente que não, e isto bastava a restituir-lhe a paz do espírito. Não era longa nem profunda a quietação; o laconismo epistolar de Rosina, a frieza de seus modos, a presença do outro, tudo isso sombreava singularmente o espírito de Ernesto. Mas tão depressa caía no abismo do desespero, como ascendia às regiões da celeste bem-aventurança – mostrando assim o que a natureza queria que ele fosse; alma inconsciente e passiva; levada, como a folha, ao sabor de todos os ventos.

Entretanto, era difícil que a verdade não se lhe metesse pelos olhos. Um dia reparou que, além da suspeitosa afetuosidade de Rosina, havia da parte do tio certas atenções características para com o rival. Não se enganava; conquanto o novo pretendente ainda não houvesse pedido formalmente a mão da moça, era quase certo para o Sr. Vieira que nele se preparava novo sobrinho, e acertando de ser este um homem do comércio, não podia haver, na opinião do tio, mais feliz escolha.

Desisto de pintar os desesperos, os terrores, as imprecações de Ernesto no dia em que a certeza da derrota mais funda e de raiz se lhe cravou no coração. Já então lhe não bastou a negativa de Rosina, que aliás lhe pareceu frouxa, e efetivamente o era. O triste moço chegou a desconfiar que a amada e o rival estariam de acordo para mofar dele.

Como por via de regra é da nossa miserável condição que o amor-próprio domine o simples amor, apenas aquela suspeita lhe pareceu provável, apoderou-se dele uma feroz indignação, e duvido que nenhum quinto ato de melodrama ostente maior soma de sangue derramado do que ele verteu na fantasia. Na fantasia, apenas, compassiva leitora, não só porque ele era incapaz de fazer mal a um seu semelhante, mas sobretudo porque repugnava à sua natureza achar uma resolução qualquer. Por esse motivo, depois de muito e longo cogitar, confiou todos os seus pesares e suspeitas ao companheiro de casa e pediu-lhe um conselho; Jorge deu-lhe dois.

– Minha opinião – disse Jorge – é que não te importes com ela e vás trabalhar, que é coisa mais séria.

– Nunca!

– Nunca trabalhar?

– Não; nunca esquecê-la.

– Bem – disse Jorge descalçando a bota do pé esquerdo – neste caso vai ter com esse sujeito de quem desconfias e entende-te com ele.

– Aceito! – exclamou Ernesto. – É o melhor. Mas – continuou ele depois de refletir um instante –, e se ele não for meu rival, que hei de fazer? como descobrir se há outro?

– Nesse caso – disse Jorge estendendo-se filosoficamente na marquesa –, nesse caso o meu conselho é que tu, ele e ela vão todos para o diabo que os carregue.

Ernesto cerrou os ouvidos à blasfêmia, vestiu-se e saiu.

V.

Apenas saiu à rua, embicou Ernesto para a casa em que trabalhava o rapaz de nariz comprido, resolvido a explicar-se de uma vez com ele. Hesitou alguma coisa, é verdade, e esteve a pique de arrepiar carreira; mas a crise era tão violenta que triunfou da frouxidão de ânimo, e vinte minutos depois chegava ele ao seu destino. Não entrou no escritório do rival; pôs-se a passear de um lado para outro, à espera que ele saísse, o que se verificou daí a três quartos de hora, três enfadonhos e mortais quartos de hora.

Ernesto aproximou-se casualmente do rival; cumprimentaram-se com um sorriso acanhado e amarelo, e ficaram alguns segundos a olhar um para o outro. Já o guarda-livros ia tirando o chapéu e despedindo-se, quando Ernesto lhe perguntou:

– Vai hoje à Rua do Conde?

– Talvez.

– A que horas?

– Não sei ainda. Por quê?

– Iríamos juntos. Eu vou às oito.

O rapaz de nariz comprido não respondeu.

– Para que lado vai agora? – perguntou Ernesto depois de algum silêncio.

– Vou ao Passeio Público, se o senhor lá não for – respondeu resolutamente o rival.

Ernesto empalideceu.

– Quer assim fugir de mim?

– Sim, senhor.

– Pois eu não; desejo até que haja uma explicação entre nós. Espere... não me volte as costas. Saiba que eu também sou atrevido, menos de língua ainda que de mão. Vamos, dê-me o braço e caminhemos ao Passeio Público.

O rapaz de nariz comprido teve ímpetos de atracar-se com o rival e experimentar-lhe as forças; mas estavam numa rua comercial; todo o seu futuro voaria pelos ares. Preferiu dar-lhe as costas e seguir caminho. Executava já este plano, quando Ernesto lhe gritou:

– Venha cá, namorado sem ventura!

O pobre rapaz voltou-se rapidamente.

– Que diz o senhor? – perguntou ele.

– Namorado sem ventura – repetiu Ernesto cravando os olhos no rosto do rival a ver se lhe descobria uma confissão qualquer.

– É singular – replicou o rapaz de nariz comprido –, é singular que o senhor me chame namorado sem ventura, quando ninguém ignora a triste figura que tem feito para obter as boas graças de uma moça que é minha...

– Sua!

– Minha!

– Nossa direi eu...

– Senhor!

O rapaz de nariz comprido engatilhou um soco; a segurança e tranquilidade com que Ernesto olhava para ele mudaram-lhe o curso das ideias. Falaria ele verdade? Essa moça, que tanto amor lhe jurava, com quem meditava casar dentro de pouco tempo, mas de quem alguma vez desconfiara, teria dado efetivamente àquele homem o direito de a chamar sua? Esta simples interrogação perturbou o espírito do rapaz, que esteve cerca de dois minutos a olhar mudamente para Ernesto, e este a olhar mudamente para ele.

– O que o senhor disse agora é muito grave; preciso de uma explicação.

– Peço-lhe explicação igual – respondeu Ernesto.

– Vamos ao Passeio Público.

Seguiram caminho, a princípio silenciosos, não só porque a situação os acanhava naturalmente, mas também porque cada um deles receava ouvir uma cruel revelação. A conversa começou por monossílabos e frases truncadas, mas foi a pouco e pouco fazendo-se natural e correta. Tudo quanto os leitores sabem de um e outro foi ali exposto por ambos, e por ambos ouvido entre abatimento e cólera.

– Se tudo quanto o senhor diz é a expressão da verdade – observou o rapaz de nariz comprido descendo a Rua das Marrecas – a conclusão é que fomos enganados...

– Vilmente enganados – emendou Ernesto.

– Pela minha parte – tornou o primeiro –, recebo com isto um grande golpe porque eu amava-a muito, e pretendia fazê-la minha esposa, o que sucederia breve. A minha boa fortuna fez com que o senhor me avisasse a tempo...

– Talvez me censurem o passo que dei; mas o resultado que vamos colher justifica tudo. Nem por isso creia que padeço menos... eu amava loucamente aquela moça!

Ernesto proferiu estas palavras tão de dentro, que elas repercutiram no coração do rival e ambos ficaram algum tempo calados, a devorar consigo a dor e a humilhação. Ernesto rompeu o silêncio soltando um magoadíssimo suspiro, na ocasião em que entravam no Passeio. Só o guarda pôde ouvi-lo; o rapaz de nariz comprido ia revolvendo no espírito uma dúvida.

– Devo eu condenar tão ligeiramente aquela moça? – perguntou ele a si mesmo –; e não será este sujeito um pretendente vencido que, por semelhante meio, quer obter a minha neutralidade?

O rosto de Ernesto não parecia dar razão à conjectura do rival; todavia, como o lance era grave e cumpria não ir por aparências, o rapaz de nariz comprido abriu de novo o capítulo das revelações, no que foi acompanhado pelo rival. Todas elas iam concordando entre si; os incidentes e os gestos que um relembrava tinham eco na memória do outro. O que porém decidiu tudo foi a apresentação de uma carta que cada um deles tinha casualmente no bolso. O texto de ambas mostrava que eram recentes; a expressão de ternura não era a mesma nas duas epístolas, porque Rosina, como sabemos, ia afrouxando o tom em relação a Ernesto; mas era quanto bastava para dar ao rapaz de nariz comprido o golpe de misericórdia.

– Desprezemo-la – disse este, quando acabou de ler a carta do rival.

– Só isso? – perguntou Ernesto –; o simples desprezo será bastante?

– Que vingança tiraríamos dela? – objetou o rapaz de nariz comprido. – Ainda que alguma fosse possível, não seria digna de nós...

Calou-se; mas tocado de uma súbita ideia exclamou:

– Ah! Lembra-me um meio!

– Qual?

– Mandemos-lhe uma carta de rompimento, mas uma carta de igual teor.

A ideia sorriu logo ao espírito de Ernesto, que parecia ainda mais humilhado que o outro, e ambos foram dali redigir a carta fatal.

No dia seguinte, logo depois do almoço, estava Rosina em casa muito sossegada, longe de esperar o golpe, e até forjando planos de futuro, que assentavam todos no rapaz de nariz comprido, quando o moleque lhe apareceu com duas cartas.

– Nhanhã Rosina – disse ele –, esta carta é do sinhô Ernesto, e esta...

– Que é isso? – disse a moça. – Os dois...

– Não – explicou o moleque –; um estava na esquina de cima, outro na esquina de baixo.

E fazendo tinir no bolso alguns cobres que os dois rivais lhe haviam dado, o moleque deixou a senhora ler à vontade as duas missivas. A primeira que abriu foi a de Ernesto. Dizia assim:

> Senhora! Hoje que tenho a certeza da sua perfídia, certeza que já nada me pode arrancar do espírito, tomo a liberdade de lhe dizer que está livre e eu reabilitado. Basta de humilhações! Pude dar-lhe crédito enquanto lhe era possível enganar-me. Agora... Adeus para sempre!

Rosina levantou os ombros ao ler esta carta. Abriu rapidamente a do rapaz de nariz comprido, e leu:

> Senhora! Hoje que tenho a certeza da sua perfídia, certeza que já nada me pode...

Daqui em diante foi crescendo a surpresa. Ambos se despediam; ambos por igual teor. Logo, tinham descoberto tudo um ao outro. Não havia meio de reparar nada; tudo estava perdido!

Rosina não costumava chorar. Esfregava às vezes os olhos, para os fazer vermelhos, quando havia necessidade de mostrar a um namorado que se ressentia de alguma coisa. Desta vez porém chorou deveras; não de mágoa, mas de raiva. Triunfavam ambos os rivais; ambos lhe fugiam, e lhe davam de comum acordo o último golpe. Não havia resistir; entrou-lhe na alma o desespero. Por desgraça não havia horizonte a mais ligeira vela. O primo a quem aludimos num dos capítulos anteriores andava com ideias a respeito de outra moça, e ideias já conjugais. Ela mesma descuidara o seu sistema durante os últimos trinta dias deixando sem resposta alguns olhares interrogadores. Estava pois abandonada de Deus e dos homens.

Não; ainda lhe restava um recurso.

VI.

Um mês depois daquele fatal desastre, estando Ernesto em casa a conversar com o companheiro e mais dois amigos, um dos quais era o rapaz de nariz comprido, ouviu bater palmas. Foi à escada; era o moleque da Rua Nova do Conde.

– Que me queres? – disse ele com ar severo, suspeitando que o moleque viesse pedir-lhe dinheiro.

– Venho trazer isto – disse o moleque baixinho.

E tirou do bolso uma carta que entregou a Ernesto.

A primeira ideia de Ernesto foi recusar a carta e pôr o moleque a pontapés pela escada abaixo; mas o coração disse-lhe uma coisa, como ele mesmo confessou depois. Estendeu a mão, recebeu a carta, abriu-a e leu. Dizia assim:

> Ainda uma vez curvo-me às tuas injustiças. Estou cansada de chorar. Não posso mais viver debaixo da ação de uma calúnia. Vem ou eu morro!

Ernesto esfregou os olhos; não podia crer no que acabava de ler. Seria um novo ardil, ou a expressão da verdade? Ardil podia ser; mas Ernesto atentou bem e pareceu-lhe ver o sinal de uma lágrima. Evidentemente a moça chorara. Mas se chorara é porque padecia; e nesse caso...

Nestas e noutras reflexões gastou Ernesto cerca de oito a dez minutos. Não sabia que resolvesse. Acudir ao chamado de Rosina era esquecer a perfídia com que ela se houve amando a outro em cujas mãos vira até uma carta sua. Mas não ir, podia ser contribuir para a morte de uma criatura que, ainda quando não tivesse sido amada por ele, merecia os seus sentimentos de humanidade.

– Diga que lá irei logo – respondeu enfim Ernesto.

Quando voltou para a sala trazia o rosto mudado. Os amigos repararam na mudança e procuraram descobrir-lhe a causa.

– Algum credor – dizia um.

– Não, lhe trouxeram dinheiro – acrescentava outro.

– Namoro novo – opinava o companheiro de casa.

– É tudo isso talvez – respondeu Ernesto com um modo que queria ser alegre.

De tarde preparou-se Ernesto e dirigiu-se para a Rua Nova do Conde. Dez ou doze vezes parou resolvido a voltar; mas um minuto de reflexão tirava-lhe os escrúpulos e o rapaz prosseguia em seu caminho.

– Há mistério nisto tudo – dizia ele consigo e relendo a carta de Rosina. – É certo que ele me revelou tudo, e até me leu cartas; nisto não há que duvidar. Rosina é culpada; enganou-me; namorava a outro, dizendo-me que só me amava a mim. Mas por que esta carta? Se ela amava ao outro por que lhe não escreve? Investiguemos tudo isto.

A última hesitação do digno rapaz foi ao entrar na Rua Nova do Conde; seu espírito vacilou dessa vez mais que nunca Dez minutos gastou em passinhos ora para trás, ora para diante, sem assentar numa coisa definitiva. Afinal deitou o coração à larga e seguiu afoitamente a senda que o destino parecia indicar-lhe.

Quando chegou à casa de Vieira, estava Rosina na sala com a tia. A moça teve um movimento de alegria; mas, tanto quanto Ernesto pode examinar-lhe as feições, a alegria não foi tal que pudesse disfarçar-lhe os sulcos das lágrimas. O que é certo é que um véu de melancolia parecia envolver os olhos travessos da bela Rosina. Nem já eram travessos; estavam desmaiados ou mortos.

– Oh! Ali está a inocência! – disse Ernesto consigo.

Ao mesmo tempo, envergonhado por esta opinião tão benevolente, e lembrando-se das revelações do rapaz de nariz comprido, Ernesto assumiu um ar severo e grave, menos de namorado que de juiz, menos de juiz que de algoz.

Rosina cravou os olhos no chão.

A tia da moça perguntou a Ernesto as causas da sua ausência tão prolongada. Ernesto alegou muito trabalho e alguma doença, as primeiras desculpas que ocorrem a todo o homem que não tem desculpa. Trocadas mais algumas palavras, saiu a tia da sala para ir dar umas ordens, tendo já ordenado disfarçadamente ao Juquinha que ficasse na sala. Juquinha porém trepou a uma cadeira e pôs-se à janela; os dois tiveram tempo para explicações.

A situação era esquerda; mas não se podia perder tempo. Bem o compreendeu Rosina, que rompeu logo nestas palavras:

– Não tem remorsos?

– De quê? – perguntou Ernesto espantado.

– Do que me fez?

– Eu?

– Sim, abandonando-me sem uma explicação. A causa adivinho eu qual é; alguma nova suspeita, ou antes alguma calúnia...

– Nem calúnia, nem suspeita – disse Ernesto depois de um momento de silêncio –; mas só verdade.

Rosina sufocou um grito; seus lábios pálidos e trêmulos quiseram murmurar alguma coisa, mas não puderam; dos olhos rebentaram-lhe duas grossas lágrimas, Ernesto não podia vê-la chorar; por mais cheio de razões que estivesse, em vendo lágrimas, curvava-se logo e pedia-lhe perdão. Desta vez porém era impossível que tão depressa voltasse ao antigo estado. As revelações do rival estavam ainda frescas na memória.

Curvou-se, entretanto, para a moça e pediu-lhe que não chorasse.

– Que não chore! – disse ela com voz lacrimosa. – Pede-me que não chore quando eu vejo fugir-me a felicidade das mãos, sem ao menos merecer a sua estima, porque o senhor despreza-me; sem ao menos saber o que é essa calúnia para desmenti-la ou desmascará-la...

– É capaz disso? – perguntou Ernesto com fogo. – É capaz de confundir a calúnia?

– Sou – disse ela com um magnífico gesto de dignidade.

Ernesto expôs em resumo a conversa que tivera com o rapaz de nariz comprido, e concluiu dizendo que vira uma carta dela. Rosina ouviu calada a narração; tinha o peito ofegante; sentia-se a comoção que a dominava. Quando ele acabou, soltou uma torrente de lágrimas.

– Meu Deus! – disse baixinho Ernesto – podem ouvi-la.

– Não importa – exclamou a moça –; estou disposta a tudo...

– Diga-me, pode negar o que lhe acabo de contar?

– Tudo, não; alguma coisa é verdade – respondeu ela com voz triste.

– Ah!

– A promessa de casamento é mentira; não houve mais que duas cartas, duas apenas, e isso... por sua culpa...

– Por minha culpa! – exclamou Ernesto tão assombrado como se acabasse de ver um dos castiçais a dançar.

– Sim – repetiu ela –, por sua culpa. Não se lembra? Tinha-se arrufado uma vez comigo, e eu... foi uma loucura... para metê-lo em brios, para vingar-me... que loucura!... correspondi ao namoro daquele indivíduo sem educação... foi demência minha, bem vejo... Mas que quer? Eu estava despeitada...

A alma de Ernesto ficou fortemente abalada com esta exposição que a moça lhe fazia dos acontecimentos. Era claro para ele que Rosina negaria tudo, se o seu procedimento tivesse alguma intenção má; a carta, diria que era imitação da sua letra. Mas não; ela confessava tudo com a mais nobre e rude singeleza deste mundo; somente – e nisto estava a chave da situação – a moça explicava a que impulsos de despeito cedera, mostrando assim, se podemos comparar o coração a um pastel, debaixo do invólucro da leviandade a nata do amor.

Decorreram alguns segundos de silêncio, em que a moça tinha os olhos pregados no chão, na mais triste e melancólica atitude que jamais teve uma donzela arrependida.

– Mas não viu que esse ato de loucura podia causar a minha morte? – disse Ernesto.

Rosina estremeceu ouvindo estas palavras que Ernesto lhe disse com a voz mais doce dos seus antigos dias; levantou os olhos para ele e tornou a pousá-los no chão.

– Se eu tivesse refletido nisso – observou ela –, não faria nada do que fiz.

– Tem razão – ia dizendo Ernesto, mas levado de um mau espírito de vingança entendeu que a leviandade da moça devia ser punida com alguns minutos mais de dúvida e recriminação.

A moça ouviu ainda muitas coisas que lhe disse Ernesto, e a todas respondeu com um ar tão contrito e palavras tão repassadas de amargura, que o nosso namorado sentiu quase rebentarem-lhe as lágrimas dos olhos. Os de Rosina estavam já mais tranquilos, e a limpidez começava a tomar o lugar da sombra melancólica. A situação era quase a mesma de algumas semanas antes; faltava só consolidá-la com o tempo. Entretanto, disse Rosina:

– Não pense que lhe peço mais do que me cumpre. Meu procedimento alguma punição há de ter, e eu estou perfeitamente resignada. Pedi-lhe que viesse aqui a fim de me explicar o seu silêncio; pela minha parte expliquei-lhe o meu desvario. Não posso ambicionar mais...

– Não pode?...

– Não. Meu fim era não desmerecer a sua estima.

– E por que não o meu amor? – perguntou Ernesto. – Parece-lhe que o coração possa apagar de repente, e por simples esforço de vontade, a chama de que viveu longos dias?

– Oh! Isso é impossível! – respondeu a moça. – E pela minha parte sei o que vou padecer...

– Demais – disse Ernesto –, o culpado de tudo fui eu, francamente o confesso. Ambos nós temos que perdoar um a outro; perdoo-lhe a leviandade; perdoa-me o fatal arrufo?

Rosina, a menos de ter um coração de bronze, não podia deixar de conceder o perdão que o namorado lhe pedia. Foi recíproca a generosidade. Como na volta do filho pródigo, as duas almas festejaram aquela renascença da felicidade e amaram-se com mais força que nunca.

Três meses depois, dia por dia, foi celebrado na igreja de S. Ana, que era então no Campo da Aclamação, o consórcio dos dois namorados. A noiva estava radiante de ventura; o noivo parecia respirar os ares do paraíso celeste. O tio de Rosina deu um sarau a que compareceram os amigos de Ernesto, exceto o rapaz de nariz comprido.

Não quer isto dizer que a amizade dos dois viesse a esfriar. Pelo contrário, o rival de Ernesto revelou certa magnanimidade, apertando ainda os laços que o pendiam desde a singular circunstância que os aproximou. Houve mais; dois anos depois do casamento de Ernesto, vemos os dois associados num armarinho, reinando entre ambos a mais serena intimidade. O rapaz de nariz comprido é padrinho de um filho de Ernesto.

– Por que não te casas? – pergunta Ernesto às vezes ao seu sócio, amigo e compadre.

– Nada, meu amigo – responde o outro –, eu já agora morro solteiro.

34
O segredo de Augusta*

I.

São onze horas da manhã.

D. Augusta Vasconcelos está reclinada sobre um sofá, com um livro na mão. Adelaide, sua filha, passa os dedos pelo teclado do piano.

– Papai já acordou? – pergunta Adelaide à sua mãe.

– Não – responde esta sem levantar os olhos do livro.

Adelaide levantou-se e foi ter com Augusta.

– Mas é tão tarde, mamãe – disse ela. – São onze horas. Papai dorme muito.

Augusta deixou cair o livro no regaço, e disse olhando para Adelaide:

– É que naturalmente recolheu-se tarde.

– Reparei já que nunca me despeço de papai quando me vou deitar. Anda sempre fora.

Augusta sorriu.

– És uma roceira – disse ela –; dormes com as galinhas. Aqui o costume é outro. Teu pai tem que fazer de noite.

– É política, mamãe? – perguntou Adelaide.

– Não sei – respondeu Augusta.

Comecei dizendo que Adelaide era filha de Augusta, e esta informação, necessária no romance, não o era menos na vida real em que se passou o episódio que vou contar, porque à primeira vista ninguém diria que havia ali mãe e filha; pareciam duas irmãs, tão jovem era a mulher de Vasconcelos.

---

*Publicado no periódico *Jornal das Famílias* (julho e agosto de 1868). Reunido pelo autor no livro *Contos fluminenses* (1869).

Tinha Augusta trinta anos e Adelaide quinze; mas comparativamente a mãe parecia mais moça ainda que a filha. Conservava a mesma frescura dos quinze anos, e tinha de mais o que faltava a Adelaide, que era a consciência da beleza e da mocidade, consciência que seria louvável se não tivesse como consequência uma imensa e profunda vaidade. A sua estatura era mediana, mas imponente. Era muito alva e muito corada. Tinha os cabelos castanhos, e os olhos garços. As mãos compridas e bem-feitas pareciam criadas para os afagos de amor. Augusta dava melhor emprego às suas mãos; calçava-as de macia pelica.

As graças de Augusta estavam todas em Adelaide, mas em embrião. Adivinhava-se que aos vinte anos Adelaide devia rivalizar com Augusta; mas por enquanto havia na menina uns restos da infância que não davam realce aos elementos que a natureza pusera nela.

Todavia, era bem capaz de apaixonar um homem, sobretudo se ele fosse poeta, e gostasse das virgens de quinze anos, até porque era um pouco pálida, e os poetas em todos os tempos tiveram sempre queda para as criaturas descoradas.

Augusta vestia com suprema elegância; gastava muito, é verdade; mas aproveitava bem as enormes despesas, se acaso é isso aproveitá-las. Deve-se fazer-lhe uma justiça; Augusta não regateava nunca; pagava o preço que lhe pediam por qualquer coisa. Punha nisso a sua grandeza, e achava que o procedimento contrário era ridículo e de baixa esfera.

Neste ponto Augusta partilhava os sentimentos e servia aos interesses de alguns mercadores, que entendem ser uma desonra abater alguma coisa no preço das suas mercadorias.

O fornecedor de fazenda de Augusta, quando falava a este respeito, costumava dizer-lhe:

– Pedir um preço e dar a fazenda por outro preço menor é confessar que havia intenção de esbulhar o freguês.

O fornecedor preferia fazer a coisa sem a confissão.

Outra justiça que devemos reconhecer era que Augusta não poupava esforços para que Adelaide fosse tão elegante como ela.

Não era pequeno o trabalho.

Adelaide desde a idade de cinco anos fora educada na roça, em casa de uns parentes de Augusta, mais dados ao cultivo do café que às despesas do vestuário. Adelaide foi educada nesses hábitos e nessas ideias. Por isso quando chegou à corte, onde se reuniu à família, houve para ela uma verdadeira transformação. Passava de uma civilização para outra;

viveu numa hora uma longa série de anos. O que lhe valeu é que tinha em sua mãe uma excelente mestra. Adelaide reformou-se, e no dia em que começa esta narração já era outra; todavia estava ainda muito longe de Augusta.

No momento em que Augusta respondia à curiosa pergunta de sua filha acerca das ocupações de Vasconcelos, parou um carro à porta.

Adelaide correu à janela.

– É D. Carlota, mamãe – disse a menina voltando-se para dentro.

Daí a alguns minutos entrava na sala D. Carlota em questão. Os leitores ficarão conhecendo esta nova personagem com a simples indicação de que era um segundo volume de Augusta; bela, como ela; elegante, como ela; vaidosa, como ela.

Tudo isto quer dizer que eram ambas as mais afáveis inimigas que podem haver neste mundo.

Carlota vinha pedir a Augusta para ir cantar num concerto que ia dar em casa, imaginado por ela para o fim de inaugurar um magnífico vestido novo.

Augusta de boa vontade acedeu ao pedido.

– Como está seu marido? – perguntou ela a Carlota.

– Foi para a praça; e o seu?

– O meu dorme.

– Como um justo? – perguntou Carlota sorrindo maliciosamente.

– Parece – respondeu Augusta.

Neste momento, Adelaide, que por pedido de Carlota tinha ido tocar um noturno ao piano, voltou para o grupo.

A amiga de Augusta perguntou-lhe:

– Aposto que já tem algum noivo em vista?

A menina corou muito, e balbuciou:

– Não fale nisso.

– Ora, há de ter! Ou então aproxima-se da época em que há de ter um noivo, e eu já lhe profetizo que há de ser bonito...

– É muito cedo – disse Augusta.

– Cedo!

– Sim, está muito criança; casar-se-á quando for tempo, e o tempo está longe...

– Já sei – disse Carlota rindo –, quer prepará-la bem... Aprovo-lhe a intenção. Mas nesse caso não lhe tire as bonecas.

– Já não as tem.

– Então é difícil impedir os namorados. Uma coisa substitui a outra.

Augusta sorriu, e Carlota levantou-se para sair.

– Já? – disse Augusta.

– É preciso; adeus!

– Adeus!

Trocaram-se alguns beijos e Carlota saiu logo.

Logo depois chegaram dois caixeiros: um com alguns vestidos e outro com um romance; eram encomendas feitas na véspera. Os vestidos eram caríssimos, e o romance tinha este título: *Fanny*, por Ernesto Feydeau.

II.

Pela uma hora da tarde do mesmo dia levantou-se Vasconcelos da cama.

Vasconcelos era um homem de quarenta anos, bem-apessoado, dotado de um maravilhoso par de suíças grisalhas que lhe davam um ar de diplomata, coisa de que estava afastado umas boas cem léguas. Tinha a cara risonha e expansiva; todo ele respirava uma robusta saúde.

Possuía uma boa fortuna e não trabalhava, isto é, trabalhava muito na destruição da referida fortuna, obra em que sua mulher colaborava conscienciosamente.

A observação de Adelaide era verídica; Vasconcelos recolhia-se tarde; acordava sempre depois do meio-dia; e saía às ave-marias para voltar na madrugada seguinte. Quer dizer que fazia com regularidade algumas pequenas excursões à casa da família.

Só uma pessoa tinha o direito de exigir de Vasconcelos mais alguma assiduidade em casa: era Augusta; mas ela nada lhe dizia. Nem por isso se davam mal, porque o marido em compensação da tolerância de sua esposa não lhe negava nada, e todos os caprichos dela eram de pronto satisfeitos.

Se acontecia que Vasconcelos não pudesse acompanhá-la a todos os passeios e bailes, incumbia-se disso um irmão dele, comendador de duas ordens, político de oposição, excelente jogador de voltarete, e homem amável nas horas vagas, que eram bem poucas. O irmão Lourenço era o que se pode chamar um irmão terrível. Obedecia a todos os desejos da cunhada, mas não poupava de quando em quando um sermão ao irmão. Boa semente que não pegava.

Acordou, pois, Vasconcelos, e acordou de bom humor. A filha alegrou-se muito ao vê-lo, e ele mostrou-se de uma grande afabilidade com a mulher, que lhe retribuiu do mesmo modo.

– Por que acorda tão tarde? – perguntou Adelaide acariciando as suiças de Vasconcelos.

– Porque me deito tarde.

– Mas por que se deita tarde?

– Isso agora é muito perguntar! – disse Vasconcelos sorrindo.

E continuou:

– Deito-me tarde porque assim o pedem as necessidades políticas. Tu não sabes o que é política; é uma coisa muito feia, mas muito necessária.

– Sei o que é política, sim! – disse Adelaide.

– Ah! Explica-me lá então o que é.

– Lá na roça, quando quebraram a cabeça ao juiz de paz, disseram que era por política; o que eu achei esquisito, porque a política seria não quebrar a cabeça...

Vasconcelos riu muito com a observação da filha, e foi almoçar, exatamente quando entrava o irmão, que não pôde deixar de exclamar:

– A boa hora almoças tu!

– Aí vens tu com as tuas reprimendas. Eu almoço quando tenho fome... Vê se me queres agora escravizar às horas e às denominações. Chama-lhe almoço ou *lunch*, a verdade é que estou comendo.

Lourenço respondeu com uma careta.

Terminado o almoço, anunciou-se a chegada do Sr. Batista. Vasconcelos foi recebê-lo no gabinete particular.

Batista era um rapaz de vinte e cinco anos; era o tipo acabado do pândego; excelente companheiro numa ceia de sociedade equívoca, nulo conviva numa sociedade honesta. Tinha chiste e certa inteligência, mas era preciso que estivesse em clima próprio para que se lhe desenvolvesse essas qualidades. No mais era bonito; tinha um lindo bigode; calçava botins do Campas, e vestia no mais apurado gosto; fumava tanto como um soldado e tão bem como um lorde.

– Aposto que acordaste agora? – disse Batista entrando no gabinete do Vasconcelos.

– Há três quartos de hora; almocei neste instante. Toma um charuto.

Batista aceitou o charuto, e estirou-se numa cadeira americana, enquanto Vasconcelos acendia um fósforo.

– Viste o Gomes? – perguntou Vasconcelos.

– Vi-o ontem. Grande notícia: rompeu com a sociedade.

– Deveras?

– Quando lhe perguntei por que motivo ninguém o via há um mês, respondeu-me que estava passando por uma transformação, e que do Gomes que foi só ficará lembrança. Parece incrível; mas o rapaz fala com convicção.

– Não creio; aquilo é alguma caçoada que nos quer fazer. Que novidades há?

– Nada; isto é, tu é que deves saber alguma coisa.

– Eu, nada...

– Ora essa! Não foste ontem ao Jardim?

– Fui, sim; houve uma ceia...

– De família, sim. Eu fui ao Alcazar. A que horas acabou a reunião?

– Às quatro da manhã...

Vasconcelos estendeu-se numa rede, e a conversa continuou por esse tom, até que um moleque veio dizer a Vasconcelos que estava na sala o Sr. Gomes.

– Eis o homem! – disse Batista.

– Manda subir – ordenou Vasconcelos.

O moleque desceu para dar o recado; mas só um quarto de hora depois é que Gomes apareceu, por demorar-se algum tempo em baixo conversando com Augusta e Adelaide.

– Quem é vivo sempre aparece – disse Vasconcelos ao avistar o rapaz.

– Não me procuram... – disse ele.

– Perdão; eu já lá fui duas vezes, e disseram-me que havias saído.

– Só por grande fatalidade, porque eu quase nunca saio.

– Mas então estás completamente ermitão?

– Estou crisálida; vou reaparecer borboleta – disse Gomes sentando-se.

– Temos poesia... Guarda debaixo, Vasconcelos...

O novo personagem, o Gomes tão desejado e tão escondido, representava ter cerca de trinta anos. Ele, Vasconcelos e Batista eram a trindade do prazer e da dissipação, ligada por uma indissolúvel amizade. Quando Gomes, cerca de um mês antes, deixou de aparecer nos círculos do costume, todos repararam nisso, mas só Vasconcelos e Batista sentiram deveras. Todavia, não insistiram muito em arrancá-lo à solidão, somente pela consideração de que talvez houvesse nisso algum interesse do rapaz.

Gomes foi portanto recebido como um filho pródigo.

– Mas onde te meteste? Que é isso de crisálida e de borboleta? Cuidas que eu sou do mangue?

– É o que lhes digo, meus amigos. Estou criando asas.

– Asas! – disse Batista sufocando uma risada.

– Só se são asas de gavião para cair...

– Não, estou falando sério.

E com efeito Gomes apresentava um ar sério e convencido.

Vasconcelos e Batista olharam um para o outro.

– Pois se é verdade isso que dizes, explica-nos lá que asas são essas, e sobretudo para onde é que queres voar.

A estas palavras de Vasconcelos, acrescentou Batista:

– Sim, deves dar-nos uma explicação, e se nós, que somos o teu conselho de família, acharmos que a explicação é boa, aprovamo-la; senão, ficas sem asas, e ficas sendo o que sempre foste...

– Apoiado – disse Vasconcelos.

– Pois é simples; estou criando asas de anjo, e quero voar para o céu do amor.

– Do amor! – disseram os dois amigos de Gomes.

– É verdade – continuou Gomes. – Que fui eu até hoje? Um verdadeiro estroina, um perfeito pândego, gastando às mãos largas a minha fortuna e o meu coração. Mas isto é bastante para encher a vida? Parece encher a vida? Parece que não...

– Até aí concordo... isso não basta; é preciso que haja outra coisa; a diferença está na maneira de...

– É exato – disse Gomes – é exato; é natural que vocês pensem de modo diverso, mas eu acho que tenho razão em dizer que sem o amor casto e puro a vida é um puro deserto.

Batista deu um pulo...

Vasconcelos fitou os olhos em Gomes:

– Aposto que vais casar? – disse-lhe.

– Não sei se vou casar; sei que amo, e espero acabar por casar-me com a mulher a quem amo.

– Casar! – exclamou Batista.

E soltou uma estridente gargalhada.

Mas Gomes falava tão seriamente, insistia com tanta gravidade naqueles projetos de regeneração, que os dois amigos acabaram por ouvi-lo com igual seriedade.

Gomes falava uma linguagem estranha, e inteiramente nova na boca de um rapaz que era o mais doido e ruidoso nos festins de Baco e de Citera.

– Assim, pois, deixas-nos? – perguntou Vasconcelos.

– Eu? Sim e não; encontrar-me-ão nas salas; nos hotéis e nas casas equívocas, nunca mais.

– *De profundis*... – cantarolou Batista.

– Mas afinal de contas – disse Vasconcelos –, onde está a tua Marion? Pode-se saber quem ela é?

– Não é Marion, é Virgínia... Pura simpatia ao princípio, depois afeição pronunciada, hoje paixão verdadeira. Lutei enquanto pude; mas abati as armas diante de uma força maior. O meu grande medo era não ter uma alma capaz de oferecer a essa gentil criatura. Pois tenho-a, e tão fogosa, e tão virgem como no tempo dos meus dezoito anos. Só o casto olhar de uma virgem poderia descobrir no meu lodo essa pérola divina. Renasço melhor do que era...

– Está claro, Vasconcelos, o rapaz está doido; mandemo-lo para a Praia Vermelha; e como pode ter algum acesso, eu vou-me embora...

Batista pegou no chapéu.

– Onde vais? – disse-lhe Gomes.

– Tenho que fazer; mas logo aparecerei em tua casa; quero ver se ainda é tempo de arrancar-te a esse abismo.

E saiu.

III.

Os dois ficaram sós.

– Então é certo que estás apaixonado?

– Estou. Eu bem sabia que vocês dificilmente acreditariam nisto; eu próprio não creio ainda, e contudo é verdade. Acabo por onde tu começaste. Será melhor ou pior? Eu creio que é melhor.

– Tens interesse em ocultar o nome da pessoa?

– Oculto-o por ora a todos, menos a ti.

– É uma prova de confiança...

Gomes sorriu.

– Não – disse ele –, é uma condição *sine qua non*; antes de todos tu deves saber quem é a escolhida do meu coração; trata-se de tua filha.

– Adelaide? – perguntou Vasconcelos espantado.

– Sim, tua filha.

A revelação de Gomes caiu como uma bomba. Vasconcelos nem por sombras suspeitava semelhante coisa.

– Este amor é da tua aprovação? – perguntou-lhe Gomes.

Vasconcelos refletia, e depois de alguns minutos de silêncio, disse:

– O meu coração aprova a tua escolha; és meu amigo, estás apaixonado, e uma vez que ela te ame...

Gomes ia falar, mas Vasconcelos continuou sorrindo:

– Mas a sociedade?

– Que sociedade?

– A sociedade que nos tem em conta de libertinos, a ti e a mim, é natural que não aprove o meu ato.

– Já vejo que é uma recusa – disse Gomes entristecendo.

– Qual recusa, pateta! É uma objeção, que tu poderás destruir dizendo: a sociedade é uma grande caluniadora e uma famosa indiscreta. Minha filha é tua, com uma condição.

– Qual?

– A condição da reciprocidade. Ama-te ela?

– Não sei – respondeu Gomes.

– Mas desconfias...

– Não sei; sei que a amo e que daria a minha vida por ela, mas ignoro se sou correspondido.

– Hás de ser... Eu me incumbirei de apalpar o terreno. Daqui a dois dias dou-te a minha resposta. Ah! Se ainda tenho de ver-te meu genro!

A resposta de Gomes foi cair-lhe nos braços. A cena já roçava pela comédia quando deram três horas. Gomes lembrou-se que tinha *rendez-vous* com um amigo; Vasconcelos lembrou-se que tinha de escrever algumas cartas.

Gomes saiu sem falar às senhoras.

Pelas quatro horas Vasconcelos dispunha-se a sair, quando vieram anunciar-lhe a visita do Sr. José Brito.

Ao ouvir este nome o alegre Vasconcelos franziu o sobrolho.

Pouco depois entrava no gabinete o Sr. José Brito.

O Sr. José Brito era para Vasconcelos um verdadeiro fantasma, um eco do abismo, uma voz da realidade; era um credor.

– Não contava hoje com a sua visita – disse Vasconcelos.

– Admira – respondeu o Sr. José Brito com uma placidez de apunhalar –, porque hoje são 21.

– Cuidei que eram 19 – balbuciou Vasconcelos.

– Anteontem, sim: mas hoje são 21. Olhe – continuou o credor pegando no *Jornal do Commercio* que se achava numa cadeira – quinta-feira, 21.

– Vem buscar o dinheiro?

– Aqui está a letra – disse o Sr. José Brito tirando a carteira do bolso e um papel da carteira.

– Por que não veio mais cedo? – perguntou Vasconcelos, procurando assim espaçar a questão principal.

– Vim às oito horas da manhã – respondeu o credor –, estava dormindo; vim às nove, idem; vim às dez, vim às onze, idem; vim ao meio-dia, idem. Quis vir à uma hora, mas tinha de mandar um homem para a cadeia, e não me foi possível acabar cedo. Às três jantei, e às quatro aqui estou.

Vasconcelos puxava o charuto a ver se lhe ocorria alguma ideia boa de escapar ao pagamento com que ele não contava.

Não achava nada; mas o próprio credor forneceu-lhe ensejo.

– Além de que – disse ele –, a hora não importa nada, porque eu estava certo de que o senhor me vai pagar.

– Ah! – disse Vasconcelos. – É talvez um engano; eu não contava com o senhor hoje, e não arranjei o dinheiro...

– Então, como há de ser? – perguntou o credor com ingenuidade.

Vasconcelos sentiu entrar-lhe n'alma a esperança.

– Nada mais simples – disse –; o senhor espera até amanhã...

– Amanhã, quero assistir à penhora de um indivíduo que mandei processar por uma larga dívida; não posso...

– Perdão, eu levo-lhe o dinheiro à sua casa...

– Isso seria bom se os negócios comerciais se arranjassem assim. Se fôssemos dois amigos é natural que eu me contentasse com a sua promessa, e tudo acabaria amanhã; mas eu sou seu credor, e só tenho em vista salvar o meu interesse... Portanto, acho melhor pagar hoje...

Vasconcelos passou a mão pelos cabelos.

– Mas se eu não tenho! – disse ele.

– É uma coisa que o deve incomodar muito, mas que a mim não me causa a menor impressão... isto é, deve causar-me alguma, porque o senhor está hoje em situação precária.

– Eu?

– É verdade; as suas casas da Rua da Imperatriz estão hipotecadas; a da Rua de S. Pedro foi vendida, e a importância já vai longe; os seus escravos têm ido a um e um, sem que o senhor o perceba, e as despesas que o senhor há pouco fez para montar uma casa a certa dama da sociedade equívoca são imensas. Eu sei tudo; sei mais do que o senhor...

Vasconcelos estava visivelmente aterrado.

O credor dizia a verdade.

– Mas enfim – disse Vasconcelos –, o que havemos de fazer?

– Uma coisa simples; duplicamos a dívida, e o senhor passa-me agora mesmo um depósito.

– Duplicar a dívida! Mas isto é um...

– Isto é uma tábua de salvação; sou moderado. Vamos lá, aceite. Escreva-me aí o depósito, e rasga-se a letra.

Vasconcelos ainda quis fazer objeção; mas era impossível convencer o Sr. José Brito.

Assinou o depósito de dezoito contos.

Quando o credor saiu, Vasconcelos entrou a meditar seriamente na sua vida.

Até então gastara tanto e tão cegamente que não reparara no abismo que ele próprio cavara a seus pés.

Veio porém adverti-lo a voz de um dos seus algozes.

Vasconcelos refletiu, calculou, recapitulou as suas despesas e as suas obrigações, e viu que da fortuna que possuía tinha na realidade menos da quarta parte.

Para viver como até ali vivera, aquilo era nada menos que a miséria.

Que fazer em tal situação?

Vasconcelos pegou no chapéu e saiu.

Vinha caindo a noite.

Depois de andar algum tempo pelas ruas entregue às suas meditações, Vasconcelos entrou no Alcazar.

Era um meio de distrair-se.

Ali encontraria a sociedade do costume.

Batista veio ao encontro do amigo.

– Que cara é essa? – disse-lhe.

– Não é nada, pisaram-me um calo – respondeu Vasconcelos, que não encontrava melhor resposta.

Mas um pedicuro que se achava perto de ambos ouviu o dito, e nunca mais perdeu de vista o infeliz Vasconcelos, a quem a coisa mais indiferente incomodava. O olhar persistente do pedicuro aborreceu-o tanto, que Vasconcelos saiu.

Entrou no Hotel de Milão, para jantar. Por mais preocupado que ele estivesse, a exigência do estômago não se demorou.

Ora, no meio do jantar lembrou-lhe aquilo que não devia ter-lhe saído da cabeça: o pedido de casamento feito nessa tarde por Gomes.

Foi um raio de luz.

"Gomes é rico", pensou Vasconcelos; "o meio de escapar a maiores desgostos é este. Gomes casa-se com Adelaide, e como é meu amigo não me negará o que eu precisar. Pela minha parte procurarei ganhar o perdido... Que boa fortuna foi aquela lembrança do casamento!"

Vasconcelos comeu alegremente; voltou depois ao Alcazar, onde alguns rapazes e outras pessoas fizeram esquecer completamente os seus infortúnios.

Às três horas da noite Vasconcelos entrava para casa com a tranquilidade e regularidade do costume.

IV.

No dia seguinte o primeiro cuidado de Vasconcelos foi consultar o coração de Adelaide. Queria porém fazê-lo na ausência de Augusta. Felizmente esta precisava de ir ver à Rua da Quitanda umas fazendas novas, e saiu com o cunhado, deixando a Vasconcelos toda a liberdade.

Como os leitores já sabem, Adelaide queria muito ao pai, e era capaz de fazer por ele tudo. Era, além disso, um excelente coração. Vasconcelos contava com essas duas forças.

– Vem cá, Adelaide – disse ele entrando na sala –; sabes quantos anos tens?

– Tenho quinze.

– Sabes quantos anos tem tua mãe?

– Vinte e sete, não é?

– Tem trinta; quer dizer que tua mãe casou-se com quinze anos.

Vasconcelos parou, a fim de ver o efeito que produziam estas palavras; mas foi inútil a expectativa; Adelaide não compreendeu nada.

O pai continuou:

– Não pensaste no casamento?

A menina corou muito, hesitou em falar, mas como o pai instasse, respondeu:

– Qual, papai! Eu não quero casar...

– Não queres casar? É boa! Por quê?

– Porque não tenho vontade, e vivo bem aqui.

– Mas tu podes casar e continuar a viver aqui...

– Bem; mas não tenho vontade.

– Anda lá... Amas alguém, confessa.

– Não me pergunte isso, papai... eu não amo ninguém.

A linguagem de Adelaide era tão sincera, que Vasconcelos não podia duvidar.

"Ela fala a verdade", pensou ele; "é inútil tentar por esse lado..."

Adelaide sentou-se ao pé dele, e disse:

– Portanto, meu paizinho, não falemos mais nisso...

– Falemos, minha filha; tu és criança, não sabes calcular. Imagina que eu e a tua mãe morremos amanhã. Quem te há de amparar? Só um marido.

– Mas se eu não gosto de ninguém...

– Por hora; mas hás de vir a gostar se o noivo for um bonito rapaz, de bom coração... Eu já escolhi um que te ama muito, e a quem tu hás de amar.

Adelaide estremeceu.

– Eu? – disse ela. – Mas... quem é?

– É o Gomes.

– Não o amo, meu pai...

– Agora, creio; mas não negas que ele é digno de ser amado. Dentro de dois meses estás apaixonada por ele.

Adelaide não disse palavra. Curvou a cabeça e começou a torcer nos dedos uma das tranças bastas e negras. O seio arfava-lhe com força; a menina tinha os olhos cravados no tapete.

– Vamos, está decidido, não? – perguntou Vasconcelos.

– Mas, papai, e se eu for infeliz?...

– Isso é impossível, minha filha; hás de ser muito feliz; e hás de amar muito a teu marido.

– Oh! papai – disse-lhe Adelaide com os olhos rasos de água –, peço-lhe que não me case ainda...

– Adelaide, o primeiro dever de uma filha é obedecer a seu pai, e eu sou teu pai. Quero que te cases com o Gomes; hás de casar.

Estas palavras, para terem todo o efeito, deviam ser seguidas de uma retirada rápida. Vasconcelos compreendeu isso, e saiu da sala deixando Adelaide na maior desolação.

Adelaide não amava ninguém. A sua recusa não tinha por ponto de partida nenhum outro amor; também não era resultado de aversão que tivesse pelo seu pretendente.

A menina sentia simplesmente uma total indiferença pelo rapaz.

Nestas condições o casamento não deixava de ser uma odiosa imposição.

Mas que faria Adelaide? A quem recorreria?

Recorreu às lágrimas.

Quanto a Vasconcelos, subiu ao gabinete e escreveu as seguintes linhas ao futuro genro:

> Tudo caminha bem; autorizo-te a vires fazer a corte à pequena, e espero que dentro de dois meses o casamento esteja concluído.

Fechou a carta e mandou-a.

Pouco depois voltaram de fora Augusta e Lourenço.

Enquanto Augusta subiu para o quarto da *toilette* para mudar de roupa, Lourenço foi ter com Adelaide, que estava no jardim.

Reparou que ela tinha os olhos vermelhos, e inquiriu a causa; mas a moça negou que fosse de chorar.

Lourenço não acreditou nas palavras da sobrinha, e instou com ela para que lhe contasse o que havia.

Adelaide tinha grande confiança no tio, até por causa da sua rudeza de maneiras. No fim de alguns minutos de instâncias, Adelaide contou a Lourenço a cena com o pai.

– Então, é por isso que estás chorando, pequena?

– Pois então? Como fugir ao casamento?

– Descansa, não te casarás, eu te prometo que não te hás de casar...

A moça sentiu um estremecimento de alegria.

– Promete, meu tio, que há de convencer a papai?

– Hei de vencê-lo ou convencê-lo, não importa; tu não te hás de casar. Teu pai é um tolo.

Lourenço subiu ao gabinete de Vasconcelos, exatamente no momento em que este se dispunha a sair.

– Vais sair? – perguntou-lhe Lourenço.

– Vou.

– Preciso falar-te.

Lourenço sentou-se, e Vasconcelos, que já tinha o chapéu na cabeça, esperou de pé que ele falasse.

– Senta-te – disse Lourenço.

Vasconcelos sentou-se.

– Há dezesseis anos...

– Começas de muito longe; vê se abrevias uma meia dúzia de anos, sem o que não prometo ouvir o que me vais dizer.

– Há dezesseis anos – continuou Lourenço –, que és casado; mas a diferença entre o primeiro dia e o dia de hoje é grande.

– Naturalmente – disse Vasconcelos. – *Tempora mutantur et...*

– Naquele tempo – continuou Lourenço –, dizias que encontraras um paraíso, o verdadeiro paraíso, e foste durante dois ou três anos o modelo dos maridos. Depois mudaste completamente; e o paraíso tornar-se-ia verdadeiro inferno se tua mulher não fosse tão indiferente e fria como é, evitando assim as mais terríveis cenas domésticas.

– Mas, Lourenço, que tens com isso?

– Nada; nem é disso que vou falar-te. O que me interessa é que não sacrifiques tua filha por um capricho, entregando-a a um dos teus companheiros de vida solta...

Vasconcelos levantou-se:

– Estás doido! – disse ele.

– Estou calmo, e dou-te o prudente conselho de não sacrificares tua filha a um libertino.

– Gomes não é libertino; teve uma vida de rapaz, é verdade, mas gosta de Adelaide, e reformou-se completamente. É um bom casamento, e por isso acho que todos devemos aceitá-lo. É a minha vontade, e nesta casa quem manda sou eu.

Lourenço procurou falar ainda, mas Vasconcelos já ia longe.

"Que fazer?" pensou Lourenço.

V.

A oposição de Lourenço não causava grande impressão a Vasconcelos. Ele podia, é verdade, sugerir à sobrinha ideias de resistência; mas Adelaide, que era um espírito fraco, cederia ao último que lhe falasse, e os conselhos de um dia seriam vencidos pela imposição do dia seguinte.

Todavia era conveniente obter o apoio de Augusta. Vasconcelos pensou em tratar disso o mais cedo que lhe fosse possível.

Entretanto, urgia organizar os seus negócios, e Vasconcelos procurou um advogado a quem entregou todos os papéis e informações, encarregando-o de orientá-lo em todas as necessidades da situação, quais os meios que poderia opor em qualquer caso de reclamação por dívida ou hipoteca.

Nada disto fazia supor da parte de Vasconcelos uma reforma de costumes. Preparava-se apenas para continuar a vida anterior.

Dois dias depois da conversa com o irmão, Vasconcelos procurou Augusta, para tratar francamente do casamento de Adelaide.

Já nesse intervalo o futuro noivo, obedecendo ao conselho de Vasconcelos, fazia corte prévia à filha. Era possível que, se o casamento não lhe fosse imposto, Adelaide acabasse por gostar do rapaz. Gomes era um homem belo e elegante; e, além disso, conhecia todos os recursos de que se deve usar para impressionar uma mulher.

Teria Augusta notado a presença assídua do moço? Vasconcelos fazia essa pergunta ao seu espírito no momento em que entrava na *toilette* da mulher.

– Vais sair? – perguntou ele

– Não; tenho visitas.

– Ah! Quem?

– A mulher do Seabra – disse ela.

Vasconcelos sentou-se, e procurou um meio de encabeçar a conversa especial que ali o levava.

– Estás muito bonita hoje!

– Deveras? – disse ela sorrindo. – Pois estou hoje como sempre, e é singular que o digas hoje...

– Não; realmente hoje estás mais bonita do que costumas, a ponto que sou capaz de ter ciúmes...

– Qual! – disse Augusta com um sorriso irônico.

Vasconcelos coçou a cabeça, tirou o relógio, deu-lhe corda; depois entrou a puxar as barbas, pegou numa folha, leu dois ou três anúncios, atirou a folha ao chão, e afinal, depois de um silêncio já prolongado, Vasconcelos achou melhor atacar a praça de frente.

– Tenho pensado ultimamente em Adelaide – disse ele.

– Ah! Por quê?

– Está moça...

– Moça! – exclamou Augusta – É uma criança...

– Está mais velha do que tu quando te casaste...

Augusta franziu ligeiramente a testa.

– Mas então... – disse ela.

– Então é que desejo fazê-la feliz e feliz pelo casamento. Um rapaz, digno dela a todos os respeitos, pediu-ma há dias, e eu disse-lhe que sim. Em sabendo quem é, aprovarás a escolha; é o Gomes. Casamo-la, não?

– Não! – respondeu Augusta.

– Como, não?

– Adelaide é uma criança; não tem juízo nem idade própria... Casar-se-á quando for tempo.

– Quando for tempo? Estás certa se o noivo esperará até que seja tempo?

– Paciência – disse Augusta.

– Tens alguma coisa que notar no Gomes?

– Nada. É um moço distinto; mas não convém a Adelaide.

Vasconcelos hesitava em continuar; parecia-lhe que nada se podia arranjar; mas a ideia da fortuna deu-lhe forças, e ele perguntou:

– Por quê?

– Estás certo de que ele convenha a Adelaide? – perguntou Augusta, eludindo a pergunta do marido.

– Afirmo que convém.

– Convenha ou não, a pequena não deve casar já.

– E se ela amasse?...

– Que importa isso? Esperaria!

– Entretanto, Augusta, não podemos prescindir deste casamento... É uma necessidade fatal.

– Fatal? Não compreendo.

– Vou explicar-me. O Gomes tem uma boa fortuna.

– Também nós temos uma...

– É o teu engano – interrompeu Vasconcelos.

– Como assim?

Vasconcelos continuou:

– Mais tarde ou mais cedo havias de sabê-lo, e eu estimo ter esta ocasião de dizer-te toda a verdade. A verdade é que, se não estamos pobres, estamos arruinados.

Augusta ouviu estas palavras com os olhos espantados. Quando ele acabou, disse:

– Não é possível!

– Infelizmente é verdade!

Seguiu-se algum tempo de silêncio.

"Tudo está arranjado", pensou Vasconcelos.

– Mas – disse ela – se a nossa fortuna está abalada, creio que o senhor tem coisa melhor para fazer do que estar conversando; é reconstruí-la.

Vasconcelos fez com a cabeça um movimento de espanto, e como se fosse aquilo uma pergunta, Augusta apressou-se a responder:

– Não se admire disto: creio que o seu dever é reconstruir a fortuna.

– Não me admira esse dever; admira-me que mo lembres por esse modo. Dir-se-ia que a culpa é minha...

– Bom! – disse Augusta – Vais dizer que fui eu...

– A culpa, se culpa há, é de nós ambos.

– Por quê? É também minha?

– Também. As tuas despesas loucas contribuíram em grande parte para este resultado; eu nada te recusei nem recuso, e é nisso que sou culpado. Se é isso que me lanças em rosto, aceito.

Augusta levantou os ombros com um gesto de despeito; e deitou a Vasconcelos um olhar de tamanho desdém que bastaria para intentar uma ação de divórcio.

Vasconcelos viu o movimento e o olhar.

– O amor do luxo e do supérfluo – disse ele – há de sempre produzir estas consequências. São terríveis, mas explicáveis. Para conjurá-las era preciso viver com moderação. Nunca pensaste nisso. No fim de seis meses de casada entraste a viver no turbilhão da moda, e o pequeno regato das despesas tornou-se um rio imenso de desperdícios. Sabes o que me disse uma vez meu irmão? Disse-me que a ideia de mandar Adelaide para a roça foi-te sugerida pela necessidade de viver sem cuidados de natureza alguma.

Augusta tinha-se levantado, e deu alguns passos; estava trêmula e pálida.

Vasconcelos ia por diante nas suas recriminações quando a mulher o interrompeu, dizendo:

– Mas por que motivo não impediu o senhor essas despesas que eu fazia?

– Queria a paz doméstica.

– Não! – clamou ela –; o senhor queria ter por sua parte uma vida livre e independente; vendo que eu me entregava a essas despesas imaginou comprar a minha tolerância com a sua tolerância. Eis o único motivo; a sua vida não será igual à minha; mas é pior... Se eu fazia despesas em casa o senhor as fazia na rua... É inútil negar, porque eu sei tudo; conheço, de nome, as rivais que sucessivamente o senhor me deu, e nunca lhe disse uma única palavra, nem agora lho censuro, porque seria inútil e tarde.

A situação tinha mudado. Vasconcelos começara constituindo-se juiz, e passara a ser corréu. Negar era impossível; discutir era arriscado e inútil. Preferiu sofismar.

– Dado que fosse assim (e eu não discuto esse ponto), em todo caso a culpa será de nós ambos, e não vejo razão para que me lances em rosto. Devo reparar a fortuna, concordo; há um meio, e é este: o casamento de Adelaide com o Gomes.

– Não – disse Augusta.

– Bem; seremos pobres, ficaremos piores do que estamos agora; venderemos tudo...

– Perdão – disse Augusta –, eu não sei por que razão não há de o senhor, que é forte, e tem a maior parte no desastre, empregar esforços para a reconstrução da fortuna destruída.

– É trabalho longo; e daqui até lá a vida continua e gasta-se. O meio, já lho disse, é este: casar Adelaide com o Gomes.

– Não quero! – disse Augusta – Não consinto em semelhante casamento.

Vasconcelos ia responder, mas Augusta, logo depois de proferir estas palavras, tinha saído precipitadamente do gabinete.

Vasconcelos saiu alguns minutos depois.

VI.

Lourenço não teve conhecimento da cena entre o irmão e a cunhada, e depois da teima de Vasconcelos resolveu nada mais dizer; entretanto, como queria muito à sobrinha, e não queria vê-la entregue a um homem de costumes que ele reprovava, Lourenço esperou que a situação tomasse caráter mais decisivo para assumir mais ativo papel.

Mas, a fim de não perder tempo, e poder usar alguma arma poderosa, Lourenço tratou de instaurar uma pesquisa mediante a qual pudesse colher informações minuciosas acerca de Gomes.

Este cuidava que o casamento era coisa decidida, e não perdia um só dia na conquista de Adelaide.

Notou, porém, que Augusta tornava-se mais fria e indiferente, sem causa que ele conhecesse, e entrou-lhe no espírito a suspeita de que viesse dali alguma oposição.

Quanto a Vasconcelos, desanimado pela cena da *toilette*, esperou melhores dias, e contou sobretudo com o império da necessidade.

Um dia, porém, exatamente quarenta e oito horas depois da grande discussão com Augusta, Vasconcelos fez dentro de si esta pergunta:

– Augusta recusa a mão de Adelaide para o Gomes; por quê?

De pergunta em pergunta, de dedução em dedução, abriu-se no espírito de Vasconcelos campo para uma suspeita dolorosa.

"Amá-lo-á ela?", perguntou ele a si próprio.

Depois, como se o abismo atraísse o abismo, e uma suspeita reclamasse outra, Vasconcelos perguntou:

– Ter-se-iam eles amado algum tempo?

Pela primeira vez, Vasconcelos sentiu morder-lhe no coração a serpe do ciúme.

Do ciúme digo eu, por eufemismo; não sei se aquilo era ciúme; era amor-próprio ofendido.

As suspeitas de Vasconcelos teriam razão?

Devo dizer a verdade: não tinham. Augusta era vaidosa, mas era fiel ao infiel marido; e isso por dois motivos: um de consciência, outro de temperamento. Ainda que ela não estivesse convencida do seu dever de esposa, é certo que nunca trairia o juramento conjugal. Não era feita para as paixões, a não ser as paixões ridículas que a vaidade impõe. Ela amava antes de tudo a sua própria beleza; o seu melhor amigo era o que dissesse que ela era mais bela entre as mulheres; mas se lhe dava a sua amizade, não lhe daria nunca o coração; isso a salvava.

A verdade é esta; mas quem o diria a Vasconcelos? Uma vez suspeitoso de que a sua honra estava afetada, Vasconcelos começou a recapitular toda a sua vida. Gomes frequentava a sua casa há seis anos, e tinha nela plena liberdade. A traição era fácil. Vasconcelos entrou a recordar as palavras, os gestos, os olhares, tudo que antes lhe foi indiferente, e que naquele momento tomava um caráter suspeitoso.

Dois dias andou Vasconcelos cheio deste pensamento. Não saía de casa. Quando Gomes chegava, Vasconcelos observava a mulher com desusada persistência; a própria frieza com que ela recebia o rapaz era aos olhos do marido uma prova do delito.

Estava nisto quando na manhã do terceiro dia (Vasconcelos já se levantava cedo) entrou-lhe no gabinete o irmão, sempre com ar de selvagem costume.

A presença de Lourenço inspirou a Vasconcelos a ideia de contar-lhe tudo.

Lourenço era um homem de bom-senso, e em caso de necessidade era um apoio.

O irmão ouviu tudo quanto Vasconcelos contou, e concluindo este, rompeu o seu silêncio com estas palavras:

– Tudo isso é uma tolice; se tua mulher recusa o casamento, será por qualquer outro motivo que não esse.

– Mas é o casamento com o Gomes que ela recusa.

– Sim, porque lhe falaste no Gomes; fala-lhe em outro, talvez recuse do mesmo modo. Há de haver outro motivo; talvez Adelaide lhe contasse, talvez lhe pedisse para opor-se, porque tua filha não ama o rapaz, e não pode casar com ele.

– Mas casará.

– Não só por isso, mas até porque...

– Acaba.

– Até porque este casamento é uma especulação do Gomes.

– Uma especulação? – perguntou Vasconcelos.

– Igual à tua – disse Lourenço. – Tu dás-lhe a filha com os olhos na fortuna dele; ele aceita-a com os olhos na tua fortuna...

– Mas ele possui...

– Não possui nada; está arruinado como tu. Indaguei e soube da verdade. Quer naturalmente continuar a mesma vida dissipada que teve até hoje, e a tua fortuna é um meio...

– Estás certo disso?

– Certíssimo!...

Vasconcelos ficou aterrado. No meio de todas as suspeitas, ainda lhe restava a esperança de ver a sua honra salva, e realizado aquele negócio que lhe daria uma excelente situação.

Mas a revelação de Lourenço matou-o.

– Se queres uma prova, manda chamá-lo, e dize-lhe que estás pobre, e por isso lhe recusas a filha; observa-o bem, e verás o efeito que as tuas palavras lhe hão de produzir.

Não foi preciso mandar chamar o pretendente. Daí a uma hora apresentou-se ele em casa de Vasconcelos.

Vasconcelos mandou-o subir ao gabinete.

VII.

Logo depois dos primeiros cumprimentos Vasconcelos disse:

– Ia mandar chamar-te.

– Ah! Para quê? – perguntou Gomes.

– Para conversarmos acerca do... casamento.

– Ah! Há algum obstáculo?

– Conversemos.

Gomes tornou-se mais sério; entrevia alguma dificuldade grande.

Vasconcelos tomou a palavra.

– Há circunstâncias – disse ele –, que devem ser bem-definidas, para que se possa compreender bem...

– É a minha opinião.

– Amas minha filha?

– Quantas vezes queres que to diga?

– O teu amor está acima de todas as circunstâncias?...

– De todas, salvo aquelas que entenderem com a felicidade dela.

– Devemos ser francos; além de amigo que sempre foste, és agora quase meu filho... A discrição entre nós seria indiscreta...

– Sem dúvida! – respondeu Gomes.

– Vim a saber que os meus negócios param mal; as despesas que fiz alteraram profundamente a economia da minha vida, de modo que eu não te minto dizendo que estou pobre.

Gomes reprimiu uma careta.

– Adelaide – continuou Vasconcelos –, não tem fortuna, não terá mesmo dote; é apenas uma mulher que eu te dou. O que te afianço é que é um anjo, e que há de ser excelente esposa.

Vasconcelos calou-se, e o seu olhar cravado no rapaz parecia querer arrancar-lhe das feições as impressões da alma.

Gomes devia responder; mas durante alguns minutos houve entre ambos um profundo silêncio.

Enfim o pretendente tomou a palavra.

– Aprecio – disse ele –, a tua franqueza, e usarei de franqueza igual.

– Não peço outra coisa...

– Não foi por certo o dinheiro que me inspirou este amor; creio que me farás a justiça de crer que eu estou acima dessas considerações. Além de que, no dia em que eu te pedi a querida do meu coração, acreditava estar rico.

– Acreditavas?

– Escuta. Só ontem é que o meu procurador me comunicou o estado dos meus negócios.

– Mau?

– Se fosse isso apenas! Mas imagina que há seis meses estou vivendo pelos esforços inauditos que o meu procurador fez para apurar algum dinheiro, pois que ele não tinha ânimo de dizer-me a verdade. Ontem soube tudo!

– Ah!

– Calcula qual é o desespero de um homem que acredita estar bem, e reconhece um dia que não tem nada!

– Imagino por mim!

– Entrei alegre aqui, porque a alegria que eu ainda tenho reside nesta casa; mas a verdade é que estou à beira de um abismo. A sorte castigou-nos a um tempo...

Depois desta narração, que Vasconcelos ouviu sem pestanejar, Gomes entrou no ponto mais difícil da questão.

– Aprecio a tua franqueza, e aceito a tua filha sem fortuna; também eu não tenho, mas ainda me restam forças para trabalhar.

– Aceitas?

– Escuta. Aceito D. Adelaide, mediante uma condição; é que ela queira esperar algum tempo, a fim de que eu comece a minha vida. Pretendo ir ao governo e pedir um lugar qualquer, se é que ainda me lembro do que aprendi na escola... Apenas tenha começado a vida, cá virei buscá-la. Queres?

– Se ela consentir – disse Vasconcelos abraçando esta tábua de salvação –, é coisa decidida.

Gomes continuou:

– Bem, falarás nisso amanhã, e mandar-me-ás resposta. Ah! Se eu tivesse ainda a minha fortuna! Era agora que eu queria provar-te a minha estima!

– Bem, ficamos nisto.

– Espero a tua resposta.

E despediram-se.

Vasconcelos ficou fazendo esta reflexão:

– De tudo quanto ele disse só acredito que já não tem nada. Mas é inútil esperar: duro com duro não faz bom muro.

Pela sua parte Gomes desceu a escada dizendo consigo:

– O que acho singular é que estando pobre viesse dizer-mo assim tão antecipadamente quando eu estava caído. Mas esperarás debalde: duas metades de cavalo não fazem um cavalo.

Vasconcelos desceu.

A sua intenção era comunicar a Augusta o resultado da conversa com o pretendente. Uma coisa, porém, o embaraçava: era a insistência de Augusta em não consentir no casamento de Adelaide, sem dar nenhuma razão da recusa.

Ia pensando nisto, quando, ao atravessar a sala de espera, ouviu vozes na sala de visitas.

Era Augusta que conversava com Carlota.

Ia entrar quando estas palavras lhe chegaram ao ouvido:

– Mas Adelaide é muito criança.

Era a voz de Augusta.

– Criança! – disse Carlota.

– Sim; não está em idade de casar.

– Mas eu no teu caso não punha embargos ao casamento, ainda que fosse daqui a alguns meses, porque o Gomes não me parece mau rapaz...

– Não é; mas enfim eu não quero que Adelaide se case.

Vasconcelos colou o ouvido à fechadura, e temia perder uma só palavra do diálogo.

– O que eu não compreendo – disse Carlota –, é a tua insistência. Mais tarde ou mais cedo Adelaide há de vir a casar-se.

– Oh! O mais tarde possível – disse Augusta.

Houve um silêncio.

Vasconcelos estava impaciente.

– Ah! – continuou Augusta –, se soubesses o terror que me dá a ideia do casamento de Adelaide...

– Por que, meu Deus?

– Por que, Carlota? Tu pensas em tudo, menos numa coisa. Eu tenho medo por causa dos filhos dela que serão meus netos! A ideia de ser avó é horrível, Carlota.

Vasconcelos respirou, e abriu a porta.

– Ah! – disse Augusta.

Vasconcelos cumprimentou Carlota, e apenas esta saiu, voltou-se para a mulher, e disse:

– Ouvi a tua conversa com aquela mulher...

– Não era segredo; mas... que ouviste?

Vasconcelos respondeu sorrindo:

– Ouvi a causa dos teus terrores. Não cuidei nunca que o amor da própria beleza pudesse levar a tamanho egoísmo. O casamento com o Gomes não se realiza; mas se Adelaide amar alguém, não sei como lhe recusaremos o nosso consentimento...

– Até lá... esperemos – respondeu Augusta.

A conversa parou nisto; porque aqueles dois consortes distanciavam-se muito; um tinha a cabeça nos prazeres ruidosos da mocidade, ao passo que a outra meditava exclusivamente em si.

No dia seguinte Gomes recebeu uma carta de Vasconcelos concebida nestes termos:

> "Meu Gomes, ocorre uma circunstância inesperada; é que Adelaide não quer casar. Gastei a minha lógica, mas não alcancei convencê-la. Teu Vasconcelos."

Gomes dobrou a carta e acendeu com ela um charuto, e começou a fumar fazendo esta reflexão profunda:

– Onde acharei eu uma herdeira que me queira por marido?

Se alguém souber avise-o em tempo.

Depois do que acabamos de contar, Vasconcelos e Gomes encontram-se às vezes na rua ou no Alcazar; conversam, fumam, dão o braço um ao outro, exatamente como dois amigos, que nunca foram, ou como dois velhacos que são.

35
Mariana*

I.

"Que será feito de Mariana?" perguntou Evaristo a si mesmo, no Largo da Carioca, ao despedir-se de um velho amigo, que lhe fez lembrar aquela velha amiga.

Era em 1890. Evaristo voltara da Europa, dias antes, após dezoito anos de ausência. Tinha saído do Rio de Janeiro em 1872, e contava demorar-se até 1874 ou 1875, depois de ver algumas cidades célebres ou curiosas; mas o viajante põe e Paris dispõe. Uma vez entrado naquele mundo, em 1873, Evaristo deixou-se ir ficando, além do prazo determinado; adiou a viagem um ano, outro ano, e afinal não pensou mais na volta. Desinteressara-se das nossas coisas; ultimamente nem lia os jornais daqui; era um estudante pobre da Bahia, que os ia buscar emprestados, e lhe referia depois uma ou outra notícia de vulto. Senão quando, em novembro de 1889, entra-lhe em casa um repórter parisiense, que lhe fala de revolução no Rio de Janeiro, pede informações políticas, sociais, biográficas. Evaristo refletiu.

– Meu caro senhor – disse ao repórter –, acho melhor ir eu mesmo buscá-las.

Não tendo partido, nem opiniões, nem parentes próximos, nem interesses (todos os seus haveres estavam na Europa), mal se explica a resolução súbita de Evaristo pela simples curiosidade, e contudo não houve outro motivo. Quis ver o novo aspecto das coisas. Indagou da data de uma primeira representação no Odéon, comédia de um amigo, calculou que, saindo no primeiro paquete e voltando três paquetes depois, chegaria a tempo de comprar bilhete e entrar no teatro; fez as malas, correu a Bordéus, e embarcou.

---

*Publicado no periódico *Gazeta de Notícias* (18/10/1891). Reunido pelo autor no livro *Várias histórias* (1896).

– Que será feito de Mariana? – repetia agora, descendo a Rua da Assembleia. – Talvez morta... Se ainda viver, deve estar outra; há de andar pelos seus quarenta e cinco... Upa! Quarenta e oito; era mais moça que eu uns cinco anos. Quarenta e oito... Bela mulher! Grande mulher! Belos e grandes amores!

Teve desejo de vê-la. Indagou discretamente, soube que vivia e morava na mesma casa em que a deixou, Rua do Engenho Velho; mas não aparecia desde alguns meses, por causa do marido, que estava mal, parece que à morte.

– Ela também deve estar escangalhada – disse Evaristo ao conhecido que lhe dava aquelas informações.

– Homem, não. A última vez que a vi, achei-a frescalhona. Não se lhe dá mais de quarenta anos. Você quer saber uma coisa? Há por aí roseiras magníficas, mas os nossos cedros de 1860 a 1865 parece que não nascem mais.

– Nascem; você não os vê, porque já não sobe ao Líbano – retorquiu Evaristo.

Crescera-lhe o desejo de ver Mariana. Que olhos teriam um para o outro? Que visões antigas viriam transformar a realidade presente? A viagem de Evaristo, cumpre sabê-lo, não foi de recreio, senão de cura. Agora que a lei do tempo fizera a sua obra, que efeito produziria neles, quando se encontrassem, o espectro de 1872, aquele triste ano da separação que quase o pôs doido, e quase a deixou morta?

II.

Dias depois apeava-se ele de um tílburi à porta de Mariana, e dava um cartão ao criado que lhe abriu a sala.

Enquanto esperava circulou os olhos e ficou impressionado. Os móveis eram os mesmos de dezoito anos antes. A memória, incapaz de os recompor na ausência, reconheceu-os a todos, assim como a disposição deles, que não mudara. Tinham o aspecto vetusto. As próprias flores artificiais de uma grande jarra, que estava sobre um aparador, haviam desbotado com o tempo. Tudo ossos dispersos, que a imaginação podia enfeixar para restaurar uma figura, a que só faltasse a alma.

Mas não faltava a alma. Pendente da parede, por cima do canapé, estava o retrato de Mariana. Tinha sido pintado quando ela contava vinte e cinco anos; a moldura, dourada uma só vez, descascando em alguns lugares, contrastava com a figura ridente e fresca. O tempo não descolara a formosura. Mariana estava ali, trajada à moda de 1865, com os seus lindos olhos redondos e namorados. Era o único alento vivo da sala; mas só ele bastava a dar à decrepitude ambiente a fugidia mocidade. Grande foi a comoção de Evaristo. Havia uma cadeira defronte do retrato, ele sentou-se nela, e ficou a mirar a moça de outro tempo. Os olhos pintados fitavam também os naturais, porventura admirados do encontro e da mudança, porque os naturais não tinham o calor e a graça da pintura. Mas pouco durou a diferença; a vida anterior do homem restituiu-lhe a verdura exterior, e os olhos embeberam-se uns nos outros, e todos nos seus velhos pecados.

Depois, vagarosamente, Mariana desceu da tela e da moldura, e veio sentar-se defronte de Evaristo, inclinou-se, estendeu os braços sobre os joelhos e abriu as mãos. Evaristo entregou-lhes as suas, e as quatro apertaram-se cordialmente. Nenhum perguntou nada que se referisse ao passado, porque ainda não havia passado; ambos estavam no presente, as horas tinham parado, tão instantâneas e tão fixas, que pareciam haver sido ensaiadas na véspera para esta representação única e interminável. Todos os relógios da cidade e do mundo quebraram discretamente as cordas, e todos os relojoeiros trocaram de ofício. Adeus, velho lago de Lamartine! Evaristo e Mariana tinham ancorado no oceano dos tempos. E aí vieram as palavras mais doces que jamais disseram lábios de homem nem de mulher, e as mais ardentes também, e as mudas, e as tresloucadas, e as expirantes, e as de ciúme, e as de perdão.

– Estás bom?

– Bom; e tu?

– Morria por ti. Há uma hora que te espero, ansiosa, quase chorando; mas bem vês que estou risonha e alegre, tudo porque o melhor dos homens entrou nesta sala. Por que te demoraste tanto?

– Tive duas interrupções em caminho; e a segunda muito maior que a primeira.

– Se tu me amasses deveras, gastarias dois minutos com as duas, e estarias aqui há três quartos de hora. Que riso é esse?

– A segunda interrupção foi teu marido.

Mariana estremeceu.

– Foi aqui perto – continuou Evaristo –; falamos de ti, ele primeiro, a propósito não sei de quê, e falou com bondade, quase que com ternura. Cheguei a crer que era um laço, um modo de captar a minha confiança.

Afinal despedimo-nos; mas eu ainda fiquei espiando, a ver se ele voltava; não vi ninguém. Aí está a causa da minha demora; aí tens também a causa dos meus tormentos.

– Não venhas outra vez com essa eterna desconfiança – atalhou Mariana sorrindo, como na tela, há pouco. – Que quer você que eu faça? Xavier é meu marido; não hei de mandá-lo embora, nem castigá-lo, nem matá-lo, só porque eu e você nos amamos.

– Não digo que o mates; mas tu o amas, Mariana.

– Amo-te e a ninguém mais – respondeu ela, evitando assim a resposta negativa, que lhe pareceu demasiado crua.

Foi o que pensou Evaristo; mas não aceitou a delicadeza da forma indireta. Só a negativa rude e simples poderia contentá-lo.

– Tu o amas – insistiu ele.

Mariana refletiu um instante.

– Para que hás de revolver a minha alma e o meu passado? – disse ela. – Para nós, o mundo começou há quatro meses, e não acabará mais; ou acabará quando você se aborrecer de mim, porque eu não mudarei nunca...

Evaristo ajoelhou-se, puxou-lhe os braços, beijou-lhe as mãos, e fechou nelas o rosto; finalmente deixou cair a cabeça nos joelhos de Mariana. Ficaram assim alguns instantes, até que ela sentiu os dedos úmidos, ergueu-lhe a cabeça e viu-lhe os olhos rasos de água. Que era?

– Nada – disse ele –; adeus.

– Mas que foi?!

– Tu o amas – tornou Evaristo –, e esta ideia apavora-me ao mesmo tempo que me aflige, porque eu sou capaz de matá-lo, se tiver certeza de que ainda o amas.

– Você é um homem singular – retorquiu Mariana, depois de enxugar os olhos de Evaristo com os cabelos, que despenteara às pressas, para servi-lo com o melhor lenço do mundo. – Que o amo? Não, já não o amo, aí tens a resposta. Mas já agora hás de consentir que te diga tudo, porque a minha índole não admite meias confidências.

Desta vez foi Evaristo que estremeceu; mas a curiosidade mordia-lhe a ele o coração, em tal maneira, que não houve mais temer, senão aguardar e escutar. Apoiado nos joelhos dela, ouviu a narração, que foi curta. Mariana referiu o casamento, a resistência do pai, a dor da mãe, e a perseverança dela e de Xavier. Esperavam dez meses, firmes, ela já menos paciente que ele, porque a paixão que a tomou, tinha toda a força necessária para as decisões violentas. Que de lágrimas verteu por ele! Que de maldições lhe saíram do coração contra os pais, e foram sufocadas por ela, que temia a Deus, e não quisera que essas palavras, como armas de parricídio, a condenassem, pior que ao inferno, à eterna separação do homem a quem amava. Venceu a constância, o tempo desarmou os velhos, e o casamento se fez, lá se iam sete anos. A paixão dos noivos prolongou-se na vida conjugal. Quando o tempo trouxe o sossego, trouxe também a estima. Os corações eram harmônicos, as recordações da luta pungentes e doces. A felicidade serena veio sentar-se à porta deles, como uma sentinela. Mas bem depressa se foi a sentinela; não deixou a desgraça, nem ainda o tédio, mas a apatia, uma figura pálida, sem movimento, que mal sorria e não lembrava nada. Foi por esse tempo que Evaristo apareceu aos seus olhos e a arrebatou. Não a arrebatou ao amor de ninguém; mas por isso mesmo nada tinha que ver com o passado, que era um mistério, e podia trazer remorsos...

– Remorsos? – interrompeu ele.

– Podias supor que eu os tinha; mas não os tenho, nem os terei jamais.

– Obrigado! – disse Evaristo após alguns momentos –; agradeço-te a confissão. Não falarei mais de tal assunto. Não o amas, é o essencial. Que linda és tu quando juras assim, e me falas do nosso futuro! Sim, acabou; agora aqui estou, ama-me!

– Só a ti, querido.

– Só a mim? Ainda uma vez, jura!

– Por estes olhos – respondeu ela, beijando-lhe os olhos –; por estes lábios – continuou, impondo-lhe um beijo nos lábios. – Pela minha vida e pela tua!

Evaristo repetiu as mesmas fórmulas, com iguais cerimônias. Depois, sentou-se defronte de Mariana como estava a princípio. Ela ergueu-se então, por sua vez, e foi ajoelhar-se-lhe aos pés, com os braços nos joelhos dele. Os cabelos caídos enquadravam tão bem o rosto, que ele sentiu não ser um gênio para copiá-la e legá-la ao mundo. Disse-lhe isso, mas a moça não respondeu palavra; tinha os olhos fitos nele, suplicantes. Evaristo inclinou-se, cravando nela os seus, e assim ficaram, rosto a rosto, uma, duas, três horas, até que alguém veio acordá-los:

– Faz favor de entrar.

III.

Evaristo teve um sobressalto. Deu com um homem, o mesmo criado que recebera o seu cartão de visita. Levantou-se depressa; Mariana recolheu-se à tela, que pendia da parede, onde ele a viu outra vez, trajada à moda de 1865, penteada e tranquila. Como nos sonhos, os pensamentos, gestos e atos mediram-se por outro tempo, que não o tempo; fez-se tudo em cinco ou seis minutos, que tantos foram os que o criado despendeu em levar o cartão e trazer o convite. Entretanto, é certo que Evaristo sentia ainda a impressão das carícias da moça, vivera realmente entre 1869 e 1872, porque as três horas da visão foram ainda uma concessão ao tempo. Toda a história ressurgira com os ciúmes que ele tinha de Xavier, os seus perdões e as ternuras recíprocas. Só faltou a crise final, quando a mãe de Mariana, sabendo de tudo, corajosamente se interpôs e os separou. Mariana resolveu morrer, chegou a ingerir veneno, e foi preciso o desespero da mãe para restituí-la à vida. Xavier, que então estava na província do Rio, nada soube daquela tragédia, senão que a mulher escapara da morte, por causa de uma troca de medicamentos. Evaristo quis ainda vê-la antes de embarcar, mas foi impossível.

– Vamos – disse ele agora ao criado que o esperava.

Xavier estava no gabinete próximo, estirado em um canapé, com a mulher ao lado e algumas visitas. Evaristo penetrou ali cheio de comoção. A luz era pouca, o silêncio grande; Mariana tinha presa uma das mãos do enfermo, a observá-lo, a temer a morte ou uma crise. Mal pôde levantar os olhos para Evaristo e estender-lhe a mão; voltou a fitar o marido, em cujo rosto havia a marca do longo padecimento, e cujo respirar parecia o prelúdio da grande ópera infinita. Evaristo, que apenas vira o rosto de Mariana, retirou-se a um canto, sem ousar mirar-lhe a figura, nem acompanhar-lhe os movimentos. Chegou o médico, examinou o enfermo, recomendou as prescrições dadas, e retirou-se para voltar de noite. Mariana foi com ele até a porta, interrogando baixo e procurando-lhe no rosto a verdade que a boca não queria dizer. Foi então que Evaristo a viu bem; a dor parecia alquebrá-la mais que os anos. Conheceu-lhe o jeito particular do corpo. Não descia da tela, como a outra, mas do tempo. Antes que ela tornasse ao leito do marido, Evaristo entendeu retirar-se também, e foi até a porta.

– Peço-lhe licença... Sinto não poder falar agora a seu marido.

– Agora não pode ser; o médico recomenda repouso e silêncio. Será noutra ocasião...

– Não vim há mais tempo vê-lo, porque só há pouco é que soube... E não cheguei há muito.

– Obrigada.

Evaristo estendeu-lhe a mão e saiu a passo abafado, enquanto ela voltava a sentar-se ao pé do doente. Nem os olhos nem a mão de Mariana revelaram em relação a ele uma impressão qualquer, e a despedida fez-se como entre pessoas indiferentes. Certo, o amor acabara, a data era remota, o coração envelhecera com o tempo, e o marido estava a expirar; mas, refletia ele, como explicar que, ao cabo de dezoito anos de separação, Mariana visse diante de si um homem que tanta parte tivera em sua vida sem o menor abalo, espanto, constrangimento que fosse? Eis aí um mistério. Chamava-lhe mistério. Ainda agora à despedida, sentira ele um aperto, uma coisa, que lhe fez a palavra trôpega, que lhe tirou as ideias e até as simples fórmulas banais de pesar e de esperança. Ela, entretanto, não recebeu dele a menor comoção. E lembrando-se do retrato da sala, Evaristo concluiu que a arte era superior à natureza; a tela guardara o corpo e a alma... Tudo isso borrifado de um despeitozinho acre.

Xavier durou ainda uma semana. Indo fazer-lhe segunda visita, Evaristo assistiu à morte do enfermo, e não pôde furtar-se à comoção natural do momento, do lugar e das circunstâncias. Mariana, desgrenhada ao pé do leito, tinha os olhos mortos de vigília e de lágrimas. Quando Xavier, depois de longa agonia, expirou, mal se ouviu o choro de alguns parentes e amigos; um grito agudíssimo de Mariana chamou a atenção de todos; depois o desmaio e a queda da viúva. Durou alguns minutos a perda dos sentidos; tornada a si, Mariana correu ao cadáver, abraçou-se a ele, soluçando desesperadamente, dizendo-lhe os nomes mais queridos e ternos. Tinham esquecido de fechar os olhos ao cadáver; daí um lance pavoroso e melancólico, porque ela, depois de os beijar muito, foi tomada de alucinação e bradou que ele ainda vivia, que estava salvo; e, por mais que quisessem arrancá-la dali, não cedia, empurrava a todos, clamava que queriam tirar-lhe o marido. Nova crise a prostrou; foi levada às carreiras para outro quarto.

Quando o enterro saiu no dia seguinte, Mariana não estava presente, por mais que insistisse em despedir-se; já não tinha forças para acudir à vontade. Evaristo acompanhou o enterro. Seguindo o carro fúnebre, mal chegava a crer onde estava e o que fazia. No cemitério, falou a um dos parentes de Xavier, confiando-lhe a pena que tivera de Mariana.

– Vê-se que se amavam muito – concluiu.

– Ah! Muito – disse o parente. – Casaram-se por paixão; não assisti ao casamento, porque só cheguei ao Rio de Janeiro muitos anos depois, em 1874; achei-os, porém, tão unidos como se fossem noivos, e assisti até agora à vida de ambos. Viviam um para o outro; não sei se ela ficará muito tempo neste mundo.

"1874", pensou Evaristo; "dois anos depois."

Mariana não assistiu à missa do sétimo dia; um parente – o mesmo do cemitério –, representava-a naquela triste ocasião. Evaristo soube por ele que o estado da viúva não lhe permitia arriscar-se à comemoração da catástrofe. Deixou passar alguns dias, e foi fazer a sua visita de pêsames; mas, tendo dado o cartão, ouviu que ela não recebia ninguém. Foi então a São Paulo, voltou cinco ou seis semanas depois, preparou-se para embarcar; antes de partir, pensou ainda em visitar Mariana – não tanto por simples cortesia, como para levar consigo a imagem, deteriorada embora – daquela paixão de quatro anos.

Não a encontrou em casa. Voltava zangado, mal consigo, achava-se impertinente e de mau gosto. A pouca distância viu sair da igreja do Espírito Santo uma senhora de luto que lhe pareceu Mariana. Era Mariana; vinha a pé; ao passar pela carruagem olhou para ele, fez que o não conhecia, e foi andando, de modo que o cumprimento de Evaristo ficou sem resposta. Este ainda quis mandar parar o carro e despedir-se dela, ali mesmo, na rua, um minuto, três palavras; como, porém, hesitasse na resolução, só parou quando já havia passado a igreja, e Mariana ia um grande pedaço adiante. Apeou-se, não obstante, e desandou o caminho; mas, fosse respeito ou despeito, trocou de resolução, meteu-se no carro e partiu.

– Três vezes sincera – concluiu, passados alguns minutos de reflexão.

Antes de um mês estava em Paris. Não esquecera a comédia do amigo, a cuja primeira representação no Odéon ficara de assistir. Correu a saber dela; tinha caído redondamente.

– Coisas de teatro – disse Evaristo ao autor, para consolá-lo. – Há peças que caem. Há outras que ficam no repertório.

36
A cartomante*

Hamlet observa a Horácio que há mais coisas no céu e na terra do que sonha a nossa filosofia. Era a mesma explicação que dava a bela Rita ao moço Camilo, numa sexta-feira de novembro de 1869, quando este ria dela, por ter ido na véspera consultar uma cartomante; a diferença é que o fazia por outras palavras.

– Ria, ria. Os homens são assim; não acreditam em nada. Pois saiba que fui, e que ela adivinhou o motivo da consulta antes mesmo que eu lhe dissesse o que era. Apenas começou a botar as cartas, disse-me: "A senhora gosta de uma pessoa..." Confessei que sim, e então ela continuou a botar as cartas, combinou-as, e no fim declarou-me que eu tinha medo de que você me esquecesse, mas que não era verdade...

– Errou! – interrompeu Camilo, rindo.

– Não diga isso, Camilo. Se você soubesse como eu tenho andado por sua causa. Você sabe; já lhe disse. Não ria de mim, não ria...

Camilo pegou-lhe nas mãos, e olhou para ela sério e fixo. Jurou que lhe queria muito, que os seus sustos pareciam de criança; em todo o caso, quando tivesse algum receio, a melhor cartomante era ele mesmo. Depois, repreendeu-a; disse-lhe que era imprudente andar por essas casas. Vilela podia sabê-lo, e depois...

– Qual saber! Tive muita cautela, ao entrar na casa.

– Onde é a casa?

– Aqui perto, na Rua da Guarda Velha; não passava ninguém nessa ocasião. Descansa; eu não sou maluca.

Camilo riu outra vez:

– Tu crês deveras nessas coisas? – perguntou-lhe.

---

*Publicado no periódico *Gazeta de Notícias* (28/11/1884). Reunido pelo autor no livro *Várias histórias* (1896).

Foi então que ela, sem saber que traduzia Hamlet em vulgar, disse-lhe que havia muita coisa misteriosa e verdadeira neste mundo. Se ele não acreditava, paciência; mas o certo é que a cartomante adivinhara tudo. Que mais? A prova é que ela agora estava tranquila e satisfeita.

Cuido que ele ia falar, mas reprimiu-se. Não queria arrancar-lhe as ilusões. Também ele, em criança, e ainda depois, foi supersticioso, teve um arsenal inteiro de crendices, que a mãe lhe incutiu e que aos vinte anos desapareceu. No dia em que deixou cair toda essa vegetação parasita, e ficou só o tronco da religião, ele, como tivesse recebido da mãe ambos os ensinos, envolveu-os na mesma dúvida, e logo depois em uma só negação total. Camilo não acreditava em nada. Por quê? Não poderia dizê-lo, não possuía um só argumento; limitava-se a negar tudo. E digo mal, porque negar é ainda afirmar, e ele não formulava a incredulidade; diante do mistério, contentou-se em levantar os ombros, e foi andando.

Separaram-se contentes, ele ainda mais que ela. Rita estava certa de ser amada; Camilo, não só o estava, mas via-a estremecer e arriscar-se por ele, correr às cartomantes, e, por mais que a repreendesse, não podia deixar de sentir-se lisonjeado. A casa do encontro era na antiga Rua dos Barbonos, onde morava uma comprovinciana de Rita. Esta desceu pela Rua das Mangueiras, na direção de Botafogo, onde residia; Camilo desceu pela da Guarda Velha, olhando de passagem para a casa da cartomante.

Vilela, Camilo e Rita, três nomes, uma aventura e nenhuma explicação das origens. Vamos a ela. Os dois primeiros eram amigos de infância. Vilela seguiu a carreira de magistrado. Camilo entrou no funcionalismo, contra a vontade do pai, que queria vê-lo médico; mas o pai morreu, e Camilo preferiu não ser nada, até que a mãe lhe arranjou um emprego público. No princípio de 1869, voltou Vilela da província, onde casara com uma dama formosa e tonta; abandonou a magistratura e veio abrir banca de advogado. Camilo arranjou-lhe casa para os lados de Botafogo, e foi a bordo recebê-lo.

– É o senhor? – exclamou Rita, estendendo-lhe a mão. – Não imagina como meu marido é seu amigo, falava sempre do senhor.

Camilo e Vilela olharam-se com ternura. Eram amigos deveras. Depois, Camilo confessou de si para si que a mulher do Vilela não desmentia as cartas do marido. Realmente, era graciosa e viva nos gestos, olhos cálidos, boca fina e interrogativa. Era um pouco mais velha que ambos: contava trinta anos, Vilela vinte e nove e Camilo vinte e seis. Entretanto, o porte grave de Vilela fazia-o parecer mais velho que a mulher, enquanto

Camilo era um ingênuo na vida moral e prática. Faltava-lhe tanto a ação do tempo, como os óculos de cristal, que a natureza põe no berço de alguns para adiantar os anos. Nem experiência, nem intuição.

Uniram-se os três. Convivência trouxe intimidade. Pouco depois morreu a mãe de Camilo, e nesse desastre, que o foi, os dois mostraram-se grandes amigos dele. Vilela cuidou do enterro, dos sufrágios e do inventário; Rita tratou especialmente do coração, e ninguém o faria melhor.

Como daí chegaram ao amor, não o soube ele nunca. A verdade é que gostava de passar as horas ao lado dela; era a sua enfermeira moral, quase uma irmã, mas principalmente era mulher e bonita. *Odor di femmina*: eis o que ele aspirava nela, e em volta dela, para incorporá-lo em si próprio. Liam os mesmos livros, iam juntos a teatros e passeios. Camilo ensinou-lhe as damas e o xadrez e jogavam às noites; ela mal; ele, para lhe ser agradável, pouco menos mal. Até aí as coisas. Agora a ação da pessoa, os olhos teimosos de Rita, que procuravam muita vez os dele, que os consultavam antes de o fazer ao marido, as mãos frias, as atitudes insólitas. Um dia, fazendo ele anos, recebeu de Vilela uma rica bengala de presente e de Rita apenas um cartão com um vulgar cumprimento a lápis, e foi então que ele pôde ler no próprio coração; não conseguia arrancar os olhos do bilhetinho. Palavras vulgares; mas há vulgaridades sublimes, ou, pelo menos, deleitosas. A velha caleça de praça, em que pela primeira vez passeaste com a mulher amada, fechadinhos ambos, vale o carro de Apolo. Assim é o homem, assim são as coisas que o cercam.

Camilo quis sinceramente fugir, mas já não pôde. Rita, como uma serpente, foi-se acercando dele, envolveu-o todo, fez-lhe estalar os ossos num espasmo, e pingou-lhe o veneno na boca. Ele ficou atordoado e subjugado. Vexame, sustos, remorsos, desejos, tudo sentiu de mistura; mas a batalha foi curta e a vitória delirante. Adeus, escrúpulos! Não tardou que o sapato se acomodasse ao pé, e aí foram ambos, estrada fora, braços dados, pisando folgadamente por cima de ervas e pedregulhos, sem padecer nada mais que algumas saudades, quando estavam ausentes um do outro. A confiança e estima de Vilela continuavam a ser as mesmas.

Um dia, porém, recebeu Camilo uma carta anônima, que lhe chamava imoral e pérfido, e dizia que a aventura era sabida de todos. Camilo teve medo, e, para desviar as suspeitas, começou a rarear as visitas à casa de Vilela. Este notou-lhe as ausências. Camilo respondeu que o motivo era uma paixão frívola de rapaz. Candura gerou astúcia. As ausências prolongaram-se, e as visitas cessaram inteiramente. Pode ser que entrasse também nisso um pouco de amor-próprio, uma intenção de diminuir os obséquios do marido, para tornar menos dura a aleivosia do ato.

Foi por esse tempo que Rita, desconfiada e medrosa, correu à cartomante para consultá-la sobre a verdadeira causa do procedimento de Camilo. Vimos que a cartomante restituiu-lhe a confiança, e que o rapaz repreendeu-a por ter feito o que fez. Correram ainda algumas semanas. Camilo recebeu mais duas ou três cartas anônimas, tão apaixonadas, que não podiam ser advertência da virtude, mas despeito de algum pretendente; tal foi a opinião de Rita, que, por outras palavras mal compostas, formulou este pensamento: "a virtude é preguiçosa e avara, não gasta tempo nem papel; só o interesse é ativo e pródigo."

Nem por isso Camilo ficou mais sossegado; temia que o anônimo fosse ter com Vilela, e a catástrofe viria então sem remédio. Rita concordou que era possível.

– Bem – disse ela –; eu levo os sobrescritos para comparar a letra com as das cartas que lá aparecerem; se alguma for igual, guardo-a e rasgo-a...

Nenhuma apareceu; mas daí a algum tempo Vilela começou a mostrar-se sombrio, falando pouco, como desconfiado. Rita deu-se pressa em dizê-lo ao outro, e sobre isso deliberaram. A opinião dela é que Camilo devia tornar à casa deles, tatear o marido, e pode ser até que lhe ouvisse a confidência de algum negócio particular. Camilo divergia; aparecer depois de tantos meses era confirmar a suspeita ou denúncia. Mais valia acautelarem-se, sacrificando-se por algumas semanas. Combinaram os meios de se corresponderem, em caso de necessidade, e separaram-se com lágrimas.

No dia seguinte, estando na repartição, recebeu Camilo este bilhete de Vilela: "Vem já, já, à nossa casa; preciso falar-te sem demora." Era mais de meio-dia. Camilo saiu logo; na rua, advertiu que teria sido mais natural chamá-lo ao escritório; por que em casa? Tudo indicava matéria especial, e a letra, fosse realidade ou ilusão, afigurou-se-lhe trêmula. Ele combinou todas essas coisas com a notícia da véspera.

– Vem já, já, à nossa casa; preciso falar-te sem demora – repetia ele com os olhos no papel.

Imaginariamente, viu a ponta da orelha de um drama, Rita subjugada e lacrimosa, Vilela indignado, pegando da pena e escrevendo o bilhete, certo de que ele acudiria, e esperando-o para matá-lo. Camilo estremeceu, tinha medo: depois sorriu amarelo, e em todo caso repugnava-lhe a ideia de recuar, e foi andando. De caminho, lembrou-se de ir a casa; podia achar algum recado de Rita que lhe explicasse tudo. Não achou nada, nem ninguém. Voltou à rua, e a ideia de estarem descobertos parecia-lhe cada vez mais verossímil; era natural uma denúncia anônima, até da própria pessoa que o ameaçara antes; podia ser que Vilela conhecesse agora tudo. A mesma suspensão das suas visitas, sem motivo aparente, apenas com um pretexto fútil, viria confirmar o resto.

Camilo ia andando inquieto e nervoso. Não relia o bilhete, mas as palavras estavam decoradas, diante dos olhos, fixas; ou então – o que era ainda pior –, eram-lhe murmuradas ao ouvido, com a própria voz de Vilela. "Vem já, já, à nossa casa; preciso falar-te sem demora." Ditas assim, pela voz do outro, tinham um tom de mistério e ameaça. Vem, já, já, para quê? Era perto de uma hora da tarde. A comoção crescia de minuto a minuto. Tanto imaginou o que se iria passar, que chegou a crê-lo e vê-lo. Positivamente, tinha medo. Entrou a cogitar em ir armado, considerando que, se nada houvesse, nada perdia, e a precaução era útil. Logo depois rejeitava a ideia, vexado de si mesmo, e seguia, picando o passo, na direção do Largo da Carioca, para entrar num tílburi. Chegou, entrou e mandou seguir a trote largo.

"Quanto antes, melhor", pensou ele; "não posso estar assim..."

Mas o mesmo trote do cavalo veio agravar-lhe a comoção. O tempo voava, e ele não tardaria a entestar com o perigo. Quase no fim da Rua da Guarda Velha, o tílburi teve de parar; a rua estava atravancada com uma carroça, que caíra. Camilo, em si mesmo, estimou o obstáculo, e esperou. No fim de cinco minutos, reparou que ao lado, à esquerda, ao pé do tílburi, ficava a casa da cartomante, a quem Rita consultara uma vez, e nunca ele desejou tanto crer na lição das cartas. Olhou, viu as janelas fechadas, quando todas as outras estavam abertas e pejadas de curiosos do incidente da rua. Dir-se-ia a morada do indiferente Destino.

Camilo reclinou-se no tílburi, para não ver nada. A agitação dele era grande, extraordinária, e do fundo das camadas morais emergiam alguns fantasmas de outro tempo, as velhas crenças, as superstições antigas. O cocheiro propôs-lhe voltar a primeira travessa, e ir por outro caminho; ele respondeu que não, que esperasse. E inclinava-se para fitar a casa... Depois fez um gesto incrédulo: era a ideia de ouvir a cartomante que lhe passava ao longe, muito longe, com vastas asas cinzentas; desapareceu, reapareceu, e tornou a esvair-se no cérebro; mas daí a pouco moveu outra vez as asas, mais perto, fazendo uns gritos concêntricos... Na rua, gritavam os homens, safando a carroça:

– Anda! Agora! Empurra! Vá! Vá!

Daí a pouco estaria removido o obstáculo. Camilo fechava os olhos, pensava em outras coisas; mas a voz do marido sussurrava-lhe a orelhas as palavras da carta: "Vem, já, já..." E ele via as contorções do drama e tremia. A casa olhava para ele. As pernas queriam descer e entrar... Camilo achou-se diante de um longo véu opaco... pensou rapidamente no inexplicável de tantas coisas. A voz da mãe repetia-lhe uma porção de casos extraordinários, e a mesma frase do príncipe de Dinamarca reboava-lhe dentro: "Há mais coisas no céu e na terra do que sonha a filosofia..." Que perdia ele, se...?

Deu por si na calçada, ao pé da porta; disse ao cocheiro que esperasse, e rápido enfiou pelo corredor, e subiu a escada. A luz era pouca, os degraus comidos dos pés, o corrimão pegajoso; mas ele não viu nem sentiu nada. Trepou e bateu. Não aparecendo ninguém, teve ideia de descer; mas era tarde, a curiosidade fustigava-lhe o sangue, as fontes latejavam-lhe; ele tornou a bater uma, duas, três pancadas. Veio uma mulher; era a cartomante. Camilo disse que ia consultá-la, ela fê-lo entrar. Dali subiram ao sótão, por uma escada ainda pior que a primeira e mais escura. Em cima, havia uma salinha, mal-alumiada por uma janela, que dava para o telhado dos fundos. Velhos trastes, paredes sombrias, um ar de pobreza, que antes aumentava do que destruía o prestígio.

A cartomante fê-lo sentar diante da mesa, e sentou-se do lado oposto, com as costas para a janela, de maneira que a pouca luz de fora batia em cheio no rosto de Camilo. Abriu uma gaveta e tirou um baralho de cartas compridas e enxovalhadas. Enquanto as baralhava, rapidamente, olhava para ele, não de rosto, mas por baixo dos olhos. Era uma mulher de quarenta anos, italiana, morena e magra, com grandes olhos sonsos e agudos. Voltou três cartas sobre a mesa, e disse-lhe:

– Vejamos primeiro o que é que o traz aqui. O senhor tem um grande susto...

Camilo, maravilhoso, fez um gesto afirmativo.

– E quer saber – continuou ela –, se lhe acontecerá alguma coisa ou não...

– A mim e a ela – explicou vivamente ele.

A cartomante não sorriu; disse-lhe só que esperasse. Rápido pegou outra vez das cartas e baralhou-as, com os longos dedos finos, de unhas descuradas; baralhou-as bem, transpôs os maços, uma, duas, três vezes; depois começou a estendê-las. Camilo tinha os olhos nela, curioso e ansioso.

– As cartas dizem-me...

Camilo inclinou-se para beber uma a uma as palavras. Então ela declarou-lhe que não tivesse medo de nada. Nada aconteceria nem a um nem a outro; ele, o terceiro, ignorava tudo. Não obstante, era indispensável muita cautela; ferviam invejas e despeitos. Falou-lhe do amor que os ligava, da beleza de Rita... Camilo estava deslumbrado. A cartomante acabou, recolheu as cartas e fechou-as na gaveta.

– A senhora restituiu-me a paz ao espírito – disse ele estendendo a mão por cima da mesa e apertando a da cartomante.

Esta levantou-se, rindo.

– Vá – disse ela –; vá, *ragazzo innamorato*...

E de pé, com o dedo indicador, tocou-lhe na testa. Camilo estremeceu, como se fosse a mão própria sibila, e levantou-se também. A cartomante foi à cômoda, sobre a qual estava um prato com passas, tirou um cacho destas, começou a despencá-las e comê-las, mostrando duas fileiras de dentes que desmentiam as unhas. Nessa mesma ação comum, a mulher tinha um ar particular. Camilo, ansioso por sair, não sabia como pagasse; ignorava o preço.

– Passas custam dinheiro – disse ele afinal, tirando a carteira. – Quantas quer mandar buscar?

– Pergunte ao seu coração – respondeu ela.

Camilo tirou uma nota de dez mil-réis e deu-lha. Os olhos da cartomante fuzilaram. O preço usual era dois mil-réis.

– Vejo bem que o senhor gosta muito dela... E faz bem; ela gosta muito do senhor. Vá, vá tranquilo. Olhe a escada, é escura; ponha o chapéu...

A cartomante tinha já guardado a nota na algibeira, e descia com ele, falando, com um leve sotaque. Camilo despediu-se dela embaixo, e desceu a escada que levava à rua, enquanto a cartomante, alegre com a paga, tornava acima, cantarolando uma barcarola. Camilo achou o tílburi esperando; a rua estava livre. Entrou e seguiu a trote largo.

Tudo lhe parecia agora melhor, as outras coisas traziam outro aspecto, o céu estava límpido e as caras joviais. Chegou a rir dos seus receios, que chamou pueris; recordou os termos da carta de Vilela e reconheceu que eram íntimos e familiares. Onde é que ele lhe descobrira a ameaça? Advertiu também que eram urgentes, e que fizera mal em demorar-se tanto; podia ser algum negócio grave e gravíssimo.

– Vamos, vamos depressa – repetia ele ao cocheiro.

E consigo, para explicar a demora ao amigo, engenhou qualquer coisa; parece que formou também o plano de aproveitar o incidente para tornar à antiga assiduidade... De volta com os planos, reboavam-lhe na alma as palavras da cartomante. Em verdade, ela adivinhara o objeto da consulta, o estado dele, a existência de um terceiro; por que não adivinharia o resto? O presente que se ignora vale o futuro. Era assim, lentas e contínuas, que as velhas crenças do rapaz iam tornando ao de cima, e o mistério empolgava-o com as unhas de ferro. Às vezes queria rir, e ria de si mesmo, algo vexado; mas a mulher, as cartas, as palavras secas e afirmativas, a exortação: "Vá, vá, *ragazzo innamorato*"; e no fim, ao longe, a barcarola da despedida, lenta e graciosa, tais eram os elementos recentes, que formavam, com os antigos, uma fé nova e vivaz.

A verdade é que o coração ia alegre e impaciente, pensando nas horas felizes de outrora e nas que haviam de vir. Ao passar pela Glória, Camilo olhou para o mar, estendeu os olhos para fora, até onde a água e o céu dão um abraço infinito, e teve assim uma sensação do futuro, longo, longo, interminável.

Daí a pouco chegou à casa de Vilela. Apeou-se, empurrou a porta de ferro do jardim e entrou. A casa estava silenciosa. Subiu os seis degraus de pedra, e mal teve tempo de bater, a porta abriu-se, e apareceu-lhe Vilela.

– Desculpa, não pude vir mais cedo; que há?

Vilela não lhe respondeu: tinha as feições decompostas; fez-lhe sinal, e foram para uma saleta interior. Entrando, Camilo não pôde sufocar um grito de terror: ao fundo sobre o canapé, estava Rita morta e ensanguentada. Vilela pegou-o pela gola, e, com dois tiros de revólver, estirou-o morto no chão.

37
Teoria do medalhão – Diálogo*

— Estás com sono?

– Não, senhor.

– Nem eu; conversemos um pouco. Abre a janela. Que horas são?

– Onze.

– Saiu o último conviva do nosso modesto jantar. Com que, meu peralta, chegaste aos teus vinte e um anos. Há vinte e um anos, no dia 5 de agosto de 1854, vinhas tu à luz, um pirralho de nada, e estás homem, longos bigodes, alguns namoros...

– Papai...

– Não te ponhas com denguices, e falemos como dois amigos sérios. Fecha aquela porta; vou dizer-te coisas importantes. Senta-te e conversemos. Vinte e um anos, algumas apólices, um diploma, podes entrar no parlamento, na magistratura, na imprensa, na lavoura, na indústria, no comércio, nas letras ou nas artes. Há infinitas carreiras diante de ti. Vinte e um anos, meu rapaz, formam apenas a primeira sílaba do nosso destino. Os mesmos Pitt e Napoleão, apesar de precoces, não foram tudo aos vinte e um anos. Mas, qualquer que seja a profissão da tua escolha, o meu desejo é que te faças grande e ilustre, ou pelo menos notável, que te levantes acima da obscuridade comum. A vida, Janjão, é uma enorme loteria; os prêmios são poucos, os malogrados inúmeros, e com os suspiros de uma geração é que se amassam as esperanças de outra. Isto é a vida; não há planger, nem imprecar, mas aceitar as coisas integralmente, com seus ônus e percalços, glórias e desdouros, e ir por diante.

– Sim, senhor.

– Entretanto, assim como é de boa economia guardar um pão para a velhice, assim também é de boa prática social acautelar um ofício para

---

*Publicado no periódico *Gazeta de Notícias* (18-12-1881). Reunido pelo autor no livro *Papéis avulsos* (1882).

a hipótese de que os outros falhem, ou não indenizem suficientemente o esforço da nossa ambição. É isto o que te aconselho hoje, dia da tua maioridade.

– Creia que lhe agradeço; mas que ofício, não me dirá?

– Nenhum me parece mais útil e cabido que o de medalhão. Ser medalhão foi o sonho da minha mocidade; faltaram-me, porém, as instruções de um pai, e acabo como vês, sem outra consolação e relevo moral, além das esperanças que deposito em ti. Ouve-me bem, meu querido filho, ouve-me e entende. És moço, tens naturalmente o ardor, a exuberância, os improvisos da idade; não os rejeites, mas modera-os de modo que aos quarenta e cinco anos possas entrar francamente no regime do aprumo e do compasso. O sábio que disse: "a gravidade é um mistério do corpo", definiu a compostura do medalhão. Não confundas essa gravidade com aquela outra que, embora resida no aspecto, é puro reflexo ou emanação do espírito; essa é do corpo, tão somente do corpo, um sinal da natureza ou um jeito da vida. Quanto à idade de quarenta e cinco anos...

– É verdade, por que quarenta e cinco anos?

– Não é, como podes supor, um limite arbitrário, filho do puro capricho; é a data normal do fenômeno. Geralmente, o verdadeiro medalhão começa a manifestar-se entre os quarenta e cinco e cinquenta anos, conquanto alguns exemplos se deem entre os cinquenta e cinco e os sessenta; mas estes são raros. Há-os também de quarenta anos, e outros mais precoces, de trinta e cinco e de trinta; não são todavia vulgares. Não falo dos de vinte e cinco anos: esse madrugar é privilégio do gênio.

– Entendo.

– Venhamos ao principal. Uma vez entrado na carreira, deves pôr todo o cuidado nas ideias que houveres de nutrir para uso alheio e próprio. O melhor será não as ter absolutamente; coisa que entenderás bem, imaginando, por exemplo, um ator defraudado do uso de um braço. Ele pode, por um milagre de artifício, dissimular o defeito aos olhos da plateia; mas era muito melhor dispor dos dois. O mesmo se dá com as ideias; pode-se, com violência, abafá-las, escondê-las até a morte; mas nem essa habilidade é comum, nem tão constante esforço conviria ao exercício da vida.

– Mas quem lhe diz que eu...

– Tu, meu filho, se me não engano, pareces dotado da perfeita inópia mental, conveniente ao uso deste nobre ofício. Não me refiro tanto à fidelidade com que repetes numa sala as opiniões ouvidas numa esquina, e vice-versa, porque esse fato, posto indique certa carência de ideias, ainda assim pode não passar de uma traição da memória. Não; refiro-me ao gesto correto e perfilado com que usas expender francamente as tuas simpatias ou antipatias acerca do corte de um colete, das dimensões de um chapéu, do ranger ou calar das botas novas. Eis aí um sintoma eloquente, eis aí uma esperança. No entanto, podendo acontecer que, com a idade, venhas a ser afligido de algumas ideias próprias, urge aparelhar fortemente o espírito. As ideias são de sua natureza espontâneas e súbitas; por mais que as sofreemos, elas irrompem e precipitam-se. Daí a certeza com que o vulgo cujo faro é extremamente delicado, distingue o medalhão completo do medalhão incompleto.

– Creio que assim seja; mas um tal obstáculo é invencível.

– Não é; há um meio; é lançar mão de um regime debilitante, ler compêndios de retórica, ouvir certos discursos, etc. O voltarete, o dominó e o *whist* são remédios aprovados. O *whist* tem até a rara vantagem de acostumar ao silêncio, que é a forma mais acentuada da circunspecção. Não digo o mesmo da natação, da equitação e da ginástica, embora elas façam repousar o cérebro; mas por isso mesmo que o fazem repousar, restituem-lhe as forças e a atividade perdidas. O bilhar é excelente.

– Como assim, se também é um exercício corporal?

– Não digo que não, mas há coisas em que a observação desmente a teoria. Se te aconselho excepcionalmente o bilhar é porque as estatísticas mais escrupulosas mostram que três quartas partes dos habituados do taco partilham as opiniões do mesmo taco. O passeio nas ruas, mormente nas de recreio e parada, é utilíssimo, com a condição de não andares desacompanhado, porque a solidão é oficina de ideias, e o espírito deixado a si mesmo, embora no meio da multidão, pode adquirir uma tal ou qual atividade.

– Mas se eu não tiver à mão um amigo apto e disposto a ir comigo?

– Não faz mal; tens o valente recurso de mesclar-te aos pasmatórios, em que toda a poeira da solidão se dissipa. As livrarias, ou por causa da atmosfera do lugar, ou por qualquer outra razão que me escapa, não são propícias ao nosso fim; e, não obstante, há grande conveniência em entrar por elas, de quando em quando, não digo às ocultas, mas às escâncaras. Podes resolver a dificuldade de um modo simples: vai ali falar do boato do dia, da anedota da semana, de um contrabando, de uma calúnia, de um cometa, de qualquer coisa, quando não prefiras interrogar diretamente os leitores habituais das belas crônicas de Mazade; 75 por cento desses estimáveis cavalheiros repetir-te-ão as mesmas opiniões, e uma tal monotonia é grandemente saudável. Com este regime, durante oito, dez, dezoito meses – suponhamos dois anos – reduzes o intelecto, por mais pródigo que seja, à sobriedade, à disciplina, ao equilíbrio comum. Não trato do vocabulário, porque ele está subentendido no uso das ideias; há de ser naturalmente simples, tíbio, apoucado, sem notas vermelhas, sem cores de clarim...

– Isto é o diabo! Não poder adornar o estilo, de quando em quando...

– Podes; podes empregar umas quantas figuras expressivas, a hidra de Lerna, por exemplo, a cabeça de Medusa, o tonel das Danaides, as asas de Ícaro, e outras, que românticos, clássicos e realistas empregam sem desar, quando precisam delas. Sentenças latinas, ditos históricos, versos célebres, brocardos jurídicos, máximas, é de bom aviso trazê-los contigo para os discursos de sobremesa, de felicitação, ou de agradecimento. *Caveant, consules* é um excelente fecho de artigo político; o mesmo direi do *Sivis pacem para bellum*. Alguns costumam renovar o sabor de uma citação intercalando-a numa frase nova, original e bela, mas não te aconselho esse artifício: seria desnaturar-lhe as graças vetustas. Melhor do que tudo isso, porém, que afinal não passa de mero adorno, são as frases feitas, as locuções convencionais, as fórmulas consagradas pelos anos, incrustadas na memória individual e pública. Essas fórmulas têm a vantagem de não obrigar os outros a um esforço inútil. Não as relaciono agora, mas fá-lo-ei por escrito. De resto, o mesmo ofício te irá ensinando os elementos dessa arte difícil de pensar o pensado. Quanto à utilidade de um tal sistema, basta figurar uma hipótese. Faz-se uma lei, executa-se, não produz efeito, subsiste o mal. Eis aí uma questão que pode aguçar as curiosidades vadias, dar ensejo a um inquérito pedantesco, a uma coleta fastidiosa de documentos e observações, análise das causas prováveis, causas certas, causas possíveis, um estudo infinito das aptidões do sujeito reformado, da natureza do mal, da manipulação do remédio, das circunstâncias da aplicação; matéria, enfim, para todo um andaime de palavras, conceitos, e desvarios. Tu poupas aos teus semelhantes todo esse imenso aranzel, tu dizes simplesmente: Antes das leis, reformemos os costumes! – E esta frase sintética, transparente, límpida, tirada ao pecúlio comum, resolve mais depressa o problema, entra pelos espíritos como um jorro súbito de sol.

– Vejo por aí que vosmecê condena toda e qualquer aplicação de processos modernos.

– Entendamo-nos. Condeno a aplicação, louvo a denominação. O mesmo direi de toda a recente terminologia científica; deves decorá-la. Conquanto o rasgo peculiar do medalhão seja uma certa atitude de deus Término, e as ciências sejam obra do movimento humano, como tens de ser medalhão mais tarde, convém tomar as armas do teu tempo. E de duas uma: ou elas estarão usadas e divulgadas daqui a trinta anos, ou conservar-se-ão novas; no primeiro caso, pertencem-te de foro próprio; no segundo, podes ter a coquetice de as trazer, para mostrar que também és pintor. De outiva, com o tempo, irás sabendo a que leis, casos e fenômenos responde toda essa terminologia; porque o método de interrogar os próprios mestres e oficiais da ciência, nos seus livros, estudos e memórias, além de tedioso e cansativo, traz o perigo de inocular ideias novas, e é radicalmente falso. Acresce que no dia em que viesses a assenhorear-te do espírito daquelas leis e fórmulas, serias provavelmente levado a empregá-las com um tal ou qual comedimento, como a costureira – esperta e afreguesada, – que, segundo um poeta clássico,

> Quanto mais pano tem, mais poupa o corte,
> Menos monte alardeia de retalhos;

e este fenômeno, tratando-se de um medalhão, é que não seria científico.

– Upa, que a profissão é difícil!

– E ainda não chegamos ao cabo.

– Vamos a ele.

– Não te falei ainda dos benefícios da publicidade. A publicidade é uma dona loureira e senhoril, que tu deves requestar à força de pequenos mimos, confeitos, almofadinhas, coisas miúdas, que antes exprimem a constância do afeto do que o atrevimento e a ambição. Que D. Quixote solicite os favores dela mediante ações heroicas ou custosas, é um sestro próprio desse ilustre lunático. O verdadeiro medalhão tem outra política. Longe de inventar um Tratado científico da criação dos carneiros, compra um carneiro e dá-o aos amigos sob a forma de um jantar, cuja notícia não pode ser indiferente aos seus concidadãos. Uma notícia traz outra; cinco, dez, vinte vezes põe o teu nome ante os olhos do mundo. Comissões ou deputações para felicitar um agraciado, um benemérito, um forasteiro têm singulares merecimentos, e assim as irmandades e associações diversas, sejam mitológicas, cinegéticas ou coreográficas. Os sucessos de certa ordem, embora de pouca monta, podem ser trazidos a lume, contanto que ponham em relevo a tua pessoa. Explico-me. Se caíres de um carro, sem outro dano, além do susto, é útil mandá-lo dizer aos quatro ventos, não pelo fato em si, que é insignificante, mas pelo efeito de recordar um nome caro às afeições gerais. Percebeste?

– Percebi.

– Essa é publicidade constante, barata, fácil, de todos os dias; mas há outra. Qualquer que seja a teoria das artes, é fora de dúvida que o sentimento da família, a amizade pessoal e a estima pública instigam à reprodução das feições de um homem amado ou benemérito. Nada obsta a que sejas objeto de uma tal distinção, principalmente se a sagacidade dos amigos não achar em ti repugnância. Em semelhante caso, não só as regras da mais vulgar polidez mandam aceitar o retrato ou o busto, como seria desazado impedir que os amigos o expusessem em qualquer casa pública. Dessa maneira o nome fica ligado à pessoa; os que houverem lido o teu recente discurso (suponhamos) na sessão inaugural da União dos Cabeleireiros, reconhecerão na compostura das feições o autor dessa obra grave, em que a "alavanca do progresso" e o "suor do trabalho" vencem as "fauces hiantes" da miséria. No caso de que uma comissão te leve a casa o retrato, deves agradecer-lhe o obséquio com um discurso cheio de gratidão e um copo d'água: é uso antigo, razoável e honesto. Convidarás então os melhores amigos, os parentes, e, se for possível, uma ou duas pessoas de representação. Mais. Se esse dia é um dia de glória ou regozijo, não vejo que possas, decentemente, recusar um lugar à mesa aos repórteres dos jornais. Em todo o caso, se as obrigações desses cidadãos os retiverem noutra parte, podes ajudá-los de certa maneira, redigindo tu mesmo a notícia da festa; e, dado que por um tal ou qual escrúpulo, aliás desculpável, não queiras com a própria mão anexar ao teu nome os qualificativos dignos dele, incumbe a notícia a algum amigo ou parente.

– Digo-lhe que o que vosmecê me ensina não é nada fácil.

– Nem eu te digo outra coisa. É difícil, come tempo, muito tempo, leva anos, paciência, trabalho, e felizes os que chegam a entrar na terra prometida! Os que lá não penetram, engole-os a obscuridade. Mas os que triunfam! E tu triunfarás, crê-me. Verás cair as muralhas de Jericó ao som das trompas sagradas. Só então poderás dizer que estás fixado. Começa nesse dia a tua fase de ornamento indispensável, de figura obrigada, de rótulo. Acabou-se a necessidade de farejar ocasiões, comissões, irmandades; elas virão ter contigo, com o seu ar pesadão e cru de substantivos desadjetivados, e tu serás o adjetivo dessas orações opacas, o odorífero das flores, o anilado dos céus, o prestimoso dos cidadãos, o noticioso e suculento dos relatórios. E ser isso é o principal, porque o adjetivo é a alma do idioma, a sua porção idealista e metafísica. O substantivo é a realidade nua e crua, é o naturalismo do vocabulário.

– E parece-lhe que todo esse ofício é apenas um sobressalente para os *déficits* da vida?

– Decerto; não fica excluída nenhuma outra atividade.

– Nem política?

– Nem política. Toda a questão é não infringir as regras e obrigações capitais. Podes pertencer a qualquer partido, liberal ou conservador, republicano ou ultramontano, com a cláusula única de não ligar nenhuma ideia especial a esses vocábulos, e reconhecer-lhe somente a utilidade do *shibboleth* bíblico.

– Se for ao parlamento, posso ocupar a tribuna?

– Podes e deves; é um modo de convocar a atenção pública. Quanto à matéria dos discursos, tens à escolha: ou os negócios miúdos, ou a metafísica política, mas prefere a metafísica. Os negócios miúdos, força é confessá-lo, não desdizem daquela chateza de bom-tom, própria de um medalhão acabado; mas, se puderes, adota a metafísica; é mais fácil e mais atraente. Supõe que desejas saber por que motivo a 7ª companhia de infantaria foi transferida de Uruguaiana para Canguçu; serás ouvido tão somente pelo ministro da guerra, que te explicará em dez minutos as razões desse ato. Não assim a metafísica. Um discurso de metafísica política apaixona naturalmente os partidos e o público, chama os apartes e as respostas. E depois não obriga a pensar e descobrir. Nesse ramo dos conhecimentos humanos tudo está achado, formulado, rotulado, encaixotado; é só prover os alforjes da memória. Em todo caso, não transcendas nunca os limites de uma invejável vulgaridade.

– Farei o que puder. Nenhuma imaginação?

– Nenhuma; antes faze correr o boato de que um tal dom é ínfimo.

– Nenhuma filosofia?

– Entendamo-nos: no papel e na língua alguma, na realidade nada. "Filosofia da história", por exemplo, é uma locução que deves empregar com frequência, mas proíbo-te quc chegues a outras conclusões que não sejam as já achadas por outros. Foge a tudo que possa cheirar a reflexão, originalidade, etc., etc.

– Também ao riso?

– Como ao riso?

– Ficar sério, muito sério...

– Conforme. Tens um gênio folgazão, prazenteiro, não hás de sofreá-lo nem eliminá-lo; podes brincar e rir alguma vez. Medalhão não quer dizer melancólico. Um grave pode ter seus momentos de expansão alegre. Somente; e este ponto é melindroso...

– Diga...

– Somente não deves empregar a ironia, esse movimento ao canto da boca, cheio de mistérios, inventado por algum grego da decadência, contraído por Luciano, transmitido a Swift e Voltaire, feição própria dos cépticos e desabusados. Não. Usa antes a chalaça, a nossa boa chalaça amiga, gorducha, redonda, franca, sem biocos, nem véus, que se mete pela cara dos outros, estala como uma palmada, faz pular o sangue nas veias, e arrebentar de riso os suspensórios. Usa a chalaça. Que é isto?

– Meia-noite.

– Meia-noite? Entras nos teus vinte e dois anos, meu peralta; estás definitivamente maior. Vamos dormir, que é tarde. Rumina bem o que te disse, meu filho. Guardadas as proporções, a conversa desta noite vale o Príncipe de Machiavelli. Vamos dormir.

38
Suje-se gordo!*

Uma noite, há muitos anos, passeava eu com um amigo no terraço do Teatro de S. Pedro de Alcântara. Era entre o segundo e o terceiro ato da peça *A Sentença ou o tribunal do júri*. Só me ficou o título, e foi justamente o título que nos levou a falar da instituição e de um fato que nunca mais me esqueceu.

– Fui sempre contrário ao júri – disse-me aquele amigo –, não pela instituição em si, que é liberal, mas porque me repugna condenar alguém, e por aquele preceito do Evangelho: "Não queirais julgar para que não sejais julgados." Não obstante, servi duas vezes. O tribunal era então no antigo Aljube, fim da Rua dos Ouvires, princípio da Ladeira da Conceição.

Tal era o meu escrúpulo que, salvo dois, absolvi todos os réus. Com efeito, os crimes não me pareceram provados; um ou dois processos eram malfeitos. O primeiro réu que condenei era um moço limpo, acusado de haver furtado certa quantia, não grande, antes pequena, com falsificação de um papel. Não negou o fato, nem podia fazê-lo, contestou que lhe coubesse a iniciativa ou inspiração do crime. Alguém, que não citava, foi que lhe lembrou esse modo de acudir a uma necessidade urgente; mas Deus, que via os corações, daria ao criminoso verdadeiro o merecido castigo. Disse isso sem ênfase, triste, a palavra surda, os olhos mortos, com tal palidez que metia pena; o promotor público achou nessa mesma cor do gesto a confissão do crime. Ao contrário, o defensor mostrou que o abatimento e a palidez significavam a lástima da inocência caluniada.

Poucas vezes terei assistido a debate tão brilhante. O discurso do promotor foi curto, mas forte, indignado, com um tom que parecia ódio, e não era. A defesa, além do talento do advogado, tinha a circunstância de ser a estreia dele na tribuna. Parentes, colegas e amigos esperavam o primeiro discurso do rapaz, e não perderam na espera. O discurso foi admirável, e teria salvo o réu, se ele pudesse ser salvo, mas o crime metia-

*Reunido pelo autor no livro *Relíquias de Casa Velha* (1906).

se pelos olhos dentro. O advogado morreu dois anos depois, em 1865. Quem sabe o que se perdeu nele! Eu, acredite, quando vejo morrer um moço de talento, sinto mais que quando morre um velho... Mas vamos ao que ia contando. Houve réplica do promotor e tréplica do defensor. O presidente do tribunal resumiu os debates, e, lidos os quesitos, foram entregues ao presidente do Conselho, que era eu.

Não digo o que se passou na sala secreta; além de ser secreto o que lá se passou, não interessa ao caso particular, que era melhor ficasse também calado, confesso. Contarei depressa; o terceiro ato não tarda.

Um dos jurados do Conselho, cheio de corpo e ruivo, parecia mais que ninguém convencido do delito e do delinquente. O processo foi examinado, os quesitos lidos, e as respostas dadas (onze votos contra um); só o jurado ruivo estava inquieto. No fim, como os votos assegurassem a condenação, ficou satisfeito, disse que seria um ato de fraqueza, ou coisa pior, a absolvição que lhe déssemos. Um dos jurados, certamente o que votara pela negativa – proferiu algumas palavras de defesa do moço. O ruivo – chamava-se Lopes –, replicou com aborrecimento:

– Como, senhor? Mas o crime do réu está mais que provado.

– Deixemos de debate – disse eu, e todos concordaram comigo.

– Não estou debatendo, estou defendendo o meu voto – continuou Lopes. – O crime está mais que provado. O sujeito nega, porque todo o réu nega, mas o certo é que ele cometeu a falsidade, e que falsidade! Tudo por uma miséria, duzentos mil-réis! Suje-se gordo! Quer sujar-se? Suje-se gordo!

"Suje-se gordo!" Confesso-lhe que fiquei de boca aberta, não que entendesse a frase, ao contrário; nem a entendi nem a achei limpa, e foi por isso mesmo que fiquei de boca aberta. Afinal caminhei e bati à porta, abriram-nos, fui à mesa do juiz, dei as respostas do Conselho e o réu saiu condenado. O advogado apelou; se a sentença foi confirmada ou a apelação aceita, não sei; perdi o negócio de vista.

Quando saí do tribunal, vim pensando na frase do Lopes, e pareceu-me entendê-la. "Suje-se gordo!", era como se dissesse que o condenado era mais que ladrão, era um ladrão reles, um ladrão de nada. Achei esta explicação na esquina da Rua S. Pedro; vinha ainda pela dos Ouvires. Cheguei a desandar um pouco, a ver se descobria o Lopes para lhe apertar a mão; nem sombra de Lopes. No dia seguinte, lendo nos jornais os nossos nomes, dei com o nome todo dele; não valia a pena procurá-lo, nem me ficou de cor. Assim são as páginas da vida, como dizia meu filho quando fazia versos, e acrescentava que as páginas vão passando umas sobre as outras, esquecidas apenas lidas. Rimava assim, mas não me lembra a forma dos versos.

Em prosa disse-me ele, muito tempo depois, que eu não devia faltar ao júri, para o qual acabava de ser designado. Respondi-lhe que não compareceria, e citei o preceito evangélico; ele teimou, dizendo ser um dever de cidadão, um serviço gratuito, que ninguém que se prezasse podia negar ao seu país. Fui e julguei três processos.

Um destes era de um empregado do Banco do Trabalho Honrado, o caixa, acusado de um desvio de dinheiro. Ouvira falar no caso, que os jornais deram sem grande minúcia, e aliás eu lia pouco as notícias de crimes. O acusado apareceu e foi sentar-se no famoso banco dos réus. Era um homem magro e ruivo. Fitei-o bem, e estremeci; pareceu-me ver o meu colega daquele julgamento de anos antes. Não poderia reconhecêlo logo por estar agora magro, mas era a mesma cor dos cabelos e das barbas, o mesmo ar, e por fim a mesma voz e o mesmo nome: Lopes.

– Como se chama? – perguntou o presidente.

– Antônio do Carmo Ribeiro Lopes.

Já me não lembravam os três primeiros nomes, o quarto era o mesmo, e os outros sinais vieram confirmando as reminiscências; não me tardou reconhecer a pessoa exata daquele dia remoto. Digo-lhe aqui com verdade que todas essas circunstâncias me impediram de acompanhar atentamente o interrogatório, e muitas coisas me escaparam. Quando me dispus a ouvi-lo bem, estava quase no fim. Lopes negava com firmeza tudo o que lhe era perguntado, ou respondia de maneira que trazia uma complicação ao processo. Circulava os olhos sem medo nem ansiedade; não sei até se com uma pontinha de riso nos cantos da boca.

Seguiu-se a leitura do processo. Era uma falsidade e um desvio de cento e dez contos de réis. Não lhe digo como se descobriu o crime nem o criminoso, por já ser tarde; a orquestra está afinando os instrumentos. O que lhe digo com certeza é que a leitura dos autos me impressionou muito, o inquérito, os documentos, a tentativa de fuga do caixa e uma série de circunstâncias agravantes; por fim o depoimento das testemunhas. Eu ouvia ler ou falar e olhava para o Lopes. Também ele ouvia, mas com o rosto alto, mirando o escrivão, o presidente, o teto e as pessoas que o iam julgar; entre elas eu. Quando olhou para mim não me reconheceu; fitou-me algum tempo e sorriu, como fazia aos outros.

Todos esses gestos do homem serviram à acusação e à defesa, tal como serviram, tempos antes, os gestos contrários do outro acusado. O promotor achou neles a revelação clara do cinismo, o advogado mostrou que só a inocência e a certeza da absolvição podiam trazer aquela paz de espírito.

Enquanto os dois oradores falavam; vim pensando na fatalidade de estar ali, no mesmo banco do outro, este homem que votara a condenação dele, e naturalmente repeti comigo o texto evangélico: "Não queirais julgar, para que não sejais julgados." Confesso-lhe que mais de uma vez me senti frio. Não é que eu mesmo viesse à cometer algum desvio de dinheiro, mas podia, em ocasião de raiva, matar alguém ou ser caluniado de desfalque. Aquele que julgava outrora, era agora julgado também.

Ao pé da palavra bíblica lembrou-me de repente a do mesmo Lopes: "Suje-se gordo!" Não imagina o sacudimento que me deu esta lembrança. Evoquei tudo o que contei agora, o discursinho que lhe ouvi na sala secreta, até aquelas palavras: "Suje-se gordo!" Vi que não era um ladrão reles, um ladrão de nada, sim de grande valor. O verbo é que definia duramente a ação. "Suje-se gordo!" Queria dizer que o homem não se devia levar a um ato daquela espécie sem a grossura da soma. A ninguém cabia sujar-se por quatro patacas. Quer sujar-se? Suje-se gordo!

Ideias e palavras iam assim rolando na minha cabeça, sem eu dar pelo resumo dos debates que o presidente do tribunal fazia. Tinha acabado, leu os quesitos e recolhemo-nos à sala secreta. Posso dizer-lhe aqui em particular que votei afirmativamente, tão certo me pareceu o desvio dos cento e dez contos. Havia, entre outros documentos, uma carta de Lopes que fazia evidente o crime. Mas parece que nem todos leram com os mesmos olhos que eu. Votaram comigo dois jurados. Nove negaram a criminalidade do Lopes, a sentença de absolvição foi lavrada e lida, e o acusado saiu para a rua. A diferença da votação era tamanha que cheguei a duvidar comigo se teria acertado. Podia ser que não. Agora mesmo sinto uns repelões de consciência. Felizmente, se o Lopes não cometeu deveras o crime, não recebeu a pena do meu voto, e esta consideração acaba por me consolar do erro, mas os repelões voltam. O melhor de tudo é não julgar ninguém para não vir a ser julgado. Suje-se gordo! Suje-se magro! Suje-se como lhe parecer! o mais seguro é não julgar ninguém... Acabou a música, vamos para as nossas cadeiras.

39
Vênus! Divina Vênus!*

— Vênus! Vênus! Divina vênus!

E despegando os olhos da parede, onde estava uma cópia pequenina da Vênus de Milo, Ricardo arremeteu contra o papel e arrancou de si dois versos para completar uma quadra começada às sete horas da manhã. Eram sete e meia; a xícara de café, que a mãe lhe trouxera antes de sair para a missa, estava intacta e fria sobre a mesa; a cama, ainda desfeita, era uma pequena cama de ferro, a mesa em que escrevia era de pinho; a um canto um par de sapatos, o chapéu pendente de um prego. Desarranjo e falta de meios. O poeta, com os pés metidos em chinelas velhas, com a cabeça apoiada na mão esquerda, ia escrevendo a poesia. Tinha acabado a quadra e releu-a:

> Mimosa flor que dominas
> Todas as flores do prado,
> Tu tens as formas divinas
> De Vênus, modelo amado.

Os dois últimos versos não lhe pareceram tão bons como os dois primeiros, nem lhe saíram tão fluentemente. Ricardo deu uma pancadinha seca na borda da mesa, e endireitou o busto. Consertou os bigodes, fitou novamente a Vênus de Milo – uma triste cópia em gesso – e tratou de ver se os versos lhe saíam melhores.

Tem vinte anos este moço, olhos claros e miúdos, cara sem expressão, nem bonita nem feia, banal. Cabelo reluzente de óleo, que ele põe todos os dias. Dentes tratados com esmero. As mãos são delgadinhas, como os pés, e tem as unhas compridas e encurvadas. Empregado em um dos arsenais, vive com a mãe (já não tem pai), e paga a casa e parte da comida.

---

*Publicado em *Almanaque da Gazeta de Notícias* (janeiro de 1893).

A outra parte é paga pela mãe, que apesar de velha, trabalha muito. Moram no bairro dos Cajueiros. O ano em que isto se dava era o de 1859. É domingo. Dizendo que a mãe foi à missa, quase não é preciso acrescentar que com um surrado vestido preto.

Ricardo prosseguia. O amor às unhas faz com que não as roa, quando se acha em dificuldades métricas. Em compensação, afaga a ponta do nariz com a ponta dos dedos. Esforça-se por sacar dali dois versos substitutivos, mas inutilmente. Afinal, tanto repetiu os dois versos condenados, que acabou por achar a quadra excelente e continuou a poesia. Saiu a segunda estrofe, depois a terceira, a quarta e a quinta. A última dizia que o Deus verdadeiro, querendo provar que os falsos não eram tão poderosos como supunham, inventara, contra a bela Vênus, a formosa Marcela. Gostou desta ideia; era uma chave de ouro. Ergueu-se e passeou pelo quarto, recitando os versos; em seguida, parou diante da Vênus de Milo, encantado da comparação. Chegou a dizer-lhe em voz alta:

– Os braços que te faltam são os braços dela!

Também gostou desta ideia, e tentou convertê-la em uma estrofe, mas a veia esgotara-se. Copiou a poesia – primeiramente, em um caderno de outras; depois, em uma folha de papel bordado. Acabava a cópia quando a mãe voltava da missa. Mal teve tempo de guardar tudo na gaveta. A mãe viu que ele não bebera o café, feito por ela, e posto ali com a recomendação de que o não deixasse esfriar.

"Hão de ser os malditos versos!", pensou ela consigo.

– Sim, mamãe, foram os malditos versos! – disse ele.

Maria dos Anjos, espantada:

– Você adivinhou o que eu pensei?

Ricardo podia responder que já lhe ouvira muitas vezes aquelas palavras, acompanhadas de certo gesto característico; mas preferiu mentir.

– O poeta adivinha. A inspiração não serve só para compor versos, mas também para ler na alma dos outros.

– Então, você leu também que eu rezei hoje na missa por você...?

– Li, sim, senhora.

– E que pedi a Nossa Senhora, minha madrinha, que acabe com essa paixão por aquela moça... Como se chama mesmo?

Ricardo, depois de alguns instantes, respondeu:

– Marcela.

– Marcela, é verdade. Não disse o nome, mas Nossa Senhora sabe. Eu não digo que vocês não se mereçam; não a conheço. Mas, Ricardo, você não pode tomar estado. Ela é filha de doutor, não há de querer lavar nem engomar.

Ricardo teve moralmente náuseas. Aquela ideia reles de lavar e engomar era própria de uma alma baixa, ainda que excelente. Venceu o asco, e olhou para a mãe com um gesto igualmente amigo e superior. No almoço, disse-lhe que Marcela era a mais formosa moça do bairro.

– Mamãe acredita que os anjos venham à terra? Marcela é um anjo.

– Acredito, meu filho, mas os anjos comem, quando estão neste mundo e se casam... Ricardo, se você anda com tanta vontade de casar, por que não aceita Felismina, sua prima, que gosta tanto de você?

– Ora, mamãe! Felismina!

– Não é rica, é pobre...

– Quem lhe fala em dinheiro? Mas, Felismina! basta-lhe o nome; é difícil achar outro tão ridículo. Felismina!

– Não foi ela que escolheu o nome, foi o pai, quando ela se batizou.

– Pois sim, mas não se segue que seja bonito. E depois, eu não gosto dela, é prosaica, tem o nariz comprido e os ombros estreitos, sem graça; os olhos parecem mortos, olhos de peixe podre, e fala arrastado. Parece da roça.

– Também eu sou da roça, meu filho – replicou a mãe com brandura.

Ricardo almoçou, passou o dia agitado, felizmente lendo versos, que foram o seu calmante. Tinha um volume de Casimiro de Abreu, outro de Soares de Passos, um de Lamartine, não contando os seus próprios manuscritos. De noite, foi à casa de Marcela. Ia resoluto. Não eram os primeiros versos que escrevia à moça, mas não lhe entregara nenhuns – por acanhamento. De fato, esse namoro que Maria dos Anjos receava acabasse em casamento, não passava ainda de alguns olhares e durava já umas seis semanas. Foi o irmão de Marcela que apresentou ali o nosso poeta, com quem se encontrava, às tardes, em um armarinho do bairro. Disse que era um moço de muita habilidade. Marcela, que era bonita, não deixava passar olhos sem fazer-lhes alguma pergunta a tal respeito, e como as respostas eram todas afirmativas, fingia não entendê-las e continuava o interrogatório. Ricardo respondeu pronto e entusiasmado; tanto bastou para continuarem uma variação infinita sobre o mesmo tema. Entretanto, não havia nenhuma palavra de boca, trocada entre eles, coisa que parecesse com declaração. Os próprios dedos de Ricardo eram frouxos, quando recebiam os dela, que eram frouxíssimos.

"Hoje dou o golpe", ia ele pensando.

Havia gente em casa do Dr. Viana, pai da moça. Tocava-se piano; Marcela perguntou-lhe logo com os olhos do costume:

– Que tal me acha?

– Linda, angélica – respondeu Ricardo pelo mesmo idioma.

Apalpou a algibeira do fraque; lá estava a poesia metida em sobrecarta cor-de-rosa, com uma pombinha cor de ouro, em um dos cantos.

– Hoje temos solo – disse-lhe o filho do Dr. Viana. – Aqui está este senhor, que é excelente parceiro.

Ricardo quis recusar; não pôde, não podia. E lá foi jogar o solo, a tentos, em um gabinete, ao pé da sala de visitas. Cerca de hora e meia não arredou pé; afinal confessou que estava cansado, precisava andar um pouco, voltaria depois.

Correu à sala. Marcela tocava piano, um moço de bigodes compridos, ao pé dela, ia cantar não sei que ária de ópera italiana. Era tenor, cantou, romperam grandes palmas. Ricardo, ao canto de uma janela, fez-lhe o favor de umas palminhas, e esperou os olhos da pianista. Os dele meditavam já esta frase: "Sois o mais belo, o mais puro, o mais adorável dos arcanjos, ó soberana do meu coração e da minha vida." Marcela, entretanto, foi sentar-se entre duas amigas, e de lá perguntou-lhe:

– Pareço-lhe bonita?

– Sois o mais belo, o mais...

Não pôde acabar. Marcela falou às amigas, e encaminhou os olhos para o tenor, com a mesma pergunta:

– Pareço-lhe bonita?

Ele, pela mesma língua, respondeu que sim, mas com tal clareza e autoridade, como se fora o próprio inventor do idioma. E não esperou nova pergunta; não se restringiu à resposta; disse-lhe com energia:

– E eu, que lhe pareço?

Ao que Marcela respondeu, sem grande hesitação:

– Um belo noivo.

Ricardo empalideceu. Não somente viu a significação da resposta, mas ainda assistiu ao diálogo, que continuou com vivacidade, abundância e expressão. Donde vinha esse pelintra? Era um jovem médico, chegado dias antes da Bahia, recomendado ao pai de Marcela; jantara ali, a reunião era em honra dele. Médico distinto, bela voz de tenor... Tais foram as informações que deram ao pobre-diabo. Durante o resto da noite, apenas pôde colher um ou dois olhares rápidos. Resolveu sair mais cedo para mostrar que estava ferido.

Não foi logo para casa; vagou uma hora ou mais, entre o desânimo e o furor, falando alto, jurando esquecê-la, desprezá-la. No dia seguinte, almoçou mal, trabalhou mal, jantou mal, e trancou-se no quarto, à noite. A consolação única eram os versos, que achava lindos. Releu-os com amor. E a musa deu-lhe a força d'alma que a aventura de domingo lhe tirara. Passados três dias, Ricardo não pôde mais consigo, e foi à casa do Dr. Viana; achou-o de chapéu na cabeça, esperando que as senhoras acabassem de vestir-se; iam ao teatro. Marcela desceu daí pouco, radiante, e perguntou-lhe ocularmente:

– Que tal me acha com este vestido?

– Linda – respondeu ele.

Depois, animando-se um pouco, perguntou Ricardo à moça, sempre com os olhos, se queria que também ele fosse ao teatro. Marcela não lhe respondeu; dirigiu-se para a janela, a ver o carro que chegara. Ele não sabia (como sabê-lo?) que o jovem médico baiano, o tenor, o diabo, Maciel, em suma, combinara com a família ir ao teatro, e já lá os estava esperando. No dia seguinte, com o pretexto de saber que tal andara o espetáculo, correu à casa de Marcela. Achou-a em conversação com o tenor, ao lado um do outro, confiança que nunca lhe dera. Quinze dias depois falou-se da possibilidade de uma aliança; quatro meses depois estavam casados.

Quisera contar aqui as lágrimas de Ricardo; mas não as houve. Imprecações, sim, protestos, juramentos, ameaças, vindo tudo a acabar em uma poesia com o título Perjura. Publicou esses versos, e, para lhes dar toda a significação, pôs-lhe a data do casamento. Marcela, porém, estava na lua de mel, não lia outros jornais além dos olhos do marido.

Amor cura amor. Não faltavam mulheres que tomassem a si essa obra de misericórdia. Uma Fausta, uma Doroteia, uma Rosina, ainda outras, vieram sucessivamente adejar as asas nos sonhos do poeta. Todas tiveram a mesma madrinha:

– Vênus! Vênus! Divina Vênus!

Choviam versos; as rimas buscavam rimas, cansadas de serem as mesmas; a poesia fortalecia o coração do moço. Nem todas as mulheres tiveram notícia do amor do poeta; mas bastava que existissem, que fossem belas, ou quase, para fasciná-lo e inspirá-lo. Uma dessas tinha apenas dezesseis anos, chamava-se Virgínia e era filha de um tabelião, com quem Ricardo se fez encontradiço para mais facilmente penetrar-lhe em casa. Foi-lhe apresentado como poeta.

– Sim? Eu sempre gostei de versos – disse o tabelião –; se não fosse o meu cargo, escreveria alguns sonetinhos. No meu tempo compus fábulas. O senhor gosta de fábulas?

– Como não? – redarguiu Ricardo. – A poesia lírica é melhor, mas a fábula...

– Melhor? Não compreendo. A fábula tem conceito, além da graça de fazer falar os animais...

– Justamente!

– Então, como é que disse que a poesia lírica era melhor?

– Num sentido.

– Que sentido?

– Quero dizer, cada forma tem a sua beleza; assim, por exemplo...

– Exemplos não faltam. A questão é que o senhor acha a poesia lírica melhor que a fábula. Só se não acha?

– Realmente, parece que não é melhor – confessou Ricardo.

– Diga logo inferior. Luar, névoas, virgens, lago, estrelas, olhos de anjo, são palavras vãs, boas para poetas apatetados. Eu, tirando-me a fábula e a sátira, não sei para que serve a poesia. Para encher a cabeça de caraminholas, e o papel de tolices...

Ricardo aturou toda essa rabugice do notário, para o fim de ser admitido em casa dele – coisa fácil, porque o pai de Virgínia tinha algumas fábulas antigas e outras inéditas e poucos ouvintes do ofício, ou verdadeiramente nenhum. Virgínia acolheu o moço com boa vontade; era o primeiro que lhe falava de amores – porque desta vez o nosso Ricardo não se deixou ficar atado. Não lhe fez declaração franca e em prosa, dava-lhe versos às escondidas. Ela guardava-os "para os ler depois" e no dia seguinte agradecia-os.

– Muito mimosos – dizia sempre.

– Eu fui apenas secretário da musa – respondeu ele uma vez –; os versos foram ditados por ela. Conhece a musa?

– Não.

– Veja no espelho.

Virgínia entendeu e corou. Já os dedos de ambos começaram a dizer alguma coisa. O pai ia muitas vezes com eles ao Passeio Público, entretendo-os com fábulas. Ricardo estava certo de dominar a mocinha e esperava que ela fizesse os dezessete anos para pedir-lhe a mão, a ela e ao pai. Um dia, porém (quatro meses depois de conhecê-la), Virgínia adoece de moléstia grave, que a pôs entre a vida e a morte. Ricardo padeceu deveras. Não se lembrou de compor versos, nem tinha inspiração para eles; mas a leitura casual daquela elegia de Lamartine, em que há estas palavras: *Elle avait seize ans; c'est bien tôt pour mourir*, deu-lhe ideia de escrever alguma coisa em que aquilo entrasse por epígrafe. E trabalhava, à noite, de manhã, na rua, tudo por causa da epígrafe.

– *Elle avait seize ans; c'est bien tôt pour mourir*! – repetia ele andando.

Felizmente, a moça arribou, ao fim de quinze dias, e, logo que pôde, foi convalescer na Tijuca, em casa da madrinha. Não foi sem levar um soneto de Ricardo, com a famosa epígrafe, o qual principiava por estes dois versos.

> Agora, que a mimosa flor caída
> Ao terrífico vento da procela...

Virgínia convalesceu depressa; mas não voltou logo, ficou lá um mês, dois meses, e, como eles não se correspondiam, Ricardo vivia naturalmente ansioso. O tabelião dizia-lhe que os ares eram bons, que a filha andava fraca, e não desceria sem estar inteiramente restabelecida. Um dia leu-lhe uma fábula, composta na véspera, e dedicada ao bacharel Vieira, sobrinho da comadre.

– Compreendeu o sentido, não? – perguntou-lhe no fim.

– Sim, senhor, entendi que o sol, disposto a restituir a vida à lua...

– E não atina?

– A moralidade é clara.

– Creio; mas a ocasião...

– A ocasião?

– A ocasião é o casamento da minha pecurrucha com o bacharel Vieira, que chegou de S. Paulo; gostaram-se; foi pedida anteontem...

Esta nova desilusão atordoou completamente o rapaz. Desenganado, jurou acabar com mulheres e musas. Que eram musas senão mulheres? Contou à mãe esta resolução, sem entrar em pormenores, e a mãe o aprovou de todo. De fato, meteu-se em casa, as tardes e as noites, deu de mão aos passeios e aos namoros. Não compôs mais versos, esteve a ponto de quebrar a Vênus de Milo. Um dia soube que Felismina, a prima, ia casar. Maria dos Anjos pediu-lhe uns cinco ou dez mil-réis para um presentinho; ele deu-lhe dez mil-réis, logo que recebeu o ordenado.

– Com quem casa? – perguntou.

– Com um moço da Estrada de Ferro.

Ricardo consentiu em ir com a mãe, à noite, visitar a prima. Lá achou o noivo, ao pé dela, no canapé, conversando baixinho. Depois das apresentações, Ricardo encostou-se ao canto de uma janela, e o noivo foi ter com ele, passados alguns minutos, para dizer-lhe que estimava muito conhecê-lo, tinha uma casa às suas ordens e um criado para o servir. Já o tratava por primo.

– Sei que meu primo é poeta.

Ricardo, com fastio, deu de ombros.

– Ouvi dizer que é um grande poeta.

– Quem lhe disse isso?

– Pessoas que sabem. Sua prima também me disse que fazia bonitos versos.

Ricardo, após alguns segundos:

– Fiz versos; provavelmente não os farei mais.

Daí a pouco estavam os noivos outra vez juntos, falando baixinho. Ricardo teve-lhe inveja. Eram felizes, uma vez que gostavam um do outro. Pareceu-lhe até que ela gostava ainda mais, porque sorria sempre; e daí talvez fosse para mostrar os lindos dentes que Deus lhe dera. O andar da moça também era mais gracioso. O amor transforma as mulheres, pensava ele; a prima está melhor do que era. O noivo é que lhe pareceu um tanto impertinente, só a tratá-lo por primo... Disse isto à mãe, na volta para casa.

– Mas que tem isso?

Sonhou nessa noite que assistia ao casamento de Felismina, muitos carros, muitas flores, ela toda de branco, o noivo de gravata branca e casaca preta, ceia lauta, brindes, recitando ele Ricardo uns versos...

– Se outro não recitar, se não eu... – disse ele de manhã, ao sair da cama.

E a figura de Felismina entrou a persegui-lo. Dias depois, indo à casa dela, viu-a conversar com o noivo, e teve um pequeno desejo de atirá-lo à rua. Soube que ele ia na manhã seguinte para a Barra do Piraí, a serviço.

– Demora-se muito?

– Oito dias.

Ricardo visitou a prima todas essas noites. Ela, aterrada com o sentimento que via nascer no primo, não sabia que fizesse. A princípio resolveu não aparecer-lhe; mas aparecia-lhe, e ouvia tudo o que ele contava com os olhos postos nos dele. A mãe dela tinha a vista curta. Na véspera da volta do noivo, Ricardo apertou-lhe a mão com força, com violência, e disse-lhe adeus "até nunca mais". Felismina não ousou pedir-lhe que viesse; mas passou a noite mal. O noivo regressou por dois dias.

– Dois dias? – perguntou-lhe Ricardo na rua onde ele lhe deu a notícia.

– Sim, primo, tenho muito que fazer – explicou o outro.

Partiu, as visitas continuaram; os olhos falavam, os braços, as mãos, um diálogo perpétuo, não espiritual, não filosófico, um diálogo fisiológico e familiar. Uma noite, Ricardo sonhou que pegava da prima e subia com ela ao alto de um penedo, no meio do oceano. Viu-a sem braços. Acordando de manhã, olhou para a Vênus de Milo.

– Vênus! Vênus! Divina Vênus!

Atirou-se à mesa, ao papel, meteu a mão à obra, para compor alguma coisa, um soneto, um soneto que fosse. E olhava para Vênus – a imagem da prima – e escrevia, riscava, tornava a escrever e a riscar, e novamente escrevia até que lhe saíram os dois primeiros versos do soneto. Os outros vieram vindo, cai aqui, cai acolá.

– Felismina! – exclamava ele. – O nome dela há de ser a chave de ouro. Rima com divina e cristalina. E concluía assim o soneto.

E tu, criança amada, tão divina
Não és cópia da Vênus celebrada,
És antes seu modelo, Felismina

Deu-lho nessa noite. Ela chorou depois que os leu. Tinha de pertencer a outro homem. Ricardo ouviu essa palavra e disse-lhe ao ouvido:

– Nunca!

Indo a acabar os quinze dias, o noivo escreveu dizendo que precisava ficar ainda na Barra umas duas ou três semanas. Os dois, que iam dando pressa a tudo, trataram da conclusão. Quando Maria dos Anjos ouviu ao filho que ia desposar a prima, ficou espantada, e pediu que se explicasse.

– Isto não se explica, mamãe...

– E o outro?

– Está na Barra. Ela já lhe escreveu pedindo desculpa e contando a verdade.

Maria dos Anjos abanou a cabeça, com ar de reprovação.

– Não é bonito, Ricardo...

– Mas se nós gostamos um do outro? Felismina confessou que ia casar com ele, à toa, sem vontade; que sempre gostara de mim; casava por não ter com quem.

– Sim, mas palavra dada...

– Que palavra, mamãe? Mas se eu a adoro; digo-lhe que a adoro. Queria que eu ficasse a olhar ao sinal, e ela também, só porque houve um equívoco, uma palavra dada sem reflexão? Felismina é um anjo. Não foi à toa que lhe deram um nome, que é a rima de divina. Um anjo, mamãe!

– Oxalá sejam felizes.

– Com certeza; mamãe verá.

Casaram-se. Ricardo era todo para a realidade do amor. Conservou a Vênus de Milo, a divina Vênus, posta na parede, apesar dos protestos de modéstia da mulher. Convém saber que o noivo casou mais tarde na Barra, Marcela e Virgínia estavam casadas. As outras moças que Ricardo amou e cantou, tinham já maridos. O poeta deixou de poetar, com grande mágoa dos seus admiradores. Um deles perguntou-lhe um dia, ansioso:

– Então você não faz mais versos?

– Não se pode fazer tudo – respondeu Ricardo, acariciando os seus cinco filhos.

40
Um homem célebre*

— Ah! O senhor é que é o Pestana? – perguntou Sinhazinha Mota, fazendo um largo gesto admirativo. E logo depois, corrigindo a familiaridade: – Desculpe meu modo, mas... é mesmo o senhor?

Vexado, aborrecido, Pestana respondeu que sim, que era ele. Vinha do piano, enxugando a testa com o lenço, e ia a chegar à janela, quando a moça o fez parar. Não era baile; apenas um sarau íntimo, pouca gente, vinte pessoas ao todo, que tinham ido jantar com a viúva Camargo, Rua do Areal, naquele dia dos anos dela, 5 de novembro de 1875... Boa e patusca viúva! Amava o riso e a folga, apesar dos sessenta anos em que entrava, e foi a última vez que folgou e riu, pois faleceu nos primeiros dias de 1876. Boa e patusca viúva! Com que alma e diligência arranjou ali umas danças, logo depois do jantar, pedindo ao Pestana que tocasse uma quadrilha! Nem foi preciso acabar o pedido; Pestana curvou-se gentilmente, e correu ao piano. Finda a quadrilha, mal teriam descansado uns dez minutos, a viúva correu novamente ao Pestana para um obséquio mui particular.

– Diga, minha senhora.

– É que nos toque agora aquela sua polca "Não bula comigo, nhonhô".

Pestana fez uma careta, mas dissimulou depressa, inclinou-se calado, sem gentileza, e foi para o piano, sem entusiasmo. Ouvidos os primeiros compassos, derramou-se pela sala uma alegria nova, os cavalheiros correram às damas, e os pares entraram a saracotear a polca da moda. Da moda; tinha sido publicada vinte dias antes, e já não havia recanto da cidade em que não fosse conhecida. Ia chegando à consagração do assobio e da cantarola noturna.

Sinhazinha Mota estava longe de supor que aquele Pestana que ela vira à mesa de jantar e depois ao piano, metido numa sobrecasaca cor de

---

*Publicado no periódico *Gazeta de Notícias* (29/6/1888). Reunido pelo autor no livro *Várias histórias* (1896).

rapé, cabelo negro, longo e cacheado, olhos cuidosos, queixo rapado, era o mesmo Pestana compositor; foi uma amiga que lho disse quando o viu vir do piano, acabada a polca. Daí a pergunta admirativa. Vimos que ele respondeu aborrecido e vexado. Nem assim as duas moças lhe pouparam finezas, tais e tantas, que a mais modesta vaidade se contentaria de as ouvir; ele recebeu-as cada vez mais enfadado, até que, alegando dor de cabeça, pediu licença para sair. Nem elas, nem a dona da casa, ninguém logrou retê-lo. Ofereceram-lhe remédios caseiros, algum repouso, não aceitou nada, teimou em sair e saiu.

Rua fora, caminhou depressa, com medo de que ainda o chamassem; só afrouxou, depois que dobrou a esquina da Rua Formosa. Mas aí mesmo esperava-o a sua grande polca festiva. De uma casa modesta, à direita, a poucos metros de distância, saíam as notas da composição do dia, sopradas em clarineta. Dançava-se. Pestana parou alguns instantes, pensou em arrepiar caminho, mas dispôs-se a andar, estugou o passo, atravessou a rua, e seguiu pelo lado oposto ao da casa do baile. As notas foram-se perdendo, ao longe, e o nosso homem entrou na Rua do Aterrado, onde morava. Já perto de casa viu vir dois homens; um deles, passando rentezinho com o Pestana, começou a assobiar a mesma polca, rijamente, com brio, e o outro pegou a tempo na música, e aí foram os dois abaixo, ruidosos e alegres, enquanto o autor da peça, desesperado, corria a meter-se em casa.

Em casa, respirou. Casa velha, escada velha, um preto velho que o servia, e que veio saber se ele queria cear.

– Não quero nada – bradou o Pestana –; faça-me café e vá dormir.

Despiu-se, enfiou uma camisola, e foi para a sala dos fundos. Quando o preto acendeu o gás da sala. Pestana sorriu e, dentro d'alma, cumprimentou uns dez retratos que pendiam da parede. Um só era a óleo, o de um padre, que o educara, que lhe ensinara latim e música, e que, segundo os ociosos, era o próprio pai do Pestana. Certo é que lhe deixou em herança aquela casa velha, e os velhos trastes, ainda do tempo de Pedro I. Compusera alguns motetes o padre, era doido por música, sacra ou profana, cujo gosto incutiu no moço, ou também lhe transmitiu no sangue, se é que tinham razão as bocas vadias, coisa de que se não ocupa a minha história, como ides ver.

Os demais retratos eram de compositores clássicos, Cimarosa, Mozart, Beethoven, Gluck, Bach, Schumann, e ainda uns três, alguns gravados, outros litografados, todos mal-encaixilhados e de diferente tamanho, mas postos ali como santos de uma igreja. O piano era o altar; o evangelho da noite lá estava aberto: era uma sonata de Beethoven.

Veio o café; Pestana engoliu a primeira xícara, e sentou-se ao piano. Olhou para o retrato de Beethoven, e começou a executar a sonata, sem saber de si, desvairado ou absorto, mas com grande perfeição. Repetiu a peça; depois parou alguns instantes, levantou-se e foi a uma das janelas. Tornou ao piano; era a vez de Mozart, pegou de um trecho, e executou-o do mesmo modo, com a alma alhures. Haydn levou-o à meia-noite e à segunda xícara de café.

Entre meia-noite e uma hora, Pestana pouco mais fez que estar à janela e olhar para as estrelas, entrar e olhar para os retratos. De quando em quando ia ao piano, e, de pé, dava uns golpes soltos no teclado, como se procurasse algum pensamento; mas o pensamento não aparecia e ele voltava a encostar-se à janela. As estrelas pareciam-lhe outras tantas notas musicais fixadas no céu à espera de alguém que as fosse descolar; tempo viria em que o céu tinha de ficar vazio, mas então a terra seria uma constelação de partituras. Nenhuma imagem, desvario ou reflexão trazia uma lembrança qualquer de Sinhazinha Mota, que entretanto, a essa mesma hora, adormecia pensando nele, famoso autor de tantas polcas amadas. Talvez a ideia conjugal tirou à moça alguns momentos de sono. Que tinha? Ela ia em vinte anos, ele em trinta, boa conta. A moça dormia ao som da polca, ouvida de cor, enquanto o autor desta não cuidava nem da polca nem da moça, mas das velhas obras clássicas, interrogando o céu e a noite, rogando aos anjos, em último caso ao diabo. Por que não faria ele uma só que fosse daquelas páginas imortais?

Às vezes, como que ia surgir das profundezas do inconsciente uma aurora de ideia; ele corria ao piano para aventá-la inteira, traduzi-la, em sons, mas era em vão; a ideia esvaía-se. Outras vezes, sentado, ao piano, deixava os dedos correrem, à ventura, a ver se as fantasias brotavam deles, como dos de Mozart; mas nada, nada, a inspiração não vinha, a imaginação deixa-se estar dormindo. Se acaso uma ideia aparecia, definida e bela, era eco apenas de alguma peça alheia, que a memória repetia, e que ele supunha inventar. Então, irritado, erguia-se, jurava abandonar a arte, ir plantar café ou puxar carroça; mas daí a dez minutos, ei-lo outra vez, com os olhos em Mozart, a imitá-lo ao piano.

Duas, três, quatro horas. Depois das quatro foi dormir; estava cansado, desanimado, morto; tinha que dar lições no dia seguinte. Pouco dormiu; acordou às sete horas. Vestiu-se e almoçou.

– Meu senhor quer a bengala ou o chapéu de sol? – perguntou o preto, segundo as ordens que tinha, porque as distrações do senhor eram frequentes.

– A bengala.

– Mas parece que hoje chove.

– Chove – repetiu Pestana maquinalmente.

– Parece que sim, senhor, o céu está meio escuro.

Pestana olhava para o preto, vago, preocupado. De repente:

– Espera aí.

Correu à sala dos retratos, abriu o piano, sentou-se e espalmou as mãos no teclado. Começou a tocar alguma coisa própria, uma inspiração real e pronta, uma polca, uma polca buliçosa, como dizem os anúncios. Nenhuma repulsa da parte do compositor; os dedos iam arrancando as notas, ligando-as, meneando-as; dir-se-ia que a musa compunha e bailava a um tempo. Pestana esquecera as discípulas, esquecera o preto, que o esperava com a bengala e o guarda-chuva, esquecera até os retratos que pendiam gravemente da parede. Compunha só, teclando ou escrevendo, sem os vãos esforços da véspera, sem exasperação, sem nada pedir ao céu, sem interrogar os olhos de Mozart. Nenhum tédio. Vida, graça, novidade, escorriam-lhe da alma como de uma fonte perene.

Em pouco tempo estava a polca feita. Corrigiu ainda alguns pontos, quando voltou para jantar; mas já a cantarolava, andando, na rua. Gostou dela; na composição recente e inédita circulava o sangue da paternidade e da vocação. Dois dias depois, foi levá-lo ao editor das outras polcas suas, que andariam já por umas trinta. O editor achou-a linda.

– Vai fazer grande efeito.

Veio a questão do título. Pestana, quando compôs a primeira polca, em 1871, quis dar-lhe um título poético, escolheu este: "Pingos de sol". O editor abanou a cabeça, e disse-lhe que os títulos deviam ser, já de si, destinados à popularidade – ou por alusão a algum sucesso do dia ou pela graça das palavras; indicou-lhe dois: "A lei 28 de setembro" ou "Candongas não fazem festa".

– Mas que quer dizer "Candongas não fazem festas?" – perguntou o autor.

– Não quer dizer nada, mas populariza-se logo.

Pestana, ainda donzel inédito, recusou qualquer das denominações e guardou a polca; mas não tardou que compusesse outra, e a comichão da publicidade levou-o a imprimir as duas, com os títulos que ao editor parecessem mais atraentes ou apropriados. Assim se regulou pelo tempo adiante.

Agora, quando Pestana entregou a nova polca, e passaram ao título, o editor acudiu que trazia um, desde muitos dias, para a primeira obra que ele lhe apresentasse, título de espavento, longo e meneado. Era este: "Senhora dona, guarde o seu balaio".

– E para a vez seguinte, acrescentou, já trago outro de cor.

Exposta à venda, esgotou-se logo a primeira edição. A fama do compositor bastava à procura; mas a obra em si mesma era adequada ao gênero, original, convidava a dançá-la e decorava-se depressa. Em oito dias, estava célebre. Pestana, durante os primeiros, andou deveras namorado da composição, gostava de a cantarolar baixinho, detinha-se na rua, para ouvi-la tocar em alguma casa, e zangava-se quando não a tocavam bem. Desde logo, as orquestras de teatro a executaram, e ele lá foi a um deles. Não desgostou também de a ouvir assobiada, uma noite, por um vulto que descia a Rua do Aterrado.

Essa lua de mel durou apenas um quarto de lua. Como das outras vezes, e mais depressa ainda, os velhos mestres retratados o fizeram sangrar de remorsos. Vexado e enfastiado, Pestana arremeteu contra aquela que o viera consolar tantas vezes, musa de olhos marotos e gestos arredondados, fácil e graciosa. E aí voltaram as náuseas de si mesmo, o ódio a quem lhe pedia a nova polca da moda, e juntamente o esforço de compor alguma coisa ao sabor clássico, uma página que fosse, uma só, mas tal que pudesse ser encadernada entre Bach e Schumann. Vão estudo, inútil esforço. Mergulhava naquele Jordão sem sair batizado. Noites e noites, gastou-as assim, confiado e teimoso, certo de que a vontade era tudo, e que, uma vez que abrisse mão da música fácil...

– As polcas que vão para o inferno fazer dançar o diabo, disse ele um dia, de madrugada, ao deitar-se.

Mas as polcas não quiseram ir tão fundo. Vinham à casa de Pestana, à própria sala dos retratos, irrompiam tão prontas, que ele não tinha mais que o tempo de as compor, imprimi-las depois, gostá-las alguns dias, aborrecê-las, e tornar às velhas fontes, donde lhe não manava nada. Nessa alternativa viveu até casar, e depois de casar.

– Casar com quem? – perguntou Sinhazinha Mota ao tio escrivão que lhe deu aquela notícia.

– Vai casar com uma viúva.

– Velha?

– Vinte e sete anos.

– Bonita?

– Não, nem feia, assim, assim. Ouvi dizer que ele se enamorou dela, porque a ouviu cantar na última festa de S. Francisco de Paula. Mas ouvi também que ela possui outra prenda, que não é rara; mas vale menos: está tísica.

Os escrivães não deviam ter espírito – mau espírito, quero dizer. A sobrinha deste sentiu no fim um pingo de bálsamo, que lhe curou a dentadinha da inveja. Era tudo verdade. Pestana casou daí a dias com uma viúva de vinte e sete anos, boa cantora e tísica. Recebeu-a como a esposa espiritual do seu gênio. O celibato era, sem dúvida, a causa da esterilidade e do transvio, dizia ele consigo; artisticamente considerava-se um arruador de horas mortas; tinha as polcas por aventuras de petimetres. Agora, sim, é que ia engendrar uma família de obras sérias, profundas, inspiradas e trabalhadas.

Essa esperança abotoou desde as primeiras horas do amor, e desabrochou à primeira aurora do casamento. Maria, balbuciou a alma dele, dá-me o que não achei na solidão das noites, nem no tumulto dos dias.

Desde logo, para comemorar o consórcio, teve ideia de compor um noturno. Chamar-lhe-ia "Ave, Maria". A felicidade como que lhe trouxe um princípio de inspiração; não querendo dizer nada à mulher, antes de pronto, trabalhava às escondidas; coisa difícil porque Maria, que amava igualmente a arte, vinha tocar com ele, ou ouvi-lo somente, horas e horas, na sala dos retratos. Chegaram a fazer alguns concertos semanais, com três artistas, amigos do Pestana. Um domingo, porém, não se pôde ter o marido, e chamou a mulher para tocar um trecho do noturno; não lhe disse o que era nem de quem era. De repente, parando, interrogou-a com os olhos.

– Acaba – disse Maria –, não é Chopin?

Pestana empalideceu, fitou os olhos no ar, repetiu um ou dois trechos e ergueu-se. Maria assentou-se ao piano, e, depois de algum esforço de memória, executou a peça de Chopin. A ideia, o motivo eram os mesmos; Pestana achara-os em algum daqueles becos escuros da memória, velha cidade de traições. Triste, desesperado, saiu de casa, e dirigiu-se para o lado da ponte, caminho de S. Cristóvão.

– Para que lutar? – dizia ele. – Vou com as polcas... Viva a polca!

Homens que passavam por ele, e ouviam isto, ficavam olhando, como para um doido. E ele ia andando, alucinado, mortificado, eterna peteca entre a ambição e a vocação... Passou o velho matadouro; ao chegar à porteira da estrada de ferro, teve ideia de ir pelo trilho acima e esperar o primeiro trem que viesse e o esmagasse. O guarda fê-lo recuar. Voltou a si e tornou a casa.

Poucos dias depois – uma clara e fresca manhã de maio de 1876 –, eram seis horas, Pestana sentiu nos dedos um frêmito particular e conhecido. Ergueu-se devagarinho, para não acordar Maria, que tossira toda a noite, e agora dormia profundamente. Foi para a sala dos retratos, abriu o piano, e, o mais surdamente que pôde, extraiu uma polca. Fê-la publicar com um pseudônimo; nos dois meses seguintes compôs e publicou mais duas. Maria não soube nada; ia tossindo e morrendo, até que expirou uma noite, nos braços do marido, apavorado e desesperado.

Era noite de Natal. A dor do Pestana teve um acréscimo, porque na vizinhança havia um baile, em que se tocaram várias de suas melhores polcas. Já o baile era duro de sofrer; as suas composições davam-lhe um ar de ironia e perversidade. Ele sentia a cadência dos passos, adivinhava os movimentos, por ventura lúbricos, a que obrigava alguma daquelas composições; tudo isso ao pé do cadáver pálido, um molho de ossos, estendido na cama... Todas as horas da noite passaram assim, vagarosas ou rápidas, úmidas de lágrimas e de suor, de águas de Colônia e de Labarraque, saltando sem parar, como ao som da polca de um grande Pestana invisível.

Enterrada a mulher, o viúvo teve uma única preocupação: deixar a música, depois de compor um Réquiem, que faria executar no primeiro aniversário da morte de Maria. Escolheria outro emprego, escrevente, carteiro, mascate, qualquer coisa que lhe fizesse esquecer a arte assassina e surda.

Começou a obra; empregou tudo, arrojo, paciência, meditação e até os caprichos do acaso, como fizera outrora, imitando Mozart. Releu e estudou o Réquiem deste autor. Passaram-se semanas e meses. A obra, célere a princípio, afrouxou o andar. Pestana tinha altos e baixos. Ora achava-a incompleta, não lhe sentia a alma sacra, nem ideia, nem inspiração, nem método; ora elevava-se-lhe o coração e trabalhava com vigor. Oito meses, nove, dez, onze, e o Réquiem não estava concluído. Redobrou de esforços, esqueceu lições e amizades. Tinha refeito muitas vezes a obra; mas agora queria concluí-la, fosse como fosse. Quinze dias, oito, cinco... A aurora do aniversário veio achá-lo trabalhando.

Contentou-se da missa rezada e simples, para ele só. Não se pode dizer se todas as lágrimas que lhe vierem sorrateiramente aos olhos foram do marido, ou se algumas eram do compositor. Certo é que nunca mais tornou ao Réquiem.

– Para quê? – dizia ele a si mesmo.

Correu ainda um ano. No princípio de 1878, apareceu-lhe o editor.

– Lá vão dois anos – disse este –, que não nos dá um ar da sua graça. Toda a gente pergunta se o senhor perdeu o talento. Que tem feito?

– Nada.

– Bem sei o golpe que o feriu; mas lá vão dois anos. Venho propor-lhe um contrato: vinte polcas durante doze meses; o preço antigo, e uma porcentagem maior na venda. Depois, acabado o ano, podemos renovar.

Pestana assentiu com um gesto. Poucas lições tinha, vendera a casa para saldar dívidas, e as necessidades iam comendo o resto, que era assaz escasso. Aceitou o contrato.

– Mas a primeira polca há de ser já – explicou o editor. – É urgente. Viu a carta do Imperador ao Caxias?

Os liberais foram chamados ao poder, vão fazer a reforma eleitoral. A polca há de chamar-se: "Bravos à eleição direta!" Não é política; é um bom título de ocasião.

Pestana compôs a primeira obra do contrato. Apesar do longo tempo de silêncio, não perdera a originalidade nem a inspiração. Trazia a mesma nota genial. As outras polcas vieram vindo, regularmente. Conservara os retratos e os repertórios; mas fugia de gastar todas as noites ao piano, para não cair em novas tentativas. Já agora pedia uma entrada de graça, sempre que havia alguma boa ópera ou concerto de artista, ia, metia-se a um canto, gozando aquela porção de coisas que nunca lhe haviam de brotar do cérebro. Uma ou outra vez, ao tornar para casa, cheio de música, despertava nele o maestro inédito; então, sentava-se ao piano, e, sem ideia, tirava algumas notas, até que ia dormir, vinte ou trinta minutos depois.

Assim foram passando os anos, até 1885. A fama do Pestana dera-lhe definitivamente o primeiro lugar entre os compositores de polcas; mas o primeiro lugar da aldeia não contentava a este César, que continuava a preferir-lhe, não o segundo, mas o centésimo em Roma. Tinha ainda as alternativas de outro tempo, acerca de suas composições; a diferença é que eram menos violentas. Nem entusiasmo nas primeiras horas, nem horror depois da primeira semana; algum prazer e certo fastio.

Naquele ano, apanhou uma febre de nada, que em poucos dias cresceu, até virar perniciosa. Já estava em perigo quando lhe apareceu o editor, que não sabia da doença e ia dar-lhe notícia da subida dos conservadores, e pedir-lhe uma polca de ocasião. O enfermeiro, pobre clarineta de teatro, referiu-lhe o estado do Pestana, de modo que o editor entendeu calar-se. O doente é que instou para que lhe dissesse o que era; o editor obedeceu.

– Mas há de ser quando estiver bom de todo – concluiu.

– Logo que a febre decline um pouco – disse o Pestana.

Segui-se uma pausa de alguns segundos. O clarineta foi pé ante pé preparar o remédio; o editor levantou-se e despediu-se.

– Adeus.

– Olhe – disse o Pestana – como é provável que eu morra por estes dias, faço-lhe logo duas polcas; a outra servirá para quando subirem os liberais.

Foi a única pilhéria que disse em toda a vida, e era tempo, porque expirou na madrugada seguinte, às quatro horas e cinco minutos, bem com os homens e mal consigo mesmo.

fim

EDIÇÕES
BestBolso

Este livro foi composto na tipologia Minion Pro Regular, em corpo 9,5/11,5, e impresso em papel off-set 56g/m² no Sistema Cameron da Divisão Gráfica da Distribuidora Record.